HEYNE <

HANNAH LUIS

Bretonischer Zitronen-Zauber

ROMAN

WILHELM HEYNE VERLAG
MÜNCHEN

Sollte diese Publikation Links auf Webseiten Dritter enthalten,
so übernehmen wir für deren Inhalte keine Haftung, da wir uns diese
nicht zu eigen machen, sondern lediglich auf deren Stand
zum Zeitpunkt der Erstveröffentlichung verweisen.

MIX
Papier | Fördert gute Waldnutzung
FSC® C014496

Penguin Random House Verlagsgruppe FSC® N001967

6. Auflage
Originalausgabe 04/2021

Redaktion: Catherine Beck
Printed in Germany
Umschlaggestaltung: ZERO Werbeagentur, München,
unter Verwendung von FinePic®, München
Satz: GGP Media GmbH, Pößneck
Druck und Bindung: GGP Media GmbH, Pößneck
ISBN: 978-3-453-42482-1

www.heyne.de

1

Das Blech mit dem Bienenstich sah seltsam aus zwischen all den Grabsteinen. Zartgelbe Creme und golden geröstete Mandelblättchen neben Moos und Flechten auf einem Untergrund in zahlreichen Grautönen. Schnurgerade geschnittene, köstliche Quadrate neben Engelstatuen mit gefalteten Händen und Kreuzen aus Marmor. Oma Fines Backclub hatte ganze Arbeit geleistet.

Mona schnupperte verhalten. Das süßzuckerige Aroma breitete sich in der Wärme der Maisonne aus, mischte sich mit dem Duft der Lilien und Chrysanthemen und sorgte für den einen oder anderen Seitenblick aus den Reihen der Trauergemeinde.

»Ach Mann, ach Mann«, murmelte Anneliese Rumborg neben ihr – sie war es nicht gewohnt, Gebäck nur anzustarren und nicht essen zu können. Vielleicht trauerte sie aber auch gerade einfach nur laut, da der Duft Erinnerungen in ihr weckte. Zumindest war es bei Mona so. Sie hätte nur die Augen schließen müssen, um sich in Oma Fines Küche wiederzufinden, direkt an dem großen Eichentisch, dem Herzstück des Raumes. Dort hatten sie so oft gesessen, gelacht, Karten gespielt … und Mona hatte dort backen gelernt. Einzelne Zutaten in kleine Wunderwerke verwandelt, die nicht nur schmeckten, sondern auch Seelen wärmten. Fast konnte sie die Hitze des Herdes auf ihrer Haut spüren – ihre Oma hatte es nie übers Herz gebracht, den alten Kohleofen hinauszuwerfen, selbst als sein Elektro-Gegenstück bei ihr eingezogen war.

Mona lächelte bei dem Gedanken, und es war ein merkwürdiges Gefühl, da gleichzeitig ihre Augen brannten. Sie vermisste ihre Oma so sehr!

Rasch blickte sie zum Pfarrer, um sich abzulenken. Sogar der schaffte es nicht, den Bienenstich zu ignorieren. Seine Stimme verlor stets an Kraft oder Tempo, wenn er zum Blech blinzelte, und die Botschaft in seinem Blick war deutlich: Kuchen gehörte zum Leichenschmaus, nicht auf den Friedhof. Aber er war zu rücksichtsvoll, um die Trauergemeinde, in der es hier und dort verhalten schluchzte, deshalb zu rügen.

Mona entfernte einen verirrten Grashalm von ihrer Strumpfhose und wischte sich eine Träne aus dem Augenwinkel, woraufhin Frau Rumborg ihr die Schulter tätschelte. »Ist schon gut, Mädchen, ist schon gut.« Dann starrte die energische Frau mit durchgestrecktem Rücken und ernstem Blick in den Himmel, als kämen die Worte des Pfarrers geradewegs von dort. Wahrscheinlicher war allerdings, dass sie ihrer alten Freundin Josefine eine stumme Gardinenpredigt hielt und ihr vorwarf, sich aus dem Staub gemacht und sie hier unten auf der Erde mit allem Drum und Dran alleingelassen zu haben.

Es tat gut, Frau Rumborg neben sich zu wissen, rundlich und in ihren Gummistiefeln unerschütterlich wie immer. Sie wohnte im Haus direkt neben Oma Fine. Es war orangefarben gestrichen, und durch die davor gestapelten, alten Blumentöpfe und Gartengeräte erinnerte es ein wenig an eine winzige Villa Kunterbunt. Jeden Tag um Punkt vier Uhr war Frau Rumborg zum Kaffee erschienen. An Monas anderer Seite stand ihre Mutter, die in ihrem Hosenanzug und mit den im Nacken zu einem Knoten zusammengebundenen, hellen Haaren ungewohnt streng aussah. Sie kämpfte mit einem Taschentuch und blickte wie hypnotisiert auf die Schleife des Kranzes vor sich.

Deine Schritte sind verstummt, doch die Spuren deines Lebens bleiben.

Hier würde bald der so vertraute Name auf einem Grabstein prangen: Josefine Wiedmann. Geboren 1932, gestorben ... viel zu früh. Allzu viele sichtbare Spuren hatte Oma Fine nicht hinterlassen, wenn man sich umblickte: Neben Mona und ihrer Mutter bestand ihre Familie nur noch aus ihrer Tante Dora, die jedoch zu krank war, um zur Beerdigung zu kommen. Dafür hatte Oma Fine umso mehr Erinnerungen in ihrer aller Herzen hinterlassen. Mona wettete darauf, dass das Rezept für den Bienenstich von ihr stammte und irgendetwas, eine raffinierte Kleinigkeit, ihn zu etwas Besonderem machte. Vielleicht ein Gewürz, das auf den ersten Blick inmitten der Zutaten seltsam erschien, vielleicht aber auch ein gehöriger Schuss Whisky oder Likör. Anders als der Rest des vollzählig zur Beerdigung angetretenen Backclubs hatte sich Fine nie damit zufriedengegeben, stur Rezepte zu befolgen, sondern hatte stets etwas abgeändert, verfeinert, ausprobiert, eine persönliche Note hinzugefügt. Und das mit diesem verschmitzten Glitzern in den Augen, das sie jedes Mal für den Bruchteil einer Sekunde wieder in ein junges Mädchen verwandelt hatte.

»Ich hab es schon in der Schule nicht leiden können, in den Schönschriftstunden einfach nur einen Text abzuschreiben«, hatte sie einmal erzählt, ehe sie ein paar Tannenspitzen – nur die jungen, hellen Enden, aus denen sie sonst Likör herstellte – fein zerstampfte und in ihre Erdbeermarmelade mischte. »Ich habe immer etwas hinzugefügt, manchmal ein Gedicht oder eine kleine Geschichte. Die Lehrer fanden das nicht gut.«

Die Marmelade hatte sich als unsagbar lecker herausgestellt – die Tannenspitzen verliehen ihr eine ganz besondere, leicht herbe Frische, die den perfekten Kontrast zur Erdbeersüße bildete –, und anschließend hatte das Rezept die Runde unter Oma Fines Club-Freundinnen gemacht.

Mona sah sich verstohlen um, während sie eine Strähne hinter ihr Ohr schob, die sich aus dem Zopf gelöst hatte. Sie war sicher, aus mindestens einer Handtasche den Schraubverschluss eines Marmeladenglases herausragen zu sehen, und stellte sich vor, dass die Gläser hinterher am Grab zurückbleiben würden wie Mitbringsel zu einem letzten gemeinsamen Kaffeeklatsch.

Die Trauergäste in der vorderen Reihe waren ausnahmslos weiblich – so ausnahmslos weiblich wie Monas Familie. Nicht zum ersten Mal fragte sie sich, welcher Fluch dafür sorgte, dass sämtliche Männer relativ schnell wieder von der Bildfläche verschwanden. Der Grabstein neben Oma Fines Ruhestätte trug die Inschrift *Alfred Wiedmann*. Das Weiß der Buchstaben war an manchen Stellen bereits verblichen, der Glanz verschwunden. Monas Opa war noch vor ihrer Geburt gestorben.

Mit einem letzten Blick in die Runde – ja, das waren ganz eindeutig Marmeladengläser! – atmete sie tief durch.

Die Schulter ihrer Mutter berührte ihre, und der Druck war zu stark, als dass es Zufall sein konnte: Marion Martinssen lehnte sich an ihre Tochter, und wahrscheinlich merkte sie nicht einmal, wie sehr. Am liebsten hätte Mona ihre Mutter umarmt, doch sie fürchtete, dass diese dann in Tränen ausbrechen würde – und sie gleich mit. Noch stand die dünne Mauer der Selbstbeherrschung, auch wenn sie bereits bröckelte.

Auch an Mona war der Fluch der Familie nicht vorbeigegangen: Ihr Vater war verschwunden und hatte Mona und ihre Mutter zurückgelassen, als sie sieben Jahre alt gewesen war. So hatte sie viel Zeit bei ihrer Oma verbracht, die ihre Tochter nach Kräften unterstützte. »Man schafft alles, wenn man zusammenhält«, hatte Fine stets gesagt, und es wäre Mona nie in den Sinn gekommen, ihr zu widersprechen. Schließlich lag eine Menge Wahrheit in ihren Worten.

Jetzt waren sie nur noch zu zweit, Tante Dora mal außen vor gelassen. Auch Monas beste Freundin hatte nicht kommen können – und die war einer Familie noch am nächsten. Aber Isa schleppte momentan ein riesiges Gipsbein durch die Gegend, da sie vor drei Tagen beschlossen hatte, auch bei rutschigem Untergrund die Treppen vor ihrem Haus hinabspringen zu können. Dafür passte sie jetzt auf Flint auf, worüber Mona heilfroh war. Für sie war er der liebste Vierbeiner der Welt, aber auf der Beerdigung hätte er sich tödlich gelangweilt. Und wenn er sich hier ganz nach Hundeart schwanzwedelnd und hechelnd auf den Bienenstich gestürzt hätte, wäre er wahrscheinlich mit empörten Schreien und geschwenkten Handtaschen davongejagt worden.

Die andere Person, von der sie sich Halt erhofft hatte … Mona versteifte sich, da etwas in ihr vor Empörung leise zu brodeln begann. Sie wollte jetzt nicht an Daniel denken!

Sie lehnte den Kopf an die Schulter ihrer Mutter und spürte, wie sich eine Hand auf ihren Rücken legte und ihn tätschelte. Jetzt schämte sie sich ihrer Tränen nicht mehr.

Niemals zuvor hatte es einen so exquisiten Trauerkaffee gegeben, da war Mona sicher. Er erinnerte eher an einen Kuchenbasar oder Backwettbewerb inmitten der so vertrauten, dunklen Kirschholzmöbel, die stets säuberlich abgestaubt gewesen waren, so lange Mona denken konnte, der Knüpfteppiche sowie der Orchideenflut auf den Fensterbänken. Im Gegensatz zu den betretenen Gesichtern bei der Beerdigung hätte Oma der vollgepackte Tisch in ihrem Esszimmer gefallen. Eine Köstlichkeit wartete neben der anderen.

»Trockener Streuselkuchen kommt mir nicht ins Haus«, hatte Oma stets gesagt. »Der sieht aus, als wäre jemand drübergefahren, und hat so viel Pfiff wie ein nasser Strumpf.« Alle hatten sich daran gehalten – weit und breit keine Spur von einem Streuselkuchen. Stattdessen duftete es vor allem nach Zwetschgen, Zimt und Vanille, und Mona konnte nicht verhindern, dass ihr das Wasser im Mund zusammenlief. Sie seufzte leise, sah sich um und strich ihr schwarzes Kleid glatt. Natürlich war sie nicht die Einzige, die verstohlen auf die liebevoll angerichtete Gebäcksammlung schielte.

Es gab Zwetschgenböden, eine Käse-Sahne-Torte, einen Frankfurter Kranz, eine Mokkatorte, Orangenbaiserschnitten, eine Kuppeltorte in Pastell sowie eine Marzipan-Kirsch-Torte. Zusammen mit ihrer Mutter hatte Mona zwei Platten Donauwellen gebacken und dabei die Buttercreme nach

Familientradition mit Whisky verfeinert sowie weiße statt dunkler Kuvertüre gewählt. Fast glaubte sie, das malzige Glenlivet-Aroma durch den betörenden Duft der Zwetschgen zu erahnen.

Immer nur ein Hauch, Simona. Das macht den Zauber aus. Wie ein Geheimnis, dem man auf die Spur kommen will.

Der Bienenstich war bereits am Grab verputzt worden, da mehrere Damen darauf bestanden hatten. Der arme Pfarrer hatte unter den energischen Blicken nicht gewagt abzulehnen. Es war ein wenig skurril gewesen, als die Frauen Kuchengabeln verteilten, um dann über das Gebäck herzufallen. Mona war nur froh, dass niemand einen Flachmann aus der Handtasche gezogen hatte, um auf Oma Fine anzustoßen.

Das wurde jetzt anscheinend nachgeholt, denn mindestens zwei Frauen schenkten eifrig aus kleinen Flaschen ein. Oma Fines gute Kristallgläser passten hervorragend zu dem Geschirr mit dem Rosenmuster, das sie nur sonntags aus dem Schrank geholt hatte. Niemand achtete auf Mona, alle schienen versorgt – die perfekte Gelegenheit, um Daniel kurz anzurufen. Vielleicht war sein Termin ja schon vorbei und er auf dem Weg von München nach Hause. Noch immer ärgerte sie sich, dass er das Meeting im Hauptsitz seiner Firma nicht hatte absagen können und damit bei Oma Fines Beerdigung fehlen musste.

Sie schlich zur Treppe und hinauf in den ersten Stock. Dort warf sie einen kurzen Blick in den Spiegel. Ihr Gesicht wirkte schmaler als sonst, Nase und Wangen waren noch leicht gerötet. Sie hatte extra kein Make-up aufgelegt, da sie befürchtete, mit verschmierten Augen zurückzukehren, und jetzt erinnerte sie an das kleine Mädchen, das hier so oft gespielt hatte. Neben dem Spiegel hingen in alten Holzrahmen gestickte Bilder, die ein- und dieselbe Landschaft in allen vier Jahreszeiten zeigten. Sie fuhr über einen Rahmen und spürte feine Risse unter den Fingern.

In Omas Schlafzimmer stand der Zweitanschluss. Von hier aus konnte sie in Ruhe telefonieren – ihr Handy befand sich in ihrer Manteltasche an der Garderobe, und sie wäre niemals darangekommen, ohne in mindestens ein Gespräch verwickelt zu werden.

In der Tür blieb sie stehen und schluckte, als ihr Blick auf die Fotos an den Wänden und die gehäkelte Tagesdecke fiel. Wie in jedem Zimmer in Omas Haus gab es nur wenige Möbel in dunklem Holz, aber dafür umso mehr Dekorationen wie Bilder, Platzdeckchen oder kleine, gestickte Motive an den Wänden. Fine hatte Handarbeiten fast ebenso sehr geliebt wie das Backen.

Sie atmete tief durch, trat an die Kommode, nahm den Hörer und wählte die Nummer. Das Freizeichen ertönte vierzehn Mal, ehe abgehoben wurde.

»Hallo?« Eine fremde Stimme. Die Person am anderen Ende sagte noch etwas, aber Mona verstand kein Wort. Zu laut war die Musik im Hintergrund. Tiefe, schnelle Beats, die ihr in den Magen schlugen. Verwirrt schüttelte sie den Kopf. Sie hatte ganz sicher die richtige Nummer gewählt.

»Hallo?«, fragte derjenige noch einmal. Es klang ausgelassen, überdreht und auch ein wenig betrunken. »Wer auch dran ist, Sie sind hier richtig bei Enricos krasser 24-Stunden-Megaparty!« Er lachte und hustete.

Enricos Party. Enrico, Daniels alter Schulfreund? Vier, fünf schreckliche Sekunden lang stockte Mona der Atem. Es war, als würde sie das Gleichgewicht verlieren und in der nächsten Sekunde fallen. In ihre Fassungslosigkeit mischte sich Wut, so abrupt, dass sie am liebsten wieder aufgelegt hätte.

»Ich möchte Daniel sprechen«, sagte sie so neutral und energisch sie konnte. »Ist er … da?« *Ist er nüchtern*, hatte sie fragen wollen.

»Klar«, sagte Wer-auch-immer. »Daniel, Partymaaan! Telefon!«

Es folgte ein lautes Plonk! – offenbar hatte der Fremde Daniels Handy irgendwo abgelegt. Mona grübelte, ob es nicht besser wäre, wieder aufzulegen, doch da dröhnte Daniels Stimme auch schon an ihr Ohr.

»Ja, Daniel hier!« Er klang so ausgelassen wie der andere Kerl, und auf einmal war alles in Mona still. So sehr, als wäre die Welt eingefroren, und daran änderte weder die schreckliche Hintergrundmusik noch Daniels leicht gelalltes *Hallooowerisdennda* etwas. Ja, er war definitiv angetrunken.

»Hier ist Mona«, sagte sie und bemühte sich nicht, das Eis in ihrer Stimme zu verbergen. »Hast du Spaß?«

»Oh. Scha… Schatz.« Sie wusste, dass er sich mit der freien Hand soeben den Nacken rieb, wie so oft, wenn er unsicher war. »Wollte dich noch anrufen. Der Termin ist schon vorbei, aber ich musste mit den Partnern im Anschluss was trinken, und … die lassen einen nicht gehen. Verpflichtungen, du weißt ja.« Er lachte gekünstelt.

Jede Silbe traf sie direkt in den Magen, aber überraschenderweise schmerzte es nicht. Die Eisschicht dort war bereits zu dick.

»Mit den Partnern was trinken«, wiederholte sie tonlos.

»Ja, ich bin morgen wieder da, versprochen.« Irgendwer

brüllte im Hintergrund Daniels Namen. Weitere Stimmen gesellten sich dazu, ein regelrechter Chor aus einer Welt ohne Trauer und Verlust.

Eine Party! Dafür war er nicht zur Beerdigung ihrer Oma erschienen, einer der wichtigsten Menschen in ihrem Leben. Vielleicht hatte er aber auch beschlossen, ein Zeichen zu setzen. Zu demonstrieren, was sie insgeheim schon lange wusste: Sie passten einfach nicht mehr zusammen

Mona ballte die leere Hand zur Faust. »Und, wie alt ist Enrico geworden? Heute, am Tag der Beerdigung meiner Oma, falls du dich noch daran erinnerst?«

Trotz des Hintergrundlärms war die Stille am anderen Ende bezeichnend. Sie konnte förmlich sehen, wie Daniel nach einer Erklärung suchte, aber dann brachte er nur ein »Oh« heraus.

In dem Augenblick war ihr klar, dass sie nicht mehr reden mussten. Es gab nichts mehr zu sagen, sie lebten in zwei völlig unterschiedlichen Welten.

Den Schock spürte sie, aber keinen Schmerz. Sie fühlte sich verraten, aber es tat nicht weh. Zumindest nicht um seinetwillen. »Leb wohl, Daniel.« Sie legte auf, starrte noch eine ganze Weile auf das Telefon und war erleichtert, dass es nicht klingelte. Er rief nicht zurück, da er bereits weiter von ihr wegdriftete. Warum war sie nicht einmal verletzt? Was sagte das über ihre … ja, was? Ihre Beziehung? Hatten sie überhaupt noch eine gehabt?

Langsam ließ sie sich auf das Bett sinken und strich über die Häkeldecke aus dunkel- und hellroten Maschen.

Du würdest mir nun sagen, dass ich ihm die Leviten lesen und ihn anschließend in die Wüste schicken soll, damit er sich den Allerwertesten und noch etwas mehr verbrennt.

Bei der Erinnerung an Oma Fine, die so energisch und so liebevoll zugleich sein konnte, wurde ihr die Kehle eng.

Die Verlobung mit Daniel schien ein halbes Leben her zu sein. Damals war sie ganz aufgeregt gewesen, als er sich im Urlaub an der spanischen Küste vor sie gekniet hatte, einen Ring in den Händen. Vor allem, weil sie so lange von einem solchen Moment geträumt hatte. Das Schmuckstück glänzte in der Sonne, die Möwen schrien nur für sie, und sie bildete sich ein, dass sogar die Fischer auf dem vorbeiziehenden Boot andächtig zu ihnen herüberblickten. Das lag nun bereits fünf Jahre zurück. Allein die Tatsache, dass sie seitdem nicht einmal angefangen hatten, Hochzeitspläne zu schmieden, sagte schon alles.

Ja, natürlich hatte sie davon geträumt, von ihrem großen Tag, dem angeblich schönsten im Leben. Kleid und Schuhe hatte sie sich in sämtlichen Einzelheiten ausgemalt – weiß, mit Silberperlenstickerei –, und dazu wollte sie einen Kranz aus hellen Blumen im Haar tragen. Wie eine Frühlingsbraut, die mit dem Mann ihres Lebens unter freiem Himmel tanzte. Die irgendwann ihre Schuhe abstreifte und barfuß mit den Blumenmädchen um die Wette über die Wiese lief. Die ihren Brautstrauß so hoch und weit warf, dass er mit dem Himmel und den Schäfchenwolken darin verschmelzen würde. Und die eine dreistöckige Hochzeitstorte anschnitt und sich mindestens zwei große Stücke gönnte, weil sie so schlau gewesen war, ein locker sitzendes Kleid zu wählen. All diese Träume hatte sie von einem Jahr ins nächste mitgenommen, doch niemals in die Tat umgesetzt. Und Daniel ebenso wenig. Dabei hatte sie immer fest daran geglaubt, mit dreißig verheiratet zu sein. Tja, Pustekuchen, das würde sie jetzt wohl nicht mehr schaffen. Mittlerweile fragte sie sich, warum Daniel ihr damals überhaupt einen Antrag gemacht hatte.

»Ich tippe auf Drogen«, hatte Isa vor nicht allzu langer Zeit gesagt, als das Gespräch mal wieder auf das leidige Thema Hochzeit gekommen war. »Irgendein neuartiges Zeug, das man ihm untergejubelt hat. Immerhin haben die Möwen dich warnen wollen und gekreischt wie blöde, aber du wolltest ja nicht hören. Haben die Fischer nicht auch was gerufen? Hätte es eine Warnung sein können?«

Mona hatte gelacht und ihrer besten Freundin einen Vogel gezeigt.

Doch auch wenn sie für sich und Daniel tief in ihrem Inneren keine Zukunft gesehen hatte, hätte sie heute mit seinem Beistand gerechnet.

Sie stand auf und wollte gehen, doch ihr Blick blieb an einem Holzkästchen hängen, das in einem der beiden langen Wandregale halb unter einem Häkeldeckchen verborgen war. Ein Kerzenhalter stand darauf, alle drei Kerzen noch unbenutzt und sicher reine Dekoration. Mona trat näher und zog das Kistchen vorsichtig hervor. Es war aus dunklem Holz, einfach gearbeitet und gut zwanzig Zentimeter lang. In den Deckel waren wenige Verzierungen eingearbeitet, verschnörkelte Linien und kleine Vogelsilhouetten. Mona überlegte, dann hob sie ihn an.

Das Kästchen war leer.

Sie zögerte, dann versuchte sie ein Lächeln. »Du hast doch sicher nichts dagegen, wenn ich darauf aufpasse, oder?«, flüsterte sie und strich noch einmal über die Bettdecke. »Ich hätte gern etwas von dir bei mir, und es sieht nicht so aus, als würdest du es sehr vermissen.«

Stille antwortete ihr. Mona presste das Holz an die Brust,

sah sich noch einmal um und verließ leise das Zimmer. Sie ging zurück ins Untergeschoss, wo Stimmengemurmel sie umfing wie ein weiches Tuch. Die Gäste plünderten bereits das Tortenbüfett, und die Frauen strahlten etwas Beruhigendes aus. Mona atmete tief durch. Sie brauchte Daniel nicht.

»Ach, Kind.« Frau Rumborg trat zu ihr und drückte sie an sich. Sie roch wie immer nach Wald und ein wenig nach Hund – eine ebenso tröstliche Nuance wie der Kuchenduft.

Mona erwiderte die Umarmung und hielt mit der Linken ihr Holzkästchen umklammert. »Ist noch genug Kaffee für alle da?«, fragte sie leise. Die Damen waren nach jahrelangem, knallhartem Training zu Meisterinnen des Kaffeevernichtens geworden.

»Mach dir mal keinen Kopf, ich kümmer mich schon.« Frau Rumborg nickte und musterte die Szenerie, als wäre sie ein Sporttrainer, der die Leistung seiner Mannschaft bewertete. »Fine wäre ganz zufrieden damit.« Sie blickte zur Decke des Esszimmers und nickte knapp. »Sie würde sich allerhöchstens darüber beschweren, dass manche von uns lange Gesichter ziehen. Sieh dir Petrenka an! Nicht nur, dass sie sich gekleidet hat, als würde sie ins Kloster wollen, nein, sie jammert auch noch rum. Versteh mich nicht falsch, Kind, Fine fehlt mir ganz fürchterlich, und ich habe gestern so laut geflennt, dass mein Mann schon die Polizei rufen wollte, weil das die einzige Nummer ist, die er auswendig kennt. Aber von dem Geheule wird sie auch nicht wieder lebendig. Also, lass uns mal an die schönen Zeiten denken.«

Trotz allem musste Mona lächeln. Leicht nur, aber es war ein winziger Sonnenstrahl. Sie beugte sich vor und hauchte der alten Dame einen Kuss auf die Wange. »Das finde ich auch. Und danke«, flüsterte sie und machte sich trotz allem daran, die riesigen Kaffeekannen zu kontrollieren.

Es stimmte, ihre Oma hatte in den vergangenen Wochen, die sie im Krankenhaus hatte verbringen müssen, mehrmals augenzwinkernd betont, dass sie *keinen Leichenschmaus mit Leichenbittermienen* wollte, sondern ein Fest, bei dem gut gegessen und auch gelacht wurde. Anfangs hatten Mona und ihre Mutter reagiert, als wären diese Gedanken vollkommen abwegig. Im Nachhinein schämte sie sich beinahe dafür. Sie alle hatten geahnt, dass ihre Oma das Krankenhaus nicht wieder verlassen würde, aber Fine hatte es als Einzige ausgesprochen. Der Tumor war zwar nicht bösartig gewesen, aber so dicht an ihrem Herzen, dass eine Operation nicht möglich war. Nach und nach hatte die Geschwulst die Funktionen des lebensnotwendigen Muskels eingeschränkt.

Mona atmete tief durch. Hatte sie damals geglaubt, die Realität ändern zu können, wenn sie die Augen nur fest genug davor verschloss?

Sie drehte sich um, hielt Ausschau nach ihrer Mutter und entdeckte sie neben dem Büfett, im Gespräch mit zwei Mitgliedern des Backclubs, die ihre Hände hielten. Gut. Die Frauen würden für sie da sein.

Sie ließ sich auf einen freien Stuhl fallen. Jetzt bemerkte sie, wie sehr ihre Füße pochten. Kein Wunder, sie war seit dem Morgen auf den Beinen. Nicht mal von den großartigen Torten hatte sie bisher probiert.

Gelächter drang aus einer Ecke, und auf einmal musste auch sie den Kopf heben und zur Decke blinzeln.

Was denkst du, Oma? Es sieht doch alles ganz gut aus. Aber findest du nicht auch, dass die Kuppeltorte ein wenig verunglückt ist? Wahrscheinlich wurde der Teig zu früh geschnitten und war noch zu warm. Ich habe Donauwellen gebacken, mit Whisky aus deiner Vorratskammer. Nicht der torfige, der wäre zu dominant und würde das Geheimnis verderben. Ansonsten sorgen deine Mädels für Stimmung, und ich glaube nicht, dass wir hier vor dem Abend rauskommen.

Es würde gut sein, den restlichen Tag in dieser Gesellschaft zu verbringen. Die Frauen würden Anekdoten aus Omas Leben erzählen, aber sich auch gegenseitig trösten, wenn die Traurigkeit kam. Einen besseren Ort würde es für sie heute nicht geben.

2

»Kommst du zurecht?«

Erst als ihre Mutter die Tür öffnete und sich stirnrunzelnd umblickte, merkte Mona, wie stickig die Luft geworden war. In ihrem hellen Sommerkleid wirkte Marion Martinssen viel zu zart für den Dachboden.

Mona war so sehr in ihre Arbeit vertieft gewesen, dass ihr nicht aufgefallen war, wie viel Staub sie aufgewirbelt hatte. Nun sah sie die winzigen Partikel in dem Licht flirren, das durch das Dachfenster einfiel und ein wenig Farbe mit sich brachte, und als sie sich bewegte, roch sie etwas, das in die Kategorie *uralt und abgestanden* gehörte.

Sie stand auf, streckte sich und wischte sich mit dem Unterarm über die Stirn, ehe sie an ihrer Bluse und der Leinenhose zupfte, um ein wenig Luft an ihre Haut zu lassen. »Ja, sicher. Ich komm hier aber nur langsam voran.«

»Es eilt ja nicht, Schatz. Wir können uns so viel Zeit lassen, wie wir wollen. Mach ruhig eine Pause.« Ihre Mutter sah sich um, zog den Kopf ein, als sie eine der Dachschrägen passierte, und lief Slalom um die Kartons, die bereits gepackt oder sortiert waren. Der Bereich hier oben war lediglich als Lagerraum genutzt worden, aber da er gut isoliert war, befand sich alles in hervorragendem Zustand.

Oma Fine hatte ihren beiden Töchtern je die Hälfte ihres Hauses am Rand von Detmold vererbt, und man war übereingekommen, dass Tante Dora hier einziehen sollte. Immerhin würde sie dann wieder in der Nähe wohnen und nicht Stunden entfernt in Heidelberg, wo sie sich ohnehin nur einigelte und selten das Haus verließ, da sie schlecht laufen konnte.

Erst jetzt bemerkte Mona, dass ihre Mutter eine Tasse in den Händen hielt. »Oh, Kaffee?«

»Ich dachte, du könntest etwas Heißes gebrauchen.«

Zwar war es auf dem Dachboden nicht nur stickig, sondern auch beinahe unangenehm warm, aber Mona wusste genau, was ihre Mutter meinte. Seit Omas Tod fröstelte sie manchmal innerlich, so als hätte die fehlende Nähe eines geliebten Menschen eine kalte Stelle in ihrer Seele hinterlassen.

»Mir geht es gut. Mach dir keine Sorgen.«

»Wirklich?« Da war er wieder, dieser zweifelnde Blick, den sie in den vergangenen Wochen so oft an ihrer Mutter gesehen hatte. »Mona, ich weiß, dass du versuchst, stark zu sein. Aber erst Mamas Tod und dann die Sache mit Daniel … du hast dir nicht einmal Urlaub genommen, obwohl die Firma es dir angeboten hat. Schatz, du musst das nicht alles allein stemmen.«

Mona stutzte kurz, doch dann wurde ihr bewusst, dass ihre Mutter noch immer glaubte, ihre Tochter würde vor den Trümmern ihres Lebens stehen. Sie trat zu ihr und legte einen Arm um ihre Schultern. »Was muss ich tun, damit du verstehst, dass ich wirklich froh bin, die Sache mit Daniel endlich hinter mich gebracht zu haben? Und dass die Arbeit und meine Kollegen mich ablenken, und zwar auf eine gute Weise? Ich liebe meinen Job, ich mag es, Projekte zu managen, und dass ich das ausgerechnet für Geschenkartikel machen darf, finde ich besonders schön. Da habe ich täglich mit Dingen zu tun, mit denen Menschen anderen eine Freude machen. Das ist so viel besser, als mir ein paar Tage freizunehmen und allein zu Hause zu sitzen. Ich hab doch eh demnächst Urlaub. Mir tut nur weh, dass Oma weg ist. Wobei«, sie zwinkerte, »ich, ehrlich gesagt, ganz schön oft mit ihr rede. Oder sie um Rat frage. Von da oben hat sie schließlich alles gut im Blick.«

Ihre Mutter schüttelte den Kopf, dann schmunzelte sie und reichte ihr die Tasse. »Du bist und bleibst eben unsere Sonne.«

So hatte auch Oma Fine sie manchmal genannt – da sie schon als Kind stets versuchte, in jeder schwierigen Situation das Positive zu finden. Bisher hatte sie es stets geschafft vielleicht auch einfach nur, weil sie fest daran glaubte, dass die Welt sonst aus dem Gleichgewicht geriet.

Dankbar atmete Mona den Duft ein, der von der Tasse aufstieg. Kaffee, Mandel und ein Hauch Karamell. »Hm ...« Sie trank einen Schluck.

»Und?« Ihre Mutter blickte sich um.

Es hatte Wochen gedauert, bis sie verkündete, dass es Zeit sei, Omas Haus in Angriff zu nehmen. Mit der Entscheidung war ihr Feldwebel-Gen aktiviert worden, und sie hatte Mona zuallererst auf den bis zum letzten Quadratmeter vollgestopften Dachboden geschleppt. Hier oben lagerten Dinge, die sie noch nicht kannte, Erinnerungen, die nicht ihre waren, und Geschichten, so lange vergangen, dass sie nur wenig schmerzten. Oma Fine hatte alles schön übersichtlich und nach Jahren sortiert in Kisten und Kartons verpackt. Einzig Willy Brandt, der Kater der Nachbarn, hatte die Ordnung gestört und ein Chaos aus Blättern und Fotos hinterlassen, als er, durch Mona aufgescheucht, fauchend aus seinem Versteck geschossen und auf Nimmerwiedersehen verschwunden war. Wahrscheinlich war er über die Kastanie neben dem Haus geklettert und hatte sich durch das halb geöffnete Fenster gequetscht, um den Dachboden zu seinem Reich zu deklarieren ... bis heute.

Mona stellte die Tasse ab. »Hier, das wird dich interessieren.« Sie griff nach der Kladde, die sie in einem der Kartons gefunden hatte, dunkelbraun und mit eingedellten Ecken. Am Rücken wurde sie mit einem Satinband zusammengehalten. Die Blätter im Inneren waren im Laufe der Jahre dunkler geworden und hatten sich an den Rändern gewellt, aber die Schrift war noch gut zu erkennen. »Das ist eine Rezeptsammlung von Omas Mutter, Helene, zumindest steht ihr Name vorne drin. Sie ist handgeschrieben und an manchen Stellen mit Kommentaren versehen, die ich aber nicht alle entziffern kann.«

Ihre Mutter zog eine Kiste heran und setzte sich. »Lass mal sehen.« Sie nahm die Kladde und betrachtete sie eine Weile, ehe sie vorsichtig darüberstrich und sie dann noch vorsichtiger öffnete. Mona trank einen weiteren Schluck Kaffee und beobachtete, wie ihre Mutter die Zeilen mit einem Finger entlangfuhr und dabei lautlos vor sich hin murmelte. Dann hob sie den Kopf und lächelte. »Ja, die alte Handschrift. Gar nicht mal so einfach. Aber die meisten Rezepte kenne ich nur zu gut. Du übrigens auch.«

Mona nickte und erwiderte das Lächeln. Plötzlich war es ganz leicht, so als würde es sich verstärken, da es zwischen zwei Menschen hin und her tanzen durfte. Sogar der Raum wirkte auf einmal heller, und das nicht nur, weil der Kater bei seiner Flucht das Fenster ganz aufgestoßen hatte.

Sie hatte nur die ersten Seiten durchgeblättert und sämtliche Rezepte wiedererkannt, da sie bis heute zum Backrepertoire der Familie gehörten. Sogar die Himbeer-Baiser-Torte, die ihr nie so richtig gelang, war dabei.

Während sich ihre Mutter in Helenes Aufzeichnungen vertiefte, griff Mona nach dem nächsten Papierstapel, den sie zuvor zusammen mit einem alten Mantel und mehreren Deko-Dosen aus einer Holzkiste gefischt hatte. Der Mantel war ungefähr knielang, aus heller Wolle, mit einem riesigen Kragen und altmodischem Schnitt, aber er gefiel ihr. Sie hatte daran geschnuppert und seitdem das Gefühl, dass eine ganze Wollmaus-Familie in ihrer Nase hauste. Sie rieb kräftig darüber und griff nach einem großen Umschlag. Er war vergilbt und unbeschriftet, nicht verschlossen, aber die Lasche ordentlich festgesteckt. Mona löste sie und schüttete den Inhalt vorsichtig auf ihre Knie.

Ganz oben lag eine Postkarte, die eine wunderschöne, wenn auch sehr blaustichige Landschaft zeigte: endlose Wiesen und Felder, voneinander getrennt durch niedrige Steinmauern oder Hecken. Daneben gab es einen Getränkeuntersetzer aus Pappe sowie eine zusammengefaltete Papierserviette. Auf beiden war die stilisierte Abbildung eines Hauses mit einem rauchenden Schornstein und zwei Vögeln zu sehen. Darunter prangten der Schriftzug *Mariot – Jacques & Gaelle Briant* sowie eine Adresse in einem Ort namens Plédéliac.

Sie drehte Deckel und Serviette um, aber die Rückseiten waren leer, daher nahm sie sich das nächste Dokument vor. Ein Briefbogen. Er musste einst zartgelb gewesen sein, hatte sich im Laufe der Jahre jedoch zu einem blassen Ockerton verfärbt. Trotzdem fühlte sich das Papier noch immer weich und glatt an, beinahe wie Seide.

Fasziniert strich Mona darüber. Es war rundum mit wunderschönen Blätterranken und winzigen Zitronen bedruckt. Die Handschrift darauf war dieselbe wie in der Kladde, stammte also vermutlich von Uroma Helene. Hier war sie ordentlicher, die Ober- und Unterschlaufen gleichmäßiger, als hätte sich Helene besonders viel Mühe gegeben. Trotzdem, es war in Sütterlin geschrieben – jener Schrift, die wohl eigens dafür entwickelt worden war, junge Frauen nachfolgender Generationen in den Wahnsinn zu treiben.

Immerhin war der Aufbau der Zeilen unmissverständlich: Sie hielt ein weiteres Rezept in den Händen, so viel war sicher. Nachdem sie eine Weile überlegt hatte, wettete sie Daniels dämlichen Verlobungsring darauf, dass ganz oben *Cehes Zitronentorte* stand. Sie hielt sich nur kurz mit den Zutaten auf, erinnerte sich an die ungewöhnliche, aber so herrlich frische Kombination der Zitronen- und Basilikumcremes und an die kandierten Zitronenscheiben, die sie stets als Allererstes gegessen hatte, und drehte das Papier dann um.

Auf der Rückseite, gar nicht mal so ordentlich, hatte Helene nur wenige Wörter notiert – eventuell eine Einkaufsliste? Mona wollte den Bogen bereits beiseitelegen, als ihr auffiel, dass es sich um Namen handelte. Frauennamen. Sie runzelte die Stirn und kniff die Augen ein wenig zusammen, bis sie endlich den obersten entziffern konnte.

Maelys.

Das klang hübsch. Der Name war als einziger unterstrichen. Darunter hatte Helene weitere notiert, und allmählich gewöhnte sich Mona an diese seltsame, eckige Schreibschrift: Anna, Hildegard, Lieselotte, Erika, Elisabeth und … Josefine! Um den Namen ihrer Oma war mit Schwung ein Kreis gezogen worden. Was hatte das zu bedeuten? Vielleicht hatte Helene hier mögliche Namen für ihre Tochter notiert.

Mona griff nach den nächsten Papieren – ebenfalls Rezepte, jedoch ohne Zitronenranken. Die Überschriften waren Französisch oder klangen fremdartig: *Kouign-amann* oder *Gâteau Breton*.

Breton wie Bretagne?

»Mama?«

»Hm?«

»Hat Uroma Helene sich besonders für Rezepte aus Frankreich interessiert? Oder sogar aus der Bretagne? War sie mal dort?« Sie nahm den Stapel und schwenkte ihn. »Ich habe hier eine Adresse und diverse Rezepte, alles klingt französisch, und hier steht *breton*. Oder sagt dir ein Ort namens Plédéliac etwas?«

Ihre Mutter hob die Augenbrauen. »Nein, noch nie gehört.« Sie starrte zur Seite, ins Nichts, wie so oft, wenn sie versuchte, sich an etwas zu erinnern. »Das wird doch wohl nicht die alte Tabu-Geschichte sein«, murmelte sie.

»Die bitte was?«

Nach einem letzten Blick auf die Kladde in ihren Händen räusperte sich ihre Mutter, legte sie beiseite und rieb sich mit den Fingern über den Blumendruck auf ihrem Kleid.

Mona setzte sich aufrechter hin. »Oha, Mama! Was war da los?«

»Deine Oma hat nicht oft darüber geredet und wenn, dann äußerst ungern, und sie hat auch nicht gewollt, dass jemand außer Dora und mir davon erfährt. Nur Anneliese Rumborg hat noch Bescheid gewusst.«

Das klang ziemlich mysteriös! Die Haut in Monas Nacken begann zu kribbeln, leicht nur, aber auf jene Weise, die einem verriet, dass man nun besser genau aufpassen sollte. »Was gewusst?«

»Das mit deinem Uropa«, sagte ihre Mutter und schielte nach oben, als wollte sie sich vergewissern, ob Oma Fine einverstanden war oder ihr jeden Moment einen Blitz ins Hinterteil jagen würde. »Warum ... na ja, warum wir ihn nie kennengelernt haben.«

Mona fühlte einen winzigen Stich der Enttäuschung. Ach, darum ging es hier. »Du meinst, weil Omas Eltern sich damals getrennt haben?«

Das musste zu Jugendzeiten ihrer Uroma unverzeihlich gewesen sein und wurde seitdem in der Familie vehement totgeschwiegen. Immer wenn Mona mehr über ihren Uropa hatte erfahren wollen – wie war er gewesen? Wie hatte er ausgesehen? Hatte sie ihr kastanienbraunes Haar vielleicht von ihm? –, hatte ihre Oma das Thema gewechselt oder Mehl aus dem Schrank geholt, um einen Teig anzurühren. Mona glaubte ihr Leben lang, dass sich Fines Eltern im Streit getrennt hatten und sie ihren Vater für immer aus ihrem Gedächtnis streichen wollte.

Das war ihr gutes Recht und zudem nicht ungewöhnlich für diese Familie. Auch Monas Mutter redete am liebsten auf eine ganz bestimmte Weise über ihren Ex-Mann – nämlich gar nicht.

Mona hatte sich daher sehr früh vorgenommen, sich möglichst freundschaftlich zu trennen – wenn überhaupt. Bisher hatte das ganz gut funktioniert, nur Daniel machte ihr einen dicken Strich durch die Rechnung.

Nachdem er von seinem München-Trip zurückgekehrt war, hatte er sich dafür entschuldigt, die Beerdigung vergessen zu haben, während er sich quer durch Netflix zappte. Mona hatte ihm daraufhin freundlich mitgeteilt, dass er den Müll runterbringen und sich dabei überlegen sollte, wo er die kommenden Tage zu wohnen gedachte. Schließlich war dies ihre Wohnung, in die er nur wenige Monate nach ihrem Kennenlernen eingezogen war. Er hatte versucht, um einen Schlafplatz auf dem Sofa zu pokern, doch sie war hartnäckig geblieben. Bisher hatte er nicht einmal seine restlichen Sachen abgeholt.

Eine große Lücke hatte er nicht in ihrem Leben hinterlassen – weder dort, wo sich leere Stellen in der Wohnung abzeichneten, da sie sein Zeug zusammengepackt und in die Kammer gestellt hatte, noch in ihrem Tagesablauf.

Der gemeinsame Urlaub fiel nun natürlich ins Wasser. Wie gut, dass sie ausnahmsweise noch nichts geplant hatten – Mona, weil sie wegen Oma Fine andere Dinge im Kopf gehabt hatte, und Daniel, weil … nun. Warum auch immer. Es interessierte sie nicht. Nicht mehr. Der Gedanke an die zwei freien Wochen, die vor ihr lagen und zu schade waren, um sie komplett zu Hause zu verbringen, war ungewohnt, wie derzeit so vieles in ihrem Leben. Aber darum würde sie sich später kümmern.

Sie musterte ihre Mutter, die gedankenverloren an den Papieren in ihren Händen knibbelte. »Also? War es so? Wissen wir nichts über Uropa, weil er und Helene sich getrennt haben?«

Marion schüttelte den Kopf. »Nein, darum ging es nicht. Oder vielleicht doch. Dora und ich sind uns nicht sicher.«

»Wie meinst du das? Ihr wisst nicht, wie Helene und ihr Mann sich getrennt haben?«

Ihre Mutter zögerte. »Das auch, ja. Aber … ach, jetzt, wo Mama weg ist, kann ich es dir ebenso gut erzählen.« Sie verzog den Mund. »Wir wissen nichts über diesen Mann, unseren Großvater. Mehr noch: Sogar deine Oma wusste nichts über ihren Vater. Ihre Mutter hat nie auch nur ein Wort über ihn fallen lassen.«

Mona riss erstaunt die Augen auf. Es stimmte, Oma Fine hatte immer dichtgemacht, wenn man sie nach ihren Eltern fragte, aber Mona glaubte stets, dass alte Streitigkeiten der Grund dafür waren, in Kombination mit Fines ausgeprägtem Dickkopf. Dabei hätte sie so gern mehr über ihre Wurzeln herausgefunden, beispielsweise, ob es irgendwo dort draußen weitere Verwandte gab. Vielleicht Großtanten oder Großcousins.

Sie träumte von riesigen, fröhlichen Feiern, für die man einen Raum oder besser noch eine ganze Scheune oder einen Partysaal mieten musste, wo die Familie einmal im Jahr aus der gesamten Welt zusammenkam und gemeinsam feierte, tanzend in die Nacht hinaus und lachend in den Morgen hinein. Wo der Großcousin aus Amerika beschwipst genug war, um sich von sämtlichen Kindern mit Filzstift-Schnurrbärten und -Herzen verschönern zu lassen – auf Wangen, Stirn und Handrücken.

So ähnlich wie bei Isa und ihrer Truppe, wie sie es nannte. Mona würde nie vergessen, wie begeistert sie gewesen war, als ihre Freundin sie zum ersten Mal mit zu einem Familienfest geschleppt hatte. Wie alt waren sie da gewesen? Dreizehn? Vierzehn? »Du kommst mit, damit ich mich nicht zu Tode langweile«, hatte Isa gesagt. Mona hatte den Spaß ihres Lebens gehabt und war irgendwann auf einer Bank eingeschlafen, den Kopf auf den Knien von Isas kurzsichtigem Onkel Camillo, der sie für einen Hund gehalten und ihre Haare gekrault hatte. Seitdem war sie Dauergast bei Wagners. Trotzdem ... mit der eigenen Familie war es etwas anderes.

Und jetzt das!

»Aber habt ihr denn nie nachgefragt? Oma muss doch versucht haben, was aus Helene herauszubekommen.«

»Das hat sie. Glaub mir, sie muss als Kind regelrecht frustriert gewesen sein, aber Helene war sehr energisch ... und sehr verschwiegen, wenn sie wollte. Irgendwann hat Mama das wohl akzeptiert oder einfach resigniert. Wir wissen nur, dass Helene als junge Frau für eine Weile fortgegangen ist, und als sie zurückkam, hatte sie ihre kleine Tochter bei sich. Allerdings keinen Mann. Ihre Eltern müssen getobt und gebohrt haben, sie waren ja sehr denggläubig. In ihrem Haus hing ein riesiges Kreuz, das Helenes Vater aus Schlesien mitgebracht hatte, und jeden Morgen wurde davor gebetet. Trotzdem hat Helene niemals auch nur ein Wort darüber verloren, was im Ausland geschehen war oder von wem das Kind stammte. Und überleg dir mal, wie lange das her ist. Deine Oma wurde ja 1932 geboren. Das waren noch ganz andere Zeiten damals! Ein Kind und keinen Mann zu haben war für eine Frau eine regelrechte Schande.«

»Kann ich mir vorstellen«, murmelte Mona und versuchte, sich ihre Uroma vorzustellen. Sie kannte Helene nur von wenigen Bildern, auf denen sie ihr dunkles Haar aufgesteckt trug. Oma Fine hatte nie viel von ihr erzählt, aber

Mona wusste, dass sie eine sehr starke Frau gewesen sein musste, die oftmals ernst gewirkt und stets ihre Meinung durchgesetzt hatte. Ungewöhnlich für die damalige Zeit.

»Sie war sehr eigen, besonders wenn es um ihr Haar ging«, hatte Oma Fine einmal gesagt. »Sie hat es immer streng hochgesteckt. Niemand durfte es anfassen, aber manchmal habe ich zugesehen, wie sie es am Abend auskämmte.« Dieses Detail war Mona im Gedächtnis geblieben, da Helene pechschwarzes Haar besessen hatte – ein Merkmal, das nicht weitervererbt worden war. Als Teenager hatte sie das bedauert, aber mittlerweile war sie mit ihrem Braunton versöhnt, der in der Sonne rötlich schimmerte.

»Wann ist sie denn aus Detmold weggegangen?«

Ihre Mutter überlegte. »Das muss Anfang der Dreißigerjahre gewesen sein. Sie hat deine Oma mit neunzehn bekommen.«

Ein Funke zündete in Monas Kopf, und sie griff nach den Papieren. »Also kann es sein, dass sie in Frankreich war? Ich meine in der Zeit, in der sie weg war?«

Ihre Mutter lächelte. »Du meinst, wegen dieser Rezepte hier?«

»Nicht nur.« Mona stand auf und drückte ihr den kleinen Stapel in die Hand. Auf einmal schlug ihr Herz schneller vor Aufregung, obwohl es dafür keinen direkten Anlass gab. Sie deutete auf die Serviette. »Das hab ich in der Kiste dort gefunden. Ich glaube, es sind Helenes Sachen. Auf der Serviette und dem Pappdeckel steht eine Adresse in Plédéliac, und dort befindet oder befand sich das *Mariot*. Vielleicht ein Restaurant oder ein Hotel? Und hier«, sie deutete auf die Rezeptsammlung, »hier hat Helene Rezepte notiert, und eines ist ein bretonischer *gâteau*. Also ein Kuchen.« Ihre

Französischstunden in der Schule waren zwar schon eine Weile her, aber kaum rief sie sich manche Vokabeln ins Gedächtnis, brachten sie einen Schwall weiterer mit. Vielleicht, weil sie die elegante Sprache damals so gemocht hatte. Isa und sie hatten nachmittags manchmal Französisch gesprochen und sich dabei vorgestellt, sie befänden sich in einem Urlaub in Paris und würden den Eiffelturm und den Louvre besuchen, um am Abend in einem kleinen Café oder an der Seine zu sitzen.

Sie nahm die Rezepte wieder an sich und blätterte sie durch, bis sie den Briefbogen mit den Zitronenranken fand. »Und hier, sieh mal! Eine Namensliste, und Josefine ist darunter. Da muss Helene einen Namen für ihre kleine Tochter gesucht haben. Immerhin wissen wir nun, dass Oma Glück gehabt hat, sie hätte auch als Lieselotte oder Hildegard enden können.«

Ihre Mutter las die Liste durch, ehe sie das Blatt sinken ließ. »Also, ja, auch wenn ich nicht sehr viel mehr weiß als das ... aber du hast recht, es war Frankreich. Sogar die Bretagne. Helene hat dort knapp zwei Jahre in einer Pension gearbeitet. Zunächst als Hausmädchen, später in der Küche, vermutlich als Bäckerin. Die Sachen hier stammen sicher aus der Zeit.«

»Also war sie dort? In einer Pension oder einem Hotel namens *Mariot*? Warum hast du mir nicht zumindest das irgendwann mal erzählt?«

»Weil deine Oma es nicht wollte, mein Schatz, und ich weiß auch nicht, ob die Pension *Mariot* hieß. Je weniger über ihre Mutter geredet wurde, desto lieber war es ihr. Helene war sehr verschwiegen, und es sollten keine Gerüchte die Runde machen. Weniger Nährboden, weniger Gerede, hat deine Oma immer gesagt. Wie das nun mal mit Tratsch so ist.«

Mona nickte. Ja, das kannte sie nur zu gut. Isas Beziehung mit ihrem letzten Freund war an Gerüchten zerbrochen, und selbst als sich herausgestellt hatte, dass sie nicht stimmten, war das alte Vertrauen nicht zurückgekehrt. Es war erschreckend, welche Macht Gerüchte hatten, wenn sie sich einmal in der Welt festgebissen hatten.

»War Oma denn dann zur Hälfte Französin?«

Ihre Mutter verzog das Gesicht. »Wenn, dann Bretonin«, sagte sie mit gespielter Strenge. »Um Himmels willen, sag niemals einem Bretonen, dass er Franzose sei, hat sie mir mal gepredigt. Dabei war sie niemals in Frankreich oder der Bretagne, sie muss das also von Helene gehört haben.«

»Ich werde es mir merken. Aber nun sag schon. War sie?«

Schulterzucken. »Keine Ahnung. Deine Oma wusste es selbst nicht. Und ich glaube, sie wollte auch deshalb nicht, dass mehr Leute davon erfahren. Weil es ihr zu schaffen gemacht hat, dass ihre eigene Mutter ihr nichts Handfestes über ihre Herkunft verraten mochte.«

»Kann ich mir gut vorstellen«, sagte Mona. »Jeder will doch wissen, woher er stammt und ob er noch Familie hat. Überleg mal, vielleicht haben wir Verwandte in der Bretagne!« Aufregung pulsierte in feinen Vibrationen durch ihren Bauch.

»Ja, wer weiß.« Der Blick ihrer Mutter ging ein letztes Mal in die Ferne, dann schlug sie sich auf die Oberschenkel und stand auf. »Aber sollten wir hier nicht weitermachen?«

»Ich begreife nicht, warum du das nicht total spannend findest, Mama! Ob es das *Mariot* wohl noch gibt? Ich bin sicher, dass Helene dort gearbeitet hat. Warum sollte sie diese Unterlagen sonst aufbewahrt haben?« Mona hatte Feuer gefangen. Möglicherweise konnten sie herausfinden, was ihre Uroma Helene in Plédéliac erlebt hatte. Oder wer Oma Fines Vater war! Es gab eine Spur, der sie folgen konnte, und es musste einfach weitere geben. Auf einmal fühlte sie sich wie Flint, der bei einer Fährte manchmal so unter Dauerspannung stand, dass er sogar gegen Hindernisse wie parkende Autos oder Bäume lief. Hier hatte sich eine Tür aufgetan, und dahinter wartete womöglich eine Geschichte, die lange Zeit unter Verschluss gehalten worden und schließlich in Vergessenheit geraten war. Aber wollten nicht alle Geschichten erzählt werden? Das machte sie doch erst lebendig.

Ihre Mutter sah sie erstaunt an. »Möglich. Aber es lebt doch schon lange niemand mehr, der Helene gekannt haben könnte. Was würde es dir bringen zu wissen, was aus der Pension geworden ist?«

»Das kann ich doch jetzt noch nicht sagen. Aber es ist etwas aus Helenes Vergangenheit. Ein Puzzleteilchen. Wer weiß, vielleicht gibt es dort, wo eines ist, noch andere. Man muss ja schließlich mit einem Punkt anfangen, wenn man eine Linie ziehen will«, zitierte sie einen der Lieblingssprüche ihrer Oma.

Ihrer Mutter zauberte sie damit ein Lächeln auf die Lippen. Dann widmete sich Marion Martinssen wieder dem Papier in ihrer Hand und drehte es um, sodass die Zitronenranken zu sehen waren. »Das hier ist auf jeden Fall Mamas spezielle Zitronentorte«, sagte sie dann. »Die kam öfter auf den Tisch, als du noch klein warst, Mona. Sie hat einen Teil der Früchte stets selbst kandiert, und neben der Zitronencreme gab es eine weitere Schicht mit frischem Basilikum.

Das hat manche abgeschreckt, aber ich mochte es furchtbar gern. Es war ein ganz besonderer Geschmack. Er hat mich immer an den Sommer erinnert.« Sie fuhr die Ranken auf dem Papier mit einem Finger entlang. »Es gab dazu endlose Diskussionen mit Frau Rumborg. Basilikum als Gewürz gehört in Tomatensoße, aber nicht auf Torten, hat sie mal gesagt. Aber deine Oma hat nur gelacht und demonstrativ ein weiteres Stück gegessen. Frau Rumborg dann natürlich auch – *damit das Zeug nicht schlecht wird*.«

»Typisch Frau Rumborg. Später hat Oma die Torte nicht mehr so oft gebacken, oder?«

»Jetzt, wo du es sagst ... nein. Vermutlich, weil damals der Backclub entstanden ist, da war sie damit beschäftigt, alles Mögliche auszuprobieren. Aber zu besonderen Gelegenheiten kam Cehes Torte immer noch auf den Tisch.«

»Ja, ich erinnere mich. Immer wenn ich an Zitrone und Basilikum denke, muss ich auch an Oma denken. Warum heißt sie eigentlich *Cehes* Torte? Was ist Cehes?«

»Ich habe keine Ahnung. Vielleicht hat sie das Rezept so von irgendwem übernommen.«

»Hm«, sagte Mona, war aber mit den Gedanken schon ganz woanders. »Vielleicht finden wir hier auf dem Speicher noch weitere Hinweise auf Helene und ihre Zeit in Frankreich.«

»Der Bretagne.«

»Ja, okay. Wo liegt Plédéliac wohl genau?«

»Gute Frage«, murmelte ihre Mutter, schon wieder in das Rezept vertieft.

Mona schüttelte den Kopf. Sie konnte nicht glauben, dass ihre Mutter kein Interesse daran zeigte, Helenes Spuren zu folgen. Denen der eigenen Oma! Für sie selbst war das nur schwer vorstellbar. Gut, sie hatte stets zu hören bekommen, dass sie nicht weiter nachfragen solle, was Helene und ihren Opa betraf, womöglich hatte sich das in ihr festgesetzt, als sie noch ein Kind gewesen war.

Monas Herz schlug schneller, als ihr Blick auf die übrigen Kartons und Kisten fiel, und sie malte sich aus, was sie alles herausfinden würde. Weitere Puzzlestücke aus Oma Fines Leben und vielleicht sogar aus Helenes! Sie trank ihren Kaffee aus, hauchte ihrer Mutter einen Kuss auf die Wange und machte sich wieder an die Arbeit.

Zwei Sekunden genügten. Zwei Sekunden, in denen Mona sich mehr auf den Bildschirm konzentrierte als auf das Brot in ihrer Hand. Eine blitzschnelle Bewegung, ein Schnappgeräusch und ein kurzer, warmer Atemhauch an ihren Fingern, dann waren sie leer. Flint sprang von ihrem Schoß zu Boden. Er war schlau genug, um auf Sicherheitsabstand zu gehen, nachdem er sie um einen Teil ihres Abendessens betrogen hatte.

Mona starrte ihn so lange an, bis er zumindest den Anstand hatte, so zu tun, als täte es ihm leid. »Dir ist hoffentlich klar, dass das Konsequenzen haben wird und du dein Leckerli-Verbot soeben um mindestens zwei Tage verlängert hast?«

Die Antwort bestand in einem Dackelblick aus Terrieraugen, der zumindest Reue heuchelte. Aber sie war selbst schuld, wenn sie das Brot so einladend in die Luft hielt. Üblicherweise achtete sie auf solche Dinge, wenn ihr Hund im Raum war, aber sie hatte sich zu sehr auf ihre Suche im Internet konzentriert.

Leider ohne Erfolg. Weder über die Pension – oder das Hotel – *Mariot* noch über die damaligen Besitzer Jacques und Gaelle Briant hatte sie irgendwas gefunden. Auch nicht über andere Briants in diesem Zusammenhang. Entweder gab es das *Mariot* nicht mehr, oder es hatte, was Mona für weniger wahrscheinlich hielt, keinen Webauftritt. Das konnte höchstens sein, wenn es von älteren Leuten geführt wurde, die nichts mit dem Internet anfangen konnten. Aber würde es dann nicht zumindest Hinweise oder Bewertungen ehemaliger Gäste auf Online-Portalen geben? Selbst als sie die Adresse der Pension auf der Karte gesucht hatte, war sie nicht fündig geworden. Ihr wurde zwar die Straße angezeigt, nicht jedoch die Hausnummer, und als sie auf die Satellitenansicht umschaltete, fand sie eine Menge Wald und einzelne Häuser, die keine weiteren Hinweise lieferten.

Plédéliac selbst war nicht allzu groß mit seinen knapp tausendfünfhundert Einwohnern. Der Ort lag im Nordwesten des Landes und besaß einige hübsche historische Gebäude wie eine Klosterruine, eine sehr eindrucksvolle Kirche, ein Schloss, das sie an ein großes Herrenhaus erinnerte, sowie die Ruine einer Burg mit dem klangvollen Namen La Hunaudaye. Sie stammte aus dem dreizehnten Jahrhundert, war rund und trutzig und besaß alles, was Mona von einer stilechten Burg erwartete: Türme, eine Zugbrücke und sogar einen Wassergraben, der die Insel umschloss, auf der das Bauwerk in die Höhe ragte. Es erinnerte Mona an alte Filme, die sie als Kind zusammen mit Oma Fine gesehen hatte. Geschichten von Rittern und Edelleuten, deren Schicksal sie stets vor große Herausforderungen stellte. Fast so, als würden die massigen, grauen Steinmauern nichts anderes zulassen als eine Welt voller Abenteuer.

Plédéliac hatte Touristen also durchaus etwas zu bieten und lag zudem nicht weit von der Küste entfernt. Es gab einige Hotels und Pensionen im Ort, aber keine konnte das *Mariot* sein – und zu allen fand man zumindest Bewertungen von ehemaligen Gästen auf den einschlägigen Plattformen. Bedeutete das, die Pension existierte tatsächlich nicht mehr?

Sie hatte Reiseblogs durchforstet und Foren von Bretagne-Fans, aber nichts gefunden. »Keine Infos und auch kein Käsebrot mehr für dich«, teilte sie Flint mit, der daraufhin mit dem Schwanz wedelte, sodass die weiße Spitze wie ein Leuchtfeuer wirkte. Das konnte er am besten: zu spontan sein und danach so tun, als wäre nichts passiert. Vielleicht hoffte er, dass die anderen vergaßen, was vorgefallen war, wenn er mit gutem Beispiel voranging.

Mona seufzte und klappte den Laptop zu. Sie hatte gerade erst mit ihrer Suche begonnen, da konnte sie doch nicht schon wieder aufgeben. Immerhin hatte sie herausgefunden, dass einige der Rezepte vom Dachboden wirklich aus der Bretagne stammten. Bei dem Kouign-amann beispielsweise handelte es sich um eine Art Butterkuchen. Es hatte ihr in den Fingern gekribbelt, ihn zu backen, aber dann hatten die Recherchen sie doch mehr gereizt.

Sie schlenderte in die Küche, um sich ein weiteres Brot zu machen und ein Glas Wein einzuschenken. Während sie Butter, Käse und den Riesling aus dem Kühlschrank holte, grübelte sie über Plédéliac und die Bretagne im Allgemeinen.

Warum war Helene damals weggegangen? Hatte sie in Deutschland keine Arbeit gefunden? Das passte in die Zeit der Weltwirtschaftskrise, die nach dem berühmten Schwarzen Freitag neben den USA vor allem Deutschland hart getroffen und die Frauen vom Arbeitsmarkt gedrängt hatte.

War Helene deshalb losgezogen, hatte sie ihr Glück in der Bretagne gesucht? Aber wenn schon Frankreich, warum dann nicht Paris oder Marseille? Waren die Umstände oben im Norden besser gewesen, in einer ländlichen Gegend, wo sich die Umbrüche womöglich nicht so stark bemerkbar gemacht hatten? Auf dem Land konnten die Menschen so gut es ging weiter Obst und Gemüse anbauen. Oder war es einfach Zufall gewesen, und Helene hatte sich treiben lassen und die erstbeste Arbeitsstelle angenommen, über die sie gestolpert war?

Eine seltsame Vorstellung, die so gar nicht zu ihrer Familie passte. Man zog nicht einfach los und wartete, wohin das Leben einen leitete, sondern plante so viel im Voraus wie möglich. Aber vielleicht hatte Helene ja auch etwas Bestimmtes an genau diesen Ort gezogen, vielleicht hatte sie den bretonischen Vater ihres Kindes in Deutschland kennengelernt und war ihm in seine Heimat gefolgt, ohne jemandem davon zu erzählen?

Viel zu viele Fragen, zu viele *Vielleichts*! Grübeln würde ihr keine Antworten bringen. Und da leider auch das sonst so allwissende Internet versagt hatte, war sie am Ende ihrer Weisheit.

»Das soll es schon gewesen sein?«, fragte sie Flint, der sich beim Klang der Kühlschranktür wie beiläufig neben ihr niedergelassen hatte und nun die Ohren aufstellte. Vielleicht hätte er Erfolg gehabt und noch einen Happen bekommen, wenn er so höflich gewesen wäre, sie und nicht das Brot in ihrer Hand anzustarren.

Ihr Handy meldete sich und ließ Flints Ohren zucken. Mona warf einen Blick auf das Display und nahm ab. »Hallo Isa.«

»Na, was macht die Recherche?«, lautete die gebrüllte Antwort. Seit Isa eine Spinning-Klasse unterrichtete, kam sie von dieser Lautstärke manchmal nur schwer herunter.

Mona grinste. Natürlich wusste ihre beste Freundin Bescheid. Sie hatte ihr von den Kisten auf dem Dachboden berichtet und eine Verbündete gefunden: Isa war von der Vorstellung, Detektivarbeit zu leisten, ebenso fasziniert.

»Nicht viel. Leider. Ich finde überhaupt nichts über das *Mariot* oder Leute, die Nachfahren von Jacques und Gaelle Briant sein könnten. Und auch nichts über ein öffentliches Gebäude unter der Adresse.«

»Na, du wirst doch wohl nicht schon aufgeben?«

Mona hielt das Handy ein Stück weg, um ihre Gehörgänge zu schonen. »Natürlich nicht. Nur weiß ich gerade nicht weiter.«

»Ich schon.«

Mona griff nach ihrem Weinglas und trank einen Schluck. »Dann lass mal hören.«

»Also: Ich hab den Ort auf Wikipedia aufgerufen. Der hat süße tausendfünfhundert Einwohner! Selbst wenn du jedem einzelnen die Hand schütteln würdest, hättest du die wahrscheinlich an einem Tag durch. Vielleicht an zweien. Aber spätestens dann wirst du wissen, ob es noch eine Pension *Mariot* gibt oder was aus ihr geworden ist.«

Mona lachte. »Wie stellst du dir das denn vor?«

»Na ja, so wie man halt Leuten die Hand schüttelt.«

Mona brauchte einen weiteren Schluck, dann begriff sie. »Du meinst, ich soll da hin?«

»Natürlich sollst du! Los, los!« *Schneller! Keine Verschnaufpause! In die Pedalen!*

»In die Bretagne?« Der Gedanke wirkte wie ein sanfter

Stromschlag. Bisher hatte Mona ihre Urlaube nach der Sonne gewählt – den Landstrich im Nordwesten Frankreichs hätte sie nie in Betracht gezogen. Was gab es dort? Kühlen Wind, steile Küsten, raue Landschaften und Steinkreise aus längst vergangenen Zeiten. Pittoreske Dörfer und gutes Essen, ja, das ganz sicher. Und Helenes Spuren, die es aufzudecken galt! Mona fing die Idee ein, drehte und wendete sie, und auf einmal erschien sie ihr gar nicht mal so abwegig. Warum fuhr sie nicht wirklich? Schließlich musste sie nur noch bis Freitag ins Büro, dann lagen zwei freie Wochen vor ihr.

Sie hatte ihren Urlaub nicht storniert, da ein paar Tage fernab von ihrem geregelten Leben ihr guttun würden. Pläne hatte sie allerdings nicht – die meisten ihrer Freundinnen steckten in Beziehungen und fuhren lieber mit ihren Partnern weg, oder es war ihnen einfach zu kurzfristig, um sich freizunehmen. Verständlich. Mona hatte sich bereits mit dem Gedanken angefreundet, eine entspannte Zeit zu Hause zu verbringen oder Tagesausflüge zu machen. Sie würde backen, lesen, ab und zu mit ihren Freunden essen oder ins Kino gehen oder ihrer Mutter Gesellschaft leisten. Ein, zwei Mohnzöpfe mit ihr backen.

Aber jetzt? Quasi mit einer Mission im Gepäck? Wenn sie nichts herausfand, konnte sie sich immer noch die Bretagne ansehen und genießen, was auch immer der Landstrich zu bieten hatte.

»Mona?«

»Ich bin noch da! Ich denke nach.« Mittlerweile hatte das Stromschlag-Gefühl für eine feine Gänsehaut gesorgt und brachte ihre Gedanken in den Überhol-Modus. Es fühlte sich komisch an, da sie wie ein D-Zug durch ihren Kopf rasten. »Das wäre ganz schön kurzfristig. Ich habe mich ja noch nicht einmal um einen Reiseführer gekümmert, ganz zu schweigen von einer Übernachtung.«

Ein langer Seufzer kroch durch die Leitung. »Süße, dann mach doch mal was Neues, plane so gut wie nichts, und lass die Projektmanagerin einmal zu Hause. Die gibst du schon oft genug in der Firma, findest du nicht? Du fährst allein, ohne Daniel, der dich eh wieder an einen langweiligen Pool eines noch langweiligeren Hotels geschleppt hätte. Ich weiß, du willst es nicht hören, aber ich darf es trotzdem sagen, weil ich deine beste Freundin bin: Sei froh, dass du ihn los bist. Und das bist du auch, ansonsten würdest du nämlich jetzt heulend in deinem Bett liegen, einen Taschentuchberg anhäufen, und ich müsste dich dazu bringen, überhaupt dein Schlafzimmer zu verlassen. Jetzt reden wir aber darüber, dass du das Land verlässt. Was sagt uns das?«

Mona zögerte. »Ich weiß es nicht.« Dabei wusste sie es ganz genau. Isa hatte recht. Nach der Wut über Daniels Lüge war zwar die Trauer gekommen, aber sehr schnell wieder verflogen. Insgeheim hatte sie schon lange geahnt, dass etwas nicht stimmte, und wenn sie ganz ehrlich zu sich war, hatte sie sich sogar darauf eingestellt, dass die Beziehung irgendwann im Sande verlaufen würde. Allerdings still und leise, nicht mit einem solchen Paukenschlag.

»Mona.« Nun brüllte Isa nicht mehr. »Natürlich weißt du es. Vermisst du ihn?«

»Das hast du mich schon gefragt.« Mehrmals. Jedes Mal hatte sie in sich hineingehorcht und erstaunt festgestellt, dass sie es nicht tat. Sie begriff nur nicht, wie sehr die Gewohnheit sie hatte täuschen können. Warum sie noch mit

Daniel zusammengeblieben war, wenn sie ihn nicht mehr liebte – und er sie offenbar auch nicht.

»Und, hat sich daran was geändert?«

»Isa …«

»Hat es?«

Mona atmete tief durch. »Nein. Ich denke immer, da muss doch noch etwas kommen nach all den Jahren. Aber …« Sie zuckte die Schultern, auch wenn Isa es nicht sehen konnte.

Die schien wie so oft ihre Gedanken zu lesen. »Ich kann mir vorstellen, dass das seltsam sein muss, Süße. Gerade deshalb finde ich, dass du mal ein Abenteuer wagen solltest. Pack deine Sachen, setz dich in deinen Wagen und fahr los. Ich bin sicher, in der Bretagne gibt es viele schöne Unterkünfte, in denen du direkt vor Ort anfragen kannst, ob noch ein Zimmer frei ist. Gib dir mal einen Ruck!«

Mona fuhr leicht zusammen. »Ich bin noch nie einfach so irgendwo hingefahren.«

»Dann wird's mal Zeit. Du sprichst doch noch Französisch, oder hast du etwa alles vergessen?«

»Das nicht, aber …«

»Überleg es dir. Ich meld mich nach dem Kurs noch mal, und dann reden wir über deine Reise!« Isa legte auf, ohne eine Antwort abzuwarten.

Mona trank das Glas mit dem nächsten Zug halb aus. Isas Vorschlag klang auf seltsame Weise logisch. In den vergangenen Wochen hatte sich schließlich einiges in ihrem Leben gewandelt. Da blieb es nicht aus, dass auch sie sich veränderte, oder? Immerhin steckte in jedem Ereignis etwas Positives, man musste manchmal nur ein wenig danach suchen.

»Demnach«, sagte sie zu Flint, der ihr seine Lacknase entgegenhob, »ist es an der Zeit, auch mal etwas anders zu machen, vielleicht kommt ja was Schönes dabei rum. Denkst du nicht auch?«

Er wedelte so heftig mit dem Schwanz, dass sein gesamtes Hinterteil wackelte. Flint blieb stets der Alte. Es gab genau zwei Dinge, für die er alles stehen und liegen ließ: Futter und die Möglichkeit, etwas jagen zu können, und das würde höchstwahrscheinlich sein Leben lang so bleiben.

Mona schüttelte den Kopf, nahm eine Scheibe Salami, warf sie in die Luft und sah zu, wie er seiner Erfüllung mit einem vollendeten Satz entgegensprang. Er kam im selben Moment wieder am Boden auf, als es an der Tür klingelte, atmete die Salamischeibe ein und stürzte in die Diele.

Mona folgte ihm langsamer, in Gedanken noch halb bei dem Telefonat mit Isa und der Aussicht, vielleicht bald am Meer zu stehen. Als sie die Tür öffnete, stürzte Flint aus der Wohnung und sprang an dem Besucher hoch, der ihn nicht beachtete. Mona zuckte kurz zusammen und blieb stehen, eine Hand an der Klinke.

Daniel sah aus wie immer. Keine Ringe unter den Augen, keine zerstrubbelten Haare oder zerknitterten Klamotten, selbst sein Gesichtsausdruck war … nun, neutral. Kein Anzeichen von Reue oder einem schlechten Gewissen. Sein dunkles Haar glänzte feucht, offenbar hatte er vor Kurzem geduscht. »Hey, Mona.«

Sie runzelte die Stirn. »Was willst du hier?«

Seine Mundwinkel zuckten. »Komm schon. Ich habe lange genug auf Martins Couch geschlafen, denkst du nicht?«

Flint sah ein, dass er keine Streicheleinheiten bekommen würde, und trottete zurück in die Wohnung. Mona wünschte sich, ihm einfach folgen zu können. »Ich verstehe ganz ehrlich nicht, was genau du damit sagen willst, Daniel.« Es war seltsam, ihn vor sich zu sehen. Einerseits war er ihr so vertraut – die gerade Haltung, die klaren, grauen Augen, der leicht schiefe Mund –, aber irgendwas zwischen ihnen war bereits fremd. So als würde Daniel nicht direkt vor ihr, sondern hinter einem Schleier stehen, den sie niemals zerreißen konnte.

Er legte den Kopf schräg. »Ich habe dir Zeit zum Schmollen gegeben. Ich versteh ja auch, dass du sauer warst, aber Enrico hat mich schon vor einiger Zeit eingeladen. Die ganze Party war ultralange geplant, und ich hatte ihm versprochen, auf jeden Fall zu kommen. Ich konnte ja nicht wissen, dass ...« Er hob eine Hand und ließ sie wieder fallen.

Etwas in Mona kribbelte, nur um sich dann zu verhärten. »Was konntest du nicht wissen? Dass meine Oma sich ausgerechnet diese Zeit aussucht, um zu sterben?« Jetzt tat es weh, aber das lag nicht an Daniel.

Er runzelte die Stirn. »Das ist unfair. Ich habe Mist gebaut, ja, und ich habe dir Abstand gegeben, um wütend zu sein. Aber Mona, lass uns die ganze Sache doch einfach vergessen. Ich komme wieder zurück, und alles ist so wie vorher. Du und ich, hier, in unserer Wohnung. Was hältst du davon?« Er trat einen Schritt vor und griff nach ihrer Hand. »Na los, es tut mir doch leid.«

Sie starrte auf ihre und seine Finger, und auf einmal kam ihr das Bild so schräg vor. Mehr noch, sie brachte keine Energie auf, um es zu ändern. Vielleicht hätte sie das gekonnt, wenn er begriffen hätte, wenn er wirklich meinen würde, was er sagte. Aber es tat ihm nicht leid, dass er die Beerdigung verpasst und stattdessen durchgefeiert hatte. Er wollte einfach wieder zurück in diese Wohnung, in sein altes, gemütliches, unanstrengendes Leben.

Lauwarm und dahinplätschernd. Um sie beim nächsten Mal wieder für irgendeine Party im Stich zu lassen.

Langsam zog sie ihre Hand zurück. »Sorry, Daniel. Aber das reicht einfach nicht.«

Etwas huschte über sein Gesicht, war aber sofort wieder verschwunden. Er hatte wohl nicht damit gerechnet, dass sie sich nicht sofort in seine Arme warf und die ganze Sache vergaß. »Ich habe mich doch entschuldigt. Was muss ich denn noch tun?«

Mona schüttelte wütend den Kopf. »Nichts«, sagte sie. »Du musst nichts mehr tun. Es sei denn, du möchtest deine Sachen sofort mitnehmen. Sie sind in der Kammer. Oder … warte.« Sie lehnte die Tür an, damit er ja nicht auf die Idee kam einzutreten, und stellte ihm kurz darauf eine riesige Reisetasche vor die Füße. »Hier, schon einmal das Wichtigste.«

Unglauben breitete sich auf seinem Gesicht aus. Endlose Sekunden lang starrte er sie an, dann nahm er ohne ein weiteres Wort die Tasche, wandte sich ab und lief die Treppen hinunter. Mona lauschte seinen Schritten, dem Schlagen der Haustür und dann der Stille, die so sehr zu dem passte, was sich in ihrem Inneren ausbreitete. Sie drehte sich um, schloss die Tür und lehnte sich dagegen.

Es war richtig so. Daniel und sie, das war Geschichte. Und Oma Fine pflegte zu sagen: *Wenn eine Geschichte zu Ende geht, beginnt eine neue.* Sie musste nur herausfinden, welche.

3

Liebe Omi!
Ich habe es wirklich getan! Flint und ich sind in der Bretagne. Ich bin aufgeregt, frage mich aber immer wieder, ob das alles so eine gute Idee ist. Was ist, wenn ich keinen Platz zum Schlafen finde? Allein im Auto ist es mir zu unheimlich und zu kalt. Aber ich versuche, Isas Tipp zu beherzigen und mir erst dann Gedanken über Probleme zu machen, wenn welche auftreten.

Jetzt suche ich also nach Hinweisen, was deine Mutter in Plédéliac getan hat, und ich hoffe, ich finde etwas heraus. Für dich, aber auch für mich und für Mama.

Dir hätte es hier sicher gefallen, auch wenn das Wetter gerade einfach nur scheußlich ist. Ich weiß nicht, warum du nie hier warst, aber vielleicht begleitest du mich ja jetzt gerade. Ich hoffe es.

Hab dich lieb. Deine Sonne

Mona starrte auf die eng beschriebene Postkarte, strich noch einmal darüber, als könnte sie ihren Worten so Nachdruck verleihen, und beugte sich dann nach hinten. Aus einer ihrer Taschen zog sie die Holzkiste aus Oma Fines

Schlafzimmer, klappte den Deckel auf und legte die Karte hinein. Sie war in Braun- und Goldtönen gehalten und zeigte Burgmauern mit einem Blumenmeer im Vordergrund. Einzig der Schriftzug *Caen* setzte sich rot ab. Mona hatte sie bei ihrer ersten längeren Rast gesehen und spontan entschieden, sie für Oma Fine zu kaufen.

Mittlerweile saß sie – mit Unterbrechungen – seit über zehn Stunden am Steuer und war unglaublich müde. Der Regen machte es nicht besser. Es hörte sich an, als würden Abertausende winzigste Zwerge auf dem Autodach herumtrommeln, und Mona musste permanent blinzeln, weil ihre Augen brannten. Die Scheibenwischer gaben ihr Bestes, kamen aber kaum gegen die Sturzbäche an, in die sich der Schauer vor einigen Sekunden verwandelt hatte. Sightseeing musste sie wohl auf morgen verschieben – bei diesem Wetter wurde selbst die schönste Landschaft zu etwas, dem man einfach nur entkommen wollte. Aber es half nichts, sie konnte in dieser Einöde nicht ewig stehen bleiben.

Mona ließ den alten Fiat wieder an und fuhr weiter. Er ruckte durch ein Schlagloch, und sie keuchte, als ihr die Luft aus der Lunge gepresst wurde.

Es war eine ziemliche Schnapsidee gewesen, in diesen Feldweg einzubiegen, nur weil das Navi sie dazu aufgefordert hatte. *Section à vitesse régulée* hatte vorhin auf einem Schild gestanden. Die Aufforderung zu regulierter Geschwindigkeit war bei den Straßenverhältnissen ein Witz. Niemand brauchte einen Hinweis, dass man hier nicht aufs Gas drücken sollte. Wer das probierte, war entweder stark betrunken oder schlicht wahnsinnig. Der Rückwärtsgang und damit eine Wende war ebenfalls eine schlechte Idee, sie konnte derzeit kaum erkennen, ob dort an der Seite das Gelände abfiel oder nicht.

»Also gut, wir warten«, sagte sie und hielt erneut an, dieses Mal mitten auf dem Weg. Sollte es wirklich noch eine zweite Person geben, die lebensmüde genug war, hier durchzufahren, würde sie die Scheinwerfer schon rechtzeitig bemerken.

Flint hopste mit einem eleganten Satz auf den Beifahrersitz. Er musste sich auf der Rückbank fürchterlich langweilen und betrachtete die Welt außerhalb des Wagens. Mona war sicher, dass er mit Freuden auf Entdeckungstour gehen würde.

Sie stellte den Motor ab und lehnte den Kopf an die Fensterscheibe. An dem Stückchen Horizont, das sie in der Ferne erkennen konnte, kämpften verschiedene Blau- und Grautöne um die Vorherrschaft und gaukelten ihr Dämmerung vor. Hier jedoch trug die Enge von Bäumen und Hecken dazu bei, dass es wirkte, als wäre es bereits tiefste Nacht. So kurz vor dem Ziel! Zumindest vermutete sie, dass sie fast da war, wo sich das *Mariot* ungefähr befand oder einst befunden haben musste.

Seit sieben Uhr am Morgen waren Flint und sie unterwegs, mit nur zwei Pausen, in denen sie etwas gegessen, Flint gefüttert und die Postkarte gekauft hatte. Da war die Welt noch in Ordnung, und der Mai hatte sich von seiner schönsten Seite gezeigt. In den vergangenen anderthalb Stunden hatte sich der Himmel stetig verdunkelt. Jetzt wünschte sie sich zurück nach Hause. Sie fürchtete, niemals anzukommen.

Ein vertrauter Summton riss sie aus den Gedanken. Ihr Handy! Zunächst war sie froh, dass sie hier draußen überhaupt Empfang hatte, dann musste sie grinsen, als sie Isas Nachricht las:

Hey, bist du schon da? Steht die Pension noch? Ich soll dir von Frau Rumborg ausrichten, dass du sie knapp verpasst hast – sie wollte dir noch einen Stachelbeer-Baiser für die Fahrt bringen, hat aber nur noch deine Rücklichter gesehen. Aber keine Bange, ich ess das gute Stück schon. Stellst du dir nun auch vor, wie sie dir hinterhergerannt ist in ihren Gummistiefeln, den Kuchen in der Hand? Ich hoffe, dir geht es gut. Melde dich, vermiss dich, Kuss!

Mona lächelte. Fast hätte sie Isa angerufen, aber noch gab es nichts zu berichten – höchstens, dass sie soeben ein wenig den Mut verlor, weil sie in diesem Unwetter feststeckte. Diese Blöße würde sie sich nicht geben. Sie legte das Handy zurück, verschränkte die Arme hinter dem Kopf, starrte an die Autodecke und stellte sich ein Fenster vor, durch das sie den Himmel sehen konnte.

»Sieh mal, wo ich bin, Oma. Auf den Spuren unserer Vorfahren, und dem Wetter fällt nichts anderes ein, als mich ertränken zu wollen. Und nein, es gibt nicht für jedes die passende Kleidung! Da bräuchte ich momentan schon einen Taucheranzug.«

Flint versuchte, auf ihren Schoß zu klettern, und sie schob ihn weg. Er blieb mit den Vorderpfoten auf ihren Oberschenkeln stehen, hechelte sie an und blickte sich um, als wollte er sie auffordern, sich genauer umzusehen. Die braunen Flecken inmitten des weißen Fells tanzten, als er tief ausatmete.

»Ich würde mich gern der Schönheit der Bretagne hingeben«, sagte sie und tippte ihm auf die Schnauze. »Aber die macht es mir gerade ein wenig schwer, Freundschaft mit ihr zu schließen.«

Flint drehte sich einmal um die eigene Achse und jammerte. Mona seufzte. »Nein. Du kannst jetzt nicht raus.«

Das Jammern verwandelte sich in ein Fiepen, und sie runzelte die Stirn. »Du musst ausgerechnet jetzt? Wirklich? Ist dir nicht klar, was dort draußen los ist?« Es war überflüssig, aus dem Fenster zu deuten, das Rauschen des Regens klang, als hätte sie direkt unter einem Wasserfall geparkt. Vielleicht war ja genau das der Grund für Flints Bedürfnis. »Also gut.«

Sie holte die Leine aus dem Fußraum des Beifahrersitzes, was dazu führte, dass sich Flint in einen Kreisel verwandelte und vor Begeisterung fast überschlug. Anschließend schlüpfte sie in ihre Jacke, zog die Kapuze über und schnürte sie unter dem Kinn fest. Leider hatte sie nicht an eine Taschenlampe gedacht, also musste ihr Handy herhalten, um das Nichts da draußen zu beleuchten.

Kurz darauf stand sie mit hochgezogenen Schultern im Regen und fluchte, während Flint auf die Büsche zusprang. Der Geruch nach feuchter Erde war überwältigend. Da der Regen so laut war, hörte sie zwar nicht, wie ihre Schuhe im Matsch versanken, aber sie spürte es. Zudem war ihre Jacke wohl nur angeblich wasserdicht, der Stoff klebte nach kürzester Zeit an ihrem Körper, und sie spürte die Feuchtigkeit auf der Haut. Stumm beschwor sie Flint, sein Geschäft schnell zu verrichten, und leuchtete die Gegend mit dem Handy ab.

Bäume, Bäume, Bäume, zwischen denen sich jedoch hervorragend ein Wegelagerer verstecken konnte – oder wer es sonst auf einsame Frauen abgesehen hatte, die sich hierher verirrten.

Als der Lichtschimmer eine Silhouette streifte, schrie sie leise auf – und begriff, dass es sich um einen Wegweiser handelte. Ein nackter Holzpfahl, an dessen oberem Ende sich ein Richtungspfeil befand, leider schon so alt, dass die Schrift darauf unlesbar war. Er zeigte nach rechts, also mitten in das Dickicht aus Grün. Seltsam. Ob sich dort einst eine Straße befunden hatte? Mona lief einige Schritte – und blieb stehen. Sie hatte geglaubt, dass die Bäume lediglich unregelmäßig gewachsen waren, aber nun stellte sie fest, dass hier ein Weg abzweigte. Er verbreiterte sich nach wenigen Metern und schien in besserem Zustand zu sein als die Holperpiste, auf der sie gerade parkte.

»Komm schon«, sagte sie und zog an Flints Leine. »Wir fahren weiter. Und wage es nicht, dich im Schlamm zu wälzen. Sonst musst du im Kofferraum weiterreisen.«

Er trottete neben ihr her; zumindest seiner Laune schien das Unwetter nichts anhaben zu können. Mona tat ihr Bestes, um ihn mit seinem Handtuch trockenzurubbeln, und verbannte ihn auf die Rückbank. Danach stieg sie ein und schlüpfte aus ihrer Jacke. Ihr halbes Oberteil war durchnässt, ebenso die Jeans, und die Haare klebten ihr im Nacken. Sie fröstelte.

»Hoffentlich haben wir Glück«, murmelte sie, ließ den Motor an, stellte die Heizung auf volle Leistung und gab vorsichtig Gas. Kurz darauf bog sie rechts ab und jubelte, als sich wenig später wieder Asphalt unter ihren Reifen befand. Die Scheinwerfer beleuchteten eine schmale, aber deutlich besser erhaltene Straße und wurden vom Regen reflektiert. Die Bäume, hauptsächlich Pappeln, Eichen und Kastanien, wuchsen hier spärlicher und ließen hin und wieder Platz für Wiesenflächen, und dann, endlich, erkannte sie in der Ferne die Umrisse eines Hauses.

Monas Herz schlug schneller, und sie beugte sich vor. Konnte es das sein?

Eins musste man dem Gebäude lassen: Es hatte Selbstvertrauen. Schließlich war es nicht nur abgelegen, sondern auch kleiner, als sie es sich vorgestellt hatte. Zwei, vielleicht drei Fremdenzimmer, sollte es noch immer eine Pension sein, mehr waren beim besten Willen nicht drin. Es war hoch und schmal, aus unregelmäßigen Steinen errichtet, besaß einen Vorbau, und Mona hoffte, dass es sich bei den dunklen Flecken im oberen Bereich um Moos handelte und nicht um Löcher. Wäre da nicht ein Lichtschimmer hinter einem der Fenster gewesen, hätte man es für unbewohnt halten können. Ein stummer Wanderer, der vor lauter Müdigkeit schon viel zu lange rastete.

Es wirkte ganz und gar nicht gastfreundlich, eher bedrückend. Einzig die rot-weißen Fensterläden aus Holz bildeten ein fröhliches Detail. Aber sie wollte nicht so wählerisch sein, immerhin war sie hier, um etwas über ihre Familiengeschichte herauszufinden. Und das würde sie auch tun. Positiv denken!

Sie fuhr langsamer. Die Scheinwerfer strichen über den steingepflasterten Vorplatz. In der Mitte einer kniehohen Steinmauer führten drei Stufen zum Haus und wurden zu beiden Seiten von Grüngewächsen flankiert. Keine glich in Größe oder Form den anderen, so als hätte man sie aus drei verschiedenen Treppen zusammengeflickt. Im Hintergrund ragte eine Reihe Pappeln wie Leibwächter in die Luft.

Kein Schild, kein Zeichen, keinerlei Hinweis darauf, dass Fremde willkommen waren.

Mona parkte und stellte den Motor ab. Zur Sicherheit kramte sie noch einmal nach ihren Unterlagen und dem einzigen Papierausdruck, den sie mitgenommen hatte. Sie musste hier einfach richtig sein. Dies war ganz sicher einst das *Mariot* gewesen, und mit etwas Glück war es das noch immer. Aber das würde sie wohl nur erfahren, wenn sie klingelte! Und es wäre wirklich schön, aus den nassen Sachen herauszukommen und ein Badezimmer benutzen zu können.

Sie schnappte sich ihre Handtasche und verzichtete nach kurzem Überlegen auf die Jacke. Allein die Vorstellung, in das klamme, feuchte Ding zu schlüpfen, bereitete ihr eine Gänsehaut. Wenn sie rannte, würde sie in wenigen Sekunden am Haus sein. Zudem war sie ohnehin schon nass.

Flint kläffte und sprang auf der Rückbank herum, als sie nach der Tür griff. Mona warf ihm einen Blick zu und seufzte. Sie waren so lange unterwegs gewesen, und sie hatte ihn vorhin nur kurz herausgelassen.

»Na gut, du kannst mitkommen, nasser als nass geht ja wohl kaum. Aber benimm dich.« Sie stieg aus, öffnete die Hintertür und ließ ihn nach draußen. Er störte sich nicht im Geringsten am Regen, klebte die Nase an den Boden und lief dicht neben ihr her. Mona hastete die Stufen empor, die sich in der Mitte nach unten wölbten, als hätten sie all den Füßen vergangener Jahrzehnte nachgegeben. Der Regen durchweichte sie unbarmherzig, und dann stand sie auch schon vor der Holztür.

Das Licht aus dem Inneren beleuchtete den Eingang so weit, dass sie Einzelheiten erkennen konnte. Zum Glück gab es einen Überhang. Kein Schild, keine Klingel. Ein wenig unbehaglich blickte sie über die Schulter. Sie war allein. Trotzdem war sie auf einmal froh, Flint mitgenommen zu haben, selbst wenn es nur einige Meter bis zum Wagen waren. Der Regen übertönte sämtliche Geräusche hinter ihr.

»Also dann.« Entschlossen ballte sie die Hand zur Faust, schlug gegen das Holz und lauschte, während sie das Fenster im Auge behielt. Im Inneren des Hauses war nichts zu hören. Sie klopfte noch einmal, energischer, und wurde mit etwas belohnt, das … ja, was gewesen war? Eine Stimme, ein Rasseln? Oder war etwas umgefallen? Das alles machte ihr nicht gerade Mut. Allmählich war sie ziemlich sicher, dass dieses Haus nicht für Gäste öffnete.

Es knarrte auf der anderen Seite der Tür, und Mona strich sich hastig über die Haare, um einen halbwegs akzeptablen Anblick zu bieten – mit dem Ergebnis, dass die nassen Strähnen an ihrem Hals klebten. Na wunderbar!

Es knarrte wieder, dann schwang die Tür auf. Ein Mann stand im Eingang und starrte Mona an. Er war barfuß und mit einer lockeren Stoffhose sowie einem Shirt bekleidet, das über und über mit Farbe bespritzt war. Gerade Lippen waren zu einem Strich gepresst. In einer Hand hielt er etwas, das aussah wie ein zusammengeknüllter Lappen. Dunkle Locken hingen ihm in die Stirn und waren seltsamerweise an einer Seite nass. Hatte er etwa gerade duschen wollen? Das würde zumindest seinen Du-störst-Blick erklären.

Mona wollte etwas sagen, aber da zogen sich seine geschwungenen Augenbrauen zusammen und umrahmten eine schmale Falte über seiner Nasenwurzel. Mona bekam schlagartig ein schlechtes Gewissen und ärgerte sich gleichzeitig darüber. Sie hatte ihm ja nichts getan, sondern nur angeklopft! Er vermittelte allerdings den Eindruck, als trüge sie die Schuld an … ja, an was eigentlich?

Er sah von ihr zu Flint, dann über die Schulter und wieder zu ihr. *»Quoi?«* Es klang alles andere als begeistert. Wobei das schwierig zu sagen war bei diesem einen Laut. Aber vielleicht lag es auch an der dunklen Stimme und dem nicht minder düsteren Blick. War das etwa die typisch bretonische Art?

Mona räusperte sich. »Guten Abend, sprechen Sie Deutsch?« Sie wechselte ins Englische und wiederholte die Frage. Zwar hatte sie auf dem Weg hierher festgestellt, dass ihre Französisch-Kenntnisse nicht so eingerostet waren wie befürchtet, aber jetzt war es ihr lieber, wenn sie sich in einer Sprache erklären konnte, die sie besser beherrschte. Sie war einfach zu erschöpft von der Fahrt, dem Regen und der Kälte, die sie allmählich zittern ließ.

Er seufzte. »Deutsch, meinetwegen auch das. Also, was wollen Sie hier?« Sein Akzent klang interessant, umschmeichelte einige Silben und verpasste anderen einen harten Widerhall. Die Melodie gefiel ihr, und unwillkürlich fragte sie sich, wie er sich anhörte, wenn er bessere Laune hatte. Erst jetzt bemerkte sie, dass er deutlich jünger war als auf den ersten Blick vermutet, allerhöchstens ein paar Jahre älter als sie selbst.

Etwas traf ihn an der Stirn – ein Wassertropfen, und er war direkt von oben gekommen. Im Inneren des Hauses.

»Putain de bordel de merde!« Der Mann sah zur Decke und warf den Lappen achtlos über die Schulter, um sich dann mit der Hand über die Stirn zu wischen.

Wie auf Kommando stürzte ein Schatten an Mona vorbei, so schnell, dass weder sie noch der Mann rechtzeitig reagieren konnten. »Nein, Flint, stopp! Hierher!« Instinktiv machte sie einen Schritt nach vorn – und blieb stehen, als der Franzose … pardon, Bretone … keine Anstalten machte, beiseitezutreten. Dafür setzte irgendwo im Haus Chaos ein. Ein Rasseln oder Reißen, dann klirrte etwas oder ging zu Bruch. Flints Gebell wurde von einer Art Zischen beantwortet.

Der Mann fluchte erneut, fuhr herum und trat gerade noch rechtzeitig zur Seite. Eine weiße Katze schoss nach draußen, den Schwanz steil in die Höhe gereckt. Flint war ihr auf den Fersen und dachte gar nicht daran, sich bei seiner Jagd stören zu lassen. Er wich Mona aus, die versuchte, ihn am Halsband zu erwischen.

»Nein, verdammt, Flint, bleib stehen. Hier! Komm her!« Aber sie wusste bereits, dass es sinnlos war. Normalerweise hatte sie keine Probleme mit ihm – solange nichts seinen Jagdtrieb aktivierte. Was der Kerl in der Tür unwissentlich getan hatte, indem er das Tuch warf. Die Katze musste Flint dann den Rest gegeben haben.

Sie fuhr sich über die Stirn und suchte fieberhaft nach Worten. Das alles war ihr höchst unangenehm. »Es tut mir unglaublich leid«, sagte sie schließlich. »Aber Sie müssen sich keine Sorgen machen, er ist harmlos. Ich weiß, das sagen viele Hundebesitzer, aber selbst wenn er Ihre Katze erwischen sollte, wird er ihr nur den Weg abschneiden und bellen wie ein Irrer. Er wüsste gar nicht, was er mit einer Katze anfangen soll.« Ihr Lächeln misslang, da ihre Mundwinkel zitterten, also versuchte sie es noch einmal.

Der Mann starrte über ihre Schulter in den Regen und die Dunkelheit. Seine Brust hob sich, so als würde er sehr, sehr tief einatmen. »Das war nicht meine Katze.«

»Oh.« Ihr fiel nicht wirklich etwas dazu ein. War er im

Nachhinein sogar froh, dass Flint das Tier hinausgejagt hatte? »Dann … nun, ich …«

»Ich passe nur auf sie auf. Sie gehört meiner Vermieterin. Und soll eigentlich drinnen bleiben.« Er schüttelte den Kopf, wandte ihr den Rücken zu und ging ins Haus, ohne sich noch einmal umzusehen.

Unschlüssig starrte Mona ihm hinterher. Was sollte das denn nun? War das eine Einladung? Sollte sie ihm folgen? Wenn nicht, hätte er sich doch zumindest verabschiedet, oder nicht? Sie wartete noch eine Weile und zählte langsam bis zwanzig, aber er kehrte nicht zurück. Da er die Tür hatte offen stehen lassen, trat sie die Schuhe an der Fußmatte im Eingang ab und ging hinein.

Zögernd beobachtete sie, wie sich seine hochgewachsene Gestalt in einem Zimmer jenseits der Diele bewegte, als etwas ihre Wange traf. Mona fuhr zusammen und tastete danach. Es war feucht. Sie legte den Kopf in den Nacken und betrachtete die Decke. Viel konnte sie nicht erkennen, da die Lampe sie nur schwach beleuchtete, aber etwas schien undicht zu sein. Vermutlich das Dach des Vorbaus. Überhaupt war diese Diele alles andere als gemütlich. Es gab keine Möbel, die Holzbretter unter ihren Füßen waren nackt und wirkten alt, aber auf eine leicht verkommene Weise. Auf einmal meldete sich ein leises Stimmchen in ihrem Hinterkopf: Was tat sie eigentlich hier, im Dunkeln in einem unheimlichen Haus, das von einem schweigsamen Mann bewohnt wurde? Wäre es nicht besser, sich Flint zu schnappen, zurück zum Wagen zu gehen und sich im nächsten Ort ein Hotel für die Nacht zu suchen?

Wobei … nein. Sie wusste ja nicht einmal, wie weit es bis zum nächsten Hotel war. Dann hatte sie in gewisser Weise eine Mission, wollte dorthin, wo Helene gewesen war, und dieses Haus war ihre heißeste Spur. Zudem war ihr kalt, sie musste auf die Toilette, ihr Magen knurrte. Und auch wenn dieser Bretone nicht gerade freundlich war, konnte sie sich beim besten Willen nicht vorstellen, dass von ihm eine Gefahr ausging. Zum einen, weil er trotz allem irgendwie ungefährlich wirkte. Eher interessant. Wie ein Mensch, bei dem man nur hartnäckig bleiben musste, um ihm ein Lächeln abzuringen. Hätte er vor, sie ins Haus zu locken, um ihr etwas anzutun, hätte er sich höflicher gegeben. Oder nicht? Zum anderen passte er für seine Vermieterin auf eine Katze auf. Wie gefährlich konnte so jemand schon sein?

Sie warf einen letzten zweifelnden Blick in die Nacht. Um Flint machte sie sich keine Sorgen, der wusste auf sich achtzugeben und würde früher oder später putzmunter wiederauftauchen. Bei der Katze war sie nicht so sicher. Daher entschied sie, die Eingangstür lediglich anzulehnen. Dann fasste sie sich ein Herz und folgte dem Unbekannten. Immerhin war sie hier, um Antworten zu finden, und das konnte sie nur, wenn sie Fragen stellte.

Bei dem Raum, den sie nun betrat, handelte es sich um das Wohnzimmer. Einen größeren Kontrast zum Eingang hätte es nicht geben können: Hier war es wundervoll warm, in einer Ecke prasselte ein Feuer im Kamin und beleuchtete die wenigen Möbel. Dunkles Holz, passend zu den tieforangenen Flammen. Ein Sofa wartete in einer Ecke unter einem breiten Dachbalken, auf dem Tisch davor standen ein Teller mit Brot, Käse und Oliven sowie ein Glas Rotwein. Daneben stapelten sich einige Bücher, die ihre besten Zeiten hinter sich hatten. Die schweren Brokatvorhänge an den Seiten des Fensters reichten bis auf den Boden.

Genau so hatte sie sich einen gemütlichen Abend in Frankreich vorgestellt. Allerdings sah es wirklich nicht wie eine Pension aus. Sie konnte es drehen und wenden, wie sie wollte … dies war nicht das, was sie zu finden gehofft hatte.

Der Mann hatte sich auf das Sofa fallen lassen und das Gesicht in beide Hände gestützt, während sich seine nackten Zehen in den Teppichläufer gruben.

Mona räusperte sich. »Ich habe die Tür angelehnt, vielleicht kommt die Katze ja zurück. Geht sie denn sonst nie raus?«

Zunächst antwortete er nicht, dann murmelte er etwas Unverständliches.

»Wie bitte?«

Er hob den Kopf. Jetzt, im Licht des Kamins, war sie hundertprozentig sicher, dass sie sich nicht vor ihm fürchten musste. Sein Gesicht wirkte nur noch durch die Kinnlinie hart. Die geschwungenen Lippen und der klare Blick schwächten den Eindruck ab. Die Flammen spiegelten Bernsteinmuster in seine Augen, und Mona konnte beim besten Willen nicht sagen, ob er sauer auf sie war.

»Wohl eher nicht.«

Sie wartete, aber er sah sie einfach nur an, bis sie den Wunsch verspürte, sich zu bewegen und irgendwas in den Fingern zu halten, um sich abzulenken. Oder vielmehr von sich.

»Hören Sie, es tut mir wirklich sehr leid, vor allem auch wegen der späten Störung. Ich hatte angenommen, Sie vermieten vielleicht Zimmer, weil ich dachte … na ja, ich dachte, das hier wäre eventuell ein kleines Hotel.« Er schnaubte leise, aber davon ließ sie sich nicht beirren. »Mein Name ist Simona Martinssen, und ich bin auf der Suche nach einer Pension oder eben einem Hotel namens *Mariot*. Meinen Informationen zufolge müsste es ungefähr hier sein. Zumindest war es das vor vielen Jahren. Vielleicht sogar genau hier.« Sie deutete auf den Boden. »Ich weiß, dass es auf jeden Fall in den frühen Dreißigern existiert hat, aber leider nicht, wie lange.«

Er hob die Augenbrauen. »Da sind Sie falsch.«

Sie hatte es geahnt. Höchstwahrscheinlich gab es das *Mariot* nicht mehr, und falls doch, dann irgendwo in der Nähe. Karten waren eben nicht immer hundertprozentig zuverlässig, auch nicht die im Internet. »Haben Sie denn schon einmal davon gehört? *Mariot*? Könnten Sie mir sagen, wo ich es finde? Ich verspreche auch, morgen früh zurückzukommen und mich nach der Katze zu erkundigen. Wenn sie bis dahin nicht aufgetaucht ist, helfe ich Ihnen bei der Suche.«

Er starrte zu Boden, so lange, dass sie bereits glaubte, er würde nicht mehr antworten. Als er dann aufstand und den Kopf schüttelte, verflog ein weiteres Stück ihrer Hoffnung. »Ich habe andere Dinge zu tun.« Er sah über ihre Schulter in die Diele.

Sie folgte seinem Blick und musterte dann sein farbbeschmiertes Shirt. »Ich habe gemerkt, dass das Dach undicht zu sein scheint. Sind Sie hier, um es zu reparieren? Oder … um das Haus zu renovieren?«

Er verengte die Augen, sodass seine Wimpern Schatten auf seine Wangen warfen. »In unmittelbarer Nähe gibt es weder ein Hotel noch eine Pension oder etwas in der Art. Dieses Haus hier soll vor vielen Jahren allerdings wirklich einmal ein kleines Hotel gewesen sein. Es gab einen Anbau, aber der wurde längst abgerissen. Jetzt ist es privat, allerdings in einem hundsmiserablen Zustand.« Die Zornesfalte auf seiner Stirn schwoll an und sofort wieder ab.

Da schien einiges unter der Oberfläche zu brodeln, und unter anderen Umständen hätte Mona sich nun verabschiedet und ihm seine Ruhe gelassen. Aber so einfach war das nicht. Nach dem, was er sagte, war das *Mariot* wahrscheinlich einst genau hier gewesen, nur existierte es wirklich nicht mehr.

Etwas in Mona wurde bei dieser Vorstellung schwer, und sie begriff, dass es ihre schwindende Hoffnung war. Zudem hatte sie nun ein klitzekleines Problem: Wenn es kein anderes Hotel in der Nähe gab, wo sollte sie dann übernachten? Bei dem Unwetter hatte es wenig Sinn, weiterzusuchen – vor allem auf die Gefahr hin, dass die nächsten Möglichkeiten bereits ausgebucht waren. Und letzten Endes – energisch hielt sie den Rest ihrer Hoffnung fest – war sie doch nicht den ganzen Weg gefahren, um sich so mir nichts, dir nichts in die Flucht schlagen zu lassen! Selbst wenn die Spur hier endete – eine weitere gab es derzeit nicht, also musste sie ein wenig graben. »Wissen Sie, was aus den Besitzern der Pension geworden ist?«

»Nein.«

»Wie schade.« Sie spürte die Enttäuschung so sehr, dass es in ihrem Nacken schmerzte. Und nun? Sie hatte eindeutig nicht zu Ende gedacht vor lauter Aufregung, Reisefieber und Miss-Marple-Gefühl. Hätte sie das alles nicht bereits ahnen können, als sie nichts im Internet gefunden hatte? Aber nein, sie hatte sich an der Vorstellung festgebissen, dass es eine andere Erklärung gab. Dass die aktuellen Besitzer das Internet nicht mochten. Oder sie einfach ohnehin stets ausgebucht waren und sich daher erst gar nicht online präsentierten. Dass in der Bretagne alles so klein und idyllisch war, dass sich nichts änderte und noch alles so war wie vor hundert Jahren. Vor allem hatte sie nicht weiter gedacht als bis zu dem Punkt, an dem sie die Pension fand.

Oma Fines Tod hatte sie wohl doch ganz schön durcheinandergebracht.

Und nun? Draußen war es stockdunkel und vor allem nass. Zudem war Flint irgendwo unterwegs. Die Vorstellung, die Nacht im Wagen zu verbringen, verursachte Mona eine Gänsehaut. Verstohlen betrachtete sie den Mann, der ihr bisher nicht einmal seinen Namen genannt hatte, und gab sich einen Ruck.

»Wissen Sie denn, wie weit das nächste Hotel entfernt ist? Ich bin heute früh in Deutschland gestartet und ziemlich müde. Bei dem Wetter möchte ich nicht mehr allzu weit fahren.« Wie um ihre Worte zu bekräftigen, verstärkte sich das Getrommel über ihnen. In der Ferne krachte es – der Regenschauer verwandelte sich soeben in ein stattliches Gewitter. »Wenn Sie vielleicht ein Gästezimmer haben, dann würde ich Ihnen das auch bezahlen. Verstehen Sie mich bitte nicht falsch, normalerweise frage ich wildfremde Leute nicht, ob ich bei ihnen übernachten kann, aber ich hatte mir das einfach etwas anders vorgestellt.«

Der Mann sah sie an, als wäre sie schuld an allem – dem Unwetter, der geflüchteten Katze, dem defekten Dach. Endlich gab er sich einen Ruck. »Ach, was soll's. Sie können das Sofa haben, aber nur für heute Nacht.«

Als sie nicht reagierte, nahm er die Wolldecke von der Sofalehne und drückte sie ihr in die Hand. Dann schnappte er sich seinen Teller, zögerte und ließ die Flasche Wein stehen. Mit einem gemurmelten »Bis dann« drückte er sich an ihr vorbei, da sie sich vor lauter Erstaunen keinen Zentimeter bewegte. Er roch nach einer Mischung aus Sandelholz, Farbe und Wein.

Mona starrte ihm hinterher. Sie war schlicht und einfach verwirrt. Ein letzter Blick aus dunklen Augen traf sie, dann schloss der Fremde die Tür hinter sich.

4

Das Haus, das nicht das *Mariot* war, verfolgte sie bis in den Schlaf. Mona wachte auf, als sich erstes Tageslicht durch das Fenster mogelte, und schüttelte die Traumfetzen ab, in denen sie verzweifelt versuchte, ein Gebäude zu verlassen, das halb hinter Bäumen und Hecken verborgen lag. Die Tür war von einer Katzenhorde belagert worden, die sich weigerte, irgendjemanden hinaus- oder hineinzulassen. Eine unüberwindliche Barriere aus Haaren, Gemaunze und ausgefahrenen Krallen, die Katzenversion des Hadrianswalls oder der Chinesischen Mauer.

Mona drehte sich auf den Rücken und kuschelte sich tiefer in die Kissen. Der Stoff an ihrer Wange war rauer als gewohnt, zudem roch er anders. Nicht nach ihrem Shampoo. Waren die Kissen nicht auch dicker als sonst? Sie tastete nach ihrer Nachttischlampe und schrak zusammen, als ihre Hand etwas Feuchtes berührte.

Erschrocken fuhr sie in die Höhe: Flint saß vor ihr und hechelte erwartungsvoll. Seine Lacknase glänzte.

Sie stöhnte und wollte sich soeben zurücksinken lassen, als sie begriff, dass sie sich nicht in ihrem Schlafzimmer befand, sondern im Wohnzimmer des Fremden, dessen Namen sie noch immer nicht kannte. Am Vorabend war er einfach verschwunden, als wäre Flucht die einzige Option, als würde sie ihn durch ihre bloße Anwesenheit vertreiben. Er verstand es anscheinend mit Leichtigkeit, Barrieren zu errichten, um andere auf Abstand zu halten – und das nicht nur mit seinen Blicken.

»O Mann, Flint«, murmelte sie und musterte die Zimmerdecke. »Da haben wir zwei ganz schön was angerichtet.« Ihr Rücken schmerzte leicht von der Nacht auf dem alten Sofa, und ohnehin fühlte sie sich nicht sonderlich wohl in diesem Haus, vor allem bei der Erinnerung an den Abend zuvor. Auch wenn ihr unbekannter Gastgeber nicht mehr aufgetaucht war, hatte sie ihn im oberen Stockwerk rumoren hören. Sie war noch einmal zum Auto geschlichen, hatte ihre Reisetasche geholt, Flint unterwegs eingesammelt und gehofft, im Erdgeschoss zumindest ein Gäste-WC zu finden. Nach kurzer Suche hatte sie Erfolg und musste feststellen, dass das WC genau wie die Diele bereits bessere Tage gesehen hatte. Es war sauber, aber die Armaturen wirkten alt und wiesen Roststellen auf. Viele Fliesen hatten Sprünge, und die Tapeten im oberen Drittel der Wände mussten dringend erneuert werden.

Immerhin gab es fließendes Wasser, wenn auch nur kaltes. Mona hatte sich notdürftig zurechtgemacht und dabei überlegt, warum der Mann wohl so lebte. Er hatte nicht gewirkt, als wäre ihm das alles hier gleichgültig. Wahrscheinlich hatte sie mit der Renovierung gar nicht mal so falschgelegen und er war dabei, das Haus auf Vordermann zu bringen. Aber warum war er dann so schlecht gelaunt gewesen?

Sie gähnte und schlug die Decke zurück. Es war deutlich kühler geworden, und sie fröstelte. Im Laufe der Nacht war das Kaminfeuer heruntergebrannt, und jetzt glaubte sie, die Feuchtigkeit von draußen zu spüren. Zumindest fühlte sie sich halbwegs ausgeruht, und mehr konnte sie nach so einem Chaosabend auch nicht verlangen.

Aber neuer Tag, neue Chancen. Mona lächelte probeweise. Die ersten Pläne für heute lauteten: Frühstück auftreiben, in den Ort fahren sowie die Adresse dieser Vermieterin herausfinden. Vielleicht wusste die ja etwas über das Schicksal des *Mariot*, falls sie in Plédéliac kein Glück hatte.

Sie stand auf, zog ihre Socken über, tapste zum Fenster und öffnete die Vorhänge. Ihr Blick fiel auf eine Art Hinterhof. Dahinter breitete sich eine Wiese aus, und die Pappeln ragten in den Himmel, als wollten sie diesen Ort gleichzeitig beschützen und verbergen. Manche der riesigen Bodenplatten waren von Rissen durchzogen, in denen sich Gras und Unkraut an die Oberfläche kämpften. Die Vernachlässigung des Grundstücks setzte sich draußen fort, allerdings barg das Ganze auch einen gewissen Charme. Nichts bewegte sich, kein Ast, keine Baumkrone. Nach dem Regen der vergangenen Nacht wirkte die Ruhe beinahe surreal.

Mona beugte sich ein Stück weiter vor, um mehr zu erkennen. An manchen Stellen zauberten die wenigen Sonnenstrahlen, die sich durch die Wolkendecke mogelten, winzige Lichtoasen. Aus einem Vogelbecken tropfte es, mehrere Spatzen und Amseln hüpften auf dem Gras herum und pickten, was das Zeug hielt.

Keine Spur von einer Katze. Mona hatte die Haustür am vergangenen Abend ins Schloss gezogen und den Schlüssel umgedreht, da sie sonst niemals in Ruhe hätte schlafen können. Wer wusste schon, wer oder was sich hier draußen im Nichts herumtrieb? Ins Haus war das Tier also eindeutig nicht mehr gekommen – es sei denn, es gab eine Hintertür mit Katzenklappe.

Ob der wortkarge Bewohner noch schlief?

Sie wollte gerade aus dem Zimmer schleichen, um im Flur auf Geräusche zu lauschen, als sie etwas hörte: Schritte, ein Rascheln, und dann summte ein Gerät. Das klang verdächtig nach einer Kaffeemaschine. Kaffee! Einen größeren Magneten konnte es an diesem Morgen nicht geben.

Sie zögerte, aber dann wandte sie sich um, sah Flint an und deutete auf den Boden. »Platz, mein Lieber. Du bleibst hier.«

Er sah sie an, als wäre er fassungslos, weil er das fremde Haus nicht erkunden durfte, gehorchte aber, drehte sich mehrmals um die eigene Achse und ließ sich dann mit einem Brummeln neben das Sofa fallen. Vielleicht erinnerte er sich daran, dass sein Unfug-Konto im Minus war. So lautlos wie möglich öffnete Mona die Tür und trat in den Flur.

Platsch! Wasser tropfte auf ihren Kopf, und sie sprang erschrocken zur Seite. Die Dielen unter ihren Füßen knarrten.

»Wenn Sie eh wach sind, kommen Sie rein«, hörte sie die bereits bekannte Stimme, nur wenig gedämpft durch die halb geschlossene Küchentür. »Der Kaffee ist gerade fertig.« Er klang zwar noch immer düster, aber längst nicht mehr so angespannt wie am Abend zuvor.

Mona brachte hastig etwas Ordnung in ihre Haare, rieb sich über das Gesicht, entschied, dass ihr Schlafanzug mit dem Pinguinaufdruck gerade noch erträglich war, schließlich wollte sie hier niemanden beeindrucken, und folgte dann den Geräuschen und dem Kaffeeduft.

Als sie die Tür aufstieß, blieb sie wie angewurzelt stehen. Ihr Gastgeber stand ihr mit – dieses Mal vollständig – feuchtem Haar gegenüber. In seiner Jeans und dem schlichten Hemd strahlte er eine Mischung aus Natürlichkeit und Geheimnis aus, mit der er perfekt auf die Werbeseiten eines Bretagne-Reiseführers gepasst hätte. Neben ihm lehnte das genaue Gegenteil an der Wand: ein Mann in Arbeitskleidung. Latzhose, Shirt, schwere Schuhe. Er war kleiner als Mona und besaß nicht nur einen gut gerundeten Bauch, sondern auch einen Haarkranz in strahlendem Weiß. Sie schätzte ihn auf mindestens sechzig Jahre.

»*Bonjour*«, sagte er gut gelaunt, pflückte eine imaginäre Mütze vom Kopf und deutete auf das Kaiserpinguinpärchen auf ihrer Brust. »*Très chic.*«

Mona widerstand dem Drang, die Arme vor dem Körper zu verschränken, und sah zwischen den zweien hin und her. »*Bonjour*, und äh … danke.« Sie hätte sich wohl doch besser umziehen sollen.

Der kleine Mann trat vor, neigte rasch den Kopf und streckte ihr eine Hand entgegen. »Alain.« Nicht nur sein Äußeres bot einen Kontrast zu dem dunkelhaarigen Hausbewohner, sondern auch sein Verhalten. Seine Höflichkeit machte die ganze Situation weniger peinlich.

»Mona.« Sie schüttelte Alains Hand und blickte zu ihrem Gastgeber, doch der beachtete sie nicht und hantierte an der Kaffeemaschine herum.

Mehr als einen Kaffee durfte sie hier wohl nicht erwarten. Die Küche verfügte zwar neben besagter Maschine über einen Kühlschrank und einen transportablen Zwei-Platten-Kocher, glich aber ansonsten einer Baustelle. Eine der vier Wände war frisch gestrichen, dafür hatte man den Boden herausgerissen und dicke Bretter verlegt, auf denen man balancieren konnte. In einer Ecke bedeckte eine Bauplane … irgendwas, daneben standen Farbeimer, Pinsel und anderes Equipment.

Es tat auf seltsame Weise weh, den Raum zu betrachten, der seiner eigentlichen Bestimmung beinahe vollständig beraubt worden war. Mona stellte sich vor, wie hier das Herz des Hauses schlug, Wärme und Licht und Duft verbreitete und dazu einlud, sich niederzulassen und zu tun, wonach auch immer der Sinn stand. In einer Ecke sollte ein Herd mit einem großen Backofen stehen und an der gegenüberliegenden Wand ein massiver Holztisch. Von dem Dachbalken, der so dick sein musste wie ihre Oberschenkel, würden Kräuterbüschel hängen; duftender Salbei neben Rosmarin und Minze. An einer Wand ein Regal mit Gläsern voller Mehl, Zucker, Vanille, Kakao, Nüsse, Mandeln ... Vor ihrem geistigen Auge wurde der Raum zu ihrem Traum von einer Küche, einem Ort voller Geborgenheit, stets durchzogen von den verlockendsten Düften. Wie schön musste es sein, so viel Platz beim Backen zu haben und Torten und Kuchen zum Auskühlen auf die breite Fensterbank zu stellen, während sich draußen vor dem Fenster das Grün von Bäumen und Hecken zu einem Frühlingsgemälde vermischte!

»Wollen Sie jetzt einen Kaffee, oder nicht?«

Schlagartig kehrte Mona in die Gegenwart zurück, trat vor und nahm die Tasse, die ihr Gastgeber ihr entgegenhielt. Sie war wohl doch noch nicht ganz ausgeschlafen. »Vielen Dank.« Der Kaffee roch verlockend, ein feines Aroma, das an Karamell erinnerte. Vorsichtig nahm sie einen Schluck und fühlte sich schlagartig besser. »Arbeiten Sie zusammen? Um das Haus zu renovieren?«

Da war es wieder, dieses Stirnrunzeln. Sie musste etwas Falsches gesagt haben. Er schob ihr über den Tapeziertisch eine Zuckerpackung, Milch und einen Löffel zu. »Ich bin übrigens Louan. Und nein, ich renoviere nicht. Oder doch, irgendwie schon. Ich habe versucht, dieses Haus halbwegs bewohnbar zu machen. Aber das ist nicht so einfach. Wie Sie schon bemerkt haben, gibt es einiges zu tun, und ich habe es gehörig unterschätzt. Deshalb ist Alain hier.« Er hatte schnell geredet und war ins Französische verfallen, und Mona brauchte eine Weile, um die Worte im Kopf zu übersetzen. Louan, ein schöner Name. Während sie versuchte, sich ins Gedächtnis zu rufen, ob es in Frankreich eher üblich war, sich beim Vornamen zu nennen und zu siezen, musterte sie ihn über ihre Tasse hinweg. Da war ziemlich viel Energie in seinen Gesten. Sie pulsierte zwischen der Gereiztheit von gestern und einer Offenheit, die nur manchmal hervorblitzte und viel besser zu ihm passte.

Alain lächelte breit, in seinem Mund blitzte es an mehreren Stellen golden. »Es war gut, dass du mich angerufen hast.« Er lachte und schlug Louan vor die Brust. Der zuckte nicht einmal mit der Wimper. »Nicht nur du hast den Verfall hier unterschätzt, mein Freund, sondern auch Adeline«, fuhr Alain fort. »Aber ich habe es geahnt. Sie hat sich viel zu wenig um das Haus gekümmert, und der alte Arthur hat erst recht nichts getan. Wie auch, der war ja froh, wenn er die Treppe hochkam.« Er zuckte die Schultern und sah Mona an, als würde er sich für alles entschuldigen, was hier nicht im besten Zustand war.

Mona dagegen versuchte, die Informationen miteinander zu verknüpfen. »Sie sind hier also Mieter, Louan?«

Er nahm nun ebenfalls einen Schluck Kaffee und machte ein Gesicht, als hätte er sich die Zunge verbrannt. »Noch bin ich das wohl. Ich habe das Haus übergangsweise gemietet, und es ist die größte Bruchbude, in der ich je gewohnt habe.«

»Warum haben Sie es dann gemietet?«, rutschte ihr die Frage heraus. Hastig redete sie weiter. »Ich meine, warum wollten Sie sich um die Reparaturen kümmern? Das müsste doch eigentlich die Vermieterin tun, nicht wahr?«

Er warf ihr einen strafenden Blick zu. »Was Sie nicht sagen.« Tiefes Seufzen. »Ich hatte es eilig, etwas zu finden. Das Haus habe ich bei Sonnenschein besichtigt und den Zustand unterschätzt, weil ich nicht raufgeklettert bin, um nach Löchern zu suchen. Die sind mir erst bei Regen aufgefallen. Ich habe mit Arbeiten im Inneren gerechnet, aber nicht damit, dass mir das Dach halb auf den Kopf fällt. Ich tue hier, was ich kann, kleinere Arbeiten eben, und zahle weniger, so lautet die Absprache. Mittlerweile müsste man mir allerdings Geld bieten, damit ich hierbleibe.«

»Verstehe. Ist es deshalb auch so kalt? Funktioniert die Heizung nicht?« Sie nahm einen Schluck Kaffee und bemerkte erleichtert, wie schnell ihre Französisch-Kenntnisse zurückkehrten. Mittlerweile bereitete es ihr kaum noch Probleme, Louan oder auch Alain zu verstehen.

»Korrekt. Daher war auch der Kamin im Wohnzimmer an.«

Ihr ging auf, dass er ihr das einzige warme Zimmer überlassen hatte, und sie fragte sich, wie er geschlafen hatte. Zwischen abgerissenen Tapeten und Eimern, mit denen er das Wasser auffing, das von der Decke tropfte? Ihr schlechtes Gewissen meldete sich. »Das war mir nicht bewusst. Dann bin ich Ihnen erst recht dankbar, dass ich hier übernachten durfte, und ich würde das wirklich gern bezahlen.«

»Unsinn.« Nun klang er wirklich ungehalten. »Das fehlt mir noch.«

Er gehörte eindeutig zu den Menschen, die einem Dankbarkeit nicht leicht machten. »Dann lassen Sie mich zumindest noch bei der Suche nach Ihrer Katze helfen. Oder ist sie mittlerweile zurückgekehrt?«

»Blödes Vieh«, murmelte Louan und leerte seinen Becher.

Mona hoffte, dass er von der Katze redete. »Wenn sie es nicht gewohnt ist rauszukommen, ist sie vielleicht noch in der Nähe. Also irgendwo auf dem Gelände.«

Er schüttelte den Kopf. »Ich habe heute früh schon alles abgesucht. Nichts. Durch die Katzenklappe ist sie auch nicht wieder rein. Ihr Hund hat ganze Arbeit geleistet.«

Blödes Vieh!

»Katze?«, fragte Alain und zwinkerte Mona zu. »Etwa die alte Coco?«

»Genau die«, brummte Louan.

Nun musste Mona doch lächeln. Neben dem Handwerker, der so viel Fröhlichkeit verströmte, wirkte Louans Art zwar rau, aber auf seltsame Weise charmant. »Warum lebt die Katze eigentlich hier und nicht bei ihrer Besitzerin?«

»Ah, das Tier ist ebenso eigensinnig wie seine Herrin«, sagte Alain. »Adeline hat mal hier gewohnt, ist aber vor über zehn Jahren weggezogen. Die Katze wollte partout nicht mit, also hat Adeline sie zusammen mit dem Haus an den alten Arthur vermietet. Den hat Cocos Gesellschaft nicht gestört, aber er ist vor über einem Jahr gestorben. Seitdem steht das Haus leer.«

Mona trank einen weiteren Schluck Kaffee. »Sie scheinen die Vermieterin gut zu kennen.«

Alain nickte. Sein Kopf bewegte sich dabei so schnell, dass Mona glaubte, seine Zähne schlagen zu hören. »Wir sind beide noch neu in der Gegend. Das verbindet, und wir haben öfter einen Pastis zusammen getrunken.«

»Neu? Haben Sie nicht gerade gesagt, Adeline wohnte bereits vor über zehn Jahren hier?«

»Genau. Kurz zuvor ist sie aus Versailles hergezogen. Ein Neuling.«

Mona sah zu Louan, doch der hob lediglich eine Augenbraue. »Verstehe.« Sie erwiderte Alains Lächeln. »Alain, wissen Sie zufällig etwas über die Geschichte des Hauses?« Ihre Geste fasste die gesamte Küche ein. »Louan sagte, dass es früher ein Hotel war, und zufällig bin ich auf der Suche nach einer alten Pension oder einem Hotel namens *Mariot*. Es wurde von einem Ehepaar Briant geführt, und vielleicht war es in diesem Haus.«

Alain hob die Schultern und sah plötzlich so schuldbewusst aus, als wäre er für alle Übel der Welt verantwortlich. »Es tut mir sehr leid, Madame, aber darüber weiß ich nichts. Vielleicht weiß Adeline mehr. Oder Sie fragen einmal im Ort nach.«

»Ja, daran habe ich auch gedacht.«

»Wunderbar. Tun Sie mir einen Gefallen? Nehmen Sie Louan mit. Je schneller ich hier loslegen kann, desto besser.«

»Unsinn«, sagte Louan.

»Vielleicht gehen Sie beide irgendwo nett frühstücken«, überhörte Alain den Einwand. »Ich kann nicht arbeiten, wenn du mir zwischen den Füßen herumwuselst, mein Junge. Um ehrlich zu sein, wäre es mir ganz recht, wenn du ein paar Tage irgendwo unterkommst. Das hier ist nicht bis morgen erledigt. Nicht dass du keine gute Hilfe wärst, aber ich mache das lieber allein. Bin ich so gewohnt, du verstehst das doch.«

Mona fiel es schwer, sich das Grinsen zu verkneifen. Weder konnte sie sich vorstellen, dass Louan *herumwuselte*, noch passte die Bezeichnung *Junge* zu ihm. Ganz abgesehen davon, dass ihm der väterliche Ton so gar nicht zu gefallen schien. Sie überlegte. Ganz so abwegig war Alains Vorschlag nicht, oder? Sie konnte Louan zum Dank für die Übernachtungsmöglichkeit wirklich mit in ein Café nehmen, und vielleicht würde er ihr sogar im Anschluss helfen, Leute zu finden, die ihre Fragen beantworten konnten. Leute wie diese Adeline.

Sie starrte aus dem Fenster.

Was denkst du, Oma? Bin ich wahnsinnig geworden? Oder zu dreist? Ist es das, was mit uns Martinssen-Frauen geschieht, wenn wir allein verreisen? Bist du deshalb dein ganzes Leben lang in Detmold geblieben? Soll ich ihm das wirklich anbieten?

Ein Sonnenstrahl kroch über die Fensterbank und berührte Louans Arm. Das Licht hatte sich stetig bewegt, seitdem sie hier in der Küche stand, und Mona war klar, dass es sich ganz sicher nicht um ein Zeichen handelte. Aber sie nahm es als Startschuss.

»Also gut«, sagte sie und stellte den Becher mit mehr Schwung als nötig auf dem Tisch ab. Wenn Louan sich nicht von Höflichkeit beeindrucken ließ, dann musste sie eben entschlossener vorgehen. »Wissen Sie denn, wo Ihre Vermieterin wohnt?«

Stirnrunzeln. »Was hat das mit alldem zu tun?«

Jetzt bloß nicht einschüchtern lassen. »Na los, sagen Sie schon. Wissen Sie es?«

Ein Hauch Verwirrung schlich sich in seine Züge. Sehr gut!

»Ja, aber es ist ein gutes Stück entfernt.«

»Wundervoll. Wir machen es so: Ich ziehe mich an, dann brechen wir auf und lassen Alain den Freiraum, den er zum Arbeiten braucht. Ich lade Sie als Dankeschön für die Übernachtung zum Frühstück ein, Sie notieren mir die Adresse von Adeline, und dann bringe ich Sie dahin, wo auch immer Sie in den kommenden Tagen wohnen wollen.«

Alain warf beide Arme in die Luft. »Das ist eine wundervolle Idee!«

Louan dagegen sah sie so entgeistert an, als hätte sie ihm soeben den absurdesten Vorschlag der Welt gemacht.

Mona biss sich auf die Lippe und suchte nach weiteren Argumenten. »Alternativ kann ich mit Ihnen auf die Suche nach Coco gehen, wenn Sie das wollen. Vielleicht ist sie in ihrem Schock ja zu ihrer Besitzerin gelaufen. Man hört doch oft von Haustieren, die so was machen. Aber irgendwie möchte ich mich schon bedanken. Suchen Sie es sich aus.« Sie strahlte ihn an, vielleicht etwas zu begeistert. Aber sie wollte sich zum einen erkenntlich zeigen und zum anderen möglichst bald der unangenehmen Kälte des undichten Steinhauses entkommen.

Wie erwartet, schüttelte Louan den Kopf, aber ehe er antworten konnte, hob sie eine Hand. »Wir können natürlich getrennt fahren, wenn Sie möchten.«

Alain hustete. »Das geht leider nicht, ich brauche Louans Wagen für Besorgungsfahrten. Meiner ist in der Werkstatt. Deshalb hatte ich eigentlich für die kommenden Tage keine Arbeiten geplant, aber für Adeline mache ich dann doch schon eine Ausnahme.« Die Worte wurden von einem verzückten Lächeln begleitet, und Mona vermutete, dass der gute Alain mehr für die Dame übrighatte als Leiter, Handwerkskasten und Farbeimer.

»Also dann?« Sie starrte in zwei Gesichter, eines fröhlich-tatendurstig, das andere dagegen … resigniert traf es wahrscheinlich am ehesten, aber sie glaubte, auch einen Hauch Unwillen sowie Verwirrung zu entdecken.

Alain trat vor und hielt ihr zum zweiten Mal an diesem Morgen seine Hand hin. »Abgemacht. Mir passt es gut, dann muss ich den Jungen nicht irgendwo absetzen.« Er zwinkerte Mona zu, und die schlug ein. Zu ihrer Überraschung drehte er ihre Hand und hauchte einen Kuss in die Luft darüber. »Es war mir eine Freude, Sie kennenzulernen, Mona. Ich wünsche Ihnen viel Glück bei Ihrer Suche. Und Louan, das Angebot einer hübschen Frau lehnt man nicht ab. An deiner Stelle säße ich schon längst in ihrem Wagen. Also zack! Beeil dich und hol deine Sachen.« Er schlug Louan fest gegen die Schulter, hob noch einmal die Mütze, die gar nicht da war, angelte nach einem riesigen Sack, der in der Ecke stand, und verließ vergnügt pfeifend den Raum.

Mona starrte auf die Tür, als sie ins Schloss fiel, und vermied es, Louan anzusehen. Irgendwas verriet ihr, dass er ihren Vorschlag ablehnen würde, wenn sie nun seinen Blick suchte.

Louan sammelte die Tassen, Zucker und Milch wieder ein und stellte alles auf die Fensterbank. »Also gut«, sagte er schließlich. »Ich hole meine Sachen.« Ohne Mona weiter zu beachten, drückte er sich an ihr vorbei und verließ die Küche.

Sie atmete tief durch und sah an sich hinab. Besser, sie

machte sich ebenfalls fertig. *Man muss ja schließlich mit einem Punkt anfangen, wenn man eine Linie ziehen will.*

Sollten sie und Alain es geschafft haben, Louans Laune von *schlecht* auf irgendwo zwischen *nicht wirklich gut* und *neutral* zu heben, machte Flint diesen Erfolg binnen weniger Minuten zunichte. Dabei war er lediglich freundlich und interessiert – aber genau da lag das Problem. Flint betrachtete Menschen, die sich wenig oder gar nicht mit ihm beschäftigten oder ihn gar ablehnten, als Herausforderung. Fast so, als wollte er sie überzeugen, dass er im Grunde doch ein super Kerl war. Zu *freundlich* und *interessiert* gesellte sich dann recht schnell *hartnäckig*.

Kurz nachdem Mona ihre Reisetasche im Wagen verladen und Flint auf seinen Platz auf der Rückbank dirigiert hatte, war Louan aufgetaucht, mit einer Sporttasche in der Hand, und hatte auf dem Beifahrersitz Platz genommen. Seitdem wedelte Flint auf Hochtouren und versuchte, Hundeküsse an den Gast zu bringen. Louan schob ihn mit gebrummten Bemerkungen immer wieder nach hinten.

Mona schickte Flint auf seine Decke und ließ den Motor an. »Also, Sie müssen mich dirigieren. Erst mal Frühstück. Gibt es zufällig ein Café auf dem Weg?«

»Ich habe keine Ahnung. Im Ort gibt es welche.«

Sie musterte sein Profil mit der geraden Nase und den markanten Augenbrauen, die so viel in seinem Gesicht verändern konnten. In der Küche hatte er sie nur kurz heben müssen, um den düsteren Blick abzumildern, und sie fragte sich, wie er aussah, wenn er lachte. Ob sie sich dann weiter hoben oder er die Augen leicht schloss, bis das Braun kaum noch zu erkennen war. Ob der Schwung seiner Oberlippe sich verstärkte oder die Locken in seiner Stirn tanzten. Er hatte schwach ausgeprägte Fältchen an den Augen, die ihr verrieten, dass er durchaus lachen konnte.

Plötzlich fühlte sie sich, als hätte sie die nächste Etappe ihres Abenteuers erreicht. Wer hätte gedacht, dass sie am zweiten Tag mit einem Mann, den sie kaum kannte, durch die Bretagne fahren würde?

»Im Ort. Also gut, dann ist das unser Ziel.«

Sie schaltete das Radio ein und wendete. Mittlerweile hatte die Sonne ganze Arbeit geleistet und einen Teil der Wolken weggeschmolzen. Die Farben der Umgebung wirkten nach dem Guss der vergangenen Nacht unglaublich intensiv, wie frisch übermalt. »Es sieht hübsch aus«, sagte Mona mehr zu sich selbst.

Zu ihrer Überraschung nickte Louan. »Ja, das tut es. Wenn das Haus irgendwann wieder in normalem Zustand ist, wird es ein guter Platz zum Leben sein.«

War das etwa der Beginn einer Unterhaltung?

Mona stimmte zu, fuhr zurück auf den Weg und folgte ihm im Schritttempo bis zum Ende. Dort bog sie auf Louans Wink hin in eine schmale, gut erhaltene Straße ein. Nach einer Weile breiteten sich neben ihnen Wiesen und Felder aus. Zaghafter Nebel hing über der Landschaft, hier und dort weideten Kühe. Mona hatte sich unter der Bretagne stets nur raue, zerklüftete Küstengebiete vorgestellt. Diese ländliche Idylle überraschte sie noch immer. So konnte es hier bereits vor vielen Jahrzehnten ausgesehen haben, damals, zu Helenes Zeiten. Womöglich war sie sogar genau diesen Weg entlanggefahren oder -spaziert.

Sie ließ ihr Fenster herunter und atmete tief durch. Ein Kribbeln der Freude tanzte tief in ihrem Bauch. Es war, als würde der Wind sie mit sich nehmen wollen, und sie hatte nichts dagegen, ihm zu folgen.

»Nach gestern Abend habe ich nicht geglaubt, dass es heute so friedlich sein könnte. Es kommt einem beinahe vor, als ob jemand Ihr Haus über Nacht an einen anderen Platz gesetzt hat. Ich wohne in Detmold, das ist zwar nur eine mittelgroße Stadt in Ostwestfalen, aber im Vergleich zu dem hier wirkt es gigantisch. Unglaublich, dass uns noch kein anderes Auto entgegengekommen ist, oder?«

Louan atmete vernehmlich durch. »Kommen Sie immer so schnell von einem Thema auf das nächste?«

Mittlerweile konnte sie ihm für seine Art nicht einmal mehr böse sein. »Manchmal«, sagte sie freundlich und setzte den Blinker.

Louan warf ihr einen knappen Blick zu und starrte demonstrativ wieder nach vorn. Antwort genug, aber mehr hatte sie auch nicht erwartet. Irgendwie hatte er auch recht – sie plapperte, aber das lag zum Teil daran, dass sie sich verantwortlich fühlte: Sie hatte ihn mehr oder weniger zu dieser Aktion überredet, also musste sie dafür sorgen, dass ein Gespräch in Gang kam. Mit Freunden zu schweigen war normal, aber bei Fremden sah die Sache anders aus. Da hatte sie schon immer den Drang gehabt, die Zeit mit Small Talk zu füllen.

Als sie nun nach vorn blickte, bemerkte sie allerdings, dass die Stille gar nicht unangenehm war.

Auf einmal musste sie an Daniel denken, der niemals richtig schlechte Laune gehabt hatte. Dafür war da oft … ja, nichts gewesen. Keine Höhen, keine Tiefen, sondern ein durch und durch neutrales Gefühl, wie eine lauwarme Mahlzeit, der jedwedes Gewürz fehlte. Wie ein Tortenboden ohne Obst und Sahne.

Aber die Zeit der Langeweile war vorbei, und zu ihrer Überraschung war ihr dieser düstere Blick, der sie hin und wieder streifte, lieber als die schale Vertrautheit, die sie in Deutschland zurückgelassen hatte.

Mona blinzelte zum Himmel.

Na sag schon, Oma, da hast du doch deine Hände im Spiel. Glaubst du, dass Louan mir vielleicht irgendwie helfen kann, etwas über deine Mutter zu erfahren?

Sie bedauerte, dass sie kein Foto von Helene besaß, das ihr womöglich bei ihrer Suche helfen konnte. Aber so sehr sie Oma Fines Dachboden auch durchsucht hatten, sie konnten keines der wenigen mehr finden, die einst existiert hatten.

Sie ist stets sehr eigen gewesen. Fotos hat sie nur unter Protest von sich machen lassen, und damals war es ja nun nicht so, dass jeder eine Kamera oder ein Fototelefon hatte, so wie heute.

Es war beinahe, als wäre Helene ein Geist, der Fines Vorstellungskraft entsprungen war und zusammen mit ihr diese Welt verlassen hatte. Mona konzentrierte sich wieder auf die Straße und fragte sich, ob ihre Oma ihr an diesem Morgen ein Zeichen sandte. Aber hier in der Einsamkeit gab es so viel zu sehen, dass es alles hätte sein können: die Lichtkristalle auf der Windschutzscheibe, ein Eichhörnchen im Laub oder ein Vogel, der über ihnen in der Luft schwebte und sie eine Weile begleitete. Ein Turmfalke, vielleicht ein Milan, genau konnte Mona das nicht sagen. Sie beugte sich weiter vor … und knallte mit der Stirn gegen die Scheibe, als der Wagen ruckelte. Die Idylle hatte Schlaglöcher.

»Autsch«, murmelte sie, lehnte sich zurück in den Sitz und hoffte, Louan würde die Röte auf ihren Wangen nicht bemerken. Sie könnte schwören, dass ein Grinsen auf seinem Gesicht lag. Aha, ein freundliches Gespräch konnte seine gute Laune also nicht wecken, Schadenfreude allerdings schon.

Idiot!

Sie beugte sich zur Seite, um an das Handschuhfach zu gelangen. »Entschuldigung«, sagte sie in einem Ton, der das genaue Gegenteil meinte.

Louan drückte seine langen Beine nach rechts. Mona öffnete das Fach und zog die durchsichtige Tüte heraus. Allein das Knistern genügte, um Flint in den aufgeregtesten Hund der Welt zu verwandeln. Im nächsten Augenblick stand er mit den Vorderpfoten zwischen ihr und Louan, hechelte und wedelte, was das Zeug hielt. Guter alter Flint, auf ihn war Verlass! Sein Schwanz peitschte von ihrem Sitz zu Louans Schulter und wieder zurück.

»Jaja«, murmelte Mona, belohnte ihn mit drei Keksen und schob ihn dann von sich. »So, nun ist gut. Oder möchten Sie ihn vorn behalten?« Sie dachte an die Zartheit und Süße von Baiser und fand, dass ihre Stimme haargenau so klang.

»Bloß nicht.«

Sie unterdrückte ein Lachen und schickte Flint mit einem knappen Befehl wieder nach hinten. »Sie mögen Hunde nicht so, oder?«

»Doch, eigentlich schon.«

»Wirklich? Das hätte ich nun nicht erwartet.«

»Es muss ja auch nicht jeder wissen, was in meinem Kopf vor sich geht.«

Jemanden oder etwas mögen hat etwas mit dem Herzen zu tun, nicht mit dem Kopf.

Sie behielt den Gedanken für sich und entdeckte kurz

darauf ein schmales Schild mit dem Ortsnamen. Bald schimmerten die ersten Gebäude durch das Grün der Landschaft. Plédéliac entpuppte sich als gemütliche Gemeinde, die sich die Ruhe der Umgebung erhalten hatte. Es gab Steinhäuser mit hübschen Vorgärten, Kopfsteinpflasterstraßen und einige Läden.

»Biegen Sie hier links ab«, sagte Louan.

Mona gehorchte und entdeckte ein Holzschild über einer Tür, der ein neuer Anstrich sehr gutgetan hätte. Der Schriftzug *Le Charlys* war handgemalt, und der Blick durch die Schaufensterscheibe entschädigte für den etwas schäbigen ersten Eindruck. Das Café war klein, wirkte aber hell und freundlich. Mona parkte im Schatten am Straßenrand, stellte den Motor ab und machte Flint klar, dass ihm die wichtige Aufgabe zuteilwurde, den Wagen zu bewachen. Nach einem hartnäckigen Protestblick gab er klein bei und verzog sich unter tödlichem Seufzen nach hinten.

»Also dann«, sagte Mona, ließ ihr Fenster ein Stück hinab und stieg zeitgleich mit Louan aus. Nachdenklich betrachtete sie die Straßen und die Häuserfassaden, über denen die Kirche des Ortes aufragte. War Helene hier gewesen? Hatte sie vielleicht sogar in einem dieser Häuser gewohnt oder jemanden besucht? Hier eingekauft? Sie versuchte sich vorzustellen, wie es damals, um 1930, in Plédéliac ausgesehen haben mochte. Vermutlich hatte es noch weniger Autos gegeben, vielleicht nur einige Lieferwagen und dazu Kutschen zum Transport. Die Geräuschkulisse war also eine vollkommen andere gewesen, von der Ansicht ganz zu schweigen. Männer in Hemden und Westen und mit Baskenmützen auf den Köpfen, Frauen mit dunklen, langen Röcken, das Haar hochgesteckt und manchmal mit einer Haube bedeckt.

Die Aufregung über ihre Reise und alles, was auf sie wartete, kehrte zurück, und sie wandte sich an Louan. »Warum gerade hier? Ist das *Charlys* das beste Café im Ort?«

»Es ist das einzige, in dem ich mal war. Sie bekommen dort Frühstück.«

Wow! Eine Information von einzigartiger Qualität! »Ich bin erleichtert. Na, dann los.« Sie wartete, bis er zu ihr aufschloss, und sie überquerten die Straße. Louan überraschte sie, indem er ihr die Tür aufhielt, und dann betraten sie ein kleines Reich voller Aromen, Wärme und Gemütlichkeit. Hinter dem Tresen standen ein Mann mit einem immensen Schnurrbart sowie eine Frau mit kurzem grauem Haar und grellbunten Ohrringen. Beide bewegten sich, als hätten sie alle Zeit der Welt, weil die Uhren hier anders tickten. Vermutlich war das auch so, zudem waren sie die einzigen Gäste.

»Bonjour«, sagte der Mann, strich seine Schürze glatt und ließ einen Redeschwall folgen, von dem Mona nur die Hälfte verstand.

Sie lächelte und entschied, erst einmal zu bestellen. Sein letzter Satz hatte wie eine Frage geklungen, und da sie Gast in seinem Café war, konnte er schließlich nur eines von ihr wissen wollen. *»Bonjour.«* Sie sah Louan an. »Was möchten Sie?«

Ein weiterer Schwall des Schnurrbartträgers folgte, und Mona meinte, einen ungewohnten Einschlag im Klang der Silben zu hören. Dieses Mal antwortete Louan und wandte sich nach einem kurzen Wortwechsel an sie. »Sie haben Gebäck oder Sandwiches, dazu ein kleines und ein großes Frühstück. Das kleine besteht aus Baguette, Croissant, Marmelade und Kaffee, bei dem großen ist noch ein Obstsalat mit Joghurt dabei oder Rührei sowie Saft.«

»Ich nehme das kleine.«

Louan nickte und hielt zwei Finger in die Höhe. Die Frau, die schweigend zugehört und mit einem Ohrring gespielt hatte, verschwand hinter einem Vorhang, der Mann ging zur Kaffeemaschine. Mona wartete, bis er zwei randvolle Schalen mit Milchkaffee vor ihnen auf der Theke abstellte, dann lächelte sie. »Entschuldigen Sie, ich bin auf der Suche nach einem Hotel oder Café, das sich einst in der Umgebung befunden haben muss, vielleicht ein paar Kilometer östlich von hier. Das *Mariot*. Meine Urgroßmutter Helene Abels hat dort für knapp zwei Jahre gearbeitet, bis ins Jahr 1932, für ein Ehepaar namens Briant. Jacques und Gaelle Briant. Wissen Sie vielleicht etwas darüber? Leider habe ich kein Foto von ihr, und das *Mariot* scheint es nicht mehr zu geben, aber womöglich erinnert sich jemand daran. Oder leben noch Briants hier im Ort, die Nachfahren sein könnten?«

Der Mann zog die buschigen Augenbrauen zusammen und starrte in die Ferne, während er überlegte. Mona war so darauf konzentriert, in seinem Gesicht nach der winzigsten Reaktion zu suchen, dass sie zusammenschrak, als er plötzlich den Kopf hob.

»Janette!«

Keine Sekunde später steckte die Frau ihren Kopf durch den Vorhang. Die zwei wechselten in rasender Geschwindigkeit weitere Sätze, von denen Mona einzelne Wörter verstand – *Mariot, Briant, neunzig Jahre, Deutsche, Tante Marie* –, dann schüttelten sie synchron die Köpfe, was recht putzig wirkte.

»Es tut mir leid, meine Liebe, aber das sagt uns nichts. Briants gibt es hier im Ort nicht.« Er sprach nun sehr langsam und deutlich. »Aber meine Janette sagt, dass ihre Tante Marie vielleicht mehr weiß. Sie und ihr Mann haben hier früher die Konditorei *Frain* geführt. Vor ein paar Jahren sind sie aus dem Trubel raus und aufs Land gezogen, nach Tonquédec. Wollen sich da auf den Ruhestand vorbereiten. Heute vermieten sie Gästezimmer, und Marie hat sogar mal Deutsch gelernt. Janette sagt, die zwei kannten viele Leute aus der Gastronomie und waren sogar Teil einer Regionalgruppe. Schönes Côtes d'Armor hieß die.«

»Côtes d'Armor?«

»Das ist unser Département. Das ... Landesgebiet.«

»Ich verstehe.«

Noch während Mona überlegte, erschien Janette mit einem riesigen Tablett in den Händen. »Frühstück!« Sie scheuchte Mona und Louan zu einem der Tische und verteilte Teller und Besteck, einen Korb mit Croissants und Baguette, Marmelade und ein Butterschälchen. Zum Schluss griff sie in ihre Schürzentasche, zog ein Stück Papier heraus und legte es auf den Tisch. »Hier, das ist Maries Pension. Die Telefonnummer steht drauf. Vielleicht haben Sie da mehr Glück.«

»Vielen Dank, das ist sehr nett«, sagte Mona und setzte sich. Beim Anblick der leicht dampfenden, riesigen Croissants knurrte ihr Magen. Sie wartete, bis Janette sich entfernt hatte, um nicht allzu gierig zu erscheinen, griff dann zuerst nach ihrer Kaffeeschale und hielt sie in die Höhe. »Wollen wir vielleicht zum Du übergehen, jetzt, da wir zusammen unterwegs sind? Wenn auch nur vorübergehend«, fügte sie hastig hinzu, als Louan keine Anstalten machte, sich zu bewegen. Sie wollte ihre Tasse gerade wieder sinken lassen, als er nach seiner griff.

»Was soll's«, murmelte er und schlug sie gegen ihre. Das Porzellan erzeugte ein feines Geräusch. Mona trank einen Schluck und holte erschrocken Luft, als Louan sich vorbeugte, sie an den Schultern fasste und eine Winzigkeit zu sich heranzog. Vollkommen perplex starrte sie in seine Augen, fand jenes Bernsteinfunkeln, das sie schon einmal gesehen hatte, und spürte die Wärme an ihren Wangen, als er je einen Kuss in die Luft daneben hauchte. »Louan«, sagte er dann so tonlos, als wäre nichts geschehen, und ließ sich wieder auf den Stuhl fallen.

»Mona«, stotterte sie. Dann erinnerte sie sich daran, dass sie hier in Frankreich war, wo andere Sitten herrschten, und fand ihr Lächeln wieder, das die Verwirrung innerhalb eines Atemzugs hinwegschmolz. Und ehe die wunderbaren Croissants kalt wurden, nahm sie sich rasch eines. Zunächst schnupperte sie, dann riss sie ein Stück ab und probierte.

Würde Louan sie nicht so kritisch beobachten, hätte sie nun die Augen geschlossen, um sich ganz auf den Geschmack zu konzentrieren. Das Gebäck war einfach zu gut, buttrig und leicht süß, dazu weich im Inneren und feinblättrig außen. Sie leckte sich die Krümel von den Fingern und griff nach Butter und Marmelade. Louan trank unterdessen einen Schluck Kaffee und betrachtete die Visitenkarte.

Mona beugte sich vor, um ebenfalls einen Blick darauf zu werfen. »Tonquédec«, las sie. »Ist das hier in der Nähe?«

»Kommt darauf an, wie du Nähe definierst.«

Mona behielt ihr Lächeln bei und schob sämtliche Bemerkungen beiseite, die ihr auf der Zunge lagen: *Musst du es mir immer so schwer machen? Bist du immer so kryptisch? Ist es normal hier in der Bretagne, dass man sich mit vielen geduldigen Fragen langsam zum Kern der Wahrheit vorarbeiten muss?*

Stattdessen verteilte sie großzügig Butter und Marmelade auf dem nächsten Stück Croissant und biss ab. »Hm, die ist selbstgemacht. Findest du es nicht auch niedlich, dass Janettes Tante und ihr Mann hier weggezogen sind, um dem angeblichen Trubel zu entkommen?« Sie blinzelte aus dem Fenster. Auf der Straße tat sich nicht viel. Ein Fußgänger schlenderte vorbei, und im Wagen gegenüber presste Flint sein Gesicht an die Fensterscheibe.

»Ungefähr eine Stunde«, sagte Louan.

Ah! So funktionierte das also mit der Unterhaltung. Einfach so tun, als hätte man den Teil davor überhört.

»Liegt es zufällig auf dem Weg zu deiner Vermieterin?«

Er blinzelte. »Warum fragst du?«

»Nun, ich lege gerade fest, wie ich bei meiner Suche weiter vorgehen will. Erst möchte ich hier im Ort mit mehr Leuten reden, vielleicht kann sich ja doch jemand an das *Mariot* erinnern. Falls ich nichts herausfinde, wäre Janettes Tante mein Plan B. Ich werde sie anrufen und vorab fragen, um sie nicht einfach zu überfallen, aber falls sie etwas weiß, möchte ich sie persönlich sprechen. Ich habe noch einiges, das ich ihr in dem Fall gern zeigen würde. Plan C wäre deine Vermieterin, falls auch Plan B keine Ergebnisse liefert. Und dann wäre da noch die Katze, nicht wahr?« Es war ihren Worten anzuhören, dass sie damit einen Scherz gemacht hatte. Nun, einen halben.

»Was soll mit der Katze sein?«

»Na, wenn du schon mitkommst, könntest du auch nach ihr Ausschau halten, falls sie noch nicht wieder bei Alain aufgetaucht ist. Du weißt schon. Katzen laufen manchmal lange Strecken zu ihrem echten Zuhause.« Sie lächelte ihn an, und es war bei diesem wundervollen Frühstück ganz einfach. So düster der gestrige Tag sich auch verabschiedet hatte, dieser hatte sie bereits mit allem versöhnt.

Er tippte einen Krümel vom Tisch. »Du planst gern alles durch, nicht wahr?« Die Katze ignorierte er. Wahrscheinlich hatte er das Zwinkern in ihrer Stimme doch gehört.

»Um ehrlich zu sein, habe ich selten etwas so wenig geplant wie diese Reise. Ich habe erst vor Kurzem Hinweise auf dem Dachboden meiner Oma …«

»Robinet?«

Mona sah erschrocken auf. Weniger, weil ein Mann an ihren Tisch getreten war und das Gespräch unterbrach, sondern weil sein Tonfall so düster und aggressiv klang, dass er absolut nicht zu der anheimelnden Atmosphäre passen wollte. Wie ein schräger Ton, der eine wunderschöne Melodie zerriss. Unwillkürlich richtete sie sich auf und schob ihren Stuhl dabei ein Stück nach hinten. Er kratzte über den Boden. Zwar hatte sie eben die Klingel über der Eingangstür gehört, aber nicht auf den neuen Gast geachtet. Nun stand er vor ihnen, mittelgroß, aber dennoch einschüchternd, die Arme vor der Brust verschränkt und das schmale Gesicht so starr, dass der verspielte Wirbel im hellen Haar fehl am Platz wirkte. Er trug einen Anzug über einem Hemd ohne Krawatte und hielt eine Ledertasche in einer Hand.

Louan kannte den Mann, das war nicht zu übersehen. Hatte Mona zuvor geglaubt, ihn düster erlebt zu haben, so hatte sie sich getäuscht.

»Bonjour«, brummte er und atmete hörbar durch die Nase aus. Er wartete, während sich die Atmosphäre weiter auflud. Auch der Fremde rührte sich nicht, und das machte

die Situation umso unangenehmer. Am liebsten wäre Mona aufgestanden und gegangen, aber eine Flucht hatte sie schließlich nicht nötig. Oder doch? Mit angehaltenem Atem betrachtete sie die beiden, kam aber zu dem Schluss, dass sie bei einer Schlägerei schnell genug außer Reichweite wäre. Schließlich streifte der Mann sie mit einem Blick, schien sie aber augenblicklich wieder zu vergessen.

»Louan Robinet. Sie erinnern sich nicht an mich, oder?«

»Ich erinnere mich sehr gut.« Louans Kiefer bewegte sich leicht von einer Seite zur anderen.

»So«, sagte der Mann mit der Tasche. Aus irgendeinem Grund schien Louans Antwort ihn nur noch mehr aufzubringen. »Das ist also alles, was Ihnen dazu einfällt? Oder ist es Ihnen vor Ihrer Freundin hier unangenehm?«

Mona überlegte und griff nach dem Buttermesser, da ihr nichts anderes einfiel und sie ihre Hände beschäftigen musste. Louans Blick flackerte zu ihr, und sie hielt mitten in der Bewegung inne und das Messer direkt vor ihrer Brust – bis ihr aufging, wie das aussehen musste. War das dort in Louans Gesicht etwa die winzige Spur eines gehobenen Mundwinkels?

Er legte beide Hände flach auf den Tisch und schenkte dem Mann die Karikatur eines Lächelns. »Ich kenne die Dame kaum, also kann es mir auch nicht unangenehm sein. Allerdings weiß ich noch immer nicht, was Sie jetzt und hier von mir wollen, Signac.«

Das Gesicht des Mannes rötete sich. »Ihr schauspielerisches Talent ist miserabel, Robinet. Oder lässt Ihr Gedächtnis nach? Was soll ich schon von Ihnen wollen, von Ihnen und Ihrem Idioten von Bruder? Ich will mein Geld zurück und einen Ersatz für all die leeren Versprechungen!« Den letzten Satz brüllte er beinahe, sodass Mona das Messer fallen ließ. Es traf klirrend am Boden auf. Von der Theke kam ein fragender Ruf, doch niemand reagierte.

Louan stand langsam auf, ohne diesen Signac aus den Augen zu lassen. Er war nur ein winziges Stück größer, sah aber recht einschüchternd aus. »Es ist alles gesagt, was gesagt werden musste, und es ist auch alles geklärt, was es zu klären galt. Ich habe mich bei Ihnen entschuldigt. Der Rest wird über Ihren Anwalt geregelt. Also verraten Sie mir bitte, was Sie noch von mir erwarten.«

Der andere fluchte. »Was ich erwarte? Ich habe ganz gewiss nicht erwartet, Ihnen hier zu begegnen und mich dann auch noch mit dieser Ignoranz herumzuschlagen!« Er griff in seine Jackentasche, zog ein Stück Papier heraus und warf es Louan ins Gesicht. »Wenn Sie auch nur etwas Ehre im Leib haben, dann klären Sie die ganze Sache zügig und melden sich bei mir!«

Mona zuckte zusammen, doch Louan blinzelte nicht einmal. Reglos starrte er den anderen an, bis der sich umdrehte und das Café unter weiteren Flüchen verließ. Die Glocke bimmelte schrill, die Tür knallte, und dann war alles vorbei.

Nach dem Ausbruch war die Stille so umfassend, dass Mona glaubte, sie würde nie wieder enden. Als hätte jemand der Welt sämtliche Töne gestohlen und würde sich weigern, sie wieder freizulassen. Vorsichtig stieß sie den Atem aus, langsam, um möglichst kein Geräusch zu verursachen.

Louans Brust hob und senkte sich. »Ich warte draußen«, sagte er und riss seine Jacke von der Stuhllehne. Ohne sie anzusehen, ging er an ihr vorbei. Mona drehte sich um, doch er war viel zu schnell verschwunden. Ratlos lehnte sie sich zurück und schloss die Augen. Was bitte war das gewesen? Fast wäre die Situation eskaliert.

Nein, korrigierte sie sich. Wäre sie nicht. Auch wenn Louan wahnsinnig einschüchternd wirken konnte, so hatte sie in keinem Moment das Gefühl gehabt, er könnte die Kontrolle verlieren – ganz im Gegensatz zu ihrem ungebetenen Besucher. Sie öffnete die Augen wieder und starrte an die Decke. Sie war hell, jemand hatte blaue Sterne darauf gemalt.

Da haben wir es, das Abenteuer, Oma. Ich bin noch keine vierundzwanzig Stunden hier und habe schon in einem fremden Haus übernachtet, bin mit einem wortkargen Bretonen unterwegs und prompt in einen Streit geraten. Wenn das so weitergeht, brauche ich vielleicht deine Hilfe. Ein ganz klitzekleines bisschen. Bis ich jemanden gefunden habe, der mir was über Helene erzählen kann.

Sie zwinkerte und stellte sich vor, wie ihre Oma mit schräg gelegtem Kopf nicken und ihr die Hand tätscheln würde. Schlagartig fühlte sie sich besser. *Vergiss nie, dass manchmal Schatten und Licht so fallen, dass sie die Dinge zu verändern scheinen*, würde Oma Fine nun sagen. *Aber was ganz tief in dir drin wichtig ist, wird immer wichtig sein, egal, ob bei strahlendem Sonnenschein oder bei Gewitter.*

Wie recht sie hatte! Mona senkte den Kopf und lockerte die verspannten Schultern. Etwas Helles leuchtete ihr vom Boden entgegen – das Pappstück, das der Fremde Louan ins Gesicht geschleudert hatte. Noch eine Visitenkarte.

Dr. Maurice Signac.

Ein Arzt? Mona überlegte, dann steckte sie die Karte ein. »Entschuldigung«, rief sie, und Janette trat innerhalb eines Sekundenbruchteils hinter dem Vorhang hervor.

»Sie möchten zahlen?«

»Ja. Können Sie das Croissant und das Baguette bitte einpacken?«

Janette nickte. »Ich kann es auch mit Beruhigungstabletten füllen, wenn Sie wollen«, sagte sie in verschwörerischem Ton.

Mona verzog das Gesicht. »Vielleicht ist das gar keine schlechte Idee.«

5

Flint steckte seine Nase so tief in den Blütenkelch, dass er niesen musste. Dabei warf er den Kopf zur Seite und riss die Blüte ab. Erstaunt oder erschrocken – so ganz vermochte Mona das nicht zu sagen – trat er zurück und hielt die Nase in die Luft, auf der es nun violett leuchtete. Vermutlich wartete er darauf, dass sein Frauchen sich seiner erbarmen und ihn von dem neuartigen Accessoire befreien würde.

Mona wartete noch eine Weile, dann pflückte sie die Blüte von seiner Nase und platzierte sie auf seinem Kopf. »Es steht dir hervorragend«, sagte sie. Flint schüttelte sich, schnappte nach dem Corpus delicti, als es am Boden lag, und gab ihm den Rest. Mona lachte und tätschelte ihren Hund. »Du musst dich ziemlich langweilen. Aber wir haben es ja bald geschafft.«

In der Tat waren nicht mehr allzu viele Läden übrig, in denen sie noch nachfragen konnte. Die Mittagszeit war vorüber, manche hatten geschlossen, und andere sahen nicht so aus, als würden sie in den kommenden Wochen überhaupt öffnen. Allmählich glaubte Mona nicht daran, dass sie hier im Ort mit ihren Recherchen weiterkommen würde. Mit jedem Geschäft, das sie betreten und kurz darauf wieder verlassen hatte, war die Hoffnung mehr und mehr der Enttäuschung gewichen. Zweien ihrer Gesprächspartner – dem

Bäcker mit dem Schiffstattoo und der Frau, die gelangweilt hinter einer Schmuckauslage auf ihrem Handy herumtippte – sagte der Name Briant etwas, aber sie konnten ihn nicht weiter zuordnen, zwei weitere kannten jemanden namens Briant, fanden aber schnell heraus, dass es keine Nachfahren von Jacques und Gaelle sein konnten. Ein alter Mann, der vor einem Haus auf der Treppe saß und rauchte, glaubte sich an ein Gästehaus »draußen in den Wäldern« zu erinnern, wusste aber weder den Namen noch wer es geführt hatte. Der Besitzer des Trödelladens, ungefähr im selben Alter wie der Raucher, verkündete mit ernster Miene, dass Mona ihn einfach heiraten und ihre Suche aufgeben solle. Alles in allem verlebte sie eine amüsante Zeit bei all den kurzweiligen Plaudereien, was aber nicht verhindern konnte, dass ihre Stimmung einen Dämpfer erhielt. Ihre Chancen schwanden. Plan A und B – die Befragung von Louan und Erkundigungen im Ortskern von Plédéliac – hatten sich als Fehlschläge herausgestellt, blieben mit der Pension von Janettes Tante und Louans Vermieterin noch Plan C und D.

»Ich wünsche mir so sehr, dass sich jemand erinnert«, sagte sie zu Flint, der nur kurz zu ihr aufblickte. Sie musste einfach etwas über Helenes Zeit hier herausfinden – damit würde sie auch eine unbekannte Komponente von sich selbst ans Licht zerren. Wer war sie denn, wenn nicht eine winzige Teilmenge von Helene und all den anderen Frauen und Männern, die ihre Vorfahren waren und zu ihrer Geschichte gehörten, die sie niemals ganz hatte kennenlernen dürfen?

Louan war nirgendwo zu sehen. Nachdem sie das Café verlassen hatte, war sie zunächst die Straße hoch- und runtergelaufen. Vergeblich. Also hatte sie entschieden, sich erst einmal ihrer Suche zu widmen. Früher oder später, wenn er sich beruhigt hatte, würde der Bretone sich schon wieder einfinden, vor allem, da sich seine Sachen in ihrem Wagen befanden.

Jetzt, während sie langsam mit Flint an Steinhäusern und von Hortensienbüschen getupften Vorgärten vorbeischlenderte, fragte sie sich, was vorhin wirklich geschehen war. Es ging sie nichts an, hatte sie aber doch neugierig gemacht – schließlich erlebte man es nicht täglich, dass ein Mann einem anderen eine Visitenkarte ins Gesicht schleuderte. Was auch immer in der Vergangenheit geschehen war, als Louans Weg den von Dr. Maurice Signac gekreuzt hatte – es musste mehr gewesen sein als ein simpler Streit.

Das Steingrau der Häuser wurde mehr und mehr von Feldern und Wiesen abgelöst, zur Rechten ragte eine Baumgruppe auf. Ein angenehmer Wind strich über Monas Wangen. Sie legte den Kopf in den Nacken und beobachtete zwei Vögel, die sich am Himmel umkreisten.

Als sie den Blick wieder nach vorn richtete, entdeckte sie eine schlanke Gestalt, die an einem Baumstamm lehnte. Louan hatte die Hände in die Taschen seiner Jeans geschoben und schien die Vögel ebenfalls zu beobachten. Aber als sie näher kam, bemerkte sie das Blitzen seiner Augen. Sie hatte sich geirrt, es war nicht Bernstein, sondern ein tieferes Braun. Ein Erdton.

»Frag bloß nicht«, brummte Louan und schloss die Augen. Trotz seiner abweisenden Worte wirkte er ganz anders als vorhin im Café, seine Anspannung war verflogen. Jetzt legte er die Fingerspitzen locker auf die Baumrinde, und Mona hätte schwören können, dass auch er den leichten Wind genoss.

»Was soll ich nicht fragen?« Sie lehnte sich an den Stamm daneben und ließ Flint seinen Willen, der laut schnüffelnd eine Spur von ihr zu Louan zog, nur um dann erneut zu niesen.

Louan blinzelte. »Du weißt genau, was ich meine.«

Sie zuckte die Schultern. »Eigentlich wollte ich dich fragen, ob wir allmählich aufbrechen wollen. Oder vielmehr, ob du noch mitkommen magst, wenn ich nun aufbreche. Ich habe leider nichts über Helene oder das *Mariot* herausgefunden, aber wir haben noch immer die Pension von Janettes Tante, und da möchte ich als Nächstes hin. Vielleicht kannst du dort übernachten? Alain sagte ja, es sei besser, wenn du ihn ein paar Tage in Ruhe im Haus arbeiten lässt.« Je nachdem, was Janettes Tante ihr erzählen konnte, würde sie ebenfalls in der *Pension Frain* bleiben.

»Aber doch nicht in Tonquédec.«

»Warum nicht? Man macht viel zu selten in der Heimat Urlaub. Wie auch immer, Janette hat ihre Tante vorhin versucht anzurufen, sie aber nicht erreicht. Sie meinte, sie sei wahrscheinlich im Garten, wenn sie nicht ans Telefon geht. Aber es ist ja nicht weit, nur eine Stunde mit dem Wagen. Und wir können uns Zeit lassen, der Check-in in der Pension ist erst ab sechs Uhr. Die Tante ist da streng und will vorher unter keinen Umständen gestört werden. Aber wir können ja unterwegs trödeln. Wir müssen ja noch immer eine Katze finden, nicht wahr?«

Nun öffnete er auch das andere Auge. War das etwa Fassungslosigkeit in seinem Blick? »Das ist jetzt nicht dein Ernst.«

Sie gönnte sich eine Weile, in der sie ihn einfach nur anblickte, bis ihre Mundwinkel dann doch zu zittern begannen. »Fahren wir.« Sie stieß sich vom Baumstamm ab, wandte sich um und machte sich auf den Weg zurück zum Auto. Nach einigen Schritten blieb sie stehen und drehte sich zu Louan um. Wie hatte Oma Fine doch stets gesagt? *Bei Sturköpfen kannst du nichts machen, außer ihnen ab und zu deine strahlenden Zähne zu zeigen. Sie müssen ja nicht wissen, wie es gemeint ist.*

Sie hatte damals recht gehabt, und sie hatte es auch noch heute. Louan schüttelte den Kopf und murmelte etwas, aus dem Mona die Worte *verrückt* und *Deutsche* herausfilterte, aber dann setzte er sich ebenfalls in Bewegung. Sie wartete, bis er zu ihr aufgeholt hatte. Flint hob den Kopf und hechelte von einem Ohr zum anderen, glücklich, dass nun alles geklärt war und die Reise endlich weitergehen konnte.

Liebe Oma,
ich sitze in einem Restaurant in der Nähe des süßen Örtchens Lanvollon und genieße ein tolles Essen. Das Haus hier würde dir gefallen! Die Kuchentheke hat durchaus was, viele Obstböden, und besonders die Tarte mit den karamellisierten Birnen sieht hervorragend aus. Aber ich wette, mit deinen Torten können sie trotz allem nicht mithalten.

Das Interessanteste ist aber, dass ich auf meiner Reise Gesellschaft bekommen habe. Noch weiß ich nicht, was ich von Louan halten soll – oder von mir selbst, weil ich ja schon fast darauf bestanden habe, ihn mitzunehmen. Ja gut, ich habe wirklich ein schlechtes Gewissen wegen der Katze (typisch Flint!). Aber wenn ich ehrlich bin, ist mir Gesellschaft lieber, als allein zu reisen. Bisher habe ich leider noch nichts herausgefunden, aber ich gebe nicht auf!

Ich umarme dich und denke an dich, viel öfter, als du ahnst.

Deine Sonne

Mona steckte die Karte in ihre Handtasche, nachdem sie die Zeilen noch einmal überflogen hatte und dabei gegen den Kloß in ihrem Hals anschluckte. Was hätte sie dafür gegeben, jetzt Oma Fine an ihrer Seite zu haben!

Sie hatte den kleinen Metallständer mit Postkarten am Eingang des Restaurants entdeckt, während sie auf einen Kellner warteten, der sie zu ihrem Tisch führte. Sämtliche Karten zeigten dasselbe Motiv: das alte, lang gestreckte Steinhaus mit den hübschen Fensterläden, in dem sich das *Les Grands Arbres* befand, idyllisch in einem Wald- und Wiesengebiet gelegen. Mona hatte spontan beschlossen, dem Holzkästchen für Oma Fine einen weiteren Gruß hinzuzufügen, und die Karte geschrieben, während sie auf ihr Essen warteten. Louan saß ihr gegenüber, starrte aus dem Fenster und wirkte halbwegs entspannt.

In Plédéliac hatte er sie vor ihrer Abfahrt noch zu zwei etwas außerhalb des Zentrums liegenden Geschäften geschleppt, in denen er öfter Kunde war, doch auch dort hatte sie nichts erfahren. Nachdem Louan Alain angerufen und sich von ihm noch einmal hatte sagen lassen, dass er sich in den nächsten Tagen bloß nicht blicken lassen sollte, hatte er zugestimmt, Mona weiter zu begleiten. »Wenn du eh mit meiner Vermieterin reden willst, kann ich ihr auch gleich sagen, dass ich mein Geld gern zurückhätte. Und das sofort. Plus Entschädigung.«

Mona hegte das unbestimmte Gefühl, dass er vor allem Abstand wollte – von dem Haus und von anderen Dingen, über die er selbstverständlich nicht redete, die aber mit dem Gebäude oder seinem Aufenthalt dort zu tun haben mussten. Aber manchmal lag etwas in seinem Blick, das zwar keine Verzweiflung war, aber an Ratlosigkeit erinnerte. Sie vermutete, dass in Louans Leben etwas geschehen war, das er noch nicht ganz zu überblicken vermochte. Vielleicht tat es ihm ja auch gut, kein Ziel zu haben. Widersprüchlicher konnte ihre Reisepartnerschaft damit wohl kaum sein! Auf der anderen Seite … passte es nicht gerade deshalb hervorragend?

Seine Vermieterin Adeline war erneut nicht ans Telefon gegangen, aber das schien Louan nicht zu beunruhigen. »Eher wirst du eine Meerjungfrau am Strand finden, als Adeline Benoit einfach so ans Telefon bekommen. Wahrscheinlich pinselt sie wieder irgendwelche Farbkleckse auf eine Leinwand und fühlt sich künstlerisch.«

Mona entschied, keine Diskussionen über Kunst mit ihm zu beginnen. Ebenso hielt sie sich zurück, den Streit im Café anzusprechen. Es ging sie nichts an, und dass Louan so tat, als wäre nichts geschehen, verriet ihr, was sie in diesem Zusammenhang wissen musste: Er war zwar eine Winzigkeit aufgetaut und hatte das Du akzeptiert, aber das bedeutete noch lange nicht, dass er ihr Privates anvertraute. Louan Robinet schien mindestens so dickköpfig wie Flint zu sein. Es würde sie nicht überraschen, wenn er lieber den ganzen Weg zu seinem Haus zurückgelaufen wäre, um unter dem undichten Dach inmitten von Alains Bauplanen zu campieren, als ihr zu erzählen, was es mit dem wütenden Doktor auf sich hatte.

Sie kehrten Plédéliac also den Rücken und brachen Richtung Westen auf, weg von den gemütlichen Straßen und hinein in das Versprechen von Weite und Natur. Praktischerweise lag die Pension von Janettes Tante auf dem Weg zu Adeline.

Louan schwieg die Fahrt über, und auch dieses Mal war es angenehm. Nach einer Weile hörte er sogar auf, Flint von sich zu schieben, und als die Sonne durch die Wolken zwinkerte und sich bis ins Auto mogelte, schaltete Mona das Radio ein. Der Sender spielte französische Songs, so weich im Klang, dass sie sich nicht stärker von der rauen Bretagne hätten unterscheiden können. Trotzdem passte nichts in jenem Moment besser, vor allem, als Louan leise mitsummte.

Durch das unvollendete Frühstück bekamen sie bald wieder Hunger, wobei Mona nicht genau sagen konnte, ob wirklich ihr Magen knurrte oder ob sie einfach nur neugierig war auf all die Spezialitäten der Gegend. Als sie das *Les Grands Arbres* vor einer halben Stunde entdeckt hatten, brauchte es daher nur einen kurzen Blick, um sich mit Louan zu verständigen.

Und nun saßen sie hier, inmitten von Ruhe, verlockenden Düften und der Gewissheit, dass der Tag nur besser werden konnte. Zumindest hatte Mona keine Spur von Dr. Maurice Signac entdeckt, und sie hatte sich wirklich aufmerksam umgesehen. Selbst in die Männertoilette hatte sie gespäht, nachdem sie sicher gewesen war, wirklich allein auf dem kurzen Seitenflur zu sein.

Sie wandte sich ihrer Mahlzeit zu, die der Kellner soeben vor ihr abstellte. Zunächst drehte sie ihren Teller und betrachtete, was darauf lag, von allen Seiten, dann brach sie ein Blatt ab und kostete. Anschließend griff sie nach Messer und Gabel und probierte erneut. Noch konnte sie nicht sagen, was sie am meisten begeisterte: die intensiven Farben, das weiche Innere des Gemüses oder dass die frittierten Blätter sie an Chips erinnerten. Der leicht herbe Geschmack rollte geradezu über ihre Zunge, und voller Genuss aß sie schweigend weiter, bis sie ihre Begeisterung einfach teilen musste.

»Ich habe noch nie eine frittierte Artischocke gegessen«, gestand sie.

Louans Blick nach zu urteilen, lag das irgendwo zwischen *nicht normal* und *Sünde.* Er widmete sich seinem Salat, Fenchel mit Orangenessig. Mona war sicher, dass er vor Genuss die Augen geschlossen hätte, wäre er allein gewesen. Es gab also doch Dinge auf dieser Welt, die er mochte.

Sie saßen neben einem Fenster mit hellblau getünchtem Holzrahmen. Flint lag auf dem Hof vor dem *Les Grands Arbres* in der Sonne und döste. Einen besseren Namen hätte man für das Gasthaus nicht finden können: Jetzt, im Sonnenschein, boten die hochgewachsenen Eichen am Rand des Anwesens einen herrlichen Anblick. Mona konnte sich jedoch gut vorstellen, wie bedrohlich das Ensemble bei Gewitter wirken musste – sie hatte schließlich erlebt, wie schnell sich die Landschaft wandeln und das Gefühl von Schutz und Behaglichkeit verloren gehen konnte. Aber das gehörte wohl zur Fremde, zumindest für sie: Es gab keinen Ort, der ihr solch eine Geborgenheit vermittelte wie ihr Zuhause. Manche Menschen konnten es überall finden, dieses Gefühl, und selbst in der zugigsten Hütte einfach durchatmen, die Augen schließen und sich entspannen. Isa beispielsweise reiste am liebsten in möglichst weit entfernte Länder, um wochenlang durch Urwald oder Steppen zu wandern.

Für Mona war das nichts. Sie brauchte einen Hauch dieser speziellen Wärme, die man nicht im Sonnenlicht fand, sondern in einer Umarmung, beim Backen oder in der Gegenwart eines lieben Menschen.

Sie lächelte, spießte ein Stück Fenchel auf und schnupperte daran.

»Also, Louan. Woher kommst du eigentlich genau, wenn du nur vorübergehend in Adelines Hexenhäuschen gezogen bist?«

»Von der Küste. Und du hast französische Vorfahren?« Eine Antwort konnte man das nicht wirklich nennen. Wenn er sie täuschen und ihr echtes Interesse vorgaukeln wollte, so versagte er kläglich. Mona überlegte, ob sie ihm das so mitteilen sollte, entschied sich aber dagegen. Sie wusste genau, dass er nur ablenken wollte, und er wusste, dass sie es wusste. Zumindest sagte das sein Blick, diese Mischung aus zu stark gespielter Arglosigkeit, Bitte und Warnung.

Mona seufzte laut genug, dass er es hören konnte, und zuckte dann die Schultern. »Ich glaube nicht, aber hundertprozentig kann ich das nicht sagen. Erinnerst du dich, dass ich gesagt habe, das *Mariot* müsste gegen 1930 existiert haben? Ich weiß das, da meine Uroma Helene zu der Zeit dort gearbeitet hat. Sie war siebzehn oder achtzehn Jahre alt, als sie hergekommen ist, und muss hier einen Mann kennengelernt haben. Denn als sie zurück nach Deutschland kam, hatte sie ein Baby bei sich. Meine Oma. Das ist leider alles, was ich weiß, und darum bin ich hier. Um mehr herauszufinden.«

»Du willst also wissen, wer dein Urgroßvater ist?« Sein Blick huschte zwischen ihr und der Gabel hin und her, und sie war fast sicher, dass er sich fragte, warum sie das verdammte Stück Fenchel nicht einfach aß. »Wozu all die Mühe? Das Ganze ist ja schon eine Weile her. Was hast du davon, so tief in der Vergangenheit zu kramen?«

Mona war nie in den Sinn gekommen, dass es jemanden geben könnte, der dieser Spur nicht gefolgt wäre oder ihr Anliegen nicht verstanden hätte. »Wärst du denn nicht neugierig? Vielleicht finde ich hier mehr darüber heraus, wie meine Uroma gelebt hat, und, ja, das stimmt und ist noch wichtiger: wer mein Uropa war. Und vielleicht beeinflusst es mein Leben derzeit nicht direkt, aber indirekt doch schon.«

»Warum?« Er sah ehrlich interessiert aus, auch wenn er ihre Meinung ganz offensichtlich nicht teilte.

»Warum?«, wiederholte sie ein wenig perplex. »Na, weil es um meine Familie geht.«

Er griff nach seinem Glas und trank einen Schluck Wein. »Die Vergangenheit wird dein Leben weder beeinflussen noch verändern. Die Erlebnisse deiner Urgroßmutter sind nicht deine, und die Vorstellung, dass sie die heutige Zeit beeinflussen, ist romantischer Humbug. Du suchst nicht deine Familie, sondern deine Vorfahren. Das ist ein himmelweiter Unterschied.«

Mona schüttelte so energisch den Kopf, dass eine Haarsträhne auf ihrer Wange landete. »Mir geht es weniger um direkte Einflüsse als darum, meine Vorfahren überhaupt kennenzulernen. Je mehr ich über meine Familie weiß, desto mehr verstehe ich sie vielleicht. Und damit wächst doch die Chance, dass ich auch mich selbst verstehe, nicht wahr? Immerhin bin ich mit diesen Menschen verwandt. Wir haben vieles gemeinsam, auch wenn ich Uroma Helene niemals getroffen habe. Warte.« Sie legte ihr Besteck beiseite, griff nach ihrer Tasche und nahm die Mappe heraus. »Hier, sieh mal.«

Louan tat ihr den Gefallen, schlug die Mappe auf und zog die Papiersammlung heraus. Das Rezept für Cehes Zitronentorte lag ganz oben. Er überflog es, blätterte durch die anderen Seiten und hob mit ratlosem Blick den Kopf. »Was hat das damit zu tun?«

»Das ist der Auslöser meiner Suche.« Wie immer, wenn sie über die Papiere nachgrübelte, spürte Mona einen Energieschub, der sie weiterfahren und Geheimnisse aufdecken lassen wollte. Er ließ ihr Herz schneller schlagen und flüsterte von all den Dingen in der Welt, die sie noch nicht gesehen hatte, und von all den Menschen, denen sie noch nicht begegnet war. Eine einzige Rezeptsammlung genügte, um sich zu fragen, was der Horizont für sie bereithielt und ob wirklich hinter jeder Ecke ein neuer Zauber lag.

Sie tippte auf das oberste Blatt. »Die Rezeptsammlung habe ich neulich auf dem Dachboden meiner Oma gefunden, kurz nach ihrer Beerdigung.«

Louan hielt inne. Dann nickte er, langsam, fast vorsichtig.

Mona begriff, dass diese stumme Ehrlichkeit richtig war. Weil sie echt war. Kein *Herzliches Beileid,* keine andere Floskel, die aus Louans Mund gekünstelt geklungen hätte. Mona lauschte in sich hinein, doch nichts tat sich – keine Trauerwelle, die sie zu überrollen drohte, nur ein winziges Ziehen in der Brust.

»Also, was ist nun mit den Rezepten?« Louan drückte ihr den Stapel wieder in die Hand.

»Durch sie bin ich überhaupt erst darauf gekommen, dass Helene in der Bretagne war. Zu den Unterlagen gehören nämlich noch Hinweise auf das *Mariot.* Zudem hat Helene diese Rezepte gesammelt, die ja nun zweifellos französisch sind. Und hier«, sie nahm den Bogen mit den filigranen Zitronenranken und drehte ihn um. »Auf der Rückseite hat sie Namen notiert. Josefine, so hieß meine Oma. Nur was es mit Maelys auf sich hat, weiß ich noch nicht. Warum der Name wohl unterstrichen ist?«

»Aber was hast du davon, wenn du das herausfindest?« Nun klang er ehrlich interessiert. »Dein Leben wird sich nicht ändern.«

»Wer weiß? Louan, all diese Rezepte hier sind bis heute ein Teil meiner Familie. Damit hat meine Uroma mein Leben doch schon beeinflusst, ohne dass ich überhaupt etwas über sie wusste. Stell dir doch einmal vor, was sich alles ändern könnte, wenn ich herausfinde, was damals geschehen ist. Vielleicht habe ich wirklich Verwandte hier.«

Er hob eine Hand, und einen Moment lang glaubte Mona, er wollte nach ihrer greifen. »Und dann? Dann fährst du in dem Wissen zurück nach Deutschland, dass es diese Menschen gibt, mit denen du dir einen Vorfahren teilst. Vielleicht besuchst du sie ja mal. Oder sie dich. Aber es sind Fremde. Genauso gut könntest du unterwegs einen Wildfremden kennenlernen.« Er hielt inne, vielleicht fiel ihm gerade ein, dass sie genau das bereits getan hatte. »Aber dein Leben in Deutschland wird weitergehen wie bisher. Oder glaubst du etwa, dass du und deine französischen Verwandten regelmäßig große, fröhliche Feiern abhalten werdet?« Der leicht verächtliche Ton, der sich bei den letzten Worten in seine Stimme geschlichen hatte, tat weh.

»Warum nicht?«, fragte sie leise. »Schließlich wären wir doch Familie.«

Louan legte die Hand wieder auf den Tisch. »Familie besteht nicht nur aus Umarmungen und warmen Worten. Manchmal macht sie einem einfach nur das Leben schwer.« Er zog seine Brieftasche hervor, nahm einen Schein heraus und warf ihn neben seinen Teller. Nach kurzem Zögern stand er auf. »Lass dir Zeit mit dem Essen. Ich warte draußen auf dich.« Ohne sie noch einmal anzublicken, verließ er das Restaurant.

Mona starrte ihm hinterher. Was war das denn gewesen? Wieder hatte dieses Grollen in seiner Stimme gelegen, aber es war stärker gewesen als sonst.

Sie wandte den Kopf, als Louan in den Hof trat. Flint trabte auf ihn zu und gab alles, was er an Hundecharme aufbringen konnte: Seine Ohren hüpften, als er in die Höhe sprang, und dann verhedderte er sich in seiner Leine, da er sich vor Enthusiasmus mehrmals im Kreis drehte.

Mona seufzte. Die Masche des hilflosen Hündchens zog bei den meisten Menschen. Man musste Flint zugestehen, dass er nicht auf sein braunweißes Köpfchen gefallen war. Louan versuchte, ihn aus seiner scheinbaren Misere zu befreien. Das war gar nicht so leicht, da der Jack Russell Terrier in seiner gesteigerten Freude nur noch mehr Sprünge und Pirouetten vollführte. Louan startete einen weiteren Versuch, noch einen, und dann packte er Flint kurzerhand und drückte ihn auf den Boden, um mit der freien Hand die Leine abzuwickeln.

Mona fragte sich, wer sie mehr verblüffte: Flint, der sich diese Behandlung gefallen ließ, oder Louan, der ihn geschickt aus dem vorübergehenden Dasein als Paket befreite. Einen Moment lang starrten die zwei sich an, dann tätschelte Louan Flints Bauch.

Mona schüttelte den Kopf. Der Anblick hatte etwas Unwirkliches, als würde man ein Schauspiel eigens für sie aufführen.

Familie besteht nicht immer aus Umarmungen und warmen Worten.

Warum hatte Louan so endgültig geklungen? Natürlich war Familie nicht nur absolute und dauerhafte Harmonie. Es konnte Auseinandersetzungen und sogar Streit geben, aber am Ende würde man denjenigen, dem man vielleicht harte Worte an den Kopf geworfen hatte, auch wieder auffangen.

Das war es doch, was Familie ausmachte, dieser Zusammenhalt. Verlässlichkeit. Gewissheit. Liebe.

Mona betrachtete die vorbeiziehenden Wolken. Eine zerschmolz nach kurzer Zeit, eine andere veränderte ihre Form und bot Raum für Fantasie und Sehnsucht.

Ihre Tränen überraschten sie, weil sie so plötzlich in ihren Augen brannten. Nicht zum ersten Mal fragte sie sich, ob Oma Fine jemals daran gedacht hatte, hierherzukommen und selbst nach Spuren zu suchen. Früher wäre das sicher komplizierter gewesen, und Fine hatte auch nie den Führerschein gemacht. Aber sie hatte fest daran geglaubt, dass man vieles tun konnte, wenn man es nur wollte. *Solange du anderen dabei nicht auf die Füße trittst, Monchen. Das Schöne ist doch, wenn Pläne zu Erlebnissen werden und die dann zu Erinnerungen.*

»Entschuldigen Sie?«

Überrascht blickte sie den Kellner an. »Ja bitte?«

Er deutete auf ihren Teller, neben dem Louans Geldschein ein wenig verloren wirkte. »Haben Sie noch einen Wunsch?« Seine Aussprache war weich, fast so, als würde er die Silben nur andeuten wollen, um sie nicht zu zerstören. Aber er hatte recht, es war an der Zeit, sich auf den Weg zu machen.

»Ich denke, wir müssen weiter«, sagte sie. »Vielen Dank.«

»Es war ein wunderschöner Tag bisher«, erwiderte er. »Das Wetter wird sicher halten.«

Wenig später trat sie aus der Tür und atmete tief ein. Die Dinge, nach denen sie suchte, häuften sich. Nun waren es nicht mehr nur die eigene Familienvergangenheit und – zugegeben, ein vorgeschobener Grund – eine Katze, die zum ersten Mal ihre Pfoten in die weite Welt gesetzt hatte. Nun wollte sie auch herausfinden, warum Louan war, wie er war.

6

»Was tun wir hier eigentlich?« Louan klang, als würde er beim Zähneputzen gurgeln, was wohl daran lag, dass ihm Wasser in den Mund lief. Viel Wasser, denn der Regen in der Bretagne war genauso direkt und energisch wie die Bewohner. Leider mangelte es ihm an Charme.

Mona hielt ihren Schirm ein Stück weiter nach vorn. Er kam ihr winzig vor inmitten der Sturzbäche, die auf sie einprasselten, und es war ihr nahezu unmöglich, gleichzeitig sich selbst und Louan zu schützen, der am Boden kniete und mit stoischer Ruhe den Reifen wechselte. Sein Hemd und die Haare waren bereits komplett durchweicht, da er sie nie vorwarnte, wenn er sich zur Seite beugte oder gar aufstand.

Mona fühlte sich schon wieder schuldig. Schließlich war es ihr Fiat, dem die Kombination von Schlaglöchern und faustgroßen Steinen zu viel gewesen war.

»Du wechselst meinen Reifen, weil du nicht mal gefragt hast, ob ich das selbst kann. Ich kümmere mich um den Schirm und versuche, den Regen abzuhalten«, beantwortete sie seine Frage fröhlich. »Oder, wenn du rauszoomen willst: Wir suchen. Ziemlich viel sogar. Eine Pension, deine Vermieterin, Dinge aus dem Leben meiner Urgroßmutter. Eine Katze.«

Louan zog eine Grimasse, dann blinzelte er zu ihr hoch. »Rauszoomen? Sagt man das so in Deutschland? Den Schirm kannst du dir bei mir übrigens sparen, der ist zu klein für zwei.«

Sie zuckte die Schultern. »Ich sage das so. Für meine Oma und meine Tante musste ich manchmal Listen ausdrucken mit den Anwärtern auf das Jugendwort des Jahres. Sie haben die auswendig gelernt, weil sie es amüsant fanden. Manche Sachen sind wohl hängen geblieben.« Sie würde nie den Tag vergessen, an dem Oma Fine Frau Rumborg mitteilte, dass sie keine *Googleschreiberin* sei und sich daher auch nicht mit *Bambusleitungen* auseinandersetzen müsse.

Louan legte den geplatzten Reifen neben sich ab. Flint stand mit vor Aufregung zitternden Vorderläufen vor seinem neuen Lieblingskumpel und ließ ihn nicht aus den Augen – für den Fall, dass er ein Werkzeug warf und es dringend wiedergeholt werden musste. Louan beachtete ihn allerdings kaum. Noch schien nur einer der beiden der Meinung zu sein, dass ihre Herzen sich in jenen Augenblicken vor dem Restaurant auf ewig miteinander verbunden hatten.

Mona warf einen Blick auf ihr Handy, doch sie hatte hier draußen noch immer keinen Empfang. Allzu weit konnte die Pension nicht mehr entfernt sein. Sie setzte sich neben Flint auf einen Stein am Wegrand, klappte den Schirm zusammen und hielt das Gesicht gen Himmel. Der Regen war alles andere als zaghaft, dabei aber nicht kalt. Sie war ohnehin von den Knien abwärts nass, und Louan …

Louan sah sie an, schüttelte den Kopf und arbeitete weiter, bis alles an seinem Platz war und Flint vor lauter Begeisterung an ihm hochsprang, was er ignorierte.

Mona half ihm, den kaputten Reifen und das Werkzeug im Kofferraum zu verstauen. Dann fasste sie ihre Haare zusammen und wrang sie aus. »Los, ins Trockene«, rief sie, riss die Fahrertür auf und gab Flint ein Zeichen. Wassertropfen stoben, als er an ihr vorbeiflitzte und mit bemerkenswerter Zielgenauigkeit in seinen Korb sprang.

Mona schnappte sich ihre Kuscheldecke und versuchte, sie so über die beiden Vordersitze zu breiten, dass sie noch an den Schaltknüppel und die Handbremse kam. Aufatmend riss sie sich die Jacke vom Leib und ließ sich in den Sitz fallen.

Louan folgte ihr langsamer und warf einen Blick hinein. »Das *Trockene* wird es in diesem Wagen bald nicht mehr geben.«

»Die Decke hält zumindest einen Teil der Nässe ab, und die Heizung funktioniert noch ganz gut. Na los.«

Er ließ sich nicht noch einmal bitten, rutschte auf den Beifahrersitz, zog seine Schuhe aus, hielt sie nach draußen und drehte sie um. Mona grinste, folgte dann aber seinem Beispiel. Mit den Schuhen entledigte sie sich auch gleich ihrer Socken. »Es tut mir wirklich leid«, sagte sie, fühlte sich aber schon nicht mehr ganz so schuldig. Louan hätte schließlich auch warten können, bis der Regenschauer vorüber gewesen wäre. Wenn sie sich nicht irrte, war in der Ferne bereits ein hauchdünner Streifen Blau am Himmel zu erkennen.

Er fuhr sich mit beiden Händen über das Gesicht. Seine Haare klebten ihm in der Stirn und an den Schläfen. Nun beinahe glatt, reichten sie ihm bis zu den Wangenknochen. Wasser lief über seine Kinnlinie und an seinem Hals herab.

Mona spielte mit dem Gedanken, ihr Handtuch aus der Reisetasche zu kramen, aber für sie beide würde es ohnehin nicht reichen. »Also gut.« Sie ließ den Motor an und drehte Heizung und Lüftung auf. »Damit dürfte wohl auch klar sein, dass wir wirklich bei Janettes Tante übernachten. Bis dahin ist es nicht mehr ganz so weit, und momentan würde ich alles dafür geben, ins Trockene zu kommen.«

»Das hoffe ich. Wenn ich noch lange in den nassen Sachen herumsitze, bekomme ich schlechte Laune.«

»Bekomme?«, rutschte es ihr heraus. Es knackte, als er den Kopf drehte, und sie fand eine Stelle am Lenkrad, der sie sich mit äußerstem Interesse widmete, um ernst zu bleiben. »Okay, ich mach ja schon.« Sie betätigte den Scheibenwischer, legte den Gang ein und fuhr behutsam an. Zu ihrer Erleichterung hielt der Reifen.

Mona schüttelte sich und sehnte sich nach einem gemütlichen Zimmer in der Pension. Sie hatten das Thema Übernachtung zuvor nicht noch einmal angeschnitten, auch nicht, wie lange sie weiterhin zusammen unterwegs sein wollten, aber beides schien für Louan in Ordnung zu sein.

Und für sie? Mona musste nicht groß nachdenken. Sie hatte sich erstaunlich schnell an seine Gegenwart gewöhnt, auch wenn er in Sachen Charme noch einige Unterrichtsstunden benötigte. Zudem machte er sie neugierig. Sowohl die Begegnung mit Dr. Signac als auch das Gespräch im Restaurant verriet, dass er seine eigenen Probleme hatte, aber noch dachte er nicht im Traum daran, ihr mehr über sich zu verraten als sein Lieblingsessen. Aber wer wusste schon, was morgen sein würde? Schon der heutige Tag hatte eine Richtung eingeschlagen, mit der sie am Morgen niemals gerechnet hätte. Als würde das Schicksal die Menschen hier, in dieser rauen Gegend, ohne Vorwarnung auf andere Wege leiten. Das musste es sein, dieses berühmte Treibenlassen.

Sogar Louan passte in diese Vorstellung. Ruhig blickte er aus dem Fenster, als sie mit Tempo dreißig über den Weg ruckelten, die Hände lagen locker in seinem Schoß. Er hatte lange, kräftige Finger. Kein Künstler, aber auch kein Handwerker, sondern irgendwas dazwischen. Mona wollte seine Haut berühren, um herauszufinden, wie sie sich anfühlte. Ihre Wangen röteten sich, und sie verwarf den Gedanken schnell wieder.

Schlammwasser spritzte bis zu den Fensterscheiben, als sie beschleunigte, und am liebsten wäre sie durch eine Pfütze nach der anderen gefahren. Diese ungewohnte Freiheit erinnerte sie an ihre Kindheit, in der die Tage nicht in Aufstehen, Pflichten, Meetings und Termine eingeteilt gewesen waren, sondern vor ihr lagen wie ein einziges Abenteuer. Sie wollte dieses Gefühl greifen und festhalten.

»Weißt du, woran ich gerade denken muss?«, fragte sie nachdenklich.

»Hm.«

»An Freiheit. Und an den Gewürzkuchen von der Speisekarte vorhin. Wir hätten doch ein Stück bestellen sollen.«

Dieses Mal sagte Louan nichts, aber sein Blick sprach Bände.

»Ich habe lange keinen mehr gegessen«, fuhr Mona fort. »Aber ich bin sicher, ihn gerochen zu haben. Der Duft hing im Restaurant. Da waren Zitronen und Orangen und Zimt und Karamell. Ich wette, dass sie einen wahnsinnig cremigen Guss verwendet haben.«

Louan gab einen Laut von sich, der sowohl ein Lachen als auch ein Grollen sein konnte. »Wie viele Leute haben dir schon gesagt, dass du eine seltsame Frau bist?«

»Warum denn das?«

»Weil du klatschnass bist, dir aber die Zeit nimmst, über einen Kuchen zu philosophieren. Und weil du dich schon vorhin so für das Essen begeistert hast. Wahrscheinlich war dein Uropa wirklich Bretone.«

»Ja, wer weiß. Vielleicht hatte Helene die Rezepte von ihm. Vielleicht haben sie sich ja durch das Backen kennengelernt! Das wäre …« *Romantisch* hatte sie sagen wollen, überlegte es sich aber rechtzeitig anders. Allein bei der Vorstellung, wie sich Helene und ihre große Liebe in einer Küche über Teig und Obst hinweg verliebte Blicke zuwarfen, wurde ihr ein paar Grad wärmer.

»Das wäre was?«

Sie sah verwirrt zur Seite. Louan blinzelte sie an und wirkte trotz der Umstände zufrieden. Seine langen Wimpern schimmerten dunkel.

»Das wäre eine Erklärung für einen Teil unserer Familientradition«, sagte sie und spürte die Hitze auf ihren Wangen. »Ich glaube, ich habe zum ersten Mal beim Backen geholfen, als ich gerade eben laufen konnte. Meine Oma hat oft auf mich aufgepasst, und ich habe nichts lieber getan, als das zusammenzumischen, was sie mir hingestellt hat. Kinder machen so etwas nun einmal gern, und ob nun im Sandkasten oder in der Küche … wobei, die Küche war natürlich besser. Da konnte ich ablecken, was mir an den Fingern klebte, und es hat immer toll geschmeckt.« Die Erinnerung vertrieb die klamme Kälte. »Meine Oma hat es geliebt, mit Rezepten zu experimentieren und sie zu verfeinern, und bei manchen hat sie es nur für mich getan. Ich habe zum Beispiel Schokokuchen gemocht, und daraufhin hat sie ihrer berühmten Apfel-Tarte einen Schokoladen-Teig verpasst.« In diesem Moment wünschte sich Mona trotz ihrer nassen

Sachen, sie könnte stundenlang in Erinnerungen schwelgen und dabei weiterfahren, quer durch den urtümlichen Landstrich mit seiner lebendigen Vergangenheit und dem Hauch Mystik, der in den Steinen und Bäumen lebte. Es fühlte sich seltsam an, dass ihre Begeisterung sich in Louans Blick so gar nicht spiegelte – ein wenig, als wäre sie in vollem Lauf gegen eine Mauer gerannt.

»Ich sagte ja«, merkte er an. »Eine seltsame Frau.« Aus unerfindlichen Gründen klang es wie ein Kompliment. »Aber ich wünsche dir, dass du bald Erfolg bei deiner Suche hast.«

Mona nickte. Das war wohl das Netteste, was sie jemals von ihm gehört hatte. Für seine Verhältnisse beinahe schon liebevoll. Sie grinste, drückte aufs Gas und ließ die Scheibenwischer auf höchster Stufe laufen. Ihr Navi war keine große Hilfe, da diese Straße nicht verzeichnet war. Allerdings tauchte am oberen Rand des kleinen Bildschirms hin und wieder der Name Tonquédec auf. Mona bog auf gut Glück an der nächsten Kreuzung links ab, da sie glaubte, in der Ferne Umrisse zu erkennen.

Wie zur Begrüßung ließ der Regen nach, und die Umrisse verwandelten sich in Häuser. Manche waren weiß getüncht, andere aus dem landestypischen Granit gebaut und mit Schiefer gedeckt, hier und dort bildeten farbige Fensterläden einen Blickfang. Die meisten Fronten waren Richtung Süden ausgerichtet, um die Sonnenwärme auszunutzen, und manche Häuser hatten auf der Rückseite keine Fenster. Mona hatte gelesen, dass in vielen alten Gebäuden dort der Kamin untergebracht war. Es war so leicht, sich bei diesem Anblick in die Vergangenheit versetzt zu fühlen.

»Da vorne rechts«, riss Louan sie aus ihren Träumen.

Mona bog ab. *Pension Frain* stand auf dem Schild vor einem lang gestreckten Haus, das in einem Meer aus kniehoch wuchernden Gräsern und halb hinter einer Liguster-Hecke versteckt stand, teils Dornröschen und teils Piratennest. Mächtige Eschen ragten in den Himmel.

Mona fuhr in die Einfahrt und hielt vor dem Gebäude. Ein neuer Anstrich hätte ihm gutgetan, aber es versprühte trotzdem Charme. Zu beiden Seiten gab es Anbauten mit Kaminen, je einer niedrigen Tür und zwei Fenstern. Steinfiguren – Engel, Elfen, Zwerge – reihten sich davor auf. Eine riesige Keramikschnecke vor dem Eingang verkündete jedem, der das Schild an der Hecke übersehen hatte, dass er sich an der *Pension Frain* befand.

»Also dann.« Mona warf einen Blick auf die Uhr. Halb sieben. »Ich freue mich auf trockene Sachen.«

Er zuckte die Schultern. »Ja, das ist eine gute Idee. Ich hätte ja schließlich nichts davon, wenn du eine Erkältung bekommst.«

Wie überaus charmant!

Sie öffneten die Türen und stiegen aus. Während sich Louan auf den Weg zum Haus machte, kramte Mona frische Sachen aus der Reisetasche, rollte sie zu einem Bündel zusammen und stopfte Bürste, Socken sowie Unterwäsche in ihre Handtasche.

Flint tanzte auf der Rückbank los in der festen Überzeugung, dass ihm ein Platz im Erkundungstrupp zustand. Es tat Mona im Herzen weh, als er begriff, dass er vorerst das Auto hüten sollte. Sein Kopf ruckte von einer Seite zur anderen, während er versuchte, seinen neuen Kumpel nicht aus den Augen zu lassen und gleichzeitig ihr mitzuteilen, dass er tödlich gekränkt war.

»Tut mir leid, mein Schatz.« Mona kraulte ihn hinter einem Ohr.

Er schüttelte den Kopf, als wünschte er ihre Berührung nicht, da er lieber beleidigt war. Wahrscheinlich stimmte das auch.

»Ich lass das Fenster ein Stück herunter, dann hast du frische Luft. Und miefst den Wagen auch nicht so voll.«

Flint drehte ihr demonstrativ das Hinterteil zu. Damit war alles gesagt, und sie schloss die Tür.

Louan hatte sich natürlich nicht damit aufgehalten zu warten, und schüttelte soeben einem hochgewachsenen, dürren Mann die Hand. Mona schätzte ihn auf mindestens siebzig. Ganz in Braun gekleidet, Pullunder zur Cordhose, strahlte er mit dem wenigen Resthaar auf dem Kopf und seiner dünnen Haut, unter der die Adern dunkel schimmerten, vor allem Gebrechlichkeit aus. Er bedeutete Louan mit einer Geste einzutreten, und lächelte Mona an. Dünne Lippen, ein breiter Mund mit wenigen Zähnen. Ein rührender Anblick.

Er griff nach ihrer Hand, mit mehr Kraft, als sie ihm zugetraut hatte, und sagte etwas. Deutlich, laut, aber sie verstand dennoch kein Wort. Die Klänge passten zu diesem Land; die Silben polterten, woben aber auch Netze aus lang Verborgenem. Im ersten Moment zuckte Mona zusammen, doch dann fühlte sie sich wie in eine Zauberwelt eingeladen.

Louan drehte sich um. »Bretonisch.«

Sie hätte ihm am liebsten mit zuckersüßem Lächeln geantwortet, dass sie weder Norwegisch noch Mandarin erwartet hätte. »Ach«, sagte sie stattdessen und ließ es nach Interesse klingen.

»Leoneg, genauer gesagt.«

»Bitte was?«

»Einer der Dialekte. Monsieur Frain sagt, Janette habe bereits angerufen, um sie über unsere Ankunft zu informieren, und dass derzeit alle Zimmer frei seien.«

Mona atmete auf und erwiderte das Lächeln des Mannes.

Eine Hand legte sich von hinten auf dessen Schulter, schmal und hell. Ohne die verdickten Gelenke hätte Mona sie für eine Kinderhand gehalten, aber sie gehörte zu einer attraktiven älteren Frau, die nun neben Monsieur Frain trat. Sie stand auf den Zehenspitzen, um seine Schulter fassen zu können, ließ ihn wieder los und wippte zurück auf ihre Füße. Ihr Scheitel reichte ihm bis zur Brust, ihre Präsenz aber war viel, viel größer.

»Henri, Henri«, sagte sie und ließ einen bretonischen Wortschwall folgen. Aus ihrer Kehle klang es, als wollte sie einen Zauberbann werfen, so alt wie die Erde selbst. Dabei war sie äußerlich eher Lehrerin als Magierin, mit dem Haarknoten, der an ihrem Hinterkopf riesig wirkte, und der viel zu langen Strickjacke über Bluse und Wollrock.

Henri Frain nickte und zuckte die Schultern, dann deutete er noch einmal nach oben und sagte etwas, ehe er verschwand. Die Frau angelte nach der Brille, die an ihrem Hals baumelte, und brauchte drei Versuche, um sie auf ihre Nase zu bringen. Sie streckte Mona eine Hand entgegen.

Mona ergriff sie und merkte schnell, dass sie nicht zimperlich sein musste, da mehr Kraft in den Fingern steckte als erwartet. »Guten Abend.«

Die Frau nickte. »Mein Mann spricht kein Französisch. Ich bin sicher, es steckt noch irgendwo in seinem Kopf, aber wenn er es nicht rauslassen will, dann ist das so. Er ist zu alt, um sich zu ändern, und ich kenne ihn zu gut, um es zu versuchen.« Sie zog Mona in die Diele und schloss die Tür hinter ihnen. »Ich bin Marie. Wie mein Mann dem Herrn schon sagte«, ihr Blick irrlichterte zu Louan, »hat meine kleine Janette Sie bereits angekündigt. Sie sind auf der Suche nach einer Übernachtungsmöglichkeit und haben ein paar Fragen, habe ich gehört. Unsere Zimmer bieten wir Ihnen gern an, aber ich hoffe, alles andere kann bis morgen warten, mein Mann und ich sind etwas erschöpft.«

Mona lächelte. »Natürlich.«

»Wunderbar. Dann zeige ich Ihnen jetzt unsere Pension.«

Die Ruhe nach dem Sturm malte den Morgen in frischen Farben. Mona fühlte sich nach dem Aufwachen so gut, dass sie mit einem Satz aus dem Bett sprang. Das Gewitter war gekommen, kaum dass sie sich in ihr Bett gekuschelt hatte, und hatte die Szenerie vor ihrem Fenster in einen Scherenschnitt aus Schwarz und Blau mit Einschüben von grellem Silber verwandelt. Jetzt war es vorbei, als hätte es Regen, Blitz und Donner nie gegeben.

Das Grollen hatte die ganze Nacht angedauert. Hier, in dem gemütlichen Bett mit der warmen Decke, war es schön gewesen.

Mona grub die Zehen in den flauschigen Teppich und trat an das Fenster. Zwei Kaninchen hüpften über eine Wiese, die aussah, als hätte jemand Kristalle darauf verstreut. In den Hecken sorgten Schwarzkehlchen für Bewegung. Flint trottete in ihr Sichtfeld, spurtete wie ein Irrer quer über den Hof und auf die Kaninchen zu. Marie oder Henri musste ihn herausgelassen haben.

Marie hatte ihr am vergangenen Abend erklärt, dass Haustiere in der oberen Etage verboten waren. Sie einigten sich darauf, Flint in der hinteren Diele schlafen zu lassen, und nachdem Mona seine Decke sowie einige Leckerli dort platziert hatte, war er gnädig darauf zusammengesackt. Nur gut, dass er keine Angst vor Gewitter hatte.

Sollte er beleidigt gewesen sein, so war das nun angesichts des Kaninchenglücks vergessen. Flint gab alles, die Langohren ließen sich dagegen Zeit und sprinteten dann in zwei Richtungen davon. Er war nur kurz verwirrt und folgte dem größeren Exemplar ins Gebüsch.

Na wunderbar, damit kam eine ausgiebige Fellpflege auf sie zu. Aber Hauptsache, er war beschäftigt. Wegen der Straße vor dem Haus machte sie sich keine Sorgen, Flint war Verkehr gewohnt und blieb stets auf Grundstücken.

Sie reckte sich und blickte auf die Uhr. Es war erst kurz vor sieben, aber so früh, wie sich Marie und Henri zurückgezogen hatten, waren sie womöglich schon auf den Beinen. Vielleicht würde sie heute etwas über das *Mariot* erfahren, und wenn nicht, blieb noch immer die Vermieterin Adeline. Alles in allem hatte sie auf ihrer Reise bisher wirklich Glück gehabt. Zunächst die Tatsache, dass Louan sie begleitete – allein hätte sie gestern wesentlich länger gebraucht, um den Reifen im Regen zu wechseln –, und nun hatte sie in diesem wunderschönen Zimmer übernachtet. In einer Pension, die sie nicht Wochen zuvor von zu Hause aus gebucht hatte! Diese Spontaneität fühlte sich überraschend gut an. Fast so, als hätte sie die alte Mona in Detmold zurückgelassen.

Ob sie auch so handeln würde, wenn Daniel sie begleitet hätte? Wohl kaum. Sie wären in ihr gewohntes Muster verfallen und hätten sich so die Chance auf Überraschungen genommen. Im Urlaub waren sie immer geradewegs von A nach B gefahren – vom Flughafen zum Hotel oder Ferienhaus, vom Haus zu der Sehenswürdigkeit, die sie für den Tag eingeplant hatten. Keine spontanen Stopps, keine Abweichungen von der Route. Dieser Abschnitt ihres Lebens schien ewig zurückzuliegen.

Sie nahm ihr Handy vom Nachttisch – kein Netzempfang. Dann würde sie ihrer Mutter und Isa einfach später schreiben. Jetzt sollte sie erst einmal zur nächsten Etappe ihres Abenteuers aufbrechen.

»Gib es doch zu, Oma, du blickst mir die ganze Zeit über die Schulter.« Ihre Stimme war leise, aber sie lächelte trotzdem, und es kam tief aus dem Herzen.

Das Knarren der Treppenstufen erinnerte Mona an Tante Doras Haus mit seiner eng gewundenen Treppe, die Dora nur noch per Treppenlift bezwingen konnte.

Sie blieb stehen und betrachtete eines der gerahmten Sepia-Fotos im Treppenaufgang: Es zeigte eine Pferdekutsche. Zwei junge Männer in Hemden mit kurzen Ärmeln thronten oben auf der Heuladung und ließen die Beine baumeln. Einer grinste so breit, als hätte er soeben das Kompliment seines Lebens erhalten.

Ob Helene solche Tage in der Bretagne erlebt hatte? Ohne Sorgen, dafür voller Sonne und Freundschaft? Mit einem Mann, der sie liebte?

Eine Gestalt tauchte vor ihr auf und winkte so heftig, dass sie zusammenfuhr. Henri trug eine alte Hose und ein Karohemd und nickte ihr zu. *»Demat.«* Dann verlegte er sich auf Zeichensprache, hob eine Hand – stilecht wie die Hexe aus *Hänsel und Gretel* mit gekrümmtem Zeigefinger –, drehte sich um und ging los. Mona beeilte sich, ihm zu folgen. Kurz darauf stand sie in einem Esszimmer, das sich nicht stärker von Tante Doras Strickzeug-Zeitschriften-und-Katzen-Raum hätte unterscheiden können. An den Wänden mit Seidentapeten in verblichenem Rot stand nur wenig Mobiliar, aber dennoch war es gemütlich. Das lag vor allem am Kamin, in dem ein niedriges Feuer glomm, aber auch an dem riesigen Panoramafenster. Auf der Wiese davor grasten Kühe in der Sonne. Dahinter stieg das Gelände an und zeigte in einiger Entfernung das typische *Bocage*-Bild mit Hecken als Grenzen zwischen den Feldern und Wiesen, was Mona viel besser gefiel als Zäune aus Holz oder Metall. Der milchigblaue Himmel verlieh der Idylle den letzten Schliff. Mona beobachtete ein Flugzeug, das einen weißen Streifen in das Blau malte, und merkte erst dann, dass Henri neben einem Tisch stand und darauf wartete, dass sie ihm ihre Aufmerksamkeit schenkte.

»Oh, pardon.«

Er grinste, deutete auf die Anrichte neben sich und trat mit einer angedeuteten Verbeugung einen Schritt zur Seite. In einem Bastkorb stapelten sich Äpfel, Birnen und Bananen, in einem kleineren lagen Erdbeeren und Nüsse. Daneben gab es drei Glasbehälter mit Müsli sowie zwei Krüge, einen mit Milch und einen mit Saft.

Henri trat mit einer Bewegung zur Seite, die etwas holperte, und ließ eine seiner bretonischen Sprachlawinen auf sie niedergehen.

»Du weißt doch, dass sie dich nicht versteht«, hörte Mona eine Stimme hinter sich: Marie schien zu ahnen, wann ihr Mann versuchte, eine aussichtslose Unterhaltung zu beginnen, um dann im richtigen Moment aufzutauchen. Sie sagte noch etwas auf Bretonisch und wechselte dann fließend wieder zurück ins Französische. »Und sie wird nicht damit beginnen, wenn du nur lange genug auf sie einredest, *mon cher*. Guten Morgen«, wandte sie sich an Mona. »Haben Sie gut geschlafen?«

»Ja, danke. Seltsamerweise schon, obwohl ich wohl das gesamte Gewitter mitbekommen habe.«

»Ja, für manche Gäste ist es ungewohnt, dass die Natur einem hier so nahekommt, viel näher als in der Stadt.« Sie legte eine Hand auf ihre Brust. »Wir hatten einmal einen Gast aus Amerika, der nachts nicht schlafen konnte, da es ihm zu still war. Ich habe ihm einen Wecker ins Zimmer gestellt, damit er das Ticken hört. Das hat geholfen. Er hat mich wirklich gefragt, ob es uns nicht stören würde, so fernab von *allem* zu sein. Ja, das waren seine Worte.« Sie lächelte. »Die Menschen hier leben und atmen mit dem Land. Sie wissen, dass es sie ernährt und sie es brauchen, so wie es ist, und sie würden niemals versuchen, etwas daran zu ändern.« Ihr Blick schweifte in die Ferne, als würde sie sich die Begegnung mit diesem eigentümlichen Gast ins Gedächtnis rufen. »Als ob es hier jemals still ist. Es gibt so viel!« Sie hielt einen Finger in die Luft und lauschte. Sogar Henri legte den Kopf schräg. Es hätte Mona nicht gewundert, wenn just in diesem Moment eine Kuh gemuht hätte. »Hören Sie?«, flüsterte Marie. »Die Vögel? Es sind Meisen. Wunderhübsch. Sie sehen übrigens ganz entzückend aus, meine Liebe.«

»Vielen Dank.« Mona strich über ihre Bluse. Das Weiß harmonisierte mit dem Fliederton der Leinenhose. Sie wusste, wie gut das Ensemble den Kastanienton ihrer Haare betonte, und heute war ihr einfach danach gewesen, sich etwas Mühe mit ihrem Äußeren zu geben. Zögernd sah sie sich um. »Sollen wir mit dem Frühstück auf Louan warten?

Wir haben gestern keine Zeit abgesprochen, und ich hoffe, es ist nicht zu spät, wenn …«

»Nicht doch. Sie sind unsere einzigen Gäste, und bis auf ein wenig Gartenarbeit haben wir heute nichts geplant, also können Sie frühstücken, wann immer Sie wollen.« Sie deutete in Henris Richtung, und erst jetzt bemerkte Mona den Tisch. Ordentlich und unauffällig mit zwei Gedecken hergerichtet. Das hatte Henri ihr also vorhin zu sagen versucht! Sie lächelte ihm einen verspäteten Dank zu, und er beantwortete das mit einem kurzen Wortgepolter und einer ausladenden Geste.

»Ach, Henri.« Durch den weichen Akzent klang sogar eine Rüge aus Maries Mund charmant. »Wie wäre es mit Frühstück, Frau Martinssen?«

»Bitte, nennen Sie mich Mona. Und ja, sehr gern.« Sie warf einen Blick zur Tür und lauschte, doch in der oberen Etage rührte sich nichts.

Marie winkte ab. »Ihr Bekannter wird sich schon melden, wenn er in das Reich der Lebenden zurückgekehrt ist. Kaffee oder Tee?«

»Kaffee. Vielen Dank.«

Marie verschwand augenblicklich, gefolgt von Henri, und Mona ließ sich auf den Stuhl fallen, von dem aus sie den besten Blick nach draußen hatte. Etwas huschte vorbei und verschwand um die Ecke. Flint. Sie musste daran denken, ihn später zu füttern.

Vollkommen entspannt lehnte sie sich zurück. Hier saß sie, ausgeschlafen und voller Tatendrang, während eine entzückende Frau für sie das Frühstück bereitete. Keine Verpflichtungen, nur Möglichkeiten. Keine Zwänge, nur Herausforderungen.

Sie fühlte sich freier als jemals zuvor – und plötzlich auch hungrig, als der Duft von frisch Gebackenem durch den Raum zog. Zu gern hätte sie einen Blick in die Küche geworfen. Sie stellte sie sich natürlich vor und vor allem robust, aber dennoch mit einem Hauch Eleganz, passend zum Rest des Hauses. Sie sah zur Tür, als sie die Dielen knarren hörte.

Marie erschien mit einem Tablett. »So, Mona. Die Croissants sind gleich fertig.« Mit ruhigen Bewegungen stellte sie eine Kanne Kaffee, Milch, Zucker, ein Schälchen mit Butter und mehrere Glasgefäße auf den Tisch. In manchen war Marmelade, in anderen Kompott. Mona öffnete eines und schnupperte: Apfel, Vanille und Zimt, garniert mit Rosinen und Mandeln.

»Das duftet traumhaft«, sagte sie und musste lachen, als ihr Magen knurrte. »Wenn Louan noch lange schläft, wird nichts für ihn übrig bleiben.«

Marie winkte ab. »Da machen Sie sich mal keine Sorgen. Ich habe genug in meiner Speisekammer, der Garten war im vergangenen Jahr sehr gut zu uns. Ich verspreche, der Herr wird nicht hungern.«

»Schon überredet.« Während Marie wieder verschwand, nahm Mona ihren Löffel und schaufelte sich eine winzige Portion auf ihren Teller. Vorsichtig hob sie zwei, drei Apfelstückchen samt Rosinen und Mandelsplitter auf ihre Gabel und probierte. Schlagartig wurde ihr bewusst, dass sie den Inhalt des Glases mit allen Mitteln gegen Louan verteidigen würde. Die Äpfel schmeckten voll und trugen einen Hauch Zitrone mit sich. In dem Bissen steckten Sonne und Wind, sogar Regen. Es war köstlich. Keine Schnörkel, sondern nur wenige, klare Aromen. Als hätte jemand die Essenz der Bretagne genommen und in dieses Glas gepackt.

Neugierig geworden, öffnete sie auch die anderen Gläser und roch daran: Brombeere, Pfirsich, Pflaumenkompott und ein helles Gelee, das sich als Zitronen-Orangen-Komposition entpuppte. Sie goss sich Kaffee ein, und kurz darauf stellte Marie einen Korb voller dampfender Croissants auf den Tisch.

»Guten Appetit«, sagte sie und trat ans Fenster.

Henri stand im Hof und hielt etwas in der Hand: einen Ball. Flint saß vor ihm wie eine Hundestatue, lediglich eine Vorderpfote zitterte vor Aufregung.

»Oh«, sagte Mona und stand hastig auf. »Den sollte er besser nicht werfen.«

Marie sah verwundert aus. »Aber Ihr Hund scheint doch Spaß ...«

In diesem Moment warf Henri. Der Ball beschrieb einen Bogen, landete am Rand der Wiese und rollte noch ein Stück, um zwischen zwei Staudenpflanzen liegen zu bleiben. Flint betrachtete das rote Ding, dann stürzte er los. Den Ball beachtete er nicht weiter, als er ihn erreichte, und begann stattdessen zu buddeln. Erde und Pfoten flogen, und innerhalb weniger Sekunden war das Loch sogar vom Esszimmer aus zu sehen.

»Entschuldigung«, sagte Mona beschämt. »Ich schaufle es nachher wieder zu. Das ist so eine Eigenart von ihm.«

Marie brach in Gelächter aus. Henri hinkte zu Flint, schüttelte den Kopf, schnappte sich den Ball und schleuderte ihn weit von sich. Ein Blitz aus Hund, Dreck- und Grasklumpen schoss davon.

»Keine Sorge, da draußen kann er keinen Schaden anrichten. Immerhin sind die beiden beschäftigt. Bitte, genießen Sie Ihr Frühstück, Mona, und danach setzen wir uns zusammen, und Sie können mir alle Ihre Fragen stellen. Meine kleine Janette hat mir gestern am Telefon schon von Ihrer Suche erzählt. Aber jetzt brauche ich selbst erst einmal einen Milchkaffee, sonst kann ich nicht richtig denken.«

»Natürlich.« Mona fiel ein Stein vom Herzen, denn sie hatte bereits überlegt, ob es zu unhöflich wäre, Marie gleich mit Fragen zu bombardieren. Jetzt konnte sie auch noch ein wenig warten, erst recht, wenn sie von solch einem hervorragenden Frühstück abgelenkt wurde.

Zwischen dem ersten und dem zweiten Croissant kehrte Henri ins Haus zurück, mit roten Wangen und so voller Begeisterung, dass er wieder einmal vergaß, wie wenig Bretonisch sie verstand – nämlich keine Silbe. Ein Schwall verschlungen klingender Worte mit harten Endungen ergoss sich über sie, und weder ihr Kopfschütteln noch ihr entschuldigendes Lächeln konnte ihn stoppen. Henri erzählte mit Worten und Gesten, seine Hände flogen umher, bis Mona sich keinen anderen Rat mehr wusste, als ein Stück von ihrem Croissant abzureißen und es sich in den Mund zu stecken. Nun war es völlig in Ordnung, nur mit »Hmm hmm« zu antworten.

»Er sagt, dass er auch gern einen Hund hätte, aber nicht immer so fit ist wie heute, um sich um ihn zu kümmern«, kam die Übersetzung von der Tür her. Es schwang ein Hauch Vorwurf mit, so als hätte Mona das nun wirklich verstehen können, nachdem sie bereits eine Nacht Zeit gehabt hatte, die alte keltische Sprache zu lernen.

Louan stand an den Türrahmen gelehnt und betrachtete die Szene mit in die Taschen seiner Jeans geschobenen Händen.

»Ah«, sagte Mona. »Gut, dass du kommst. Ich war der

festen Überzeugung, er hätte mich gefragt, ob ich mit ihm durchbrennen will.«

Louan hob eine Augenbraue, nickte Henri zu, und sie wechselten einige Worte. Der Klang der alten Sprache passte zu ihm, so energisch und düster.

Mona wandte sich wieder ihrem Croissant zu.

»Ist da noch etwas übrig?« Henri hatte sich wieder auf den Weg nach irgendwohin gemacht, und Louan ließ sich auf dem Platz gegenüber nieder. Er roch gut, nach Wind und Meer, seine Haare waren noch feucht von der Dusche.

»Nein.« Mona zog den Korb mit dem letzten Croissant zu sich heran und verbiss sich bei Louans ungläubigem Blick das Lachen. »Unsinn, nimm es. Marie wird dir sicher auch welche backen, und auf dem Tisch dort steht Müsli.«

Er überlegte, schnappte sich das Croissant und biss ab, ehe er das Glas mit dem Apfelkompott öffnete. Dann goss er sich den restlichen Kaffee ein und fügte viel Milch hinzu.

Mona beobachtete ihn unauffällig. Anstelle eines Hemds trug er nun ein dunkelgrünes Shirt zu seiner Jeans. Die Farbe betonte seine Augen. Alles in allem musste sie sich eingestehen, dass seine geheimnisvolle Ausstrahlung sie faszinierte, und dass sich die Augenblicke häuften, in denen sie sich wünschte, ein Lächeln auf seinem Gesicht zu sehen. Die Vorstellung ließ ihre Haut kribbeln, rasch senkte sie den Kopf. Was dachte sie da eigentlich? Sie hatte Daniel nicht in die Wüste geschickt, um sich nur wenige Wochen später in der Bretagne über einen Mann den Kopf zu zerbrechen. Selbst wenn der so gut aussah wie Louan.

»Geht es dir besser als gestern?« Ha, endlich, das altbekannte Stirnrunzeln! Beinahe hätte sie sich Sorgen gemacht. »Ich meine: Wenn du nur halb so gut geschlafen hast wie ich, dann müsste es dir gut gehen. Die Sonne scheint, wir genießen ein leckeres Frühstück, sind frisch und ausgeruht und ...«

»Schon okay.« Louan hob eine Hand. »Du musst nicht alles auflisten, was dir einfällt.«

»Aber es ...«

»Ich bin ebenso froh wie du, dass der gestrige Tag hinter uns liegt.«

»Aber ...«

»Und du kannst deine Sonnenschein-Attitüde runterfahren, ich habe begriffen, was du mir sagen möchtest.«

»Sonnenschein-Attitüde?« Sie verschluckte sich beinahe an ihrem Kaffee. »Du glaubst, ich habe so etwas?«

»Ich kann mir sonst nicht erklären, warum du dich trotz Schirm mitten in den Regen stellst und dabei immer noch gute Laune hast.«

Das hatte er gestern bemerkt? Mona wollte etwas entgegnen, als ihr auffiel, dass sein Tonfall sich verändert hatte. Etwas Weiches lag darin, das bisher nicht da gewesen war, aber sie glaubte, es jetzt auch in seinem Blick wiederzufinden. Sie wollte den Augenblick nicht zerstören, also schob sie ihm lediglich die Brombeerkonfitüre zu. »Die ist mindestens so gut wie das Apfelkompott.«

»So, Nachschub!« Marie stand in der Tür, in den Händen ein Tablett mit Croissants sowie etwas, das Mona auf den ersten Blick für einen Hefekranz hielt. Der Duft wurde stärker, eindeutig süß und zuckrig, und sie vergaß, dass sie bereits gefrühstückt hatte. Probieren konnte man immer, vor allem, wenn es um Gebäck ging.

Marie platzierte die Croissants neben Louan und hob die Keramikplatte mit dem vermeintlichen Kuchen in die Mitte des Tisches. »Das Schätzchen ist gerade fertig geworden, und ich habe mir gedacht, dass ich meine Gäste nicht ohne ihren Anteil ziehen lassen kann. Essen Sie bitte, so viel Sie wollen!«

»Das riecht wundervoll.« Mona beugte sich vor und versuchte, einzelne Zutaten auszumachen. Kuchen stimmte schon einmal, allerdings setzte er sich aus schneckenartigen Kringeln zusammen. Eine Zuckerschicht war darauf karamellisiert und ließ manche Stellen regelrecht golden glänzen. Sie hatte so etwas schon einmal gesehen, und zwar bei ihren Recherchen im Internet, bevor sie aufgebrochen war. »Das ist ein bretonischer Butterkuchen, nicht wahr? Ein Kuginn …« Sie stutzte.

»Kouign-amann«, sagte Marie. »Ganz genau. Ich bringe ihn mindestens einmal im Monat auf den Tisch. Bitte nicht verwechseln mit den *Kouign* aus dem Pays Bigouden, das sind kleine, dicke Fladen aus Crêpes-Teig. Kouign bedeutet einfach Kuchen.« Sie zauberte zwei weitere Gedecke aus einem Schränkchen in der Ecke, und im Nu hatten an dem Tischchen vier Menschen Platz. Nur wenige Minuten später kehrte auch Henri zurück. Er verputzte das erste Stück, ehe Mona dazu kam, die hauchfeinen Teigschichten im Inneren zu bestaunen.

Es wollte ihr nicht in den Kopf, wie man seine Geschmacksknospen so betrügen und Gebäck mit der Geschwindigkeit eines Golden Retrievers herunterschlingen konnte. Fast andächtig nahm sie ihre Gabel und probierte. »Sie haben Salz … nein, Moment. Haben Sie gesalzene Butter verwendet?«

»Bravo!« Marie klatschte in die Hände. »Die Zubereitung ist wirklich einfach. Man knetet zunächst einen Hefeteig, rollt ihn aus und bedeckt ihn mit einer Butter- und dann einer Zuckerschicht. Dann faltet man ihn, rollt ihn aus, immer weiter. So entstehen die Schichten.«

»Wie Blätterteig, meinen Sie? Er schmeckt herrlich. Am besten gefällt mir die Karamellkruste als Kontrast zum Inneren.« Mona musterte Marie und Henri, die entspannt am Tisch saßen. Jetzt schien der richtige Zeitpunkt gekommen zu sein. »Wissen Sie, dass ich diesen Kuchen hier probieren darf, ist schon ein Zufall. In gewisser Weise hat er nämlich etwas mit meiner Suche zu tun.«

Marie lächelte. »Das macht es ja richtig spannend, und jetzt habe ich auch meinen ersten Kaffee hinter mir. Also, legen Sie los.«

Mona stand auf. »Ich bin gleich wieder da!« Sie hastete die Treppe zu ihrem Zimmer hinauf. Mit der Mappe in der Hand kehrte sie kurz darauf zu den anderen zurück. »So.« Sie zog den Stapel Papier hervor und blätterte, bis sie das Rezept für den Kouign-amann fand. »Diese Rezeptsammlung stammt von meiner Uroma. Ihr Name war Helene Abels.«

Marie nahm das Papier an sich, schob sich ihre Brille auf die Nase, die beinahe sofort wieder herunterrutschte, und hielt sie mit einer Hand fest. Danach vertiefte sie sich in die alte, verschnörkelte Handschrift und deutete auf das Wort am oberen Rand. »Tatsächlich, ein Kouign-amann.«

»Warten Sie.« Mona rückte ihren Stuhl neben Maries, blickte über deren Schulter und übersetzte die Liste der Zutaten – langsam, damit Marie es sich merken konnte. Anschließend griff sie nach ihrem Teelöffel und spielte damit, während sie den Atem anhielt und wartete. Die beiden Männer sahen weit weniger neugierig aus.

Endlich nickte Marie. »Das Rezept kommt meinem sehr nahe. Dieser Kuchen wird in der gesamten Bretagne gebacken, und es gibt unzählige Abwandlungen in der Zusammensetzung. Stammt Ihre Familie etwa aus der Gegend?« Ihre Augen leuchteten, und Mona sah, wie die Neugier über die Vergangenheit auch bei Marie ein kleines Feuer entzündete.

»Nein. Wobei … vielleicht. Ich weiß es leider nicht. Daher wollte ich auch gern mit Ihnen beiden reden, denn Janette hat erwähnt, dass Sie früher in Plédéliac Teil einer Regionalgruppe waren. Und dass Sie ein Café geführt haben.« Und dann erzählte sie ihr alles, angefangen von Helenes Aufenthalt in der Gegend, dem *Mariot* und den französischen Rezepten bis hin zu der Namensliste auf der Rückseite des Rezepts mit den Zitronenranken. Die Aufregung in ihrer Stimme wuchs, und ihr Blick kreuzte Louans. Er musterte sie aufmerksam, vielleicht sogar ein wenig besorgt? Sie nickte ihm kurz zu und formte ein stummes *Alles in Ordnung*.

Marie blätterte noch einmal durch die Sammlung und sah dann hoch. Ein liebevoller Blick traf ihren Mann. »Ja, das stimmt, wir waren früher ziemlich aktiv im Ort. Und natürlich erinnere ich mich an das *Mariot*.«

»Sie erinnern sich?« Mona fühlte sich, als hätte ihr jemand einen Stromschlag verpasst. Endlich! Endlich hatte sie jemanden gefunden, der ihr etwas über den Ort erzählen konnte, an dem Helene gelebt und gearbeitet hatte!

»Natürlich.« Marie lachte. »Hier kennt man sich einfach, und in Plédéliac war das früher nicht anders. Man hielt Kontakt, gab sich Tipps und empfahl einander. Das *Mariot* lag ein gutes Stück vom Ort entfernt, in einer Waldgegend, recht einsam in einer Kurve, glaube ich.« Sie rieb sich die Nase. »Meine Eltern kannten das Besitzerehepaar.«

Mona strahlte Louan an. »Die Beschreibung klingt ganz nach deinem Haus, oder?«

»Ja, kann gut sein.« Sogar er schien nun interessiert und sagte etwas zu Henri, der mit einem Polterschwall antwortete.

»Was?« Mona sah von einem zum anderen.

»Er meint, dass es ein kleines Hotel war, aber mit seinen zehn Zimmern für die damalige Zeit in der Gegend schon recht groß«, übersetzte Louan.

»O ja«, stimmte Marie zu und legte ihre Hand auf die ihres Mannes. »Die Briants waren sehr offene Leute. Wollten selbst immer gern verreisen, aber konnten nicht, weil sie ja ihren Betrieb hatten. Sie haben hin und wieder Mädchen aus dem Ausland beschäftigt, für die Zimmer oder die Küche. Viele aus England, aber ich kann mir gut vorstellen, dass auch Deutsche darunter waren. Das würde doch zu der Geschichte Ihrer Urgroßmutter passen.«

»Ja, absolut.« Mona zog die Postkarte sowie die Serviette mit dem *Mariot*-Schriftzug aus der Mappe und drückte Marie beides in die Hand. In deren Blick war zu erahnen, dass sie sich nach langer Zeit wieder an etwas erinnerte, das ihr einst vertraut gewesen war, und sie reichte die Karte an Henri weiter. »Früher hing ein großes Schild im Ort mit genau diesem Motiv. Das hatte ich beinahe vergessen.«

»Das war in derselben Mappe wie die Rezepte, daher bin ich überhaupt erst auf den Ort gekommen. Vielleicht erinnern Sie sich ja auch an den Namen meiner Urgroßmutter? Helene Abels? Ich habe leider kein Foto von ihr, aber sie hatte schwarzes Haar und trug es immer hochgesteckt, aber das war damals ja auch so üblich, glaube ich.«

Marie wechselte einen Blick sowie knappe Worte mit Henri, schüttelte aber zu Monas Enttäuschung den Kopf. »Nein, leider nicht. Als Kinder und Jugendliche sind wir nicht dort rausgefahren, es sei denn für die Arbeit. Henri hat als junger Mann zwar in der Küche gearbeitet, aber nicht im *Mariot*. Heute ist er all die Töpfe und Pfannen leid, daher hat er wohl mich geheiratet. Nun bin ich die Herrin am Herd, und er erkennt das an und schleppt mir, ohne zu murren, alles her, was ich für unsere Mahlzeiten brauche. Das ist einer der Gründe, warum ich den alten Kauz so liebe.« Ihr Strahlen spiegelte sich in Henris Gesicht. Er hatte vielleicht nicht verstanden, was seine Frau über ihn erzählt hatte, aber das spielte auch keine Rolle. Er liebte sie so oder so.

Kurz verspürte Mona bei diesem Anblick Sehnsucht, aber dann siegte die Aufregung. »Wissen Sie auch, was aus den Briants geworden ist? Oder wann das *Mariot* geschlossen wurde? Ich würde so gern mehr über Helene herausfinden.«

Marie platzierte die Serviette mit dem Aufdruck so vorsichtig auf dem Tisch, als bestünde sie aus Gold, und legte eine Hand auf Monas Arm. »Ich kann Sie so gut verstehen, Mona. Wäre ich in Ihrem Alter …« Ihr Blick verfing sich in der Ferne, und einen flüchtigen Moment lang konnte Mona sich vorstellen, wie sie als junges Mädchen ausgesehen haben musste. Fröhlich, wild, ungestüm und vielleicht auch träumerisch. Henri sagte etwas, und seine Frau lächelte sich in die Gegenwart zurück. Als wäre ihr ein Gedanke gekommen, hob sie die Brauen. »Aber warum wissen Sie nicht, ob Sie hier Familie haben, meine Liebe?«

Mona zögerte. Louan hatte sie ohne weitere Bedenken von Helenes Baby erzählt und nicht einmal im Entferntesten daran gedacht, wie persönlich diese Information war. Dann aber gab sie sich einen Ruck. »Meine Oma ist hier geboren. Zumindest vermutet meine Familie das. Helene kam mit einem Kind aus der Bretagne zurück, hat aber ihr Leben lang nie ein Wort über den Vater verloren.«

Nun hatte sie bei Marie endgültig einen Nerv getroffen. Die Augen der alten Dame funkelten. »Ein Familiengeheimnis«, murmelte sie und wechselte weitere Worte mit Henri. Der spitzte die Lippen, was bei ihm unpassend, aber auch wahnsinnig rührend aussah. Er redete auf Marie ein, sie fiel ihm ins Wort, und dann sprachen beide gleichzeitig.

Mona sah zu Louan, der jedoch nur die Schultern zuckte. »Scheint, als hätten sie eine Spur für dich.«

Endlich wandte Marie sich ihr wieder zu. »Mein Mann hat das bessere Gedächtnis von uns beiden. Das ursprüngliche Besitzerehepaar Briant ist natürlich verstorben. Aber Henri kennt ihren Enkel, François.«

»Das ist ja großartig«, rief Mona so laut, dass Flint draußen vor dem Fenster zur Antwort kläffte. Verlegen räusperte sie sich und war sich dieses Mal sicher, im Augenwinkel ein echtes Grinsen bei Louan zu bemerken. »Entschuldigung.«

Marie winkte ab und wandte sich wieder ihrem Mann zu, der einfach weiterredete. »François ist mit einem hohen Alter gesegnet, er muss nun fast an die hundert Jahre alt sein. Und damit im Ruhestand«, übersetzte sie. »Und so leid es mir tut, sein Gedächtnis mit ihm. Meist erinnert er sich nicht einmal mehr an die Namen der Menschen, die er gut kennt. Mein Mann weiß das auch nur vom Hörensagen, von seinen Spaziergängen auf dem Markt. François selbst hat er seit vielen Jahren nicht gesehen.«

»Wie schade.« Mona nickte Henri zu. »Ich meine natürlich, das tut mir sehr leid für Herrn Briant.«

»François hat eine Tochter, die schon vor langer Zeit mit ihrem Mann nach Paris gezogen ist. Aber seine Enkelin ist noch hier. Théa. Sie führt ein Café in Plouescat oder zumindest in der Nähe. Es ist sehr hübsch, ganz nah bei der Küste. Genaueres wissen wir leider nicht.«

»Das ist schon eine Menge. Sie haben mir damit sehr geholfen.« Mona klang ein wenig atemlos und räusperte sich. »Wissen Sie zufällig, wie das Café heißt?«

»Leider nicht. Aber da fragen Sie sich einfach vor Ort durch, das dürfte kein Problem sein.«

»Internet.«

Sie alle blickten zu Louan, der mit undurchdringlicher Miene nach seinem Kaffee griff. »Ehe wir kopflos durch Plouescat rennen, könnten wir uns vorab informieren«, sagte er und nahm einen Schluck.

Wir. Bedeutete das, er war weiterhin dabei? Es sah ganz danach aus, und die Freude darüber zauberte sanfte Wärme auf Monas Haut. »Das ist eine gute Idee«, murmelte sie.

»Wir haben hier leider kein Internet, Kindchen.« Marie tätschelte ihren Arm. »Auch nicht für Gäste, also dieses WLAN, das ist hier in der Gegend ganz schlecht. Dafür müssen wir immer in den Ort fahren, und wir brauchen es auch eigentlich nie. Alles, was wir wissen müssen, erfahren wir so, und es finden trotzdem genügend Gäste ihren Weg hierher.«

Spontan griff Mona nach Maries Hand und drückte sie leicht. »Vielen Dank für Ihre Hilfe. Darf ich Ihnen meine Telefonnummer geben, falls Ihnen noch etwas einfällt?«

»Natürlich. Wenn ich noch einmal Ihre Rezeptsammlung betrachten darf? Es ist schön, so etwas noch handschriftlich zu sehen, auf altem Papier, und nicht in einem Hochglanzmagazin.«

»Selbstverständlich.« Mona zog auch die restlichen Blätter aus der Mappe und reichte sie Marie. »Hier, bitte. Vieles davon backen wir in unserer Familie bis heute.«

»Das gefällt mir. Ich sollte vielleicht auch mal mehr Rezepte aus anderen Ländern ausprobieren. Aber was haben wir denn hier … oh, ein Far Breton, den müssen Sie unbedingt versuchen, so lange Sie noch im Land sind.« Ihr Finger fuhr die Zutatenliste entlang. »Was bedeutet das hier? Ich möchte nur wissen, was alles drin ist.«

Mona beugte sich ebenfalls über das Papier. »Mehl, Milch, Eier, Pflaumen, Rum …«

»Und zwar ein ordentlicher Schuss davon! Kompliment an Ihre Frau Urgroßmutter, da hat sie wirklich eine interessante Sammlung zusammengetragen.« Sie nahm sich das nächste Blatt vor. Vorsichtig strichen ihre runzeligen Finger über die Ranken auf dem Zitronenpapier. Ihre Lippen bewegten sich, während sie die Worte zu entziffern versuchte. Mona übersetzte auch hier. Sie war kaum fertig, als Marie den Kopf schüttelte. »Das stammt nicht aus der Bretagne.«

»Was?« Mona beugte sich über den Papierbogen, obwohl sie genau wusste, was darauf stand. »Sind Sie sicher?« Eigentlich hatte sie *Wie kommen Sie denn darauf?* fragen wollen, schließlich waren in dem Stapel sonst auch nur Rezepte aus dieser Gegend gewesen … und niemand konnte schließlich sämtliche Rezepte aus seiner Region kennen, oder?

Marie lachte. »Ja, das bin ich wohl. Ich wohne hier seit neunundsiebzig Jahren, meine Liebe, und es vergeht kein

Tag, an dem ich nicht irgendetwas im Ofen zaubere. Vielleicht, weil Süßes eine von Henris Leidenschaften ist. Aber so ist es nun einmal in der Ehe, man ergänzt sich.« Sie lachte, sagte etwas auf Bretonisch zu Henri, und er tätschelte ihre Hand. Marie berührte mit einer liebevollen Geste seine Wange und wandte sich dann wieder an Mona. »Wer oder was ist denn Cehe?« Sie deutete auf die geschwungene Überschrift. »Cehes Zitronentorte.«

»Ich habe nicht die geringste Ahnung«, sagte Mona. »Ich hatte immer angenommen, es hätte etwas mit der Region zu tun. Aber vielleicht ist Cehe ja auch ein Name? Von jemandem, der Helene das Rezept verraten hat möglicherweise.«

»Nun, ein bretonischer Name ist es nicht. Nicht einmal ein französischer. Aber die Zusammenstellung klingt interessant. Der Boden mit gemahlenen Nüssen und Buttermilch, dazu die kandierten Früchte und die Cremeschichten mit Zitrone und Basilikum. Basilikum in einem Kuchen, wie ungewöhnlich.«

»Ich würde es ja lieber in Tomatensoße packen«, sagte Louan.

Mona sah ihn strafend an.

Marie strich über das Papier. »Vielleicht hat Ihre Urgroßmutter das Rezept aufgeschnappt, während sie hier gelebt hat, aber es ist kein traditionelles Rezept aus der Bretagne. Da bin ich mir ganz sicher.«

Mona starrte auf die Zeilen. Nun wusste sie, wie Flint sich fühlte, wenn er eine Fährte aufgenommen hatte, aber noch kein Kaninchen in Sicht war. »Nun, damit gäbe es ein Geheimnis mehr, das es zu lösen gilt. Aber erst einmal werden wir dieses wundervolle Frühstück beenden, und ich werde noch ein Stück Kuchen essen, wenn ich darf. Danach heißt es in den Ort fahren für Internetempfang, vielleicht sogar ins Internetcafé, ein Zwischenstopp bei deiner Vermieterin, Louan, und auf nach Plouescat.«

»Vergiss die Katze nicht.« Seine dunkle Stimme vibrierte sanft vor unterdrücktem Lachen, und Mona glaubte, das Echo zu spüren, dort, wo sich die Härchen in ihrem Nacken und auf ihren Armen aufstellten.

»Katze?« Marie war verwirrt.

»Ja, die Katze … das ist auch noch so ein Problem, um das wir uns kümmern werden«, sagte Mona hastig und schenkte Louan einen weiteren strafenden Blick.

Er sah sie an und strahlte dabei eine Ruhe aus, die in ihr paradoxerweise den Wunsch weckte, aufzustehen und herumzulaufen. Oder zumindest ihre Sitzposition zu verändern. Sie behalf sich damit, ein Bein über das andere zu schlagen.

Marie lachte ihr Silberlachen und legte je eine Hand auf ihren und Louans Arm. »Ich glaube, da reisen schon die beiden Richtigen miteinander. Aber nun müssen Henri und ich wirklich etwas tun, sonst vertrödeln wir noch den gesamten Tag. Genießen Sie doch noch einen Kaffee. Und Kuchen ist genug da! Um Ihren Hund müssen Sie sich übrigens keine Sorgen machen, ich habe ihn mit einem guten Stück Schinken gefüttert.«

Mona lächelte. »Ich werde ihn nur unter Protest zurück ins Auto bekommen.«

Marie stand auf und half Henri, sich ebenfalls zu erheben. Der stolze Mann verwandelte sich für wenige Sekunden in einen Greis und erlangte seine Sicherheit zurück, kaum dass er auf zwei Beinen stand. Er legte seiner Frau eine Hand auf den Rücken und ließ ihr den Vortritt.

Mona sah den beiden hinterher, bis sie verschwunden waren, und griff nach der Kaffeekanne. »Ein tolles Paar.«

»Sagst du das, weil sie dir eine Spur geliefert haben?«

Sie hielt in der Bewegung inne. »Hast du nicht bemerkt, wie sie sich immer ansehen? Wie sie miteinander reden? Maries Stimme wird ganz weich, wenn sie auf Henri zu sprechen kommt, und …« Als sie das Flackern in seinen Augen sah, verstummte sie. Louan verzog keine Miene, doch in diesen geheimnisvollen Erdfarben tanzte das Lachen.

»Du hast mich auf den Arm genommen.« Ihre Hand zitterte – vor lauter Empörung hielt sie noch immer die Kanne in die Luft.

Louan beugte sich vor, nahm sie ihr ab und stellte sie zurück auf den Tisch. Die Funken sprangen auf sein Gesicht über, zeichneten es weicher, und dann verzogen sich seine Lippen zu einem Lächeln. »Erwischt.«

7

»Laut Marie müssen wir hier lang.« Mona setzte den Blinker und bog in die Rue Anjela Duval ab. Tonquédec war zwar eine kleine Gemeinde mit nur knapp über eintausend Einwohnern, aber durchaus lebhaft – was derzeit vor allem an den Jungen und Mädchen lag, die aus einem Schulgebäude strömten und von ihren Eltern in Empfang genommen wurden. Dem Alter der Kinder nach musste es eine Grundschule sein. Das Abschiednehmen unter den Kleinen wurde hier und dort mit begeistertem Kreischen, Hüpfen und Winken gefeiert. Zwei Mädchen umarmten einander so fest, als würden sie sich nie wiedersehen. Ein rührendes Bild, das Mona unwillkürlich an zu Hause erinnerte. Obwohl diese Reise so aufregend war wie selten eine in ihrem Leben, vermisste sie ihre Familie und auch Isa. Sie konnte es kaum abwarten, ihnen alles zu erzählen – hoffentlich gab es bis dahin eine ganze Geschichte! Eine mit Happy End.

Louan schob Flint beiseite, um mehr Raum für seine Beine zu haben. Ihr Hund hatte ganz selbstverständlich im Fußraum des Beifahrers Platz genommen, und dieses Mal hatte Louan nicht protestiert. Entweder hatte Flint ihn endlich weich gekocht, oder er gab schlicht auf. Vielleicht hatte der Duft des Kuchenstücks Flint angelockt, das Marie Frain in Backpapier eingeschlagen und ihnen mit auf den Weg gegeben hatte. Mona hatte es auf der Ablage platziert. Bei der Erinnerung an den Abschied in der Pension lächelte sie. Marie und sie hatten Rezepte getauscht und in der Küche ein wenig gefachsimpelt, während die Männer sich gegenseitig auf die Schultern geklopft und bretonisch gebrummelt hatten.

Sie hielt an und ließ zwei Mädchen die Straße überqueren. Vier dunkle Zöpfe wippten im Takt. Mona nutzte die Pause, um ihr Handy zu checken. »Hm. Ich habe noch immer kein Internet. Ob das hier so schlecht ist? Oder liegt es am Anbieter?« Sie schüttelte es, als würde sich dadurch etwas ändern. »Was ist mit dir?«

Louan zuckte die Schultern. »Mein Handy ist nur fürs Telefonieren ausgelegt.«

Sie fragte nicht weiter nach und sah wieder nach vorn. Vielleicht war ein Handy ohne Internetzugang Teil seines Wunsches, sich zurückzuziehen. »Hast du Kinder?«, fragte sie stattdessen.

»Nein, und das ist im Moment auch ganz gut so.«

»Im Moment?«

Schulterzucken. »Es gibt andere Dinge, um die ich mich kümmern muss. Ein Kind hätte nicht sehr viel Spaß dabei. Und du?«

»Ich habe durchaus etwas Spaß, auch wenn es mehr sein könnte. Danke der Nachfrage«, sagte sie. »Und nein, keine Kinder. Meinst du mit den *anderen Dingen* das Haus?«

Sein Gesichtsausdruck war herrlich verwirrt, aber dann kehrte diese Distanz zurück, von der Mona glaubte, sie gestern im Regen zurückgelassen zu haben. »Nein, das Haus war eher als Zwischenstation gedacht.« Er schnalzte mit der Zunge und schob Flint von seinen Füßen. Der brummte, gähnte und schaffte es irgendwie, so über die Schaltung zu klettern, dass er mit den Vorderpfoten auf Monas Knien lag und seine Hinterpfoten gerade eben den Boden erreichten. Es war eindeutig, dass Louan nicht weiter über sich reden wollte – oder darüber, was ihm derzeit Sorgen bereitete. »O Mann, Flint«, murmelte Mona, als das Gewicht auf ihren Beinen schwer wurde, griff unter den weichen Hundebauch und schaffte es, zu parken. Sie schaltete den Motor aus. »Wir sind da.«

Vor ihnen prangte die mit Plakaten in schrillen Farben beklebte Fassade von *Pierres Netcafé*, ein kleiner, schmaler Laden, dessen Dach an einer Seite mit einer Plastikplane abgedeckt war. Ein Schild neben dem Eingang informierte über Preise und einen Computerspielwettbewerb. Mona stieg aus und streckte sich. Die Fahrt hatte nur wenige Minuten gedauert, aber nach Maries Frühstück wollte sie sich bewegen, besonders weil die Sonne es heute wirklich gut mit ihnen meinte. Es war zwar noch nicht richtig warm, aber man spürte ihre Kraft bereits auf der Haut.

Das Kreischen der Kinder hing noch in der Luft. Ein paar Nachzügler liefen an ihnen vorbei und musterten sie und besonders Flint, dem die Zunge aus dem Maul hing, mit großen Augen.

Louan deutete auf die andere Straßenseite. »Ich gehe kurz zur Bank. Kannst du noch so lange warten, oder willst du schon mal reingehen?«

»Natürlich kann ich so lange warten«, sagte sie und betonte jede Silbe. Am liebsten wäre sie sofort hineingestürmt, um François' Enkelin zu finden, aber diese Blöße wollte sie sich nicht geben. »Ich sehe mich so lange ein wenig um.«

»Bis gleich.«

Sie blickte ihm hinterher und schlenderte langsam die Straße entlang. Auch hier im Ort hatte man den typischen Naturstein zum Bauen benutzt. Auf einem größeren Platz, hinter dem der spitze Glockenturm einer Kirche in die Höhe ragte, parkten nur wenige Autos. An der Ecke entdeckte sie einen kleinen Laden mit einem Postkartenständer neben der Tür.

»Na komm, Flint.« Er ließ sich nicht lange bitten, und Mona kaufte kurz entschlossen Postkarten – für sich, ihre Mutter, Frau Rumborg und eine für das Holzkistchen – sowie einen Schlüsselanhänger für Isa. Er zeigte ein Bild der Burgruine, für die Tonquédec offenbar berühmt war; dasselbe Motiv war auf fast allen Postkarten abgebildet. Die Anlage sah selbst in Miniaturformat imposant aus: mitten im Wald gelegen, mit zwei Bergfrieden und neun Türmen.

Da Louan noch nicht wiederaufgetaucht war, kramte sie einen Kugelschreiber aus ihrer Handtasche und setzte sich auf die kleine Bank vor dem Gemischtwarenladen.

Liebe Oma,
heute sende ich dir alles Liebe aus Tonquédec. Ich habe eine erste Spur! Ein Café in Plouescat. Es wird von der Urenkelin der Briants geführt, und damit habe ich einen nächsten Anhaltspunkt.

Ich reise noch immer mit dem knurrigen Louan. Flint liebt ihn, und ich freue mich, wenn ich ganz ehrlich bin (und du bist die Einzige, der ich das verrate), auch über seine Gegenwart. Ich glaube nämlich, dass er gar nicht so rau ist, wie er sich gibt. Und es ist schön, allein und doch nicht allein unterwegs zu sein. Du weißt schon, die stillen Momente, in denen man sich trotzdem versteht. Und im Dunkeln ist es auch nicht so gruselig in Begleitung.

Du würdest ihn sicher mögen. Bald mehr. Ich hab dich lieb!

Deine Sonne

Sie strich noch einmal über die oberste Zeile und starrte auf die Buchstaben, bis sie vor ihren Augen verschwammen.

»Was ist, können wir?« Louans Stimme erschreckte sie. Flint sprang auf, hüpfte auf ihn zu, tanzte um ihn herum und gab Mona Zeit, um sich wieder in den Griff zu bekommen.

»Ich bin sofort da!« Hastig schob sie Karte und Kugelschreiber in die Handtasche und stand auf.

Louan runzelte die Stirn und betrachtete sie eingehend. »Ist alles in Ordnung?« Seine Stimme war dunkel wie immer, aber ungewohnt sanft.

»Natürlich«, sagte Mona und deutete auf *Pierres Netcafé*. »Also dann. Finden wir heraus, was es für uns bereithält. Nach dir.«

Louan gab einen undefinierbaren Laut von sich, öffnete die Tür und hielt sie für Mona auf.

Es war, als würde sie von einer Welt in eine andere treten: Musik, die nur aus Bass und Schlagzeug bestand, erfüllte den Raum. Es roch nach Fast Food und trotz des Rauchen-verboten-Schildes nach abgestandenem Zigarettenrauch. Hinter der Theke hockte ein junger Mann in so gebeugter Haltung, dass Monas Rücken allein bei dem Anblick schmerzte. Er starrte auf einen Monitor und hämmerte auf seine Tastatur ein. »Bin gleich so weit«, murmelte er, beugte sich noch weiter vor, kratzte sich am Rücken und versank dabei beinahe in seinem Shirt – irgendeine Band, die Mona nicht kannte, die aber Wert auf weit aufgerissene Münder und möglichst struppige Bärte legte.

Mona wechselte einen Blick mit Louan und betrachtete die Umgebung. Die Plätze bestanden aus Tischen, die sie an ihre Grundschulzeit erinnerten, sowie Schreibtischstühlen, von denen keine zwei gleich aussahen. Milchige Plastiktrennwände schufen die nötige Privatsphäre. Nur zwei der acht Plätze waren besetzt, und die Jugendlichen dort hatten ebenfalls keinen Blick für ihre Umgebung übrig und trugen überdimensionale Kopfhörer. In einer Ecke standen zwei Automaten mit Softdrinks und Süßigkeiten.

Bis auf das Klacken der Tastaturen und das leise Summen der Computer war nichts zu hören, und nach dem fröhlichen Kinderlachen, dem Wind und all den Alltagsgeräuschen draußen kam es Mona vor, als würde sie selbst Kopfhörer tragen.

Endlich sah der Kerl an der Kasse auf. »Ja?«

»Wir würden gern ins Internet, also zwei Plätze bitte.«

»Wie lange?« Er tippte bereits wieder.

»Ähm …«

»Eine halbe Stunde«, mischte sich Louan ein und sah sie an. »Oder brauchst du länger?«

»Nein, eine halbe Stunde ist super.«

Der junge Mann nickte und deutete zur Seite. »Plätze sieben und acht, ganz hinten. Vier Euro.«

Louan zog einige Münzen hervor und legte sie auf die Theke, ehe Mona reagieren konnte.

Der Junge nickte erneut, öffnete eine Schublade und ließ das Geld hineinfallen. »Danke.« Schon war er wieder in seine Welt abgetaucht.

Mona bahnte sich ihren Weg durch den schmalen Gang zu ihren Plätzen, wählte Nummer acht und sah sich der freigeschalteten Benutzeroberfläche des Monitors gegenüber. Flint ließ sich mit einem Brummen neben sie fallen, legte den Kopf auf die Vorderpfoten und beachtete die Umgebung nicht weiter. Mona setzte sich und zuckte zusammen, als der Stuhl quietschte und knarrte. Das neueste Modell war er eindeutig nicht, aber immer noch besser als Louans, an dem an diversen Stellen das Futter aus der aufgerissenen Naht quoll.

Er zog eine Grimasse und wandte sich seinem Monitor zu.

Mona folgte seinem Beispiel und legte los. Eine Liste mit Cafés in Plouescat fand sich relativ schnell, allerdings war sie nicht sicher, wie vollständig sie war. Aber irgendwo musste sie schließlich anfangen, also recherchierte sie für jedes Café einzeln. Nur wenige hatten keine Website, bei allen anderen suchte sie nach dem Impressum. Bei einigen war keine Angabe vorhanden, dafür gab es gleich zwei Théas und eine oder einen T. Rochefort. Mona öffnete ein Textverarbeitungsprogramm und kopierte die Adressen der Cafés, die infrage kamen, hinein. Ebenso die Namen derjenigen, zu denen sie weder eine Seite noch eine Adressangabe fand. Anschließend klickte sie sich durch die Bilder einiger Galerien in der Hoffnung auf weitere Hinweise. Augenblicklich bekam sie Lust, an einem der Tische zu sitzen, die Nase in die Sonne zu halten und den Tag so zu nehmen, wie er kam. Einen Kaffee trinken und ein Stück Kuchen essen, vielleicht eine Spezialität des Landes … natürlich erst, nachdem sie alles über Helene erfahren hatte, was es zu erfahren gab.

»Was gefunden?« Louan klang abwesend. Er hielt den Blick auf seinen Monitor gerichtet und sah sehr ernst aus.

»Nicht wirklich. Vielleicht. Ich weiß es nicht. Es gibt mehrere Cafés, die es sein könnten, sogar zwei Théas bei den Seitenbetreibern, aber eine Théa Briant habe ich nicht gefunden.«

»Wenn sie geheiratet hat, wird sie nicht mehr so heißen.«

»Ja, leider. Dann werde ich wohl wieder vor Ort suchen müssen.«

»Hm«, sagte er. »Das passt dann ja.« Die letzten Worte gingen in Gemurmel unter, und Mona zweifelte daran, dass seine Aufmerksamkeit länger als den Bruchteil einer Sekunde bei ihrem Wortwechsel gewesen war. Dieses Netcafé hatte wirklich eine seltsame Wirkung auf die Anwesenden. Als würde von den Monitoren ein Sog ausgehen, über dem man alles andere vergaß.

Sie wandte sich wieder ihrer Recherche zu. Plouescat lag von Tonquédec nur eine gute Stunde Autofahrt entfernt. Mit einem Abstecher zum Haus von Louans Vermieterin konnten sie noch heute dort ankommen! Mona öffnete ihr Dokument erneut und ging auf das Drucksymbol. Irgendwo im vorderen Bereich des Raumes sprang das Gerät an. Gut. Sie wollte die Programme soeben schließen, als Louan von ganzem Herzen fluchte.

Sie sah auf und stutzte. Er konnte durchaus schlechte Laune haben, das war nichts Neues, aber alles, was sie bisher an ihm erlebt hatte, war nichts im Vergleich zu diesem Gesichtsausdruck. Die Brauen hatte er zusammengezogen, und die Lippen bildeten einen Strich, in dem das Blut keinen Platz fand. Wieder einmal sprühten seine Augen Funken, nicht mehr nur wütend, sondern aggressiv. Er erhob sich, hämmerte noch etwas auf der Tastatur und schnappte sich seine Geldbörse. »Ich bin hier fertig«, sagte er hart und durchquerte den Raum mit so schnellen Schritten, dass er einen Stuhl halb mitnahm. Der rollte ein Stück über den Boden und drehte sich um sich selbst. Flint winselte, sprang auf und starrte in die Richtung, in die sein Freund verschwunden war.

Louan ignorierte den Rezeptionisten, stieß die Tür auf und verließ grußlos den Raum. Sogar einer der Jugendlichen blickte auf und schob den rechten Kopfhörer hinter sein Ohr.

Mona beugte sich vor und lugte um die Trennwand herum, doch es war nichts zu sehen. Entweder hatte Louan den Computer gesperrt, oder der Junge an der Theke war zu schnell gewesen. Sie sah wieder auf ihren eigenen Monitor, dann zur Tür, und stand ebenfalls auf. An der Kasse bezahlte sie ihre Kopien und verabschiedete sich. Flint zerrte an der Leine, als könnte er es gar nicht erwarten, endlich nach draußen zu kommen.

Mona verstand ihn, als sie auf der Straße tief durchatmete – sie hatte gar nicht bemerkt, wie stickig es in dem Café gewesen war. Umso mehr begrüßte sie nun die Sonne und die verhaltenen Windböen, die durch die Blumenstauden in den Betonkübeln neben der Straße fuhren und ihre Lebensgeister anfeuerten.

Die Sonne blendete sie, dennoch erkannte sie Louans Silhouette von Weitem. Die hochgewachsene Gestalt mit den tief in den Taschen der Jeans vergrabenen Händen war ihr bereits vertraut, und als er sich durch die Haare fuhr, begriff sie, wie aufgebracht er noch immer war. Flint zog vorwärts, und Mona ließ ihn kurzerhand von der Leine. Louan ignorierte ihn, selbst als Flint dazu überging, an seinen Schuhen zu lecken, nur um letztlich zu begreifen, dass seine Begeisterung nicht auf fruchtbaren Boden fiel und die Gerüche der Umgebung derzeit ein interessanteres Thema waren.

Mona blieb eine Armlänge neben Louan stehen. Irgendwie musste sie sein Schweigen durchbrechen. »Das wird langsam zur Gewohnheit, findest du nicht? Dass du mich allein in einem Café sitzen lässt? Was ist denn passiert?«

Sie hätte ebenso gut mit einer Statue reden können, aber sie gab ihm Zeit. Bisher hatte Louan ihr kaum etwas aus seinem Leben erzählt – im Grunde gar nichts, dafür aber angedeutet, dass nicht alles darin in bester Ordnung war. Wie hatte er es formuliert?

Familie besteht nicht nur aus Umarmungen und warmen Worten. Manchmal macht sie einem einfach nur das Leben schwer.

Wohnte er deshalb in Adelines renovierungsbedürftigem Haus? Hatte es was mit seiner Familie zu tun?

Louans Schultern hoben sich, dann stieß er den Atem aus. »Wenn ich es dir erzähle, kann ich nicht einfach hier rumstehen.«

»Kein Problem, gehen wir ein Stück.« Sie setzte sich in Bewegung, und Louan passte sich ihrem Tempo an. Noch machte er keine Anstalten, überhaupt etwas zu sagen, aber immerhin ergriff er nicht wieder die Flucht. Flint trabte zwischen ihnen, still und gesittet dieses Mal, als ahnte er, dass nun Manieren angebracht waren.

»Louan«, sagte Mona, »ich biete dir nicht an zu reden, weil ich so neugierig bin. Sondern weil ich denke, dass es dir guttut.«

»Ich weiß«, sagte er eine Spur zu heftig und schwieg. »Ich weiß«, wiederholte er leiser und warf ihr einen Blick zu.

Entschuldige.

Mona nickte. *Schon in Ordnung.*

Er räusperte sich. »Ich habe eine Mail bekommen, mit der ich so nicht gerechnet habe.«

»Von deiner Vermieterin?«

»Was? Nein, natürlich nicht. Von meinem Bruder.« Das letzte Wort knurrte er. Auf seiner Wange zuckte ein Muskel.

Obwohl es Mona schwerfiel, wartete sie ab. Allmählich wurde das Heben und Senken seiner Brust langsamer, ruhiger, und seine Arme lockerten sich. Die Zeit floss wieder in jenem Rhythmus, der ihr sagte, dass es völlig in Ordnung war, so lange zu schweigen, wie sie wollten. Warum hatte sie dieses Gefühl in all den Jahren mit Daniel niemals kennengelernt?

Irgendwann bemerkte sie aus dem Augenwinkel, dass Louan sie ansah. »Was ist mit deinem Bruder?«, fragte sie und starrte zum Horizont, wo die Dächer der Häuser von Tonquédec mit dem Himmel verschmolzen. Eine winzige Wolke hatte sich vor die Sonne gemogelt und malte Tupfen in die Landschaft. Ein Schmetterling flatterte an Mona vorbei in Richtung Blumenstauden, und sie bewunderte sein Morgenlichtgelb.

»Yanis ist der Grund, warum ich in dieses Haus ohne Heizung gezogen bin, das mir noch den letzten Nerv raubt. All die anderen hat er selbst auf dem Gewissen.«

»Was hat er getan?« Mona fühlte sich, als würde sie sich auf einen gefrorenen See wagen und das Eis unter ihren Füßen sirren hören.

Louan hob das Kinn und starrte den Horizont so aufgebracht an, als wäre er sein Feind. Dann schien etwas in ihm nachzugeben. Seine Schultern sackten herab, ein Teil der

Spannung verschwand aus seinem Körper, und er strich sich eine Haarsträhne zurück. Eine fließende Geste. »Yanis und ich hatten eine Tauchschule, oben in Perros-Guirec. Wir haben alles aufgeteilt, die Kosten, die Einkünfte und dämlicherweise auch die Aufgaben. Er hat sich um die Konten gekümmert, und daher konnte er sich unauffällig aus dem Staub machen, nachdem er erneut bewiesen hat, dass es in seinem Kopf zu viel Hohlraum neben seinem Hirn gibt.« Er redete immer schneller, mit nur kurzen Pausen zwischen den Sätzen. Als wäre ein Damm gebrochen.

»Was hat er getan?«, wiederholte Mona ruhig.

»Geglaubt, er wäre ein guter Pokerspieler. Er hat Schulden gemacht, recht hohe sogar, und die Tauchschule belastet. Über Monate hinweg. Ich habe von all dem nichts mitbekommen, ich Idiot, weil ich dem noch größeren Idioten vertraut habe.«

»O nein, Louan. Und dann?«

Louan schnaubte. »Dann? Dann musste ich mir die Leute vom Hals halten, die nicht mehr gut auf uns zu sprechen waren. Mein Name hängt in allem mit drin, also kann ich belangt werden. Meine Wohnung ist erst einmal weg, die Tauchschule geschlossen. Danach brauchte ich einfach Ruhe. Um nachzudenken und mir zu überlegen, wie ich das alles lösen will.«

»Darum bist du in das Haus gezogen? Um Geld zu sparen? Ich meine, die Miete kann ja nicht allzu hoch sein.«

Er lachte trocken auf. »Richtig erkannt. Ein Grund war, dass ich Abstand wollte von allem. Aber ja, ich habe mir auch gesagt, ich reparier den Schuppen einfach, kann dabei etwas sparen, und dabei habe ich unterschätzt, wie abbruchreif das Haus ist.«

»Was ist mit deinem Bruder, ist er noch in … wie hieß der Ort noch einmal?«

»Perros-Guirec. Natürlich nicht, der hat den Schwanz eingezogen und ist abgehauen. Keine Ahnung, wo er sich rumtreibt, und er kann auch verdammt froh sein, dass ich es nicht weiß, weil er nämlich sonst mit mindestens einem Veilchen rechnen müsste.«

Mona riss die Augen auf. »Du würdest ihn schlagen?«

»Er ist der Jüngere. Wird das nicht von mir erwartet, nachdem er so großen Mist gebaut hat?« Er sagte es noch immer ernst, aber sie bemerkte, dass seine Anspannung weiter bröckelte und ein Hauch Sarkasmus an die Oberfläche drängte. Louan würde es wohl niemals zugeben, aber es tat ihm gut, über das alles zu reden. Und er würde seinen Bruder auch nicht wirklich verprügeln.

Sie waren am Ende der Straße angelangt. Mona deutete auf eine niedrige Steinmauer vor einer Streuobstwiese und wartete, bis Louan sich neben sie fallen ließ. »Und was ist vorhin passiert? Er hat sich bei dir gemeldet und das Thema wieder aufgebracht?«

Er ballte eine Hand zur Faust und schlug sie gegen die Mauer. »Wenn das mal alles wäre. Nein, Yanis hat mich darüber informiert, dass er noch weniger im Kopf hat, als ich angenommen habe.«

»Er ist wieder in Perros-Guirec?«

Louan lachte. »Nein, den Mut hat er nicht. Er hat wieder gespielt. In der Hoffnung, das verlorene Geld zurückzugewinnen, sagt er. Jetzt ist er wieder mal blank und fragt, ob ich ihm was leihen kann. Und er hat offenbar wirklich geglaubt, dass ich Ja sagen könnte.«

»Himmel.« Mona schüttelte den Kopf. Allmählich begriff

sie, warum Louan sich für eine Weile von der Welt zurückgezogen hatte. Es musste schwer genug sein, in Schwierigkeiten zu stecken, die er nicht einmal selbst verschuldet hatte. Aber dann noch mit einem Bruder im Rücken, der alles nur noch schlimmer machte, während man versuchte, wieder festen Boden unter den Füßen zu finden … »Hast du ihm geantwortet?«

Er warf ihr einen unwilligen Blick zu. »Natürlich. Ich habe ihm gesagt, dass er seinen Hintern sofort zurück nach Perros-Guirec bewegen und dort anfangen soll, Dinge geradezubiegen. Und auf jeden Fall soll er so lange bleiben, bis ich eintreffe. Jetzt schon dort aufzutauchen ist keine gute Idee, weil ich … ich bin einfach noch zu sauer. Ich brauche diese Auszeit, Mona. Aber danach treffe ich ihn dort und werde mich wirklich zurückhalten, um ihm nicht zumindest das Handgelenk zu brechen. Oder sagen wir einen Finger.«

»Oder ihr redet miteinander.«

»Vielleicht. Wenn ich mich bis dahin abreagiert habe.«

»Ich werde mein Bestes geben, um dich aufzuheitern«, sagte sie leichthin. Dann kam ihr ein Gedanke. »Hat dieser Mann zufällig etwas mit der Sache zu tun? Der Tobsüchtige in *Charlys Café*?«

Louan zog eine Grimasse. »Signac? Ja, leider. Er ist einer derjenigen, denen wir am meisten Geld schulden. Ein passionierter Taucher, der einiges in unser Geschäft investiert hat. Es war wohl ein Kindheitstraum von ihm, aber dann ist er Arzt geworden und wollte seinen Traum wiederaufleben lassen. Du weißt schon, zumindest irgendwie beteiligt sein. Das Schicksal muss ebenfalls in Spiellaune sein, dass es mir den Kerl mitten in Plédéliac vor die Füße wirft.«

»Vielleicht fordert es dich heraus.« Mona schmunzelte.

Er sah sie ungläubig an, dann zog er eine Grimasse. Noch immer nicht sehr fröhlich, aber immerhin. »Das kann es sich sparen. Ich habe wirklich genug zu tun.«

»Manchmal braucht man aber Hilfe, weil man nicht begreift, dass man noch auf andere Arten aktiv werden kann, um Probleme zu lösen.«

Er verengte die Augen. »Wovon redest du da gerade wirklich?«

Sie sah ihn einfach nur an.

Louan hielt ihren Blick eine lange und doch viel zu kurze Weile. »Kannst du denn nicht verstehen, dass ich wütend bin? Zumindest ein bisschen?«

»Schon. Aber Familie unterstützt man, egal, was vorgefallen ist. Yanis ist dein Bruder. Ich wünschte, ich hätte einen.«

»Du kannst meinen haben. Aber ich warne dich, er wird dich belügen und betrügen.«

»Weil er ein Problem hat. Da musst du ihm helfen, erst recht, wenn du der Ältere bist. Hat er denn sonst noch jemanden? Ich meine, was ist mit euren Eltern?«

Louan schüttelte den Kopf. »Keine Eltern mehr.«

»Das tut mir leid.«

»Mir auch, dann könnte ich dieses Problem nämlich weit von mir schieben. Oder zumindest mit jemandem teilen.«

Mona fielen Steine vom Herzen, kleine nur, allerhöchstens von der Größe einer Babyfaust, aber es wurden stetig mehr. Louan klang zwischendurch zwar noch immer, als würde er am liebsten auf etwas einschlagen, aber hin und wieder schimmerte ein winziges Lächeln durch. Es freute sie und machte sie ein wenig stolz. Fast hätte sie die Arme ausgebreitet, wie damals im Regen.

Was war nur mit ihr los – und mit diesem Urlaubstrip, der

so ganz anders und viel intensiver geworden war als geplant?

»Nun, jetzt hast du es ja mit jemandem geteilt. Du hast es mir erzählt, und wenn du möchtest, darfst du unterwegs auch über deinen Bruder fluchen oder ab und zu aus dem Fenster brüllen. Aber ich halte es für das Beste, wenn wir weiterfahren. Wir haben zwar die Spur mit dem Café, und du kannst in ein paar Tagen in Perros-Guirec deinen Bruder in die Mangel nehmen, aber das Haus deiner Vermieterin liegt auf dem Weg. Ich würde gern zumindest kurz dort anhalten und sie fragen, ob sie etwas über Helene weiß. Und so, wie ich das sehe, hast du auch einiges mit ihr zu besprechen. Einverstanden?«

Er musterte sie, als wäre sie wahnsinnig, dann schüttelte er den Kopf und grinste sie schief an. Mona lächelte zurück und wollte sich abwenden, loslaufen, irgendetwas, aber sie konnte sich von seinem Blick nicht losreißen.

Louan sah gut aus, besonders wenn er nur einen Mundwinkel hob, als wäre er nicht sicher, ob die Welt schon bereit war für mehr.

Nun drehst du komplett durch!

Es war nicht so, dass die Zeit stehen blieb. Der Wind strich noch immer über ihre Haut, Flint winselte leise neben ihnen, und die Sonne ließ die Stellen zwischen den Ästen der Bäume auf der gegenüberliegenden Straßenseite flimmern. Aber Mona kam es vor, als würde sie mehr wahrnehmen als in den vergangenen Minuten. Als wäre jeder Eindruck viel intensiver als jemals zuvor, so wie der Bernsteinschimmer in Louans Augen.

Louan hob eine Hand, als wollte er sie auffordern, ihre hineinzulegen, zögerte und wandte sich ab. »Wir sollten gehen«, sagte er, die Stimme ein wenig rau. Der Effekt ließ Monas Haut kribbeln, und sie schob es auf die Sonne, die verhaltene Wärme und den Wind. Auf einfach alles, das sich viel einfacher erklären ließ als das seltsame Gefühl in ihrem Bauch.

»Dann also weiter.« Sie schwenkte die Hundeleine, und Flint flitzte auf ihren Pfiff hin los. Louan lief schweigend neben ihr her. Am Auto angekommen, dirigierte er Flint auf die Rückbank, wartete, bis Mona Platz genommen hatte, und ließ sich auf den Beifahrersitz fallen. »Keine Sorge«, sagte er, als er das Fenster ein Stück herabließ. »Ich werde nicht brüllen.«

»Ich bin froh, das zu hören. Aber eigentlich wollte ich dich fragen, ob du deine Vermieterin noch einmal anrufen willst, um uns anzumelden.«

»Ich kann es versuchen. Wobei Adeline sich nur meldet, wenn sie reden will. Ansonsten macht sie sich rar.« Er zog sein Handy aus der Hosentasche und wählte. Mona lauschte dem gedämpften Freizeichen und zählte stumm mit. Nach zwölfmaligem Klingeln legte Louan auf. »Habe ich es mir doch gedacht. Los, lass es uns einfach versuchen. Wenn sie nicht da ist, hast du zumindest etwas vom Land gesehen. Und abgesehen davon … müssen wir ja noch diese Katze finden.«

»Touché.« Es gefiel ihr, dass sie und Louan bereits Dinge teilten wie den Witz mit der Katze, den niemand anderes verstehen würde. Sie ließ ihr Fenster herunter, legte den Gang ein und fuhr los. Die Luft war herrlich, und sie roch die Blumen, als sie an den großen Kübeln vorbeifuhren und den Ort verließen.

»Du bist dran«, sagte Louan unvermittelt, nachdem sie

auf die Straße Richtung Westen eingebogen war und die Häuser von Wiesen und Feldern abgelöst wurden.

Mona blinzelte zur Seite. »Wie bitte?«

»Ich habe dir von mir erzählt, und zwar etwas, das ich normalerweise für mich behalte. Du schuldest mir also eine Geschichte.«

»Kein Problem. Was willst du wissen?«

Er überlegte nicht lange. »Warum bist du allein unterwegs? Die Nervensäge auf der Rückbank zählt nicht.«

»Das weißt du doch schon. Ich bin hier, weil ich etwas über meine Uroma herausfinden will.«

Er lachte leise. »Das ist der Grund, warum du hier bist, ja. Aber warum nur du? Reist du immer allein?«

Nach dem Gespräch an der Mauer wäre es nun unfair zu schweigen. »Nein, das ist eine Premiere. Normalerweise bin ich immer mit Freundinnen oder meinem Freund verreist. Ex-Freund«, verbesserte sie sich. »Wir haben uns vor Kurzem getrennt, deshalb bin ich allein hergekommen. Eigentlich hatten wir eine Reise nach Spanien geplant, Strand und relaxen, aber das hatte sich mit der Trennung erledigt. Mein Urlaub war von meiner Firma schon bewilligt, und ich wollte ihn nicht zurückziehen. Vor allem nicht nach dem Tod meiner Oma. Ich habe mir ein wenig Ablenkung gewünscht. Als ich Helenes Notizen gefunden habe, war das wie ein glücklicher Zufall. Oder eine Fügung. Ich habe beschlossen, in die Bretagne zu fahren und zu finden, was es auch immer über meine Uroma herauszufinden gibt. So spontan bin ich sonst nicht, aber ich muss gestehen, es ist gar nicht so kompliziert, wie ich dachte.«

»Das tut mir leid. Also das mit deiner Oma sowieso, aber auch das mit deinem Ex.«

»Das muss es nicht. Das mit Daniel und mir ist eigentlich schon lange vorbei. Ich habe es nur jetzt erst begriffen.« Kaum war es heraus, fühlte sie sich leichter. Sie hatte es viel zu lange mit sich herumgeschleppt und es selbst unwirklich werden lassen, indem sie es nie laut ausgesprochen hatte. Jetzt war ihr, als hätte sie die gemeinsame Vergangenheit mit Daniel endlich vollständig hinter sich gelassen.

Ein Hochgefühl durchströmte sie, und einer Eingebung folgend drückte sie auf das Gaspedal. Der Wagen schoss die Straße entlang, vorbei an den Schönheiten der Bretagne, an Blumenwiesen und Ginsterhecken in sattem Gelb, an Heideflächen mit Akzenten in Mauve, Rosa und Hellblau. Auf der Ablage vor ihr bewegten sich die Ausdrucke aus dem Netcafé im Wind, und die Brise kühlte ihre Wangen. Jetzt und hier stimmte einfach alles. Sie war frei, in jeder Hinsicht. Louan saß neben ihr, und sie flogen Zielen entgegen, die weitere Überraschungen brachten. Noch wusste sie nicht, wie diese aussehen würden, aber sie machte sich keine Sorgen.

8

Das Haus besaß eindeutig Persönlichkeit. Es ragte höher in den Himmel als viele andere Gebäude, die sie auf den letzten Kilometern passiert hatten. Faszinierend und beängstigend zugleich. Die breite Einfahrt mit dem Holzzaun und die Größe des Grundstücks dahinter erinnerten Mona entfernt an eine Ranch.

»Als ob es uns sagen will, dass wir bloß wieder verschwinden sollen«, sagte sie, lehnte sich gegen den Zaun und stützte ihre Arme auf den obersten Holzbalken. »Ich bin froh, dass wir nicht im Dunkeln hergekommen sind. Wäre ich allein, würde ich jetzt weiterfahren. Schon allein hier auszusteigen, um das Tor zu öffnen, während es rundherum im Gras raschelt … nein, danke.«

Dabei war die Umgebung alles andere als düster. Aber Louans Vermieterin legte offenbar keinen Wert auf Blumen und setzte stattdessen auf schlichte Grasflächen. In Verbindung mit dem massiven Steingebäude und dem Zaun, der aus eng gesetzten Holzlatten bestand, wirkte es nicht gerade einladend. Nicht einmal ein Efeublatt wagte sich an der Fassade empor. An einer Seite des Hauses prangten Buchsbaumhecken und vervollständigten das Bollwerk-Flair. Mona fröstelte, obwohl die Temperaturen mittlerweile die Zwanzig-Grad-Grenze erreicht oder sogar überschritten haben mussten. Doch selbst die Sonne schien das Grundstück zu meiden und verbarg sich hinter einer Wolke.

Der Zaun wankte leicht, als Louan sich ebenfalls dagegenlehnte und die Ellenbogen aufstützte. Seine Nähe milderte das Gefühl der Bedrohung. »Du übertreibst. Es passt zu ihr, sie ist eine pragmatische Frau. Alles andere als eine Romantikerin.«

»Dabei könnte das Haus so schön sein. Überleg mal, wie es mit einigen bunten Tupfern wirken würde. Hier und dort vielleicht ein Blumentopf oder ein Holzschild oder auch nur etwas Hübsches am Fenster. Da würde man sich doch ein wenig besser fühlen, wenn man nach Hause kommt? Überhaupt, ich dachte, Adeline ist Künstlerin – sollte es dann hier nicht weniger trist sein?«

»Ich habe sie noch nie besucht. Wer weiß, wie es drinnen aussieht. Vielleicht hat sie einfach keine Zeit oder kein Interesse an der Umgebung, wenn sie sich ebenso gut in Farbe getaucht über eine Leinwand wälzen kann.«

Mona bemühte sich um einen tadelnden Blick. »Denkst du, sie ist überhaupt zu Hause?«

»Falls ja, kannst du ihr gleich sagen, was du hier alles verbessern würdest.«

»Mach dich nicht lustig. Los, lass uns lieber zum Haus fahren.« Sie rüttelte an dem Tor, doch es gab nicht nach, obwohl nirgendwo ein Schloss zu sehen war. »Es geht nicht auf.«

»Warte, lass es mich versuchen.« Louan trat dicht neben sie, schob ihre Finger behutsam beiseite und packte das alte Holz.

Mona beobachtete, wie sich die Muskeln unter seinem Shirt spannten, und wandte sich ab, ehe sie errötete. Sie hörte es einmal krachen, dann ein weiteres Mal. Der gesamte Zaun erzitterte, dann schwang das Tor auf. Es quietschte furchterregend – offenbar kümmerte sich Adeline ebenso wenig um die Instandhaltung wie darum, ein paar hübsche Akzente rund um ihr Haus zu setzen.

Louan deutete mit großer Geste auf den Fiat. »Nach Ihnen, Madame. Ihr Diener wartet geduldig, um das Tor hinter der Kutsche schließen zu dürfen.«

Mona deutete einen Knicks an, stieg ein und fuhr behutsam los. Flints Gehechel in ihrem Nacken nahm sie nur am Rande wahr. Ihre Gedanken waren bei Adeline und ihrem unheimlichen Haus … und bei Louan. Seitdem er ihr von Yanis erzählt hatte, schien sich dieser Nebel aus schlechter Laune in ihm gelichtet zu haben. Noch vor einem Tag hätte sie Flint darauf verwettet, dass niemals auch nur der Hauch eines Scherzes über die Lippen von Monsieur Louan Robinet kommen würde. Sie war froh, sich derart getäuscht zu haben, aber auch verwirrt, da sich ihre Gedanken immer häufiger um ihn drehten. Um dieses Lächeln. Sie wollte mehr über ihn erfahren.

Sie seufzte tief, parkte an der lang gestreckten Seite mit ausreichend Abstand zum Haus und sah noch einmal zu den Fenstern hoch, die leer zurückglotzten. Sogar hier lockerte nichts die trübe Einheitlichkeit auf – hinter den weißen Rahmen gab es weder Gardinen noch Dekorationen.

»Also dann.« Sie gab sich einen Ruck, stieg aus und drehte sich um. Die an das Grundstück grenzenden Wiesenflächen dehnten sich ins schier Unermessliche, und die nächsten Gebäude lagen ein gutes Stück entfernt. Hinter dem Haus verlief eine Reihe aus Hecken und niedrigen Bäumen und schuf eine natürliche Barriere, einen Orientierungspunkt in all dem Grün. Und einen Schattenspender, denn abgesehen vom Haus, gab es kaum eine Möglichkeit, der Sonne zu entkommen, die sich soeben hinter den Wolken hervorschob. Mona wurde warm, obwohl sie die Jacke im Wagen gelassen hatte.

Louan schlenderte auf sie zu und wirkte dabei, als gehörte das Land ihm. Keine Spur von Anspannung, weil er kurz davor war, seiner Vermieterin zu sagen, was er von ihrem Haus in Plédéliac hielt. Aber vermutlich genoss er einfach die freien Minuten fernab von undichten Decken, lügenden Brüdern und Bergen von Schulden. Hatte sie ihn, ohne es zu bemerken, ein Stück aus der Welt herausgezerrt, in der er gerade gegen seinen Willen feststeckte?

Ein unschöner Gedanke zog durch ihren Kopf: Würden sich ihre Wege nach dem Besuch bei Adeline trennen? Er musste noch ein paar Tage woanders unterkommen, um Alain freie Bahn bei seinen Arbeiten zu lassen, aber das bedeutete ja nicht zwangsläufig, dass er diese Tage mit ihr zusammen verbringen musste.

Ein Bellen zerschnitt Monas Gedankengang. Aus dem Gras stoben zwei Rebhühner auf. Die schwerfälligen Tiere schlugen mit den Flügeln und schafften es in die Luft, kurz bevor Flint wie ein Blitz die Stelle erreichte, an der sie zuvor gehockt haben mussten. Louan fing ihn mit beiden Händen ein, und Flint starrte zu ihm hoch, als wunderte er sich über den fehlenden Jagdtrieb der Menschen.

»Ich habe nur ein Grasbüschel geworfen«, sagte Louan verwundert und ließ Flint wieder zu Boden.

»Er liebt es, wenn jemand etwas wirft. Erinnerst du dich an den Abend, als ich bei dir angeklopft habe und du dieses Tuch in der Hand hattest?«

Er musterte sie schweigend und teilte ihr unmissverständlich mit, wie überflüssig die Frage war.

»Nun«, sagte Mona schnell, »das ist genau sein Ding. Wenn jemand etwas wirft, meine ich. Andere Tiere interessieren ihn herzlich wenig. Ich verspreche dir aber, dass er zu buddeln beginnt, wenn du ihn loslässt, und zwar genau da, wo dein Grasbüschel gelandet ist.«

Langsam zog Louan die Hände zurück, und als hätte jemand ein Spielzeug aufgezogen, schoss Flint nach vorn und stürzte sich kopfüber ins Gras. Erdbrocken flogen, ab und zu war ein Ohr oder eine Pfote zu sehen.

»Dein Hund ist verrückt.«

»Ich bin also eine seltsame Frau und habe einen verrückten Hund. Sind alle Bretonen so charmant?«

»Leider sind nicht alle Bretonen so ehrlich.« Kurz schlich sich ein bitterer Unterton in seine Stimme. Er hielt inne und räusperte sich. »Aber dafür weißt du stets, woran du mit mir bist.«

»Und was wäre das momentan?« Die Worte waren heraus, ehe Mona darüber nachdenken konnte, und im nächsten Moment wünschte sie sich, sie zurücknehmen zu können. Sie wusste ja nicht mal selbst, worauf sie anspielte. Oder was sie hören wollte. Etwas Nettes? Ein Kompliment? Es war nicht ihre Art, danach zu fragen. Irgendetwas stellte diese Gegend mit ihr an, diese Landschaft mit dem unendlichen Himmel und dem Wind, der ihr zuwisperte, dass sie sich nicht aufhalten lassen solle. Hier wurde sie offener, mutiger. Als stünde sie an einer Grenze, der sie sich sonst niemals genähert hätte. Als wüchse sie über sich hinaus.

Louan betrachtete sie nachdenklich. »Das frage ich mich auch.« Die Worte waren nicht für sie bestimmt. Er sprach mit sich selbst, aber ließ sie an seinen Gedanken teilhaben. Und damit erreichte er sie. Dann setzte er sich wieder in Bewegung und forderte sie mit einem knappen Nicken auf, sich ihm anzuschließen.

Die drei Stufen vor der Haustür waren ausgetreten. Jetzt erkannte Mona auch die Splitter am Türrahmen und die Stellen, an denen das Holz zu stark nachgedunkelt war. Das Wetter setzte ihm zu, und Adeline gönnte ihm nicht einmal einen Schutzanstrich. Ein messingfarbener Klingelknopf war in den Stein eingelassen. Louan drückte ihn, doch es war nichts zu hören. Er betätigte ihn erneut mit demselben Ergebnis.

»Vielleicht ist das Haus so gut isoliert, dass wir die Klingel hier draußen nicht hören«, sagte Mona, ohne es selbst zu glauben.

Louan ließ sich nicht beeindrucken: Er schlug mehrmals eine Faust gegen das Holz, wartete und klopfte dann noch einmal. Die schwere Tür zitterte im Rahmen, aber noch immer tat sich nichts.

»Sie ist anscheinend nicht da.« Mona spürte einen Stich der Enttäuschung. Nicht so sehr, weil sie sich weitere Spuren versprochen hatte – die würde sie wohl eher in Plouescat finden –, sondern vor allem, weil sie nicht wollte, dass die Zeit mit Louan schneller zu Ende ging.

Der drehte sich um, verengte die Augen und starrte in die Ferne, so als würde er Adeline irgendwo dort entdecken. »Möglich. Vielleicht hört sie uns auch einfach nicht oder hat keine Lust, den Pinsel abzulegen. Los, versuchen wir es an der Hintertür.«

»Es gibt eine Hintertür?«

»Ich nehme es an. Bei der Größe des Hauses.«

Mona zögerte. »Sollten wir nicht lieber warten, bis sie zurückkommt, ehe wir quer über ihr Grundstück schleichen? Was ist, wenn uns jemand sieht?«

»Wir schleichen nicht, wir werden ganz normal gehen. Und wer sollte uns sehen?«

»Ich weiß nicht. Ein Nachbar. Jemand, der für deine Vermieterin nach dem Rechten sieht oder die Post reinholt, falls sie doch nicht da ist. Der Postbote selbst vielleicht? Weißt du, wann hier die Post kommt?«

Er nahm ihre Hand und drückte sie kurz. Dann setzte er sich in Bewegung, und ihr blieb nichts anderes übrig, als ihm zu folgen, wenn sie nicht allein vor dem Haus herumstehen wollte. »Und wenn uns jemand sieht, ist es doch nur gut, vielleicht weiß derjenige, wo Adeline steckt. Was soll schon geschehen? Bist du als Kind nie über fremde Grundstücke gelaufen?«

»Nein. Nie.« Ihre Kindheit hatte aus Spielen im Garten oder Park bestanden und jenen Nachmittagen, an denen sie mit Oma Fine Teig geknetet und sich anschließend vor das Sichtfenster des Ofens gekniet hatte, um den Moment nicht zu verpassen, wenn der sich zunächst an einer Stelle sanft anhob, um dann komplett in die Höhe zu wachsen. Und wenn sie zum ersten Mal die Ofenklappe für wenige Sekunden hatte öffnen dürfen, um den Duft nach Frischgebackenem einzuatmen.

Louan steckte sich einen Grashalm in den Mund und kaute darauf herum. »Es scheint, dass du manches in diesem Urlaub nachholst.«

Sie verzog das Gesicht. »Los, beeilen wir uns.«

Er sah noch immer höchst entspannt aus, tat ihr aber den Gefallen. Mit schnellen Schritten umrundeten sie das Haus, und wirklich, es gab eine Hintertür. Zu beiden Seiten stapelten sich leere Blumentöpfe, teils zerbrochen, sowie Holzscheite.

Mona schrie leise auf und bohrte beide Füße in den Boden, als die Tür aufgerissen wurde. Jemand stürmte heraus und blieb stehen, nur wenige Meter von ihnen entfernt. Flint bellte wie ein Irrer los.

Vor ihnen stand eine Frau, vielleicht ein paar Jahre älter als sie. Schlank, mit einem bunt bedruckten Shirt und braunem Haar, das ihr bis zur Taille reichte. Im Grunde sah sie harmlos aus – was in starkem Kontrast zu ihrem verzerrten Gesicht und dem Gewehr in ihren Händen stand, das sie auf Mona und Louan richtete. Ein echtes Gewehr! Mona hatte einmal eines in der Hand gehabt, im Schützenverein ihres Nachbarn, aber dort wurden die Dinger nach Gebrauch weggesperrt und nicht mit nach Hause genommen.

»Merde«, zischte Louan, zwei Silben tief aus seinem Herzen. »Flint, halt die Klappe!« Sein Ton war so scharf, dass der Hund wirklich gehorchte. »Pardon«, rief er dann, und die Frau vollführte eine knappe Bewegung mit dem Gewehr.

»Ich habe keine Ahnung, wer ihr seid, aber ihr verschwindet sofort von diesem Grundstück!« Sie sprach Englisch mit einem Akzent, den Mona nicht zuordnen konnte. Französin war sie ganz sicher nicht.

Louan hob eine Hand. »Wir wollen zu Adeline Benoit. Ich bin ihr Mieter.«

Ein Klicken. Mona keuchte. Die Frau hatte durchgeladen! »Sie ist nicht im Land. Wenn du ihr Mieter wärst, würdest du das wissen, und ich bin sicher, selbst hier schleichen Mieter nicht einfach über Grundstücke, sondern verziehen sich wieder, wenn niemand aufmacht. Es hat niemand aufgemacht, aber ihr zwei seid nicht gegangen, sondern zur Rückseite geschlichen. Damit ist ja wohl klar, auf was ihr aus seid! Mieter, dass ich nicht lache.« Sie redete schnell und einen Hauch zu aggressiv für Monas Geschmack. Die Sache schien ihr absolut ernst zu sein.

»Was zum Teufel«, murmelte Louan. »Ich habe mehrmals versucht anzurufen. Wer sind Sie überhaupt?«

Die Frau blinzelte, dann trat sie einen Schritt vor. Der Gewehrlauf beschrieb einen Kreis. »Denk noch einmal nach, mein Lieber. Glaubst du wirklich, hier so einfach ein leer stehendes Haus ausnehmen zu können? Hast wohl gehört, dass Madame nicht da ist, und dir gedacht, du machst hier leichte Beute? Vergiss es. Ich habe das Gewehr, und ich diskutiere nicht. Ihr seid Fremde, und solange ihr nicht das Gegenteil beweisen könnt: Verschwindet! Ich bin großzügig und zähle bis zehn, aber dann schieße ich. Und lasst euch eines gesagt sein, ich kann mit dem Ding umgehen. Also! Eins!«

Die Situation war so absurd, dass Mona nicht mehr wusste, was sie denken geschweige denn tun sollte. Ihr Herz schlug laut, und sie war zu Tode erschrocken, konnte aber auch kaum glauben, was gerade passierte. Sie wandte den Kopf im selben Moment wie Louan. Einen Atemzug lang sahen sie sich an.

»Weg hier«, flüsterte er und hielt ihr eine Hand entgegen.

»Zwei!«, brüllte die Frau.

Mona legte ihre Hand in seine, und er riss sie herum. Nebeneinander rannten sie auf den Zaun zu, dicht gefolgt von Flint.

»Drei!«

»Das meint die doch nicht ernst«, keuchte Mona. »Wer ist das überhaupt?«

»Ich habe nicht die geringste Ahnung!« Louan ließ sie los, als sie den Wagen erreichten. »Ich öffne das Tor!«

»Bist du wahnsinnig? Bleib hier!« Doch er hörte nicht, und Mona starrte ihm verzweifelt hinterher. Noch immer kreischte dieses Stimmchen in ihrem Kopf, dass sie in einer TV-Show gelandet war und dies alles nicht wirklich geschah. Andererseits hatte sie die Frau mit dem Gewehr deutlich gesehen. Und gehört.

So wie jetzt. Sie war bei *vier*.

In Monas Kopf drehte sich alles. »Flint«, rief sie, riss die Wagentür auf und ließ ihren Hund einsteigen. Hastig folgte sie ihm und griff noch in der Bewegung nach dem Schlüssel, den sie zum Glück hatte stecken lassen. Drehen, Kupplung, Gang. Sie wagte nicht einmal einen Blick in den Rückspiegel aus Angst, einen Waffenlauf zu entdecken. Ohne sich anzuschnallen – das erste Mal in ihrem Leben! –, fuhr sie los. Wiesen, Sonne und Schatten flogen an ihr vorbei, sie nahm Flints Gehechel nur im Hintergrund wahr. Alles verschwamm zu einer wilden Mischung aus Formen und Farben, deren Zentrum das Tor war, und Louan, der daneben wartete. Mona gab noch einmal Gas und ging zwei Sekunden später hart auf die Bremse. Louan riss die Tür auf.

»Sieben!«, tönte es aus der Ferne und klang ein wenig heiser.

Louan und Mona blickten zeitgleich über ihre Schulter, dann drückte sie das Gaspedal bis zum Boden durch. Die Reifen brauchten einen Moment, bis sie Halt fanden, und dann schoss der Wagen nach vorn, so abrupt, dass Flint auf der Rückbank ein überraschtes Jaulen von sich gab.

»Entschuldige, mein Süßer«, sagte Mona und wagte es nun doch, in den Rückspiegel zu blicken. Das Haus wurde kleiner, und von der schießwütigen Irren war nichts zu sehen. Ihr Puls wollte sich allerdings nicht beruhigen, und obwohl sie aufs Gas trat, hatte sie das Gefühl, dass sich die Welt viel zu schnell weiterdrehte und sie das Tempo nicht halten konnte. Erst als sie genug Abstand zum Grundstück hatten, drosselte sie die Geschwindigkeit.

Louan hatte die Lippen zusammengepresst, sein Mundwinkel zuckte. »Zehn«, flüsterte er.

Ein Kribbeln setzte in Monas Brust ein, und es war, als würde sich ein Ventil öffnen. Beide brachen sie in Gelächter aus. Als Mona versuchte, den Fuß auf dem Gas zu lassen, ruckelte der Wagen. Sie fuhr an den Rand und schlug die Hände erst vor das Gesicht, nur um sich dann den Bauch zu halten. »Das glaubt uns keiner«, stieß sie hervor.

Louan schüttelte den Kopf. »Willkommen in der Bretagne, wir halten alte Traditionen aufrecht.«

Mona wischte sich eine Träne von der Wange und versuchte, sich zu beruhigen. Ihr Bauch schmerzte, als sie nach Luft schnappte und sich zur Seite lehnte. Ihr Kopf berührte wie selbstverständlich Louans Schulter, und sie spürte die Vibrationen seines Körpers. Louan legte eine Hand auf ihren Arm und tätschelte sie, als wollte er ihr sagen, dass alles okay war, während sie versuchte, sich wieder unter Kontrolle zu bekommen. Nach und nach ebbte das Gelächter ab. Im Wagen wurde es ruhig.

Mona war nur zu deutlich bewusst, dass sie noch immer an Louans Schulter lehnte, die sich sanft hob und senkte, und sie fragte sich, ob das in Ordnung war oder sie gerade eine Grenze überschritt. Nein, sicher nicht. Louan wäre der

Letzte, der mit Kritik hinterm Berg halten würde, zudem lag seine Hand noch immer locker auf ihrem Arm. Seine Finger zuckten, als würde der Nachhall des Lachens dort abebben. Es war ein schöner Moment, so still und viel zu kurz. Dann begriff sie, wie nahe sie Louan war. Die Entspannung verwandelte sich in etwas anderes. Verlegenheit und … Aufregung. Mit einem Mal nahm sie alles ganz genau wahr: die leichten Bewegungen von Louans Körper, den Duft nach Meer und Sonne, den er verströmte, und eine Berührung an ihrer Stirn. Sein Haar. Er musste den Kopf gesenkt haben.

Mona hielt den Atem an. Wenn sie sich aufsetzte, würde er ihr auf jeden Fall anmerken, dass … ja, was? Dass sie genau wusste, wie nahe sie sich soeben waren?

Louan rettete sie, indem er den Moment in etwas vollkommen Harmloses verwandelte. »Vielleicht ist das die Antwort darauf, was deine Uroma hier bei uns in der Bretagne getrieben hat. Sie hat sich zum Flintenweib ausbilden lassen.«

Es funktionierte. Monas Puls beruhigte sich etwas. »Du hättest mich vor den traditionellen Gepflogenheiten warnen können«, sagte sie und setzte sich aufrecht.

Er sah sie an, als wäre nichts weiter geschehen. »Du hattest eh schon genug Skrupel, auf dem Grundstück herumzuwandern.«

»Und ich hatte recht! Ich meine …« Sie legte eine Hand an die Lippen und all ihre Fassungslosigkeit in ihren Blick. »Glaubst du wirklich, sie hätte auf uns geschossen?«

Schulterzucken. »Sie ist eindeutig nicht von hier. Vielleicht Amerikanerin? Dann würde das durchaus passen.«

»Wie kannst du das so leichtnehmen?«

Eine Locke tanzte in seiner Stirn. »Du lachst doch selbst.«

»Stimmt.« Sie lehnte sich zurück, schloss die Augen und atmete mehrmals tief ein und aus. »Dieser Urlaub«, murmelte sie. »Es sind schon so viele Dinge passiert, mit denen ich nie gerechnet hätte. Dabei wollte ich doch einfach nur mehr über Helene herausfinden.«

»Ein wenig Abenteuer ist nicht verkehrt.«

»Höre ich da etwa heraus, dass ich mich auch für die nächste Etappe über deine Gesellschaft freuen darf? Oder«, sie legte den Kopf schräg, »hoffst du eventuell doch, die Katze irgendwo zu finden?«

Er schnaubte belustigt. »Eher hängt die gehäutet und ausgeweidet in Adelines Haus und landet heute Abend im Eintopf. So wie es aussieht, schießt sich Mademoiselle ihr Essen selbst.« Er starrte in die Ferne, auf die Wildblumen zu beiden Seiten des Weges. »Wenn du nichts dagegen hast, begleite ich dich noch ein Stück, ja. Du hast Alain gehört, er hat von einigen Tagen geredet, die ich verschwinden soll. Und wenn ich ehrlich bin, tut mir das hier gut.« Seine Geste umfasste das gesamte Innere des Wagens. »Deine Gesellschaft und sogar dein verrückter Hund.« Er seufzte leise. »Ich habe mich vergraben, weil ich dachte, das wäre die beste Lösung – warten, bis Gras über die Sache gewachsen ist, die Leute sich etwas beruhigt haben und Yanis vernünftig geworden ist. Aber mittlerweile bin ich mir nicht mehr so sicher.« Er sah Mona an, als könnte sie ihm sagen, was richtig war und was falsch. Aber sie ahnte, dass sie ihm am besten half, wenn sie ihn diesen Gedanken zu Ende führen ließ. »Die letzten Wochen haben nicht gerade dazu beigetragen, dass irgendwas besser wird. Von meiner Laune ganz zu schweigen. Das hier habe ich vermisst.« Er deutete nach vorn. »Die Sonne. Das Meer. Mal wieder durchzuatmen.«

Es war, als würden mehr und mehr Sonnenstrahlen ihren Weg in das Innere des Wagens finden. »Dann lass uns zum Meer fahren, nach Plouescat, und dort nach Spuren suchen«, sagte Mona leise. »Gern anschließend auch weiter, wenn du Dinge mit deinem Bruder oder dem cholerischen Doktor regeln willst. Ich weiß zwar nicht, wie hoch eure Schulden sind oder wie wütend die Leute, die da mit drinstecken, aber sie werden doch sicher mit sich reden lassen.«

»Zumindest werden sie nicht mit einem Gewehr auf mich zielen. Von daher habe ich das Schlimmste wohl hinter mir.«

»Bist du sicher?«

Ein Herzschlag verging, ehe sich das Lächeln auf seinem Gesicht zeigte. »Ganz sicher.«

Es war so leicht, es zu erwidern, und auf einmal schien die Begegnung mit der schießwütigen Fremden so weit zurückzuliegen, dass sie Mona wie eine alte Geschichte vorkam. Sie angelte nach dem Stück Kouign-amann, packte es aus und brach es in zwei Teile. »Das besiegeln wir mit einem Stück Kuchen!«

Louan nahm seines entgegen, biss hinein und murmelte etwas, das verdächtig nach *seltsame Frau* klang.

9

»Ist das schön!« Mona wusste, dass sie sich wiederholte, aber je näher sie dem Ort kamen, desto mehr fühlte sie sich am Ziel. Hier musste sie einfach Glück haben, hier würde sie etwas über Helene herausfinden.

Sie war froh, dass sich kein anderes Auto hinter ihr befand, so konnte sie im Schritttempo fahren. Vor ihnen verlief sich die Welt ins Unendliche, der Blick schweifte in die Ferne, ohne sich an Hindernissen zu brechen. Es ging einfach immer weiter in Richtung Freiheit. Und die Möwen über dem Nordatlantik trugen einen Teil dieses Gefühls in das Landesinnere hinein.

Für einen Augenblick konnte sie ihre Aufmerksamkeit nicht von dem Blau losreißen. Aus der Distanz war es leicht, die strahlenden Farben des Wassers für eine optische Täuschung zu halten. Kurz hatte sie überlegt, ob Postkartenmotive immer digital bearbeitet wurden, selbst bei so perfekten Ansichten wie dieser. Jetzt begriff sie, dass diese Gegend und der kleine Ort vor ihnen das nicht nötig hatten. Es war echt. Alles! Der Anblick des Meeres und die riesigen Artischockenfelder, in denen Violettschimmer in einer Fläche aus Grün schwebte. Dazu kamen hier und dort Häuser in Steinfarben oder weiß getüncht, die sich in die Umgebung einfügten, anstatt sie zu dominieren.

Mona wusste, dass sich irgendwo hinter alldem die Küstenlinie mit ihren unzähligen Buchten verbarg und sie dort lange Sandstrände und schroffe Felsen samt Heidelandschaft finden konnte. Der Ortskern von Plouescat lag zwar drei Kilometer von der Küste entfernt, aber ein Teil der Gemeinde mitsamt Cafés und Restaurants zog sich bis zum Wasser. Hastig blinzelte sie. Sie hatte sich eindeutig in den Landstrich verliebt.

Nicht nur Worte können uns tief in unseren Herzen berühren. Wenn alles stimmt, dann genügt ein kurzer Blick, ein Ton oder ein Duft, und du weißt, dass du einen Teil deines Ichs verschenkt hast. Aber du hast es gern getan.

Sie hatte Oma Fine stets dafür bewundert, so oft die passenden Worte zu finden, aber nun verstand sie, wie viel Wahrheit in ihnen lag. Sie hatte soeben einen Teil ihres Ichs an diesen Ort verschenkt, ohne ihn überhaupt in seiner Gänze gesehen zu haben.

»Hey.« Louan berührte sie am Arm. »Ist alles in Ordnung?«

Mona nickte. »Es ist so friedlich hier.«

Er schwieg, aber sie wusste, dass es ihm genauso ging. Gemeinsam beobachteten sie die Möwen. Hinter ihnen schnaubte Flint, wahrscheinlich hatte er etwas in die Nase bekommen. Mona hatte die Fensterscheibe heruntergelassen, und seitdem hielt er seine Schnauze in den Wind.

Es war einfach perfekt.

Wie hatte Marie gesagt? *Die Menschen hier leben und atmen mit dem Land. Sie wissen, dass es sie ernährt und sie es brauchen, so wie es ist, und sie würden niemals versuchen, etwas daran zu ändern.*

Jetzt spürte sie die Wahrheit in diesen Worten. Es wäre

sinnlos, hier oben anders leben zu wollen – und warum sollte man das auch tun?

Louan blickte aus dem Fenster und sah zufrieden aus. Ihm schien es ähnlich zu ergehen wie ihr. Sicher hatten sich seine Probleme nicht in Luft aufgelöst und brodelten noch immer irgendwo unter der Oberfläche, aber vielleicht konnte er sie für eine Weile vergessen.

»Links oder rechts? Ortskern oder Küste?«, fragte sie, während sie auf eines der Häuser zuhielten und die Straße in einer T-Kreuzung auslief.

»Ich denke, die Cafédichte am Wasser ist sicher so hoch wie im Ort selbst. Allerdings ist der Blick auf das Meer schöner.«

Mona nickte und bog ab. Sie würden ihre Nachforschungen damit verbinden, etwas zu essen. Auf der Fahrt hatten sie die letzten Reste ihrer Reisebestände vernichtet, aber von Salzstangen und Schokokeksen wurde man leider nur vorübergehend satt.

Ein Hauch Meeresblau tauchte nun auch auf der anderen Seite in der Ferne auf; sie hatten die nordwestlichste Gegend der Bretagne beinahe erreicht. Kein Wunder, dass man diesen Teil des Landes Finistère nannte, das Ende der Welt. Nur sah es nicht so apokalyptisch oder düster aus, wie der Name vermuten ließ. Ganz im Gegenteil. So bald wie möglich würde sie einen Fotostopp einlegen.

Mittlerweile war sie fest entschlossen, ein paar Tage in Plouescat zu verbringen. Falls es hier keine Spuren von Helene gab, würde sie zumindest die herrliche Landschaft genießen und ein paar schöne Eindrücke mit nach Hause nehmen. Vielleicht würde auch Louan gern hierbleiben. Wer wusste schon, wann seine Vermieterin zurückkehrte, und auf gut Glück würde sie Adelines Grundstück nicht noch einmal betreten. Und wenn, dann nicht weiter als bis zur Vordertür.

»Ich wollte es mir genau so vorstellen«, sagte sie. »Aber ich hätte niemals geglaubt, dass es wirklich so aussieht.«

»Zu klein, provinziell und langweilig?«

Sie setzte bereits zum Protest an, grinste dann aber. »Vergiss es, Louan. Mit der Schwarzseher-Masche täuschst du mich nicht mehr. Ich habe mitbekommen, wie du dich umgesehen hast.«

»Ich habe das Meer begrüßt.« Knappe Worte, aber der Unterton verriet genug. Aber es war ihr schon vor einer Weile aufgefallen: Je näher sie der Küste kamen, desto mehr blühte ihr Reisegefährte auf, entspannte sich, wirkte positiver. Als würde er seine Kraft aus dem Ozean beziehen, aus dem Geschrei der Möwen und den sanften Windböen, die nach Salz und Abenteuer rochen.

Nach der nächsten Biegung erkannte Mona, dass dieser Teil der Gemeinde parallel zur Küste verlief. Hin und wieder erwischte sie für einige Sekunden den Blick auf eine der Buchten. Dazwischen wechselten sich helle Strände mit Dünen ab. Vereinzelt waren dort Menschen unterwegs. Kinder spielten, ein Pärchen hielt sich an den Händen, zwei Männer stapften, in Neopren gekleidet, auf das Wasser zu.

Mona stupste Louan an. »Erzähl mir von eurer Tauchschule.« Im nächsten Moment bereute sie ihre Worte bereits. Das war keine gute Idee gewesen. Louans Schweigen war eisig. »Entschuldige«, sagte sie. »Ich bin manchmal …« Ja, was? *Zu neugierig* entsprach nicht der Wahrheit. Sie konnte sehr gut akzeptieren, wenn jemand etwas nicht erzählen wollte, und gestand jedem seine Geheimisse zu. Lediglich die eigene Familie bildete eine Ausnahme. Und Uroma Helene konnte nicht wirklich etwas dagegen haben, so viele Jahre nach ihrem Tod das eine oder andere Geheimnis preiszugeben.

Aber was war es dann? Dass sie Dinge oftmals zu positiv sah, konnte auf andere durchaus unsensibel wirken. Daniel hatte ihr manchmal vorgeworfen, sie nehme seine Probleme nicht ernst, wenn sie versuchte, ihn aufzuheitern und die Gewitterwolken aus seinem Kopf zu vertreiben. In seinen Augen war sie zu leichtfertig über Themen hinweggegangen. Und wenn Daniel das nach all den Jahren nicht verstanden hatte, konnte Louan das nach wenigen Tagen auch nicht tun.

Louan räusperte sich. »Schon okay. Ich weiß ja mittlerweile, dass du glaubst, in allem etwas Positives finden zu können.«

»Darauf wollte ich gar nicht hinaus«, protestierte sie. »Wobei … gut, zugegeben, wollte ich doch. Ich habe überlegt, dass du sicher auch viele schöne Erinnerungen an die Tauschschule hast, aber die schlechten wahrscheinlich gerade überwiegen. Wegen Yanis. Das geht vielen Menschen so, wenn etwas Schlimmes geschieht. Ich wollte aber etwas aus der guten Zeit hören. Die muss es doch gegeben haben.«

Er schüttelte den Kopf. »Ist es nicht anstrengend, immer Positives zu suchen, auch wenn gerade ein Teil der Welt über einem zusammenbricht?«

Mona dachte an Oma Fines Beerdigung und an ihre Mutter, die in den Folgewochen so sehr getrauert hatte. Viel mehr als sie selbst. »Nein«, sagte sie, und ihre Stimme übertönte kaum das Motorengeräusch. »Ich finde Trauer anstrengender. Oder Wut. So viel Energie, die einfach verschwindet, ohne dass jemand was davon hat. Sie setzt Dinge in Bewegung, die ich nicht mag. Hier.« Sie legte eine Hand auf die Stelle dicht über ihrem Bauchnabel. »Und die fühlen sich hohl und leer an. Also nein, Louan, ich möchte lieber daran glauben, dass alles gut wird, auch wenn manche Leute mich dann für naiv halten. Man muss sich zwingen, zumindest einen winzigen Schritt zu machen. Ob nach vorn oder zur Seite ist völlig egal.« Sie umklammerte das Lenkrad, wandte den Kopf – und zuckte zusammen, da er ihren Blick so intensiv erwiderte, dass sie blinzeln musste. Rasch sah sie wieder auf die Straße. »Was?« Für die Zukunft würde sie sich bei solchen Themen besser zurückhalten.

»Du weißt genau, wovon du redest.«

Die Feststellung versetzte sie zurück an den Tag der Beerdigung, an das Grab mit dem Kuchen, der zwischen Blumen und frischer Erde geduftet hatte, und auf einmal vermisste sie ihre Oma so sehr, dass sie am liebsten angehalten hätte. Energisch starrte sie nach vorn und wagte nicht einmal zu blinzeln. Es gab keinen Grund für Tränen. Nicht jetzt und hier.

Sie schaltete einen Gang herunter, weil sie sich festhalten wollte, irgendwo. Der Wagen ruckte und ließ sie wissen, dass er mit der Behandlung nicht einverstanden war. Mona lenkte ihn an den Straßenrand und schaltete den Motor ab. Eine Berührung in ihrem Nacken ließ sie zusammenzucken, aber dann lächelte sie, als sie merkte, dass es Flint war. Er musste gespürt haben, dass sie traurig war, wie er das auf seine wundersame Hundeart manchmal tat, und versuchte, seine feuchte Nase zwischen Kopfstütze und Seitenfenster hindurchzuschieben. Mona tastete dankbar nach hinten, fand Flints Schnauze und die kühlen Ohren. »Alles okay, Süßer«, flüsterte sie. Er schmiegte sein Köpfchen in ihre Handfläche und zappelte, als Louan sich auf seinem Sitz umdrehte.

»Jetzt haben wir den Idioten verstört.« Er klang schuldbewusst.

Mona atmete aus. Es fiel ihr schon leichter. »Ach was. Wenn, dann hat er sich nur einen klitzekleinen Augenblick lang Sorgen gemacht.«

»Ist es noch wegen deiner Oma?«

Sie zupfte an ihrer Hose herum. »Meine Oma war so ein wertvoller Mensch. Weil sie eben war, wie sie war, und weil meine Familie so unglaublich klein ist. An manchen Tagen ist sie stärker, weißt du? Die Trauer. Manchmal rede ich noch mit …« Sie verstummte. Zwar glaubte sie nicht, dass er sich über sie lustig machen würde, aber es ging niemanden etwas an, dass sie noch mit Oma Fine sprach. Oder ihr Karten schrieb.

»Du redest noch mit ihr. Das ist doch völlig in Ordnung. Ich habe das auch lange mit meinem Vater gemacht. Nicht laut, aber in Gedanken. Oft ging es um Yanis, weil ich nicht wusste, ob ich mich ihm gegenüber richtig verhalte, oder ob ich mehr machen sollte, oder ob ich schuld bin, wenn er Mist baut. Immerhin hatte er niemanden sonst mehr, der ihm sagte, was er tun sollte. Aber ich konnte einfach nicht mein und sein Leben komplett organisieren.«

»Wie alt warst du, als eure Eltern gestorben sind?«

»Vierundzwanzig. Aber ich habe mich gefühlt, als wäre ich allerhöchstens vierzehn. Auf einmal war alles so unsicher.«

»Ist Yanis viel jünger als du?«

»Vier Jahre. Aber er kommt mir selbst heute noch vor, als wäre *er* allerhöchstens vierzehn. Manchmal glaube ich, dass ich ihm zu viel abgenommen habe. Manchmal denke ich, es war zu wenig. Einen Mittelweg gibt es bei solchen Dingen wohl nicht.«

Mona strich vorsichtig über seinen Arm. »Er war gerade mal zwanzig, Louan. Für ihn war es sicher ebenso schwer wie für dich.«

Er schwieg lange, und Mona ließ ihm die Zeit. Sie betrachtete die Häuserfassaden und die bunten Blumentupfer überall. Das Meer sah sie von hier aus nicht, aber auf einmal wurde ihr bewusst, von wie vielen Dingen sie umgeben war, derer sie sich sicher sein konnte: Das Meer würde noch immer da sein, selbst wenn sie die Augen schloss. Louan würde nicht mehr einfach abhauen und verschwinden. Oma Fine war noch bei ihr, und sie hatte sie bis hierher geführt, wo sie Helene so nahe war wie nie zuvor. Auf einmal war sie unglaublich dankbar für alles. Es gab Momente, in denen sie allein sein mochte, aber sie würde niemals einsam sein.

Die Berührung an ihrer Hand war so vorsichtig, dass sie nicht mal erschrak. Louan umschloss ihre Finger mit seinen. »Ich weiß, du hast recht, was Yanis angeht«, sagte er. »Aber ich bin so wütend auf ihn, dass ich einfach noch eine Weile brauche, bevor ich mit ihm reden kann. Verstehst du das?«

Mona blinzelte und bewegte ihre Finger eine Winzigkeit. Seine Berührung war warm und aufregend. »Ja, natürlich. Ich stecke ja auch nicht in deiner Haut. Ich glaube nur, dass es euch beiden besser geht, wenn ihr diese Funkstille beendet und du ihm erklärst, warum er das Glücksspiel erst einmal lassen soll.«

»Eine Weile muss er allerdings noch zappeln und bereuen. Mehr Geld ausgeben kann er derzeit ohnehin nicht.«

Mona wandte den Kopf, und als Louan ihrem Beispiel

folgte, hielt sie unwillkürlich den Atem an. Er hob die freie Hand und strich so zart über ihre Wange, dass sie es kaum spürte. »Manchmal glaube ich, dass Alain hinter meinem Rücken dafür gesorgt hat, dass du mitten in der Nacht vor meinem Haus strandest. Um mich da rauszuholen.«

»Es war nicht mitten in der Nacht«, flüsterte Mona. Ihre Wange kribbelte, als würden kleine Flammen darübertanzen. »Es war später Abend.«

Louan zögerte und schenkte ihr eines seiner umwerfenden Lächeln, dann schüttelte er kaum merklich den Kopf und zog die Hand zurück. Die Wärme blieb. »Das Ergebnis zählt. Also. Wie sieht dein Plan aus?«

Ehe sie reagieren konnte, grollte ihr Magen so laut, dass Flint kurz bellte. Louans Lächeln wurde breiter, und auch Mona musste grinsen. »Ich glaube, eine bessere Antwort gibt es nicht. Wir können die Suche gern auf nach dem Essen verschieben.«

»Und uns nach einer Übernachtungsmöglichkeit umsehen.« Er blickte aus dem Fenster. »Ich hätte zumindest nichts dagegen, heute Nacht hierzubleiben und morgen mit dem Meer vor der Nase aufzuwachen.«

»Das klingt toll. Abgemacht.« Mona beugte sich zur Seite und griff nach den Ausdrucken, die sie im Internetcafé gemacht hatte. »Eventuell gibt es ja in einem von diesen Cafés mehr als nur Kuchen. So gern ich welchen esse, aber jetzt brauche ich etwas anderes. Aber vielleicht haben wir hier Internet, der Ort ist ja groß genug.« Sie zog ihr Handy aus der Ablage zwischen den Sitzen und warf einen ungläubigen Blick darauf: Das Display zeigte eine wilde Folge von Ziffern, Buchstaben und Zeichen. Manche von ihnen waren nur halb zu sehen. »Was bitte soll das denn?«

»Lass mal sehen.« Louan warf nur einen raschen Blick darauf. »Das kannst du vergessen. Komplett abgestürzt.«

Mona seufzte. »Das hat mir gerade noch gefehlt. Ob ich deshalb keinen Empfang hatte die ganze Zeit?«

»Möglich. Wir können ja nach einem Laden Ausschau halten. Plouescat ist groß genug.«

»Ja, vielleicht später.« Zu ihrem eigenen Erstaunen war es ihr im Moment gar nicht so wichtig, ob ihr Handy funktionierte oder nicht. Vielleicht, weil es einfach zu diesem Abenteuer passte, ohne dauernde Verbindung nach überall durch die zauberhafte Gegend zu tingeln. Wenn sie eines gelernt hatte, seit sie aufgebrochen war, dann, dass sich Antworten manchmal erst nach einer Weile oder auf verschlungenen Wegen präsentierten. Vielleicht sollte das auch jetzt einfach so sein. In den vergangenen zwei Tagen hatte sie ohnehin nur selten daran gedacht, ihre Nachrichten zu checken, und sie vermisste nichts. Sie würde, wenn nötig, schon ein Telefon finden, von dem aus sie kurz bei ihrer Mutter oder Isa anrufen könnte. Zur Not fragte sie in einem Laden. Oder Louan würde ihr sicher sein Handy leihen, falls sie noch etwas planen wollte. Ihr Blick streifte ihn. »Also dann, weiter geht's.«

Er nickte und kramte in seiner Hosentasche. »Wenn du dringend telefonieren musst, kannst du ja auch meines …« Er runzelte die Stirn und wühlte in der anderen Tasche. »Oder auch nicht«, murmelte er, öffnete die Tür, stieg aus und suchte auf der Sitzfläche, dann im Fußraum.

»Vielleicht ist es in den Zwischenraum gerutscht«, sagte Mona, schnallte sich ab und versuchte, unter den Sitz zu schauen, wobei sie Flint wegschob, der das für ein neues, tolles Spiel hielt und kräftig mitschnüffelte, obwohl er nicht wusste, was er suchte. Mona tastete, fand aber nichts.

»Nichts«, bestätigte auch Louan, als er sich wieder aufrichtete.

»O nein. Denkst du, du hast es verloren? Oder hast du es überhaupt mitgenommen?«

Die erste Antwort bestand in einem strafenden Blick. »Als ich aus dem Netcafé gekommen bin, hatte ich es noch.«

»Dann lass uns zurückfahren.« Mona griff nach dem Sicherheitsgurt, doch zu ihrer Überraschung winkte Louan ab.

»Was willst du machen? Die gesamte Strecke im Schritttempo absuchen? So wichtig ist es nicht, außerdem ist es alt. Wer auch immer es findet, wird es nicht behalten wollen. Ich ruf nachher mal drauf an, vielleicht habe ich ja Glück.«

Er schien wirklich weder besonders an dem guten Stück zu hängen noch an der Möglichkeit, jederzeit erreichbar zu sein. Nach allem, was Mona über seine Situation erfahren hatte, konnte sie das sogar verstehen. Prompt fiel ihr wieder die Frau mit dem Gewehr ein. »Was ist, wenn du es beim Haus deiner Vermieterin verloren hast?« Allein bei der Vorstellung klang sie noch immer verängstigt. Aber mit einer Schusswaffe bedroht zu werden hatte eindeutig zu den gefährlichsten Momenten ihres Lebens gehört.

Louan zuckte die Schultern. »Dann wird sie mich wohl anhand meiner gespeicherten Kontakte hierher verfolgen und mir nachts den Gewehrlauf an die Schläfe halten«, sagte er so trocken, dass Mona ihm am liebsten etwas an besagte Schläfe geworfen hätte.

»Scherzkeks. Ich meine ja nur … Alain könnte versuchen, dich zu erreichen. Oder es könnte Neuigkeiten bezüglich der Finanzen geben, du weißt schon. Oder dein Bruder meldet sich.«

Er sah sie lediglich mit diesem Blick an, der so ruhig war und sie paradoxerweise so unruhig machte, und stieg wieder ein. »Ich kann mir keinen Anruf vorstellen, der so dringend ist, dass ich ihn sofort entgegennehmen muss. Aber hast du immer noch Hunger?«

Mona lachte. »Okay, schon gut. Fahren wir.« Sie wartete, bis er eingestiegen war und Flint erlaubte, auf seinen Schoß zu klettern, dann legte sie den Gang ein und fuhr wieder los, Richtung Cafés und Restaurants, Richtung Meer und Möwen und vielleicht auch Richtung Antworten.

Das *Café Ty Pierre* war eines derjenigen, die Mona sich im Netcafé notiert hatte, und bot neben süßem Gebäck auch Herzhaftes an. Es lag nicht am Wasser, aber man konnte den Hafen von Porsguen in einiger Entfernung sehen. Boote schaukelten träge auf dem Meer und leuchteten hell in der Sonne. Auf dem einen oder anderen waren Bewegungen zu erkennen, und Mona stellte es sich herrlich vor, fernab der Küste mitten auf dem Wasser zu sein und nichts zu hören als den Wind, das sanfte Plätschern sowie das Kreischen der Möwen über sich.

Im Vergleich dazu war das *Ty Pierre* fast schon brechend voll. Louan hatte den letzten Tisch draußen ergattert, doch auch der Innenraum füllte sich allmählich. Mona fand es charmant, dass dennoch keine Hektik aufkam, auch der Geräuschpegel war weit von dem entfernt, den sie aus der Detmolder Innenstadt kannte. Die Gäste lachten miteinander, manche lehnten sich zurück, und hier draußen hatte der eine oder andere die Augen geschlossen und hielt sein Gesicht der Sonne entgegen. Niemand schien es eilig zu haben oder sich daran zu stören, wenn die Bedienung nicht sofort kam. Im Gegenteil. Sogar Handys entdeckte Mona kaum, lediglich eine junge Frau an einem Ecktisch starrte auf ihres. Ein seltener Anblick. Die Menschen zogen es vor, den Augenblick zu nutzen und nichts zu tun. Aber andere Länder, andere Sitten – vielleicht war es Louan deshalb so gleichgültig, dass er sein Telefon verloren hatte? *Die Menschen hier leben und atmen mit dem Land.* Marie hatte wirklich nicht übertrieben.

Mona nahm sich ein Beispiel und lehnte sich in ihrem Korbstuhl zurück. Sie schmeckte einen Hauch von Salz auf ihren Lippen und freute sich über den sanften Kaffeeduft, der an ihre Nase zog. War es nicht seltsam, dass sie hier in aller Seelenruhe saß, anstatt herumzurennen und sämtliche Ladenbesitzer nach Théa zu fragen, der Enkelin von François? Doch irgendetwas sagte ihr, dass sie die Antworten auf ihre Fragen auch so erhalten würde.

»Das Essen kommt gleich«, hörte sie eine vertraute Stimme. Der Tisch bewegte sich eine Winzigkeit, und Flint, der bislang darunter gedöst hatte, sprang augenblicklich auf und wedelte, was das Zeug hielt. Natürlich, hier roch es überall nach Essen, und wenn sich jemand näherte, konnte es sein, dass für ihn etwas abfiel. Mona tätschelte seinen Kopf, blinzelte und beobachtete, wie Louan ein Tablett mit zwei Milchkaffee und zwei Gläsern Wasser abstellte. Flint gab ein Grunzen von sich und ließ sich wieder in den Schatten fallen.

»Das steht dir«, rutschte es ihr heraus. »Zur Not könntest du doch hier anfangen. Die Leute würden sich sicher freuen.« Hatte das nun etwa zu anzüglich geklungen? Egal, entschied sie.

Er hob lediglich die Augenbraue. »Das also passiert,

wenn ein Sonnenschein wie du an einen Ort wie diesen kommt – er wird übermütig.«

Sie grinste, griff nach dem Kaffee, schnupperte und nahm einen Schluck. Es war ein wunderbares Gefühl, wie die frische Energie durch ihren Körper rann. Sie nahm einen zweiten und stellte die Tasse vorsichtig ab. »Und, hast du mit den Leuten drinnen geredet? Steht das T in diesem Café für Thea?«

Wie das kleine Schild an der Tür verriet, war der Inhaber des *Ty Pierre* besagte oder besagter T. Rochefort, die oder den sie bei ihrer Recherche gefunden hatte.

Louan schüttelte den Kopf. »Der Inhaber, Thierry, wird sich persönlich um unser Essen kümmern, ist aber mit keiner Théa verwandt. Dafür hat er eine Übernachtungsmöglichkeit für uns. Sein Cousin Marcel vermietet Zimmer und wohnt direkt am Meer. Ich habe uns zwei reservieren lassen.«

»Einfach so? Für die kommende Nacht?«, fragte Mona und versuchte, nicht allzu enttäuscht zu sein, dass Thierry und nicht Théa hier das Zepter schwang. Schließlich war es lediglich ihr erster Versuch; sie würden Théa schon noch finden. Erst recht, wenn sie eine Nacht blieben und morgen den gesamten Tag hatten, um sich umzuhören.

»Warum nicht?« Louan schien ehrlich überrascht, und Mona begriff, dass sie schon wieder in ihr altes, wenig spontanes Denkmuster verfallen war, in dem man Zimmer mindestens Wochen im Voraus buchte.

Sie winkte ab. »Am Meer klingt auf jeden Fall gut. Dann haben wir zwei morgen genug Zeit für alles.«

»Ja«, sagte er langsam und sah sie an.

Erst nach ein paar Sekunden fiel Mona auf, dass sich ihre

Wangen röteten und sie sich vollkommen in Louans Blick verloren hatte. Und in seiner Stimme. Dann erkannte sie, dass er ihre Worte auch anders verstehen konnte, als sie sie beabsichtigt hatte. Sie setzte an, um klarzustellen, dass sie lediglich ihre Suche und die Sache mit dem Handy meinte – hier gab es doch sicher einen Laden, wo er ein neues kaufen konnte, wenn er denn wollte –, entschied sich dann aber doch dagegen. Diese Andeutung, die noch immer zwischen ihnen in der Luft hing, war schließlich um so vieles aufregender. Es war ein Tanz zwischen Genießen und Verlegenheit, und so lenkte sie erst nach weiteren Atemzügen ihren Blick zurück aufs Meer. »Ich möchte noch eine Postkarte kaufen. Und ich sollte zu Hause anrufen, damit sich meine Leute keine Sorgen machen, wenn sie mich nicht erreichen.«

»Wir können das Telefon in der Pension nutzen.«

»Super.«

Mona stellte fest, dass auch er auf das Meer starrte. Wie schon zuvor strahlte er dabei vollkommene Ruhe aus. Jetzt und hier war einfach alles richtig. Ein perfekter Moment, den sie gar nicht festhalten musste, da weitere ganz sicher folgen würden. Sie schloss die Augen und stellte sich vor, wie Plouescat zu der Zeit ausgesehen haben musste, als Helene in der Bretagne gewesen war. Hatte es den Hafen schon gegeben, dieses Café, diesen Ausblick? Hatte die Küstenlinie sich seitdem verändert? Und war Helene jemals mit Oma Fines Vater am Meer gewesen und hatte die Füße in das Wasser gehalten, vielleicht sogar schon, als sie dick und geschwollen von der Schwangerschaft gewesen waren? Mona hatte vor ihrer Reise ein wenig über die Bretagne zu jener Zeit gelesen, auch wenn die Reiseführer nicht so viel über die Jahre zwischen den beiden Weltkriegen auflisteten. Zu jener Zeit hatte es einen wirtschaftlichen Aufschwung gegeben, der Schiffbau an den Werften hatte gutes Geld in das Land gespült, und auch der Fischfang war modernisiert worden. Außerdem hatte der Badetourismus an Orten wie diesem geboomt.

»Mona?« Eine sanfte Berührung an ihrem Arm.

Sie öffnete die Augen wieder: Vor ihrem Tisch stand ein freundlich lächelnder Mann und hielt zwei Teller in den Händen. *»Mademoiselle?«* Die Sonne spiegelte sich auf seinem kahl geschorenen Kopf, und er war extrem dünn, sein Lächeln aber umso breiter.

»Oh, Verzeihung«, sagte Mona und setzte sich aufrecht. *»La salade du pêcheur, s'il vous plait.«*

Er deutete eine leichte Verbeugung an und platzierte den Salatteller vor ihr. Er war liebevoll mit kleinen Tomaten und Oliven verziert, und darauf gebettet waren ein Stück Lachs, Muscheln sowie Krabben. Daneben stellte Thierry einen Teller mit Brot und zwei Aufstrichen in Keramiktöpfchen.

Louan hatte sich für den Fisch des Tages entschieden, seine Dorade wurde mit Pommes und einer Salatdekoration gereicht.

»Das sieht wundervoll aus«, sagte Mona und lächelte Thierry an. Er nickte ihnen zu, wünschte guten Appetit und verschwand wieder.

»Entschuldigung!«, rief Mona ihm hinterher. »Könnten wir bitte die Dessertkarte bekommen?«

Thierry wandte sich noch einmal um und hob einen Daumen.

Louan runzelte die Stirn und begann, seinen Fisch fachmännisch zu zerlegen. »Du denkst schon vor dem Essen über das Dessert nach? Obwohl noch ein Stück Kouignamann im Wagen lagert?«

»Ich denke immer über das Dessert nach«, sagte Mona so würdevoll wie möglich und probierte ein Stück Lachs. »Wow, ist der frisch.«

Louan sparte sich eine Antwort und deutete in Richtung Meer.

Mona lachte. »Ja, schon gut. Aber zum Dessert. Ich weiß nicht, ob ich überhaupt eines schaffe ... das ist eine Gewohnheit von mir. Zu sehen, was sie anbieten, und bei spannenden Dingen überlegen, ob ich sie nachbacken kann. Das habe ich von meiner Oma, und sie ist so an manche ihrer schönsten Rezepte gekommen. Als ich klein war, hat sie mir manchmal Bilder von bunten Torten oder Kuchen gezeigt, und wir haben abwechselnd eine Zutat genannt, von der wir glaubten, dass sie dafür benötigt wird. Bei mir ist da anfangs ziemlicher Quatsch bei rausgekommen.«

»Zum Beispiel?«

Mona hielt inne, die Gabel mit einem Salatblatt in der Luft. »Ähm. Manchmal habe ich Sachen erfunden, so wie Einhornperlen oder rosa Zauberzucker. Oder ich habe einfach aufgezählt, was ich gern essen würde, Zuckerwatte zum Beispiel. Ich war halt noch klein. Wobei, einmal hat Oma mir wirklich einen Zuckerwattekuchen gebacken.« Sie lächelte und starrte in die Ferne, während sie versuchte, sich den Geschmack in Erinnerung zu rufen. Dann schüttelte sie den Kopf. »So habe ich nach und nach gelernt, wie Zutaten sich zueinander verhalten, was man braucht und was nicht oder was sich nicht miteinander verträgt. Es war ein schöner Teil meiner Kindheit.« Louan betrachtete sie nachdenklich, und sie glaubte schon, ihn mit den Erzählungen über ihr liebstes Hobby zu langweilen, so wie sie es manchmal bei Daniel getan hatte. »Keine Sorge, ich gehe nicht weiter ins Detail.«

Er schüttelte sacht den Kopf. »Mir ist nur aufgefallen, dass du oft von deiner Oma redest, aber wenig von anderen Familienmitgliedern.«

»Allzu viele gibt es da auch leider nicht mehr. Meine Mutter und meine Tante. Das war es dann schon.«

»Was ist mit deinem Vater? Keine Geschwister?«, fragte er und leerte sein Wasserglas in einem Zug.

Mona wartete auf den Stich, der unweigerlich zu dieser Frage gehörte. Er war so sehr Teil von ihr geworden, dieser Wunsch nach einer größeren Familie, dass sie sich ohne ihn unvollständig fühlte. Und jetzt ... doch, er war da, allerdings momentan nur ein leises Echo. »Ich bin ein Einzelkind. Und meine Eltern haben sich getrennt, da war ich zehn. Wir haben keinen Kontakt mehr zu meinem Vater, meine Mutter wollte das so.« Sie zuckte die Schultern. »Das ist der Familienfluch. Bei uns bleiben die Frauen allein zurück. Die Männer gehen. Entweder trennen sie sich, oder sie sterben ... oder sie tauchen erst gar nicht auf. Wie bei meiner Urgroßmutter Helene. Nachdem sie aus der Bretagne zurückkam, hat sie nichts mehr von Männern wissen wollen. Sie war glücklich mit ihrer kleinen Tochter.«

Louan zog die Brauen zusammen. »Ich glaube nicht an Flüche.«

Mona dachte über seine Worte nach. Es kam ihr vor, als hätten sie in diesem Thema die Rollen getauscht. Sollte nicht gerade er an Mächte glauben, auf die Menschen keinen Einfluss haben können? Schließlich stammte er aus diesem rauen Land, in dem die Bindungen an die Vergangenheit so stark schienen. Aber glaubte sie wirklich an einen Fluch? Bisher war diese Aussage einfach Teil ihres Lebens gewesen, da sie den Zustand beschrieb: Ihr Vater war gegangen, ihr Opa gestorben, ihren Uropa hatte sie nie kennengelernt, und nun war auch Daniel Geschichte. Sogar Tante Dora ließ Männer stets nur kurz in ihr Leben, wenn überhaupt. »Ich weiß, ehrlich gesagt, nicht, ob ich daran glaube. Aber so ist es nun mal in meiner Familie. Ich bin ja das beste Beispiel.« Sie lachte, und es klang nervös und falsch.

»Hast du schon mal darüber nachgedacht, dass es kein Fluch ist, sondern du dir einfach jemanden gesucht hast, der nicht zu dir passt? Solche Dinge passieren. Ebenso sterben Menschen, so wie dein Opa. Das hat nichts zu bedeuten.«

Mona fragte sich, ob sie und Daniel je zueinandergepasst hatten. Ja, sie hatte es wirklich geglaubt, schließlich hatte es anfangs so viele Dinge gegeben, die gut gewesen waren. Es hatte ihr gefallen, dass er sein Leben – zumindest eine Zeit lang – ebenso geplant hatte wie sie. Diese Verbindung war ihre Stärke gewesen, die Verlässlichkeit, nach der sie sich gesehnt hatte. Sie hatte Daniel in ihrem Leben gewollt – bis er ihr gezeigt hatte, wie wenig ihre Wünsche ihm bedeuteten.

Daniel war zwar ihre Beständigkeit gewesen, aber auf eine lauwarme, farblose Weise.

»Manchmal«, sagte sie leise, »möchte ich einfach, dass die Leute nicht verschwinden. Dass es mehr von denen gibt, die zu mir gehören.« Eine Windböe trieb ihr eine Haarsträhne ins Gesicht. Sie schloss die Augen, da es kitzelte, und dann spürte sie, wie Louan sie ihr zur Seite strich.

»Glaubst du denn, dass es das schon war? Leute können gehen, ja, aber dafür kommen auch neue dazu. Du weißt doch nicht, was morgen geschieht. Oder nächstes Jahr.« Seine Stimme war sanft.

Sie hielt die Augen noch eine Weile geschlossen und spürte diesen Worten nach. Nein, das wusste sie wirklich nicht. Aber hatte sie das womöglich geglaubt – dass sie ihr Leben selbst in diesem Detail planen konnte? Sie blinzelte zu Louan. »Darf ich ganz ehrlich sein?«

Er ließ die Hand sinken. »Was kommt jetzt?« Das Grollen war in seine Stimme zurückgekehrt, aber das war in Ordnung.

»Als ich dich kennengelernt habe«, sagte sie langsam, »da warst du so unglaublich abweisend. Ich hätte nie gedacht, dass du mal diese Dinge zu mir sagst.«

»Welche Dinge?«

»Solche, die es wert sind, dass man noch einmal darüber nachdenkt, weil sie im Inneren so wahr sind.«

Er sah erstaunt aus, dann griff er zu seinem Kaffee, der mittlerweile kalt geworden sein musste. »Ich glaube, du hast zu viel Sonne abbekommen«, murmelte er.

Mona lächelte und widmete sich wieder ihrem Salat. Louan hatte ihr einiges gegeben, über das sie nachdenken sollte.

10

Liebe Oma,
kennst du das, wenn sich eine Reise kaum noch wie eine Reise anfühlt, sondern so, als würde man mehr und mehr irgendwo ankommen? Ich sende dir alles Liebe aus Plouescat! Noch habe ich Théa nicht gefunden, die Urenkelin der Briants, aber das werde ich hoffentlich heute tun. Die Gegend ist einfach wundervoll, die Alltagshektik scheint einen Bogen darum zu machen. Ich reise noch immer mit Louan. Mittlerweile ahne ich, warum er anfangs so brummig war. Außerdem weiß ich, dass ich mit ihm Gespräche führen kann, die alles andere als oberflächlich sind. Ist das nicht seltsam? Ich kenne ihn doch erst zwei Tage. Oder nein, es sind schon drei.

Ich vermisse dich und melde mich bald wieder.
Deine Sonne

Mona las die Karte noch einmal und stellte sich vor, wie die Worte Oma Fine erreichten. Wie sie lächelte, wenn sie die Karte weglegte, und sich freute, dass ihre Enkelin dieses Abenteuer erleben durfte. Dann stand sie auf, schob sie zu den anderen in die Holzkiste und trat an das Fenster. Sie hatte es die ganze Nacht aufgelassen, um das Rauschen des

Meeres zu hören, und war gestern Abend innerhalb weniger Minuten in den Schlaf gefallen. Auch jetzt konnte sie von dem sanften Geräusch nicht genug bekommen.

Flint sprang auf und trottete zu ihr. Er hatte kurz nach ihrer Ankunft in ihrer Unterkunft noch eine Portion des Hundefutters verschlungen, das sie im Ort gekauft hatte, und anschließend in die Nacht hineingedöst. Mona war froh, dass sie ihn mit auf ihr Zimmer nehmen durfte, denn anders als bei den Frains gab es keinen Platz, an dem er sonst hätte bleiben können.

Das *Petite Valve* war keine Liebe auf den ersten Blick gewesen. Vielleicht war Mona bereits zu verwöhnt von den landestypischen Granithäuschen, den ehemaligen, weiß getünchten Fischerunterkünften oder den *Chaumières*, den hübschen reetgedeckten Gebäuden. Von den bunten Akzenten aus wilden Stockrosen, Hortensien und Geranien. All das bot die Pension der Rocheforts nicht. Sie war schmal und so zwischen zwei Häuser gebaut, als hätte der Platz nicht gereicht, und die Betonmauern würden das *Valve* zusammendrücken, da es zu schwach war, um sich zu wehren. Es hätte dringend einen neuen Anstrich nötig gehabt – das Meeresblau hob es zwar von seinen Nachbarn ab, war aber im Laufe der Jahre an vielen Stellen abgeblättert, an manchen dunkel verdreckt, und auf der hellen Tür war der Effekt noch viel stärker zu sehen. Neben dem Eingang stand etwas, das Mona an einen Hinkelstein erinnerte. Sicher war sie sich nicht, vielleicht, weil das Ding halb von leeren Kisten und Netzen zugestellt war. Krebshüllen und Austernschalen, wohl von Möwen fallen gelassen, waren notdürftig beiseitegekehrt worden. Das einzig Schöne war der unverstellte Blick auf die raue Brandung des Atlantiks.

Bis man die Tür öffnete und die Pension betrat. Marcel und seine Frau Juliet bewohnten die untere Etage und vermieteten den ersten Stock, der lediglich aus zwei Zimmern bestand, die sich ein Bad teilten. Dennoch war alles so liebevoll eingerichtet, dass sich Mona schlagartig wohlfühlte. Die Nähe zum Meer setzte sich in der Farbgebung aus mehreren Blautönen fort sowie in Muscheln und kleinen Leuchtturm- und Möwenfiguren. Im Treppenaufgang, wo sich blaue und weiße Stufen abwechselten, war ein Segelboot auf einem sturmumtosten Meer auf die Wand gemalt worden. Das Regal im Bad war sogar aus sorgfältig lackiertem Treibholz zusammengebaut. Das alles war Juliets Werk, die als Künstlerin vieles nutzte, was am Strand angespült wurde. Marcel arbeitete dagegen als Fischer – ein Beruf, der in seiner Familie lange Tradition hatte.

Wind bauschte den mit Ankern bedruckten Vorhang am Fenster, und Mona nahm das zum Anlass, um nach unten zu gehen. Sie hatte bereits Geräusche von dort gehört – das Haus knarrte und quietschte –, aber da war es erst halb sechs gewesen. Wahrscheinlich Marcel, der zum Fischen aufgebrochen war. Sie war wieder eingeschlafen und vor einer halben Stunde aufgewacht. Seitdem hatte sie geduscht und gehofft, dass Louan das Bad in dieser Zeit nicht betreten würde, sich zurechtgemacht und angesichts der Sonne, die sich über den Horizont schob, ein luftiges Shirt zu ihrer Leinenhose gewählt.

Sie schloss das Fenster und machte sich auf den Weg nach unten, dicht gefolgt von Flint. Auf der Treppe blieb sie stehen, da Louans dunkle Stimme aus dem Erdgeschoss drang. Er redete mit jemandem … nein, er schien zu telefonieren, denn in den kurzen Pausen antwortete niemand.

Und wirklich hörte sie kurz darauf, wie er den Hörer auflegte. Sie lief weiter und öffnete die Tür, die in die Diele führte, wo Juliet sie am Vorabend empfangen hatte und das Telefon stand.

»Guten Morgen.«

Louan drehte sich um, und allmählich bot er einen vertrauten Anblick mit den noch nassen Locken, die dunkle Wasserflecken auf seinem Shirt hinterlassen hatten. Einen guten, vertrauten Anblick. Flint nahm Anlauf und sprang ihm halb auf die Arme. Louan verdrehte die Augen und tätschelte sein Köpfchen, um ihn nach einer Weile sehr energisch von sich zu schieben. »Guten Morgen.« Sein Blick glitt über Mona und blieb an ihrem Gesicht hängen, ein wenig länger als üblich. Die Falte auf seiner Stirn würde wohl niemals ganz verschwinden, aber abgesehen davon sah er beinahe gut gelaunt aus.

Der Zauber des Meeres. Mona lächelte. »Bist du schon lange wach?«

»Ich bin heute Morgen mit Marcel zum Wasser. Danach gab es keinen Grund mehr, wieder ins Bett zu gehen.«

Mona war erstaunt. »Und was hast du die ganze Zeit gemacht?«

»Ich habe am Meer gesessen. Und danach mit Alain telefoniert.«

Eine sehr knappe Zusammenfassung, aber die musste wohl genügen. »Was sagt Alain?«, wählte sie daher das unverfänglichere Thema.

»Er kommt gut voran, deckt aber leider mit jedem Mangel, den er beseitigt, einen weiteren auf. Das Haus ist eine echte Bruchbude, und allmählich frage selbst ich mich, wie Adeline es dazu hat kommen lassen.«

»Wann schätzt er, dass du zurückkannst?«

Er ließ sich Zeit mit der Antwort. »Willst du mich loswerden?« Louan klang so ernst, dass sie es beinahe geglaubt hätte, aber dann entdeckte sie das Funkeln in seinen Augen. Es ließ ihre Haut kribbeln, und auf einmal wurde es sehr still. Selbst Flint rührte sich nicht. Fast hätte Mona gefragt, ob Louan denn gehen wollte.

Leise räusperte sie sich. »Nein. Ich brauche dich doch noch als Tourguide.«

»Gut«, sagte er und trat einen Schritt näher.

Flint, der das alles plötzlich für ein Spiel zu halten schien, sprang zwischen ihnen hin und her und kläffte vor Begeisterung. Zur Antwort regte sich etwas hinter der Tür, die in die Küche führte, dann wurde sie geöffnet. Juliet kam heraus, gekleidet in eine bequeme Leggins und ein Shirt mit dem Aufdruck *Ich gehör einfach ans Meer*. Sie war barfuß und hatte die Haare zu einem Zopf geflochten, der ihr lang über den Rücken baumelte. »Guten Morgen«, rief sie fröhlich und beugte sich zu Flint, um ihn zu kraulen und ihm zu versichern, dass er der beste Hund der Welt sei. Er war eindeutig ihrer Meinung und hielt vollkommen still. »Wollt ihr frühstücken?« Sie vollführte eine einladende Geste in Richtung Küche. »Ich schlag nur schnell noch ein paar Eier auf.«

»Gern«, sagte Mona, wechselte einen letzten Blick mit Louan und folgte Juliet, die wieder in der Küche verschwunden war, dicht gefolgt von Flint. Sie war ein quirliger Mensch mit weißblonden Haaren und strahlend blauen Augen und stand im Haus kaum eine Sekunde lang still. Draußen war das was anderes. »Ich kann stundenlang nach Muscheln Ausschau halten, ohne mich zu langweilen«, hatte sie Mona am Vorabend erzählt. Nun griff sie mit gezielten Bewegungen nach Pfanne, Eiern, Butter, frischen Kräutern und einem Schälchen Krabben, während Mona und Louan es sich bequem machten. Die Küche war eng, neben dem Tisch samt zwei Bänken gab es nur die Kochzeile, einen deckenhohen Schrank sowie eine kleine Kammer für die Vorräte, trotzdem war es gemütlich. Jedes Fleckchen Holz war blau lackiert, und doch gab es unzählige verschiedene Töne. Am Fenster klimperte ein Windspiel, und frische Tulpen verpassten dem Ganzen einen Kontrast in Tiefrot.

»Alle Anrufe erledigt?«, fragte Juliet, während sie höchst energisch die Eier verquirlte.

»Danke«, sagte Mona, als Louan nur nickte. »Zu Hause ist alles gut, und ich glaube, dass ich den restlichen Urlaub auch ohne mein Handy auskommen werde.« Sie hatte ihre Mutter kurz nach dem Einchecken angerufen, ihr von dem defekten Handy erzählt und knapp von ihren Erlebnissen und Fortschritten berichtet. Anschließend hatte sie sich noch bei Isa gemeldet und versucht, das Gespräch ebenso kurz zu halten wie das erste. Vergeblich, wenn Isa etwas wissen wollte, konnte sie unbeschreiblich hartnäckig sein.

»Ich will ein Foto von diesem Louan sehen«, hatte sie gesagt. »Da kommst du nicht drum herum.«

»Komme ich doch. Ohne Handy auch keine Fotos.«

»Dann lass es reparieren. Hast du denn keine Kamera dabei?« Erst da fiel Mona ein, dass sich in der Tat keine im Gepäck befand, da sie sich komplett auf ihr Handy verlassen hatte. Das war schade, aber daran konnte sie erst einmal nichts ändern. Die Bilder würde sie wohl nur in ihren Erinnerungen und ihrem Herzen mitnehmen können. »Ich komme sicher noch mal her«, sagte sie. »Vielleicht können wir ja irgendwann zusammen in die Bretagne fahren. Und wer weiß, wen ich noch kennenlerne und finde, um ihn oder sie dann noch einmal zu besuchen.«

»Ich weiß, du lenkst gerade mit deinen möglichen Verwandten ab, meine Süße, aber ich werde nicht vergessen, dass ich diesen Kerl sehen möchte. Wie ist er denn so mittlerweile? Immer noch so brummig?«

»Nein, allmählich wird er …« Mona suchte nach Worten.

»Zutraulicher?«, schlug Isa vor.

»Wohl kaum, er ist doch nicht Flint. Einfach offener. Wir lernen uns eben kennen.«

Isa schnalzte mit der Zunge, und Mona ahnte die nächste Frage bereits, ehe ihre Freundin sie stellen konnte. »Habt ihr euch schon geküsst?«

»Natürlich nicht! Du denkst manchmal in solchen Klischees, Isa.«

»Die auch ihre Berechtigung haben. Und warum? Weil Vorkommnisse gehäuft aufgetreten sind. Also, wenn ich Single wäre und mit einem gut aussehenden Fremden durch die Gegend fahren würde, hätte ich nichts dagegen, dass er mich küsst. Oder ist er so gar nicht dein Typ? Schnarcht er?«

»Isa!« Mona blickte sich um, doch sie war noch immer allein. »Woher soll ich das denn wissen?«

»Na, du musst dir einfach eine Pension suchen, in der nur ein Zimmer frei ist. Was ist er denn von Beruf?«

An dieser Stelle war Louan aufgetaucht, um sie zu fragen, welches von den beiden Zimmern sie gern hätte, und sie hatte das Gespräch hastig beendet, da Isa darauf bestand, auch mit Louan zu reden. Mona hatte sie abgewürgt und ihre Neugier gleichzeitig verflucht sowie sich darüber gefreut, dass zu Hause noch alles so war, wie sie es verlassen hatte.

Jetzt, in Juliets Küche, in der es allmählich verführerisch duftete, da auch die Kaffeemaschine bereits arbeitete, musste sie wieder an das Telefonat denken. Unwillkürlich betrachtete sie Louans Profil mit den dunklen Bartstoppeln. Hätte sie etwas dagegen, wenn er sie küssen würde? Sie verschränkte die Hände im Schoß und schlug die Beine übereinander. Warum fragte sie sich so etwas überhaupt?

Sie fuhr ertappt zusammen, als Juliet an den Tisch trat und Teller, Tassen, Gläser sowie Besteck vor ihnen abstellte. Rasch folgten Croissants, Butter, Marmelade, Orangensaft, ein Krug mit Milch und, endlich, frischer Kaffee. Mona atmete tief ein, während sie Flint bedeutete, dass er auf dem Boden bleiben sollte.

Juliet lachte. »Ich bin so wie du. Ohne meinen ersten Kaffee zwar zu ertragen, aber viel glücklicher, wenn ich ihn endlich in den Händen halte.«

»Sie ist auch ohne Kaffee glücklich«, sagte Louan. »Eigentlich ist sie immer glücklich.«

Juliet lachte. »Das ist nicht verkehrt. So, Vorsicht, es ist heiß.« Sie trat mit der Pfanne an den Tisch und gab eine große Portion Rührei mit Krabben erst auf Monas Teller, dann auf Louans. Eine kleine behielt sie in der Pfanne. »Das lass ich abkühlen, dann bekommt es dein Hund. Der Arme sieht ja vollkommen verhungert aus.«

»Er ist einfach nur ein guter Schauspieler«, sagte Mona. »Lass dich von ihm bloß nicht hinters Licht führen.«

»Schon okay. Ich hatte auch mal einen Hund, und wenn Marcel und ich regelmäßiger zu Hause wären, hätten wir auch schon wieder einen. So, die Croissants dürften fertig sein.« Sie öffnete den Herd, schaufelte fünf duftende Gebäckteile in einen Korb und stellte ihn auf die Obstschale neben dem Tisch. »Möchte noch jemand Joghurt?«

»Nein, danke«, sagte Mona. »Für mich nicht. Das riecht alles so köstlich.«

Auch Louan schüttelte den Kopf.

Juliet schnappte sich ein Croissant, stopfte sich ein Stück in den Mund und eröffnete damit das Frühstück. Es roch nicht nur vorzüglich, es schmeckte auch so. Das musste die Meeresluft sein, dachte Mona. Zu Hause in Detmold begnügte sie sich oft mit einem Stück Obst, ehe sie ins Büro fuhr. Allein der Gedanke, hier auf das Frühstück zu verzichten, kam ihr wie Frevel vor. »Das schmeckt auch super«, sagte sie und erntete zustimmendes Brummen von Louan. »Keine Sorge, Juliet, er wäre auch ohne Frühstück brummig. Er ist eigentlich immer brummig.« Die Retourkutsche musste sein.

Juliet grinste, riss ein weiteres Stück von ihrem Croissant ab und fütterte Flint damit. Dann stand sie auf. »Oh, das hätte ich beinahe vergessen. Bin gleich wieder da.« Sie verschwand in der Diele. Ein todtrauriger Flint blieb an der Türschwelle stehen und blickte ihr mit großen, schimmernden Augen hinterher.

Louan goss einen ordentlichen Schuss Milch in seinen Kaffee. »Ich bin also immer brummig?«

»Und ich immer fröhlich«, sagte Mona und füllte zwei Gläser mit Orangensaft. »Das passt doch dann.«

Louan nahm sein Glas und prostete ihr kurz zu, wohl seine Art zu sagen, dass er einverstanden war. Flint begann zu tanzen, und dann kehrte Juliet zurück. In der Hand hielt sie den Ausdruck aus dem Netcafé, den Mona ihr am Vorabend überlassen hatte.

»Zu deiner Liste, Mona. Ich bin sie heute früh schon durchgegangen, als ich etwas Zeit hatte. Ihr wisst schon, in den einsamen Stunden, in denen Marcel bereits weg ist und man keine Lust hat, allein ins Bett zurückzukehren.« Sie grinste breit und legte den Zettel auf den Tisch, ehe sie das restliche Rührei auf einen Unterteller füllte und für Flint auf den Boden stellte. Dann setzte sie sich wieder. »So! Also, das *Chez Thé* habe ich gleich mal gestrichen, das gehört meiner Freundin Théa Clavier, und sie ist eindeutig mit keinem Briant verwandt. Die drei hier fallen ebenfalls weg, weil sie keiner Théa gehören. Und dann habe ich dir noch Cafés notiert, die du nicht auf der Liste hattest. Einige sind drüben im Ort, andere ganz in der Nähe an der Küstenstraße, hier ...« Sie drehte das Blatt ein wenig, und Mona erkannte, dass sie mit groben Strichen Straßenzüge aufgemalt hatte. Dicke Kreuze markierten die Stellen, an denen sich besagte Cafés befinden mussten. Während Mona die neu hinzugekommenen Namen las, erweiterte Juliet die provisorische Karte, setzte ein fettes Kreuz an eine Stelle und strichelte eine Linie von diesem zu einem der Cafés. »Wir sind hier. Ihr lasst am besten das Auto stehen und geht diesen Weg. Es ist ein Stück zu laufen, aber eine nette Strecke. Die ersten drei Kandidaten findet ihr an der Promenade, und dann schlagt ihr einen Bogen von der Küste weg.«

»Wow, lieben Dank, dass du dir all die Mühe gemacht hast.«

»Ach, das hab ich gern getan«, lachte Juliet. »Es ist ja auch eine spannende Sache, diese Suche nach den Abenteuern deiner Uroma. Du musst mir unbedingt erzählen, wenn du etwas herausgefunden hast!«

Mona betrachtete die energischen Linien auf dem Papier und spürte wieder die Aufregung in ihrem Inneren. War das der nächste Schritt ihrer Reise? Womöglich fand sie heute endlich jemanden, der Helene gekannt hatte! Sie stellte sich vor, wie sie ihre Mutter anrief, um ihr zu erzählen, dass sie etwas herausgefunden hatte. Vielleicht sogar, dass sie Verwandte in Frankreich besaßen und ihre Familie doch ein Baum mit mehreren Ästen war. Sie sah Louan an, der sie und nicht die Zeichnung betrachtete. Natürlich, für ihn hatte die Suche einen ganz anderen Stellenwert. »Wie sieht es aus, Louan, hast du überhaupt Lust mitzukommen, oder möchtest du dich lieber hier am Wasser entspannen? Ich kann dir Flint dalassen.« Es würde ihm vielleicht ganz guttun, eine Weile nur am Meer zu sitzen, aus dem er so viel Kraft und Ruhe bezog. Im Grunde sollte er an einem Ort wie diesem leben, überlegte Mona, bis ihr einfiel, dass er das bis vor Kurzem ja getan hatte.

Louan schüttelte den Kopf. »Vergiss es. Ich werde nicht Babysitter für die kleine Fressmaschine spielen, und außerdem habe ich nichts dagegen, mir den Ort anzusehen. Heute Abend bleibt noch genug Zeit, um am Meer zu sitzen.«

»Gut, dann gehen wir zusammen.« Mona versuchte, sachlich zu klingen. Dabei freute sie sich wahnsinnig, dass Louan sie weiterhin begleiten würde. Ja, seine Sprachkenntnisse waren an mancher Stelle eine große Hilfe, aber ihr kurzer Trip hatte sie beide mittlerweile so zusammengeschweißt, dass sie sich die Suche ohne ihn kaum noch vorstellen konnte. »Juliet«, wandte sie sich an ihre Gastgeberin, die bereits dabei war, die Pfanne auszuwaschen. »Wann müssen wir denn die Zimmer räumen?«

»Erst einmal gar nicht. Es haben sich keine neuen Gäste angemeldet. Lasst euch Zeit.«

Mona wechselte einen Blick mit Louan. »Was denkst du? Sollen wir?«

Er hob einen Mundwinkel. »Warum nicht? Juliet«, sagte er, sah aber weiterhin Mona an. »Hast du etwas dagegen, wenn wir zwei noch eine Nacht bleiben? Plouescat ist ja gar nicht mal so hässlich. Eigentlich ist es sogar sehr hübsch.« Etwas bewegte sich in seinem Gesicht, vielleicht ein Flackern in den Augen oder ein rasches Heben der Brauen – Mona konnte es nicht genau sagen, aber es ging ihr durch und durch. Und auf einmal wusste sie, dass dieser letzte Satz nicht dem Ort gegolten hatte. Die Zeit lief langsamer, passte sich dem Rhythmus der Bretagne an, dem alten Herzschlag, der noch immer so gegenwärtig war, wenn man sich darauf einließ, ihn hören zu wollen.

»Natürlich, sehr gern«, sagte Juliet. »Ich gehe heute auf den Wochenmarkt, dann mach ich euch morgen Crêpes mit frischen Beeren und Sahne.«

»Das klingt wundervoll«, sagte Mona und bekam nur am Rande mit, dass sich Juliet entschuldigte und die Küche verließ. Es wurde still. Eine ganze Weile war da nichts außer Louan und ihr eigener Herzschlag, der sich im Einklang mit der See befand. So langsam, so kraftvoll, und so unglaublich echt. Flint brach diesen Zauber, indem er versuchte, neben ihr auf die Bank zu klettern, und Mona war nicht sicher, ob sie erleichtert oder ihm böse sein sollte. Sie schob ihn zurück auf den Boden, griff nach dem Korb und hielt ihn Louan entgegen. »Noch ein Croissant?«

Seine Finger berührten ihre flüchtig, und Mona musste an das Telefonat mit Isa denken. *Wir lernen uns eben kennen.* Und mit einem Mal wusste sie, dass ihre Reise in die Bretagne mehr als ein Ziel für sie bereithielt.

11

Es gab Menschen, die änderten ihre Mimik, ihren Ausdruck, ja sogar die gesamte Ausstrahlung innerhalb eines Atemzugs.

Dieser kleine Ort schlug sie jedoch um Längen: In einem Sekundenbruchteil machten die strahlenden, kräftigen Farben der Umgebung Platz für Dramatik und Spannung, als sich eine Wolke vor die Sonne schob. Die zuvor lediglich rauen Felsen wurden zu scharfkantigen Hindernissen, das Blau des Wassers in der Ferne zu einem Versprechen endloser Tiefe, die Gefahren barg. Die Gischtkrönchen wuchsen, nun nicht mehr idyllisch, sondern von einer überraschenden Kraft.

Mona betrachtete den Himmel, wo sich ein graues Wolkenfeld näherte. Schon wurde es merklich kühler, jedoch nicht kalt, und im Grunde war sie froh über die Frische.

Sie waren Juliets Karte gefolgt und hatten sich zunächst zum Ortskern aufgemacht und Plouescat erkundet. Über den Dächern ragte die Kirche Saint-Pierre wie ein Wächter aus Stein in den Himmel. Mona nahm sich vor, sie später zu besichtigen, ebenso die gegenüberliegende Markthalle, die laut Juliet aus dem 15. oder 16. Jahrhundert stammte und aufgrund ihrer Einzigartigkeit von besonderer Bedeutung für die Gegend war. Doch das alles musste warten – im Gegensatz zum Vortag hatte sie nicht die Geduld, ihre Suche hinauszuzögern.

Plouescat war heute lebendig, die Straßen aber nicht zu vollgestopft. Viele Menschen schienen ebenfalls Touristen zu sein, so häufig, wie sie stehen blieben, um Souvenirs zu betrachten oder Fotos zu schießen. Mona genoss die entspannte Atmosphäre, während sie und Louan durch die Straßen schlenderten. Nach einer Weile wagte sie es, ihn nach Perros-Guirec zu fragen, wo er gewohnt und seine Tauchschule gehabt hatte. Zu ihrer Überraschung antwortete er wirklich, wenn auch knapp. So erfuhr sie, dass sich das Städtchen gar nicht so weit Richtung Osten an der Küste befand, allerhöchstens zwei Stunden Autofahrt entfernt, dass es größer als Plouescat und als beliebter Badeort auf Tourismus ausgerichtet war. Louan hatte am Rande von Perros-Guirec gewohnt, dort, wo Artischockenfelder sich mit Waldstücken abwechselten. Es passte zu ihm. Mona hätte ihn sich nicht in einer kleinen Wohnung im Zentrum vorstellen können.

Drei Cafés später blieb sie stehen, zückte ihren Kugelschreiber und strich die zweite Théa, die sie im Netcafé notiert hatte. »Jetzt bleiben nur noch die, zu denen ich keine Website gefunden habe, und ein paar Tipps von Juliet.« Sie verglich die improvisierte Karte in ihren Händen mit dem Straßenzug. »Wir sind einen Bogen gelaufen und gleich schon wieder an der Küste. Das nächste Café müsste ein Stück hinter dieser Biegung dort liegen.« Ein wenig enttäuscht betrachtete sie die vielen durchgestrichenen Zeilen. Zwar hielt sich ihre Hoffnung noch, schließlich wusste sie von Marie, dass dieses Café hier irgendwo sein musste, aber das Stimmchen des Zweifels regte sich bereits in ihrem

Hinterkopf. Was, wenn diese Théa gar nicht da war? Wenn sie Urlaub machte? Wenn sie ihr Café verkauft hatte und die Frains einfach nichts davon wussten?

Energisch schüttelte sie den Kopf. Die Sonne mochte sich hinter die Wolken zurückgezogen haben, aber sie war noch immer da, und genauso positiv würde sie an die ganze Sache herangehen. Das Café existierte irgendwo in Plouescat, und sie würde den Ort nicht eher verlassen, bis sie es gefunden hatte.

Louan schob sich eine Haarsträhne aus der Stirn. »Ich weiß nicht, was du vorhast, aber beim nächsten Stopp trinke ich einen Kaffee, Théa hin oder her.«

»Gute Idee.« Mona verstaute ihre Karte wieder in der Handtasche. Bisher hatte er sie ohne eine einzige Beschwerde begleitet, wofür sie mehr als dankbar war. »Vielleicht haben sie auch etwas Wasser für Flint.«

Der Weg hinter der Biegung war länger als gedacht und führte zu Monas leiser Enttäuschung von der Küste weg, aber schließlich erweiterte sich der Straßenzug um einen mit Pflastersteinen ausgelegten Platz, auf dem bunte Blumen in riesigen Kübeln gepflanzt waren. Drei davon rahmten eine Fläche vor einem zweistöckigen Steinhaus ein, dessen Fensterläden im ersten Stock weit geöffnet waren und durch den sonnengelben Anstrich einen hübschen Kontrast bildeten. An der Mauer war ein Schild angebracht, auf dem neben dem Schriftzug *La Mouette* eine Möwe zu sehen war. Mehrere Holztische standen davor, manche unter einem Überhang, der die Farbe der Fensterläden aufgriff. Eine Lichtgirlande mit länglichen Glühbirnen spannte sich zwischen Laternenmast und Hausfassade. Es musste wunderbar aussehen, wenn sie in der Dämmerung magisch-bunte Tupfer in die Luft malten.

Das *Mouette* war nicht allzu groß, aber gemütlich, und vor allem nicht so voll wie die Cafés direkt am Wasser. »Das sieht doch ganz gut aus«, sagte Mona. »Ich lade dich ein, Louan, weil du ohne zu murren schon den ganzen Vormittag mit mir auf Spurensuche bist.« Sie deutete auf einen der freien Tische und freute sich, als sie feststellte, dass sie doch von hier einen Zipfel Meer sehen konnte.

»Setz dich schon mal. Bin gleich wieder da.« Louan verschwand im Inneren und kehrte kurz darauf mit zwei Karten zurück. »Die Theke war nicht besetzt. Aber hältst du noch einen Kaffee durch, ehe du sämtliche Angestellten nach Théa ausfragst?«

»Natürlich. Ich bin die Geduld in Person.« Mona wusste, dass er sie durchschaute, da sie am liebsten sofort losgelaufen wäre und sich nach Théa durchgefragt hätte. Dann entdeckte sie zu ihrem Entzücken an der Hausecke neben ihnen einen silbernen Napf sowie einen kleinen Wasserhahn. *Für unsere vierbeinigen Gäste* stand auf einem handgemalten Schild darüber. »Sieh mal, eine Hundetränke.« Sie stand auf und zog Flint mit sich, der sich nur murrend von seinem Liegeplatz unter dem Tisch erhob. Dann aber stürzte er sich auf das Wasser, trank die Hälfte, verspritzte die andere, und Mona füllte den Napf lachend nach. Dieses Mal schnupperte er jedoch nur daran, also kehrten sie zum Tisch zurück.

Louan hatte die Augen geschlossen, die Hände hinter dem Kopf verschränkt und schien der entspannteste Mann auf der Welt zu sein. Zum ersten Mal fragte Mona sich, wie er wohl in einem Neoprenanzug aussähe. »Hast du schon gewählt?«

»Ich nehme einen Milchkaffee«, murmelte er und rührte

sich nicht. Mona lächelte, nutzte die Gelegenheit, sein attraktives Gesicht noch eine Weile zu betrachten, und nahm dann ihre Karte. Zunächst durchforstete sie die Getränkesektion, entschied sich ebenfalls für einen Milchkaffee und blätterte aus alter Gewohnheit zu der Seite mit den Desserts. Sie freute sich, den nun schon vertrauten Kouignamann zu finden, ein paar Obstböden, dann einen Schokokuchen und ... Mona keuchte und fasste die Karte fester.

Neben ihr bewegte sich Louan und setzte sich aufrecht hin. »Alles in Ordnung?«

Sie warf ihm einen Blick zu – er sah wirklich besorgt aus –, dann schüttelte sie den Kopf, nickte und betrachtete wieder die unterste Zeile der Kuchenangebote. »Hier, lies das.« Sie hielt Louan die Karte hin, und der Wind ließ sie erbeben. Nein, nicht der Wind, stellte Mona fest. Ihre Finger zitterten.

Louan runzelte die Stirn und las die Zeile, auf die sie so energisch tippte, dass sie glaubte, ihr Finger würde ein Loch in das Material bohren. »Buttermilch-Nuss-Tarte mit Zitronen und Basilikum. Was ist damit?«

»Das«, sagte Mona und musste schlucken, so aufgeregt war sie. »Das klingt wie das Rezept meiner Uroma! Du erinnerst dich? Das, von dem Marie Frain sagte, dass es ganz sicher nicht aus der Bretagne stammt.«

Louan reichte ihr die Karte zurück. »Vielleicht stammt das Rezept aus einer anderen Gegend oder einem anderen Land und wird hier einfach angeboten, weil es gut ankommt? Ich meine, ist es denn so ungewöhnlich?«

Sie schüttelte den Kopf. »Glaub mir, ich habe in meinem Leben wirklich viel gebacken, und das Rezept ist mir sonst noch nie untergekommen.«

»Du kanntest auch keinen Kouign-amann«, sagte er und zwinkerte ihr zu.

»Ja, ich weiß, aber wäre es nicht ein zu großer Zufall? Hier in Plouescat soll die Urenkelin des Ehepaars ein Café besitzen, für das Helene einst gearbeitet hat, und ich finde ein außergewöhnliches Rezept auf Omas Dachboden und dann auch hier auf der Karte?« Sie drehte sich im Stuhl um und sah zum Haus. Doch von hier schien der Innenraum des *Mouette* so dunkel, dass sie nur Umrisse erkannte. »Ich würde gern kurz reingehen. Kannst du …?« Sie schob den Stuhl zurück und stand auf.

»Schon gut, ich warte hier und passe auf den Spinner auf.« Sie beide blickten zu Flint, und dann berührte Louan Monas Arm. »Ganz ruhig. Du zitterst ja.«

»Ich bin nur aufgeregt. Das ist die nächste Spur, ich bin ganz sicher.« Er zog seine Finger bereits zurück, aber dennoch spürte Mona der Wärme nach, die er auf ihrer Haut hinterlassen hatte. Sie legte sich wie Balsam über ihren Körper und minderte das Zittern, stellte aber seltsame Dinge mit ihrem Herzen an: Es beruhigte sich und schlug gleichzeitig schneller.

»Danke«, murmelte sie und unterdrückte den Wunsch, nach seiner Hand zu fassen. »Ich beeile mich.« Rasch überlegte sie, ob sie das Rezept mit den Zitronenranken aus der Tasche ziehen sollte, aber das konnte sie auch später noch tun. Jetzt musste sie erst mal herausfinden, ob das *Mouette* Théa gehörte und woher sie das Rezept hatte.

Flint sprang auf, doch Louan reagierte rechtzeitig und fasste ihn am Halsband. Mona lächelte dankbar, atmete tief durch und betrat das nur halb gefüllte Café mit seinen hellen Holztischen und den bunten Gemälden an den Wänden.

Leise Musik empfing sie, irgendein Stück mit Klavier und Geige, das sich perfekt mit dem idyllischen Ausblick und dem Duft verband, der den Raum füllte. Mona blieb überrascht stehen und schnupperte. Sie hatte auf ihrer Reise einige Cafés und Restaurants kennengelernt, und es hatte stets köstlich gerochen. Hier aber war es anders. Vertraut, auf einer tiefen Ebene, die in ihr den Wunsch weckte, sich einfach zurückzulehnen und die Augen zu schließen, weil alles in bester Ordnung war. Es lag an dem Duft von Süßem, der die Aromen nach Kaffee und Gebratenem überlagerte. Hier legte man den Schwerpunkt eindeutig auf die Akzente, die auch Monas Herz hüpfen ließen: Gebäck. Mit angehaltenem Atem trat sie an die Kuchentheke und betrachtete die Auslage darin. Es gab sechs Angebote, manche davon schlichte, aber wundervoll frisch aussehende Obstböden mit akkuraten Sahnetupfern am Rand, andere fantasievoll verzierte Torten, die schon allein durch ihre Optik verführten, einfach mal zu probieren. Ein doppelstöckiger Traum aus Birnen, Nuss und einer sanft goldenen Creme war neben einer Reihe von Eclairs und Macarons platziert. Mona besah sich die Stücke genauer, war aber ziemlich sicher, dass Cehes Zitronentorte nicht darunter war.

Hinter der Theke stand niemand, dafür hörte sie aus einem angrenzenden Raum das Zischen einer Kaffeemaschine. Sie lief ein Stück vor und lächelte das ältere Paar an, das an dem Tisch in der Nähe saß. Doch, es war wirklich gemütlich hier. Der Raum war nicht allzu groß, machte das aber durch seine hellen Farben wieder wett. Auf die hintere Wand waren Ranken gemalt, die sich bis zur Decke zogen, an der mehrere, mit hübschem Stoff bezogene Lampen baumelten.

Die Frau am vorderen Tisch sagte etwas zu ihr, und Mona trat einen Schritt näher. »Pardon?«

»Heute arbeitet Tom vorn, der braucht immer ein wenig länger, wenn er einen Kaffee machen soll.« Dann beugte sie sich ein Stück zur Seite. »Tom! Bist du etwa eingeschlafen? Hier steht eine Kundin, die sicher nicht Zeit bis Mitternacht hat!«

Mona unterdrückte ein Grinsen und sah sich um. Und wirklich streckte nach wenigen Sekunden ein junger Mann durch eine halb geöffnete Tür den Kopf herein. Er war spindeldürr, wirkte überaus hektisch mit seinen großen Augen und den kurzen Haaren, die wild in alle Richtungen abstanden, und schien gerade mal volljährig zu sein. Er nickte dem Ehepaar zu, entdeckte Mona und trat in den Innenraum. *»Bonjour.«* In den Händen hielt er ein Trockentuch sowie eine kleine Silberkanne, die er hektisch polierte.

»Bonjour«, sagte Mona, lächelte, hielt die Karte hoch und tippte auf die Tarte mit Zitrone und Basilikum. »Ich interessiere mich für das Rezept. Also, natürlich würde ich auch gern ein Stück Tarte probieren, aber ich frage mich, woher diese Zusammensetzung stammt. Das ist ja ganz sicher kein Rezept aus der Gegend?«

Er blickte von ihr zur Karte und dann wieder zurück, ganz offensichtlich überfordert. »Die Tarte ist heute leider aus, Mademoiselle.«

»Wie schade«, sagte Mona, war aber noch nicht bereit aufzugeben. »Aber können Sie mir zufällig sagen, woher das Rezept stammt?«

Seine Unterlippe klappte nach unten, während er auf die Karte starrte, als würden die Buchstaben sich dort bewegen.

Offenbar fragte hier selten jemand etwas, das über den normalen Betrieb hinausging.

Dann, endlich, schüttelte er den Kopf. »Die Kuchen macht Armelle.«

Mona nickte und überlegte, ob Armelle eine Frau oder ein Mann war – den Namen hatte sie noch nie zuvor gehört. Ob er oder sie das Café führte und nicht Théa? War das *Mouette* damit auch eine Sackgasse? Ein dumpfer Stich bohrte sich in die Aufregung in ihrer Magengrube, so als hätte dort jemand eine Betäubung gesetzt, die sich nun schleichend ausbreitete. »Ist es möglich, Armelle zu sprechen?«

Toms Blick flirrte von ihr zu dem Ehepaar am Tisch, als könnte es ihm helfen. Er sah über seine Schulter nach hinten, dann zu Mona. »Sie backt gerade.«

»Das ist ja wundervoll.« Mona strahlte ihn einfach an in der Hoffnung, mit Hartnäckigkeit zum Ziel zu gelangen. Es funktionierte. Tom schüttelte den Kopf, murmelte etwas auf Französisch und brüllte dann los: »Armelle! Armelle!« Dabei war er nicht besonders leise, und sämtliche Köpfe im Café wandten sich zu ihnen um. Mona glaubte sogar, jemanden zum Eingang hereinblinzeln zu sehen, und wünschte sich fast, nicht gefragt zu haben. Tom war wohl nicht der feinfühligste Mensch auf Erden. Aber egal, da musste sie jetzt durch. Es war nur etwas unangenehm, dass sie nun im Mittelpunkt des Interesses stand und die Gäste an den Tischen überhaupt nicht mehr daran dachten wegzusehen. Anscheinend kam es nicht oft vor, dass jemand die Bäckerin sprechen wollte.

Mona hielt ihr Lächeln. Zu ihrem Erstaunen drifteten ihre Gedanken ab zu Louan. Sie stellte sich vor, wie er draußen am Tisch saß, sein Gesicht in die Sonne hielt und die Augen geschlossen hatte, während er mit einer Hand Flint kraulte und sich nicht im Geringsten für das Gebrüll aus dem Inneren des *Mouette* interessierte.

Er sah nicht danach aus, und bei ihrer ersten Begegnung hätte sie es nie für möglich gehalten, aber Louan wusste, das Leben zu genießen. Die Vorkommnisse rund um die Tauchschule und seinen Bruder mussten ihn wirklich hart getroffen haben, aber allmählich erkannte Mona sein wahres Gesicht, wenn auch stets nur für wenige Augenblicke. Doch genau die waren es, die sie schätzte und sammelte wie kleine Kostbarkeiten, und mit einem Mal war sie einfach nur glücklich, dass Louan bei ihr war. Mit ihr reiste. Am liebsten hätte sie sich vorgebeugt und Tom umarmt, aber das hätte ihn höchstwahrscheinlich völlig verschreckt.

Vor allem, da Tom nicht mehr allein hinter der Theke stand. Mona blinzelte, da sie nicht wusste, wie lange die Frau sie bereits anstarrte und darauf wartete, dass Mona etwas sagte. Sie hatte doch nur ganz kurz an Louan gedacht!

Ganz so kurz konnte es allerdings nicht gewesen sein, denn in diesem Moment hob die Frau eine Hand und schnippte mit zwei Fingern vor Monas Gesicht.

»Mademoiselle? Hallo?« Sie sah besorgt und verwirrt zugleich aus. »Geht es Ihnen gut?«

»Entschuldigen Sie«, stieß Mona hervor. »Ja, mir geht es gut.« Es war ihr wahnsinnig peinlich.

Tom schüttelte den Kopf und starrte die Frau an, und als die ihm einen Wink gab, verschwand er und schien reichlich froh darüber zu sein.

»Sie suchen mich?« Die Frau rieb ihre von Mehl geweißten Hände gegeneinander. Sie musste um die fünfzig Jahre alt sein, ungefähr so groß wie Mona selbst und etwas beleibter. Sie trug eine blau-weiß gestreifte Schürze über Hose und Shirt, trotzdem hatten sich Mehlflecken auf ihre Kleidung, ihre Arme, den Hals und sogar eine Wange verirrt. Allein das machte sie unheimlich sympathisch. Die sonnenblonden Haare hatte sie am Hinterkopf aufgesteckt – eindeutig aus praktischen, nicht aus modischen Gründen. Sie war nicht geschminkt, was sie ein wenig müde wirken ließ, aber die Lachfältchen um ihre Augen machten das wieder wett.

Mona bemühte sich, sie nicht allzu sehr anzustarren. »Sind Sie Madame Armelle?«

Die Frau lachte, kurzer, durchdringender Laut. »Das ›Madame‹ können Sie gern weglassen, Armelle genügt völlig.«

»Ihnen gehört das Café?«

»Nein, ich arbeite hier in der Küche.« Sie schlug die Hände erneut gegeneinander. Mehl rieselte zu Boden, und Monas Herz hüpfte vor Hoffnung. »Stimmt etwas nicht mit Ihrer Bestellung?«

»Nein, nein, das ist es nicht«, beeilte sich Mona zu sagen und wusste gar nicht, ob sie zuerst nach Théa oder der Tarte fragen sollte. Aber Armelle schien so besorgt zu sein, einen Gast verärgert zu haben, dass sie sich für die zweite Option entschied. »Ich habe nur eine Frage zu diesem Angebot hier, der Buttermilch-Nuss-Tarte mit Zitronen und Basilikum.«

»Das tut mir leid, aber die war heute schon kurz nach elf aus.« Armelle schien es ernsthaft zu bedauern. »Eine große Gruppe Ausflügler aus Rennes hat sie in wenigen Minuten vernichtet. Das hatten wir auch noch nie, dass eine ganze Reisegruppe geschlossen eine Sorte bestellt.« Sie lächelte. »Darf ich Ihnen etwas anderes empfehlen? Wenn Sie Zitrusfrüchte mögen, ist auch die Apfel-Limettentarte sehr gut.«

»Darauf komme ich gern nachher zurück. Ich interessiere mich auch eigentlich für das Rezept und wollte fragen, woher Sie es haben. Wissen Sie, ich habe eines auf dem Dachboden meiner Oma gefunden, das genau nach dieser Tarte klingt. Ein Boden aus Mehl, gemahlenen Nüssen und Buttermilch, dazu zwei Cremeschichten, eine mit Zitronen, eine mit Basilikum, und dazu kandierte Früchte, nicht wahr?«

»Ach«, sagte Armelle und wischte sich die Hände an der Schürze ab, wovon sie aber auch nicht sauberer wurden. Es kam Mona vor, als hätte sie zu viel Energie und müsste sich zumindest bewegen, wenn sie einmal stillstand und nicht backen konnte. »Das ist ja mal ein Zufall. Ich habe noch nie jemanden getroffen, der das Rezept kennt.«

»Ich auch nicht«, lächelte Mona.

»Sie haben es von Ihrer Oma, sagten Sie?«

»Ich habe es auf ihrem Dachboden gefunden. Handgeschrieben von meiner Uroma, Helene.« Sie hielt die Luft an und suchte nach einem Zeichen der Erkenntnis in Armelles Gesicht, aber vergeblich. Natürlich, was hatte sie auch erwartet? Sie war nicht Théa, also auch nicht mit den ehemaligen Besitzern des *Mariot* verwandt. Oder doch? Rasch rechnete sie nach. Théa musste älter sein als sie, Armelle war deutlich älter, vielleicht waren die zwei ja Schwestern? Aber hätte Marie Frain das nicht erwähnt?

»Handgeschrieben? Interessant.« Armelle schnalzte mit der Zunge. »Das Rezept stammt aus der Feder meiner Oma, sie hat es an meine Mutter weitergegeben und die an mich.«

In Monas Kopf ratterten die Gedanken los. Es konnte kein Zufall sein, oder? Nicht ausgerechnet an dem Ort, in dem sich eine Nachfahrin der Briants niedergelassen hatte. »Entschuldigen Sie, Armelle«, sagte sie ein wenig atemlos.

»Aber kennen Sie eine Théa? Ich weiß leider ihren Nachnamen nicht, aber ihr Opa heißt François.«

Armelle wirkte überrascht und ließ ihre Hände, die sie zuvor in die Hüften gestemmt hatte, gen Boden baumeln. »Na, jetzt verwundern Sie mich ja wirklich. Natürlich kenne ich Théa. Ich arbeite für sie, ihr gehört das *La Mouette*.«

»Das schmeckt ja …« In Sachen Gebäck passierte es nicht oft, dass Mona die Worte fehlten, aber Armelles Tarte hatte es geschafft. Die Bäckerin hatte Mona gebeten, schon mal vorzugehen, und war zwei Minuten später mit den Kuchenstücken aufgetaucht. »Eigentlich wollte ich die mit nach Hause nehmen, aber ich glaube, das hier ist ein besonderer Moment«, hatte sie gelacht. »Auch wenn ich noch nicht ganz sicher bin, warum genau.«

Mona schloss die Augen und spürte den Eindrücken nach, die über ihre Zunge tanzten, süß und sauer und würzig zugleich. Die Aromen von Basilikum und Nüssen schwebten dicht unter der Oberfläche aus aromatischen Zitronen und der Süße des Zuckers. Es war eine ganze Weile her, dass sie die Torte gegessen hatte, aber sie war es. Das war so sicher wie die Sonne am Schäfchenwolkenhimmel.

Armelle hatte die Ellenbogen auf den Tisch gestemmt und grinste. »Gut, nicht wahr?«

Mona nickte und stach ein weiteres Stückchen ab. Der Boden war trotz der gemahlenen Nüsse herrlich luftig. »Genau das Richtige für die Jahreszeit. Wobei ich es wahrscheinlich auch das ganze Jahr über essen könnte.«

Armelle lachte. »Haargenau. Warum sollte man sich auf eine Jahreszeit beschränken? Im Winter passt die Tarte hervorragend zu einer schönen Tasse starkem Tee mit Kandis.«

»Das kann ich mir gut vorstellen«, sagte Mona und blickte zu Louan. Natürlich machte er keine großen Worte und hatte sich mit seinem Teller auf dem Stuhl zurückgelehnt. Für jemanden, der ihn nicht kannte, mochte er zurückhaltend wirken, aber an dem Blinzeln, das er ihr hin und wieder zuwarf, erkannte sie genau, dass er die Tarte ebenso genoss wie sie. Einen unendlichen und doch viel zu kurzen Moment erwiderte sie seinen Blick, dann schielte sie zu ihrer Handtasche. Zuvor hatte sie Armelle nicht überfallen wollen.

Jetzt aber, da sie die Tarte probiert hatte und wusste, dass dies alles kein Zufall sein konnte, gab es keinen Grund mehr zu warten. Sorgfältig zog Mona die Kopie des Rezepts mit den Zitronenranken aus der Tasche und schob sie Armelle über den Tisch zu. »Hier. Das ist das Rezept, von dem ich erzählt habe. Es stammt von meiner Uroma. Soll ich für Sie übersetzen?«

»Bitte.«

Mit immer schneller klopfendem Herzen führte Mona Armelle durch die Zutatenliste und die Zubereitung. Dabei beobachtete sie die Frau genau. Das Rezept hatte eindeutig ihre Aufmerksamkeit geweckt. Armelle wischte sich die Hände an der Hose ab – sie hatte sich sowohl der Schürze als auch des Mehls entledigt, aber wahrscheinlich war ihr die Geste in Fleisch und Blut übergegangen –, nahm das Papier und studierte es eingehend. »Das gibt's ja nicht«, murmelte sie. Mit jeder Sekunde wanderten ihre Augenbrauen höher, dann ließ sie den Zettel sinken. »Und ich dachte immer, das Rezept wäre eine Kreation meiner Oma. Ich meine, das ist es auch, aber das hier … das ist eine exakte Abschrift, und zwar bis auf das Gramm und den Namen genau. Aber wie kommt das denn nach Deutschland?«

Geschirr klirrte, als Mona sich abrupt aufrecht hinsetzte. Da war er, der Hinweis, auf den sie so sehr gehofft hatte! »Denken Sie, dass Ihre Oma meine Uroma kannte? Haben Sie ihren Namen vielleicht schon einmal gehört, Helene Abels?«

Armelle dachte nach, schüttelte dann aber energisch den Kopf. »Noch nie, aber das mag ja nichts heißen. Ich kenne viele von Omas Geschichten nicht. Leider«, fügte sie etwas leiser an.

Mona wechselte einen Blick mit Louan. Das klang nicht gut, aber sie wollte Armelle nicht zu nahetreten und nach Dingen fragen, die sie nichts angingen. Falls sie allerdings wirklich die Möglichkeit hatte, die Urheberin dieses Rezepts zu treffen …

»Lebt Ihre Oma denn nicht mehr?«, erkundigte sich Louan, schob sich den Rest seiner Tarte in den Mund und hob beide Hände in einer entschuldigenden Geste in Flints Richtung, der ihn – oder vielmehr seinen Teller – nicht aus den Augen gelassen hatte.

Mona atmete insgeheim auf. Als hätte er ihre Gedanken gelesen! Armelle schien ihm seine Direktheit nicht übel zu nehmen. »Nein, leider nicht, ich habe sie nie kennengelernt, sie ist früh gestorben. Und meine Mutter ist ihr auch bereits gefolgt. Die einzige Bäckerin in der Familie bin damit ich. Für meinen Mann ist das vollkommen in Ordnung, der alte Egoist.« Sie tippte noch einmal auf das Rezept. »Wissen Sie, bei uns heißt sie Cehes Tarte. Unter der Bezeichnung hat Oma das Rezept notiert.«

»So wie meine Uroma«, sagte Mona aufgeregt.

Louan lehnte sich zurück. »Warum bieten Sie die Torte eigentlich nicht unter dem Namen an?«

Armelle winkte ab. »Die Gäste könnten damit nichts anfangen.«

»Verständlich«, sagte Mona. »Aber um noch mal auf Ihre Oma zurückzukommen – ich meine, wenn es für Sie in Ordnung ist, über sie zu reden …«

Armelle winkte ab. »Ach, Kindchen, natürlich macht mir das nichts aus. Im Gegenteil, ich rede gern über sie. Ich bin stolz, dass ich hier noch immer nach ihren Rezepten backe und die Leute es mögen, was ich ihnen vorsetze. So habe ich das Gefühl, sie zumindest ein wenig zu kennen, auch wenn ich ihr nie begegnet bin. Das klingt nun womöglich etwas schräg.« Sie lachte, nicht im Geringsten verlegen, und kämpfte mit dem Wind um eine Haarsträhne, die sie sich letztlich hinters Ohr schob.

Mona verstand sie nur zu gut. Ohnehin war Armelle eine äußerst sympathische Frau. Nicht nur, weil sie beide sich ihr liebstes Hobby teilten, sondern auch weil sie so natürlich war und nichts krummzunehmen schien.

Sie holte behutsam Luft und fühlte sich, als stünde sie vor einer Prüfung. Dies war einer der Augenblicke, in denen ihre Reise eine andere Richtung einschlagen konnte. Fast war ihr, als würde die Umgebung mit ihr den Atem anhalten. Am liebsten hätte sie nun nach Louans Hand gegriffen. »Meine Uroma hat Anfang der 30er-Jahre hier in der Bretagne gearbeitet. In Plédéliac. Sie war dort in einer Pension beschäftigt, die …«

In Armelles Augen blitzte etwas auf. »Sagen Sie nicht, es war das *Mariot*!« Der Tisch wackelte bedenklich, als sie mit den flachen Händen darauf schlug. Flint bellte.

Mona saß wie erstarrt und wäre doch am allerliebsten aufgesprungen, um Armelle zu schütteln, Louan zu umarmen oder sich irgendwie zu bewegen. Endlich! »Ja, das *Mariot*«, sagte sie. »Es gehörte dem Ehepaar Briant, Gaelle und Jacques.«

»Ich weiß«, erwiderte Armelle und deutete zum Eingang des *La Mouette*. »Und später ihrem Sohn Gregoire. Ich kenne die Familie. Ihre Nachfahrin Théa ist meine Chefin.«

12

Die Brandung rauschte an die Felsen, im ersten Augenblick wirkte sie machtlos. Doch dann dachte Mona daran, dass der Stein im Laufe der Jahrhunderte vor der Kraft des Meeres kapitulierte. Denn egal, was geschah, das Wasser kehrte immer zurück. Es toste und tobte, aber es würde auch über den Stein triumphieren, wenn es still und stumm wäre und nur zart über Granitflächen strich.

Louan neben ihr nahm einen Kiesel vom Boden und warf ihn in das sich zurückziehende Wasser. Flint sprang zunächst in die Luft und raste dann los.

Mona kam nicht umhin, Louans Naturell mit dem der Steine zu vergleichen. Er konnte hart wirken, manchmal wie eine Mauer, die alles und jeden stoppte, der zu ihm durchzudringen versuchte. Noch hatte sie nicht herausgefunden, wie hoch oder stark diese Mauer war. Allerdings bröckelte sie, und hier und da meinte Mona, hindurchsehen zu können und kurze Blicke auf den anderen Louan zu erhaschen.

Sie ging in die Hocke, ließ ihre Finger über den nassen Sand gleiten und beobachtete, wie Flint mit den Wellen kämpfte, um irgendetwas zurückzuschleppen – es sah nach einem Stück Treibholz aus, das so lang war wie er selbst. Wieder musste sie daran denken, dass Armelles Großmutter höchstwahrscheinlich mit Helene zusammengearbeitet hatte. Sie hatten sich gekannt! Der Gedanke war so unglaublich aufregend!

Sie nahm eine Muschel, betrachtete sie und stand wieder auf. Dann strich sie sich die Haare aus dem Gesicht, drehte sich um und überlegte. Momentan fiel es ihr schwer, die Ruhe zu genießen. Am liebsten hätte sie den Strand verlassen, um zurück zum *La Mouette* zu gehen.

Eine Berührung an der Schulter ließ sie zusammenzucken. Überrascht starrte sie Louan an – sie hatte gar nicht mitbekommen, dass er neben sie getreten war. »Du kannst Zeit nicht beschleunigen«, sagte er beiläufig und blickte zum Horizont. »Und wenn du weiter so herumzappelst, machst du mich noch nervös.«

»Als ob dich jemals etwas nervös machen könnte.«

»Du hast ja keine Ahnung.« Der Wind spielte mit Louans Haar, ein seltsamer Kontrast zu der Ernsthaftigkeit in seiner Stimme. Eine Spur aus feinem Sand führte von seiner Wange quer über seinen Hals. Am liebsten hätte sie die Körnchen weggestrichen, aber das wagte sie nicht aus Angst, dass die Mauer sich wieder schließen könnte. Louan bemerkte ihren Blick und wischte den Sand von seiner Haut. Dann zögerte er, streckte sie aus und strich so zart über Monas Arm, dass sie es kaum bemerkte. Trotzdem löste es etwas in ihrem Bauch aus, als würden sich dort zarte Flügel regen und zögerlich schlagen. Mona hielt still und drehte ihre Handfläche nach oben. So langsam, so richtig, und auf einmal auch so einfach. Louans Finger tasteten sich über die empfindliche Stelle an ihrem Handgelenk, unter der ihr Puls einen schnelleren Rhythmus schlug, und verschlangen sich mit ihren. Mit einer Bewegung überbrückte er die wenigen

Zentimeter zwischen ihnen und doch so unendlich viel mehr. Auf einmal drehte sich die Welt schneller, und gleichzeitig war da Stille, wo zuvor das Chaos getobt hatte.

Mona konnte gar nicht anders, als zu lächeln. Sie hob den Kopf und fand dieses seltene Funkeln in Louans Augen, das ihr verriet, wie perfekt dieser Moment war. Gemeinsam liefen sie auf die Wasserlinie zu, bis die Gischt ihre Schuhspitzen berührte und darüber hinwegsprang. Mona sah über das Meer, bestaunte die volle Farbe, die sich ein Stück weiter draußen vertiefte, aber trotzdem war ihr, als bestünde ihre Welt momentan nur aus Louan.

»Es ist so wunderschön hier«, flüsterte sie.

Er lachte. »Obwohl du gerade ein Nervenbündel bist?«

»Dabei habe ich mir solche Mühe gegeben, mir nichts anmerken zu lassen.«

»Mona«, sagte er leise. Sein Daumen bewegte sich über ihren Handrücken, und unwillkürlich trat sie näher, magisch angezogen von seiner Stimme. »So ungeduldig habe ich dich noch nie erlebt. Aber auch wenn du eine Tonne Muscheln sammelst, wird die Zeit nicht schneller verfliegen.«

»Ich kenne das nicht sehr gut«, gestand sie und widerstand dem Drang, sich an ihn zu lehnen. »Diese Ungeduld. Normalerweise finde ich so viel Schönes in den Augenblicken. Ich meine, es gibt immer etwas, das es zu betrachten lohnt. Wie … das hier.« Mit der freien Hand deutete sie auf das Meer und die Landschaft drum herum. »Ich komme mir so undankbar vor, weil ich mir wünsche, Armelle möge doch einfach auftauchen und mich mitnehmen.«

»Neugier lässt sich eben nicht planen.«

Sie drückte seine Hand, und er antwortete auf dieselbe Weise. Lange standen sie nur da und sahen sich an, und mit der Zeit wurde das Stimmchen der Aufregung in Mona leise, auch wenn ihre Gedanken wieder zum *La Mouette* wanderten.

Nachdem sie herausgefunden hatten, dass Helene zur selben Zeit wie Armelles Oma Celine im *Mariot* gearbeitet hatte, war Mona der Bäckerin beinahe um den Hals gefallen. Vor allem, da sie erzählte, nicht nur einen guten Draht zu ihrer Chefin Théa zu haben, die für ein paar Tage außer Landes war, sondern auch zu deren Großvater François, dem Bekannten von Marie und Henri Frain. »Ich bringe ihm hin und wieder Kuchen, den isst er noch immer gern, und ich bin froh, dass er mich jedes Mal erkennt«, sagte Armelle. »Das ist nicht bei jedem so. Heute wollte ich ihn eigentlich nicht besuchen, aber ich habe auch nichts Wichtiges geplant, das sich nicht verschieben lässt. Wenn Sie wollen, können wir uns nach meiner Arbeit hier treffen und zusammen zu ihm fahren. Wer weiß, vielleicht kann er uns helfen. Er erinnert sich zwar kaum an aktuelle Dinge, aber die Vergangenheit ist da oben manchmal noch sehr lebendig.« Sie hatte sich an die Schläfe getippt und ein wenig traurig gelächelt.

Mona war Feuer und Flamme gewesen, und so hatten sie sich mit Armelle um kurz nach sechs vor dem *Mouette* verabredet – nicht jedoch, ohne sich noch das Du anzubieten.

»Ich habe ihm nie viele Fragen über Celines Zeit im *Mariot* gestellt«, hatte Armelle gesagt, »aber du hast mich neugierig gemacht, Mona.«

Sechs Uhr. Das waren noch fast drei Stunden, von denen Mona noch vor wenigen Minuten gedacht hatte, sie würden niemals vorübergehen. Jetzt, an Louans Seite, schmolz Zeit jedoch zu einer Einheit zusammen, die nicht zählbar war. Es gab weder zu wenig noch zu viel. »Vielleicht bin ich ja gar nicht so ungeduldig, wie du denkst. Und mit der Situation ganz zufrieden.«

Louan betrachtete sie nachdenklich, dann trat er näher. Das Wasser schwappte über seine nackten Füße bis beinahe zu seinen Knien. Er ließ ihre Hand nicht los, und sie war froh darüber, weil sie sich momentan nicht vorstellen wollte, dass er sich wieder von ihr entfernte. Aber das tat er nicht. Stattdessen fasste er ihr Kinn so vorsichtig, als bestünde sie selbst aus Gischt und könnte sich auflösen, und hauchte ihr einen Kuss auf die Lippen. Mona schloss die Augen. Die Berührung war viel zu schnell vorbei, aber ihr Herz dachte gar nicht daran, sich wieder zu beruhigen. Sie blinzelte und fand Louans Gesicht dicht vor ihrem. Die Sonne spielte in seinen Haaren und streifte seine Wange. Sie berührte einen der goldenen Tupfen und wagte kaum zu atmen, um den Augenblick nicht zu zerstören.

Louan nahm auch ihre andere Hand, dann trat er einen Schritt zurück und ließ sie mit deutlichem Zögern los. »Wenn du schon einmal an diesem Strand bist, solltest du auch ins Wasser.« Seine Stimme klang rauer als sonst.

»Was?« Vollkommen verwirrt von seinem Kuss versuchte sie, ihre Gedanken zu ordnen. Oder ihre Gefühle, die so wild durcheinandertosten wie der Atlantik.

Er blinzelte, als würde er sich gewaltsam von ihr losreißen und wieder zur Normalität zurückkehren wollen, in der sie lediglich Reisepartner waren. »Ich meine schwimmen, Mona.«

Sie sah an sich hinab. Ihre Lippen kribbelten noch immer. »Ich habe nichts dabei.«

»Du trägst Baumwollsachen, die schnell wieder trocken sein werden. Also?«

»Aber …« Sie fasste ihre Tasche fester und musterte ihre Schuhe. Bisher hatten sie der Nässe tapfer standgehalten, aber ein Bad im Meer würden sie ganz sicher nicht überleben.

»Die Schuhe lässt du hier, und die Tasche natürlich auch. Was meinst du?«

Mona wollte erneut protestieren, aber dann überlegte sic. Mit einem Mal schien ihr diese Idee zwar noch immer verrückt, aber auf eine faszinierende Weise. Hatte sie nicht in den vergangenen Tagen Dinge getan, die vollkommen neu für sie gewesen waren? Sich kopfüber in das Unbekannte gestürzt? Dann durfte sie sich nun auch von ein paar Wellen oder nassen Klamotten nicht aufhalten lassen. Zumindest war Louan an ihrer Seite. »Also gut. Das ist so verrückt«, sagte sie und streifte die Tasche von ihrer Schulter. Dann schlüpfte sie aus ihren Schuhen und sah sich um. An diesem Strandabschnitt waren sie allein. In einiger Entfernung schlenderte ein Pärchen entlang, in der anderen Richtung ging jemand mit seinen zwei Hunden spazieren und warf immer wieder ein Stöckchen ins Wasser, um das die Tiere ein Wettschwimmen veranstalteten.

Louan nahm ihr die Sachen aus den Händen. »Ich leg sie dort zwischen die Steine, dann sieht sie niemand.« Er war so schnell losgelaufen, dass sie nicht einmal protestieren konnte. Kopfschüttelnd sah sie ihm nach, betrachtete die schlanke Gestalt und seine geschmeidige Art, sich zu bewegen. Als sie an den Kuss dachte, wanderten ihre Hände zu der Stelle zwischen Brust und Bauch, und sie glaubte beinahe, das Kribbeln dort einfangen zu können. In ihre Handflächen nehmen und es schützen, damit sie es für alle Ewigkeiten behalten durfte. Flint trottete neben sie und starrte sie abwartend an, eine Vorderpfote erhoben.

»Wir sind nicht normal, oder?«, fragte sie.

Seine Ohren zuckten. Es schien ihm herzlich egal zu sein, wie sie sich fühlte, aber er war definitiv nicht damit einverstanden, dass Louan sich entfernte.

»Schon gut, er kommt ja wieder.«

Ohrenzucken, dann Fiepen und Hüpfen, als Louan zurückkehrte. Seine Haare waren mittlerweile völlig vom Wind zerzaust. Er hatte nie besser ausgesehen.

»Bereit?«, fragte er.

Sie legte eine Hand an ihren Hals und drehte sich zum Meer. »Ja. Aber ich habe so etwas noch nie gemacht, Louan.«

»Dann wird es Zeit.« Er beugte sich vor, packte sie und hob sie hoch.

Mona holte erschrocken Luft und schlang beide Arme um seinen Hals. »Was tust du?«

»Das habe ich doch gesagt. Wir gehen schwimmen.« Er sah recht zufrieden aus und klang auch so.

»Indem du mich trägst?« Sie fühlte sich ein wenig wie zu Teenagerzeiten, als ein paar befreundete Jungs Spaß daran gehabt hatten, sie und Isa ins Schwimmbecken zu werfen.

»Keine Sorge. Ich lasse dich nicht fallen.«

»Ich weiß.«

Flint kläffte aufgeregt hinter ihnen, vielleicht glaubte er, dass sie sich nun im Atlantik aus dem Staub machen und ihn zurücklassen wollten. Mona blickte über die Schulter, aber da trabte er auch schon um sie herum und hechelte, als wollte er ihr sagen, dass alles okay war und er diesen Ausflug genoss.

Das Wasser rollte ihnen entgegen, schlug gegen Louans Knie, dann gegen seine Oberschenkel. Einzelne Tropfen landeten auf Monas nackten Füßen, und sie staunte über den

Kontrast ihrer Kühle zu Louans Hals, an den sie ihre Wange schmiegte.

Sie musste an den Kuss denken und wünschte sich, er würde sie noch einmal küssen. Er musste doch hören, wie stark ihr Herz in ihrem Brustkorb donnerte. Sie atmete langsam und gleichmäßig und lauschte auf seines. Es schlug kräftig, regelmäßig und nur geringfügig langsamer als ihres.

Louan blieb stehen, als das Wasser seine Hüften umspülte, und sah sie auf eine Weise an, die ihren Atem stolpern ließ. »Bereit?«

Sie nickte, und er ließ sie vorsichtig ins Wasser gleiten. Mona konnte nicht sagen, ob es warm war oder kalt. Er hätte sie wahrscheinlich in ein Eismeer stellen können, und ihr wäre dennoch warm gewesen. Das Wasser drang durch ihre Hose und ihr Shirt und reichte ihr bis zum Bauch. Sie spürte die Kraft der Wellen und schwankte leicht bei jeder, die an ihnen vorbeirollte, aber Louan hielt sie fest, stark und sicher, die Hände an ihren Hüften. Dann lehnte er sich vorwärts und legte seine Stirn an ihre. Mona rahmte sein Gesicht mit den Händen ein und tastete mit den Fingerspitzen über die Bartstoppeln, fuhr dann über seine Wangen und seinen Hals. Louan bewegte sich nicht. Sein Atem vermischte sich mit dem Meer und dem Wind. Über ihnen kreischte eine Möwe, eine andere antwortete. Es hätte ein ganzes Heer sein können, Mona wäre hiergeblieben, in Louans Armen, um jede Sekunde dieses Augenblicks auszukosten. Erst, als er eine Winzigkeit beiseitetrat, um seinen Stand auszubalancieren, da das Meer den Sand unter ihren Füßen hinwegtrug, hob er den Kopf und küsste sie ein zweites Mal. Drängender, energischer, nachdrücklicher. Mona grub ihre Finger in sein Haar und zog ihn zu sich heran, da sie es nicht mehr ertragen hätte, sollte er sich von ihr entfernen. Seine Lippen brachten sie zum Glühen und versetzten die Welt in einen Wirbel, in dessen Zentrum sich nur sie beide befanden.

Dies war der perfekte Moment.

Armelles Peugeot hatte seine besten Zeiten hinter sich, war aber in einem Himmelblau lackiert, das ihm einen besonderen Charme verpasste. »Meine Nichte hat sich in den Kopf gesetzt, den Wagen mit weißen Wolken zu verzieren«, sagte Armelle, als sie vor dem *La Mouette* hielt und den Kopf aus dem Fenster streckte. »Ich habe ihr angedroht, meinen Bruder dazu zu bringen, ihr das Taschengeld zu kürzen. Bisher hält sie sich zurück. Aber nun los, einer vorn auf den Beifahrersitz, einer nach hinten.«

»Was ist mit ihm?« Mona deutete auf Flint. Louan hatte recht behalten, ihre Sachen waren ziemlich schnell getrocknet. Lediglich Flints Fell war noch immer feucht und sandte einen nicht gerade lieblichen Geruch aus.

Armelle zuckte die Schultern. »Solange er mir nicht beim Fahren auf den Schoß springt, kann er machen, was er will.«

»Er müffelt.« Louans Feststellung klang so düster wie ein Todesurteil. Armelle grinste und ließ ihr Fenster per Handkurbel herunter. »Alles unter Kontrolle. Also dann los.«

Mona überließ Louan den Vordersitz und verzog sich mit Flint auf die Rückbank. Auf einer karierten Decke stand ein Korb, aus dem es köstlich duftete. Gerade noch rechtzeitig erwischte sie Flint am Halsband und zerrte ihn zurück, ehe er das gute Stück für sich erobern konnte. »Das riecht großartig, was ist darin? Kuchen mit Zimtstreuseln?«

Armelle hob einen Daumen. »Beinahe richtig. Zimtschnecken. Ich habe sie vorhin noch rasch aufgebacken – der alte François liebt alles, was mit Zimt zu tun hat. Unsere Zitronen-Basilikum-Tarte mag er übrigens auch, nur haben wir ja vorhin die letzten Stücke gemeinsam vernichtet.«

»Ich hoffe, er isst die Schnecken ebenso gern«, sagte Mona. »Und danke, dass du dir die Zeit nimmst, um ihn mit uns zu besuchen.«

»Na, ich bin ja nun selbst neugierig geworden.« Armelle startete den Motor, hupte kurz und lenkte auf die Straße. »Ich habe vorhin die ganze Zeit überlegt und noch einmal zurückgerechnet. Oma muss mit deiner Helene zusammengearbeitet haben, sie war zwischen 1927 und 1932 im *Mariot*. Und wenn sie beide so backverrückt waren, haben sie zwangsläufig Zeit miteinander verbracht.«

»Warum bist du da so sicher?«, sagte Louan. »Vielleicht haben sie sich ja auch nicht ausstehen können.«

»Unwahrscheinlich«, sagte Mona.

»Warum?«

»Na, weil sie beide gern gebacken haben«, sagte Armelle so überzeugt, als hätte er eine völlig absurde Frage gestellt. »Das schweißt zusammen.«

Sie sprach Mona damit aus der Seele. Louan brummte nur und brachte damit beide Frauen zum Lachen.

»Ich sehe schon, wir verstehen uns.« Armelle langte nach hinten, erwischte Monas Arm und tätschelte ihn. »Leider gibt es keine Unterlagen von Celine, soweit ich weiß.«

»Hm. Vielleicht hat Théa welche?«

»Ich habe schon versucht, sie anzurufen, aber wahrscheinlich amüsiert sie sich gerade zu sehr mit diesem feurigen Spanier, den sie seit ein paar Monaten kennt. Lass uns erst einmal sehen, was François noch aus den verborgenen Ecken seines Gedächtnisses kramt.«

Dagegen war nichts einzuwenden, vor allem, da es momentan die einzige Möglichkeit war. Mona stellte sich den alten Mann vor und wie sich sein Gesicht aufhellte, wenn er Helenes Namen hörte. Er würde seine Zimtschnecken essen und dabei aus der Zeit im *Mariot* erzählen, und er würde ihr die erste Spur liefern zu dem Mann, der Helene den Kopf verdreht hatte und Oma Fines Vater war.

Wenn er sich überhaupt an irgendetwas erinnert, was mit ihr zu tun hat.

Entschlossen verdrängte Mona die Zweifel und betrachtete die vorbeiziehende Landschaft. Sie ließen die Küste hinter sich und umfuhren den Ort Richtung Landesinnere. Die Häuserzeilen dünnten aus und machten nach und nach zunächst größeren Gärten, dann Wiesen Platz, auf denen Obstbäume mit noch grünen Früchten standen. Fliederbüsche und Hortensien in Himmelfarben warfen satte Akzente. In Mauerritzen wuchsen Veilchen, Gänseblümchen und Mittagsblumen, umgeben von Bienen und Schmetterlingen. Über allem lag dieses ganz besondere Licht der Bretagne. Flint streckte seinen Kopf aus dem Fenster und ließ die Ohren flattern. Mona atmete tief ein und erahnte im Vorbeifahren die Aromen der Blumenpracht. Der Golfstrom brachte ein sanftes Klima mit sich und verwandelte nicht nur den Küstenbereich, sondern den gesamten Landstrich in eine Zauberoase.

Als in der Ferne der Umriss eines Waldes in die Höhe wuchs, bog Armelle in einen breiten Weg ab. Die Düfte, die ihnen der Fahrtwind entgegentrieb, änderten sich, wurden voller und erdiger. Wie Perlen auf einer Schnur reihten sich

Häuser an den Waldrand, jedes mindestens doppelstöckig. Gärten verschmolzen mit den Bäumen, Zivilisation mit Natur. Hier und dort arbeitete jemand im Garten oder am Haus, in einer Hängematte lag eine Frau und döste.

»Es ist wirklich schön hier«, sagte Mona und überlegte, ob sie diese Waldoase oder den Blick auf das Meer bevorzugen würde, aber sie konnte sich nicht entscheiden.

»Ja, das ist es.« Armelle ging noch etwas mehr vom Gas, als zwei Hasen vor ihnen über die Fahrbahn schossen. »Théa und ihre Eltern haben François ursprünglich nicht in ein Heim geben wollen, aber die Phasen, in denen er verwirrt ist und nicht mehr allein klarkommt, werden einfach zu lang, und dazu hat er ein stattliches Alter erreicht. Daher hat sie das *Maison des Sapins* ausgesucht, weil er hier von Natur umgeben ist. Er kennt es nicht anders. Er und seine Frau, Pauline, hatten früher einen Hof mit einem riesigen Garten. Nach ihrem Tod ist er in die Nähe der Küste gezogen. Jetzt ist er zu seinen geliebten Bäumen zurückgekehrt. Manchmal, wenn er seine klaren Momente hat, sagt er, wie sehr es ihn hier an sein Zuhause erinnert. Ach, er ist einfach ein lieber alter Kerl.«

Mona nickte. Sie war neugierig auf François, begriff aber auch, welch ein Glücksspiel dieser Besuch war. Vielleicht erinnerte der alte Mann sich heute nicht an Dinge, die ihm aber morgen vollkommen bewusst sein würden. Nun, sie musste einfach mit dem Besten rechnen und zur Not noch einmal wiederkommen. Hartnäckig sein, so wie Flint, der noch immer halb aus dem Fenster hing und die Zunge flattern ließ. Mona hoffte nur, dass er nicht aus Versehen eine Biene verschluckte.

Kurz darauf erkannte sie, dass es sich bei dem Weg um

eine Sackgasse handelte. Zwischen dem letzten Haus auf der rechten Seite und dem riesigen Gebäude direkt vor ihnen hätte man locker mehrere Fußballfelder unterbringen können. Das *Maison des Sapins* sah modern aus, aber nicht klobig, und fügte sich gut in die Umgebung ein. Der Bau war lang gestreckt und bestand aus einem zweigeschossigen Mittelteil sowie den Randgebäuden, die um ein weiteres Stockwerk in den Himmel ragten. Erker lockerten die kantigen Flächen ebenso auf wie die Stuckverzierungen im oberen Bereich. Es gab mehrere Terrassentüren sowie in regelmäßigen Abständen Fenster von enormer Größe. Die Außenfassade war in Creme gehalten, die Fensterläden in einem hellen Grün abgesetzt.

Vor dem Haus breitete sich eine gepflegte Rasenfläche mit niedrigen Hecken und Rosenbeeten aus, die von der Straße ab leicht anstieg. Mehrere Bänke sowie ein Pavillon waren zu sehen. Zwei Treppen und eine Rampe führten zum Haus. Alles in allem stellte sich Mona so einen ruhigen Sonntag beim Landadel vor.

Eine Frau in weißer Hose samt Shirt schob eine andere im Rollstuhl soeben auf die Rampe und auf das Haus zu. Armelle hupte, winkte durch das Fenster und steuerte einen der Parkplätze an. Die Frau blieb stehen, winkte zurück und wartete.

»So.« Armelle schnallte sich ab. »Da sind wir. Dann lasst uns mal die Daumen drücken, dass er heute seinen guten Tag hat.«

Mona öffnete die Tür und ließ Flint den Vortritt, dann folgte sie mit Armelles Korb. Ihr Hund klebte die Nase an den Boden, lief einen Zickzackkurs auf die beiden Frauen vor ihnen zu und schnupperte am Rollstuhl, ehe er hochblickte. Die ältere Dame mit dem schlohweißen Haar beugte sich herunter und tätschelte seinen Kopf. Die Pflegerin schirmte ihre Augen gegen die Sonnenstrahlen ab, die vereinzelt durch das Blätterdach der Bäume fielen. »Armelle, du weißt doch, dass Hunde hier nicht erlaubt sind.«

»Ach du … Mist.« Armelle schlug sich hörbar vor die Stirn. »Ohne Witz, das habe ich total vergessen. Kann er im Wagen bleiben, Mona?«

Die wollte bereits antworten – schließlich gab es hier ausreichend Schatten, und die Sonne würde den Parkplatz auch in der nächsten Zeit nicht erreichen –, doch Louan kam ihr zuvor.

»Lass nur, ich geh eine Runde mit ihm.«

Überrascht blickte sie ihn an. »Bist du sicher?«

Er schob die Hände in die Hosentaschen. »Ja, geh nur. Wir kommen hier draußen schon klar. Allerdings nur, wenn du mir die Leine gibst. Ich habe keine Lust, dem kleinen Idioten bis in den Ort hinterherzurennen, nur weil er ein Insekt verfolgt.«

»Natürlich, warte kurz.« Sie öffnete das Seitenfach ihrer Tasche und zog die zusammengerollte Leine heraus. »Hier. Entschuldige, du langweilst dich sicher bei all dem. Das tut mir leid. Ich bin nur so fasziniert davon, mehr über Helenes Leben zu erfahren, dass ich manchmal vergesse, wie öde das für jemanden sein muss, der nicht direkt damit zu tun hat.«

Er griff nach der Leine, nahm sie ihr aber nicht aus der Hand. »Du irrst dich, Mona«, sagte er leise. Die Silben schmiegten sich an ihre Haut und ließen sie prickeln, und der Unterton verriet noch viel mehr. Mona widerstand dem Drang, sich umzublicken, aber sie wusste, dass Louan sie jetzt und hier nicht küssen würde. Diese Momente gehörten vorerst nur ihnen beiden. Aber er musste sie gar nicht küssen, um diese Sehnsucht zu wecken. Es genügte, wenn er sie so anblickte wie jetzt, als teilten sie sämtliche Geheimnisse dieser Welt. »Und nun sieh zu, dass du mir eine Geschichte mitbringst.« Er nahm ihr die Leine aus der Hand und berührte dabei ihre Fingerspitzen.

Armelle, die sich in der Zwischenzeit mit den beiden Frauen unterhalten hatte, nahm ihr die Entscheidung ab. »Kommt ihr? Und was ist nun mit dem Süßen?«

Mona brauchte einen Moment, ehe sie begriff, dass sie Flint meinte. »Die Herren bleiben hier«, sagte sie, schenkte Louan einen letzten Blick und machte sich auf den Weg.

Sie hatte sich einen dürren alten Mann vorgestellt, der einen Teil seiner Zeit mit leerem Gesichtsausdruck an die Wand starrte und den man mehrmals ansprechen musste, ehe er reagierte. Mona war erleichtert, dass – zumindest heute – nichts davon zutraf. François Briant war keine fragile Pflanze, sondern ein stämmiger Herr in Cordhose und ärmellosem Hemd, das mit Mühe und Not über dem Bauch zusammenhielt – auch wenn er sich dennoch unsicher bewegte. Man sah ihm beinahe an, dass er sich bei jedem Schritt fragte, ob seine Beine ihn auch weiterhin tragen würden. Das schlohweiße Haar, durch das die Kopfhaut schimmerte, war extrem kurz geschnitten, die Wangen von Altersflecken bedeckt, und Nase und Ohren riesig. Er empfing sie in seinem Zimmer, dessen Terrassentür geöffnet war und Vogelgezwitscher sowie eine leichte Brise einließ. Es war gemütlich eingerichtet, auch wenn die Möbelstücke alt und sehr gebraucht wirkten. Ein Strauß Blumen stand auf einem Tisch, die Köpfe neigten sich bereits nach unten. Eine helle

Tür war halb geöffnet, dahinter erhaschte Mona den Blick auf eine Duschkabine. François musste kurz zuvor auf dem Balkon gesessen haben, denn in einem Metallaschenbecher verglühte eine Zigarette, und jetzt nahm sie auch den Geruch wahr.

»Du sollst doch nicht rauchen, François«, sagte Armelle und küsste ihn auf beide Wangen.

Er runzelte die Stirn, dann schnaubte er. »Pah. Ich habe Raucherjubiläum. Ich rauche seit über siebzig Jahren, und da kann keiner mehr kommen und mir sagen, dass ich es lassen soll. Was ist da drin? Und wer ist das?« Er deutete erst auf den Korb, dann auf Mona, wartete keine Antwort ab, sondern schob sich an Armelle vorbei und hielt ihr eine Hand hin. Die Finger zitterten. »François Briant, Mademoiselle.« Seine Stimme war kratzig, aber sympathisch, und er versprühte einen nicht von der Hand zu weisenden Charme. Mona konnte sich vorstellen, dass man ihm hier eine Menge durchgehen ließ, da er genau wusste, wie er das Pflegepersonal um den kleinen Finger wickeln konnte.

»Simona Martinssen«, sagte sie und nahm seine Hand. Er drückte sie nur kurz und zog Mona dann für die obligatorischen Begrüßungsküsse an sich. Überrascht ließ sie es geschehen und warf Armelle einen amüsierten Blick zu. Er verhielt sich wie jemand, der im Vollbesitz seiner geistigen Kräfte war. Das war ein gutes Zeichen!

Oma, selbst wenn ich bisher nicht daran geglaubt habe, dass du hier in der Bretagne auf mich aufpasst, dann glaube ich es jetzt.

Eine Welle der Euphorie überrollte sie, und am liebsten hätte sie François oder auch Armelle umarmt. Erst fand sie den Weg in diese Gegend, die ihr Herz mit Leichtigkeit eroberte, dann war da Louan, der ihr schlicht den Atem raubte, und nun schien auch noch François jemand zu sein, mit dem man ein normales Gespräch führen konnte – über Helene, das *Mariot* und die Zeit um 1930. Sie war so unendlich froh, dass sie diese Reise gewagt hatte!

Armelle sah von einem zum anderen und sah höchst zufrieden aus. Dann hielt sie François den Korb vor die Nase. »Heute mal kein Kuchen, aber dafür frische Zimtschnecken. Wenn du Glück hast, sind sie noch warm.«

Sein Gesicht hellte sich auf. Er hob den Deckel und schnupperte. »Hmm! Die Damen werden verzeihen, wenn ich sofort eine esse, und zwar hier oben? Wenn ich die mit runternehme in den Speisesaal, fallen die anderen wie Geier darüber her, und es bleibt kein Krümel übrig.«

»Von mir aus gern«, sagte Mona.

Armelle deutete nach draußen. »Komm, gehen wir auf den Balkon. Soll ich uns Kaffee besorgen?«

François winkte ab. »Nicht für mich. Von der dünnen Plörre hier kann ich nur zwei Tassen am Tag trinken, weil meine Geschmacksknospen sonst draufgehen, und das will ich nicht riskieren.«

»Für mich auch nicht, danke«, sagte Mona. Sie wollte das Gespräch um nichts in der Welt weiter herauszögern, erst recht nicht für einen schlechten Kaffee. Sie und Louan hatten in einem hübschen Fischrestaurant gegessen, und im Anschluss hatte sie ihren ersten Pastis getrunken. Kaffee würde sie sich erst wieder am Morgen bei Juliet gönnen.

»Na dann«, sagte François. »Alle ab nach draußen.«

Auf dem Balkon gab es einen kleinen Tisch und nur zwei Stühle, aber Armelle und Mona schleppten den Sessel aus dem Wohnbereich hinaus, in dem François zufrieden Platz nahm. Er zog ein sorgfältig zusammengefaltetes Stofftuch aus der Hosentasche, breitete es über seine Oberschenkel und nahm eine Schnecke aus dem Korb. Augenblicklich verbreitete sich das süßkaramellige Aroma. Das Gebäckstück war handtellergroß, Zimt und Zucker waren auf der Oberfläche zu einer Schicht aus Gold geschmolzen. François zögerte. »Die Damen?« Unsicher hob er das Gebäckteil. Als Mona und Armelle synchron die Köpfe schüttelten, biss er voller Genuss hinein. Mona unterdrückte ein Lächeln, als sie begriff, auch in François einen Verbündeten gefunden zu haben. Man musste es nicht zwangsläufig mögen, in der Küche zu stehen und die Finger im Teig zu vergraben, aber jene, die wussten, wie man gutes Gebäck wie Armelles Zimtschnecken genoss – diese Menschen verstanden einander einfach.

François aß langsam und mit kleinen Lauten des Wohlbefindens, und Mona legte sich in der Zwischenzeit Worte zurecht. Am besten, sie erzählte zunächst vom Ehepaar Frain, dann wusste er direkt, wie sie nach Plouescat und ausgerechnet auf ihn gekommen war. Sie versuchte, die Landschaft und nicht François zu betrachten, da sie sonst ungeduldig geworden wäre. Von hier aus konnte man einen Teil der Einfahrt, die rechte Seite der großen Rasenfläche vor dem Haus sowie ein Stück Wald sehen. Louan und Flint waren nirgendwo auszumachen. Bei dem Gedanken an Louan hoben sich Monas Mundwinkel ganz von selbst, und als François sich mit energischen Gesten die Krümel vom Bauch wischte, begriff sie, dass sie sich wieder einmal in Grübeleien verloren hatte.

»Das war gut«, sagte François und rülpste leise. »Pardon.« Er nahm das Wasserglas vom Tisch, trank es halb leer und setzte es mit einer wackeligen Geste ab. »So!« Er blinzelte. »Armelle, jetzt sag doch noch mal …« Er blinzelte noch einmal und starrte Mona an. »Mademoiselle?« In seinen Augen lag ein leerer, verwunderter Blick, und Monas Herz sackte ein Stück hinab.

»Mona«, warf sie mit sanfter Stimme ein. »Ich bin Armelles Freundin Simona Martinssen.« *Bitte erinnere dich!*

Er sah zu Armelle und hob einen Finger. »Du sollst doch vorher Bescheid sagen, wenn du Damenbesuch mitbringst! Ich hole dann mein gutes Hemd aus dem Schrank. Hast du Kuchen dabei?«

Mona bemühte sich, ihre Enttäuschung nicht zu zeigen. Armelle gab ihr ein Zeichen, Geduld zu haben. Sie hatte vermutlich recht. Was hatte Marie gesagt? François erinnerte sich noch ganz gut an die Vergangenheit, und wegen der war sie doch schließlich hergekommen.

»Monsieur Briant«, sagte sie vorsichtig und musterte Armelle. Die nickte. »Ich habe eine Frage zu der Pension Ihrer Großeltern. Dem *Mariot*. Erinnern Sie sich daran?«

François strahlte kurz auf jene Weise, auf die Leute strahlten, die sich an lang Vergessenes erinnern, dann runzelte er die Stirn. »Warum fragt sie nach dem *Mariot*?«, sagte er zu Armelle.

Die legte eine Hand auf seinen Arm. »Ihre Uroma hat früher dort gearbeitet«, sagte sie im vollendeten Pflegerinnen-Tonfall. »Und sie würde gern über die Zeit reden. Es geht um 1930 und die Folgejahre, wenn ich mich recht erinnere, Mona?«

Mona nickte, und Armelle lehnte sich zu François, um ihm die restlichen Krümel vom Hemd zu wischen. »Du warst damals ein kleiner Junge, aber Théa hat mir mal erzählt, dass du dich oft dort herumgetrieben hast. Meist in der Küche. Um Kuchen abzustauben.« Sie hob einen Finger, und François kicherte wie der kleine Junge, der er einst gewesen war.

»Die Mädels haben mir immer gut zugesteckt, wenn keiner hingesehen hat.«

»Wann bist du noch mal geboren?«, fragte Armelle höchst unschuldig und zwinkerte Mona zu.

»Neunzehnhundertvierundzwanzig«, kam es wie aus der Pistole geschossen und vor allem stolz.

Er war sechs Jahre alt gewesen, als Helene nach Plédéliac gekommen war, und sie war erst knapp drei Jahre später nach Deutschland zurückgekehrt. Damit standen die Chancen gut, dass er sie wirklich getroffen hatte! Mona wurde warm, und auf einmal wusste sie nicht, wohin mit ihren Händen. »Monsieur Briant, erinnern Sie sich an eine junge Frau aus Deutschland, die in der Pension Ihrer Großeltern gearbeitet hat? Sie hieß Helene Abels und ist höchstwahrscheinlich zwei oder drei Jahre geblieben, als Sie ein Junge waren. Sie war schlank und hatte schwarzes Haar.«

Sein Blick wurde leer. Nach einer Weile schüttelte er unsicher den Kopf und sah zu Armelle.

Die hob die Brauen. »Na, François, wer hat dir damals immer den Kuchen zugesteckt, hm? Du weißt doch noch, die Zitronentarte, die ich dir oft mitbringe? Die mit der Kräuterschicht?«

Die Unsicherheit machte Erkenntnis Platz, und mit einem Mal wirkte François etliche Jahre jünger und so klar wie zu dem Zeitpunkt, als er ihnen die Tür geöffnet hatte. »Die schöne Bäckerin. Celine. Eine Fee, sag ich euch. Wunderbares Haar bis zu den Hüften, in der Farbe von Sonnenblumen, aber sie hat es immer hochgesteckt. Ich habe sie nur einmal gesehen, als ein anderes Mädchen es ihr zu einem Zopf geflochten hat, in der Pause. Hinter der Pension. Aber sie sah aus wie …« Er überlegte, beugte sich vor und tippte Armelle auf die Nase.

»Na ja, nun übertreib es mal nicht«, grinste die. »Aber ja, es war Celine, meine Oma, ganz genau. Aber da hat es noch andere Frauen in der Küche gegeben. Erinnerst du dich auch an die? Hat dir mal jemand anderes als Celine den Kuchen zugesteckt?«

»Das andere Mädchen hatte keinen Zopf«, fuhr er fort, als hätte er Armelle nicht gehört. »Nie. Sie hatte so etwas.« Seine Hand vollführte eine kreisrunde Geste an seinem Hinterkopf. »Und die Bäckerin durfte ihn nicht anfassen, da hat sie sich gewehrt.«

Mona horchte auf. »Ihn anfassen?«

»Na, den Kopf. Das Mädchen wollte das nicht. Weiß aber nicht mehr, wie es ausgesehen hat, aber es hat auch in der Küche gearbeitet.«

Mona nagte auf ihrer Lippe. Konnte das Helene gewesen sein? Die niemandem erlaubt hatte, ihr Haar anzufassen? Am liebsten hätte sie nun doch einen Kaffee gehabt, egal, wie schlecht er hier war, aber ihre Kehle war trocken. »Können Sie sich noch an etwas anderes erinnern, das mit dem zweiten Mädchen zu tun hatte?«

François drehte sich ein wenig umständlich in seinem Sessel. Sie bemerkte zum ersten Mal, dass nur die Farbe seines linken Auges wässrig war. »Bonjour, Mademoiselle. Möchten Sie einen Kaffee? Möchte sie?« Er sah zu Armelle, mit einem Mal unsicher.

Armelle schüttelte den Kopf. Mona war froh, dass sie sich

durch nichts aus der Ruhe bringen ließ, aber sie besuchte François ja auch regelmäßig. »Na, was fällt dir denn noch zu der Bäckerin Celine und ihrer Freundin ein? Irgendwas gibt es da doch sicher noch.«

»Manchmal hat sie gesungen, wenn sie gebacken hat«, sagte er verträumt. »Ich saß dann in dem kleinen Durchgang zwischen der Küche und der Vorratskammer und hab zugehört. Weiß nicht, ob sie das gemerkt hat, aber gesagt hat sie nie was. Hatte 'ne schöne Stimme.«

»Na, das will ich doch auch meinen«, sagte Armelle und fügte an Mona gewandt hinzu: »Ich singe im Chor. Von irgendwem muss ich das ja haben. Sonst noch etwas, François?«

Er zuckte die Schultern, aber sein Blick bekam jenen träumerischen Ausdruck, der verriet, dass er soeben weiter in die Vergangenheit schweifte. Er sah Armelle nicht mehr an, lehnte sich in seinem Sessel zurück und entspannte sich. »Sie war nett, die schöne Bäckerin, und dann war sie auf einmal weg, eine lange Zeit, und ich dachte schon, sie kommt nicht wieder. Hab sie vermisst. Aber ich habe sie beobachtet, als sie sich einmal heimlich mit dem anderen Mädel getroffen hat. Außerhalb des Ortes. Dachten, dass niemand sie sieht, aber ich war Frösche fangen, und ich kann sehr leise sein.« Er legte einen Finger an die Lippen. »Da war sie dicker, die schöne Bäckerin, und ich dachte, dass Bäckerinnen irgendwann so werden, wegen all der süßen Sachen, obwohl das andere Mädel dünn war und auch gebacken hat. Irgendwann war das andere Mädel weg und die Bäckerin zurück, und dünner. Sie hat viel geweint. Vielleicht nehmen Frauen dann ab, wenn sie traurig sind. Meine Oma hat sie mal getröstet, weil sie so lang in der Küche hockte und mit keinem reden wollte. Sie wusste nicht, dass ich durchs Schlüsselloch gelinst hab. Die Zitronentarte gab's dann nicht mehr, und irgendwann war die schöne Bäckerin auch weg. Sind alle gegangen, aber ich bin auch nicht mehr so oft ins *Mariot*. Musste ja für die Schule was tun und später dann aufs Feld.« Er atmete tief durch, als hätte die Erinnerung ihm Kraft geraubt. Dann schloss er die Augen und entspannte sich. Mona schwieg, dachte über seine Worte nach und begriff kurz darauf, dass er eingeschlafen war. »Sollen wir gehen?«

Armelle nickte und erhob sich leise. »Ich hole ihm eine Decke. Es ist zwar warm genug, aber er erkältet sich so schnell.« Sie schlüpfte in das Zimmer und kehrte kurz darauf mit einer dünnen, karierten Decke zurück. Sorgfältig breitete sie den Stoff über François' Beine und deutete zur Tür. Gemeinsam schlichen die Frauen zurück in das Zimmer, verließen es und zogen die Tür vorsichtig hinter sich zu. Mona betrachtete das dunkle Holz und legte eine Hand darauf, um sich von dem einzigen ihr bekannten Menschen zu verabschieden, dessen Erinnerungen eine Brücke zu Helene schlagen konnten.

13

Armelle und sie schwiegen auf dem Weg zum Auto. Mona hing Gedanken nach, die François mit seiner Erzählung in Gang gesetzt hatte. Das ruhige Haus mit den hellen Wänden und der gewissen Zeitlosigkeit, die Pflegeheimen anhaftete, war bestens dafür geeignet. Erst als die Sonnenstrahlen auf ihr Gesicht trafen, blieb sie stehen. Es war, als wäre sie aus der Vergangenheit, die sie nur durch ein Glasfenster hatte betrachten dürfen, zurück in die Gegenwart getreten. »Was denkst du? Ist das, was er uns erzählt hat, wirklich passiert?« Sie spürte einen leichten Stich im Magen, als sie die Zweifel auf Armelles Gesicht entdeckte. Sie wünschte sich ein Ja, eine Bestätigung, dass die Freundin von Celine, die ihr das Haar zu Zöpfen geflochten hatte, Helene gewesen war. Es klang ganz danach, aber inwieweit beeinflusste hier der Wunsch ihr Urteilsvermögen?

Armelle zögerte. »Normalerweise gibt's an seinen Geschichten von früher nichts zu rütteln. Nur heute …« Sie schüttelte den Kopf. »Ich habe gerade schon hin und her überlegt. Celine, also meine Oma, das war die Bäckerin. Eindeutig. Er nennt sie immer seine Fee. Aber ich habe sehr viele Fotos von ihr gesehen, und glaub mir, sie war alles andere als dick.«

»François sagte doch, sie war dick und hinterher wieder

dünn. Hat sie zu der Zeit vielleicht ein Kind bekommen? Das würde es erklären.«

»Das ist es ja, das habe ich mir nämlich auch zunächst gedacht. Aber ich hab vorhin gerechnet und gerechnet. Oma Celine hat nur ein Kind gehabt, meine Mutter, Marie. Und die ist 1935 geboren. In Paris. Da hatte Celine der Bretagne längst den Rücken gekehrt, weil sie sich dort größere Chancen ausgerechnet hat. Paris war schon damals der Traum eines jeden jungen Mädchens.«

»Hat er sich erfüllt?«

»Nun, sie hat meinen Vater kennengelernt und mich bekommen.« Armelle warf sich in die Brust und sah mit einem Mal sehr stolz aus. »Daher … natürlich hat sich ihr Traum erfüllt.« Beide lachten, und Mona stellte erneut fest, wie wohl sie sich in Armelles Gegenwart fühlte. Nicht nur, weil sie so schnell zugestimmt hatte, ihr bei ihren Recherchen zu helfen, sondern auch weil ihre lockere Art es so leicht machte, sie kennenzulernen. Sie hatte bei ihr keine Sorge, durch eine unbedachte Äußerung in ein Fettnäpfchen zu treten. Und wenn, würde Armelle es ihr ganz sicher nicht krummnehmen. In manchen Momenten kam es Mona vor, als würden sie sich schon viel länger kennen als nur einen Tag, und auch wenn Urlaubsbekanntschaften oftmals nur bis wenige Wochen nach der Rückkehr in die Heimat hielten, so hoffte sie, dass es mit Armelle anders sein würde.

Beinahe wunderte sie sich über sich selbst. Normalerweise flog sie Fremden nicht mit ausgestreckten Armen entgegen, aber Armelle mit ihrem liebenswürdigen Wesen ließ ihr kaum eine andere Wahl. Sie rief sich noch einmal ins Gedächtnis, was François ihnen erzählt hatte. »Vielleicht hat er Celine mit einem anderen Mädchen verwechselt? Ich meine, selbst wenn er sich noch gut an die Vergangenheit erinnert, dann kann man so etwas nach all den Jahren auch mal durcheinanderwerfen.«

»Ja, eine andere Erklärung fällt mir auch nicht ein. Man muss ja auch bedenken, dass er nicht jünger wird, im Gegenteil. In seinem Alter darf man sich schon einmal irren, auch bei den Dingen, bei denen man sonst sicher ist.«

Mona nickte nachdenklich. »Die andere Angestellte, von der er erzählt hat … das könnte wirklich meine Uroma gewesen sein. Ich weiß nicht viel von ihr, aber ihre Haare durfte kaum jemand anfassen.«

»Nur weil er sich bei einem Detail vertan hat, heißt das ja nicht, dass er alles falsch im Kopf hat. Wenn du magst, können wir gern noch einmal wiederkommen – das heißt, wenn du und dein Freund so lange in Plouescat bleibt. Wo steckt er eigentlich?«

Mona musterte das dunkle Grün rund um das Grundstück sowie den Weg, auf dem sie hergekommen waren. »Er ist wohl noch mit Flint spazieren. Und er ist nicht mein Freund.« Sie errötete.

Armelle hob beide Augenbrauen. »Ach. Dann wär er das aber gern, so wie er dich immer ansieht.«

»Was, Louan?« Mona verschluckte sich beinahe. Gerade Louan, der Meister des Pokergesichts, derjenige, der seine Gefühle noch immer unter Kontrolle hielt, wenn ihre bereits dicht unter der Oberfläche brodelten. Der Louan, der sich bislang nur in wenigen Momenten erlaubt hatte, seine Maske ein winziges Stück beiseitezuschieben.

Armelle betrachtete sie eingehend. »Ja, genau der. Du willst mir doch jetzt nicht weismachen, dass dir das nicht aufgefallen ist?«

Was sollte sie nun sagen? Sie wusste ja nicht einmal, wie man das nennen sollte, was zwischen ihr und Louan geschehen war. Ja, da war dieser unglaubliche Kuss am Meer gewesen, der ihr noch immer wie ein Versprechen auf mehr erschien, und dann dieser Moment hier auf dem Parkplatz. »Ich weiß nicht, Armelle. Es ist alles so … unsicher. Und ich habe keine Idee, wohin es führt.« Es war so leicht, Armelle gegenüber aufrichtig zu sein.

Die wedelte mit einer Hand, als wollte sie Monas Fragen und Zweifel vertreiben. »Ach, da warte einfach mal ab und genieß die Zeit, Kindchen. Und lass dir etwas von einer Frau sagen, die ein paar Jährchen älter ist als du: Ich habe selten Menschen wie ihn getroffen, die einfach nur oberflächlich sind. Im Gegenteil, bei denen ist da einiges vorhanden, nur wollen sie das nicht jedem auf die Nase binden.« Sie berührte ihre Brust. »Aber wie wir vorhin bei François gelernt haben: Man kann sich immer irren.«

»Ja, das ist wohl wahr«, seufzte Mona. Augenblicklich sprangen ihre Gedanken zurück zu dem Moment, als Louans Finger ihre gestreift hatten, so unglaublich flüchtig, aber trotzdem hatte sich das Gefühl tief in ihr Inneres gebrannt. Bisher hatte sie nicht darüber nachgedacht, was Louan für sie war. Nicht einmal nach diesem Kuss am Meer. Es war nicht wichtig gewesen, es in eine Kategorie zu packen. Für sie zählte nur, dass er weiter an ihrer Seite war, und sie hielt jedes Mal den Atem an, wenn er sie so ansah wie vorhin.

Mona schüttelte den Kopf. Das war doch nicht sie! Normalerweise hätte sie schon längst vor diesem ersten, wahnsinnigen, unglaublichen Kuss geahnt, dass es darauf hinauslaufen würde, und analysiert, ob sich das Ganze zu einer

Beziehung entwickeln konnte oder nicht. Wie damals bei Daniel. Denn schließlich musste sie ja wissen, worauf sie sich einließ, oder? Sie musste solche Dinge soweit es ging planen. Es war irgendwie in Ordnung, ohne Vorbereitung durch diesen herrlichen Landstrich zu fahren und jeden Tag aufs Neue einfach auf sich zukommen zu lassen. Aber doch nicht, wenn es darum ging, was zwischen zwei Menschen war.

Oder doch?

»Armelle?«

»Ja, Liebes?«

»Was weißt du denn noch so über Menschen wie Louan? Du weißt schon, die leicht knurrigen, einsilbigen Typen?«

Armelle forschte in Monas Gesicht, ehe sie ihr ein fast mütterliches Lächeln schenkte. »Dich hat es ziemlich erwischt, oder?«

»Das ist eine gute Frage«, sagte Mona und horchte in sich hinein. Wenn sie den Atem anhielt bei der Erinnerung daran, wie sie in seinen Armen gelegen und sein Herz hart hatte pochen hören, und wenn sie sich fühlte, als wäre Louan schon viel zu lange weg, obwohl es höchstens eine Stunde sein konnte … hatte es sie dann erwischt? »Ich habe keine Ahnung.«

»Genieß es einfach, keine Ahnung zu haben. Das ist doch eh die schönste Zeit, in der man sich fragt, was der andere wohl denkt und ob er einen genauso mag wie man ihn selbst. Das habe ich schon immer viel lieber gemocht als den Moment, wenn man sich die Klamotten vom Körper reißt und übereinander herfällt. Da steckt nämlich viel mehr Zauber drin.«

»Worin genau?«

»Wenn man so umeinander herumtänzelt und sich fragt, ob man gerade das Richtige tut oder sich zum Affen macht.«

»Das ist eine interessante Ansicht«, sagte Mona, musste ihr aber recht geben, was die Zeit der Geheimnisse anging. Und Louan war ein Meister der Geheimniskrämerei.

Armelle klatschte in die Hände. »Sie ist vor allem richtig! Und über Knurrhähne sage ich dir noch Folgendes: Wenn du sie zum Lachen bringst, kannst du dir da viel drauf einbilden. Dann bist du schon fast am Ziel und wirst früher oder später einen Strauß Blumen in die Hand gedrückt bekommen. Oder eine Kinokarte oder was auch immer man heutzutage schenkt, um der Dame eine Freude zu machen.«

Mona lächelte. »Blumen oder Kinokarten habe ich noch nicht bekommen, aber ...«

»Aber?« Armelle kicherte, als sie in Monas Gesicht forschte. »Meine Liebe! Dafür, dass du angeblich keine Ahnung hast, siehst du aber gerade so aus, als ob du genau wüsstest, was du wolltest.«

»Du willst was?«

Erschrocken fuhr Mona herum. Louan stand auf den Stufen, die zum Haus führten, und ließ soeben Flint von der Leine. Der beachtete weder Mona noch Armelle, sondern steckte die Nase so tief ins Gras, dass nur noch seine Ohren zu sehen waren.

»Bitte?«, fragte Mona und war vor allem erschrocken. Stand er schon lange dort? Und wenn ja, hatte er ihr Gespräch etwa mitbekommen? Aber nein, das war unwahrscheinlich, sie hätte ihn sicher bemerkt. Oder Flint hätte sich gemeldet.

Louan hob die Augenbrauen und sah von ihr zu Armelle. »Es klang, als ob es etwas gäbe, das du willst«, sagte er dann langsam. Aus Armelles Richtung kam ein unterdrücktes Kichern und sorgte dafür, dass sich Louans Brauen wieder zusammenzogen. »Hat es was mit François zu tun? Oder hast du alles erfahren, was du wissen wolltest?«

Er schien wirklich nichts von ihrem Gespräch mitbekommen zu haben. Mona fiel ein Stein vom Herzen. »Die Frage ist nicht so leicht zu beantworten. François war ein wenig verwirrt, und der Name Helene hat ihm nichts gesagt, aber er hat sich an ein Mädchen erinnert, dessen Beschreibung auf sie passen könnte.«

»Allerdings hat er sich auch an Dinge erinnert, die definitiv anders waren«, warf Armelle ein.

»Also eine Sackgasse.«

Mona schüttelte heftig den Kopf. »Nein, gewiss nicht. Es wäre viel zu voreilig, die Infos völlig abzuschreiben.«

»Genau, immer positiv denken«, sagte Armelle.

Louan seufzte leise. »Zwei von der Sorte. Das scheint ansteckend zu sein.«

»Ja, sei vorsichtig«, neckte ihn Mona. »Aber was machen wir jetzt?«

Armelle deutete auf ihren Wagen. »Ich muss nun erst einmal nach Hause, weil mein werter Ehemann sonst eine Suchanzeige aufgibt, und die müsste ich dann bezahlen.«

»Tut mir leid, wenn wir dich so lange aufgehalten haben.«

»Ach Unsinn. Ich hätte François in den kommenden Tagen ohnehin besucht. Ich kann ihn doch schlecht mit dem Kuchen allein lassen, der hier angeliefert wird. Das Zeug wird industriell gefertigt.« Sie und Mona schüttelten sich gleichzeitig, und Mona glaubte sogar in Louans Gesicht einen Hauch von Abscheu zu entdecken. Aber die Vorstellung von Fertigkuchen in diesem Land voller Aromen, Genüsse und Genießer war auch einfach absurd. »Ich fahr euch rasch zurück. Vielleicht habt ihr Lust, morgen noch mal im *La Mouette* vorbeizuschauen? Ich will heute Abend versuchen, Théa zu erreichen, und ich werde auch nach den Unterlagen meiner Mutter suchen. Du hast mich ganz schön angefixt mit deiner Wühlerei in der Vergangenheit, Mona.«

»Mach dir bitte meinetwegen keinen Stress, ich … wir bleiben noch eine Weile. Oder?« Sie wandte sich an Louan.

»Ich vermute nicht, dass Alain schon fertig ist, aber ich sollte ihn heute definitiv mal anrufen. So oder so, wenn Armelle wühlen will, soll sie es tun.«

»Genau, und das werde ich auch. Es kann nicht schaden, die alten Unterlagen durchzugehen. Vielleicht erinnere ich mich dann an Dinge, an die ich vorher nicht gedacht habe. Das alles ist ja mittlerweile nun wirklich spannend. Schade, dass ich meine Eltern nicht mehr fragen kann. Aber mach dir keine Sorgen, Mona. Wir finden schon noch etwas über deine Helene raus.«

»Danke, das ist lieb von dir. Und wir kommen gern morgen im Café vorbei. Oder was meinst du, Louan?«

»Ich habe Urlaub.«

So hatte er es bisher noch nie bezeichnet, aber diese neue Denkweise gefiel ihr. »Willst du Alain gleich anrufen? Vielleicht geht es von hier.« Sie deutete auf das Pflegeheim.

Er sah nicht sehr begeistert aus. »Ich werde kurz in den Ort gehen. Ich kann gut noch eine Weile warten, bis ich mir die Hiobsbotschaften über das Haus anhöre.«

»Vielleicht ist ja auch alles okay«, riefen Mona und Armelle synchron.

Louan schüttelte fassungslos den Kopf. »Ich glaube, ich

muss noch die Katze suchen«, sagte er trocken, pfiff nach Flint und machte sich auf den Weg zum Wagen.

»Ich bin ja nicht mehr so recht sicher, wessen Hund du mittlerweile bist«, sagte Mona zu Flint, als der sich zum mindestens zehnten Mal umdrehte. Doch hinter ihnen war niemand, Louan war bereits vor Sekunden um die Ecke gebogen und aus ihrem Sichtfeld verschwunden. »Oder vielmehr, an wem dein kleines verräterisches Herz hängt. Er ist doch nicht ganz weg, sondern nur telefonieren. Vielleicht will er auch seine Ruhe haben, falls er Dinge erfährt, die ihm nicht gefallen, und wenn wir nicht dabei sind, kann er ungestört brüllen und toben und Menschen anpöbeln. Da willst du doch gar nicht danebenstehen, weil du sonst glaubst, ihn gegen all diese Leute verteidigen zu müssen, und das ist viel zu viel Arbeit.«

Flint blickte nur sehr flüchtig zu ihr auf, als hätte er ihr nicht zugehört, wollte aber nicht unhöflich sein. *Bist du sicher*, schien dieser Blick zu sagen. *Kann es nicht auch sein, dass er dir aus dem Weg geht, weil er auch so oft wie du an diesen Kuss denkt, aber auf eine andere Weise? Kann es sein, dass er ihm nicht ansatzweise so viel bedeutet hat wie dir und dass er es nicht über das Herz bringt, es dir zu sagen? Vielleicht will er Abstand?*

»Unsinn«, murmelte Mona. Alles, was man wirklich in Flints süßem Hundegesicht lesen konnte, waren zwei Dinge: Er wollte seinen Kumpel Louan zurück und etwas zu fressen. Die Fragen stammten von den dummen, zweifelnden Stimmen in ihrem Hinterkopf. Sie stritten sich mit ihrem Herzen, und das bereits die ganze Zeit – nur war sie durch Armelle und den Besuch bei François zu abgelenkt gewesen.

Aber sie durfte nicht auf die Zweifel hören. Sie gehörten zu der alten Mona, die beide Hände über dem Kopf zusammengeschlagen hätte, wenn jemand ihr diese Reise schildern würde, die so spontan und bunt und atemlos war, als hätte man sie aus einem anderen Leben in ihres verfrachtet.

Sie bog um die Ecke, und obwohl sie es noch nicht sehen konnte und das sanfte Rauschen in diesem Moment von einer Autohupe übertönt wurde, spürte sie die Nähe des Meeres. Es tastete sich durch die Luft und legte sich wie feinste Seide auf ihre Haut. Dann erschienen die Möwen, kreisten über ihr und verkündeten, dass sie beinahe am Ziel war. Mona atmete durch, tiefer als in den vergangenen Jahren, und schmeckte Salz. Sie konnte sich kaum vorstellen, jemals wieder weiter als eine Ortschaft vom Atlantik mit seiner wilden Kraft getrennt zu sein. Morgen musste sie eine Karte für Oma Fine kaufen, um ihr von all den Eindrücken zu schreiben – und dass sie glücklich war. Selbst, wenn ihre Suche nun enden würde und sich Helenes Spuren im Wind auflösten, so hatte sie etwas gefunden, das sie sich niemals hätte träumen lassen. Hatte sie das Gefühl von Freiheit überhaupt jemals gekannt?

Endlich sah sie die Wellen, höher und deutlich energischer als noch vor Stunden. Sie rollten zusammen mit den ersten Ausläufern der Dämmerung ins Land. Mona ließ Flint von der Leine, doch er ignorierte das Wasser und hechtete schnurstracks auf die Häuserzeile zu, in der das *Valve* kauerte und auf die wenigen Gäste wartete, die sich von seinem Äußeren nicht abschrecken ließen. Jemand, höchstwahrscheinlich Marcel, hatte den Eingangsbereich aufgeräumt, sämtliche Netze und Kisten waren verschwunden. Auf dem Hinkelstein saß eine Gestalt. Mona hielt sie zunächst für Juliet, doch dann stand sie auf und streckte sich. Dichtes, dunkles Haar wehte im Wind. Zu einer Jeans trug die Frau schlichte Flip-Flops sowie ein Shirt, das so schreiend bunt war, als hätte sie es in einem der Touristenläden erstanden, die vorrangig Kitsch verkauften.

Mona blieb wie angewurzelt stehen und pfiff nach Flint, doch der war zu sehr damit beschäftigt, sich die Seele aus dem Leib zu bellen. Sie kannte diese Frau. Vor nicht allzu langer Zeit hatte sie mit einem Gewehr auf sie und Louan gezielt, als sie seine Vermieterin besuchen wollten.

»Flint, komm sofort her«, rief Mona so scharf, dass er trotz seiner Mission, sie zu beschützen, sofort gehorchte. Sie packte ihn am Halsband und ließ die Brünette nicht aus den Augen. Eine Waffe konnte sie nirgendwo entdecken, aber das mochte nichts heißen. Vielleicht lehnte das Ding hinter dem Stein. »Was willst du hier?«, fragte sie scharf. Bei allem, was vorgefallen war, sah sie keinen Grund für Höflichkeit.

Die Frau hob eine Hand. Sie hielt einen dunklen Gegenstand, und Mona wollte schon nach Hilfe rufen, als sie erkannte, dass es sich um ein Handy handelte.

»Keine Sorge, ich tu keinem was.« Diese Stimme hatte Mona beinahe vergessen. Sie war rau und tief und passte nicht zu der zierlichen Gestalt, erdrückte sie beinahe so sehr wie die Flut an Haaren. Der Akzent war deutlich hörbar.

Mona begriff gar nichts mehr. »Also hast du heute kein Gewehr dabei, ja?«

»Ach, vergiss doch einmal das Gewehr! Ich bin Housesitterin, ich pass auf das Haus und das Grundstück von Madame Benoit auf, und es ist da ganz schön einsam, vor allem nachts. Madame hat immer ein Gewehr neben der Tür, und sie hat mir gesagt, dass ich es ruhig benutzen kann, und das hab ich gemacht, als ihr über das Grundstück geschlichen seid. Ich bin Belén.«

Mona dachte gar nicht daran, sich vorzustellen. »Du willst mir erzählen, dass du jeden Menschen, der sich dem Haus nähert, bewaffnet begrüßt? Bekommt ihr überhaupt noch Post? Ich würde mich als Briefträger weigern, jemanden zu beliefern, der andauernd bewaffnet vor mir steht.«

Belén zuckte lediglich die Schultern und sah nicht aus, als würde der Einwand sie beeindrucken. »Zwei Nächte bevor ihr da wart, haben sich nachts ein paar Idioten auf dem Gelände rumgetrieben, Blumentöpfe zertreten und Steine gegen die Fenster geworfen. Vier Jungs, allerhöchstens fünfzehn oder sechzehn und anscheinend nichts im Kopf. Die Scheiben haben zum Glück gehalten, die Töpfe musste ich alle wegräumen. War eine Mordsarbeit. Ich muss noch neue kaufen, die Pflanzen stehen in der Küche in Eimern mit Wasser, ich habe da kaum noch Platz.«

Mona erinnerte sich sehr gut daran, wie karg die Umgebung gewirkt hatte. Trotzdem empfand sie kein Mitleid, obwohl die Vorstellung, nachts allein in einem Haus zu leben, das zum Spaß von Fremden attackiert wurde, ihr ein mulmiges Gefühl bereitete. »Ich verstehe nicht, was das jetzt mit mir zu tun hat.« Sie sah sich um und hoffte, Juliet würde auftauchen und sie hereinbitten.

»Mit dir gar nichts, ich suche Louan.«

Louan? Mona blinzelte. Woher … hatte er sich am Haus mit Namen vorgestellt? Nein, soweit sie sich erinnerte, hatte er lediglich angegeben, der Mieter von Madame Benoit zu sein. Vermutlich hatte diese Belén mit ihrer Auftraggeberin telefoniert. Aber trotzdem, etwas passte nicht, und Mona musste nicht lange überlegen. »Woher weißt du überhaupt, wo wir sind? Bist du uns etwa gefolgt?« Allein die Vorstellung verursachte ihr leichte Übelkeit. Konnte das sein? Hätten sie nicht merken müssen, wenn ein anderes Auto über eine längere Strecke hinweg … aber nein, sie hatte ja nicht darauf geachtet und während der Fahrt nur in den Rückspiegel geblickt, wenn es sein musste.

Belén reagierte nicht so, wie Mona erwartet hatte, sondern warf den Kopf in den Nacken und lachte. Es war laut, schüttelte ihren gesamten Körper, und nach wenigen Sekunden wischte sie sich mit dem Handrücken über die Augen. »Das hier ist doch kein Krimi! Wie heißt du überhaupt?«

»Kein Krimi? Du hast mit einem Gewehr auf wildfremde Menschen gezielt, die lediglich eine Vermieterin besuchen wollten, und jetzt stehst du auf einmal hier. Entschuldige, aber das ist nicht gerade vertrauenerweckend.«

»Okay, okay, du hast ja recht.« Belén hob beide Hände, in der einen hielt sie noch immer das Handy. »Ich habe Madame natürlich sofort angerufen. Na ja, sagen wir, ich habe es sofort versucht. Erwischt habe ich sie erst am nächsten Morgen, und sie hat bestätigt, dass Louan Robinet ihr Mieter ist, nachdem ich ihn beschrieben habe. Dich kannte sie allerdings nicht.«

»Das habe ich auch nie behauptet.«

»Punkt für dich.«

Mona hatte den Eindruck, dass Belén diese Unterhaltung irgendwie Spaß machte. Allmählich hatte sie allerdings keine Lust mehr auf Ratespiele, ließ Flint los und verschränkte die Arme vor der Brust. Flint schien die Spannung in der Luft zu spüren und versuchte nicht wie sonst, einen neuen Freund zu gewinnen, sondern ließ sich mit einem Brummen neben Mona nieder.

Belén seufzte laut und theatralisch. Bei anderen hätte es übertrieben gewirkt, bei ihr passte es aber zu den großen Gesten und der lebhaften Mimik, mit der sie ihre Aussagen untermalte. Mittlerweile schätzte Mona sie deutlich jünger als bei ihrer ersten Begegnung, vielleicht Anfang zwanzig. Es irritierte sie, dass Belén ihr zuwinkte, aber dann verstand sie, dass sie ihr erneut das Handy zeigte. »Das habe ich gefunden, am Tor, kurz nachdem ihr weg wart. Mir war klar, dass einer von euch beiden es verloren haben muss, aber leider war es mit einer PIN gesperrt, also konnte ich nichts machen. Ich habe es mitgenommen. Irgendwann hat es geklingelt, und ich bin drangegangen, und daher weiß ich auch, dass es Louan gehört.«

»Und der Anrufer hat dir auch gleich verraten, dass wir uns in der *Pension Valve* in Plouescat befinden? Wie praktisch.«

»Quatsch«, sagte Belén und lehnte sich wieder an den Hinkelstein. »Also das mit der Pension. Dass ihr nach Plouescat wolltet – ja, das habe ich so erfahren. Wie sonst hätte ich euch denn finden sollen? Ich bin doch keine Hellseherin. Und da mir eh die Decke auf den Kopf gefallen ist und Madame gesagt hat, dass ich durchaus mal einen Ausflug machen kann, habe ich mir gedacht, das Meer ist doch ganz schön. Und während ich hier spazieren gegangen bin, habe ich dein Auto gesehen. Deutsches Kennzeichen und das Fabrikat.«

»Du hast mein Kennzeichen gesehen, als wir bei dir waren? Wie denn das? Ich habe ein Stück entfernt geparkt.«

»Ich habe ein Fernglas im Haus. Und natürlich habe ich mir dein Kennzeichen gemerkt. Wie gesagt, es hätte ja sein können, dass ihr zwei mir was Böses wolltet.«

Das alles war mittlerweile so absurd, dass Mona lachen musste. »Und der Anrufer hat dir also gesagt, dass wir in Plouescat sind?«

Belén hob einen Finger. »Fast. Vielmehr, dass Louan ihm in einer sehr unfreundlichen Mail mitgeteilt hat, dass er hierherkommen wollte. Und dass er ihm befohlen hat, seinen Arsch nach Perros-Guirec zu bewegen, um ihn in ein paar Tagen dort zu treffen.«

»Er? Redest du etwa …?«

»Na klar. Von Yanis.«

14

»Ich weiß nicht, was Louan ihm geschrieben hat, aber es muss ziemlich Furcht einflößend gewesen sein. Es klingt immer, als glaubte er, dass sein Bruder ihn halbtot prügelt, sobald er ihn wiedersieht.« Belén nahm einen Schluck aus ihrer Flasche und sah Richtung Horizont.

Nachdem sie bewiesen hatte, dass sie keine Gefahr war, hatte Mona vorgeschlagen, sich etwas zu essen zu holen und an den Strand zu setzen, damit ihre überraschende Besucherin ihr die ganze Geschichte erzählen konnte. Belén hatte nichts dagegen einzuwenden gehabt – »ganz ehrlich, mein Magen hängt irgendwo zwischen Kniekehlen und Erdkern« –, also saßen sie nun mit Limonade und herrlich frischen, belegten Baguettes in den Dünen, hatten die Füße in den Sand gegraben und genossen die noch immer angenehmen Temperaturen. Vor ihnen wogte der Strandhafer, von der Dämmerung dunkel gefärbt, und hinter ihnen glitzerten die Lichter des Ortes. Ihr Schimmer reichte bis hierher. Wenn Mona sich ein wenig drehte, konnte sie sogar die Beleuchtung des *Valve* entdecken.

»Das kann ich mir nicht vorstellen«, sagte sie. »Louan mag manchmal ziemlich grimmig sein, das stimmt, aber er würde seinen Bruder ganz sicher nicht verprügeln. Allerhöchstens es androhen.«

»Weißt du das genau?« Belén hatte ihre Augen so weit aufgerissen, dass das Weiß in der Dunkelheit schimmerte. »Sogar nach mehreren Gesprächen hat er noch immer Bammel, sich Big Brother zu stellen.«

»Ah ja? Wie oft habt ihr eigentlich miteinander telefoniert?« Mona leckte sich Remoulade von den Fingern.

»Och, nicht oft. Vielleicht vier- oder fünfmal.« Belén klang, als müsste sie sich dafür verteidigen.

Nach und nach hatte Mona die ganze Geschichte aus ihr herausbekommen. Kurz nachdem sie Louans Telefon gefunden hatte, war ein Anruf von Yanis eingegangen. Nach seinen Aussagen hatte er mindestens eine halbe Stunde gezögert, ehe er sich traute, die Wahltaste zu drücken. Als nicht Louan, sondern Belén abgenommen hatte, war er zunächst verwirrt gewesen, aber dann ziemlich erleichtert. Die zwei kamen ins Gespräch und verstanden sich auf Anhieb prächtig, weshalb er ihr auch relativ schnell von seinen Problemen berichtete: von den Geldsorgen und Verlusten, dass alles seine Schuld wäre, dass Louan ihn niemals leben lassen würde, sollte er ihn in die Finger bekommen, und dass er ihn in einer knappen Mail aufgefordert hatte, ihn in ein paar Tagen in Perros-Guirec zu treffen, damit sie endlich alles klären konnten, was mit der Tauchschule zu tun hatte. Allerdings war er fest davon überzeugt, dass Louan ihm die Nase brechen würde, wenn nicht noch mehr.

Mona erinnerte sich nur zu gut an ihren Besuch im Internetcafé, Louans Wutanfall und seinen überstürzten Aufbruch. Damals musste er Yanis die Mail geschickt haben.

»Und jetzt bist du hier, um Louan das Telefon wiederzugeben, damit Yanis ihn anrufen kann?«

Zum ersten Mal in diesem Gespräch zögerte Belén. »Nicht

wirklich. Ich … nun, ich habe ihm versprochen, mich hier mit ihm zu treffen. Quasi als seelischer Beistand und vielleicht als Puffer. Damit er seinen Bruder überraschen kann. Er hofft, was weiß ich, dass das Erstaunen einen Teil der Wut frisst. Oder so. Vielleicht hält sich Louan ja auch zurück, wenn ich danebenstehe.« Schulterzucken. »Und außerdem wär es ja nicht schlecht, wenn wir uns mal treffen, nachdem er mir schon so viel von sich erzählt hat.«

Mona ließ das Baguette sinken. »Ihr habt ein Date? In Plouescat?«

»Nicht wirklich ein Date«, kam die energische Antwort. »Es ist mehr wie eine Verabredung. Also eine geschäftliche, meine ich. Er sagt, er kommt her und klärt die ganze Sache, wenn ich da bin und ihn als Belohnung zum Essen einlade.«

»Also ein Date.«

»Es ist eher eine Wette!«

»Bei der ihr zusammen essen geht. Wie eine … Verabredung.« Es machte Mona Spaß, Belén aufzuziehen – eine kleine Rache für all den Schrecken, den sie ihr mit dem Gewehr und ihrem Auftauchen vor dem *Valve* verpasst hatte.

»Na, vielleicht schon ein wenig wie ein Date«, sagte Belén und hickste leise.

»Weißt du denn, wie er aussieht?«

»Gut«, kam die zu schnelle Antwort. »Er hat mir ein paar Fotos von sich geschickt.« Sie grinste. »Aber das ist es nicht, was ihn … womit er Pluspunkte gesammelt hat. Es ist die Art, wie er zuhört. Ich habe ihm ein wenig von mir erzählt, dass ich mich hier in der Bretagne etwas langweile und meine Freunde vermisse. Es ist so ruhig, ich hab das wohl unterschätzt.«

»Wie lange passt du denn auf das Haus auf?«

»Noch zwei Wochen. In der Beschreibung stand zwar, dass es ländlich gelegen sei, aber nicht, dass das Land drum herum einem Friedhof gleicht.«

Nun musste Mona doch lachen. »Also ich fand es ganz hübsch, wenn auch das Haus ein wenig unheimlich wirkt. Aber die Gegend ist wunderschön, erst recht hier an der Küste. Aber was habt ihr nun geplant, du und Yanis?«

Belén sah sie beschwörend an. »Nicht wirklich geplant. Außer, dass ich Louan nicht vorwarne, wenn ich vor Yanis hier eintreffe.« Sie hob die Hand, ehe Mona etwas sagen konnte. »Denk nun nicht, dass er feige ist! Er will nur, dass die Begegnung möglichst glatt abläuft. Er weiß, dass er Mist gebaut hat, aber er sagt auch, dass Louan der härteste Brocken der Welt ist, wenn es darum geht, sich auszusprechen.«

Mona dachte über die Worte nach. Irgendwas daran erschien ihr nicht richtig. Oder vielmehr unfair. Louan besaß eindeutig einen Dickschädel, ja. Er konnte hart auftreten, und das auch eine Weile aufrecht halten, aber bisher hatte er nie den Eindruck gemacht, sich so sehr an etwas festzubeißen, dass man nicht mehr mit ihm reden konnte. »Hm«, sagte sie zögernd. »Ich kenne nur die Kurzfassung der ganzen Sache und weiß, dass es um schlimme Geldprobleme geht. Das klingt nach ein wenig mehr als Mist. Aber ich will mich da nicht einmischen, das ist eine Sache zwischen Louan und seinem Bruder.«

Belén schien damit weniger Probleme zu haben. »Das Ding ist: Yanis ist spielsüchtig. Und damit meine ich so richtig, richtig süchtig.«

»Ja, Louan hat so etwas angedeutet.«

»Ich kenne solche Menschen«, sagte Belén nachdenklich. »Mein Onkel war so jemand. Anfangs ist es mir nie aufgefallen, weil meine gesamte Familie gern gespielt hat. Ich kann mich an kein Wochenende als Kind erinnern, an dem wir nicht zumindest ein Brettspiel gespielt haben. Und wenn ein wenig Geld dabei ist, wen stört das schon? Das erhöht ja auch nur das Risiko und den Adrenalinschub, und wenn man älter wird, trinkt man halt einen Wein dazu oder auch drei, und dann wird man noch risikofreudiger. Aber irgendwann ... irgendwann ist da eine Grenze, und das Spiel beginnt, dein Leben zu beeinflussen, und es lässt dich mit verbranntem Hintern zurück. Dabei sollte es umgekehrt sein, oder? Das Spiel sollte nicht solche Macht haben, sondern einzig du. Und dein Leben. Um rechtzeitig aufzuhören.« Sie starrte auf den Atlantik und biss dann so energisch in ihr Baguette, dass Tomaten und Remoulade an den Seiten herausquollen.

Mona ließ sich die Worte durch den Kopf gehen. »Ich stelle mir eine solche Sucht wie ein Gefängnis vor. Du kannst nicht dahin gehen, wohin du möchtest, weil da plötzlich eine Wand ist.«

»Haargenau«, rief Belén so enthusiastisch, dass Flint bellte. »Genau das ist es, eine Wand. Und nachdem ich Yanis den Kopf gewaschen hab, habe ich versprochen, da ein kleines Loch reinzuschlagen, damit er durchbrechen kann. Oder klettern. Was auch immer er mit der dämlichen Wand gern tun würde. Er hat mir im Gegenzug versprochen, dass er sein Leben wieder auf die Kette kriegt. Es wär super, wenn sein Bruder ihm dabei hilft.«

Ein passendes Bild. Mona dachte über das Gehörte nach, über Louan und seinen Ärger Yanis gegenüber. Aber sie erinnerte sich auch an seine Verzweiflung, als er von dem Verlust der Tauchschule erzählt hatte, und von der Aussicht, dass er diesen Teil seines Lebens wieder zurechtbiegen könnte. In gewisser Weise stand er ebenso vor einer Mauer wie sein kleiner Bruder, und sie wünschte sich, wie Belén den Mut zu besitzen, einfach darauf einzuschlagen. Schließlich gab es bereits genügend Dinge, die das Leben beeinflussten, nicht wahr? Das fing mit dem Wetter an und konnte mit einer entlaufenen Katze aufhören. Dennoch zögerte sie. Es stand ihr einfach nicht zu, sich derart in Louans Angelegenheiten zu mischen, und sie kannte ihn gut genug, um zu wissen, dass er es nicht sehr schätzen würde.

»Meint er es ernst? Yanis? Dass er sich zusammenreißen will?«

»Ich würde sagen Ja. Wenn er keine Labertasche ist und den Leuten erzählt, was sie hören wollen, dann meint er es ernst.«

Mona schnaubte amüsiert. »Wenn er Louan nur ein bisschen ähnelt, kann er keine Labertasche sein.« Dann seufzte sie und kraulte Flint hinter den Ohren. »Also gut. Ich möchte mich, wie gesagt, nicht in Dinge einmischen, die mich nichts angehen, und es gefällt mir nicht sonderlich, Louan nicht zu verraten, dass sein Bruder auf dem Weg hierher ist. Aber wenn Yanis sich wirklich aussprechen will …«

»Genau, es ist ja nichts Wildes. Er will Louan nicht hintergehen oder ihm Ärger machen. Im Gegenteil. Er glaubt nur, dass es einfacher wird, wenn er ihn in einer entspannten Stimmung erwischt. Ganz simpel. Und du musst auch wirklich nichts weiter tun, als noch etwas für dich zu behalten, dass Yanis herkommt. Und ich ihn, sagen wir, ein wenig unterstütze, weil Louan vielleicht nicht sofort auf ihn losgeht, wenn jemand dabei ist. Sieh mich als Moderatorin.«

Ganz simpel, sie musste lediglich schweigen. Wohlfühlte sich Mona bei dem Gedanken nicht. Sie wollte ja helfen, und zwar beiden, aber es kam ihr wie eine Lüge vor.

Belén schien ihren inneren Zwiespalt zu ahnen. »Yanis ist wirklich verzweifelt. Und er tut ja eigentlich auch nur, was sein Bruder von ihm verlangt hat, nicht wahr? Er redet mit ihm und hört sich seine Standpauke an.« Sie breitete die Arme aus und ließ sie wieder fallen, als wäre alles gesagt. Und das war es ja schließlich auch.

»Also gut«, sagte Mona und atmete tief durch. Die Frische füllte ihre Lunge und brachte eine Leichtigkeit mit sich, die sie aus der Stadt nicht kannte. Ob sich Menschen veränderten, wenn sie am Meer wohnten? Ob dieses Land sie beeinflusste, wenn sie eine Weile hier gelebt hatten? Inwiefern hatte die Bretagne Helene verändert – und welche Art Frau wäre sie gewesen, wenn sie in Deutschland geblieben wäre?

Vielleicht war es der Gedanke an den unbekannten Zweig ihrer Familie, an ihren Uropa, der eventuell nach Helene eine Familie gegründet hatte, der womöglich noch immer in der Bretagne lebte und sich vom Land hatte formen lassen. Was auch immer es war, es schenkte ihr Entschlossenheit. »Ich werde Louan nicht vorwarnen. Aber du sorgst dafür, dass Yanis sich entschuldigt. Und nicht sofort wegläuft, sollte Louan etwas brummig reagieren.«

Belén lachte so laut, dass es über die Dünenlandschaft hallte. »Das ist nett formuliert. Aber gut, machen wir es so. Gibst du mir deine Telefonnummer? Dann rufe ich dich an, wenn wir so weit sind.«

»Das geht leider nicht. Mein Handy ist kaputt. Aber du kannst mich in der Pension erreichen. Wo übernachtest du eigentlich?«

Belén deutete über die Schulter. »In einem dieser gesichtslosen Tourismusbauten, ein Stück von hier entfernt, im Ortskern. Ich würde liebend gern mit euch tauschen. Euer Haus sieht zwar schäbig aus, aber der Ausblick ist der Hammer.«

»Lass dich nicht vom Äußeren täuschen«, sagte Mona und wurde sich bewusst, auf wie vieles sich diese Worte anwenden ließen. Die kleine Pension von Marcel und Juliet lebte ihr etwas vor, das sie unbedingt von ihrer Reise mit nach Hause nehmen wollte, tief in ihr Herz eingebrannt. »Es steckt viel mehr hinter der Fassade, als du ahnst.«

Es war faszinierend, wie sehr ein wenig Regen die Farben des Sonnenaufgangs veränderte. Als wäre ein neuer Künstler eingetroffen, der dem Gesamtbild einen persönlichen Touch hinzufügte und ihm einen völlig neuen Charakter verpasste. Da war nun ein Hauch mehr Gelb, viel mehr Blau, dafür hatte sich die Palette zwischen Rosa und Rot stark zurückgenommen. Mehr Mystik, weniger Klarheit. Noch immer Aufbruchsstimmung, ja, aber in der man seinen Weg leise ging und die Geräusche der Umgebung im Ohr hatte, anstatt vor Freude Richtung Horizont zu rennen.

»Es regnet hier gerade«, sagte Mona und legte eine Hand an die Fensterscheibe, als könnte sie die Tropfen auf der anderen Seite spüren. »Nicht stark, es hört sicher bald wieder auf. Aber es ist fabelhaft. Das Meer sieht plötzlich aus wie in einem meiner Kinderbücher, als ob jeden Augenblick ein Krake daraus auftauchen könnte.«

»Ein Krake. O Mann, Mona. Du klingst übrigens irgendwie anders. Und du findest dort alles schön. Es muss doch auch unschöne Dinge geben? Die gibt es schließlich überall«, sagte Isa, dann polterte und klirrte etwas im Hintergrund. »Au verdammt!«

»Was ist los?«, fragte Mona so erschrocken, dass Flint von seiner Decke neben dem Bett aufsprang und sie aufgeregt fixierte. Wenn sie nun die Tür öffnen würde, wäre er innerhalb kürzester Zeit im Erdgeschoss, auf der Suche nach einem Einbrecher, der nur in seinem Kopf existierte.

»Ach Mist«, jammerte Isa. »Das war meine schöne blaue Vase. Ich werde mich nie an dieses Gipsbein gewöhnen.«

»Wie lange musst du es denn noch tragen?«

»Mindestens vier Wochen. Du darfst mir also etwas Nettes auf Französisch draufkritzeln, wenn du wieder da bist.«

»Auf Bretonisch.«

»Meinetwegen auch das. Wie klingt es eigentlich? Bretonisch, meine ich.«

Mona starrte zum Fenster, durch das die Dämmerung hereinsickerte. Sie dachte an den alten Henri mit seiner Polterstimme und der lieben Art. »Im ersten Augenblick hart und ein wenig erschreckend. Aber dann merkt man, dass es diesen bestimmten Singsang besitzt, der eine weiche Nuance reinbringt. Und dann möchte man es noch einmal hören, um sich zu vergewissern, dass dieser Eindruck stimmt, und dann noch einmal, weil man sich plötzlich daran gewöhnt hat und es ein wenig vermisst.«

Isa lachte leise. »Bist du sicher, dass du gerade wirklich noch die Sprache beschreibst?«

»Natürlich, was sollte ich sonst beschreiben? Im Übrigen habe ich bisher nur einen der vier Dialekte gehört. Er heißt Leoneg.«

»Hm. Und was ist mit diesem Louan?«

Mona zögerte. »Wie meinst du, was mit ihm ist? Er wird

wohl noch schlafen, nehme ich an.« Damit hatte sie mehr als deutlich gesagt, was denn *mit Louan war* – nämlich nichts. Sie kannte Isa gut genug, um zu wissen, was sie wirklich wissen wollte. Gleichzeitig bekam sie ein schlechtes Gewissen, weil sie ihr den Kuss verschwieg. Aber zum einen wollte sie ihn noch für sich behalten, als winziges Geheimnis zwischen Louan und ihr, und zum anderen war sie noch immer unsicher, was sie wirklich darüber denken sollte.

Gestern hatte sie eine ganze Weile am Strand vor der Pension gesessen, nachdem Belén sich verabschiedet hatte. Irgendwann war der Wind zu frisch geworden, und sie war ins Haus gegangen. An der Tür hatte sie lange gezögert und in die Nacht gestarrt, auf Schritte gelauscht, die nicht gekommen waren, und die blinkenden Lichter beobachtet, die sämtliche Gebäude mit Feenkristallen schmückten. Aber vor allem hatte sie sich gefragt, wo Louan so lange blieb und ob er ihr aus dem Weg ging. Einen sehr, sehr flüchtigen Augenblick hatte sie befürchtet, dass er sich auf den Weg zurück nach Plédéliac gemacht hatte, weil er zu dem Schluss gelangt war, es wäre ein Fehler, sie geküsst zu haben. Aber nein, das würde er nicht tun, nicht, ohne sich zu verabschieden. Oder?

Trotzdem wurde es schwerer und schwerer, das Stimmchen zu verdrängen, das ihr all diese Zweifel in den Kopf pflanzte. Sie war früh zu Bett gegangen und rasch eingeschlafen, obwohl sie noch auf Schritte auf der Treppe gelauscht hatte. Heute früh war Louans Zimmertür geschlossen gewesen, und Mona hatte bei ihrem Weg nach unten Juliet getroffen. Mit Tasse und dem Haustelefon bewaffnet, saß sie seitdem an dem mit Schnitzereien verzierten Holztischchen und begrüßte den Tag. »Und ehe du fragst, Isa, er schläft im Zimmer nebenan. Nicht in meinem.«

»Habt ihr eine Verbindungstür?« Isa musste sich wirklich sehr langweilen, seitdem ihr Gips sie mehr als sonst an die Wohnung fesselte.

»Nein. Und auch kein heißes Date.«

»Aber ihr reist zusammen. Ich meine, du hast einen Plan, du suchst nach Infos über deine Familie, aber warum ist er noch immer bei dir? Da muss es doch einen Grund geben.«

In diesem Punkt stimmte Mona ihr vollkommen zu, und sie hätte alles dafür getan, ihn zu kennen. War es noch immer die Tatsache, dass Alain seine Ruhe bei den Arbeiten im Haus wollte und Louan die Zeit nutzte, um ein wenig Abstand zu gewinnen und abzuschalten? Oder war da mehr? War er noch immer an ihrer Seite, weil sie ihm nicht völlig gleichgültig war?

»Ich habe dir doch gesagt, dass er für ein paar Tage nicht in sein Haus kann, in der Gegend niemanden kennt und ich angeboten habe, ihn bei seiner Vermieterin vorbeizufahren. Er mag das Meer.«

»Er ist mitgefahren, um das Meer zu sehen«, kam das spöttisch-trockene Echo.

»Mensch, Isa!« Mona musste lächeln. »Was willst du denn hören?«

»Ich weiß nicht, dass es dir gut geht, und dass du so anders klingst, weil dir ein gut aussehender Franzose den Kopf verdreht.«

»Bretone«, sagte Mona automatisch. »Aber vielleicht klinge ich auch einfach so anders, weil das Land mir den Kopf verdreht. Ich meine nicht nur die Suche nach Helene, sondern diese Freiheit, die man hier überall spürt.«

Am anderen Ende herrschte kurz Stille. »Süße, diese Freiheit hättest du sogar hier in Detmold spüren können, und das schon lange.«

»Du hast ja recht. Ich war all die Jahre lang gewohnt, dass die Dinge so laufen, wie ich sie schon Wochen zuvor festgelegt habe. Weißt du, vielleicht will ich mich auch deshalb erst um ein neues Handy kümmern, wenn ich zurück in Deutschland bin. Ich brauche es hier nicht.«

»Apropos Handy! Daniel hat ein paarmal versucht, dich anzurufen. Ich habe ihm gesagt, dass dein Telefon kaputt ist.«

Daniel. Mona erstarrte und horchte in sich hinein, doch da war nichts als Leere. Kein Stich, kein Bedauern, nicht mal der Hauch einer Sehnsucht nach den gemeinsamen Zeiten. »Wo hast du ihn getroffen, wenn du doch die ganze Zeit zu Hause auf deinem Sofa hockst und sogar deine Mutter dir Essen bringen muss, weil du alles mit deinem Gipsbein zertrümmerst?«

»Im Supermarkt. Wo ich mit besagter Mutter war, um alles für die kommende Woche einzukaufen. Mittlerweile bin ich mit meinen Krücken ganz gut. Ich kann mit den Dingern sogar Leute auf Abstand halten, wenn sie mir an der Kasse zu nah auf die Pelle rücken.«

»Das klingt nicht schlecht. Und, wie geht es ihm?« Diese Frage zu stellen war so leicht. Sie hegte keinen Groll mehr gegen Daniel, nicht mal, weil er lieber gefeiert hatte, als zu Oma Fines Beerdigung zu kommen. Einen besseren Beweis, dass sie über ihn hinweg war, brauchte sie nicht.

»Schwierig zu sagen. Ich weiß nicht, ob er dir hinterhertrauert oder einfach am Vorabend zu lange gefeiert hat. Auf jeden Fall hat er einen Tag später einen Schuhkarton voller

Papiere vorbeigebracht, die er aus Versehen mitgenommen hat und die dir gehören.«

»Was für Papiere?«

»Alte Rechnungen, ein paar Postkarten von deiner Mum. Visitenkarten, all so etwas.« Sie räusperte sich. »Er will zu dir zurück, das ist dir klar, oder?«

»Er stand kurz vor meiner Abfahrt vor der Tür und dachte, wir tun einfach so, als wäre alles wieder gut, und machen weiter wie immer. Dass er das immer noch denkt – nein, das war mir nicht wirklich klar.« Mona seufzte. »Aber es ist verschwendete Energie. Wir hatten unsere Zeit, und im Nachhinein weiß ich, dass es einfach nicht gepasst hat.«

»Weil es mit dem Bretonen besser passt?«

»Isa! Ich muss nun auflegen, Juliet will sicher ihr Telefon zurück. Und du werd wieder gesund. Und grüß alle.«

»Mach ich. Und … Mona?«

»Hm? Wenn du noch eine Anspielung auf *den Bretonen* machst, leg ich sofort auf.«

Isa lachte. »Keine Sorge. Ich wollte dir nur sagen, dass ich stolz auf dich bin. Du hast viel durchgestanden in den vergangenen Wochen, und jetzt bist du in der Bretagne und klingst so unglaublich glücklich. Ich freu mich für dich, wirklich, Süße. Mach das Beste draus, ja? Versprich mir das.«

»Ich verspreche es dir«, sagte Mona leise und blinzelte mehrmals. »Bis ganz bald.« Sie hauchte einen Kuss in den Hörer, legte auf und trat wieder ans Fenster.

Mehr Rot, weniger Blaugrau, und kaum noch Regen.

Sie musste an Isas Worte denken, die zwar nicht wie ein Vorwurf, aber wie eine leichte Ermahnung geklungen hatten: *Du findest dort alles schön.* War dem so? Natürlich hatte sie auf ihrem Weg hierher auch triste Ecken gesehen, heruntergekommene Gebäude, die im Regen deprimierend wirkten, eingestürzte Scheunen, öde Flächen, Grau und Braun. Aber ihr Herz war daran vorbeigeflattert. Wenn man nur geduldig war, stieß man bald wieder auf eine der Schönheiten dieses Landes.

Sie ging zu Flint, streichelte ihn kurz und öffnete ihre Tür. Überrascht bemerkte sie, dass Louans einen Spalt offen stand, er musste also bereits auf den Beinen und nach unten gegangen sein, während sie telefoniert hatte. Hoffentlich hatte er ihr Gespräch nicht mitbekommen!

Eilig ging sie die Treppe hinunter. Flint überholte sie auf halbem Weg und legte unten eine so energische Drehung hin, dass seine Hinterpfoten wegrutschten. Im Erdgeschoss war alles still. Auf dem Board in der Diele lag eine Notiz in geschwungener Schrift:

Bin auf dem Markt. Nehmt euch einfach, was ihr für das Frühstück braucht.

Flint fiepte und kratzte an der geschlossenen Küchentür. Mona öffnete sie und spähte hinein, doch der Raum war leer, lediglich die Wanduhr tickte vor sich hin.

Flint trottete zum Kühlschrank, ließ sich davor nieder und sah Mona an, die Ohren aufgestellt, die dunklen Augen glänzten.

»Vergiss es, Kleiner. Juliet ist nicht da, Marcel ist arbeiten, und ich werde für dich sicher keine fremden Vorräte plündern. Komm, gehen wir erst mal spazieren.«

Sie schnappte sich einen der Schlüssel, die an dem Brett neben der Eingangstür hingen, nahm Flint an die Leine und trat vor die Tür. Der Regen hatte aufgehört, sein Echo lag schwer und feucht in der Luft. Mona strich sich über den

Arm und rieb ihre Fingerspitzen aneinander. Die Aromen nach Tang und Salz waren stärker geworden und überrollten das Land.

Das Wasser hob sich kaum vom Himmel ab, und es sah aus, als hätte sich eine schimmernde Wand aus Grau- und Blautönen vor ihr aufgebaut. Entlang der Kante bewegten sich zwei Gestalten, eine Frau und ein Mann. Nur einen Schritt weiter, und sie wären von den Farbwirbeln verschluckt worden. Mona erkannte Louan augenblicklich. Sie hätte ihn mittlerweile unter tausend anderen erkannt: seine Art zu gehen, diese Mischung aus Energie und Zurückhaltung, und die Geste, mit der er seine Haare zurückstrich. Die Frau neben ihm kannte sie nicht. Zunächst dachte sie, es wäre Juliet, doch dafür waren die Haare nicht lang genug. Juliet hatte sie zu einem Zopf getragen, zumindest noch an diesem Morgen, und der reichte ihr fast bis zur Taille. Diese Frau hatte jedoch schulterlanges Haar, das hinter ihr her flatterte. Mona verengte die Augen und versuchte, mehr zu erkennen, doch das war bei den Lichtverhältnissen unmöglich. Trotzdem verharrte sie noch eine Weile, aber die zwei blieben Scherenschnitte vor der Meereskulisse. War er deshalb gestern so lange im Ort geblieben? Und ging sie das überhaupt etwas an? Genügten ein Kuss, einige Berührungen und ein halbes Dutzend Blicke, die diese Stelle tief in ihrem Bauch erreichten, damit es sie etwas anging?

»Na komm, Flint«, sagte sie und bog nach links ab, um sich parallel zur Häuserzeile zu halten. Ihr war die Lust vergangen, dem Meer einen Besuch abzustatten – dazu blieb später noch Zeit.

Flint erwürgte sich beinahe, als er versuchte, sich im Laufen nach Louan umzusehen, den er natürlich erkannt hatte.

Aber Mona blieb hartnäckig und ließ zunächst die Pension und dann das Nachbarhaus mit dem riesigen Anker im Vorgarten hinter sich. Noch ein Haus und vierzehn Gedankengänge weiter hörte sie eine vertraute Stimme.

»Mona!« Es war Louan.

Die Härchen in ihrem Nacken stellten sich auf, und sie sagte sich, dass es albern wäre, nun einfach weiterzugehen – abgesehen davon, dass Flint bereits alle vier Pfoten in den Boden gebohrt hatte und sich in einen Flummi verwandelte, wobei er sich in der Leine verhedderte.

Mona atmete tief durch, wandte sich um und sah den beiden entgegen. Ja, sie hatte sich nicht getäuscht. Louan trug Jeans und seine dünne Jacke, trotz der morgendlichen Kühle war er barfuß, und seine Augen leuchteten auf eine Weise, die ihr Angst machte. Bisher war er Fremden gegenüber eher zurückhaltend gewesen. Bedeutete das, er kannte diese Frau schon länger … oder war da zwischen den beiden noch etwas ganz anderes?

»Hey!« Mona lächelte und strich sich eine Strähne aus der Stirn. Jetzt wünschte sie sich, heute Morgen etwas mehr Zeit auf ihr Äußeres verwendet zu haben und nicht einfach mit offenem Haar, Shirt und Strickjacke herumzulaufen. Louans Begleitung sah nämlich einfach perfekt aus in ihrem Maxikleid in Erdtönen, der taillenkurzen Jacke und den goldenen Ballerinas. Bei ihrer Frisur hatte der Wind kaum Chancen, etwas zu zerstören. Im Gegenteil, gerade das Verwuschelte stand ihr unwahrscheinlich gut und verlieh ihr ein elegant-freches Selbstbewusstsein. »Ich hätte nicht gedacht, dass du schon wach bist.«

Seine dunklen Augen musterten sie, als würde er sie mühelos durchschauen. Er hatte sich noch nicht rasiert und hätte mit dem Bartschatten sicherlich perfekt in Helenes Zeit gepasst – als Schmuggler. Die Frau betrachtete Mona dagegen mit unverhohlener Neugier. Ihre Brauen verzogen sich leicht und bekamen einen attraktiven Schwung, als sie zu Louan blickte, ihre Wangen waren vom Wind gerötet. Sie gehörte ebenso hierher wie Louan selbst. Beide waren Geschöpfe der nahen See, Menschen des Ufers, während Mona zum Land gehörte, wo sie lachen und sich mit ausgestreckten Armen um sich selbst drehen konnte.

Flint hatte keinerlei Berührungsängste und sprang erst die Frau, dann Louan an. Der schob ihn von sich. »Mona, ich möchte dir jemanden vorstellen.«

»Wir haben uns gestern Abend durch Zufall kennengelernt«, fiel ihm die Fremde ins Wort. Zu ihrer perfekten Frisur und den perfekten Lippen war sie von der Natur auch mit perfekten Zähnen beschenkt worden.

»Ah«, sagte Mona.

»Ja«, sagte Louan. »Das ist Théa.« Er wusste einfach, wie man theatralisch schwieg, nachdem man eine bahnbrechende Neuigkeit mit höchster Beiläufigkeit erwähnt hatte.

»Die Théa?« Mona schluckte, als sie merkte, wie laut sie gesprochen hatte. »Ich meine, Théa Briant?«

Die Frau lachte. »Vielmehr Théa Colet, aber ja, ich war mal Théa Briant. Ich bin eher aus meinem Urlaub zurückgekommen als geplant, und ich habe schon gehört, dass ihr Armelle getroffen habt. Ich hoffe, sie hat euch ein schönes Stück Kuchen serviert. Armelle ist die beste Bäckerin des gesamten *Départements*. Ach, was sage ich, der gesamten Bretagne.«

»Ja, wir haben sie getroffen. Und François. Und wir haben ein sehr gutes Stück Zitronen-Basilikum-Tarte probieren dürfen.« Mona sah Louan an, eine stumme Aufforderung, ihr mehr zu erzählen. Er ließ sie zappeln, und das Zucken seines Mundwinkels verriet genau, wie viel Spaß es ihm bereitete.

Endlich schmunzelte er. »Also gut, ehe du mich erwürgst: Ich bin gestern Abend in eine Bar geraten, weil es dort ein öffentliches Telefon gab, und drinnen saß Armelle bei einem Cidre. Mit Théa. Wir haben uns unterhalten, ich habe erzählt, was ich weiß, und als ich zurückgekommen bin, hast du bereits geschlafen. Ich wollte dich nicht wecken.«

»Aber da er mir verraten hat, dass du eine Frühaufsteherin bist und ich den Sonnenaufgang hier vermisst habe, bin ich heute direkt nach dem Aufwachen runter zum Strand«, nahm Théa den Faden auf. »Ich dachte, ich lade euch zwei zum Frühstück ein. Immerhin gibt es viel zu erzählen! Du musst mir unbedingt alles über deine Uroma berichten, Mona, und Louan und ich müssen eh noch Details zum Job besprechen.«

»Job?« Mona blickte von einem zum anderen, und dieses Mal war Louans Lächeln weich.

»Es sieht ganz so aus, als würde ich noch ein paar Tage in Plouescat bleiben. Ich dachte, das trifft sich gut, weil du sicher auch nicht gerade morgen abreisen wirst.«

»So«, schmunzelte Mona. »Werde ich nicht?«

»Nein.« Er meinte es ernst, und gerade das brachte dieses schwebende Gefühl zurück, das sie für wenige Augenblicke verloren geglaubt hatte.

15

»Theá ist supernett. Aber wie bitte kann man Dokumente entsorgen, die mit der eigenen Familie zu tun haben? Das macht man doch nicht!« Verwirrt, verständnislos und ein wenig verzweifelt starrte Mona auf die Reste des Crêpe auf ihrem Teller. Der Geschmack versöhnte sie wieder mit der Welt. Genießerisch stach sie ein weiteres Stück ab und ignorierte Flints Blicke, die Löcher in ihre Kleidung brannten, seitdem Armelle den Teller vor ihr abgestellt hatte. »Was hast du noch anders gemacht, außer dass du gesalzene Butter verwendet hast?«

Armelle lachte. Sie hatte sich mit beiden Ellenbogen auf den Tisch gestützt, als wollte sie keine Reaktion auf ihr Gebäck verpassen. »Was willst du zuerst wissen, Rezept oder Théa?«

»Das Rezept, so lange ich den Geschmack noch im Mund habe.«

»Ich stelle den fertigen Teig grundsätzlich für zwei Stunden in den Kühlschrank, ehe ich die Crêpes backe. Ich habe gesalzene Butter im Teig verwendet – neben Vanille – und die fertigen Stücke dann noch einmal damit bestrichen. Mehr Geheimnis gibt's da eigentlich nicht.«

»Das genügt schon«, murmelte Mona, schluckte den Bissen und fühlte sich augenblicklich einen Hauch glücklicher.

»Es sind immer die kleinen Dinge, die diese versteckten Aromen schaffen. Die, bei denen man sich fragt, was es denn nun war, das so großartig geschmeckt hat.«

»Ich hätte es nicht besser sagen können. *À votre santé!*« Armelle hob ihr Glas, und Mona schlug ihres vorsichtig dagegen. Obwohl es noch Vormittag war, hatte sie sich zu einem Cidre überreden lassen. Er passte aber auch hervorragend zu den hauchdünnen, goldgelben Teigstücken mit Apfelkompott und gesalzenem Butterkaramell, das cremig auf der Zunge zerfloss. Die Frische des Getränks bildete einen tollen Kontrast, das konnte sie Armelle nicht absprechen. Dennoch war sie froh, dass sie zuvor bereits ein belegtes Croissant und einen großen Kaffee zu sich genommen hatte.

»Und zu Théa«, nahm Armelle den Faden wieder auf. »Sie ist alles andere als sentimental und sehr rigoros, was Papier und weitere Dinge angeht, die ihrer Meinung nach Staubfänger sind. Sie bewahrt ihre Bankdaten und Abrechnungen auch nur so lange auf, bis ihre Steuerberaterin ihr das Okay zum Wegwerfen gibt. Noch vor ein paar Jahren sind die Sachen sogar so früh in der Mülltonne gelandet, dass es Ärger gab und Théa viel Arbeit damit hatte, sie wiederzubeschaffen. Seitdem achtet sie besser darauf, aber wenn es nach ihr ginge, würde alles, was sie einmal in der Hand gehabt und gelesen hat, sofort aus dem Haus geschafft.«

Mona dachte an die ordentlich beschrifteten Ordner in ihrem Arbeitszimmer, die viele Jahre in die Vergangenheit reichten. »Nun gut, es spricht nichts gegen rigorose Organisation. Aber Erinnerungen sind doch etwas ganz anderes.«

»Ja, aber die hat sie hier.« Armelle tippte sich an die Schläfe. »Mehr will sie nicht, weil sie es am liebsten hat, wenn ihre Wohnung möglichst leer ist. Sie fühlt sich sonst eingeengt, sagt sie. Sicher hat sie noch ein paar Fotos, aber ich wette, dass es nicht mehr als eine Handvoll sind.«

»Es sind genau drei. Eines von Gaelle und Jacques vor dem *Mariot*, eines von den beiden mit ihrem Sohn René und eines vom Hotelbetrieb. Leider weit und breit keine Spur von Helene.« Théa bewahrte die Schnappschüsse zusammen mit aktuellen aus ihrem Leben in einer Schublade auf und hatte Mona freie Hand gelassen, sich durchzuwühlen. Sie war rasch darauf gestoßen, da es die drei einzigen Schwarz-Weiß-Fotografien waren. Auf der ersten, größten, mit gewelltem Rand, spazierte das Ehepaar am Waldrand entlang und hatte seinen kleinen Sohn, der ohne Hilfe wohl hingefallen wäre, in die Mitte genommen. Sie waren noch jung, Anfang oder Mitte zwanzig, und lächelten entspannt in die Kamera, während der Wind an ihrer Kleidung zerrte. Gaelle verkörperte in ihren hellen Riemchenschuhen und ihrem ärmellosen Kleid, das ihr in gerader Form bis knapp über die Knie reichte und mit einem schmalen Band an der Taille versehen war, die unbeschwerte, junge Frau vom Land. Ihr dunkles Haar wurde von einer Mütze im Zaum gehalten, einzelne Spitzen lugten hervor und reichten ihr bis zum Kinn. Sie waren ebenso lockig wie das Haar von Jacques, das er in der Mitte gescheitelt trug. Er war schlank und strahlte eine gewisse Eleganz aus in weißem Hemd, Stoffhosen und Wolljacke. Im Gegensatz zu ihm wirkte der kleine René in Kniehosen mit Strümpfen deutlich sommerlicher. Im Hintergrund war die Front einer Voiturette abgebildet, eines leichten, einzylindrigen Kleinwagens mit dem offenen Sitzbereich und dem langstieligen Lenkrad. Daneben stand ein Mann, dessen Stolz auf das Fahrzeug selbst über die Zeit hinweg durch den Schnappschuss transportiert wurde. Mona hatte bei dem Anblick unwillkürlich lächeln müssen. Sie erinnerte sich an einen Online-Bericht, den sie vor ihrer Abreise gelesen hatte: Automobil-Unternehmen hatten gerade in Frankreich um das Jahr 1900 einen regelrechten Boom erlebt, auch wenn viele von ihnen nach wenigen Jahren wieder hatten schließen müssen. Der glückliche Besitzer der Voiturette war sicher eine Dorfsensation gewesen. Mona hatte über die Fotografie gestrichen, die feinen Risse ertastet und sich Helene vorgestellt. Zum ersten Mal hatte sie sich gefragt, ob ihre Uroma ein glücklicher Mensch gewesen war, eine Sonne, so wie sie oder Oma Fine.

Auf dem zweiten Foto posierte das Ehepaar vor dem *Mariot*, das in seiner ganzen Pracht aufragte. Es machte Mona ein bisschen wehmütig, wenn sie an den heutigen Zustand des Gebäudes dachte. Gut, dass Alain gerade sein Bestes gab, um das Innere bewohnbar zu machen, und vielleicht würde Madame Benoit sich im Anschluss ja um die Außenfassade kümmern. Das Haus hatte es verdient, wenn es einst zu solchem Glanz fähig gewesen war. Auf dem Schnappschuss waren die Briants älter, der lässige Freizeitlook war bei Gaelle einem eleganten Rock, Strumpfhose samt Absatzschuhen sowie einem tief in die Stirn gezogenen Damenhut gewichen, den ein Samtband umspannte. Ihr Mann trug Hemd und kurze Krawatte zu einer dunklen Hose. Sie blickten ernst, aber auch stolz, und zu ihrer Linken schmiegte sich eine Katze an die Mauer. Mona hatte kurz mit dem Gedanken gespielt, Louan das Foto mit der Katze zu zeigen.

Interessanter fand sie allerdings das dritte Foto aus dem Inneren der Pension: Drei Bedienstete, allesamt Frauen in schlichten Kleidern mit Schürze und Häubchen, die fest auf dem Haar saßen, standen in einem Raum und diskutierten. Eine hielt ein Tablett in der Hand, eine andere einen Staubwedel. Leider war Helene nicht dabei gewesen, aber Mona hatte das Foto dennoch lange betrachtet, als könnte sich ein Gesicht in das ihrer Urgroßmutter verwandeln, wenn sie nur hartnäckig blieb.

»Also, bei Théa komme ich leider auch nicht weiter«, sagte Mona und nahm noch einen Schluck Cidre.

»Immerhin hat Louan dank ihr jetzt etwas zu tun. Wurde auch Zeit, dass Théa endlich jemanden beauftragt, die Ruine zu renovieren.«

Théas Ruine war ein leer stehendes Ladenlokal am Rand des Ortes und schmiegte sich in eine Kurve, hinter der der Wind Sand aus den Dünen verwirbelte und der Ozean brüllte. Es sah grausam vernachlässigt aus, aber laut Théa war die Bausubstanz noch vollkommen in Ordnung. Früher hatte ihr Ex-Mann dort eine Bar betrieben, dann waren die Liebe und die Fassade des Lokals zusammen vereinsamt. Nach einer Weile Abstand, die nötig gewesen war, hatte sich Théa entschieden, zumindest dem Gebäude noch eine Chance zu geben, und Louan nach einem ausgiebigen Gespräch beauftragt, erste Arbeiten durchzuführen und abzuschätzen, wie weit der Verfall vorangeschritten war und ob ein Fachmann beauftragt werden musste.

Die Türglocke bimmelte, und beide Frauen blickten auf. Es war jedoch nur der Postbote, der Armelle einen Briefstapel in die Hand drückte, einige Worte mit ihr wechselte und dann schon wieder auf dem Weg nach draußen war. Armelle verstaute die Post in einem Fach unter der Kasse und kehrte zum Tisch zurück. Das *Mouette* würde erst in einer halben Stunde öffnen.

Armelle kehrte mit einer Flasche Mineralwasser zum Tisch zurück. »Hast du dir die Ruine angesehen?«

»Nur kurz, aber wie eine Ruine sieht es nicht aus.«

Armelle stellte zwei Gläser auf den Tisch, öffnete die Flasche und schenkte das Wasser ein. »Théa nennt sie schon immer so, und wir haben das alle übernommen. Sie will sich seit Jahren um das Ding kümmern, aber ist irgendwie nicht dazu gekommen.«

»Das scheint verbreitet zu sein«, sagte Mona und nahm einen Schluck. »Louans Vermieterin hat ihm auch ein Haus zur Verfügung gestellt, in dem es durch die Decke tropft.«

Armelle lachte ihr tiefes, volles Lachen, das in jeden Winkel zu dringen schien. »Na, dann weiß er ja schon, was auf ihn zukommt!«

Mona aß mit leisem Bedauern das letzte Stück Crêpe und schloss für einen Moment die Augen, um das Aroma voll auszukosten – und Flints Du-hast-mir-gerade-das-Herz-gebrochen-Blick besser ignorieren zu können. Ihr Hund stand angespannt auf allen vieren, aber so still wie eine Statue. Als sie die Gabel wieder ablegte, hörte sie ihn grummeln, gefolgt von einem dumpfen Geräusch, als er sich auf den Boden fallen ließ. »Der war so gut, dass ich gern noch einen essen würde, aber dann müsste ich platzen.«

»Bleib einfach eine Weile, dann kannst du dich quer durch mein Angebot probieren. Vielleicht hast du ja auch ein deutsches Rezept, das ich ausprobieren kann?«

Mona riss die Augen auf. »Machst du Witze, nur eines? Ich bin mit einer Oma aufgewachsen, die mit mir fast jedes Wochenende Kuchen gebacken hat. Ich zeige dir gern ein paar Spezialitäten der Familie Martinssen.«

»Einverstanden!« Armelle schlug Mona auf die Schulter.

»Wenn ihr am Wochenende noch hier seid und nichts anderes vorhabt, legen wir einen Backtag ein. Was hältst du davon?«

»Von Herzen gern.« Mona strahlte. Sie hatte es vermisst, mit jemandem zusammen in der Küche Zutaten abzuwiegen und Teig zu kneten. »Louan wird nun eh eingespannt sein, wenn er die Ruine wieder auf Vordermann bringen will. Seltsam, dabei ist er vor einer Arbeit wie dieser geflüchtet.«

»Och, das finde ich gar nicht so erstaunlich. Manchmal müssen einfach die Umstände passen. Der Ort, die Menschen oder einfach nur die Atmosphäre. Solche Dinge spielen eine größere Rolle, als viele denken. Daher habe ich mich auch fürs Backen entschieden, denn dann kann ich meine kleine Welt immer mit mir herumtragen. Öfen und Mehl gibt es fast überall.«

Allein diese Worte schufen ein Gefühl von Heimat. »Du sprichst mir aus der Seele, Armelle.«

»Und dein Louan scheint hier doch auch ganz glücklich zu sein. Ich meine, er ist kein großer Redner, und er hat es drauf, Leute auf Abstand zu halten, indem er einfach diese netten Augenbrauen zusammenzieht.« Sie zwinkerte. »Aber ich mag ihn trotzdem.«

Mona verzichtete darauf, Armelle zu sagen, dass es nicht »ihr« Louan war, und sie riss sich zusammen, um nicht wieder in Gedanken zu versinken, die sich um ihn drehten. Vorhin hatte er sich mit der Bemerkung verabschiedet, dass sie sich einen schönen Tag machen solle und er sich darauf freue, sie am Abend zu sehen, und ihr einen dieser Blicke geschickt, die sie sprachlos machten. »Er liebt das Meer«, sagte sie leise. »Seitdem wir hier sind, geht es ihm besser. Vielleicht war es einfach das, was er gebraucht hat.

Du hättest ihn mal vorher erleben sollen, dagegen sind die Augenbrauen jetzt fast schon lieblich.«

»Ich verstehe ihn sehr gut. Selbst wenn ich von morgens bis abends Termine habe oder beschäftigt bin, so gibt dieser Ort mir eine Freiheit, die ich nicht mehr missen möchte.«

Ja, dachte Mona. Auch das konnte sie nachfühlen. Die Magie der Gegend hielt sie ebenfalls gefangen. Sie durfte sich nur nicht zu sehr verlieben.

Armelle griff nach ihrem Teller. »So, Mademoiselle, dann räum ich das mal nach hinten, ehe Alice kommt. Ich glaube übrigens, dein Hund ist nun sauer auf dich.«

Mona verzog das Gesicht. »Allerhöchstens beleidigt, weil ich nicht mit ihm geteilt habe. Außerdem vermisst er Louan. Der war anfangs sehr abweisend zu ihm, das hat ihn herausgefordert, und er hat alles gegeben, um das nach außen so harte Bretonenherz zu erobern. Und irgendwann auf unserer Reise ist daraus eine echte Hundeliebe geworden.«

»Nun, wenn du nicht eifersüchtig bist?«

Mona stockte, dann erkannte sie den Humor in Armelles Worten. »Ich werde darüber hinwegkommen.«

Sie sahen sich an und brachen in Gelächter aus. Armelle zog sich einen Stuhl heran, ließ sich darauf fallen und wischte sich die Tränen aus den Augen. »Ach Mona. Ich freue mich, dass ihr euch hierher verirrt habt. Manchmal ist monatelang nichts los, und dann erscheint so jemand wie du.«

»Jemand wie ich?«

»Ja, jemand, bei dem es einem vorkommt, als würde man ihn schon viel länger kennen, als die kurze Zeit es zulässt. Da fällt mir ein, ich wollte heute zum Grab meiner Oma. Magst du mitkommen?«

Celines Grab! Wie aufregend. Ob Helene es gekannt hatte? Bei all den Geheimnissen, die ihre Uroma umgeben haben sollen, war es doch möglich, dass sie nach dem Tod ihrer Bekannten noch einmal in die Bretagne gefahren war? »Natürlich, gern. Wie lange musst du denn arbeiten?«

»Gar nicht.« Armelle zog eine Grimasse. »Ich habe nur die Madeleines und die Tartes hergebracht, die ich heute früh gebacken habe. Und ich wollte dir einen Crêpe servieren – es grenzte ja schon fast an Frevel, dass du während deiner Reise noch keinen gegessen hattest. Ansonsten habe ich frei, es ist Alices Schicht.«

»Du meinst – wir gehen jetzt gleich?« Mona fuhr zusammen, als jemand an die Scheibe klopfte. Energisch und ein wenig aggressiv, so als hätte derjenige keine Zeit – oder aber große Lust auf eine Tasse Kaffee. Flint sprang auf und bellte, schwieg aber, als Mona ihm leise befahl, still zu sein. Allzu tief gekränkt hatte sie ihn also nicht.

Armelle rührte sich keinen Zentimeter. »Wir öffnen erst in zwanzig Minuten!«

Erneutes Klopfen war die Antwort, dieses Mal noch energischer.

»Himmel«, brummte Armelle und stand auf. »Wenn der uns das Glas einschlägt, wird Théa toben.« Zum ersten Mal fiel Mona auf, wie viel Kraft und Energie Armelle ausstrahlen konnte. Bisher war sie freundlich gewesen, diese Energie, und hatte wunderbar mit ihr harmoniert. Jetzt aber war Mona einfach nur heilfroh, nicht derjenige zu sein, der dort draußen stand und unbedingt zu ihnen reinwollte.

»Mona?«, rief plötzlich eine weibliche Stimme. »Bist du da drin?« Zwei Hände legten sich an das Glas, dann eine Stirn.

Mona blinzelte. »Ach du meine Güte!«

Armelle wandte sich zu ihr um, die Runzeln auf ihrer Stirn standen Louans in nichts nach. »Eine Freundin von dir?«

»Nein, das kann man so nicht sagen. Wir haben uns neulich erst kennengelernt. Sie … sie hat mit einem Gewehr auf mich und Louan gezielt.«

»Sie hat *was*?«

Hastig winkte Mona ab. »Erkläre ich dir später, aber sie ist vollkommen harmlos. Ich glaube, wir können ihr öffnen.«

»Nur, wenn sie unbewaffnet ist.« Armelle nahm den Schlüssel von der Theke und ging zur Tür. Kurz darauf trat Belén ein, streckte Armelle zur Begrüßung eine Hand entgegen und winkte Mona mit der anderen. Das offene Haar verlieh ihr etwas Mädchenhaftes, womöglich sagte Armelle deshalb nichts zu der Geschichte mit dem Gewehr.

»Hey! Ich war vorhin bei deiner Pension, und Juliet meinte, dass du hier bist.« Sie klang auf eine seltsame Weise begeistert und blickte sich um. »Cooles Café. Wollt ihr hier frühstücken?«

Mona sah ein wenig hilflos zu Armelle. »Das ist Belén, sie passt auf das Haus von Louans Vermieterin auf, während die im Urlaub ist. Belén, das ist Armelle, sie arbeitet hier im *La Mouette*. Und nein, wir haben uns nur unterhalten, das Café hat noch nicht geöffnet. Aber was gibt's? Ist es wegen Yanis?«

Belén winkte Armelle noch einmal zu und hob einen Daumen. »Jepp. Er hat noch ein, zwei Dinge zu klären und will vielleicht schon heute Abend, aber spätestens morgen hier sein. Schaffst du es, dass Louan so lange nicht flüchtet?« Sie grinste und zeigte ihre breiten, strahlend weißen Zähne.

»Ja, er wollte sowieso noch eine Weile bleiben.« Mona fühlte sich von all dem Enthusiasmus überrannt, vor allem, da ihre Gedanken zuvor noch bei Helene, Louan und dem Ehepaar Briant gewesen waren. Belén riss sie mit einer solchen Geschwindigkeit in die Gegenwart zurück, dass ihr beinahe schwindelig wurde.

Die drei Frauen starrten sich an. »Und, was hast du heute vor?«, fragte Mona, um die Stille zu beenden.

Belén schob die Unterlippe vor. »Nichts Bestimmtes. Und ihr?«

»Wir wollen zum Friedhof, das Grab von Armelles Oma besuchen. Sie hat früher mit meiner Uroma zusammengearbeitet.«

»Was, echt?« Belén machte große Augen. »Darf ich mit? Bitte. Hier ist so wenig los, ich langweile mich zu Tode.«

Mona wechselte einen Blick mit Armelle. Die musterte Belén noch einmal ausgiebig und fand dann endlich zu ihrem Grinsen zurück. »Warum nicht.«

Eines musste man den Toten der Umgebung lassen: Hier hatten sie definitiv ihre Ruhe. Der Friedhof tarnte sich gut hinter einer von Efeu bewachsenen Granitsteinmauer. In der Nähe gab es kein einziges Wohnhaus, und über all dem Grau und Grün wirkte der Himmel noch endloser als sonst.

Sie waren Richtung Osten gefahren und hatten den Ort hinter sich gelassen. Nach einer Weile war zur Linken ein Weg abgezweigt, der Mona an den erinnerte, der sie vor einigen Tagen mitten im Unwetter zu Louan geführt hatte. Ein hübsches Fleckchen, und wenn gerade kein Auto vorbeifuhr, konnte man glauben, der einzige Mensch auf der Welt zu sein.

Das Efeu hatte auch auf der anderen Seite der Mauer seinen Platz behauptet und wechselte sich mit dunklen, samtig roten Kamelien ab, die schwachen Duft verströmten. Weitere Blumen sowie Sträuße und Kränze schmückten die Gräber, von denen einige den Kampf gegen Wind und Wetter bereits verloren hatten. Eine Grabplatte war verrutscht, ein dicker Riss zog sich der Länge nach durch den Stein. Eine Welt inmitten einer Welt, über der ein besonderer Zauber lag.

Mona blieb stehen und sah sich um. Der Anblick erinnerte in keiner Weise an den Detmolder Friedhof mit seinen schnurgeraden Gräberreihen, den sauber geharkten Wegen und den Baumgruppen. Auch die Steinkreuze, die hoch über manche Gräber ragten, waren ungewohnt.

»Hier wird schon lange niemand mehr beerdigt«, sagte Armelle und bog ein paar Zweige beiseite, die in den Durchgang ragten. Sie deutete nach links, wo nur wenig Stein, dafür aber eine Menge Grün sowie Bäume zu sehen waren. »Ganz hinten ist das Grab. Du kannst Flint ruhig von der Leine lassen, Mona. Er weiß sich ja zu benehmen, und hier ist außer uns eh niemand, den er stören könnte.«

Da er ohnehin gewohnt war, frei zu laufen, kam Mona der Aufforderung nur zu gern nach – sofort steckte Flint die Nase ins Gras und rannte unter kurzen Schnaubstößen los.

»Er ist ziemlich süß«, sagte Belén. »Hat er besondere Tricks drauf? Kann er sich totstellen oder Stöckchen holen?«

»Er kann beides, aber nur, wenn er Lust hat, also vielleicht einmal pro Jahr«, sagte Mona wahrheitsgemäß. »Ansonsten hört er, wenn ich ihn rufe, und benimmt sich in den meisten Fällen, das genügt mir.«

»Das klingt doch gut. Flint! Hey Flintiii!«

Er blieb stehen, sah sich um und trottete weiter. Belén überlegte nicht lange, beschleunigte und hatte ihn kurz darauf eingeholt.

Mona sah den beiden hinterher und betrachtete dann die Grabsteine, an denen sie vorbeikam. Manche Inschriften waren nicht mehr zu entziffern, andere zugewuchert, und die meisten noch lesbaren datierten auf die Zeit zwischen den beiden Weltkriegen. Manche Nachnamen kamen sehr häufig vor, und Mona fragte sich, ob die Nachkommen, falls noch in der Gegend wohnhaft, sonntags herkamen und sich um die Gräber kümmerten.

»Das Flintenweib hab ich mir ganz anders vorgestellt«, sagte Armelle, fiel neben ihr in Gleichschritt und deutete über die Schulter. »Sie ist noch jung, oder?«

»Ich glaube schon. Anfangs habe ich mich da auch verschätzt, aber vielleicht machen Waffen einfach älter.«

Armelle stieß sie an und kicherte. »Wenn du willst, kann ich dich meinem Nachbarn vorstellen, dem alten Gérard. Ein Taubenzüchter vor dem Herrn, aber sein noch größerer Stolz ist seine Gewehrsammlung. Der hat mindestens zehn von den Dingern und behauptet, sie stammen alle aus dem Krieg. Damit könntest du Belén gegenüber ziemlich auftrumpfen.«

»Nein, danke.« Mona schüttelte sich. »Eine solche Begegnung reicht mir einmal im Leben. Da nehme ich lieber deine Einladung zum Backen an.«

»Ist auch besser. Und was war das vorhin eigentlich mit einem Yanis? Kennt die kleine Schießwütige etwa jemanden aus der Gegend?«

»Nein.« Mona überlegte und sah sie eindringlich an. Es

war ihr niemals schwergefallen, Dinge für sich zu behalten. Noch nie in ihrem Leben hatte sie den Drang verspürt, etwas weiterzuerzählen, das man ihr anvertraut hatte. Aber bei Armelle war es anders. Es kam ihr vor, als wäre sie nicht nur ihre Verbündete, sondern auch jemand, auf dessen Rat sie sich hundertprozentig verlassen konnte. Jemand, der kein Urteil über sie fällte, aber ihr schon rechtzeitig sagen würde, wenn sie sich gerade in etwas verrannte. »Du musst mir versprechen, das für dich zu behalten.«

Armelle presste Daumen und Zeigefinger zusammen und führte sie quer über ihren Mund. »Von mir erfährt niemand etwas.«

Mona holte tief Luft und fasste in knappen Worten das Desaster um Louan und seinen Bruder zusammen – ebenso den Plan, für den sie zu Beléns Komplizin geworden war.

Armelle hörte interessiert zu und schnalzte mit der Zunge. »Oha. Du willst wirklich einen bretonischen Sturkopf zu etwas zwingen?«

»Aber das tue ich doch gar nicht«, sagte Mona erschrocken. »Er hat seinem Bruder doch selbst gesagt, dass er persönlich mit ihm reden will.«

»Ja, damit er ihm den Kopf waschen kann, und das meinte er wahrscheinlich wortwörtlich, schließlich ist das Meer nicht weit. Aber wenn die zwei eine Tauchschule hatten, dann kann der Kleine sicher lange die Luft anhalten. Seine Chancen aufs Überleben stehen also gar nicht mal so schlecht.«

»Armelle! Du bist unmöglich.« Obwohl ihr die Worte ein leichtes Unbehagen bereiteten, musste Mona lachen. »Denkst du, es ist ein Fehler, sich da einzumischen?«

»Na, im Grunde tust du ja das Gegenteil, du hältst dich

raus. Sonst hättest du es ihm ja schon längst gesagt. Mach dir mal keine Sorgen, das wird schon. Wenn dein Louan nach einem schweren Tag von der Ruine zurückkommt, hat er eh keine Energie mehr, um sich groß darüber aufzuregen, dass er sich zurückhalten muss, weil sein Bruder viel zu früh und dann noch mit einem weiblichen Bodyguard anrückt. Théa wird ihn schon fordern für ihr Geld.«

»Ich hoffe einfach mal, dass du recht hast.«

»Das wird schon.« Armelle blieb vor einem Grab stehen und betrachtete es stumm. Mona trat neben sie. Der Stein befand sich knapp vor der rückwärtigen Mauer, ein wenig abseits von den anderen. Er war schlicht und dunkel, jedoch von Moos und anderem Bewuchs gesäubert. Stark und aus dunklem Granit. Niedrige Grüngewächse, die Mona nicht kannte, bildeten das Bett für den Stein und waren ebenso einfach gehalten wie die Inschrift:

Celine Decroix, geb. Girardot.

Kein Geburts- oder Sterbedatum, kein Grabspruch, nichts.

»Sie wollte einen möglichst simplen Grabstein, und damit meinte sie auch wenig Inschriften«, sagte Armelle. »Laut Maman wollte sie nicht festgelegt werden auf eine Zeitspanne hier auf der Erde. Bei dem Gedanken daran hat sie sich gefangen gefühlt. Weniger Grenzen hat sie sich gewünscht, da es hier im Leben schon genug davon gäbe.«

Mona nickte. Das konnte sie nachvollziehen, und gleichzeitig fragte sie sich, welche Grenzen Celine wohl erleben musste, die so stark gewesen waren, dass sie ihren Totenwunsch beeinflusst hatten.

In all seiner Schlichtheit verfügte Celines Grab über eine Auffälligkeit, die es von vielen anderen abhob: Zwischen dem Stein und der Begrenzungsmauer ragte ein Baum über zwei Meter in die Höhe. Inmitten der dunkelgrünen Blätter schimmerten weiße Blüten, und trotz der opulenten Pracht wirkte er eher zierlich.

»Ein Zitronenbaum«, sagte Armelle, die Monas Interesse bemerkt haben musste. »Passend, nicht wahr? Zitronen waren ihre Lieblingsfrüchte, daher hat sie auch das Rezept für die Tarte erfunden, und sie hat schon zu Lebzeiten festgelegt, dass sie unter einem solchen Baum begraben werden möchte. Tja, so ist sie hier gelandet.«

Mona trat um das Grab herum. Beinahe ehrfürchtig berührte sie die Blätter. »Ich hätte nicht gedacht, dass hier Zitronenbäume wachsen.«

»Dank des Golfstroms schon. Die Winter sind relativ mild, mancherorts wachsen sogar Palmen.«

»Wie kommt es eigentlich, dass deine Oma hier begraben wurde, in Plouescat? Stammt sie gar nicht aus Plédéliac?«

»Nein, meine Familie stammt von hier, Celine ist für den Job nach Plédéliac gezogen. Ich vermute, sie wollte einfach mal an einem Ort leben, an dem sie nicht jeder kennt, so wie junge Leute es sich so oft wünschen. Vielleicht wollte sie mal etwas Neues ausprobieren, einen Hauch Abenteuer erleben, ohne weit in die Welt hinauszuziehen. Ich glaube aber, sie war nicht wirklich für die Fremde gemacht. Später ist sie zwar nach Paris gegangen, aber bald wieder zurückgekommen, die Großstadt war wohl nichts für sie. Als meine Maman geboren war, hat sie beschlossen, mit ihrer Tochter ans Meer zu ziehen. Sie hat wieder Kontakt mit den Briants aufgenommen, und der ist auch nach ihrem Tod zwischen unseren Familien erhalten geblieben. In der Tat habe ich Théa damals den Tipp gegeben herzukommen, als sie nach einem Lokal suchte. Tja, und sie ist geblieben. Natürlich ist sie das.« Sie zwinkerte. »Dem Meer entzieht sich so schnell niemand.«

»Das kann ich voll und ganz verstehen.« Mona strich über weitere Blätter, die Blüten, die erstaunlich raue Rinde, und dachte an Celine, die ebenfalls von den Wellen hergelockt worden war. »Wann trägt er Früchte?«

»Leider gar nicht«, seufzte Armelle, kniete sich auf den Boden und zupfte ein paar Moosflechten vom Stein. »Das ist jetzt nichts Mystisches oder so. Angeblich hat er noch nie Früchte getragen, aber ich weiß ja auch nicht, wie alt das gute Stück genau ist. Alt auf jeden Fall.« Sie stand wieder auf, klopfte sich Erdbröckchen und Gras von den Knien, öffnete ihre Handtasche und zog zwei glatte, runde Kieselsteine hervor, die sie sorgfältig zwischen dem Grün an der linken Seite des Steins platzierte. »Ich bringe ihr Dinge aus der Natur mit«, erklärte sie. »Manchmal Steine, manchmal Muscheln oder eine Feder. Ich glaube, das könnte ihr gefallen. Mir jedenfalls würde das eher liegen als ein Blumenstrauß, der noch nie die Weite der Landschaft gesehen hat.«

Etwas in Monas Kehle wurde bei diesem Bild eng. Sie dachte an Oma Fines Grab und blinzelte mehrmals, ehe sie zum Himmel blickte und sich vornahm, etwas aus der Bretagne mit nach Hause zu nehmen, um es auf ihr Grab zu legen. *Als Erinnerung an die Gegend, die deine Mutter dir nie gezeigt hat. Aber du hättest es hier geliebt, Oma. Du hättest stundenlang am Meer gestanden und mir dann gesagt, dass ich ihm nur zuhören müsste, um einen Teil meiner Fragen beantwortet zu bekommen.*

Wenn sie weiter darüber nachdachte, wanderten ihre Gedanken unwillkürlich zu Louan. Sie wusste einfach, was

Oma Fine ihr in Bezug auf ihn geraten hätte: dass sie endlich zugeben sollte, was sie für ihn empfand. Erst einmal sich selbst gegenüber, später konnte sie dann weitersehen. Eine Vorstellung, die ihr gleichzeitig Angst machte und sie wieder lächeln ließ. Die Tränen verschwanden, ehe sie fließen konnten, und dankbar atmete sie tief durch. Sie brauchte keinen bestimmten Ort und auch keinen Grabstein, um sich zu erinnern. Alles Wichtige fand sich in ihrem Herzen.

»So, ich bin hier fertig.« Armelle strich sich eine Haarsträhne aus der Stirn. »Möchtest du noch den Rest des Friedhofs besichtigen? Viel gibt es da allerdings nicht mehr.«

»Sehr gern. Es sieht hier so anders aus als auf den Friedhöfen in Deutschland. Da ist alles sehr adrett und geradlinig.«

»Das hier ist einfach nur ein alter Friedhof. Die größeren, moderneren haben auch ein ganz anderes Flair. Aber sag mal, wo stecken eigentlich die Revolverheldin und Flint?«

»Gute Frage.« Mona sah sich um und meinte, eine Bewegung am anderen Ende der hinteren Mauer zu entdecken. Sie pfiff.

Ein Kläffen antwortete, und dann tauchten Frau und Hund nebeneinander auf. Belén wirkte fröhlich, und Flint sprang neben ihr her, als würde nur sie allein sein Hundeherz zum Hüpfen bringen.

Armelle schnaubte amüsiert. »Er scheint ja schnell Ersatz für Louan gefunden zu haben.«

»Er hält nichts davon, sich das Leben über längere Zeit hinweg schwer zu machen.«

»Schlauer Bursche.«

Belén winkte, und Mona winkte zurück. »Wir wollen gleich los!«

»Kein Problem«, brüllte Belén. »Er hat sich ordentlich ausgetobt. Aber keine Sorge, nur ganz hinten, da ist ein Stück Wiese ohne Gräber.« Sie beugte sich vor, nahm etwas vom Boden und schwang ihren Arm. Mona erkannte ein Stück Holz zwischen ihren Fingern und streckte hastig eine Hand nach vorn. »Nein, warte, er …«

Zu spät. Schon hatte Belén das Holzstück geschleudert, und Flint rannte wie von der Tarantel gestochen los. Mona lief ihm entgegen und versuchte, ihn zu fangen, doch er wich ihr mit einem unverschämt mühelos aussehenden Schlenker aus. Die Zunge flatterte ihm aus dem Maul, während er mit großen Sprüngen seinem Glück entgegenstürmte.

Das leider genau neben dem Grabstein von Celine Decroix landete.

»O nein! Stopp!« Aber Flint war bereits bei der Arbeit: Seine Pfoten wirbelten, Erde flog in die Luft. Armelle rief etwas, dann auch Belén, und endlich hatte Mona ihren Hund erreicht. Sie musste die Augen aus Schutz vor den Dreckklumpen zusammenkneifen, aber dann hatte sie ihn endlich gepackt und hob ihn hoch. Er gab ein Empörungsbellen von sich, und seine Vorderpfoten bewegten sich noch in der Luft weiter, als wollte er nicht wahrhaben, dass sie ihn soeben von seiner Buddelei weggerissen hatte.

»Flint, aus!« Er gehorchte dem energischen Tonfall und hielt still, sodass Mona ihn absetzen konnte. Sicherheitshalber nahm sie ihn an die Leine, dann betrachtete sie das Werk der Zerstörung. Flint hatte ganze Arbeit geleistet in der kurzen Zeit. Ein Loch prangte neben dem Granitstein, Grünpflanzen lagen zerfetzt daneben, und einer von Armelles Kieseln war verschwunden – wahrscheinlich irgendwo unter der Erde.

»Das tut mir so leid«, sagte Mona und drückte Flint auf den Boden. Er begriff und rührte sich nicht mehr.

Belén tauchte neben ihm auf, die Augen groß vor Schreck. Eine Hand hatte sie vor den Mund geschlagen. »Ist das meine Schuld? Das wollte ich nicht, ich habe doch nur …«

»Etwas geworfen, ja. Das darfst du bei ihm nie tun. Ich hätte es dir sagen sollen, aber ich habe einfach nicht dran gedacht. Ich bringe das wieder in Ordnung, Armelle, versprochen. Die Pflanzen ersetze ich natürlich.«

Die winkte ab. »Ach, halb so wild. Er hat ja nicht drangepinkelt, das wär viel schlimmer.«

»Trotzdem tut es mir leid«, sagte Mona und ging zurück zum Grab. Zum Glück schien Armelle das Ganze locker zu nehmen, schließlich hatte Flint nicht nur ein paar Pflanzen zerrupft, sondern das Andenken an ihre Großmutter Celine gestört. Sie zupfte an den Pflanzenresten – da ließ sich nichts mehr retten – und schob dann die Erde zusammen, um das Loch zu füllen. Etwas erregte ihre Aufmerksamkeit. Hatte Flint etwa mit seinen Krallen den Grabstein beschädigt? Sie strich mit den Fingern über die Stelle, die sich zuvor unter der Erde befunden hatte, und spürte deutliche Kerben. So ein Mist! Dann aber hielt sie inne. Konnten seine Krallen in so kurzer Zeit überhaupt so einen Schaden angerichtet haben? Sie tastete weiter und spürte neue Linien, Verzweigungen und Rundungen, die tiefer gingen, als er gebuddelt hatte. Nein, das stammte ganz sicher nicht von Flint.

»Mona, ist alles in Ordnung?« Belén klang noch immer schuldbewusst.

»Ich habe keine Ahnung. Hier ist was Seltsames.« Sie schob ihre Fingerspitzen weiter am Stein entlang, lockerte mit den Nägeln mehr und mehr Erde. »Ich glaube, da ist eine zweite Inschrift.« Sie ließ es halb wie eine Frage klingen und blickte zu Armelle auf, doch die wirkte ganz und gar ratlos.

»Wie, noch eine Inschrift?«

»Sie war weiter unten am Grabstein. Flint hat einen Teil davon freigelegt. Halt ihn mal fest, Belén. Ich will nicht, dass er glaubt, mir helfen zu müssen, wenn ich …« Sie lockerte noch mehr Erde und schaufelte sie vorsichtig beiseite. Armelle kniete sich neben sie und betrachtete die Mulde. »Siehst du?«

»Was ist das?« Armelle verengte die Augen und beugte sich so weit nach unten, dass ihre Nase fast den Boden berührte. »Ich glaube, du hast recht! Los, das sehen wir uns näher an.« Gemeinsam trugen sie vorsichtig eine Handvoll nach der anderen ab. Die Linien auf dem Stein verbanden sich zu Buchstaben unter einem Schleier aus Braun auf Grau, Zeugnisse einer Vergangenheit, die sich in all den Jahren nur zum Teil gezeigt hatte. Als schließlich unterhalb der hellen Markierungen nichts als glatter Granit zu sehen war, hielten beide inne. Mona rieb mit den Fingerspitzen über die Inschrift, immer wieder, bis sie klar und deutlich zu sehen war.

Überrascht holte sie Luft. »Das gibt's doch nicht!« Wieder strich sie über den Stein, über die Linien, in der Erwartung, dass ihre Augen ihr einen Streich spielten. »Siehst du das auch?« Ihre Stimme klang dünn.

»Ja, ich kann es lesen, aber was soll das?« Armelle fühlte eindeutig nicht dieselbe Ehrfurcht wie sie. Wie denn auch, sie wusste ja nicht … Mona schob ihren Ärmel hoch und fuhr sich mit dem Unterarm über die Stirn. Dann las sie die noch bis vor Kurzem verborgene Inschrift ein weiteres Mal. Und noch mal, ehe ihr Blick Richtung Himmel wanderte. *Was hast du uns verschwiegen?*

Die Worte auf Celines Grab ergaben keinen Sinn. Oder doch? Hatte sie gerade hier ein Puzzlestück gefunden, das so groß und bedeutend war, dass sie es noch nicht überblicken konnte? Leise wiederholte sie die Worte auf dem Stein, als würde sich ihr die Bedeutung auf diese Weise offenbaren.

»Wir sehen uns wieder.«

Darunter standen, durch ein Herz getrennt, die beiden Namen Maelys und Josefine.

16

»Hast du Armelle überhaupt mal gefragt, ob es bei ihr bei einem der beiden Namen klingelt?« Louan fügte seinem Kaffee einen ordentlichen Schuss Milch hinzu und rührte und rührte und rührte. Seine Ruhe stand in so krassem Gegensatz zu Monas Aufregung, dass sie am liebsten aufgesprungen und in der Küche der Pension herumgelaufen wäre, aber zum einen war die zu klein, und zum anderen hätte sie das ohnehin nicht beruhigt. Im Gegenteil.

»Natürlich habe ich sie gefragt«, sagte sie und schob ihm zum sicherlich fünften Mal die Kopie der Rückseite des Zitronentortenrezepts zu – und er tat ihr den Gefallen und las zum fünften Mal die Wörter darauf, schwieg aber dazu. Er hatte schon alles gesagt, was es zu sagen gab.

Mona wartete trotzdem ab, vielleicht hatte er ja doch noch einen Geistesblitz. Gleichzeitig plagte sie bei seinem Anblick das schlechte Gewissen. Er war vor einer halben Stunde von seiner Arbeit in Théas Ruine zurückgekehrt, mit staubigen Klamotten und feinen Farbspänen in den Haaren und im Gesicht, die auf der gebräunten Haut fast zu leuchten schienen. Es kribbelte ihr in den Fingern, sich über den Tisch zu beugen und sie wegzustreichen oder aus den dunklen Locken zu pflücken, aber sie hielt sich zurück. Immer wenn sie an den Kuss dachte, der schon so lange her zu sein schien, überfiel sie diese dumme Verlegenheit, und sie fühlte sich wie ein Teenager.

Warum wurde dieses Zögern eigentlich stets Teenagern zugeschrieben? War es denn wirklich einfacher, wenn man älter wurde? Sie hatte früher geglaubt, dass Erfahrung ihr Mut verleihen würde, über ihren Schatten zu springen und sich der Person, die sie mochte, zu nähern. Im Grunde hatte sie das auch noch bei Daniel geglaubt oder davor bei Felix. Bei Louan war es jedoch anders, so als hätte sie noch nie erlebt, wie es war, wenn das Herz in Gegenwart eines Mannes schneller schlug. Es verwirrte sie, dass er sich verhielt, als wäre nichts zwischen ihnen passiert. Aber wahrscheinlich war er einfach nur wahnsinnig erschöpft. Immerhin hatte er sich, ohne zu murren, mit ihr an den Tisch gesetzt und sich die Geschichte über die verborgene Inschrift auf dem Grab angehört.

Louan drehte den Ausdruck, bis die Buchstaben wieder in Monas Richtung zeigten. »Vielleicht waren das alles Freundinnen von Celine oder Kolleginnen aus dem *Mariot*, und sie hat ihnen ihr Rezept aufgeschrieben, damit sie es mit nach Hause nehmen können?«

»Aber warum hat sie dann den Namen meiner Oma umkringelt?« Er hob einen Mundwinkel. »Vielleicht hatte sie eine gute Freundin, die so hieß.«

»So ein Unsinn«, sagte Mona, lächelte aber. »Warum sollte denn der Name einer Freundin auf dem Grabstein auftauchen, gerade wenn Celine es schlicht halten wollte? Und überhaupt, warum war die Inschrift so versteckt, dass man sie nicht sehen kann? Ich meine, sie war unter der Erde! Und überhaupt so weit unten und zu klein, um eine normale Grabinschrift zu sein.«

Nach dem Fund hatten die drei Frauen lange auf dem Friedhof mögliche Theorien diskutiert, waren aber zu keinem Ergebnis gekommen. Mona hatte den Grund für ihre Reise in die Bretagne für Belén, die bisher nicht alle Details kannte, zusammengefasst.

Leider war Armelle genauso ratlos wie sie. Das Einzige, was sie aus Celines Leben nach dem *Mariot* wusste, hatte sie Mona bereits mitgeteilt: dass sie ihre Anstellung in der Saison nach Helenes Abreise aus der Bretagne beendet hatte, nach Paris gegangen war und dort ihre Tochter geboren hatte. Die zwei waren zurückgekehrt, als die kleine Marie fünf Jahre alt gewesen war.

Belén hatte großes Interesse gezeigt und die Inschrift mehrmals fotografiert. Sie platzte mit der Theorie heraus, dass Maelys der Deckname des Mannes war, mit dem Helene ein Verhältnis hatte und der später Josefine zeugte, aber weder Mona noch Armelle waren davon überzeugt. Nach einer Weile hatte Armelle sich verabschiedet und versprochen, zu Hause noch einmal in ihren Unterlagen zu suchen und nachzudenken.

Mona war in die Pension zurückgefahren und hatte sich wie ein Tier im Käfig gefühlt, bis sie in der Küche beide Hände tief im Teig versenken konnte. Erst dann hatte sie nach und nach entspannen können.

Louan nahm einen Schluck Kaffee und lehnte sich zurück. Monas schlechtes Gewissen schlug hoch, als sie bemerkte, wie seine Schultern sich lockerten. »Entschuldige, du hattest sicher einen anstrengenden Tag, und ich komme dir hier mit Rätseln. Willst du lieber erst mal duschen?«

»Später. Jetzt trinke ich meinen Kaffee und bleibe in dieser Küche, weil es allmählich gut riecht.«

Beide blickten zum Ofen, der sanftes Licht sowie ein Aroma nach Birnen und Zimt verströmte.

Nach ihrer Rückkehr ins *Valve* hatte Mona Juliet und Marcel getroffen, die auf dem Weg zu einem romantischen Abend zu zweit waren. Juliet hatte Mona vorgeschlagen, sich in der Küche auszutoben – und sie hatte das Angebot dankend angenommen, um sich zu beruhigen und ihre Gedanken wieder in gewohnte Bahnen zu lenken. Backen schaffte es stets, ihre Stimmung positiv zu beeinflussen. Es gab Tage, an denen sie es als Medizin gegen Traurigkeit wählte, und im Idealfall tanzte sie nach kürzester Zeit durch die Küche. Zu anderen Gelegenheiten war sie so aufgewühlt, dass sie einfach backen musste, um sich zu beruhigen. Es konnte regelrecht meditativ sein. So wie vorhin, als sie den Mandelteig für die Tarte gemischt und die Birnen in Scheiben geschnitten hatte, um sie dann in einer vollendeten Spirale darauf zu drapieren.

Sie hockte sich vor den Ofen und warf einen Blick durch das Sichtfenster. »Noch ungefähr fünfzehn Minuten, dann kannst du ein Stück probieren. Juliet hat noch Sahne im Kühlschrank.«

Er setzte die Tasse ab, aus der er gerade hatte trinken wollen, und lachte leise.

Mona sah auf. »Was ist los?«

»Du«, sagte er so intensiv, dass ihr warm wurde. »Du bist los. Gerade eben hat es dich kaum auf deinem Stuhl gehalten, weil auf einem Grabstein irgendwo in der Bretagne der Vorname deiner Oma steht, und jetzt erklärst du mir in aller Seelenruhe, dass es Sahne zum Kuchen gibt.«

»Übung. Ich backe immer, wenn ich aufgeregt bin.«

»Oder glücklich.«

»Oder traurig.«

Er wurde wieder ernst – wobei sich das Lächeln in seinen Augen hielt, es verschwand lediglich von seinen Lippen und machte Platz für etwas anderes, das viel tiefer ging. Und das Mona mit einer Leichtigkeit fesselte, als gäbe es keine andere Möglichkeit mehr, als Louan anzusehen.

Er schob seinen Stuhl zurück, stand auf und umrundete den Tisch. Vor ihr blieb er stehen, so dicht, dass sie den Staub einatmete, der in seinen Sachen und Haaren haftete. Er hatte sich in die feinen Falten neben seinen Augen gegraben. Louan legte eine Hand unter ihr Kinn, hob es an, und das Flattern kehrte in Monas Brustkorb zurück. Sie wollte aufstehen, konnte aber nicht, wollte etwas sagen, fand aber keine Stimme, wollte ihm entgegenkommen, aber ihr Körper gehorchte ihr nicht mehr. Was hatte sie vorhin noch einmal über Teenager gedacht?

Louan blinzelte, dann beugte er sich vor und brachte seine Lippen dicht an ihr Ohr. »Du bist eine seltsame Frau. Aber ich habe niemals einen faszinierenderen Menschen getroffen.«

Jede Silbe sorgte für einen sanften Schauer, stets an einer anderen Stelle ihres Körpers, bis ihre gesamte Haut zu prickeln schien. Vielleicht schaffte sie es, ihn anzulächeln, vielleicht starrte sie ihn auch einfach nur an, so genau konnte sie das nicht sagen. Dann spürte sie seine Lippen an der weichen Stelle hinter ihrem Ohrläppchen, so sanft, dass sie sich fragte, ob sie es sich nur eingebildet hatte. Aber dann küsste er sie noch einmal, dieses Mal auf den Hals, und dann noch mal, während seine Finger behutsame Kreise in ihrem Nacken zogen.

Mona hielt den Atem an und schaffte es endlich, sich zu bewegen. Aufzustehen. Sie drehte sich zur Seite, wandte ihm ihr Gesicht zu, und dann legten sich seine Lippen auf ihre. Dieses Mal weder sanft noch fragend, sondern fordernd, so als hätte er bereits viel zu lange gewartet.

Und das hatte er auch fast.

Mona schlang die Arme um seinen Hals und dachte nicht mehr, sondern spürte nur noch. Louans Lippen, seine Zunge, seine Hände, sein gesamter Körper, der sich gegen ihren presste. Er ließ ihr nur einen winzigen Moment Zeit, um Luft zu holen, ehe er sie erneut küsste. Seine Hand tastete sich unter den Saum ihres Shirts, schob sich auf ihren Rücken und strich so langsam nach oben, dass ihr der Atem stockte. Sie löste sich eine Winzigkeit, musste ihn ansehen, doch nur kurz, um ihn dann erneut zu küssen. Sie schmiegte sich in seine Umarmung und vergaß den Grabstein, das Namensrätsel, Plouescat, die Pension, selbst die Zeit.

Ein Pochen drang nur dumpf zu ihr durch. Sie ignorierte es, sie hätte selbst ignoriert, wenn irgendwer ein Feuerwerk direkt neben ihnen gezündet hätte. Das Pochen ertönte erneut, und dann klingelte jemand Sturm.

Louan brummte unwillig und machte nicht die geringsten Anstalten, Mona loszulassen. Doch wer auch immer vor der Pension stand, verfügte über eine riesige Portion Hartnäckigkeit. Das Klopfen an der Tür wechselte sich mit der Klingel ab.

»Hölle noch mal«, fluchte Louan dicht an Monas Lippen.

Klopfen, Dauerklingeln, dann eine Stimme. »Mona? Mona, ich bin es!«

O nein.

Die Stimmung war dahin, daran würde auch der innigste Kuss nichts mehr ändern – vor allem, da Mona bereits wusste, wie hartnäckig ihre Besucherin sein konnte.

»Wer zum Teufel ist das?« Louan sah aus, als wäre er bereit, die Tür einzutreten, statt sie einfach nur zu öffnen.

»Belén.«

»Wer ist Belén?«

»Die Frau mit dem Gewehr.«

»Bitte was?« Er sah von ihr zur Tür und wieder zurück.

Belén hämmerte und klingelte gleichzeitig.

»Gibt es da irgendetwas, das ich wissen sollte, Mona?«

Leider mehr, als du ahnst. »Warte. Ich mach nur schnell auf.«

»Nein, lass mich das machen. Wer weiß, was sie mit sich herumschleppt.« Mit den energischen Schritten eines Menschen, der noch eine Rechnung offen hatte, machte sich Louan auf den Weg zur Tür. Mona folgte und trat neben ihn, als er sie aufriss und das Dauerklingeln erstarb.

Vor ihnen stand Belén mit einem breiten Grinsen, das sich bei Louans Anblick deutlich schmälerte. »Oh. Hallo.«

»Hallo«, wiederholte er mit Grabesstimme. Stille folgte, in der sich Belén und Louan einfach nur gegenüberstanden, und keiner schien gewillt nachzugeben. Mona entschied nach einer Weile, das stumme Duell zu beenden. »Hey. Ihr … kennt euch noch, oder?« Sie vollführte eine Geste, die beide einfasste, und wünschte sich, einfach verschwinden zu können. War da nicht noch etwas, um das sie sich kümmern musste? Der Kuchen! Der Kuchen war ihre Rettung. »Tut mir leid, ich muss zum Herd, aber komm doch rein.«

Zu ihrer Überraschung trat Belén von einem Fuß auf den anderen. »Das ist keine so gute Idee«, sagte sie zu Mona, sah aber Louan an. Diese Zurückhaltung passte nicht zu ihr, und auf einmal begriff Mona.

Heute Abend, vielleicht morgen.

»Oh«, murmelte sie, aber dann trat Belén auch schon beiseite und zog einen jungen Mann neben sich. Er war schlank und hatte blondes Haar, das in abenteuerlichen Wirbeln an manchen Stellen vom Kopf abstand. Abgesehen davon war die Verwandtschaft unverkennbar: die aufrechte Haltung, das energische Kinn, der Stolz in der Art, wie er die Schultern durchstreckte und den Kopf hob. Vor ihnen stand Yanis, Louans Bruder.

»Ähm«, sagte Belén und bemühte sich um Fröhlichkeit. »Das ist …«

»Yanis«, beendete Louan den Satz. Warum Belén seinen Bruder im Schlepptau hatte, schien ihn nicht zu interessieren. Stattdessen packte er ihn am Kragen und zerrte ihn mit einem Ruck ins Haus.

Belén nahm sich ihr drittes Stück Tarte und lief im Wohnzimmer auf und ab, wobei sie eine Krümelspur auf dem Boden hinterließ. »Worum, denkst du, geht es da?«

Von hier hatte man den besten Blick auf den Strand. Dort standen Louan und Yanis und … redeten. Vielmehr redete Louan und unterstrich seine Worte mit energischen Gesten. Sein Bruder dagegen nickte viel, hob manchmal eine Hand, ehe er etwas sagte, und war ansonsten damit beschäftigt, Schritt um Schritt zurückzuweichen. Zwei Schattengestalten vor der übermächtigen Naturkulisse. So ging es seit gut zehn Minuten. Mona musste unwillkürlich an einen Hütehund denken, der ein Schaf zur Herde trieb. Wobei sie glaubte, dass Louan sich wegen ihr und Belén zurückhielt – ihm musste ja bewusst sein, dass sie die Szene beobachteten. »Worüber sollen sie schon reden? Ganz sicher nicht über das Wetter.«

»Ja, aber denkst du, dass er ihm verzeiht?« Belén klang angespannt, sie musste Yanis wirklich ins Herz geschlossen haben.

Mona kaute an einem Fingernagel. »Kann ich nicht sagen. Ich bin schon froh, wenn er ihn nicht ins Wasser prügelt.« Bis vor einer Stunde hätte sie noch etwas anderes behauptet, aber Louan sah wirklich zornig aus.

Belén fuhr heftig herum, und das letzte Stück Tarte landete mit Schwung auf dem Boden. Zum Glück war auf Flint Verlass: Er stürzte sich darauf, inhalierte es und machte sich dann über die Krümelspur her.

Mona betrachtete Belén mit einigem Erstaunen. »Du magst Yanis wirklich, oder?«

»Du Louan etwa nicht?«

Touché. »Wie ist denn …« Mona überlegte, aber ihr fiel nichts ein, was in diesem Moment nicht seltsam geklungen hätte. »Na ja, der Status bei euch?«

Belén fuhr sich durch die Haare und sah mit einem Mal so verliebt aus, dass es Antwort genug war. »Ich habe ihn beruhigt. Wegen Louan. Er hatte so Panik vor diesem Gespräch, und ich frage mich echt, warum sein Bruder so herzlos ist!«

»Herzlos? Wie kommst du denn darauf?«

»Na!« Belén fuchtelte in Richtung Fenster. Yanis kämpfte gerade um sein Gleichgewicht, da Louan ihn von sich gestoßen hatte. »Sieh es dir doch an!«

»Die zwei sind Brüder, Belén. Und ich schätze, nicht von der Sorte, die sich gern knuddelt und in den Armen liegt. Louan hat gerade keine gute Zeit, und so wie ich ihn verstanden habe, liegt die Schuld dafür bei Yanis. Bisher reden sie, also ist eigentlich noch alles gut.«

»Das sagst du nur, weil du in ihn verliebt bist!«

Mona wollte schon antworten, schwieg dann aber. Belén sprach nur aus, was sie sich selbst gegenüber nicht eingestehen wollte, und es brachte nichts mehr, es zu leugnen. Vor allem, weil die junge Frau sie schon längst durchschaut hatte und ihr sowieso nicht glauben würde, wenn sie nun dementierte.

Trotzdem drehte und wendete sie die Worte noch einmal in Gedanken. *Weil du in ihn verliebt bist.* Ja, sie wusste es schon länger, und sie hatte es sich einfach nicht eingestehen wollen. Sie hatte sich in Louan verliebt. Irgendwann zwischen Plédéliac und Plouescat hatte er mit seiner schroffen Art ihr Herz erobert. Allein bei der Erinnerung an den Moment, in dem er sie in seine Arme gezogen hatte, fühlte sie sich so leicht und aufgeregt zugleich und wünschte sich, dass die zwei dort draußen ihre Angelegenheiten schnell klären würden, damit Louan zurückkehrte und sie mit diesem verhaltenen Flackern in den Augen betrachtete. Weil er somit etwas tief in ihr zum Tanzen brachte. Weil sie sich nichts sehnlicher wünschte, als wieder seine Nähe zu spüren und zu wissen, wie wunderschön ein Augenblick sein konnte. Und was zählte schon anderes?

»Mona?« Belén stupste sie an und grinste so breit, dass ihre Mundwinkel schmerzen mussten. »Ha, du bist in Louan verliebt, und das heftig, würde ich sagen!«

Sie errötete. »So wie du in Yanis, nehme ich an. Aber deswegen bekommen wir uns bitte nicht in die Haare, so wie die zwei da draußen.« Der diplomatische Tonfall würde hoffentlich die Aufmerksamkeit von ihr ablenken. Es funktionierte.

Belén schnaubte und gestikulierte so energisch, dass Mona

um die Dekoration an der Wand fürchtete. »Pah! Wir sind Frauen. Wir reden miteinander, aber wir brüllen doch nicht.« Sie trat zu Mona an das Fenster. Stille kehrte ein, lediglich unterbrochen von dem Säuseln eines Windzuges, da irgendwo im Haus ein Fenster offen stand. Es war ein surreales Bild, in der Geborgenheit und Wärme zu stehen, umhüllt vom schwachen Duft der Birnentarte, der sich im gesamten Erdgeschoss ausgebreitet hatte, und den beiden Männern zuzusehen, die vor der rauen See und im Schein der wenigen Lichter ihren ganz eigenen Kampf austrugen. In diesen Momenten sah Mona einen anderen Teil von Louan, einen wilden, wütenden Teil, der trotzdem irgendwie zu ihm passte.

Louan streckte noch einmal den Arm aus – vor der Kulisse in Blau und Grau wirkte es bedrohlich. Doch er stieß Yanis lediglich zurück. Der revanchierte sich mit derselben Geste. Bisher war Mona nur am Rande aufgefallen, dass der Jüngere ihn um einen halben Kopf überragte.

Belén schnaubte. »Ich geh da jetzt raus. Du solltest mitkommen, je mehr, desto besser. Hier.« Sie nahm Monas Jacke, die über der Sessellehne hing, und warf sie ihr zu.

Mona fing sie mit einer Hand und erwischte Belén mit der anderen am Arm. »Was willst du machen, dich dazwischenwerfen? Glaubst du denn, dass das irgendetwas bezwecken könnte?«

»Ich weiß es nicht, aber es würde meine Nerven schonen! Wenn ich hier noch lange stehe und die Luft anhalte, weil ich glaube, dass der eine den anderen gleich ins Wasser zerrt und untertaucht, dann explodiere ich.«

»Unsinn, niemand von uns beiden geht da nun raus, das klären die Herren unter sich. Ich mache uns einen Kaffee, und dann warten wir, bis die zwei vollkommen durchgefroren zurückkommen. Wahrscheinlich wird die Kälte eh bald dafür sorgen.«

Die Zweifel ließen Beléns Gesicht um Jahre älter aussehen, aber dann zuckte sie die Schultern. »Wenn du meinst … aber ich wische hier nachher kein Blut weg.«

»Du bist einfach zu dramatisch.« Mona fasste sie an den Schultern und drehte sie langsam zum Fenster um. »Sieh mal.« Die zwei Schattengestalten waren zu einer verschmolzen. Yanis hatte beide Arme um seinen Bruder geschlungen und sagte etwas. Louan rührte sich zunächst nicht, klopfte Yanis dann aber auf den Rücken. Monas Herz wurde bei dem Anblick deutlich leichter, und Belén stieß einen Freudenschrei aus.

»Ha, ich hab's gewusst! Hab ich es dir nicht gesagt?«

Mona sparte sich eine Antwort, sie freute sich ja ebenso wie Belén. Da draußen legten die Robinet-Brüder endlich ihre Differenzen bei – zumindest einen Teil. Was konnte noch schiefgehen? Reichlich wenig, wenn man nur mit offenen Augen und ebenso offenen Armen durchs Leben ging.

»Na los, ab in die Küche, ich bin sicher, die zwei freuen sich auch über einen Kaffee, wenn sie gleich reinkommen.« Sie nahm ihre Jacke und wollte sich auf den Weg machen, als sie etwas Weißes am Boden bemerkte. Ein Zettel oder etwas, das Flint hereingeschleppt hatte? Als sie sich herabbeugte, erkannte sie die Visitenkarte, die der Mann im Café in Plédéliac Louan an den Kopf geworfen hatte. Zum zweiten Mal las sie die Aufschrift: *Dr. Maurice Signac.* Sie erinnerte sich nur zu gut an den Mann, der gar nicht so massig gewesen war, aber doch die Sonne in Sekundenschnelle ausgesperrt hatte. Der Mann mit dem starren Gesicht und der makellosen Ledertasche, die nicht minder starr gewirkt hatte. Warum hatte sie die Karte überhaupt eingesteckt?

Sie sah von dem feinen, geschwungenen Schriftzug nach draußen, wo die beiden Männer nun nebeneinander am Strand entlanggingen. Wahrscheinlich gab es einiges zu besprechen, und sie würden noch eine Weile benötigen. Nachdenklich musterte sie Belén, die vor lauter Ungeduld von einem Bein auf das andere trat. Flint nahm es als Aufforderung und sprang an ihr hoch, was sie mit einem Quietschen und Gekraule beantwortete. Die zwei waren beschäftigt, und in Monas Kopf reifte eine Idee. Sie wusste, dass sie soeben womöglich komplett überreagierte, aber dieser Moment war so friedlich, dass sie seine Magie einfach ausweiten wollte. Wer konnte hundertprozentiger Ehrlichkeit schon widerstehen?

Ein Blick auf die Uhr verriet ihr, dass es noch vor zehn und damit durchaus in Ordnung war, jemanden anzurufen, den man nicht kannte. »Hältst du hier mit Flint die Stellung?«, fragte sie Belén. »Ich muss schnell noch was erledigen.«

»Klar, kein Problem. Ich kann auch eben den Kaffee kochen, dann ist er wenigstens stark genug.«

»Mach das. Bin gleich wieder da.« Mit klopfendem Herzen flitzte Mona in den Flur, nahm das Telefon und raste direkt weiter in ihr Zimmer. Dort schloss sie leise die Tür hinter sich, ließ sich auf das Bett fallen und atmete einige Male tief durch. Ihr Puls donnerte gegen ihre Handgelenke, und in ihren Ohren rauschte es. Sogar ihre Finger zitterten leicht, als sie die Visitenkarte auf den Nachttisch legte und die Nummer in das Telefon eingab. Zögern durfte sie jetzt nicht, weil sie sonst einen Rückzieher machen würde. Aber es war so schön gewesen, Louan und Yanis vereint zu sehen, dass sie einfach helfen wollte, auch das letzte Puzzleteil, von dem sie wusste, an die passende Stelle zu rücken. Immerhin hatte dieser Doktor geklungen, als erwartete er Louans Rückmeldung. Und vielleicht würde die Umgebung auch ihn versöhnlich stimmen.

Sie leckte sich über die Lippen, als das Freizeichen ertönte. Schon schlug ihre Hoffnung hoch, dass Maurice Signac nicht erreichbar war, aber dann knackte es, und das Gespräch wurde entgegengenommen.

»Hallo?« Die Stimme klang weder energisch noch starr oder steif, sondern wie die eines Arztes, zu dem man augenblicklich Vertrauen fasste.

»Ja, Hallo, Dr. Signac?«

»Am Apparat.« Verwundert, vielleicht ein wenig alarmiert. »Wer ist da, bitte?«

»Sie kennen mich nicht, aber ich habe Ihre Visitenkarte.« Mona sprach schnell, ehe ihr Mut schwinden und die Worte mit sich nehmen konnte. »Sie haben sie meinem Bekannten in Plédéliac an den Kopf geworfen. Louan Robinet. Und ich glaube, dass ich helfen kann. Wenn auch nur ein wenig.«

Schweigen antwortete ihr, und sie war sicher, dass Dr. Signac wortlos auflegen würde. Doch dann räusperte er sich und jagte ihr damit einen Heidenschrecken ein. »Ich gebe zu, dass Sie mich neugierig machen. Schießen Sie los.«

17

Liebe Oma, da du schon eine Karte aus diesem schönen Ort hast, schreibe ich dir heute auf diesem Briefpapier, das Juliet mir gegeben hat. Es fühlt sich fast an wie Seide und ist ein mehr als würdiger Ersatz für eine Karte, findest du nicht?

Es ist so viel passiert, dass ich gar nicht weiß, wo ich anfangen soll. Ich habe vielleicht etwas Dummes getan, als ich mich in Louans Angelegenheiten gemischt und Maurice Signac angerufen habe, aber ich habe auch etwas ganz Wundervolles getan, nämlich Louan geküsst. Vielmehr hat er mich geküsst. Aber das kommt auf dasselbe heraus, denn es war so anders als bei Daniel. Überhaupt anders als bei allen anderen. Vielleicht muss ich deshalb immer wieder daran denken. Ich komme mir vor, als würde ich das alles zum ersten Mal erleben.

Ansonsten gibt es neue Rätsel um Helene, aber keine Antworten! Dein Name steht auf einem Grabstein, zusammen mit Maelys, und weder Armelle noch ich haben eine Erklärung. Dafür ist Yanis aufgetaucht, Louans Bruder, und mit ihm Belén, die Haussitterin mit dem Gewehr, die ziemlich in Yanis verschossen ist. Juliet hat ihr erlaubt, auf dem Sofa zu übernachten, da Louan und Yanis die halbe Nacht am Strand verbracht haben, um zu reden. Juliet sagt, die zwei sind kurz vor dem Morgengrauen klatschnass zurückgekommen, weil sie nämlich schwimmen waren. Verrückte Kerle! Daher schläft Louan auch noch, und ich bin auf dem Weg ins La Mouette, weil es sowohl Théa als auch eine Angestellte krankheitsmäßig erwischt hat, und Armelle Hilfe im Café braucht.

Das klingt nun alles sehr chaotisch, und du wirst sicher sagen, dass so etwas doch gar nicht meine Art ist. Vielleicht hast du damit recht, aber ich fühle mich einfach toll, obwohl ich dich schrecklich vermisse. Ich verspreche dir, dass ich alles versuchen werde, um das Rätsel um Helene und die Grabinschrift zu lösen!

Aber nun werde ich Armelle erst einmal zeigen, was du mir alles beigebracht hast, und der Bretagne ein paar Martinssen-Rezepte servieren.

Hab dich lieb! Deine Sonne

Mona las den Brief noch mal Zeile für Zeile und kehrte in Gedanken zu jedem einzelnen Punkt zurück. Es war seltsam: Einerseits fühlte es sich an, als wäre sie schon wochenlang in der Bretagne. Vielleicht, weil sie sich hier so wohlfühlte, vielleicht, weil sie an Louans Seite innerhalb kürzester Zeit so viele Leute kennengelernt und so viele Höhen und Tiefen miterlebt hatte. Andererseits … würde sie heute nach Hause zurückkehren, käme es ihr vor, als hätte sie keine Zeit gehabt, um richtig anzukommen. Aber das machten Orte mit einem, die man umarmt hätte, wären sie ein Mensch – und im Moment hätte Mona am liebsten ganz Plouescat umarmt.

Sie faltete den Brief vorsichtig und ging dann zu ihrem Holzkästchen, das sie in dem Regal neben dem Bett verstaut hatte. Allmählich füllte es sich, und sie lächelte bei dem Anblick. Es war, als wäre Oma Fine noch da, und in den meisten Fällen wusste Mona ja sogar, was sie ihr geantwortet oder gar geraten hätte. Vorsichtig ließ sie ihre Finger über den Deckel gleiten, die Rillen und Kanten entlang, die so viel älter waren als die Geschichten, die nun darin lagerten. Eines Tages würden ihre eigenen Geschichten so alt sein, und womöglich würde sich jemand anderes auf den Weg machen, um herauszufinden, was Simona Martinssen in die Bretagne verschlagen hatte. Ein aufregender Gedanke!

Ein Klacken am Fenster ließ sie zusammenfahren – eine Möwe hatte sich draußen auf dem Brett niedergelassen und schlug ihren imposanten Schnabel gegen das Glas. Mona nahm das als Aufforderung und warf einen Blick auf die Uhr. Ja, es wurde allmählich Zeit. Sie ging im Kopf noch einmal die Rezepte durch, zu denen Armelle ihr versichert hatte, dass sich alle Zutaten in der Küche des *La Mouette* befanden, schnappte sich ihren bequemen, knielangen Cardigan sowie ihre Tasche. Heute hatte sie angesichts der Arbeit in der Backstube zu einer Jeans und einem Shirt gegriffen, auf dem sich zwei Papageientaucher umarmten. Ihre Haare hatte sie im Nacken zu einem Knoten gedreht.

Flint sprang auf und ging neben ihr in Startposition. Mit einem Laut des Bedauerns beugte sie sich zu ihm hinab und tätschelte seinen Kopf. »Heute darfst du leider nicht mit. Aber Juliet passt auf dich auf, und vielleicht kann sie Louan überreden, dich später mit zur Ruine zu nehmen.« Er mochte wohl ihre Worte nicht verstehen, aber das Bedauern in der Stimme ließ ihn leise jammern. Er klebte ihr nahezu am Bein, als sie das Zimmer verließ, und sie musste aufpassen, an der Treppe nicht über ihn zu stolpern. Vor Louans Tür blieb sie stehen und lauschte. Es war nichts zu hören. Mona streckte eine Hand aus und legte sie kurz auf das Holz. *Bis später.*

Irgendwie hatte das Schicksal entschieden, sie und Louan nach jedem Kuss erst einmal voneinander fernzuhalten. Aber dieses Mal war es anders, dieses Mal zweifelte sie nicht daran, dass er es ernst meinte – der Kuss war zu intensiv und Louans Blick noch viel intensiver gewesen. Zudem hatte etwas die Luft nicht nur zwischen ihnen, sondern auch um sie herum aufgeladen, das eindeutiger nicht hätte sein können.

Kurz fragte sie sich, wohin es Yanis verschlagen hatte, aber sie vermutete, dass er dort war, wo sich auch Belén befand.

»Guten Morgen«, sagte sie, als Juliet ihr im Erdgeschoss entgegenkam. Ihre Gastgeberin war wie immer mit ihrem Mann aufgestanden, den Mona bislang kaum zu Gesicht bekommen hatte. Trotzdem fand sich keine Spur von Müdigkeit in ihrem Gesicht. Ihre Klamotten und auch der lange Zopf wiesen Farbspritzer auf.

»Hallo, Mona. Entschuldige, dass ich so aussehe, aber ich sitze gerade an einer Auftragsarbeit. Die Grundierung trocknet eben, da kann ich eine Pause machen. Fährst du ins *La Mouette*?«

»Ja. Armelle hat zwar gesagt, es reicht, wenn ich bis elf da bin, aber ich möchte mich in Ruhe zurechtfinden, dann geht es mit dem Backen leichter.«

»Kannst du mir zwei Kokosmakronen mitbringen? Normalerweise hat Théa welche da, und Marcel isst sie so gern.«

»Zwei Kokosmakronen, schon notiert«, sagte Mona und berührte ihre Schläfe.

»Und was auch immer du heute Leckeres fabrizierst. Das heißt, wenn etwas übrig bleibt.«

Mona verzog das Gesicht. »Wer weiß, nachher wollen die Gäste nichts, was sie nicht kennen.«

»Unsinn, sobald es gut aussieht und gut riecht, essen sie es. Die sind hier nicht so verbohrt, und die Touristen wissen sowieso nicht, was zu den Dauerbrennern zählt. Oh!« Sie schlug sich mit einer Hand vor die Stirn und hinterließ dort einen leuchtend blauen Streifen. »Das hätte ich beinahe vergessen. Im Wohnzimmer liegt ein Brief für dich. Ich hab wahrscheinlich den Kunstband draufgelegt, schau einfach darunter.«

Seltsam. Es besaß doch niemand die Adresse des *Valve*? Hatte sie den Namen der Pension vielleicht ihrer Mutter oder Isa gegenüber erwähnt? »Ein Brief? Danke, das mache ich. Oh, und kann Flint hierbleiben? Ich verspreche, er wird meist in der Ecke liegen und dösen. Aber in der Küche des *Mouette* hat er nichts zu suchen.«

»Klar, kein Problem. Er kann mir beim Malen zusehen.«

»Super, ich danke dir. Versuch einfach, ihn später Louan aufs Auge zu drücken. Die beiden mögen sich, auch wenn es auf den ersten Blick nicht danach aussieht.«

Juliet grinste breit. »Ich wette, dass Louan dir zuliebe sogar mit ihm zum Hundesalon fahren würde.« Ein Zwinkern und der unschuldigste Blick der Welt.

Mona schwieg, da sie schon wieder die nur zu bekannte Wärme auf ihren Wangen spürte. Wusste denn hier jeder Bescheid? »Ihr habt einen Hundesalon im Ort?«

Juliet schüttelte den Kopf und stupste sie an. »Ich geh

mich waschen. Und du verschwinde endlich. Na los, Monsieur, folgen Sie mir.«

Flint spitzte die Ohren, lief ein paar Schritte und blickte sich zu Mona um. Die wedelte mit einer Hand. »Das ist schon okay. Geh mit Juliet! Braver Kerl!« Weiteres Zögern, ein leicht empörter und stark trotziger Hundeblick, dann verschwand auch er.

Mona schlenderte ins Wohnzimmer, fand den Kunstband sofort – Himmel! Mit dem Buch konnte man ja jemanden erschlagen! – und hob ihn hoch. Darunter lag kein Brief, sondern ein zusammengefalteter Zettel. Eine Seitenkante war unregelmäßig ausgefranst, jemand hatte dieses Blatt offenbar aus einem Block gerissen. Also schon mal keine Nachricht von zu Hause. Eventuell hatte sie soeben im Französischen auch einfach *Brief* mit *Nachricht* verwechselt. Neugierig faltete sie das Blatt auseinander. Es beinhaltete nur wenige Zeilen, geschrieben in gleichmäßiger, nicht allzu ausladender Schrift, die dafür umso energischer war.

Mona,
ich hätte den Abend mit niemandem lieber verbracht als mit dir. Aber mir war es wichtig, die Sache mit Yanis zu klären. Wie er hergekommen ist und warum, darüber reden du und ich noch. Und dann möchte ich den letzten Kuss wiederholen. Und vertiefen. Glaub ja nicht, ich hätte vergessen, wo wir aufgehört haben.

Louan hatte nicht unterzeichnet, aber er wusste wohl ebenso wie sie, dass sie nur einen einzigen Mann in den vergangenen Tagen geküsst hatte, und das sowohl im reellen Leben als auch in ihren Tagträumen. Sie las die Zeilen noch mal.

Mit jeder Silbe fühlte sie sich leichter, und an dem *du und ich* fing sich ihr Blick. Sie stellte sich vor, wie Louan das mit seiner tiefen Stimme sagte.

Du und ich.

Sie faltete die Nachricht wieder zusammen und verstaute sie sorgfältig in ihrer Tasche. Nur zwei Stunden nach dem Aufstehen war der Tag bereits um so vieles besser geworden. Am liebsten hätte sie gesungen. Wie gut, dass eine Küche mit all ihren Zutaten auf sie wartete, da sie sonst nun losgestürmt wäre und Louan aus dem Schlaf gerissen hätte, nur um sich in seine Arme zu schmiegen. Stattdessen warf sie lediglich einen raschen Blick zum oberen Treppenabsatz und machte sich auf den Weg ins *La Mouette*.

Zwar schien die Sonne nicht, und feiner Sprühregen benetzte ihr Gesicht, aber heute hätte selbst ein ausgewachsenes Gewitter ihre Laune nicht trüben können. Der Tag hatte kaum begonnen, und schon war er perfekt.

Beinahe. Dieses Stimmchen in ihrem Kopf schob sich in den Vordergrund und weigerte sich einfach, zu verstummen. Es flüsterte von Geheimnissen und Dr. Maurice Signac, und dass Louan vielleicht über diese winzig kleine Einmischung gar nicht so froh sein würde wie über die Tatsache, dass Mona sich mit einer liebeskranken Revolverheldin zusammengetan hatte, um Yanis Robinet nach Plouescat zu schaffen. Es war trügerisch, dieses Stimmchen, da es sich mit dem Wind vermischte und dann ohne Vorwarnung in den Vordergrund trat, nur um sich festzubeißen.

Mona schritt energischer aus, zog den Kragen ihrer Jacke hoch und zählte zur Ablenkung die Blautöne der Umgebung. Gar nicht mal so leicht, da sie oftmals nicht sagen konnte, wo das Blau aufhörte und das Grau begann, aber es waren dennoch so unglaublich viele, dass ihr irgendwann keine Farbbezeichnungen mehr einfielen. Möglicherweise gab es ja auch gar nicht für jeden eine, weil nicht einmal die Künstler der Erde sämtliche Blautöne der Bretagne gesehen und verzeichnet hatten. Die Welt aus Blau hier und jetzt gehörte nur ihr.

Sie füllte sich mit mehr Leben, als Mona in die kleine Gasse abbog, die zwischen zwei Häusern hindurch- und vom Strand wegführte. An einer Mülltonne balgten sich zwei Möwen um eine Tüte, der metallene Deckel lag achtlos daneben. Weiter vorn rief jemand etwas, ein Auto fuhr vorbei, und dann trat Mona auf die nächstgrößere Straße.

Wenig später erreichte sie den Hintereingang des *La Mouette* und wurde von den Düften nach Kaffee, Gebäck und frischem Brot begrüßt – sowie von Armelle, die ihr mit bester Laune und bis zu den Ellenbogen mehlbedeckten Armen entgegenkam.

»Mona! Du bist früh!« Sie streckte die Hände aus, und Mona wich lachend zurück.

»Untersteh dich! Und ja, ich wollte mir die Zeit nehmen, mich in Ruhe umzusehen. Vielleicht fehlt ja doch noch was, dann könnte ich schnell los und es besorgen. Ich hab ja schließlich einen fahrbaren Untersatz.« Das Auto parkte seit ihrer Ankunft hinter der Pension.

Armelle winkte ab, und eine feine Mehlwolke schwebte zu Boden. »Es ist alles da. Ich mache gerade die Croissants, wenn du dich um den Kuchen kümmerst, wäre das super. Théa hat es echt erwischt, sie liegt mit geschwollenen Augen flach und hustet sich die Seele aus dem Leib, die Arme. Ich habe ihr verboten, in dem Zustand auch nur ans Backen zu denken. Normalerweise setzt sie abends die Kuchen an und schiebt sie morgens in den Ofen, dann sind sie schön frisch, wenn wir öffnen.«

»Und es ist dir wirklich egal, was ich backe?«

»Ja, tob dich aus. Wir haben drei Standards, um die habe ich mich schon gekümmert.« Sie deutete nach links, wo ein Ofen arbeitete und angenehme Wärme verströmte. »Aber wir brauchen mehr Vielfalt im Angebot.«

»Verstehe. Und kein Problem, verlass dich auf mich.«

»Das tue ich bereits die ganze Zeit«, sagte Armelle und zwinkerte. »Dort drüben hast du genug Platz, ich bleibe hier.« Sie nickte in Richtung eines Blechs, auf dem die Teiglinge für die Croissants lagen. »Deine Sachen kannst du da hinten in der Nische ablegen.«

Mona nickte und sah sich aufmerksam um. Die Küche war nicht sehr groß, aber länglich und damit ideal aufgebaut, um zu zweit darin zu arbeiten. Die Edelstahlflächen und -gestelle blitzten und blinkten, Stell- sowie Wandregale waren ordentlich mit Tüten, Boxen und Vorratsbehältern sämtlicher Größen bestückt. An jeder Seite des Raumes gab es ein riesiges Waschbecken mit abgerundeten Kanten und einer Frontplatte, über die das Wasser durch den bloßen Druck mit dem Knie angefordert wurde und die mit einem verchromten, automatischen Seifenspender bestückt war. Dazu Müllsackhalter, Regalwagen mit Rollen, wie sie für eine Bäckerei typisch waren, zwei Bain-Maries zum Warmhalten von Speisen, ein riesiger Kühlschrank sowie die Herzstücke des Raumes: zwei elektrische Umluftbacköfen. An der Rückwand prangten Ausdrucke, Papiere und Tabellen. Mona trat näher und fand Rezepte, Notizen, kurze Nachrichten an Armelle, ein Kinderbild, auf dem sich zwei Seesterne einen Kuchen teilten, sowie Postkarten aus sämtlichen Ecken der Welt. Durch zwei Fenster fiel genug Licht in den Raum. Wenn die Sonne durchbrach, würde sie die Arbeitsplatte erhellen. Ein kleines Backparadies, und sie durfte sich darin austoben!

Mona ging in Gedanken noch einmal die Zutaten durch und sah dann Armelle zu, die mit geübten Fingern ein zweites Blech mit Croissants füllte und sie locker mit Mehl bestäubte. »Ihr lasst keine Teiglinge anliefern?«

Der Blick, mit dem Armelle antwortete, hatte etwas tödlich Beleidigtes. »Das *La Mouette* steht dafür, dass wir wirklich alles selbst zubereiten. Und glaub mir, manche Leute merken den Unterschied durchaus, aber wahrscheinlich nur, weil ich jedes Standardrezept eine Winzigkeit abändere. In meine Croissants kommt beispielswiese ein Hauch Orangenaroma. Wirklich nur ganz wenig. Die meisten schmecken es nicht heraus, sondern merken nur, dass etwas anders ist.«

»Orangenaroma ist eine wunderbare Idee bei Croissants. Ich ändere auch gern Rezepte ab. Das habe ich von meiner Oma gelernt. Und du hast recht, manchmal geht es nur darum, dass man damit die Sinne anregt. Zumindest hat sie das immer gesagt: *Es geht nicht ausschließlich um den Geschmackssinn, Mona. Manchmal geht es auch einfach nur um die Fantasie.*«

»Deine Oma war eine schlaue Frau. Aber nun sag schon, was du für heute geplant hast.«

»Ich dachte, ich mache einen dunklen Kuchen und etwas Fruchtiges. Also einen getupften Schokoladen-Kokos-Kuchen und einen mit glasierten Pfirsichen. Du sagtest, dass ihr Pfirsiche habt.«

»En masse! Théas Freundin hat sie angeschleppt, wir wissen gar nicht mehr, wohin damit. Eine gute Wahl. Du findest alles in den Regalen dort.« Mehr Mehlstaub schimmerte in der Luft, als sie nach links deutete. »Meld dich einfach, wenn du Fragen hast.«

»Mach ich.« Mona drehte sich um, atmete tief durch und freute sich auf die kommenden Stunden. Sie hatte erst einmal in einer Küche wie dieser arbeiten dürfen und gar nicht genug davon bekommen. Isa hatte ihr zum Geburtstag vor zwei Jahren einen Kurs geschenkt und sie begleitet, da Daniel weniger als kein Interesse zeigte. Unter der Anleitung eines Berufsbäckers hatten sie in einer Gruppe von acht Interessierten zunächst Brötchen und dann Bleche voller Käsekuchen fabriziert, und am Ende des Kurses hatten sich Mona und der Bäcker in Fachsimpeleien verstrickt, bis Isa laut mit dem Autoschlüssel geklimpert und etwas von Rückfahrt gemurmelt hatte.

Und jetzt durfte sie tun und lassen, was sie wollte, solange etwas dabei herauskam, das man den zahlenden Gästen des Cafés vorsetzen konnte.

Das würde dir so gut gefallen, Oma!

»Denkst du, ich kann nachher hier ein paar Fotos machen? Keine Angst, ich will sie nicht online stellen, sondern nur meiner Mutter und meiner besten Freundin zeigen.«

»Klar, ich glaube nicht, dass Théa etwas dagegen hat. Ich soll dir übrigens von ihr ausrichten, dass sie dir unglaublich dankbar ist und für deine Hilfe aufkommen wird.«

»Unsinn. Ich nehme einfach ein paar Stücke für Juliet, Marcel und Louan mit, dann sind wir quitt. Juliet hätte später übrigens gern zwei Kokosmakronen.«

»Natürlich, du kannst auch zehn mitnehmen. Das ist ja wohl das Mindeste«, murmelte Armelle, schon wieder in ihre Arbeit vertieft, und Mona entschied, alle anderen

Themen auf später zu schieben. In der folgenden Stunde schnupperte sie an Zutaten, maß ab, schnitt Obst, probierte, verfeinerte, füllte ein und schob letztlich zufrieden das Ergebnis in die Öfen.

Armelle war bereits dabei, die Arbeitsflächen zu säubern, und warf einen Blick auf die Uhr an der Wand. »Wir liegen gut in der Zeit. Chapeau. Ich werde dann mal das Café vorbereiten. Kannst du hier die Stellung halten? Die Croissants müssen einfach raus, wenn sie hellgold sind, das ist alles.«

»Ja klar, mach du nur.«

»Super. Und nimm dir schon einmal eines, in dem kleinen Kühlschrank in der Nische ist Butter für uns und Marmelade. Möchtest du einen Kaffee?«

»Momentan würde ich viel für einen Kaffee tun.«

Armelle nickte. »Kommt sofort.« Sie verschwand um die Ecke. Kurz darauf hörte Mona die Kaffeemaschine anspringen. Nach einem Blick in den Ofen mit den Croissants – noch war Zeit – zog sie einen Holzschemel aus der Ecke, ließ sich darauf fallen und sah sich um. Wie es wohl wäre, ein Café zu führen, so wie Théa? Kein stylisch-modernes mit einer festgelegten, hochglanzlaminierten Karte, die jeden Tag, das ganze Jahr über, dieselben Angebote beinhaltete. Sondern handgeschriebene, die wie im *La Mouette* Zuhause-Flair verströmten und darauf hinwiesen, dass sich das Angebot des Tages an der Kreidetafel über dem Tresen befand, in dem die Köstlichkeiten auslagen. Ein Café, in dem man sich jeden Morgen in Backkreationen stürzte, auf die man Lust hatte und die von der Jahreszeit beeinflusst wurden. Von Erdbeeren zu Pflaumen und Äpfeln, von leuchtenden Frühsommerkreationen zu warmem Gebäck in Herbstfarben.

»Einmal für die Küchenfee!« Armelle platzte nur kurz in Monas Träumereien, stellte eine riesige Tasse vor ihr ab und verschwand wieder. Das vertraute Aroma des Milchkaffees stieg ihr in die Nase. Mit beiden Händen umfing sie die Tasse, auf der ein breit lächelndes Schaf abgebildet war, schnupperte und trank einen Schluck. In ihrer Brust schlug ihr Herz nur eine Winzigkeit schneller, angetrieben von winzigen Schauern, die es hüpfen ließen.

Sie war glücklich, und zwar so sehr, dass sie sich fragte, ob sie sich schon jemals zuvor so gefühlt hatte. Hier und jetzt war jedes winzige Puzzlestück an den rechten Platz gefallen. Das würde sich ändern, da das Leben niemals stillstand und die Bewegung die Teilchen wieder durcheinanderwirbeln konnte, doch diesen Moment würde sie immer in ihrem Herzen tragen.

»Mona?« Erneut steckte Armelle den Kopf herein und stutzte. »Du siehst gerade aus wie die Katze, die ich mal hatte. Sie war das zufriedenste Geschöpf der Welt, wenn sie ihr Futter bekommen hat. Liegt's am Kaffee?«

Mona streckte sich leicht. »Der Kaffee, dieser Morgen, das Backen, das Meer. Einfach alles, glaube ich.«

In Armelles Augen blitzte es auf. Glück war eben ansteckend. »Im Café wartet ein Herr auf dich. Ich hab ihn schon mal reingelassen, so ganz außer der Reihe.«

»Oh?« Zunächst glaubte sie, dass es Louan war, aber dazu fehlte der vielsagende Unterton in Armelles Stimme oder das Zwinkern. »Danke.« Sie nahm noch einen Schluck Kaffee, klopfte sich Teigreste von der Schürze und folgte Armelle in den offiziellen Teil des *Mouette*.

In seinem kurzärmeligen Hemd und der modernen Jeans erkannte sie ihn zunächst nicht, da er an einem der Fenstertische saß und das fahle Licht sein Profil verschwimmen ließ. Dann aber wandte er sich ihr zu und stand auf. Helles Haar, gebräunte Haut, ein intensiver Blick, der gar nicht so stechend war, wie sie ihn in Erinnerung hatte. Seine Nase besaß einen Schwung nach rechts, was sie an einen Lausbuben erinnerte, und er blinzelte, als er ihr eine Hand entgegenstreckte.

»Madame Martinssen. Entschuldigen Sie, ich bin sehr früh dran und hätte mich vielleicht anmelden sollen, aber ich bin heute noch vor dem Morgengrauen aufgewacht und hatte einfach Lust durchzufahren. Sie hatten ja erwähnt, dass ich Sie in der Pension oder in diesem Café finde.«

Ein wenig überrumpelt starrte Mona auf den Haarwirbel von Dr. Maurice Signac. Viel zu spät kam sie auf die Idee, seine Hand zu ergreifen. »Das ist … in der Tat eine Überraschung. Willkommen«, stammelte sie. Jetzt, da er leibhaftig vor ihr stand, wirkte er längst nicht mehr so furchteinflößend wie bei seinem Wutausbruch in Plédéliac, aber trotzdem war sie gar nicht mehr so sicher, dass es eine gute Idee gewesen war, ihn anzurufen. Was hatte sie sich nur dabei gedacht? Ganz bestimmt nicht, dass er so bald hier auftauchen würde! Und schon verschoben sie sich und fielen ein wenig in sich zusammen, die Puzzleteile ihres Lebens.

Noch während sie überlegte, was sie nun tun sollte, erschien Armelle als rettender Engel mit einem Tuch in der Hand und polierte mit energischen Bewegungen den Tisch, an dem Dr. Signac soeben noch gesessen hatte. »Ein Kaffee, Monsieur? Freunde von Mona dürfen sich hier gern vor unseren Öffnungszeiten wohlfühlen.«

»Das wäre ganz hervorragend, ich danke Ihnen, Madame.«

»Madame Armelle Roux«, warf Mona ein. »Armelle, darf ich dir Dr. Signac vorstellen? Er ist ein … äh, Geschäftspartner von Louan.«

Bei dem Namen versteifte er sich ein wenig, schwieg aber. »Maurice. Das genügt vollkommen.«

Armelle nickte lediglich. »Ich bringe Ihnen sofort einen schönen, frischen Kaffee. Und du hast nun eh erst mal frei, Mona, also setz dich, während ich hier meinen Job mache.« Damit verschwand sie wieder und ließ Mona mit ihrer Verlegenheit und ihrem überraschenden Besucher allein.

Er zog ihr einen Stuhl zurück, wartete, bis sie sich gesetzt hatte, und ließ sich dann ebenfalls nieder. »Ich habe Sie überrumpelt, das tut mir leid. Ich hätte Sie vorher noch einmal anrufen sollen.«

»Nein«, sagte sie eine Spur zu heftig und atmete tief durch. »Nein, das ist es nicht. Es ist nur … ich bin noch nicht sicher, wie ich das Louan beibringen soll.«

Er verengte die Augen. »Robinet weiß noch nicht, dass ich hier mit ihm reden will?«

Mona hob die Arme und fühlte die Hilflosigkeit dieser Geste bis in die Knochen. »Es gab einfach so vieles, das uns beschäftigt gehalten hat, und wenn ich ehrlich bin, war ich vielleicht ein wenig zu enthusiastisch, als ich Sie angerufen habe. Ich möchte Sie nicht mit den Einzelheiten langweilen, Maurice. Vielleicht ist es das Beste, wenn ich Ihnen einfach die Situation schildere, so wie ich sie erlebt habe? Vielleicht begreifen Sie ja, dass Louan … dass Monsieur Robinet Ihnen gegenüber wirklich fair sein möchte.«

Er zögerte. Die Falten rund um seine Augen glätteten sich ein wenig, als er sich wieder entspannte. »Nun gut. Legen Sie los.«

Mona war heilfroh, dass er es ihr so leicht machte. Generell war es auch gar nicht so verkehrt, dass er so schnell hergekommen war – schließlich wusste sie nicht, wie lange Yanis im Ort blieb, und so konnte Maurice gleich mit beiden Brüdern reden. Auf diese Weise musste auch Louan nicht sämtliche Schuld auf sich nehmen.

Wie aus dem Nichts tauchten zwei Tassen vor ihnen auf sowie ein Teller mit Croissants, von denen hauchzarte Rauchschwaden aufstiegen. »Hier, bitteschön und Vorsicht, die sind frisch aus dem Ofen. Mona, ich habe deine Tasse noch einmal aufgefüllt, ehe du kalten Kaffee in dich reinschütten musst.«

»Du bist ein Schatz.«

»Merci, Madame Armelle, das kommt genau richtig«, sagte Maurice und schenkte ihr ein so strahlendes Lächeln, dass Mona sich fragte, ob dies wirklich der Mann mit dem Wutausbruch war oder ob er seinen freundlichen Zwilling geschickt hatte. Sie wartete, bis er sich eines der goldenen Hörnchen genommen hatte, griff nach dem anderen, riss es in der Mitte durch und legte eine Hälfte zurück. Der Duft verteilte sich im Raum. *Wer weiß, vielleicht liegt ein Zauber über dem Café, und Maurice ist nur deshalb so friedlich.* Mona nahm sich vor, die drei Männer für eine Aussprache hierherzulocken. Ja, das war eine gute Idee!

»Also, Maurice«, sagte sie. »Ich fange einfach mal bei mir an. Damals im *Charlys* habe ich Ihre Visitenkarte aufgehoben, aber ich weiß selbst nicht, warum.«

»Ach herrje, meine Karte.« Auf einmal sah er gar nicht mehr so entspannt aus. »Das ist mir, ehrlich gesagt, ein wenig peinlich. So was mache ich normalerweise nicht.«

»Das beruhigt mich«, sagte Mona. »Die Vorstellung eines

Arztes, der durch die Straßen geht und mit Visitenkarten um sich wirft, ist doch etwas befremdlich.«

»Das habe ich wohl verdient«, sagte er, tunkte sein Croissant in den Kaffee und biss ab. »Ich erinnere mich noch sehr gut an den Tag. Er war alles andere als angenehm, und als ich dann noch Robinet getroffen habe, der so tat, als wäre nichts geschehen, ist es einfach mit mir durchgegangen.«

»Wenn es Sie beruhigt: Ich glaube, Louan würde selbst dann noch so tun, als würde nichts geschehen, wenn er mitten in einem Hurrikan aufwachen würde. Aber er hat mir von dem Bankrott der Tauchschule erzählt, und glauben Sie mir, er versucht, das wieder hinzubiegen. Obwohl er das Malheur nicht verursacht hat.«

Tunken, abbeißen, ein Schluck Kaffee und ein rasches, wohliges Schließen der Augen, was ihn als Genussverbündeten auszeichnete. Abgesehen davon, zeigte er keine Regung auf das soeben Gehörte. »Erzählen Sie weiter.«

Dies war der Moment, in dem sie noch einen Rückzieher machen konnte, ehe sie sich vollends in Louans Leben einmischte. Aber Maurice saß ihr so friedlich gegenüber und machte den Eindruck, die ganze Sache ebenso gern wie sie aus der Welt schaffen zu wollen. Also griff sie wieder nach ihrer Tasse, drehte sie so, dass das Schaf aus dem Fenster blickte, und folgte seiner Aufforderung. Maurice verzog keine Miene, während sie berichtete, was sie wusste, und betonte, dass Louan zwar abwehrend wirkte, aber alles andere als nachlässig mit dem Thema seiner und Yanis' Schulden umging. Ab und zu nickte Maurice. Als sie fertig war, hob sie endlich die Tasse an ihre Lippen. Der Kaffee war nur noch lauwarm.

Maurice überlegte lange. Sie rechnete ihm hoch an, dass

er sich alles anscheinend noch einmal durch den Kopf gehen ließ und nicht sofort dagegenhielt.

Die Türglocke unterbrach die Stille, und verwirrt betrachtete Mona das alte Ehepaar, das gebeugt und auf Holzstöcke gestützt durch den Innenraum wankte.

»Es scheint, das Café ist nun geöffnet.« Maurice nickte den beiden über Monas Schulter hinweg höflich zu.

Die fuhr zusammen. »Ach du meine Güte. Ich habe nicht einmal mitbekommen, dass Armelle aufgeschlossen hat.«

»Ich, ehrlich gesagt, auch nicht.«

Mona musterte ihn. »Und, was denken Sie?«

»Ich denke, dass ich noch einmal in Ruhe darüber nachgrübeln muss, was ich von Ihnen erfahren habe«, sagte er. »Aber es hat mir schon mal sehr geholfen, eine andere Sicht der Dinge präsentiert zu bekommen, auch wenn Sie nicht ganz unparteiisch sind, Mona.«

»Schuldig.« Sie bemühte sich um ein höchst unschuldiges Lächeln. »Wie gesagt, ich bin lediglich eine Zuschauerin und nicht wie Sie von allem betroffen. Aber vermutlich hilft mir das, sachlich zu bleiben, auch wenn ich sicherlich dazu neige, Partei für Louan zu ergreifen. Das kann aber auch daran liegen, dass ich ihn einen winzigen Hauch besser kenne als Sie.«

»Sie meinen, hätten Sie mich eher kennengelernt, würden Sie nun den Robinet-Brüdern den Kopf waschen?«

Die Türglocke ertönte ein weiteres Mal. Armelle gab Mona von hinter der Theke ein Zeichen und deutete in Richtung Küche. Mona stand auf. »Wer weiß? Entschuldigen Sie vielmals, ich glaube, meine Hilfe wird gebraucht. Bitte genießen Sie in aller Ruhe Ihr Frühstück. Darf ich Ihnen noch etwas bringen? Es geht selbstverständlich auf mich.«

»Nein danke, ich bin versorgt.«

Mona nickte, schob ihren Stuhl zurück an den Tisch und blieb unsicher stehen. Maurice lächelte sie an und schien ganz genau zu wissen, was ihr im Kopf herumschwirrte. »Ich verspreche, dass ich mich bei Ihnen melde, und das möglichst schnell. Glauben Sie mir, ich möchte die Angelegenheit gern so rasch wie möglich klären.«

»Wunderbar«, sagte Mona. Ein Stein fiel ihr vom Herzen. »Dann bleibt mir ein wenig Zeit, um ... nun, Louan darauf vorzubereiten.«

»Eine gute Idee.« Er hob die Tasse, prostete ihr zu, und sie machte sich mit einem Winken auf den Weg in die Küche.

Armelle bat sie, sich um eine weitere Ladung Croissants sowie den Rest des Gebäcks zu kümmern, und mit leichterem Herzen als zuvor machte sie sich an die Arbeit. Das Gespräch mit Maurice war locker gewesen, aber dennoch fühlte sie sich, als wäre sie einen Berg hinaufgejoggt. Kein Wunder, schließlich hinterging sie Louan ein wenig.

Zum zweiten Mal.

Allerdings für einen guten Zweck. Aber rechtfertigte das die Geheimniskrämerei? Sie schüttelte den Gedanken ab, griff nach dem Blech mit Teigstücken, die Armelle vorbereitet hatte, und schob es in den Ofen. Der kleine Wecker in der Ecke sowie eine Stäbchenprobe verrieten, dass ihr Schoko-Kokos-Kuchen auch beinahe fertig war, zudem war es sicher nicht verkehrt, frische Sahne für den Pfirsichkuchen zu schlagen. Keine fünf Minuten später war sie im Backrausch, wie Isa es stets so treffend bezeichnete: ein Zustand, in dem sie die Zeit vergaß – und manchmal auch die Umgebung. Als sich zwei Hände auf ihre Oberarme legten, fuhr sie zusammen und schrie erschrocken auf.

»Hey, ruhig.« Jemand drehte sie um, und sie blickte in Louans Augen. »Ich bin es nur.«

»Was tust du hier?«, stotterte sie.

Er musste gerade geduscht haben, Reste von Minzaroma hingen in der Luft und verflüchtigten sich langsam. Einzelne Tropfen fielen auf die Stelle zwischen ihrem Hals und dem Kragen ihres Shirts. Mona erschauerte. Es hätte sie nicht gewundert, wenn das kühle Wasser augenblicklich verdampft wäre.

Louan nahm ihr die Sahneschüssel aus der Hand, stellte sie auf der Arbeitsplatte ab und trat näher. »Ich wollte bei dir vorbeischauen, ehe ich mich erneut in Théas Chaosruine stürze.«

»Oh.« Sie betrachtete das Pochen der Ader an seinem Hals, streckte eine Hand aus und berührte die Stelle. Eine leichte Gänsehaut überzog Louans Haut. »Ich habe deine Nachricht bekommen«, flüsterte sie.

»Ja? Gut. Dann haben wir heute Abend eine Verabredung?« Er sprach ebenso leise.

»Die haben wir.«

Er schwieg, doch seine Pupillen huschten hin und her, betrachteten ihre Augen, ihren Mund, ihre Hände. Louan strich ihr über das Haar, vorsichtig, um keine Strähne daraus zu lösen. »Ist es erlaubt, die Bäckerin zu küssen?«

Verdammt, er wusste offenbar genau, was dieser leicht raue Tonfall bei ihr anrichtete! »Wenn es die richtige Bäckerin ist.«

Er beugte sich vor, bis seine Lippen ihre einen Wimpernschlag lang berührten. Kein Kuss, noch nicht, aber das schönste Versprechen der Welt. »Gut«, murmelte er, und sein warmer Atem entfachte Feuer unter ihrer Haut. Es kitzelte, aber Mona hielt ganz still. Sie wollte keine Millisekunde verpassen und schloss die Augen, um noch mehr zu spüren.

Louan legte eine Hand in ihren Nacken, die andere an ihre Taille und küsste sie. Er schmeckte nach Zahnpasta und nur ein ganz klein wenig nach der See, die er auf dem Weg hierher eingeatmet hatte. Mona hob ihm ihr Gesicht entgegen und ließ sich fallen, in das Herzklopfen und die Aufregung, das Vertrauen und die Tatsache, dass sie spürte, wie er sie bereits jetzt auffing, und dass er das immer tun würde.

Der Kuss endete viel zu schnell. »Ich würde gern länger bleiben«, murmelte Louan in ihr Haar und küsste sie auf die Stirn. »Aber du hast zu tun und ich auch. Aber … später.«

Nur ein Wort, doch der Unterton darin sorgte dafür, dass ihre Knie schon wieder drohten, weich zu werden. »Gute Idee«, sagte sie und wusste selbst nicht, welche von seinen Aussagen sie meinte.

Louan betrachtete sie mit diesem Lächeln, das noch immer einen Hauch Zurückhaltung barg, und schüttelte den Kopf, dass die Wassertropfen nur so stoben. »Wie auch immer du das machst – es ist nicht leicht, von dir wegzukommen. Ich sage schnell Armelle Hallo und nehme mir noch Frühstück mit. Ist es okay, wenn ich den Durchgang hier benutze?«

»Ich denke schon.«

»Bis später, Mona.«

»Bis später.«

Erst als er bereits halb verschwunden war, fiel ihr siedend heiß ein, dass Maurice möglicherweise noch im *La Mouette* saß. »Louan, warte!« Sie stürzte hinter ihm her und riss dabei ein Schälchen mit Zimt und Zucker um, aber das musste nun warten. Unter Armelles erstauntem Blick gelangte sie in das Café – und prallte beinahe gegen Louan, der mit dem Rücken zu ihnen stand und Maurice anstarrte. Der saß noch immer an seinem Tisch, hielt seine leere Tasse in den Händen und sah aus dem Fenster, ganz versunken in die Ruhe des Morgens. Er hatte Louan noch nicht bemerkt.

Noch war also nicht alles verloren!

Leise trat sie hinter Louan und fasste ihn an der Hand. Zum Glück waren noch nicht allzu viele Gäste anwesend, und die wenigen achteten lediglich auf ihr Gegenüber sowie ihr Frühstück. Niemand bemerkte, wie sich gerade die Luft auflud, Mona dagegen hörte es beinahe knistern.

»Louan? Komm, wir gehen wieder nach hinten«, sagte sie leise und versuchte, ihn mit sich zu ziehen.

Er bewegte sich zunächst nicht, aber dann riss er seine Hand aus ihrer und fuhr zu ihr herum. »Steckst du dahinter?« Ärger statt Versprechen, die Stimme viel lauter als zuvor. Nun wurde auch Maurice auf sie aufmerksam, aber das bekam Mona nur am Rande mit. Bestürzt bemerkte sie, dass sich das dunkle Flackern in Louans Augen gegen sie richtete. Maurice dagegen würdigte er keines Blickes.

»Louan …«

»Erst Yanis, und nun er. Was soll das? Denkst du, dass du dich einfach so in mein Leben einmischen kannst, nur weil ich dir erzählt habe, was passiert ist?«

»Ich … nein, natürlich nicht! Lass uns bitte in die Küche gehen, dann erkläre ich dir alles.«

Das Ehepaar am vorderen Tisch wurde nun doch aufmerksam und musterte sie erstaunt. Hatte sie sich zuvor gefragt, ob es ein Fehler war, Maurice anzurufen? Da war ihre Antwort.

»Louan, bitte«, sagte sie leise.

Armelle kam ihr zur Hilfe, indem sie mit einem Tablett in der Hand sehr nah an ihnen vorbeiging. »Was auch immer es ist, besprecht es bitte hinten, ja? Keine Szene vor den Gästen.« Sie klang freundlich wie immer, aber in ihren Worten lag eine Härte, der sich sogar Louan beugte. Mit einem letzten Kopfschütteln drehte er sich um und ging.

Mona wechselte einen Blick mit Maurice und formte ein »Entschuldigung« mit den Lippen. Er deutete auf sein Ohr als Zeichen, dass er sie anrufen würde, dann eilte sie auch schon zurück in die Sicherheit der Backstube. Louan stand vor der Hintertür, eine Hand an der Klinke, aber noch flüchtete er nicht.

»Louan, warte.« Sie hätte nicht damit gerechnet, dass er sich wirklich umdrehte, und auf einmal wusste sie nicht mehr, wie sie sich erklären sollte. Die Idee, Maurice herzubestellen, erschien ihr jetzt einfach nur wie eine große Dummheit. Sie hatte sich von dem Augenblick mitreißen lassen, als die zwei Brüder sich umarmten und ihr das Herz aufgegangen war. So sehr, dass sie geglaubt hatte, dass sich jedes Problem der Welt lösen ließ, wenn man nur miteinander redete. »Ich habe einen Fehler gemacht. Entschuldige.« Sie trat hinter ihn, berührte ihn aber nicht. Sein Rücken hob und senkte sich gleichmäßig.

Endlich wandte er den Kopf, ließ die Tür aber nicht los. »Weißt du, Mona, ich hatte nichts dagegen, mein Leben in den vergangenen Tagen nach deinem zu richten. Dir bei der Suche nach Spuren deiner Urgroßmutter zu helfen und mit dir durch die Gegend zu fahren. Es hat mich erst nur abgelenkt, aber dann hat es auch Spaß gemacht. Ich habe mich wohlgefühlt, und irgendwann habe ich sogar angefangen, selbst Interesse an der ganzen Sache zu entwickeln. An deinem Leben und deiner Vergangenheit.«

Sie wusste nicht, was sie erwidern sollte. Vielleicht, dass sie ihn verstand, dass er recht hatte und dass sie einfach nur einen Dialog schaffen wollte, damit er nicht doch noch durch die Tür trat und verschwand, ehe sie ihm all das sagen konnte, wofür ihr jetzt gerade die Worte fehlten.

Aber Louan wollte keinen Dialog, er wollte keine Diskussion, nichts von ihr hören, denn er hob nur eine Hand und brachte sie zum Schweigen. »Es war okay, dass es sich um dich gedreht hat. Weil ich dich mag und auch, dir zuzuhören. Manchmal erzähle ich dir sogar gern von mir. Aber dass du diese Dinge, die ich dir anvertraut habe, nun benutzt, um mein Leben so umzukrempeln, wie du es für richtig hältst, das geht zu weit, Mona.«

»Das wollte ich nicht, glaub mir bitte.« Sie streckte ihm eine Hand entgegen.

Er ignorierte sie. »Erst Yanis. Da habe ich dich bisher noch nicht einmal gefragt, wie das alles zustande gekommen ist und was diese Irre aus Adelines Haus hier zu suchen hat. Aber nun Signac? Wenn du so dringend heile Welt spielen willst, dann melde dich bei einer TV-Show an. Aber lass mich da raus.«

»Ich wollte dir doch nur helfen! Das mit deinem Bruder … du wolltest doch, dass er mit dir redet. Du hast ihm eine Mail geschickt. Und dann hast du dein Telefon verloren, und Belén hat es gefunden und mit mir geredet, und ich hab ihr versprochen, nichts zu sagen«, stieß sie hastig hervor. »Das war ein Fehler, und ich wollte es dir noch erklären, aber dann gab es keine Gelegenheit, und dann … ich weiß auch nicht, was ich mir dabei gedacht habe, Maurice

Signac anzurufen. Aber ich hatte noch seine Visitenkarte, ich hab sie damals im *Charlys* aufgehoben.« Jedes Wort fiel ihr schwerer, vielleicht, weil Louans Miene sich so gar nicht aufhellen wollte. »Ich habe gedacht, wenn du dich mit deinem Bruder aussprichst, dann ...«

Louan hob den Kopf und schuf so einen Hauch mehr Distanz zwischen ihnen. Seine Kiefer mahlten, und sie wusste, dass sie hier und jetzt verloren hatte.

»Du hättest mich vorher fragen sollen und dich nicht einfach in meine Angelegenheiten mischen. Manchmal ist zu viel Sonnenschein nicht gut. Dinge könnten verbrennen und dann eingehen. Aber es ist auch meine Schuld. Ich hätte dir einfach nichts über mich erzählen dürfen.« Er presste die Lippen aufeinander, trat vor, und dann war er verschwunden.

Mona starrte auf die Tür, doch das dumpfe Zuschlagen bekam sie nur am Rand mit. Benommen drehte sie sich um und musterte den Tisch mit der Sahneschale, bis sie vor ihren Augen verschwamm. Mit einem erstickten Laut hob sie beide Hände vor das Gesicht und ließ sich langsam gegen die Wand sinken.

18

»Hier.« Mit energischer Geste und einem noch energischeren Nicken stellte Armelle einen Teller mit Pflaumenkuchen sowie einem riesigen Klecks Sahne auf dem Tisch ab, schob Mona zu einem Stuhl und deutete darauf. »Setz dich und iss. Das ist eines der letzten Stücke, ich habe es noch einmal angewärmt.« Feinzuckriges Zimtaroma ließ Monas Magen knurren. Es fühlte sich wie Verrat an, denn sie hatte ganz sicher keinen Hunger.

»Tut mir leid Armelle, das riecht wie immer fantastisch, aber ich möchte wirklich nicht.«

»Unsinn, du willst, weil der Cidre dir sonst zu Kopf steigt, den ich gleich hole. Ich feg hier eben durch. Bis gleich.« Ein letzter Fingerzeig, dann wirbelte sie auch schon davon, um das *Mouette* für die Mittagspause vorzubereiten und es Tom, der die Nachmittagsschicht übernehmen würde, im Hochglanzzustand zu überlassen.

Mona nahm die Gabel, stach eine Ecke von ihrem Kuchenstück ab und betrachtete sie von allen Seiten, nur um sie dann zurück auf den Teller zu legen. Nachdem Louan gegangen war, hatte sie in der Küche gesessen und vor sich hingestarrt, bis sie von Gelächter aus dem Café zurück in die Gegenwart gerissen worden war. Mit einem Mal hatte sich Mona vollkommen allein gefühlt. Fast hätte sie erwartet, dass Regen oder besser noch ein ausgewachsenes Gewitter den Landstrich überziehen würde, aber im Gegenteil: Die Sonne schien und erhellte den Tag – zumindest für die meisten Menschen. Mona dagegen fühlte sich dadurch nur noch mehr ausgegrenzt. Manche Dinge konnten so schnell zerbrechen, wenn sie keine Zeit gefunden hatten zu wachsen, Wurzeln oder Ranken zu bilden und somit einen Halt zu finden. War sie zu voreilig gewesen und hatte etwas zerstört, dem sie noch viel mehr Zeit hätte geben müssen?

Sie teilte etwas Sahne ab und verrührte sie in kleinen Kreisen auf dem Porzellan. Was tat sie hier eigentlich? Louan hatte ihr vorgeworfen, dass sich ihre Reise ausschließlich um ihre Suche drehte, aber das stimmte doch längst nicht mehr. Vielmehr hatte sie die Vergangenheit zugunsten der Gegenwart in den Hintergrund geschoben. Hatte sie damit ihr Ziel aus den Augen verloren? Sie war hergekommen, um Informationen über Helene zu finden oder sogar über ihren unbekannten Urgroßvater, und nun? Nun half sie in einem Café aus, während Louan daran arbeitete, ein Haus instand zu setzen. Hatte sie sich etwa verrannt und von einem vorübergehenden Leben hier an der Küste verleiten lassen, in dem sie eine Leichtigkeit gesehen hatte, die möglicherweise von ihren romantischen Touristen-Vorstellungen herrührte? Denn so idyllisch auch alles war, selbst in Plouescat stritten und weinten und litten die Menschen, und manchmal taten sie sich auch unrecht oder weh, wenn sie nur auf der Durchreise waren.

Sie zog einen Streusel in den Sahnesee und rollte ihn hin und her. Die Sonne schien durch das Fenster, erreichte aber ihren Tisch nicht. Selbst wenn Mona eine Hand oder einen Fuß ausgestreckt hätte, wäre der Abstand zu dem hellen

Streifen am Boden zu groß gewesen. Aus alter Gewohnheit ließ sie einen Arm unter den Tisch baumeln, doch keine feuchte Nase stupste dagegen. Richtig, Flint war ja bei Louan, zumindest hoffte sie das. Sie atmete tief durch und starrte an die Decke des *Mouette*. Auch für Momente wie diesen hatte Oma Fine eine Lebensweisheit gehabt: *Natürlich gibt es auch mal Wolken, ansonsten verbrennst du dir doch nur das Gesicht.*

Es hatte sich nicht angefühlt, als würde ihr Gesicht brennen. Eher ihr Herz.

»So!« Mit der Urgewalt einer Frau, die nur zu genau wusste, dass sie gegen trübe Laune antreten musste, kehrte Armelle zurück und stellte sich mit verschränkten Armen vor den Tisch. »Dir muss ich doch nicht sagen, dass man mit Essen nicht spielt, oder?«

Mona seufzte. »Du hast ja recht. Aber kennst du das Gefühl, dass du großen Mist gebaut hast, wobei du schon vorher nicht ganz sicher warst, möglicherweise über das Ziel hinauszuschießen?«

»Ich kenne zumindest das Gefühl, dass ich Dinge nicht rückgängig machen kann, auch wenn ich noch so viel darüber nachdenke.« Armelle setzte sich, nahm Mona die Gabel aus der Hand, aß ein Stück Kuchen und schob den Teller dann in ihre Richtung. »Hier. Gemeinsam Kuchen essen hilft immer.«

Dagegen ließ sich nichts sagen, und nachdem Mona ein Stück probiert hatte, aß sie auch gleich den Rest. Dabei berichtete sie Armelle von Maurice Signac sowie Louans Reaktion in der Küche. Noch während sie erzählte, bemerkte sie, dass die Sonnenstrahlen ein wenig näher rückten und sich auch die graue Wolkendecke in ihren Gedanken ein wenig lichtete. Sie hatte den Eindruck, Armelle einfach alles erzählen zu können. Auf eine spezielle Weise fühlte sie sich mit ihr verbunden, und das lag nicht nur daran, dass sie beide die Vorliebe für Gebäck und dessen Herstellung teilten.

Als die Sonnenstrahlen sich bis zu ihrem Tisch vorgetastet hatten, legte Armelle ihre Hand auf Monas Arm. »Jetzt mach dir mal keinen Kopf. Ja, du bist vielleicht etwas weit vorgeprescht. Bei mir hättest du mit einer solchen Aktion wahrscheinlich offene Türen eingerannt, schließlich kann es nach einer Aussprache nur besser werden, nicht wahr?«

»Du verstehst mich wenigstens«, sagte Mona. Ihre Stimme klang noch immer dünn, aber sie fühlte sich leichter, jetzt, da sie alles losgeworden war. »Es kommt mir aber auch vor, als würde ich dich schon Jahre kennen. Aber bei Louan ist es anders. Einerseits ist mir in seiner Gegenwart auch schon, als würden uns Jahre verbinden, andererseits ist jeder Schritt neu und kann eben auch in die falsche Richtung gehen. So wie jetzt.«

»Das nennt man verliebt sein, Mädchen.« Armelle zog Mona in eine Umarmung und tätschelte ihr den Rücken, ehe sie sich wieder aufrichtete.

Mona nutzte die Gelegenheit und schloss die Augen. Es tat gut, eine Weile an nichts zu denken. Als Armelle sie losließ, schenkte sie ihr ein dankbares Lächeln, das augenblicklich schmolz, als ihre Gedanken zum Thema zurückkehrten. »Aber was ist, wenn er das anders sieht? Ich meine, wenn er nicht begreift, dass ich nur helfen will, und glaubt, ich bin einfach ein Mensch, der sich überall einmischt? O Gott.« Sie schlug eine Hand vor ihren Mund. »Was ist, wenn ich jemand bin, der sich überall einmischt?«

»Nun mach dich nicht verrückt. Das ist eines der Hindernisse, die man am Anfang eben bewältigen muss. Dazu kommt, dass du dir wirklich einen schwierigen Kerl ausgesucht hast, aber das sind auch meist die interessantesten.« Ihr Blick glitt in die Ferne, sie sah fast wehmütig aus.

»Du klingst, als sprächest du aus Erfahrung, Armelle.«

»Das tue ich, leider. Wobei … nein, eigentlich bereue ich es nicht. Wir haben viel gemeinsam, du und ich, und ich kenne solche Männer wie Louan. Sie können dem Herzen wirklich gefährlich werden, aber sie sind es auch wert, da sie es glühen lassen.«

Mona nickte langsam und dachte an Daniel. Da war kein Glühen gewesen, aber auch keine Angst, das Falsche getan zu haben. Der Weg mit Daniel war wie eine gut ausgebaute Straße, neu und frisch und glatt, ohne Kurven oder Pflanzen, die sich durch den Asphalt kämpften. Man konnte gut darauf laufen, aber nach einer Weile schläferte es ein, und wenn man die Straße verließ, erinnerte man sich kaum noch an sie. Louan … Louan war anders. Wie die Straßen hier in der Bretagne: voller Unebenheiten, manchmal holprig, aber an anderen Stellen spürte man das Flattern im Bauch, wenn der Untergrund sich plötzlich hob und dann nach unten wegsackte. Man wusste nie, was hinter der nächsten Biegung wartete, aber man genoss die Aussicht und wünschte sich, die Fahrt würde noch eine Weile andauern. »Ja«, seufzte sie dann. »Besser hätte ich es nicht sagen können. Bisher kannte ich nur Männer aus der anderen Kategorie. Du weißt schon: Das Herz schlägt nur träge, aber dafür ist alles relativ einfach.«

Armelle gab einen bedauernden Laut von sich. »Es ist nie zu spät, das zu ändern. Ich habe mich auch lange mit halbgaren Beziehungen zufriedengegeben. Aber dann habe ich

Vincent kennengelernt. Ich möchte die Jahre mit ihm nicht missen, auch wenn sie manchmal nicht einfach waren. Aber so ist es mit den Frauen in meiner Familie: Wir suchen die Herausforderung«, sagte sie stolz.

Mona zog den Zuckerstreuer heran und drehte ihn in den Händen. »Ich kann gar nicht sagen, wie das mit den Frauen in meiner Familie ist. Weil es dort nur Frauen gibt. Die Männer sind verstorben oder eben nicht mehr da.«

»Möchtest du deshalb unbedingt etwas über deine Urgroßmutter herausfinden?«

»Ja, es wäre schön zu erfahren, ob ich noch irgendwo Familie habe.«

»Womit wir beim Thema wären, Mona. Mir ist gestern Abend aufgefallen, dass wir deine Suche schmählich vernachlässigt haben.«

Mona lachte. »Es gab eben einfach so viel zu tun.«

Armelle lehnte sich zurück. »Ja, es konnte niemand damit rechnen, dass Théa ausfällt. Aber ich habe noch mal darüber nachgedacht. Über die Namen am Grabstein. Es muss ja einen Grund geben, warum sie ganz unten angebracht waren. Fast so, als wollte jemand sie verstecken. Und dann habe ich ein wenig rumgefragt und versucht herauszufinden, ob der alte Steinmetz von damals eventuell Nachfolger im Ort oder das Geschäft sogar an seine Kinder weitergegeben hat.«

Das war eine großartige Idee! »Und?«, fragte Mona atemlos.

»Leider nichts. Ich habe sogar François angerufen und ihn zum Glück in einem lichten Moment erwischt. Er sagte, der Betrieb hat wohl in den Fünfzigern ohne einen Nachfolger oder Lehrling geschlossen.«

»Wie schade.« Mona überlegte. »Armelle, versteh das nun bitte nicht falsch, aber denkst du, dass François vielleicht mit der anderen Sache recht hat? Mit der Geburt deiner Mutter?« Sie hoffte, sich gerade nicht schon wieder zu weit auf heißes Terrain zu wagen.

Armelle schien die Frage jedoch nicht krummzunehmen. »Nein, da muss er sich wirklich irren. Meine Mutter ist definitiv in Paris geboren, und das im Jahr 1935. Das steht auch so in ihrer Geburtsurkunde. Vielleicht war eine andere Angestellte des *Mariots* schwanger. Vielleicht verwechselt er Celine sogar mit deiner Helene.«

Das war möglich, ja. Aber François hatte so überzeugt, so klar gewirkt in jenem Moment, dass sie diese Möglichkeit nicht wegschieben wollte aus Angst, eine Spur zu verlieren. »Und du bist sicher, dass sie vorher kein anderes Kind hatte? Ich meine, vielleicht …« Sie stotterte und senkte den Kopf.

»Vielleicht hat sie das Kind verloren, meinst du? Möglich, aber meine Mutter hat nie etwas in der Richtung erzählt. Falls *Grandmère* das vor ihr geheim gehalten hat … welch ein Gedanke! Dann wäre deine Familie nicht die einzige mit einem Geheimnis.« Sie wirkte recht angetan von dieser Vorstellung. »Nur, wie diese Maelys da reinpasst, verstehe ich nicht.«

»Oder meine Oma Josefine. Der andere Name auf dem Stein muss einfach meine Oma sein. Joséphine schreibt man doch hier nicht mit einem F, oder?«

»Mit P und H, genau. Die Version mit F ist hier unüblich.«

Mona schob den Zuckerstreuer hin und her, während sie grübelte. »Oder beide waren schwanger. Celine mit Maelys und Helene mit Josefine?«

»Und sie haben den Steinmetz eingeweiht, weil er sie beide kannte? Nein, Unsinn, ich mache nur Spaß.«

»Das wäre aber endlich eine Lösung«, murmelte Mona und versuchte, sich den Mann vorzustellen, wie er in seinem Betrieb die Steinblöcke zunächst grob bearbeitete, um dann mit Knüpfel und Meißel weiter ins Detail zu gehen. Wann hatte er den Grabstein angefertigt? Es musste nach Ausbruch des Zweiten Weltkrieges gewesen sein. War das der Grund, warum der Betrieb letztlich eingegangen war? Zu Kriegszeiten waren weder Steinmetze noch ihre Produkte gefragt gewesen, und viele Arbeiter und Angestellten wurden als Soldaten eingezogen, ganz abgesehen von den Zerstörungen, die zu jener Zeit das Land geplagt hatten. Oder war der Stein in einem der wenigen Restbetriebe hergestellt worden, womöglich, als die Bretagne bereits von der deutschen Wehrmacht besetzt gewesen war?

»Wie ist deine Oma gestorben, Armelle?«

»Sie hatte ein Karzinom an der Lunge. Wusste es schon lange vorher, mindestens ein Jahr, dass ihr nicht mehr viel Zeit blieb, und sie hat laut meiner *Maman* stets gescherzt, dass sie sich eine Männerkrankheit eingefangen hat, weil das zu Kriegszeiten nun mal so wäre. Sie ist nach dem Krieg gestorben, 1949. Sie war erst sechsunddreißig, und sie hat es damals hier geliebt. In den Jahren nach der deutschen Besatzung hat sich unsere Kultur langsam erholt. Die alte Sprache wurde wieder öfter gesprochen und unsere Traditionen aus den Häusern zurück auf die Straße gebracht.«

»Das tut mir leid.«

Armelle winkte ab. »Ach, Mädchen, das ist so lange her.«

»Ich frage mich, wer dafür gesorgt hat, dass die beiden Namen auf den Stein gekommen sind. Maelys und Josefine.

Wollte deine Oma sich so an gute Freundinnen erinnern? Wenn ja, an wen wollte sie sich noch erinnern?«

»Ich glaube noch immer, dass Maelys ein weiteres Mädchen war, mit dem sie sich im *Mariot* angefreundet hatte.«

Mona war davon nicht vollends überzeugt. Hier häuften sich zu viele Fragen und Lücken in den Geschichten und dazu eine, vielleicht sogar zwei mysteriöse Schwangerschaften – das waren einfach zu viele Auffälligkeiten. Es musste doch eine sinnvolle Verbindung geben! »Wenn es nur noch jemanden gäbe, den man fragen könnte.«

»Dafür sind wir wohl leider etwas spät. Und haben keine Unterlagen wie Tagebücher oder Briefe.« Armelle nahm ihr den Zuckerstreuer aus den Händen. Ohne es zu merken, hatte sie eine dünne, weiße Schicht auf dem Tisch verteilt.

»Dir fällt sonst niemand ein, der noch etwas wissen könnte, oder? Jemand, der Celine kannte?«

»Nein, leider nicht. Wenn, dann müsstest du so jemanden in Plédéliac suchen, aber das hast du ja bereits getan.«

»Mist«, murmelte Mona und stützte die Ellenbogen auf dem Tisch ab. »Es muss doch noch eine Spur geben.«

»Vielleicht solltest du dir darüber draußen Gedanken machen. Der Tag verspricht, doch noch schön zu werden, und außerdem hast du schon wieder Besuch.«

Verständnislos blickte Mona zu ihr auf: Armelle deutete zum Fenster. Ihr Herz klopfte schneller, doch als sie den Kopf wandte, sah sie nicht Louan, sondern Belén und Yanis, die ihre Nasen am Glas plattdrückten. Als Belén merkte, dass sie Monas Aufmerksamkeit geweckt hatte, winkte sie wild.

Armelle tätschelte Monas Schulter. »Na geh schon. Du wirst hier drinnen sonst noch ganz trübsinnig, und ich muss auch langsam los, ich bin mit einer Freundin verabredet. Ich verspreche dir, dass ich mir alles noch mal durch den Kopf gehen lassen und mich sofort bei dir melden werde, wenn mir etwas einfällt.«

»Tut mir leid, ich wollte dich nicht aufhalten«, sagte Mona und stand auf.

»Unsinn, Kleines. Und selbst wenn, hättest du alles Recht der Welt, schließlich hast du mir heute beigestanden. Ich habe mich noch gar nicht richtig bedankt! Aber du warst Théas und meine Rettung. Und die Gäste waren hin und weg von deinen Kreationen. Besonders der Pfirsichkuchen hat es ihnen angetan, und ich wette, dass sie nörgeln werden, sollten wir den nicht noch einmal im Programm haben.«

Nun musste Mona schmunzeln. »Ich gebe dir sehr gern das Rezept.«

»Lieber wäre mir, du lässt dich bald wieder blicken. Ich habe in dieser Woche die Morgenschicht und würde mich über deine Gesellschaft freuen. Natürlich auch, wenn du einfach mal wieder backen möchtest. Meine Nummer hast du ja. Und nun ab mit dir, vergiss die Kokosmakronen nicht, sie liegen unter der Theke.« Sie breitete die Arme aus. Ohne zu zögern, trat Mona vor und ließ sich hineinfallen. Es tat gut, und während sie ihre Hände auf Armelles Rücken legte, dachte sie daran, wie viel sie bereits nach so kurzer Zeit mit dieser Frau verband.

Verwandte Seelen.

Wenn sie Plouescat verlassen und zurück in Detmold sein würde, dann blieb ihr zumindest der Kontakt zu Armelle. Sie schniefte ein wenig und pflückte möglichst unauffällig eine Serviette aus dem Holzständer neben sich, dann ließ sie Armelle los. Die strich ihr rasch über die Wange und beseitigte so die Träne, die bereits gen Boden rollte. »Na los. Lass dich aufheitern. Und gib deinem Louan etwas Zeit, sich abzureagieren. Er wäre dumm, wenn er sich wegen dieser Sache zurückzieht, und dumm kam er mir bisher nicht vor.«

»Danke.« Mona hauchte Armelle einen Kuss auf die Wange, dann schnappte sie sich die Tüte mit dem Gebäck, schloss die Tür auf und trat hinaus in die Welt.

Plouescat besaß ganze dreizehn Kilometer Küstenlandschaft, und Mona fühlte sich, als wäre sie bereits alle abgelaufen – mehrmals. Ihre Fußgelenke protestierten, da sie mit ihren bequemen Ballerinas nicht sehr gut gerüstet war, um im feinen Sand Halt zu finden, aber sie hatte nicht extra in die Pension fahren wollen, um sich umzuziehen. In der Ferne leuchtete die Bucht, in der sich je nach Gezeit Sandbänke mit Wattflächen abwechselten. Hin und wieder waren sie an riesigen Steinformationen aus Granit vorbeigekommen, in deren Umrissen Mona manchmal Tiere oder Blumen erkannte, oder an Booten, die nahe des Ufers vor sich hinschaukelten, bis ihre Besitzer sie wieder benötigten. Wie hatte Marcel gesagt? *Hier richten wir uns nach den Gezeiten, die sind weit wichtiger als jede Uhr der Welt.*

Das Meer hatte sich zurückgezogen, ebenso der Wind, dafür waren die Möwen umso hartnäckiger und schwebten manchmal nur wenige Meter direkt über ihnen. Grund war wohl das Sandwich in Yanis' Hand, von dem er Stücke abriss, um sie sich dann in den Mund zu stopfen. Es war bereits das dritte innerhalb kürzester Zeit. Seitdem sie unterwegs waren, aß er ununterbrochen, und Mona fragte sich beim Anblick seiner Figur, wo er das alles ließ.

Er und Belén hatten sie auf einen Küstenspaziergang eingeladen, und sie hatte zugesagt, um sich abzulenken. Seitdem plapperte Louans Bruder drauflos, bedankte sich bei ihr, dass sie sich bereit erklärt hatte, Beléns Komplizin zu sein, erzählte ihr von der Tauchschule, die nun Teil der Vergangenheit war, und beichtete, wenn auch stockend, die vergangenen Wochen, die er selbst als *völlige Idiotie* bezeichnete. Es kam Mona vor, als hätte sich eine Schleuse geöffnet und er musste all das loswerden, worüber er in den vergangenen Tagen gegrübelt hatte.

Sie mochte ihn. Er war nur ein Jahr jünger als sie, wirkte aber durch seine atemlose Begeisterung manchmal fast noch wie ein Teenager. Das änderte sich, wenn er vom Tauchsport erzählte, auch wenn sie nur die Hälfte verstand. Als Belén sich aufmachte, um sich kurz im Meer abzukühlen, sah er ihr mit einem so verliebten Ausdruck in den Augen hinterher, dass es Mona ganz warm ums Herz wurde.

»Im Grunde«, sagte er und fuhr sich durch sein dichtes Haar, »haben du und mein Bruder uns zusammengeführt. Wärt ihr nicht zum Haus von Madame Benoit gefahren und hätte Louan sein Handy nicht verloren, dann hätte ich Bel niemals kennengelernt. Und ich hätte nicht mit Louan geredet. Zumindest nicht so schnell.«

Mona dachte darüber nach. »Ich finde, Belén hat einen großen Anteil an der ganzen Sache. Ich meine, hätte sie uns nicht mit dem Gewehr begrüßt, wären wir nicht geflüchtet, und Louan hätte wahrscheinlich sein Handy nicht verloren.« Mittlerweile konnte sie Louans Namen aussprechen, ohne dass dieses Ziehen in ihrem Bauch einsetzte. Die Hoffnung kehrte zurück, wenn auch zögerlich. Mit etwas Glück hatte Armelle recht, und er brauchte nur eine Weile für sich.

Auf Yanis' Gesicht breitete sich ein Grinsen aus, das die Sonne über der Côte des Sables verblassen ließ. »Ja, das hat sie mir erzählt. Sie ist eine tolle Frau, oder? Ich glaube, ich war noch nie so verliebt. Ich fahre morgen mit ihr in die Miellerie. Dort soll es alles Mögliche aus Honig geben, unter anderem ziemlich abgefahrene Sorten. Belén liebt Honig.« Und Yanis sie, zumindest klang er soeben wie ein liebeskranker Kater.

Mona beschloss, das Thema in eine andere Richtung zu lenken. Zwar freute sie sich für die zwei, aber sie war nicht in der Stimmung, sich Yanis' Liebesschwüre anzuhören. »Du klingst ziemlich glücklich. Also so allgemein, meine ich. Sprich, mit Louan ist wieder alles in Ordnung?«

Yanis beugte sich hinab, nahm eine Handvoll Sand und ließ ihn im Wind tanzen. »Ich denke schon. Du kennst Louan ja, natürlich grummelt er noch rum, aber das muss er einfach, das war schon immer so.«

»So gut kenne ich ihn nicht«, sagte Mona vorsichtig. »Du meinst, wenn er genug gegrummelt hat, ist alles wieder in Ordnung?«

Yanis lachte. »Schön wär's! Wenn er genug gegrummelt hat, ist er gesprächsbereiter, sagen wir es so. Aber wir haben schon einen groben Plan, wie wir die Schulden abarbeiten. Vielmehr werde ich sie abarbeiten, denn schließlich bin ich für die ganze Misere verantwortlich. Louan hat ordentlich vorgestreckt, als es den Berg runterging. Aber es sieht ganz gut aus, diese Théa kennt jemanden, der eine Aushilfe sucht für Bootstouren mit Touristen. Belén will ihre Hauschefin auch mal fragen, ob sie jemanden weiß, der einen Job für mich hat.«

»Du willst also hier in der Gegend bleiben?«

Er brachte das Kunststück fertig, gleichzeitig die Schultern hochzuziehen, zu nicken und den Kopf zu schütteln. »Vielleicht. Ja, doch. Wahrscheinlich. Ich meine, Belén ist noch eine Weile hier.« Es folgte ein verliebter Blick zum Strand, wo seine Angebetete soeben aus den Fluten stieg und absolut gar nichts mit einem Flintenweib gemein hatte. »Wenn ich einen Job bekomme und Louan vielleicht auch, dann passt das gut. Und er kann ein Auge auf mich haben und mich ein wenig kontrollieren, dann fühlt er sich besser.« Er verzog das Gesicht, als wollte er sagen, dass sein Bruder einfach total schrullig war, er aber um des Friedens willen mitspielte.

»Louan, ein Job? Du meinst die Reparatur der Ruine?«

Yanis schob beide Hände in die Hosentaschen, schaffte es, seine Aufmerksamkeit von Belén loszureißen, und sah vollkommen zufrieden aus. »Den hat er ja sicher. Aber Théa weiß wohl nicht, was sie überhaupt mit dem Ding anfangen will, wenn es fertig ist. Zum Wohnen taugt es nicht, aber vermieten will sie es auf jeden Fall. Würde ich auch, warum sonst jemanden dran arbeiten lassen, wenn es hinterher einfach nur leer steht?«

»Okay?« Mona begriff noch nicht ganz, was er ihr damit sagen wollte.

Yanis zog eine Hand wieder aus der Tasche, um Belén zu winken, die nun quer über den Strand auf sie zugestapft kam. »Das Ding wäre ideal, um es noch einmal zu versuchen. Also Louan und ich. Vielleicht nicht gerade eine Tauchschule«, fügte er hastig an.

Mona war erstaunt. »Das hat er gesagt?« Es überraschte sie und klang so gar nicht nach Louan. Zudem schmerzte es ein wenig, dass er ihr nichts von seinen Plänen erzählt hatte. »Aber ist das sinnvoll? Ihr habt doch gar kein Kapital. Was habt ihr denn genau vor?«

»So direkt gesagt hat er es nicht, aber ich habe Dinge angedeutet, und er hat sie nicht sofort abgeschmettert. Das ist für ihn so gut wie ein Ja. Natürlich können wir nicht sofort loslegen, aber wenn er erst einmal ein wenig arbeitet und ich auch und Théa sieht, dass man sich auf uns verlassen kann …« Er grinste breit. »Irgendetwas wird sich schon ergeben.«

Da mischte sich seine Spielernatur mit einer positiven Weltsicht, die bei den Robinet-Brüdern sehr ungleich verteilt war. Aber wer wusste schon, was die Zukunft bereithielt? Möglich, dass doch noch alles gut ausging für die beiden. Dazu kam, dass sie Yanis durchaus verstand, auf ein gutes Ende zu hoffen. Seitdem er nach Plouescat gekommen war, hatten sich die Dinge für ihn positiv entwickelt. Es war nur richtig, daran festzuhalten.

»Mona?« Jemand zupfte an ihrem Ärmel, und sie kehrte in die Gegenwart zurück. »Hm? Entschuldige, ich war in Gedanken.«

»Ich wollte wissen, ob du auch bleibst. Belén hat gesagt, du bist ganz dick mit der Bäckersfrau.«

»Armelle? Ich habe ihr einmal ausgeholfen. Aber nein, ich kann nicht bleiben, ich habe meinen Job in Deutschland. Und meine Familie und Freunde.«

»Hey ihr!« Belén hatte sie erreicht. Etwas atemlos, mit tropfnassem Haar und vor Freude strahlend. Ihr und Yanis' Blick verhakten sich ineinander und schafften es, die

Welt zu entschleunigen. Schweigen kehrte ein, selbst der Atlantik schraubte seine Lautstärke zu einem Flüstern hinunter. Keine Möwe kreischte, und dann lachte Belén und griff nach Yanis' Hand. »Ich habe euch unterbrochen. Aber sag, Mona, was arbeitest du denn?«

»Ich bin Projektmanagerin in einer Firma für Geschenkartikel.«

»Wie, du backst gar nicht?« Belén sah fassungslos aus.

»Doch. Nein. Ich meine, schon, aber in meiner Freizeit.«

»Warum nicht beruflich?«

»Gute Frage. Es hat sich nicht ergeben. Ich bin eher jemand, der Dinge gern plant und organisiert.«

Belén sah sie skeptisch an. Yanis hob eine Hand. »Aber der Schokokuchen hat super geschmeckt. Was war da noch drin?« Armelle hatte ihm und Belén jeweils ein Stück in die Hand gedrückt, als sie Mona abgeholt hatten, und Yanis hatte seines so schnell heruntergeschlungen, dass er nicht wirklich etwa geschmeckt haben konnte.

»Kokos.« Sie lächelte. »Und ein Hauch Marillenmarmelade.«

»Hm, ja genau, Kokos.«

Belén schlug ihm spielerisch gegen die Schulter. »Als ob du das gemerkt hast! Es hätten ebenso gut ganze Marillen drin sein können, du hast ja nicht einmal gekaut.«

»Erwischt.« Er grinste sie an, und sie stürzte sich lachend in seine Arme. Yanis blickte verschämt in Monas Richtung, aber dann gab er Beléns stürmischem Wesen nach und ließ sich von ihr küssen, hob sie hoch und wirbelte sie im Kreis. Beléns Beine flogen durch die Luft, und Mona trat vorsorglich einen Schritt zurück. Eine gute Idee, denn mit dem zusätzlichen Gewicht verlor Yanis den Halt, stolperte und fiel rücklings in den Sand. Mit einem lauten »Umpf!« fing er Belén ab und gab ein schmerzerfülltes Stöhnen von sich. Sie kicherte jedoch nur, und innerhalb kürzester Zeit verfingen die zwei sich in einem Lachanfall. Es war unmöglich, sich davon nicht anstecken zu lassen, und Mona schüttelte sanft den Kopf. In diesem Zustand würden sie auch lachen, wenn sie vor ein Auto rennen oder von einer Klippe stürzen würden.

Belén bedeckte Yanis' Gesicht mit eiligen Küssen, drehte sich dann stöhnend auf die Seite und streckte Mona eine Hand entgegen. »Rette mich. Mein Ritter ist ein wenig zu stürmisch.«

Mona erbarmte sich, und kurz darauf klopften sich die beiden, noch immer unter Gelächter, den Sand von der Kleidung.

Yanis stupste Mona an. »Ich hätte übrigens nichts dagegen, wenn du dich öfter mit meinem Bruder triffst. Du weißt schon, mal hübsch ausgehen oder so. Das täte ihm gut. Seine letzte Freundin war ...« Der Satz ging in französischem Gemurmel unter, und Belén stieß Yanis an. Er hob beide Arme. »Was soll ich sagen, es hat einfach nicht gepasst mit ihnen. Joline wollte raus und feiern, ihr Traum war Paris, und das war alles, was sie sehen wollte. Paris, Paris, Paris. Klamotten und kleine Drinks in noch kleineren Bars. Ich glaube, sie hat einen Schock bekommen, als sie rausfand, dass Louan lieber am Meer sitzt und den Möwen zuhört als einer experimentellen Band.«

So sehr Mona es versuchte, sie konnte sich Louan auch nicht im Publikum einer experimentellen Band vorstellen, was auch immer Yanis darunter verstand. Und dann dachte sie wieder an den Streit in der Bäckerei. Sollte sie Yanis fragen, ob Louan ein Wort darüber verloren hatte? Aber nein, dabei würde sie sich zu unbeholfen fühlen. Zu entblößt. Es ging niemanden etwas an.

»Ist alles okay?« Belén versuchte, sich vom Sand zu befreien, was ihr deutlich schwerer fiel als Yanis, da Klamotten und Haare noch nass waren.

Mona winkte ab. »Ja, alles in Ordnung.«

»Ist etwas mit Louan?«

Wie konnte sie sich nur so sehr in dieser Frau getäuscht haben? Belén war sehr aufmerksam, was die Stimmung anderer betraf. »Wie kommst du denn darauf?«

»Weil sich dein Gesicht verändert hat, als Yanis vorhin Joline erwähnte. Und so wie ich euch zwei gesehen habe, dachte ich … nun, ich dachte …« Sie zwinkerte. Dann legte sie einen feucht-sandigen Arm um Monas Schultern. »Du musst nichts erzählen. Aber du bist sonst immer so fröhlich, und gerade hast du traurig ausgesehen.«

Ein zweiter Arm legte sich um ihre andere Schulter – Yanis. »Wenn mein Bruder Mist gebaut hat, sag mir Bescheid. Ich kümmere mich drum.«

Mona blickte von einem zum anderen und konnte nicht anders, als sie zu mögen. Sie wurden so sehr von ihrer Verliebtheit hinweggerissen, dass sie Misstöne in ihrer buntpastelligen Welt nicht duldeten. Es war rührend, aber in gewisser Weise auch ansteckend.

»Es ist nichts«, wehrte sie ab und sah in zwei neugierige Augenpaare. Im einen flackerten Zweifel auf, im anderen gutmütiger Spott.

»Ach komm schon«, sagte Belén. »Wir wollen nur helfen.«

»Ich weiß«, murmelte Mona. »Ich weiß.« Sie fühlte sich

nicht wohl, mit ihren Problemen hausieren zu gehen, vor allem, da sie nicht wusste, ob es wirklich welche waren oder ob sie die ganze Sache einfach vollkommen überbewertete. »Wir hatten nur eine kleine Meinungsverschiedenheit.«

»Ah!« Yanis nickte energisch. »Das kenne ich nur zu gut. Wenn Louan etwas nicht passt, dann macht er dicht. Bäm!« Er ließ Mona los, um mit einer Hand auf die andere zu schlagen. »Und weißt du, wie man dann am besten reagiert?«

»Nein.«

»Man pokert.« Er zeigte seine weißen Zähne und ignorierte den Fausthieb von Belén. »Nein wirklich. Louan muss man so lange reizen, bis er die Eröffnung macht. Denk bloß nicht daran, irgendwie hinter ihm herzulaufen. Damit erreichst du nichts.«

»Keine Sorge, ich hatte nicht vor, irgendwem hinterherzulaufen.« Allerdings besaß sie auch kein Pokertalent. Aber trotzdem hatte dieses Gespräch etwas Gutes: Sie freute sich für die beiden – und bekam wieder einmal die Bestätigung, dass am Ende doch alles gut würde, wenn man sich nur ein klitzekleines bisschen anstrengte. So wie Yanis, der sich mit seinem Bruder ausgesöhnt und Belén gefunden hatte. Sie war fest davon überzeugt, dass Louan sich auch mit Maurice Signac aussöhnen würde, und dann … nun, dann würde er einsehen, dass ein wenig Sonnenschein selbst an Tagen, an denen man sich Regen wünschte, nicht verkehrt war.

Sie willigte ein, als die zwei vorschlugen, im Ort noch etwas trinken zu gehen und durch die Geschäfte zu bummeln. Später konnte sie sich immer noch Gedanken machen, was sie weiterhin in Sachen Helene unternehmen wollte.

Nach einem Nachmittag voller Gespräche und kleiner Entdeckungen strich der Abend ruhig wie Seide über Monas Haut. Sie hatte die vergangenen Stunden auf ihrem Zimmer verbracht, durch das Fenster zum Horizont gestarrt, gelesen und sich schließlich mit ihren Unterlagen über Helene an den winzigen Ecktisch gesetzt. Das Rezept mit den Zitronenranken lag vor ihr im trüben Licht der Lampe. Sie hatte es noch einmal gelesen, langsam und Wort für Wort, nach Unregelmäßigkeiten in den Sätzen und Ranken gesucht, nach versteckten Hinweisen oder Bedeutungen, die sie zuvor nicht erkannt hatte. Wieder und wieder war sie die Namen auf der Rückseite durchgegangen, doch bis auf Maelys und Josefine blieben es lediglich die fremder Personen – wobei sie Maelys auch nur als Grabsteininschrift kannte.

Im Haus war es still. Marcel war bereits zu Bett gegangen, und Juliet hatte mit einem Buch im Wohnzimmer gesessen, als Mona vor einer Stunde in die Küche gegangen war, um sich ein Glas Wasser zu holen. Louan war noch nicht zurückgekehrt, und sie fragte sich, ob es Flint gut ging. Sie vermisste ihr Fellbündel, wahrscheinlich umso mehr, da sie auch Louan vermisste. Die ungeklärten Fragen machten es nicht besser.

Sie lockerte die Schultern und stand auf. Vielleicht war es keine schlechte Idee, auch ein wenig zu lesen. Juliet hatte ihr ein Buch mit alten Backrezepten geliehen, das sie von ihrer Mutter bekommen und noch nie angerührt hatte. »Es macht sich hübsch im Regal, aber ich habe nicht die Geduld, mir noch etwas anzutrainieren, ehe ich in die Küche gehe. Ich bin gern da drin, aber dann möchte ich vorher wissen, was ich tue.«

Mona hatte flüchtig durch die vergilbten Seiten des ersten Teils geblättert, der sich hauptsächlich mit Küchengeräten und Maßeinheiten beschäftigte. Später kam Brot hinzu, danach Brötchen und Kleingebäck. Hier wurde es interessant. Sie stand auf und griff nach dem dunkelblauen Schinken, als sie die Haustür hörte, begleitet von einem hellen Kläffen und dem Rasseln von Leine und Halsband. Flint! Das bedeutete, Louan hatte endlich Feierabend. Wobei er sicher nicht bis jetzt gearbeitet hatte, es sei denn, Théa verfügte über Flutbeleuchtung an der Ruine. Aber er konnte ja noch am Strand gewesen sein oder etwas essen oder mit Flint spazieren.

Sie stand auf, blieb stehen und lauschte. Louan redete mit Juliet, doch ihre Stimmen waren gedämpft. Sie würde warten, bis er nach oben kam, denn wenn sie sich jetzt dazugesellte, würden sie beide in Juliets Gegenwart nur in sterile Höflichkeit verfallen.

Das Warten fiel ihr schwer. Nach einer Weile schlug unten die Tür, dann kratzte etwas auf der Treppe.

»Mona!« Juliets Stimme.

Sie hastete zur Zimmertür, öffnete sie, und dann sprang ihr auch schon Flint entgegen. Seine Leine schleifte hinter ihm her. Die Zunge hing ihm dabei seitlich aus dem Maul, und es hatte den Anschein, als würde er sie auslachen, da er genau wusste, wie aufgeregt sie war.

Mona ging in die Hocke, strich ihm über das Fell und hob den Kopf.

Die Treppe war leer. Keine Spur von Louan. Lediglich Juliet stand unten am Absatz. Sie hielt ein Brot in der Hand. »Louan sagte, Flint hat schon gefressen, und er hat ihn am Strand laufen lassen.«

»Super«, sagte Mona, bemüht, sich ihre Enttäuschung nicht anmerken zu lassen. »Hat er noch was gesagt?«, fragte sie betont beiläufig, während sie Flint Sand aus dem Fell strich.

»Nein, nur dass er noch unterwegs ist heute Abend«, nuschelte Juliet, da sie mit vollen Wangen kaute. »Möchtest du auch noch was essen? Ich habe selbstgemachte Aprikosenmarmelade von unserer Nachbarin bekommen. Da ist ein ordentlicher Schuss Weißwein drin.«

Normalerweise hätte sie damit zumindest Monas Neugier geweckt, aber selbst die wurde soeben von der Enttäuschung gedämpft. Es traf sie, dass er nicht einmal Hallo sagte geschweige denn daran dachte, ihren Streit beizulegen. »Nein, danke, ich habe keinen Hunger. Ich glaube, ich gehe einfach früh ins Bett.«

»Hilfst du morgen wieder Armelle aus?«

Mona wünschte sich, Armelle hätte sie darum gebeten. Dann hätte sie zumindest etwas zu tun und könnte sich ablenken. »Nein, sie hat sich zumindest nicht mehr gemeldet. Ich vermute, Théa ist wieder fit genug, um selbst in der Küche zu stehen.« Kurz überlegte sie, Juliet zu fragen, ob sie ihre nutzen konnte, um sich auszutoben, aber dann verwarf sie die Idee. Besser war es, sie knuddelte Flint noch eine Weile, um dann wirklich ins Bett zu gehen.

»Okay, dann schlaf gut, Mona. Wir sehen uns morgen früh.«

»Bis morgen!« Mona winkte, ging zurück in ihr Zimmer und schloss die Tür. Auf einmal war sie wirklich müde. Gut so. Wenn sie schnell einschlief, entkam sie immerhin den Grübeleien.

Sie ging ins Bad, machte sich fertig und strich Flint den

restlichen Sand aus dem Fell und von den Pfoten. Dann öffnete sie das Fenster einen Spalt, kuschelte sich unter die Decke und erlaubte Flint, sich an ihren Füßen zusammenzurollen. Energisch hielt sie ihre Gedanken davon ab loszuwandern, und lauschte dem Wind, der See und den Möwen. Als sie sich noch tiefer in ihr Kissen kuschelte und in den Schlaf sank, dachte sie an Louan und daran, wie sehr sie sich nach Plédéliac zurückwünschte.

19

Am nächsten Morgen war Louan bereits aufgebrochen, als Mona kurz nach Sonnenaufgang aus ihrem Zimmer trat. Es überraschte sie nicht, und der Stich vom Vortag hatte sich in einen dumpfen Druck verwandelt. Ja, manchmal mussten auch Wolken am Himmel sein, so wie Oma Fine es gesagt hatte, aber derzeit zog ein ausgedehntes Tief über sie hinweg, und ihr war dieses Mal nicht danach, die Arme auszustrecken und im Regen zu tanzen. Vielmehr wollte sie einen Schirm zücken und sich in dessen Schutz verkriechen, bis die Sonne wieder schien. Aber vielleicht musste sie ihr dazu ein wenig entgegenfahren.

Oder sich einfach eingestehen, dass die Sache mit Louan nichts Ernstes gewesen war. Nichts Ernstes gewesen sein *konnte*, sondern vielmehr etwas, das sich aus den Umständen ergeben hatte, und die waren nun einmal nicht normal. Louans Leben befand sich in einem Ausnahmezustand, und sie selbst hatte sich auch lediglich eine Pause erlaubt, ehe sie ihr Leben in Detmold weiterführte. Womöglich war es an der Zeit, Plouescat in all seiner Schönheit hinter sich zu lassen und sich endlich wieder dem zu widmen, was in den Hintergrund getreten war: ihre Suche. Sie hatte mit Louans Vermieterin noch eine letzte Chance, und mit Beléns Hilfe würde sie Madame Benoit sicherlich erreichen. Wenn das nichts brachte, würde sie nach Detmold zurückkehren und eine Menge schöner Erinnerungen im Gepäck haben. Nach einer Weile würde sich auch ihr Herz wieder berappeln. Es brauchte nur etwas Zeit.

So gesehen tat Louan gerade genau das Richtige und machte es ihr leichter, indem er Abstand nahm. Abstand von ihr und von allem, was sich entwickeln könnte, wenn sie noch weitere Zeit zusammen verbrachten. Dann würde es nur umso mehr wehtun, wenn sie in einigen Tagen nach Deutschland zurückfuhr. Denn was erwartete sie? Eine Fernbeziehung zwischen Deutschland und der Bretagne? Wenn sie überhaupt von einer Beziehung reden konnte. Dafür wäre es ohnehin noch zu früh, und sie hatte nicht die geringste Vorstellung, wie Louan über solche Dinge dachte.

»Ich hab mich da ganz schön in etwas verrannt, nicht wahr?«, sagte sie zu Flint.

Er stellte die Ohren auf und sprang an ihr hoch. Vermutlich würde er heute früh aus allem, was sie sagte, eine Aufforderung zum Frühstück heraushören. Mona seufzte, tätschelte seinen Kopf und erntete eine feuchte Zunge auf ihrem Handrücken. »Na komm. Du kannst fressen, während ich Pläne mache.«

Das Stichwort kannte er und hechtete unter aufgeregtem Gebell die Treppe hinunter.

Sie fand die Pension leer vor, jedoch eine Notiz von Juliet, die zum Markt gefahren war. In einem Korb auf dem Tisch lag eine Tüte mit Croissants, vor der Flint bereits Position bezogen hatte. Mona holte das Hundefutter sowie seinen Napf, füllte ihn und stellte ihn vor die Tür. Flint beäugte noch eine Weile die Croissanttüte, entschied sich dann aber, sich nichts entgehen zu lassen, und machte sich über sein Futter her.

Mona kochte sich einen Kaffee und holte Butter sowie Marillenmarmelade aus dem Kühlschrank. Ehe sie es sich am Küchentisch gemütlich machte, zog sie ein Buch mit einem so abgegriffenen Einband aus dem Regal, dass einzelne Fäden vom Rücken nach unten hingen. Sie drehte es um und strich über die verblasste Goldprägung: *Bretagne.*

Vorsichtig schlug sie es auf. Ein paar lose Seiten segelten durch die Luft und landeten zu Monas Füßen. Sie hob sie auf und ordnete sie zurück in den Wälzer. Ganz vorn fand sie eine Karte, dünne, dunkle Linien auf vergilbtem Papier, das sie an das Rezept mit den Zitronenranken erinnerte. Der Umriss der Region mit ihren vier Départements war so, wie Mona in der Grundschule stets Länderumrisse gemalt hatte: länglich, unregelmäßig, an einer Seite ausgefranster als an der anderen – dort, wo sich der Atlantik nach und nach in die Küste fraß.

Sie fuhr die Linien mit einem Finger entlang, dann über die fettgedruckten Städtenamen: Brest im Westen, Quimper im Südwesten, Vannes im Süden, Rennes im Osten und Saint-Malo schräg darüber. So viele Städte, die sie noch nicht kannte! Orte, in denen Menschen liebten und stritten, lachten und brüllten und vor allem genossen. Sie genossen das Meer, die Sonne, das Gefühl des Windes auf ihrer Haut und vor allem die Köstlichkeiten, die in den Küchen und Backstuben angerichtet wurden. Noch war diese vergilbte Skizze ein weißer Fleck auf ihrer Erlebniskarte.

Mona strich dort über das Papier, wo sie möglicherweise langgefahren war, dann konzentrierte sie sich auf die Küste im Norden. Plouescat war nicht eingezeichnet, aber sie wusste, dass es westlich von Roscoff lag, dem Ort an der Landesspitze, der laut Louan einst Heimat von Korsaren gewesen sein sollte und heute für seine Zwiebeln bekannt war. Er wäre ein schönes Ziel, das sie gern besichtigen würde, und danach könnte sie der Küste weiter Richtung Osten folgen bis nach Saint-Malo mit seinen hohen Granitmauern. Auch dort hatte es Piraten gegeben, Freibeuter, und der Gedanke daran ließ den Landstrich noch rauer erscheinen. Von Saint-Malo aus würde sie in Richtung Heimat aufbrechen.

Nachdenklich blätterte sie die Seite um: Es folgte die Geschichte der Bretagne. Mona las die ersten Sätze, erfuhr, dass die Gegend bereits in der Steinzeit besiedelt gewesen war, und klappte das Buch wieder zu. Juliet hatte sicher nichts dagegen, wenn sie später noch ein wenig darin blätterte. Vielleicht im *La Mouette*, wenn sie sich von Armelle verabschiedete und ein letztes Stück Kuchen gönnte. Das brachte ihre Gedanken zurück zum Frühstück. Der Kaffee war nur noch lauwarm, aber besser als nichts. Sie trank in großen Schlucken, schmierte Butter und Marmelade auf ihr Croissant und war wenige Minuten später fertig. Sie stand auf, nahm den leeren Teller und blieb unschlüssig stehen. Jetzt, wo ihre Suche sich als Sackgasse erwiesen hatte und ihre gemeinsame Zeit mit Louan ganz offensichtlich ebenfalls zu einem Ende gekommen war, schien es, als hätte jemand die Inhalte aus ihrem Tag gestohlen. Nun wäre eine gute Zeit, um das zu tun, was andere Touristen taten: sich entspannen, bummeln, die Umgebung genießen. Aber sie war nicht mit dem Wunsch auf Erholung hergekommen, sondern mit einem Bündel Hoffnungen. Reines Nichtstun würde sich jetzt falsch anfühlen.

Sie drehte und wendete ihre Gedanken, und letztlich begriff sie, was sie schon gestern Abend geahnt hatte: Es war an der Zeit weiterzuziehen. Plouescat zu verlassen, obwohl sie es so sehr lieben gelernt hatte. Eines Tages würde sie zurückkehren. Bis dahin hatte sie ihre Erinnerungen, die mit den Jahren stets ein wenig blasser, aber auch goldener werden würden. Ja, sie wollte solche Erinnerungen, warm und liebevoll.

Sie würde den Tag nutzen, um sich von Armelle und Théa, Belén und Yanis, Juliet und ja, auch von Louan zu verabschieden. Vielleicht sogar von Maurice Signac. Danach würde sie entweder mit Louans Vermieterin reden und noch einmal hinfahren, falls die Dame wieder im Lande war. Falls nicht, wäre Roscoff ihr nächstes Ziel. Aber nicht ihr letztes.

Die Gedanken erfüllten sie mit Wehmut, aber auch mit Aufregung. In ihren Adern kribbelte es. Das Gefühl sammelte sich in Beinen und Füßen und machte ihr das Stillstehen schwer. Mit warmen Wangen lief sie zum Fenster und wieder zurück, strich sich mit beiden Händen über das knielange, hellblaue Kleid. Es war viel zu festlich für den Alltag. Hatte sie bereits heute früh geahnt, welche Entscheidung sie treffen würde?

Als sie sich umdrehte, stand Flint vor ihr, Rute und Ohren steif nach oben gestreckt. Sein rechtes Vorderbein zitterte. Er spürte ihre Aufregung. Mona ging in die Hocke, nahm seinen Kopf in beide Hände und kraulte seine Ohren. »Na, was denkst du? Wollen wir zwei weiterfahren und uns noch ein wenig umsehen? Nur du und ich?« Sie tippte ihm auf die Nase. »Na, keine Sorge. Egal, wo wir hinfahren, du wirst nicht verhungern.« Er würde Juliet vermissen. Sie hatte einen Narren an ihm gefressen und ihn mehr verwöhnt, als Mona es normalerweise tat. Flint würde jammern und jaulen, wenn sie die Pension verließen, aber Mona kannte ihn gut genug, um zu wissen, dass er nach wenigen Minuten die Nase aus dem geöffneten Fenster halten und wieder glücklich sein würde.

Damit hatte sie endlich wieder einen Plan. Und da Juliet nicht im Haus war, würde sie bei ihrer Abschiedsrunde mit Armelle anfangen.

Mona hatte nicht damit gerechnet, wie schwer es ihr fallen würde. Sie hatte Belén – und damit auch Yanis – eine Nachricht geschickt und sich mit ihnen für den Nachmittag verabredet. Juliet würde sie am Abend Bescheid geben, dass sie morgen abreisen würde, und so blieb ihr noch Zeit für einen Besuch bei Théa und vielleicht auch bei François. Sogar bei Maurice Signac hatte sie sich gemeldet, wenn auch ein wenig förmlicher, und ihm ihre Entscheidung mitgeteilt. Zudem hatte sie sich dafür entschuldigt, dass er umsonst nach Plouescat gekommen war, und ihm gewünscht, dass sich alles in Zukunft zu seiner Zufriedenheit klärte.

Jetzt aber starrte sie in Armelles fassungsloses Gesicht. Es herrschte Mittagspause im *Mouette*, das *Ouvert*-Schild an der Tür war bereits herumgedreht, das Licht gedimmt und die Tür abgeschlossen. Armelle hatte sie freudig begrüßt, als Mona kurz vor Pausenbeginn und damit vor ihrem Schichtende aufgetaucht war.

Jetzt schüttelte sie kaum merklich den Kopf, die Augen groß und rund. Sie war ein wenig bleich geworden. »Ich wusste ja, dass du bald wieder zurück nach Deutschland musst, aber so plötzlich? Ist denn etwas passiert?«

Mona suchte nach Worten. So viele schossen durch ihren Kopf, aber jetzt erschienen sie ihr alle nicht passend genug. »Nein, es ist alles in Ordnung. Ich habe nur gemerkt, dass ich meine Suche hier abgeschlossen habe. Nicht, weil ich etwas über Helenes Vergangenheit herausfinden konnte, sondern weil es keine Informationen mehr für mich gibt. Ich werde versuchen, noch mit der Frau zu reden, der heute das ehemalige *Mariot* gehört, aber danach sind alle Möglichkeiten erschöpft. Und daher dachte ich, es wäre eine gute Idee, mich noch etwas in der Bretagne umzusehen. Ich habe in einem alten Buch von Juliet geblättert. Darin waren nur Zeichnungen, keine Fotos, und trotzdem klangen all diese Orte so wundervoll, dass ich am liebsten jetzt schon dort wäre.« Sie überlegte. »Gleichzeitig möchte ich hier sein. Ziemlich dumm, oder?«

Armelle schüttelte den Kopf stärker, fasste Mona sanft am Arm und dirigierte sie zu einem der Tische. »Das klingt ganz und gar nicht dumm, sondern nach einem guten Plan. Auch wenn es mir schwerfallen wird, dich ziehen zu lassen, mein Mädchen. Ich habe mich so an dich gewöhnt.«

»Das geht mir ebenso«, gestand Mona.

Armelle beugte sich vor und berührte ihre Hand. »Du wirst mir fehlen.«

Mit einem Mal war da dieser Kloß in Monas Hals, mit dem sie nicht gerechnet hatte. Sie schluckte dagegen an und konzentrierte sich so sehr darauf, dass sie nichts mehr gegen das Brennen in ihren Augen tun konnte. »Du wirst mir auch fehlen«, brachte sie hervor, und dann rollten die Tränen ihre Wangen hinab. Sie erinnerte sich daran, wie viel Spaß sie zusammen mit Armelle in der Küche des *Mouette* gehabt hatte, wie schön es gewesen war, jemanden kennenzulernen, der den Wert von Düften und Geschmack, die Faszination von Teig kannte. Sie hatten an jenem Tag in der Backstube mal schweigend gearbeitet, dann zusammen gelacht, so wie es damals mit Oma Fine gewesen war. Erst jetzt begriff Mona, dass sie sich in diesen wenigen Stunden wirklich und wahrhaftig zu Hause gefühlt hatte.

Bei diesem Gedanken flossen die Tränen stärker und trübten ihr Sichtfeld. Armelle trat vor und zog sie wortlos in ihre Arme. Da war es wieder, das Gefühl einer Heimat. Mona legte den Kopf an Armelles Schulter und schloss die Augen. Es war in Ordnung, dass die Tränen den Stoff unter ihrer Wange durchnässten. Jetzt und hier musste sie kein Sonnenschein sein, sondern durfte mit den Wolken kämpfen, die hier und dort einfach auftauchen mussten.

So war die Welt nun einmal.

Armelle ließ ihr alle Zeit, die sie brauchte. Als sich Mona wieder rührte, lockerte sie vorsichtig ihre Umarmung und trat einen Schritt zurück. »Ach Mädchen«, sagte sie, und auch ihre Augen schimmerten feucht. »Vielleicht denkst du ja manchmal an mich alte Frau zurück und kommst uns noch einmal besuchen.«

»Das werde ich auf jeden Fall.« Mona wischte sich über die Wangen und schaffte ein winziges Lächeln. Zittrig nur, aber es war da. »Es war eine so schöne Zeit hier, und der Backtag gestern … ich habe so etwas früher immer mit meiner Oma gemacht.«

Armelle pflückte eine Serviette vom einem der Tische und reichte sie Mona. »Hier. Wie sieht dein Plan aus?«

Mona zuckte die Achseln und betupfte ihr Gesicht. »Mich von jedem verabschieden und morgen früh los.«

»Und was ist mit Louan?«

»Von ihm werde ich mich auch verabschieden«, sagte Mona leise.

Armelles verzog mitfühlend das Gesicht. »Dann habt ihr noch nicht geredet?«

»Nein. Ich glaube, er geht mir aus dem Weg. Aber …« Sie blickte sich um, als würden die Wörter in der Luft hängen, nach denen sie suchte. »Selbst wenn wir uns aussöhnen würden, was wäre dann? Irgendwann muss ich wieder zurück. Ich kann nicht für immer hierbleiben.«

Armelle sah aus, als wollte sie etwas sagen, aber sie schwieg. Nur in ihren Augen schien eine Antwort zu schimmern, die Mona aber nicht lesen konnte. Vielleicht, weil noch immer dieser dünne Tränenschleier über allem lag.

Flint neben ihnen jaulte leise, und Mona zuckte zusammen. Ihn hatte sie vollkommen vergessen! Die gedrückte Stimmung schlug eindeutig auf sein Hundegemüt. Armelle tätschelte ihn. »Na, das sind ja Neuigkeiten, oder? Ich werde mal sehen, ob ich noch ein Stück Wurst für dich in unserem Privatkühlschrank finde, aber du musst leider hier warten, mein Kleiner.« Sie legte eine Hand auf Monas Schulter. »Ich bin gleich wieder da. Kaffee?«

»Ja, das wäre schön.« Mona berührte Armelles Finger flüchtig, dann hielt sie Flint am Halsband fest, als sich Armelle in Bewegung setzte und er sich anschickte, ihr zu folgen. Sie lauschte den Schritten, die immer leiser wurden und schließlich verstummten, dann betrachtete sie die mittlerweile so vertraute Umgebung. Langsam drehte sie sich um sich selbst und speicherte möglichst viele Eindrücke ab: die Bilder an den Wänden, die gemalten Ranken an der hinteren Wand, die fröhlichen Stofflampen an der Decke, die hellen Möbel aus Holz. Sie strich über den Tisch, die Stuhllehne, und schlenderte weiter zu dem großen Fenster. Nur zu gut erinnerte sie sich an ihren ersten Besuch und an die Musik aus Klavier und Geige, die den Gästen zugeflüstert hatte, dass es hier gemütlich war und sie einen Moment bleiben sollten. Nun war es still, lediglich die Geräusche von draußen – Stimmengewirr, Lachen, Straßenverkehr, Kindergeschrei – sowie aus der Küche, wo das Zischen der Kaffeemaschine ertönte, drangen herein.

Mona legte eine Hand an das Glas und fragte sich, ob man sie von draußen sehen konnte. Damals, als sie mit Louan an einem der Tische vor dem *Mouette* saß, hatte sie im dunklen Innenraum nichts erkennen können. »Auf Wiedersehen«, flüsterte sie und meinte damit so vieles: den Ort, das Café, Armelle, ihre Suche, Louan, ihre übermütigen Träume, die sie gehabt hatte, sowie den Faden aus Helenes Geschichte, der hier sein Ende fand.

Hinter ihr raschelte es: Armelle war aus der Küche zurückgekehrt und stellte zwei Tassen auf den Tisch. »Ich habe mir gedacht«, sagte sie, »dass ich mich von dir gern noch stilecht verabschieden würde.«

Mona hob die Brauen. »An was hast du gedacht?«

Die Art, wie Armelle erst den einen, dann den anderen Mundwinkel in die Höhe zog, erinnerte Mona an Louan. »Du kannst nicht fahren, ohne dass wir zusammen eine Zitronen-Basilikum-Tarte gebacken haben.«

Damit hatte sie nicht gerechnet. »Was, du meinst Cehes Torte?«

»Genau die.«

Mona dachte an die Wochenenden, wenn Oma Fine die Torte auf den Tisch gebracht hatte. Sie war stets etwas Besonderes gewesen, und Mona hatte ihr helfen dürfen, die

Zitronen dafür in feine Scheiben zu schneiden. Anfangs war es ihr nicht besonders gut gelungen, die Stücke waren nicht gleichmäßig geworden; manchmal viel zu dick und manchmal so dünn, dass sie zu schnell ausgetrocknet wären, und manchmal war sogar ein Stück an einer Seite fingerdick, während man an der anderen hindurchsehen konnte. Oma Fine hatte diese Stücke aussortiert und ausgepresst, um den Saft unter die Creme zu mischen oder später Limonade daraus zu machen.

Mona hatte nach ihren ersten missglückten Schneidversuchen erwartet, dass sie eine andere Aufgabe bekommen würde, doch ihre Oma hatte lediglich kontrolliert, dass sie das Messer richtig hielt.

»Wenn wir nicht üben, dann entwickeln wir uns auch nicht weiter, und dann können wir uns gleich unter die Erde legen«, hatte damals zur Abwechslung Anneliese Rumborg das Ganze kommentiert. Sie war dazu abkommandiert worden, beim Nachmittagskaffee darauf zu achten, dass sich Mona nicht in die Finger schnitt, während Fine die Zutaten für den Teig mischte.

In den späteren Jahren war die Torte immer seltener auf den Tisch gekommen. Damals war es ihr nicht aufgefallen. Vielleicht war mit dem Andenken an Helene auch das an ihre Rezeptsammlung geschwunden. Sie selbst hatte die Torte niemals selbst gebacken und letztlich vergessen … bis zu jenem Tag auf dem Dachboden.

»Wann willst du loslegen?«, fragte sie Armelle.

Die zuckte die Schultern. »Jetzt? Ich habe gerade nachgesehen. Wir haben alles da. Zwar hätten wir die Zitronenstücke für die Dekoration bereits gestern vorbehandeln müssen, aber da mogeln wir einfach.«

»Jetzt? Wirklich?« Endlich konnte Mona wieder lachen. Zumindest ansatzweise.

»Na klar. Das Rezept hat dich immerhin hierhergeführt, nicht wahr? Und da du leider nicht gefunden hast, was du zu finden hofftest, wäre das doch ein schöner Abschluss für deinen Besuch.«

Wenn Armelle nur wüsste! Es war, als blickte sie direkt in Monas Herz und erkannte ihre Wünsche, ehe sie ihr selbst bewusst wurden. »Ich habe die Torte mit meiner Oma gebacken, als ich noch klein war. Aber niemals allein.« Schon kribbelte es ihr in den Fingern. Sie dachte an die Schrift auf dem Papier mit den Zitronenranken, die sie anfangs so schwer hatte entziffern können.

»Das ist eine tolle Idee«, sagte sie. Ein besseres Abschiedsgeschenk konnte sie sich nicht wünschen. »Aber wie sieht es denn mit der Zeit aus? Das Café öffnet doch am Nachmittag wieder, und deine Schicht ist ja auch vorbei.« Sie zog ihr Handy aus der Handtasche und warf einen Blick darauf. Kurz nach eins.

Armelle winkte ab. »Ich habe heute Nachmittag nichts Wichtiges vor, und es wird niemanden stören, wenn wir etwas länger in der Küche herumwirbeln. Im Gegenteil, sie werden wild darauf sein, auch ein Stück zu probieren, wenn es erst einmal nach Zitronen und Kräutern duftet. Also, was ist? Backen wir noch einmal zusammen?«

»Nichts lieber als das. Ich schicke Belén schnell eine Nachricht, dass sie und Yanis heute Nachmittag ins *Mouette* kommen sollen. Kann ich Flint so lange hierlassen? Wenn wir ihm genau sagen, wo er sich hinlegen soll, stellt er auch nichts an.«

Beide beäugten den Hund, der arglos zurückäugte und

ihnen stumm zu verstehen gab, dass er das harmloseste Geschöpf der gesamten Bretagne war.

Armelle seufzte voller Mitleid. »Der arme Kerl, wird der sich nicht furchtbar langweilen?«

»Ach was, der ist sehr trainiert darin, stundenlang zu schlafen.«

»Ich sehe trotzdem mal nach, was ich noch für ihn finde. Und natürlich kann er gern hierbleiben.« Armelle sah sich noch einmal um, schlug dann die Hände zusammen und hob den Kopf. »Also dann los! Nehmen wir Cehes Tarte in Angriff.«

Die kommenden anderthalb Stunden waren eine Reise in Monas Erinnerungen, aber auch in eine neue Erfahrung, und beides verband sich auf eine Weise, die sich seltsam anfühlte: vertraut, aber auch aufregend und neu.

Dieses Mal gelangen Mona die Zitronenscheiben so gut, als hätte jemand zuvor mit dem Lineal Markierungen auf den Früchten angebracht. Sie stammten aus dem Garten von Armelles Freundin Brigitte und dufteten so fruchtig, wie sie schmeckten. »Wir können sie ganz verwenden«, sagte Armelle, während sie die Schale fein für die Creme raspelte. »Die sind komplett unbehandelt.«

Anders als am Vortag arbeiteten sie nun Hand in Hand, reichten sich Mehl und andere Zutaten, kochten die Zitronenstücke im Topf mit Zuckerwasser und lachten, als sie feststellten, wie unterschiedlich sie das Abmessen handhabten. Mona arbeitete am liebsten mit einer elektronischen Waage, die ihr die Angaben auf die Kommastelle hinter dem Gramm genau anzeigte. Armelle dagegen kniff ein Auge zu, hielt den Daumen vor den Messbecher und schätzte grob, dass es schon passen würde. »Die Erfahrung«, sagte sie. »Ich backe schließlich täglich. Eines Tages wirst du es auch so handhaben.«

Oma Fine hatte es ganz genauso gemacht.

Wieder schaffte es die Arbeit in der Küche, dass Mona all ihre nagenden, unsicheren oder trüben Gedanken in den Hintergrund schob. Sie und Armelle schufen ein Zauberwerk an Geschmack und Aroma, und wie immer fühlte sie sich dabei einfach nur wohl. Es ließ keine Zeit für Probleme, wenn man die Konsistenz des Teigs prüfte oder abschmeckte, ob die Creme aromatisch genug war. Ein wenig wie ein Rausch, den sicherlich auch Maler empfanden, wenn sie an ihrem aktuellen Werk arbeiteten, oder Tänzer, die sich nach langen Trainingsstunden endlich von der Musik führen lassen durften.

Kein einziges Mal blickte sie auf das Rezept, das sie vorsorglich ein Stück entfernt platziert hatte. Erst als Armelle zum wiederholten Mal prüfte, ob der Tortenboden bereits ausreichend abgekühlt war und Mona die Schüsseln mit den Cremes aus dem Kühlschrank nahm, wurde ihr bewusst, dass sie es auswendig kannte. Wort für Wort. Und dass ihre gemeinsame Zeit mit Armelle nun wirklich beinahe zu Ende war.

Sie reinigten die Arbeitsfläche und unterhielten sich, anschließend teilten sie den Boden, bestrichen eine Hälfte mit der Basilikum- und die andere mit der Zitronencreme, ehe sie beides vorsichtig zu einem Kunstwerk zusammenfügten und vor dem Verzieren mit den kandierten Zitronenscheiben sowie einigen besonders schönen Basilikumblättern noch einmal in den Kühlschrank stellten.

Mona wusch ihre Hände, hängte ihre Schürze an den Haken und warf noch einen Blick in den Kühlschrank. Alles sah gut aus, und sie hatten noch eine Viertelstunde, bis das *Mouette* seine Türen wieder öffnete.

»Das hat Spaß gemacht«, sagte sie, nahm das Rezept und verstaute es behutsam in ihrer Tasche.

»Ja, das finde ich auch. Théa kommt nachher, sie wird sich freuen, dass wir die Torte mal wieder anbieten.«

»Bei uns zu Hause war sie früher auch etwas Besonderes«, sagte Mona. »Meine Oma hat immer schon Tage vorher geplant. Bei anderen Kuchen oder Torten war sie mitunter sehr spontan.«

»Meine Mutter hat kaum gebacken, das habe ich alles von meiner Oma aufgeschnappt.«

»Ja«, lächelte Mona. »Ich auch von meiner. Und die von ihrer Mutter.«

»Celi …«

»Hele …«

Beide brachen ab und sahen sich an. Zwei, drei Momente lang hielt Mona den Atem an. Die Erkenntnis schwappte so sanft in ihren Kopf, dass sie sich fragte, wie sie so blind hatte sein können, es nicht vorher zu sehen. Mit zittrigen Bewegungen nahm sie ihre Tasche, zog das Rezept wieder heraus und starrte auf die Buchstaben. »Cehes Zitronentorte«, sagte sie leise und blinzelte. »Cehe. Celine und Helene.«

Armelle machte große Augen und schlug sich mit einer Hand vor die Stirn. »Ach du meine Güte. Du hast recht! Das gibt's doch nicht.«

Mona schüttelte den Kopf und starrte Armelle an. »Wir sind schon arg begriffsstutzig, oder?«

Sogar Armelles Gelächter klang ungläubig. »Ja. Irgendwie schon.«

»Viel weiter bringt uns das aber leider nicht.«

»Nun, ein wenig schon. Wenn die zwei ein Rezept mit den Anfangssilben ihrer Vornamen benannt haben, verrät uns das zumindest, dass sie wirklich mehr waren als nur zwei Mädchen, die zur selben Zeit am selben Ort gearbeitet haben. Sie waren Freundinnen. Das ist ein schöner Gedanke, auch wenn es nicht das ist, was du gesucht hast.«

Mona nickte. Es stimmte, es war nicht das, was sie zu finden gehofft hatte. Aber nun wusste sie, dass Helene eine Freundin namens Celine Decroix gehabt hatte, die aus Plédéliac stammte. »Und neunzig Jahre später haben sich ihre Nachkommen gefunden, um eine Torte zu backen, die sie sich gemeinsam ausgedacht haben.«

»Hundertfünfzig Kilometer von dem Ort entfernt, an dem sie sich kennenlernten. Ich finde, das ist eine schöne Geschichte.«

Mona spürte erneut das Brennen in ihren Augen und blinzelte. »Ja, das stimmt.«

Beide fuhren zusammen, als sich die Hintertür öffnete und Tom hereinstürmte. Er atmete so schnell, als hätte er soeben ein Wettrennen hinter sich. Auf seiner Stirn standen Schweißtropfen, und sein Adamsapfel hüpfte wie wild auf und ab. »Zu spät dran«, keuchte er und blieb stehen. »Armelle? Was machst du hier?« Sein Blick wanderte zu Mona, dann schnupperte er.

»Wir haben gebacken. Zu deinem Glück, junger Mann, denn nur deshalb bin ich noch hier. Zieh dich um, ich mache vorne schon einmal alles fertig und schließe auf.«

Mona sah auf die Uhr an der Wand. Das war wirklich knapp, das *Mouette* öffnete in drei Minuten. Wobei sie nicht glaubte, dass sich jemand groß daran stören würde, wenn es fünf nach werden sollte. »Ich mach hier Ordnung«, sagte sie und riss damit Tom aus der Trance, mit der er auf die Zitronenscheiben starrte, die auf einem Stück Backpapier trockneten.

»Äh ja, klar«, beeilte er sich zu sagen, schlüpfte aus seiner Jacke und griff noch in derselben Bewegung nach seiner Schürze. Im Café hörte sie Armelle Stühle rücken, die Kaffeemaschine sprang an, dann erfüllte eine Stimme den Raum.

»Was, hat sie sich etwa versteckt?« Belén. »Hallo Flint, mein Kleiner, immerhin du bist noch da!«

»Sie ist in der Küche«, antwortete Armelle. »Einfach dem Duft nach.«

Es dauerte keine drei Sekunden, und Belén stürmte herein. Yanis folgte einen Atemzug später und stieß prompt mit Tom zusammen. Beide gaben ein dumpfes »Umpf!« von sich, musterten einander von oben bis unten, nickten sich zu und gingen weiter, als wäre nichts geschehen.

Belén verdrehte die Augen. »Männer!« Sie hatte ihr Haar zu zwei lockeren Zöpfen geflochten, die ihr über den Schultern baumelten, und trug einen Rock mit Rosenmuster sowie ein enges, weißes Top. Sie sah zauberhaft aus und gehörte in diesem Outfit ganz eindeutig an einen fröhlichen Ort, wo sie lachte und Spaß hatte. An den Strand oder eben in ein beschauliches Dorf an der Küste. »Mona! Mensch, ich dachte schon, du hättest dich heimlich aus dem Staub gemacht.«

»Quatsch, warum sollte ich so was tun? Ich habe dir doch geschrieben, dass ich mich gern von euch verabschieden würde.«

»Aber so plötzlich!« Sie musterte Mona von oben bis unten, als würden die Mehlflecken auf ihren Klamotten die

Antwort liefern, warum sie sich zur Abreise entschieden hatte.

Mona zuckte die Schultern. Unter Beléns bohrenden Blicken fühlte sie sich ertappt, und dieses überschäumende Temperament machte es nicht leichter. »Mein Urlaub geht ja ohnehin irgendwann zu Ende, das war mir von vornherein klar. Und da ich hier nichts weiter über meine Urgroßmutter herausfinden werde …« Noch mehr Schulterzucken. »Daher wollte ich dich fragen, was mit Madame Benoit ist. Sollte sie wieder in Frankreich sein, werde ich noch einmal hinfahren und mit ihr über das Haus reden, in dem sich das *Mariot* früher befunden hat. Oder ich rufe sie an, wenn sie nichts dagegen hat, dass du mir ihre Nummer gibst. Vielleicht weiß sie was, oder ihr fällt etwas ein, das ihr zwar belanglos erscheint, mir aber einen Hinweis gibt.«

Belén schüttelte den Kopf. »Tut mir leid, Mona, aber sie weiß nichts. Ich habe gestern kurz mit ihr telefoniert, weil ich wissen wollte, ob es okay ist, dass ich noch einen Tag hierbleibe … oder zwei … und das Haus so lange allein lasse. Sie hat gefragt, warum ich überhaupt hier bin, und da habe ich ihr die Geschichte von der verrückten Deutschen erzählt, die zusammen mit ihrem Begleiter nach Familiengeheimnissen sucht und er dabei sein Handy verloren hat, durch das ich Yanis kennengelernt habe.«

»Und was hat sie gesagt?«

Belén schenkte ihr das breiteste Grinsen der Welt. »Dass ich gern auch noch drei Tage bleiben kann, wenn es um die Liebe geht«, flüsterte sie, obwohl Yanis direkt hinter ihr stand und jedes Wort mitbekam. Sein Gesicht rötete sich, doch es passte perfekt zu seinen glänzenden Augen.

Mona lachte. »Das freut mich sehr für euch beide. Wirklich.« Sie sah zu Yanis, der ihr etwas unbeholfen zunickte, dann wieder zu Belén. »Madame weiß also nichts über das *Mariot*.«

»Leider nicht. Sie stammt ja nicht einmal aus der Bretagne. Vor Jahren hat sie etwas Geld geerbt und wollte sich damit ein schönes Leben machen, irgendwo, wo es ruhig ist und sie sich inspirieren lassen kann. Madame ist eine Künstlerin«, sagte sie so gewichtig, als wäre es allein ihr Verdienst.

Mona erinnerte sich an Louans Beschreibung von Adeline Benoit. »Ich weiß.«

Belén zupfte an einem ihrer Zöpfe. »Sie kennt hier also nichts, hat dann aber gleich zwei Kaufobjekte gefunden. In dem einen wohnt sie, das andere vermietet sie. Es hat wohl Jahre leer gestanden und war ganz schön heruntergekommen. Man hat ihr gesagt, dass es mal ein Hotel gewesen ist, aber die alten Unterlagen gab es nicht mehr. Es tut mir leid, Mona, wirklich. Ich hab so gehofft, dass ich dir tolle Neuigkeiten bringen kann. Aber das Haus war wohl halb verfallen, die Innenwände sogar mit Graffiti besprüht, als Madame es zum ersten Mal gesehen hat. Es muss eine Menge Arbeit gewesen sein, das alles auf Vordermann zu bringen.«

»Das ist es noch immer«, sagte Mona und dachte an das undichte Dach und die kalten Räume von Louans vorübergehendem Heim. »Sie hat es Louan in einem ziemlich undankbaren Zustand vermietet.«

Belén legte nachdenklich den Kopf schräg und wandte sich zu Yanis um. Der leckte sich über die Lippen. »Apropos Louan. Was ist mit euch?«

»Er meint, ob ihr euch noch voneinander verabschiedet«, fügte Belén hastig hinzu. »Wegen eurer Meinungsverschiedenheit.«

Mona bemühte sich um ein Lächeln. Es fühlte sich steif an und auch falsch, aber Yanis kannte sie nicht so gut, da würde es schon gehen. Sie wollte nicht schon wieder über Louan reden. Es spielte keine Rolle mehr, ob die Aktion mit Maurice Signac ein Fehler gewesen war oder nicht, da sie sich nun ohnehin entschieden hatte, was sie tun würde.

»Ach die, das ist doch Schnee von gestern. Natürlich verabschieden wir uns voneinander. Er hat nur momentan so viel zu tun an der Ruine, daher haben wir uns seit gestern kaum gesehen.«

Die zwei wechselten einen Blick, und allmählich hatte Mona das Gefühl, dass sie bisher nur höflich gewesen waren und mit dem eigentlichen Grund ihres Auftauchens erst noch herausrücken würden. Die Unsicherheit kehrte zurück. War es wirklich die richtige Entscheidung? Aber nein, sie hatte alles für sich geklärt, und mit ihrem Plan vor Augen gab es keinen Platz mehr für Reue oder gar Erinnerungen an diese Küsse. Sie würde später daran denken, an jede wundervolle Sekunde, doch nicht jetzt. Erst brauchte sie ein wenig Abstand.

Etwas piepte – der kleine Wecker, den Mona zuvor gestellt hatte. »Entschuldigt mich kurz«, sagte sie, ging zum Kühlschrank und nahm die Torte heraus. Sie platzierte das gute Stück auf der Arbeitsplatte, prüfte die Festigkeit der Creme an einer Seite und nickte zufrieden. Das Ergebnis war perfekt. Die Farben klar und hell, der frische Duft des zerriebenen Basilikums vermischte sich mit dem Zitronenaroma. Armelle hatte die Cremes so an den Seiten verstrichen, dass es hier und dort noch dunkel durchschimmerte und Hellgelb sowie Frühlingsgrün ineinanderflossen. Es sah zum Anbeißen aus.

»Was ist das?« Belén war neben Mona getreten. Yanis' Magen knurrte, und beide Frauen lachten. Mona zog das Blech mit den kandierten Zitronenscheiben heran und ordnete sie gleichmäßig auf der Torte an. »Das Rezept wurde von meiner Uroma und Armelles Oma entwickelt. Zumindest sind wir uns zu neunundneunzig Prozent sicher.«

»Wann können wir probieren?« Yanis trat wie magisch angezogen näher.

Belén schlug ihm spielerisch gegen die Schulter. »Jetzt noch nicht, Mona muss sie doch erst noch verzieren.« Sie schenkte ihm einen Blick, der verriet, dass die beiden irgendetwas zuvor abgesprochen haben mussten.

Er trat von einem Bein auf das andere, sah zur Torte, über die Schulter und schließlich Mona an. »Mein Bruder hat seit gestern noch schlechtere Laune als sonst.«

»O Mann«, stöhnte Belén. »Das hättest du auch anders formulieren können. Du bist nicht gerade der feinfühligste Mensch der Welt, honey.«

»Aber es ist doch wahr! Du hast von einer Meinungsverschiedenheit gesprochen, Mona, und ich bin ziemlich sicher, dass du der Grund für seinen Zustand bist.«

»Damit meint er nicht, dass du daran schuld bist«, sagte Belén. »Sondern nur, dass ... na ja, vielleicht willst du ja hinfahren und mit ihm reden?«

Einen Wimpernschlag lang war Mona versucht, aber sie verwarf den Gedanken rasch wieder. »Ich glaube kaum, dass er mit mir reden will, wenn er gerade mitten in Renovierungsarbeiten steckt.« Sie zupfte Basilikumblätter vom Stiel und platzierte sie zwischen den Zitronenscheiben.

»Zumindest sah er ziemlich staubig aus, als ich ihn das letzte Mal gesehen habe«, bestätigte Yanis.

Belén fasste sich mit theatralischer Geste an den Kopf.

»Aber Reden ist immer eine gute Idee«, fügte Yanis hastig an.

Allmählich fühlten sich Monas Lippen taub an. »Das sehe ich auch so. Louan und ich haben ja heute Abend noch Gelegenheit dazu. Ich fahre doch erst morgen.«

»Wann morgen?«, kam es von beiden gleichzeitig.

»Früh. Ich muss heute Abend noch mit Juliet reden und vielleicht mit Marcel, wenn er denn da ist. Sie wissen noch nicht, dass ich abreise.«

»Louan bleibt länger«, sagte Yanis mit diesem Unterton in der Stimme, den Mona überhörte.

Sie griff nach dem Rest der Basilikumcreme, füllte sie in die Spritztülle und setzte zum Abschluss winzige Tupfer auf die Torte. »Ja, er braucht sicher noch eine Weile, bis alles für Théa erledigt ist. Habt ihr schon mit ihr geklärt, wie es danach weitergeht, Yanis? Du wolltest dich doch nach einem Job hier umsehen. Wollte Théa dich da nicht unterstützen?«

»Sie hatte noch keine Zeit, aber morgen will sie sich mit mir zusammensetzen. Wenn du magst, kann ich dich auf dem Laufenden halten. Belén hat ja deine Nummer.«

»Gern! Ich würde mich freuen, von euch zu hören.« Wieder dieser Blick zwischen den beiden, doch Mona wollte nicht nachfragen – sie ahnte, dass es mit Louan zu tun hatte, und sie musste das Thema einfach für sich abschließen. Jedes erneute Aufrollen würde es nur schwerer und schwerer machen. »So, die Torte ist fertig. Möchte jemand ein Stück?« Stolz betrachtete sie ihr Werk.

Wie auf ein Stichwort trat Armelle in die Küche. »Ich bin drüben fertig, und Tom kommt ab jetzt allein klar, auch wenn er heute ein wenig verpeilt ist. Hat eine neue Freundin«, flüsterte sie Mona zu.

Die grinste. »Also gut. Ich hole Teller. Belén, Yanis?«

Belen sah sich um, zog den Hocker aus der Ecke und ließ sich mit zufriedenem Gesicht darauf fallen. »Ein Rezept, das von euren Vorfahren ersonnen wurde, Mesdames? Ich würde es um nichts in der Welt verpassen wollen.«

20

»Oh, du, ich werde dich so vermissen, du kleines süßes Etwas!« Juliet sah nicht aus, als würde sie Flint jemals wieder loslassen wollen. Sie knuddelte ihn seit gut zehn Minuten, und er nutzte die Zeit und schnüffelte an ihren Kleidern. Wer wusste schon, ob sie nicht doch noch irgendwo ein Stück Wurst versteckte, sie hatte ihn ja immerhin zuvor damit gefüttert.

Mona schlug den Kofferraum zu und richtete sich auf. Ihr Blick wanderte zur Tür der Pension, obwohl sie wusste, dass Louan nicht hindurchtreten würde, da er nicht da war. Sein Zimmer war heute früh ebenso leer gewesen wie gestern, als sie von ihrem Abschiedsdrink mit Belén und Yanis und einem kurzen Besuch bei Théa zurückgekehrt war. Sie hatte bis spät in die Nacht gewartet und war im Sitzen auf ihrem Bett eingenickt, den Rücken an die Wand gelehnt. Sie hatte sogar von der Pension aus auf seinem Handy angerufen, das Belén ihm mittlerweile zurückgegeben hatte, doch nur die Mailbox war angesprungen. Heute war sie extra früh aufgestanden, damit sie sich von Marcel verabschieden konnte, aber selbst da war Louans Zimmer bereits leer gewesen. Vielleicht hatte er nicht einmal in der Pension übernachtet.

An diesem Punkt zerrten Monas Gedanken in eine Richtung, die sie nicht in Betracht ziehen wollte, also riss sie sich zusammen und versuchte, nicht darüber nachzugrübeln, was er im Moment trieb. Stattdessen schrieb sie ihm einen Brief, in dem sie sich für die gemeinsame Reise bedankte und ihm alles Gute für die Zukunft wünschte. Die Worte klangen steif und unpersönlich, als sie sie noch einmal überflog, und sie überlegte lang, ob sie ein P.S. daruntersetzen sollte. Letztlich entschied sie sich dagegen. Er mied sie eindeutig, und das zeigte ihr, dass ihre Einmischung in sein Leben für ihn einen anderen Stellenwert besaß als für sie selbst. Offenbar hatte sie einen Nerv getroffen und wollte nichts lieber, als sich aussprechen. Ihn ein letztes Mal umarmen, ein letztes Mal in diese dunklen Augen blicken. Minutenlang hatte sie mit sich gerungen, ob sie nicht einfach an Théas Ruine vorbeifahren sollte, es aber wieder verworfen. Sie ertrug den Gedanken nicht, von Louan Angesicht zu Angesicht abgewiesen zu werden. Die indirekte Aussage und die daraus resultierende Distanz schmerzten schon genug.

Auch jetzt löste der Gedanke etwas in ihrem Inneren aus, dort, wo seit Tagen diese Taubheit herrschte. Mona atmete tief durch und lenkte ihre Aufmerksamkeit schnell nach oben, wo die Möwen kreisten, als würden sie wie Flint auf einen Snack warten.

Sogar die Vögel würde sie vermissen, aber vor allem den Himmel, der sie jeden Tag mit einem anderen Blauton überraschte. Und so viele weitere Dinge, die ihr in der kurzen Zeit ans Herz gewachsen waren. Einen Teil würde sie in ihren Erinnerungen mitnehmen.

Mona blinzelte mehrmals und schob es auf die Sonne, obwohl die nur fahl über ihr schimmerte. »Wenn du so weitermachst, wird er sich weigern, mich zu begleiten«, sagte sie.

Juliet zauberte einen Keks aus ihrer Tasche und hielt ihn Flint hin. Er hatte den Anstand, ihr über die Wange zu lecken, ehe er ihn verschlang. »Du kannst ihn gern in ein paar Wochen abholen«, lachte sie. »Ich passe so lange auf ihn auf.«

»Du wirst ihn mit so vielen Leckerlis füttern, dass er sich nach diesen Wochen nicht bewegen kann.«

»Ach was, ich gebe ihn einfach morgens Marcel mit, dann ist er den halben Tag auf dem Boot und kann gar nicht so viel fressen. Außer Fisch.«

»Das wäre eine Möglichkeit, ja.« Mona entschied, Flint noch ein paar Minuten mit Juliet zu geben, und begriff im selben Moment, dass sie sich in Wahrheit einen Aufschub erschmuggelte, da sie noch immer hoffte, Louan würde auftauchen. Wusste er, dass sie abreiste? Hatte Yanis etwas gesagt? Und hatte er seine Mailbox denn noch nicht abgehört? Sie atmete tief ein, all das Salz und die Frische und den verhaltenen Blumenduft der Umgebung. Wenn sie wieder in Detmold war, würde sie davon zehren, bis sie hoffentlich eines Tages zurückkehrte.

Ein weiterer Duft schob sich zaghaft in das Potpourri: Zitronen. Vielleicht bildete sie es sich auch nur ein, da zwei Stücke der Torte in ihrem Korb auf dem Beifahrersitz lagen. Armelle hatte sie ihr wortlos gereicht, als sie sich vor dem *Mouette* verabschiedet hatten. Anschließend hatten sie sich umarmt, so lange, bis Mona ihre Tränen nicht mehr zurückhalten konnte. Als Armelle sanft ihr Haar streichelte, waren sie stärker geflossen. In jenem Moment war sie froh über Beléns manchmal doch recht loses Mundwerk, mit dem sie den Moment beendet hatte.

Sie griff in ihre Jackentasche, und wider besseres Wissen zog sie ihr Handy heraus. Kein Anruf von Louan. Aber sie hatte Armelles Nummer eingespeichert und ihr versprochen, sich zu melden, wann immer ihr das *Mouette* fehlen würde.

Also quasi jeden Tag.

»So, nun will ich euch aber nicht länger aufhalten.« Juliet stand auf. Flint sah aus, als verstünde er nicht, warum es das nun mit den Leckerlis gewesen sein sollte. »Hattest du eigentlich gestern noch einen schönen Abend?«

»Ja, Belén, Yanis und ich sind erst am Strand gewesen und haben dann zum Abschied im *Montfort* etwas getrunken. Ich habe mich irgendwann abgesetzt, da die beiden die Finger nicht voneinander lassen konnten.«

Juliet schnalzte mit der Zunge. »Hach ja, die Liebe. Vielleicht sollte ich Marcel auch wieder ins Montfort zerren. Dort haben wir uns zum ersten Mal geküsst.« Sie schloss die Augen, als würde sie diesen Augenblick noch einmal durchleben, und Monas Gedanken stolperten zu dem ersten Kuss mit Louan.

Ablenken! Sie winkte Flint heran, wartete, da er sich bei jedem Schritt zu Juliet umwandte, und öffnete schon einmal die Hintertür für ihn. Er blieb stehen, sah zu ihr auf, und sie glaubte, Vorwürfe in seinen Augen zu erkennen.

»Tut mir leid, aber ich verspreche dir, es bleibt spannend. Und ich kaufe dir Kauknochen, sobald wir einen Supermarkt finden.«

Er rührte sich noch immer nicht, also nahm Mona ihn hoch und platzierte ihn auf seiner Decke. Zwar ließ er es sich gefallen, aber sie merkte, dass es ihm nicht passte, nun aufzubrechen. »Danke, Flint, dass selbst du es mir schwer machst«, flüsterte sie und kraulte sein linkes Ohr, um dann die Tür zuzuschlagen. Er klebte seine Steckdosennase an die

Scheibe, und Mona trat zu Juliet, um den letzten Abschied hinter sich zu bringen.

Er fiel nicht ganz so tränenreich aus wie der von Armelle, aber sie musste wie schon bei Belén und Yanis hart schlucken. »Danke für den tollen Aufenthalt«, sagte sie. »Ich habe mich so wohlgefühlt bei euch. Das hier ist eine der besten Aussichten im Ort, und du warst die süßeste Gastgeberin, die ich mir vorstellen kann.«

Juliet schwieg eine ganze Weile, dann klopfte sie Mona behutsam auf die Schulter. »Pass auf dich auf, *chérie*. Und komm irgendwann zurück. Wer soll denn sonst in meiner Küche backen?« Beide lachten und lösten sich langsam voneinander. »Fahr vorsichtig«, sagte Juliet.

»Mach ich.« Mona zögerte, aber alles, was sie jetzt noch sagen könnte, hätte banal geklungen. »Bis dann.« Ein letztes Mal griff sie nach Juliets Arm und drückte ihn, dann wandte sie sich ab und ging zum Wagen. Nicht umblicken. Einsteigen!

Sie ließ sich in den Fahrersitz fallen, schloss die Tür und atmete tief durch. Hier war es still, nicht einmal Flint jammerte, als hätten sie sämtliche Geräusche draußen zurückgelassen. Mona musste nur die Tür öffnen, um sie wieder einzufangen.

»Also dann los«, murmelte sie und ließ den Motor an. Im Rückspiegel winkte Juliet vor einem Hintergrund aus Blau, Weiß und Beige. Mona hob ebenfalls eine Hand und gab vorsichtig Gas. Die Juliet im Spiegel wurde kleiner und kleiner und verschwand ganz, als Mona abbog und den Wagen auf die Straße lenkte, die sie Richtung Osten führen würde. Der Zenit war überschritten, nun gab es nur noch den Weg zurück nach Hause.

Sie vermied es, in die Gesichter der Passanten zu sehen oder gar nach bestimmten Leuten Ausschau zu halten, und sie fuhr einen Umweg, um es sich nicht vor dem *Mouette* noch anders zu überlegen. Immer wieder sah sie in den Rückspiegel, beobachtete, wie die Häuser und Menschen schrumpften, und als sie das Tempo erhöhte, begann Flint auf der Rückbank zu jaulen.

»Ich weiß doch«, sagte sie und schluckte, da die Worte in ihrem Hals kratzten. »Ich weiß.« Sie sah auf ihr Navi, als sie sich dem Ortskern näherten und die Häuserzeilen wieder zunahmen.

Auf ihrer Reise hatte es sich hin und wieder geweigert, das eingegebene Ziel – eine bestimmte Straße oder ein kleines Dorf – zu finden, doch jetzt zog es eine klare, rote Linie über das Display, als wollte es ihr den Rücken für ihre Entscheidung stärken, da es niemand sonst tat. Als erstes Ziel hatte sie Roscoff eingetragen, das nur eine halbe Stunde Fahrt entfernt lag. Das Ortsschild tauchte irgendwann am rechten Straßenrand auf, und Mona stellte nach einem Blick auf die Uhr fest, dass sie beinahe in Trance gefahren sein musste. Sie schluckte mehrmals, aber der schale Geschmack in ihrem Mund verschwand nicht, und sie fühlte sich, als wäre sie gerade erst aus dem Bett geschlüpft. Hoffentlich wurde es besser, wenn sie sich die Beine vertreten und den Wind um die Nase wehen lassen würde.

»Die Beine vertreten!«, sagte sie zu Flint. »So ein Unsinn, nicht wahr? Wir sind doch gerade erst losgefahren.« Vor ihr wuchsen Häuser in den Himmel, ein ganzes Meer an Dächern, in dessen Mitte sich ein Kirchturm erhob. Aber auch das vertraute Himmelblau blitzte hier und dort zwischen den Steinen hervor. Der Ort lag auf einer Halbinsel und konnte laut Juliets Reiseführer in vielen Bereichen punkten. Mona hatte gelesen, dass sich in Roscoff die größte Algenproduktion im Finistère befand, woran die so beliebte Thalassotherapie nicht ganz unschuldig war. Weiterhin sollten der Hafen, die Renaissance-Kirche, zahlreiche Granitsteinhäuser und natürlich Hinweise auf die Zeit als Korsaren-Hochburg Touristen begeistern. Nur einen Steinwurf von Roscoff entfernt, mitten in den Fluten des Ärmelkanals, lag die Île de Batz. Mona hatte noch keine konkreten Pläne für heute, aber wenn sie eine nette Unterkunft fand, würde sie vielleicht eine Nacht bleiben. Dafürsprach, dass es wirklich viel zu sehen gab. Dagegen, dass Plouescat nur einen Steinwurf entfernt war und sie nicht in Versuchung geraten wollte zurückzufahren. In der Hinsicht war es sinnvoller, sich einen schönen Nachmittag zu machen und dann noch eine oder zwei Stunden zu fahren. Aber sie würde es einfach auf sich zukommen lassen und später spontan entscheiden.

Als reich verzierte Reederhäuser in ihr Sichtfeld kamen, fuhr sie langsamer und passierte kurz darauf ein Schild mit der Aufschrift *Jardin Exotique et Botanique de Roscoff.* »Was denkst du, Flint, darfst du wohl mit in den botanischen Garten?« Sie wandte sich kurz um, und Flint zeigte ihr das Innere seines Rachens mit einem gewaltigen Gähnen. »Okay, verstanden.«

Die Straße fiel leicht ab. Mona betrachtete die Vorgärten, fand die eine oder andere Palme und staunte über die Pracht der Granitbauten, die hier etwas größer zu sein schien als in Plouescat. Zwischen dem Stein blühten Farbtupfer in Rot-, Blau- und Gelbtönen sowie Weiß. Mona ließ das Fenster herunter und atmete tief ein. Der Wind war frischer als erwartet, unten am Wasser würde sie sich eine Jacke überziehen müssen. Aber nun musste sie erst mal zusehen, dass sie einen Parkplatz in Hafennähe fand. Wie auf Kommando meldete sich ihr Handy. Sie sah zur Seite und bog kurzerhand auf den Parkplatz eines Sanitärgeschäfts, dann zog sie es aus ihrer Tasche.

Eine Nachricht von Juliet.

Mona, tut mir leid, aber du müsstest zurückkommen, hier liegen noch Sachen von dir. Ich hoffe, du bist nicht mit hundert pro Stunde durchgebrettert und schon halb in Deutschland, sondern wirklich nur bis Roscoff gefahren. Kuss, Juliet

Mona runzelte die Stirn. Was sollte sie vergessen haben? In ihrem Zimmer hatte nichts mehr gelegen, sie war doch extra noch einmal hochgegangen, um es doppelt zu kontrollieren. »Seltsam.« Sie wandte sich um, so als könnte ein Blick in Richtung Kofferraum ihr die Antwort geben, und ging in Gedanken ihre Liste durch. Nein, auch Flints Sachen hatte sie alle wieder im Wagen verstaut. Sie rief Juliets Nummer auf und wählte. Das Freizeichen ertönte. Mona wartete und betrachtete die Umgebung. Zum Glück schien ihr niemand übel zu nehmen, dass sie ganz offenbar nicht vorhatte, auszusteigen und Kundin des Sanitärgeschäfts zu werden. Neben ihr fuhren Autos vorbei, zwei Jugendliche führten einen Hund spazieren. Juliet nahm noch immer nicht ab. Mona blickte auf das Display, legte auf und wählte erneut. Dieses Mal zählte sie die Freizeichen mit und gab beim zwanzigsten einen ungläubigen Laut von sich. Juliet hatte ihr doch gerade erst geschrieben, warum nahm sie nicht ab?

Dann also eine SMS.

Hi! Ich habe gerade versucht, dich zu erreichen, aber du gehst nicht ran. Ich bin wirklich erst in Roscoff. Kannst du dich kurz melden oder eben durchrufen?

Dann wartete sie. Das Handy blieb stumm. Die Ladentür vor ihr öffnete sich, ein Mann kam heraus und ging an ihrem Wagen vorbei. »Na komm schon, Juliet.« Sie schüttelte das Handy und lachte über sich selbst.

Sie versuchte noch zweimal anzurufen, doch wieder ohne Erfolg. Allmählich begann sie, sich Sorgen zu machen. War Juliet etwas passiert, nachdem sie die Nachricht abgeschickt hatte? Vor Monas geistigem Auge war sie die Treppe heruntergefallen, nachdem sie das Bett im nun leeren Zimmer abgezogen und am Geländer über einen Zipfel des Lakens gestolpert war. Oder sie war ohnmächtig geworden, weil ein Äderchen in ihrem Kopf geplatzt war. Es konnte so viel passiert sein! Sie musterte ihr Navi. Eine halbe Stunde für die Rückfahrt. Insgesamt würde sie eine Stunde verlieren, plus die Zeit, die sie sich bei Juliet aufhalten würde. Das war zu verkraften, vor allem angesichts der Tatsache, dass sie Juliet vielleicht zur Hilfe eilen musste.

Mona versuchte es ein letztes Mal, dann warf sie den Motor an und wendete auf dem engen Parkplatz. »Okay, es geht zurück.« Sie bog auf die Straße, fuhr an Palmen und Vorgärten vorbei, wobei sie immer wieder einen Blick auf das Handy warf. Je länger es dunkel blieb, desto nervöser wurde sie, und sobald sie den Ort verlassen hatte, übertrat sie zum ersten Mal seit ihrem Aufenthalt in der Bretagne die Höchstgeschwindigkeit.

Knappe fünfundzwanzig Minuten später kam die vertraute Silhouette in Sicht. Mona lenkte ihren Fiat durch die Straßen, vorbei an mehr oder weniger bekannten Anblicken sowie einer Frau im Rollstuhl, die wütend einen Arm schüttelte und etwas brüllte. Mona verstand es nicht, ging aber nach einem Blick auf die Anzeige erschrocken vom Gas. Fast wäre sie mit voller Geschwindigkeit durch den Ort gebrettert!

Mittlerweile war es kurz nach elf und damit in den Straßen schon einiges los. Sie bog in die Verbindungsstraße zur Häuserzeile ab, in der sich das *Valve* befand. Mit klopfendem Herzen hielt sie vor der Pension. Alles sah vollkommen normal aus. Ruhig, gemütlich, etwas chaotisch. Mona schnallte sich ab, nahm ihr Handy und hastete zur Tür. Etwas Weißes flatterte dort im Wind, und ihr Herz machte einen Sprung. Eine Benachrichtigung für Marcel? War Juliet etwas geschehen, und man hatte sie ins Krankenhaus gebracht? Hastig trat sie vor und riss den Zettel ab. Darauf standen fünf Wörter in Juliets gleichmäßiger Handschrift. Mona las sie zweimal, aber das half nicht, ihre Verwirrung zu überwinden. Im Gegenteil, nun wusste sie erst recht nicht, was hier los war.

Mona, hinter dir. Im Sand.

Sie wandte sich um und bemerkte zunächst nichts. Dann aber fielen ihr die Holzstücke auf, die zu regelmäßig beieinanderlagen, um zufällig hier gelandet oder von einem Hund oder Kind beim Spielen hergetragen worden zu sein. Sie bildeten einen Pfeil, ungefähr so lang wie ihr Arm, und er zeigte in Richtung der Dünen ganz in der Nähe. Mona schüttelte den Kopf, rieb sich über die Augen und las den Zettel noch mal. Was sollte dieses Versteckspiel?

»Aber nun gut, Juliet, dir zuliebe.« Sie ging zum Wagen, ließ Flint heraus und kramte nach der Hundeleine, dann machte sie sich auf den Weg. Ihre Schuhe rutschten ein wenig auf dem Sand, und sie beugte den Oberkörper nach vorn. Die Augen verengte sie gegen den Wind, der heute ziemliche Macht besaß, und auf einmal kam es ihr vor, als wäre sie diesen Weg schon Dutzende Male gelaufen. Als würde sie jeden Grashalm und jedes Sandkorn kennen, und doch entdeckte sie mit jedem Schritt Tausende Dinge, die sie noch nicht kannte. Ob es Flint ebenso ging, konnte sie nicht sagen, zumindest hatte er noch immer nicht gelernt, seine Nase beim Schnüffeln nicht in den Sand zu stecken. So lief er neben ihr her und nieste immer wieder.

Auf halbem Weg zu den Dünen fand Mona einen zweiten Pfeil, dieses Mal aus Muscheln und leeren Austernschalen, die Möwen hin und wieder hier fallen ließen. »Was hast du vor, Juliet?« Mittlerweile war ihr klar, dass sie nicht wirklich etwas vergessen hatte. Wollte Juliet sie mit einer Abschiedsfeier am Strand überraschen? Mona stapfte weiter, und obwohl es noch immer anstrengend war und sie auf dem weichen Untergrund wegrutschte, atmete sie jetzt freier. Sie erreichte die Dünen und fand einen dritten Pfeil, wieder aus Muscheln. Vor ihr schwebten zwei Möwen wie reglos in der Luft, getragen vom Wind, und beäugten etwas unter sich. War Juliet dort? Der Pfeil zeigte zumindest in die Richtung.

Auf einmal blieb Flint neben ihr stehen, so starr, als hätte er sich in eine Statue verwandelt. Dann bellte er und spurtete los. Mona ließ die Leine fallen, ehe er sich strangulierte. »Flint!« Er dachte jedoch gar nicht daran zu gehorchen, und zog eine feine Sandwolke hinter sich her. Einzelne Körnchen landeten in Monas Augen. Sie fluchte, blieb stehen und versuchte, sie wieder loszuwerden. Als sie wieder aufblickte, war sie nicht mehr allein.

Louan war barfuß und hatte die Hände in die Hosentaschen geschoben. Er trug ein altes Shirt, das an mehreren Stellen dreckig war, so als wäre er direkt von Théas Baustelle hergekommen. Der Wind hatte seine Haare vollkommen verknotet. Er achtete nicht auf Flint, der voller Elan wieder und wieder an seinem Bein hochsprang.

»Du bist zurück«, sagte er lediglich. So ernst und neutral, als würden sie sich gerade erst kennenlernen. Selbst die Falte auf seiner Stirn war wieder so ausgeprägt wie damals in Plédéliac.

Mona blieb stehen, aber sie hatte trotzdem das Gefühl, als würden ihre Füße wegrutschen. War es der Sand, der sie nicht trug, oder ihre eigenen Beine? Mit einem Mal war der Wind nicht mehr so kalt, als hätte sich eine Wärmeschicht auf ihre Haut gelegt. Eine, die aus ihrem Inneren kam.

»Juliet hat mir eine Nachricht geschickt«, sagte sie und war nicht sicher, ob er ihre Stimme bei dem Wind hörte.

»Weil ich es ihr gesagt habe, ja.« Er brachte das Kunststück fertig, Flint weiterhin zu ignorieren, und sah ausschließlich Mona an. Nicht einmal die Haare, die der Wind ihm ins Gesicht wehte, schienen ihn zu stören.

Mona nahm sich die Zeit, um ihre eigenen zurückzuschieben, gegen den Sand in der Luft anzublinzeln, auf ihre Füße zu sehen. Alles, damit sie über seine Worte nachdenken konnte. Sie hatte geglaubt, mit Louan abgeschlossen zu haben, mit dem, was zwischen ihnen geschehen war und was sie empfand. Sie war davon überzeugt gewesen, dass sie alles nach einer Weile sachlich betrachten könnte. Das, was zwischen ihnen geschehen war und was sie empfunden hatte, gehörte hierher, in die Bretagne. Sie würde es nicht mit zurück nach Deutschland nehmen. Ihre Leben unterschieden sich voneinander und hatten nur diese eine, winzige Schnittstelle gemein, und ihre Zeit war zu einem Ende gekommen. Louan hatte das vor ihr gewusst und entsprechende Konsequenzen gezogen, mit denen sie leben konnte. Sie war so dumm gewesen!

Sie fand weder Stimme noch Worte und räusperte sich. »Ich habe dir einen Brief geschrieben.«

Der Wind flaute ab, als hielte auch er den Atem an. In Louans Blick lag etwas, das Mona nicht greifen konnte. Etwas Weiches. Bedauern? Auf jeden Fall stand es in Kontrast zu der Linie zwischen den Brauen. »Ich weiß, ich habe ihn gelesen.« Er zog die Hände aus den Hosentaschen, streckte sie kurz aus und ließ sie dann sinken. »Er war recht sachlich für deine Verhältnisse.«

»Bin ich deshalb wieder hier? Weil der Brief sachlich war?« Mona versuchte noch immer, sich einen Reim auf das Ganze zu machen. »Und was hat Juliet mit all dem zu tun?«

»Juliet hat nur getan, worum ich sie gebeten habe. Mach ihr keinen Vorwurf.«

»Das tue ich ja auch nicht.« Mona zögerte. »Worum hast du sie denn gebeten?«

Louan atmete ein, dann streckte er eine Hand aus.

Trotz aller Verwirrung und der Gefühle, die in Monas Innerem tobten, gab es nichts zu überlegen. Sie legte ihre Hand in seine und ließ sich vorwärtsziehen. Langsam liefen sie weiter, auf das Meer zu. Wie immer waren seine Finger so unglaublich warm, als könnte ihnen sämtliche Kälte der Welt nichts anhaben. Ihr kam die Idee, dass sie ihre Schuhe besser auch ausziehen sollte. Mehr konnte sie gerade nicht denken, sie war einfach zu verwirrt. Gefolgt von Wind, Sand, den Möwen und einem Flint, der vermutlich leicht beleidigt war, da ihn niemand beachtete, überwanden sie den nächsten Dünenkamm und blieben stehen.

Mona starrte auf die Senke vor sich und war froh, dass Louan noch immer ihre Hand hielt, da sie sonst nach seiner hätte greifen müssen. So wortkarg er sich gab, so viel sagte dieses Bild – vor allem, wenn sie bedachte, dass er nicht der größte Romantiker der Welt war. Wobei sie nun daran zweifelte.

Im Sand, halb geschützt von der Düne zur Rechten, lag eine Decke, an den Enden mit Louans Schuhen, seiner Jacke und seinem Rucksack beschwert. Darauf standen diverse Dosen und Schachteln – manche kamen Mona bekannt vor – sowie zwei Gabeln und eine Flasche Wein nebst Gläsern. Ein Picknick. Ein Picknick in den Dünen, mit Louan, der ungewohnt unsicher neben ihr stand und ihre Reaktion beobachtete. In Mona flackerte etwas auf, das sie nicht als Hoffnung betrachten wollte, da es wieder in eine Richtung führen würde, die doch unmöglich war. Selbst wenn er …

»Mona.« Seine Finger bewegten sich, strichen über ihre Haut, verwandelten Kälte mühelos in Hitze. Er stellte sich so neben sie, dass er sie vor dem Wind schützte. »Ich wusste bis vorhin, als ich dich gesehen habe, nicht, was ich sagen soll, und ich weiß es auch jetzt nicht. Ich bin nicht sonderlich gut, wenn es um große Reden geht.«

»Das weiß ich bereits«, sagte sie leise. »Ich brauche auch keine große Rede. Ich muss einfach nur …« Sie zuckte die

Schultern, nicht sicher, ob sie wirklich hören wollte, was er zu sagen hatte. Denn sie ahnte es bereits, und es würde ihr Leben so viel komplizierter machen. Wie sollte sie sich denn jetzt noch umdrehen und weiterfahren, nach Roscoff, nach Saint-Malo, zurück nach Detmold?

Wer es einfach haben will, der schließt sich am besten in seinem Zimmer ein und bleibt da. Aber selbst wenn es anfangs noch so hübsch dort ist, irgendwann wird es langweilig, und der Staub sammelt sich auf den Oberflächen.

Es war, als würde sie Oma Fines Stimme direkt an ihrem Ohr hören.

Louan trat vor und nahm ihre andere Hand. Eine Mischung von Gefühlen zog über sein Gesicht, so schnell, dass Mona keines greifen konnte. »Ich weiß, dass ich wegen Signac überreagiert habe, und ich glaube, ich habe das mit Absicht getan.« Er schwieg, als wartete er auf eine Entgegnung, doch Mona schüttelte nur sacht den Kopf. »Es hat mich verwirrt. Es war zu viel. Und ich wollte nicht über all diese Dinge nachdenken, zumindest nicht auf einmal. Ich habe es in diesem Dreckshaus in Plédéliac doch nur ausgehalten, weil es wie ich ist. Irgendwo dort in diesem Wald, nicht gerade freundlich auf den ersten Blick, und weit von den anderen Häusern entfernt. Ich kann nicht wie du lächeln und reden und mir sofort den Kopf darüber zerbrechen, wie man ein Problem löst, wenn man darauf stößt. Ich will erst mal meine Ruhe, und ich bin es nicht gewohnt, dass mich jemand aus ihr herauszerrt. Aber dann bist du aufgekreuzt. Erst in Plédéliac, dann in der ganzen Sache mit meinem Bruder, und anschließend kommst du mir auch noch mit diesem vermaledeiten Arzt. Dabei hattest du in meinem Leben doch schon genug Chaos angerichtet.« Sein

Blick irrlichterte zum Himmel, nur um sich dann in ihrem zu verfangen. »Und zwar hier.« Er nahm ihre Hand und führte sie zu seiner Brust.

Mona fühlte seinen Herzschlag, beschleunigt, aber gleichmäßig. Spürte, wie Louans Atem seine Brust hob und senkte, während ihr eigener stockte. Seine Worte kreisten in ihrem Kopf und sorgten nicht gerade dafür, dass ihre Verwirrung sich legte. Sie war nicht sicher, ob sie begriff, was er ihr sagen wollte.

Louan bewegte seine Finger, fast fragend, und verflocht sie mit ihren. »Du bist mir so schnell so nahegekommen, aber es war nicht deine Schuld. Es ist einfach passiert, und ich habe mir gesagt, dass das nicht passieren darf. Weil du ja wieder nach Deutschland fahren wirst. Ich habe wirklich versucht, mich von dir fernzuhalten, Mona, aber es hat nicht funktioniert.« Er verzog das Gesicht zu einer Grimasse, so untypisch für ihn, dass sie insgeheim lächeln musste. »Für die Sache mit Yanis war ich dir so unglaublich dankbar. Ich weiß, das habe ich dir nie gesagt. Ich konnte nicht. Aber es hat meine Gefühle für dich nur verstärkt, und damit hat es die Zwickmühle noch schlimmer gemacht. Und dann sitzt da plötzlich Signac im Café, und mein erster Gedanke war: Was bekommt diese Frau eigentlich nicht hin?«

»Eine ganze Menge«, murmelte Mona und blickte zu Boden. Sie bekam ja nicht mal hin, eine endgültige Entscheidung zu treffen, sondern stand hier mit einem Herz, das nicht wusste, ob es tanzen, stolpern oder vor lauter Glück explodieren sollte.

Louan lachte leise. »Du weißt immer noch nicht, zu welchen Dingen du fähig bist, oder?«, fragte er so sanft, dass sie erstaunt den Kopf hob. Diesen Ton hatte sie sich so sehr herbeigesehnt in den vergangenen Tagen, und jetzt konnte sie es kaum glauben, dass ihr Wunsch in Erfüllung ging. Ihre Sehnsucht war stärker als all die Vernunft, die sie womöglich ohnehin teilweise in Deutschland gelassen hatte.

»Ich habe das aus den Augen verloren, weshalb ich hergekommen bin«, sagte sie, um sich davon abzuhalten, in seine Arme zu fallen. »Ich wollte etwas über Helene herausfinden. Aber stattdessen …«

»Stattdessen hast du mir geholfen, einiges über mich herauszufinden. Unter anderem, dass ich manchmal zu stolz bin, über Dinge zu reden, bis es zu spät ist.« Er drückte ihre Hand, und es war ihm deutlich anzusehen, wie schwer ihm dieses Geständnis fiel. »Ist es zu spät, Mona?«

Nein, rief ihr Herz. Aber ihr Kopf hielt die Worte zurück. Was, wenn sie nun einfach *Ja* sagte? Was würde in den kommenden Wochen sein? Den kommenden Monaten? Wie lange konnten sie etwas aufrechterhalten wie diese Spannung, die soeben in der Luft hing?

Mona erwiderte den Druck seiner Hand und erbat sich so Zeit, um nachzudenken. Sie schloss die Augen, stellte sich die Gegend vor, den Sand und die Möwen und die unendliche Weite des Meeres. Und sie dachte an den Moment, als Louan ihren Wagen repariert hatte. Sie war glücklich gewesen an jenem Tag, und auf einmal wollte sie nur noch die Frau sein, die im Regen ihre Arme ausbreitete und sich um sich selbst drehte.

Es war nicht schwer. Im Gegenteil. Sie musste schließlich nur entscheiden, wie ihr nächster Schritt aussehen sollte. Alles andere würde sich schon ergeben. Mona lächelte, öffnete die Augen wieder und sah in Louans. »Ich bin zurückgekommen, oder nicht?« Augenblicklich fühlte sie sich leichter. Vielleicht lag es an dem Leuchten, das sich auf Louans Gesicht schlich.

»Nur wegen Juliet?«

Mona schnaubte leise. »Manchmal bist du so ein Idiot, Louan.«

Sein Mundwinkel zuckte. Er trat vor, zog sie an sich und brachte seine Lippen ganz nah an ihre. »Ich weiß.«

Mona bewegte den Kopf eine Winzigkeit und streifte sie mit ihren. Er fing sie ein, hielt sie fest und verwandelte die flüchtige Berührung endlich, endlich in einen Kuss. Mona legte ihre Arme um ihn, spürte Sand zwischen ihrer Haut und dem Stoff seines Shirts, mehr Sand an ihren Lippen. Ihr Herz reagierte ebenso auf Louan wie ihr Körper und donnerte gegen ihren Brustkorb. Mona schloss die Augen, öffnete die Lippen und schmiegte sich in seine Umarmung. In Louans Arme, die so stark und doch nachgiebig waren. In seinen vertrauten Duft. In das sanfte Kitzeln seiner Haare, die der Wind auf ihre Haut trieb. Und auf einmal war alles so einfach, da sämtliche Fragen und Zweifel in den Hintergrund traten, bis sie schließlich verschwanden.

21

Juliet erinnerte an eine Katze, der sämtliche Sahne der Welt zur Verfügung stand. Ihr Lächeln verriet, dass sie nur die Hälfte ihrer Gedanken preisgeben würde, wenn überhaupt, und wurde etwas breiter, als sie auf Monas Hand blickte, die in Louans lag. »Ich bin froh, dass es funktioniert hat«, sagte sie. »Weil ich nämlich gar nicht mal so sicher war, dass du überhaupt noch einmal umkehrst. Das hab ich ihm auch gesagt. Und dass er sich das dann selbst zuzuschreiben hat.« Ein bezeichnender Blick in Louans Richtung.

Er gab ein Brummen von sich, das irgendwo zwischen Zustimmung und Unwillen lag.

Mona lächelte. In der Wärme von Juliets Wohnzimmer fiel ihr auf, wie durchgefroren sie war. Der Wind hatte stetig zugenommen, und kurz nach dem ersten Kuss hatte Nieselregen eingesetzt. Allerdings hätte sie noch stundenlang mit Louan in den Dünen stehen können, es wäre ihr gleichgültig gewesen – wenn sie die Zeit oder das unangenehme Wetter überhaupt bemerkt hätte. Er hatte ihr irgendwann zugeflüstert, dass er sie ins Trockene bringen wollte, also hatten sie die unbenutzte Decke samt allen Utensilien für das Picknick eingesammelt und waren ins *Valve* geflüchtet. Dort hatte Mona die Schachteln geöffnet und herausgefunden, dass Louan anscheinend das halbe Sortiment des

Mouette geplündert hatte. Neben Croissants, Macarons und Madeleines gab es Obstboden mit Feigen und Nektarinen, Käseschnitten sowie – und dabei traten ihr die Tränen in die Augen – zwei Stücke von Cehes Torte. Jetzt stand alles hübsch angerichtet auf dem Tisch neben der geöffneten Flasche Wein. Monas Magen meldete sich bei dem Anblick, aber sie hatte nicht vor, Louan loszulassen. Ihm schien es ähnlich zu gehen.

»Ich wollte mir Roscoff ansehen. Als ich deine Nachricht bekommen habe, dachte ich, dass etwas passiert wäre, also bin ich schnell zurück.«

»Das tut mir leid.« Juliet sah schuldbewusst aus. »Ich wollte dich nicht erschrecken.«

»Ist schon okay. Es ist ja alles in Ordnung.« *Es ist mehr als in Ordnung.*

Juliet grinste, dann hob sie die Brauen, als ihr etwas einfiel. »Allerdings habe ich dein Zimmer schon wieder vermietet. Es tut mir leid, aber die Cousine einer Nachbarin kommt spontan aus Paris zu Besuch, und sie hat mich gefragt, ob sie hier wohnen kann.«

»Das sollte kein Problem sein«, sagte Louan. »Sie schläft bei mir.« Er zögerte. »Das heißt, falls du möchtest«, wandte er sich an Mona.

Sie lehnte sich an ihn. »Ja.« Schlicht und einfach. Mehr Worte waren nicht nötig. »Wenn das für dich okay ist, Juliet?«

Juliet winkte ab und stand auf. »Wer wäre ich denn, das frischgebackene Liebespaar auseinanderzureißen, das sich endlich gefunden hat? Aber eine Bedingung habe ich: Ich bekomme einen Schluck von dem Wein. Und ein Macaron.«

»Du bekommst sogar ein Stück Kuchen dazu«, sagte

Louan und ließ Mona nach einem flüchtigen Kuss auf ihre Fingerspitzen los, um nach der Flasche zu greifen.

»Musst du eigentlich heute nicht arbeiten?«, fragte sie, während er die Gläser füllte.

»Nein. Ich habe Théa gesagt, dass ich etwas wirklich Wichtiges zu tun habe«, antwortete er und reichte Mona ein Glas. Ihre Finger streiften seine, und die Welt blieb für einen Augenblick stehen, so kurz, dass es niemand sonst außer ihr und Louan merkte.

Juliet hob eine Augenbraue und sah dabei so kokett aus, dass Mona lachen musste. »Oha. Soll ich euch …«, eine bezeichnende Geste, »besser allein lassen?«

Mona starrte auf ihr Glas und drehte es zwischen den Fingern, um nicht darauf antworten zu müssen. Selbst ein Nein hätte nun unbeholfen geklungen. Louan dagegen nahm den Kommentar so gelassen hin, dass er lediglich Juliets Mimik imitierte. »Mach dir keine Umstände, schließlich teilen wir uns ja nun ein Zimmer.« Bei ihm klang es beiläufig und natürlich, aber trotzdem wurde Mona rot. »Außerdem haben Mona und ich noch eine Verabredung.«

Sie blickte wieder auf. »Was für eine Verabredung?«

Er schenkte ihr eines seiner seltenen Lächeln. »Warte es ab.«

»Wir fahren ins *Mouette*?«, probierte sie es dennoch.

Er deutete auf den Tisch. »Das alles genügt dir nicht? Wo lässt du nur all die Kalorien, *ma belle*?« Er küsste sie flüchtig auf die Wange, während er die Flasche wieder abstellte. »Aber nein, das *Mouette* ist es nicht, sonst verliere ich dich für den Rest des Tages an Armelle und ihre Küche. Aber da ist noch etwas, das ich dir gern zeigen würde.« Er hielt Juliet die Schachtel mit den Macarons hin, und sie wählte ein hellgrünes Exemplar. Mit Schwung stand sie auf und hob ihr Glas. »Na dann. Auf das widerspenstigste Paar, das ich jemals in unserer Pension hatte.«

Mona schüttelte den Kopf und schlug ihr Glas dagegen, Louan gab ein unwilliges Brummen von sich. »Denkst du nicht, du übertreibst?«

»Nein, ganz und gar nicht. Ich habe mich schon am Tag eurer Ankunft gefragt, wann das mal endlich etwas wird, und als Mona mir mitgeteilt hat, dass sie abreisen möchte, habe ich hinterher so sehr die Hände über dem Kopf zusammengeschlagen, dass meine Haare elektrisch aufgeladen waren«, sagte sie und biss so energisch in ihr Gebäck, dass winzige Krümel nach allen Seiten wegspritzten. Flint nahm das als Startschuss und veranstaltete seine persönliche Schnitzeljagd über den Teppich. Sein Schnüffeln wurde lauter und lauter und ebbte nur ab, nachdem er kräftig geniest hatte.

Mona nahm sich ebenfalls ein Macaron in Dunkelrot und schnupperte daran. Himbeer-Mandel, wenn sie sich nicht täuschte. Vorsichtig biss sie hinein, genoss das sanfte Krachen des Baisers und die zart schmelzende Creme. »Oh, die sind großartig.«

»Die sind von Théa. Als Dank dafür, dass wir so gute Fortschritte bei der Ruine machen.«

»Heißt das, du bleibst noch eine Weile? Nur wegen des Zimmers, ich muss ja planen«, sagte Juliet mit einem Schmunzeln.

Louan nickte. »Sieht ganz so aus, ja. Mindestens noch zwei Wochen. Passt das in eure Vermietungspläne?«

»Kein Problem.« Juliet stand auf und schlug mit den Händen auf ihre Oberschenkel. »Also, leistest du mir Gesellschaft, Flint? Ich muss im Schuppen zwei Stühle fertigstellen, die ich einem Kunden versprochen habe, und allmählich sollte ich wirklich anfangen. Kann er mitkommen, Mona?«

Mona fühlte sich ein wenig überrumpelt mit dem Macaron in der einen und dem Glas Wein in der anderen Hand, vor allem, als sie die Zeit checkte. Himmel, wie lange hatten Louan und sie draußen in den Dünen verbracht? »Natürlich kann er, wenn er dich nicht stört?«

»Quatsch, ich liebe den Kurzen doch. Wenn er mir nicht die Farbe wegschleckt, ist alles in Ordnung. Dann bis später, ihr zwei, ich bringe demnächst frische Handtücher auf euer Zimmer. Na komm, Flint. Es gibt Wurst!« Seine Ohren stellten sich auf, dann verwandelte er sich in einen braunweißen Blitz und verschwand in Richtung Küche.

Mona trank noch einen Schluck Wein und stellte ihr Glas ab. »Also, diese Verabredung. Müssen wir uns beeilen?«

Louans Antwort bestand in einer Umarmung und einem Kuss, der so intensiv war, dass Mona dieses Mal wirklich die Luft wegblieb. Obwohl er nur ihre Lippen und Oberarme berührte, spürte sie es überall. »Ein wenig Zeit haben wir noch.«

»Gut«, murmelte sie und strich etwas verlegen über ihr Shirt. Es war noch immer ungewohnt, dass Louan sie so schnell aus der Fassung bringen und ihren Puls so sehr in die Höhe treiben konnte. Seitdem sie vom Strand zurück waren, genügte eine flüchtige Berührung, um dieses Glühen in ihrem Bauch und ihrer Brust zu spüren.

Er hielt ihr die Jacke hin. »Ich nehme an, dass du heute noch nicht so viel gegessen hast?«

»Bis auf ein kleines Frühstück … nein. Für das Gebäck bleibt ja nun keine Zeit mehr.« Wobei, ein zweites Macaron war noch drin, dieses Mal in Fliederfarben. Lavendelaroma strömte in Monas Nase. Die Torte würde sie essen, sobald sie zurück waren, davon konnte sie nichts und niemand abhalten.

»Das passt gut.«

Mona blickte an sich hinab. »Ich sollte mich allerdings erst mal umziehen.« Und vielleicht ihre Haare richten, denn die fühlten sich an, als würden sie noch immer an ihrem Kopf kleben.

Louan hatte den Anstand, einen Hauch Schuldbewusstsein zu zeigen, und deutete mit einer galanten Geste zur Tür. »Das Zimmer gehört dir. Geh ruhig schon mal hoch, ich hole dein Gepäck aus dem Wagen.«

»Okay.« Allmählich wurde sie doch neugierig auf die ominöse Verabredung, da er so gar nicht mit der Sprache herausrücken wollte. Wenn sie mehr wissen wollte, blieb ihr wohl nichts anderes übrig als abzuwarten. Also schnappte sie sich das Macaron und machte sich auf den Weg nach oben.

Louans Zimmer war ein wenig kleiner als ihr altes, wirkte aber durch die wenigen persönlichen Habseligkeiten sehr aufgeräumt. Es roch nach frischer Seeluft und war angenehm warm. Mona trat an das Fenster und sah hinaus. Sie hatte nicht nur das größere Zimmer, sondern auch die bessere Aussicht gehabt, von hier aus entdeckte sie nur einen schmalen Streifen Meer.

Ihr Blick fiel auf das sorgsam gemachte Doppelbett mit der blauen Tagesdecke, und ein wohliger Schauer durchlief sie bei der Aussicht auf die kommende Nacht. Allerdings auch ein Hauch Nervosität. Sie würde zum ersten Mal in Louans Armen liegen, seine Haut unter ihren Händen spüren, seinen Körper an ihrem …

Hastig blinzelte sie und knöpfte ihre Bluse auf, während sie ins Bad ging. Sie musste ihre Haare gar nicht erst sehen, um zu wissen, dass es nicht nur damit getan war, sie kräftig durchzubürsten – die kleinen Knoten darin würden nur dafür sorgen, dass sie sich ein paar Strähnen ausreißen würde.

Schritte wurden auf der Treppe laut, und Mona trat zurück ins Zimmer. »Für eine Dusche bleibt mir noch genug Zeit, oder?«

Louan stellte ihre Tasche auf dem Boden vor dem Bett ab und musterte sie. Die Intensität seines Blicks genügte, um Monas Atem zu beschleunigen. Langsam nahm er die Tür, drückte sie in das Schloss und drehte den Schlüssel. »Wir haben genug Zeit«, sagte er mit rauer Stimme und drehte sich wieder zu ihr um.

Mona konnte sich nicht bewegen. Ihrem Herzschlag lauschend, starrte sie Louan einfach nur an, und mit jeder verstreichenden Sekunde lud sich die Luft zwischen ihnen stärker auf. Er schluckte deutlich, dann trat er näher und legte federleicht seine Hände auf ihre Arme. Langsam streifte er ihr die bereits geöffnete Bluse von den Schultern, unter der sie Top sowie BH trug. Mit einem Rascheln fiel der Stoff zu Boden. Louan zögerte, dann zog er sie an sich, so sanft, dass in jeder Sekunde die Frage in der Luft hing, ob sie einverstanden war.

Aber er musste nicht fragen. Sie wollte ihn ebenso wie er sie, wollte seine Wärme spüren und seine Hände, die einen Schauer nach dem anderen durch ihren Körper schickten. Sie hob ihm den Kopf entgegen, schloss die Augen, und seine Lippen fanden ihre.

Louan küsste sie unendlich zart, aber trotzdem spürte sie, dass er ebenso aufgeregt war wie sie. Seine sonst so beherrschte Fassade bröckelte mit jeder Sekunde mehr, und zu wissen, dass sie der Grund dafür war, erfüllte Mona mit stiller Freude. Sie lehnte sich dem Kuss entgegen und setzte einen Schritt vor, bis ihr Körper Louans berührte. Im nächsten Moment umschlangen seine Arme sie, pressten sie an sich, und die Frage in seinem Kuss verwandelte sich in Atemlosigkeit. Mona öffnete ihre Lippen und fuhr langsam mit den Händen über Louans Rücken nach unten, bis sie den Saum des Shirts erreichte. Sie schob ihre Finger darunter, ertastete seine Haut und spürte, wie er erzitterte.

Behutsam löste er sich von ihr, jedoch nur so weit, um ihr in die Augen zu sehen. »Kannst du die Dusche noch verschieben?« Seine Stimme war dunkel vor Verlangen.

Sie schluckte. »Ich denke schon.« Langsam zog sie sein Shirt in die Höhe und fuhr dabei über seinen Bauch, seinen Nabel, seine Brust. Eine schmale Narbe zog sich zwischen den Rippen entlang, nur blass und schon vor vielen Jahren verheilt. Mona berührte sie, als könnte sie mehr über die Geschichte dahinter erfahren.

Louan fasste den Stoff, zerrte ihn über seinen Kopf und warf ihn achtlos hinter sich. Etwas polterte und fiel zu Boden, aber er reagierte nicht. Er hatte nur Augen für sie.

Mona musterte seinen Körper, die gebräunte Haut, die Muskeln, die sich schlank darunter abzeichneten, sowie die wenigen Haare, die eine dunkle Linie von seinem Nabel nach unten zogen. Sie streckte eine Hand aus und strich darüber. Louan zuckte zusammen und hielt sie fest. Dann beugte er sich vor und küsste ihren Hals.

Mona stöhnte leise auf und bog den Kopf zur Seite. Seine Zunge huschte über ihre Haut, über ihre Ohrmuschel, während er sie von dem Top befreite. Mona wusste nicht, ob ihr heiß war oder kalt. Louans Berührungen schickten einen Schauer nach dem anderen über ihre Haut, als er eine Spur sanfter Küsse über ihr Dekolleté zog. Dann kehrten seine Lippen zu den ihren zurück. Er küsste sie voller Leidenschaft und Verlangen. Mona ließ sich in den Rausch sinken, berührte ihn, knabberte an seinen Lippen, streichelte ihn. In diesen Momenten gab es nichts mehr außer Louans Nähe und die Gefühle, die er in ihr auslöste. Als seine Finger zunächst zart, dann fester über den Spitzenstoff ihres BHs strichen, gaben ihre Knie beinahe nach. Sie zog Louan mit sich zum Bett und ließ sich daraufsinken.

Er folgte ihr bereitwillig. Sie schob ihm mit beiden Händen die zerzausten, vom Wind verknoteten Locken aus dem Gesicht, nur um ihn dann erneut zu küssen. Sie wollte Louan, mehr als alles andere, und seufzte leise auf, als er ihren Kuss so heftig erwiderte, dass ihr der Atem stockte. Sie ließ ihre Nägel sanft über seinen Rücken gleiten und zerrte an seiner Jeans, um ihm zu sagen, dass er nicht mehr warten musste. Dass sie bereit war. Und als er sich wenig später auf sie sinken ließ, seine Finger mit ihren verschlang und ihren Namen murmelte, verstummten sämtliche Gedanken in ihrem Kopf.

»Das sieht toll aus!«

Das *Le Saint Sauveur* lag außerhalb von Plouescat am Ende einer Straße, die von Rhododendren und Magnolien eingerahmt wurde. Einzelne Häuser erhoben sich hinter dieser Pracht, und Mona wäre zu gern ausgestiegen, um sich das eine oder andere näher anzusehen – vermutlich befand sie sich noch immer ein wenig im Sightseeing-Modus, schließlich hatte sie sich für heute darauf eingestellt weiterzureisen. Andererseits war sie mittlerweile wirklich neugierig auf Louans Überraschung. Sie hatte erst gar nicht versucht, mehr aus ihm herauszubekommen, da sie bereits ahnte, wie vergebens diese Mühe wäre. Er schwieg und kümmerte sich lediglich darum, den Wagen durch die schmalen Straßen zu lenken. Nur um seine Lippen spielte dieser Hauch eines Lächelns, das an die vergangenen Stunden erinnerte, in denen sie ihre Körper gegenseitig immer wieder aufs Neue erkundet und sich geliebt hatten. Allein der Gedanke daran genügte, um Hitze auf Monas Wangen zu treiben. Sie schluckte mehrmals und versuchte, sich auf etwas anderes zu konzentrieren.

Louan berührte hin und wieder ihre Hand, als wollte er sich vergewissern, dass sie noch immer neben ihm saß. Viele Worte machte er noch immer nicht, aber das war völlig in Ordnung. Das wäre auch nicht mehr Louan gewesen.

Die Dämmerung hatte noch nicht eingesetzt, aber die Gegend veränderte sich, je weiter der Nachmittag fortschritt. Die Farben des Himmels waren andere – es regnete nicht mehr, und obwohl die Wolkendecke noch vorherrschte, klafften an manchen Stellen Löcher – und tauchten die Häuser, Bäume und Wiesen in neues Licht. Weicher, stiller, aber zugleich auch auf urtümliche Weise rauer. Fast, als würde die Bretagne jetzt ihr wahres Gesicht zeigen, nachdem sie sich zuvor den Besuchern und Touristen zuliebe angepasst hatte.

Mona hatte das Fenster einen Spalt heruntergelassen und glaubte, dass sich sogar die Gerüche verändert hatten. Sie waren intensiver, einzelne Komponenten kristallisierten sich stärker heraus. Womöglich lag das aber auch daran, dass sie sich wieder dem Atlantik näherten, der dunkel und geheimnisvoll vor ihnen schimmerte. Die Straße führte kerzengerade darauf zu, am Ende lag zur Rechten der Parkplatz des Restaurants.

»Wir sind da.« Louan manövrierte den Wagen durch die erstaunlich gefüllten Reihen, fand einen Platz und stellte den Motor ab. Augenblicklich trat das Rauschen des Wassers in den Vordergrund. Vor ihnen musste das Gelände abfallen; Mona entdeckte einige Felsen. Einen Strand gab es hier vermutlich nicht. Hinter ihnen ragte das Restaurant in die Höhe, ein Bollwerk zwischen zwei Meeren, Wasser auf der einen und Blumen auf der anderen Seite. Es war ein imposantes, lang gestrecktes Gebäude, das im unteren Geschoss durch eine ordentliche Steinfassade bestach, im oberen durch einen Fachwerk-Überhang in Weiß und Bordeauxrot. Fenster und Türen waren in Türkisblau abgesetzt und wurden von Ranken umrahmt, die so akkurat an der Wand hochkletterten, als hätte sie jemand in diese Form gezwungen. Klassische Musik drang leise aus dem Inneren. Das *Le Saint Sauveur* hatte Stil und spielte ganz sicher in einer höheren Preisklasse.

»Louan, gibt es einen bestimmten Grund, warum wir hier sind? Mit wem sind wir denn verabredet?« Hatte Theá sie eingeladen?

Er deutete auf den Eingang. »Wenn du noch die wenigen Meter aushältst, hast du deine Antwort. Glaubst du, das bekommst du hin?« Die Ironie in seinen Worten war so fein wie der Duft der Magnolien.

Mona boxte ihm leicht gegen die Schulter, und er nutzte die Gelegenheit und fing ihre Hand ein. »Na kommen Sie, Mademoiselle Martinssen, ehe Sie sich noch erkälten.« Ganz selbstverständlich legte er einen Arm um ihre Schulter, und Mona konnte nicht anders, als sich an ihn zu schmiegen. Er hatte recht, sie fröstelte ein wenig. Zur Feier des Tages hatte sie zum edelsten Stück ihrer Reisegarderobe gegriffen: einer durchscheinenden Bluse mit zartem Blumendruck, unter der sie ein Top zu ihrem knielangen Rock trug. Zunächst hatte sie sich overdressed gefühlt, doch beim Anblick des Restaurants war sie froh, diese Auswahl getroffen zu haben. Louan trug einen schwarzen, dünnen Rollkragenpullover zu einer ebenfalls schwarzen Hose; mit seinen glänzenden Locken hätte er auf das Cover eines Magazins gepasst. Keine Spur mehr von dem Mann, der ihr damals in Plédéliac in Arbeitsshirt und Jeans die Tür geöffnet hatte. Aber er hatte sich seitdem nicht nur äußerlich verändert, und sie konnte nicht in Worte fassen, wie froh sie darüber war.

Als Louan die schwere Holztür aufdrückte, strömten Musik und Wärme heraus. Im Inneren setzte sich das Fachwerkflair fort: Die Decke war mit Holzbalken verstärkt, die hellgrau gestrichen waren und dadurch freundlich und einladend wirkten. Die Mischung aus rustikal und elegant war gelungen. Helle Tischtücher auf schwerem Holz, an dem schon weit mehr Menschen gespeist haben mussten, als Mona kannte. Gemälde an den Wänden zeigten grüne Hügel, in weiches Licht getaucht, oder aber ein Nebelmeer, dem nichts Geheimnisvolles oder gar Unheimliches anhaftete. Im Gegenteil, Mona wäre mit Freuden dort spazieren gegangen. Auf einem Tisch in der Mitte des Hauptraumes standen eine überdimensional große Vase mit Blumen sowie Kornähren, an der hinteren Wand reihten sich Weinflaschen in einem Regal.

»Wow«, sagte sie und blieb stehen. »Das ist beeindruckend.«

»Gut«, sagte Louan. »Ich habe lange überlegt, was dir am besten gefallen könnte, wenn wir schon mal essen gehen.« Keine Ironie dieses Mal. Am liebsten hätte sie ihn auf die Wange geküsst, aber da hielt auch schon ein Kellner auf sie zu, dessen blütenweißes Hemd nahezu strahlte.

»Bonsoir«, sagte er und schaffte es, Begrüßung und Frage in dieses eine Wort zu legen und sie dabei so anzustrahlen, als hätte er den gesamten Abend ausschließlich auf sie gewartet.

»Bonsoir. Ich habe einen Tisch auf Robinet reserviert«, sagte Louan. »Es kann sein, dass wir schon erwartet werden.«

Der Mann nickte, trat hinter das Pult an der Anmeldung und bearbeitete etwas. Mona entdeckte ein Tablet, das so ganz und gar nicht in die Umgebung passen wollte.

»Ah oui«, sagte der Mann, »Sie werden bereits erwartet. Bitte, hier entlang.«

Louan ließ Mona mit einer Geste den Vortritt, und man führte sie in den hinteren Teil des Raumes, der von zwei Balken an den Seitenwänden abgetrennt wurde. An einem Tisch in der Ecke saß ein Mann, der Mona bekannt vorkam. Er stand auf, als er sie entdeckte, und hob eine Hand. Maurice Signac.

»Mademoiselle Martinssen!«

»Was …?« Mona wandte sich zu Louan um, doch der wies nur auf den Tisch und sah dabei nahezu freundlich aus. Zumindest nicht, als bereitete er sich auf eine Schlägerei vor. Schnell ergriff sie Maurices ausgestreckte Hand und nahm dann auf dem Stuhl Platz, den Louan ihr zurechtrückte. Verwirrt sah sie zwischen den beiden Männern hin und her. Maurice sah entspannt aus, er trug einen beigefarbenen Anzug, das Deckenlicht zauberte einen Heiligenschein auf sein Haar. Der vollendete Kontrast zu Louan. Hell und dunkel.

Maurice verschränkte die Hände, lächelte und nickte Louan zu. »Wollen Sie die Situation aufklären, oder ich?«

»Aufklären ist eine gute Idee«, stimmte Mona ihm zu. »Ich bin nämlich nicht sicher, ob ich mich besser so hinsetzen soll, dass ich schnell Hilfe holen kann.«

Maurice schmunzelte, Louan hingegen schüttelte knapp den Kopf. »Mach dir keine Sorgen. Wir«, eine Geste in Maurices Richtung, »haben miteinander geredet. Noch ist nicht alles geklärt, aber wir sind auf einem guten Weg.«

»Ist das so?« Mona sah zu Maurice. Das wäre ja wundervoll! Erst legte Louan seinen Streit mit Yanis bei, und nun einigte er sich sogar ansatzweise mit dem Mann, der ihm seine Visitenkarte an den Kopf geworfen und wegen dem sie sich so sehr gestritten hatten. Die Nähe zum Meer schien Louan mehr als nur zu beruhigen – sie vervollständigte ihn. Kehrte die Seite nach draußen, die weicher war und somit eher bereit zuzuhören.

Maurice lehnte sich zurück und griff zu seinem Wasserglas. »Wir reden. Das ist ein Anfang. Ich bin mittlerweile im Bilde über alles, was geschehen ist, und sicher, dass wir uns auf eine Lösung einigen werden, die für beide akzeptabel ist.«

Mona musterte Louan, aber er zuckte nicht mal mit der Wimper. Natürlich war er nicht glücklich, diese Sache ausbaden zu müssen, denn schließlich schuldeten die Brüder Maurice noch einen Batzen Geld. Aber sie war glücklich, endlich mit den beiden Streithähnen an einem Tisch zu sitzen. Sollte am Ende doch noch alles gut werden?

Der Kellner kam und brachte die Karten, dabei erfuhr Mona, dass noch zwei weitere Gäste zu ihnen stoßen würden. Sie ahnte bereits, um wen es sich handelte, doch spätestens als Louan mit einem vieldeutigen Unterton bemerkte, dass sie sich wohl verspäteten, war glasklar, dass sie auf Yanis und Belén warteten. Louan machte keine halben Sachen, wenn es um Aussprachen ging.

Sie plauderten zu dritt ein wenig über den Tag, und der Ton war höflich, wenn auch hin und wieder ein wenig angespannt. Doch stets merkte es einer der beiden und riss sich wieder zusammen; Maurice in seiner höflichen Art, Louan, indem er seine Finger zu einer Faust ballte und wieder lockerte. Als Mona das bemerkte, legte sie unter dem Tisch sacht ihre Hand darauf, und sofort entspannte er sich wieder.

Der Kellner brachte die Getränke – eine Flasche Weißwein sowie eine Karaffe Wasser, in dem Minzblätter schwammen –, und das Gespräch wurde zusehends angenehmer. Mona wusste nicht, ob sie sich mehr darüber freuen sollte oder über die verstohlenen, zärtlichen Blicke, die sie hin und wieder mit Louan tauschte. Maurice bemerkte sie vermutlich, aber er war ein Gentleman und überspielte das gekonnt.

Zwanzig Minuten später hasteten endlich Belén und Yanis auf sie zu. Belén trug ein langes, farbenfrohes Kleid und sah mit ihrem hochgesteckten Haar zauberhaft aus. Yanis dagegen bot mit seinen hochroten Wangen einen seltsamen Anblick, da sein Gesicht ansonsten käseweiß war.

»Hallo«, stotterte er. »Entschuldigt, wir haben …«

»So genau wollen wir das nicht wissen«, sagte Louan mit todernster Stimme, und das Rot im Gesicht seines Bruders vertiefte sich. Mona verbiss sich ein Lächeln und wechselte einen Blick mit Belén, die höchst vergnügt neben ihr Platz nahm. Das schlechte Gewissen in Yanis' Miene verstärkte sich, als er erst Mona, dann Maurice zunickte und sich auf den Stuhl neben Belén fallen ließ, als könnte nur sie ihn retten.

Die hatte damit keine Probleme. »Tut mir leid, dass wir zu spät sind. Wir haben es einfach nicht aus dem Bett geschafft.«

Yanis senkte den Kopf, Mona und Maurice grinsten sich zu, und Louan verzog keine Miene. Mona entdeckte allerdings ein verhaltenes Zucken seiner Lippen.

»Ich freue mich, dass ich euch alle an einem Tisch sehe«, sagte sie. Die Worte kamen aus tiefstem Herzen. »Noch heute Morgen hätte ich das nicht für möglich gehalten.«

»Ich auch nicht«, murmelte Louan, nur für sie bestimmt. Sie wechselten einen Blick, und dann griff er ganz offiziell nach ihrer Hand. »Es hat womöglich den Anschein, als wäre dieses Essen dazu da, um die Probleme der Tauchschule zu besprechen und endlich mal alle Beteiligten an einen Tisch zu bekommen. Mit meinem Idioten von Bruder habe ich dazu ja bereits einiges beredet.« Yanis schien um mehrere Zentimeter zu schrumpfen und richtete sich nach einem Rippenstoß von Belén wieder auf. »Und mit Maurice ebenfalls. Es sind aber noch Folgegespräche nötig, und zwar zu dritt.« Strengster Bruder-Tonfall, und Yanis nickte wie eine Wackelkopf-Puppe. »Aber die sind in dieser Runde nicht ganz passend. Denn der Abend ist nicht dafür gedacht, sondern mein persönlicher Dank an Mona.«

Wumm! Jetzt war sie diejenige, die sich aufrichtete. Damit hatte sie nicht gerechnet. »Was, ich?« Sie sah in die

Runde, musterte ein Gesicht nach dem anderen. »Aber warum das?«

Wollte Louan den anderen etwa auf diese Weise mitteilen, dass sie zwei … nun, genau wusste sie immer noch nicht, was sie nun waren. Aber nein, das würde nicht zu ihm passen. Louan war nicht wie Belén, die keinen Hehl aus allem machte, was in ihrem Leben geschah, und die es am liebsten gleich allen erzählte, wenn die Begeisterung sie packte. Er hielt Privates unter Verschluss, aber jetzt schenkte er ihr diesen Blick, der sie so unruhig machte, da tief in diesen wunderschönen Augen etwas glitzerte, das von seinen Gefühlen für sie sprach. Für alle sichtbar.

»Ich weiß, dass ich dazu neige, mich abzuschotten, wenn Probleme auftauchen. Und ich weiß auch, dass es nicht leicht ist, das zu ändern. Aber ich bin über diese Grenze gegangen, indem ich zunächst entschieden habe, Yanis nicht zu verprügeln, sondern sachlich mit ihm zu reden. Ich habe versucht zu verstehen, was Spielsucht bedeutet, auch wenn ich es nicht ganz nachvollziehen kann. Schwerer war es für mich, Maurice zu kontaktieren und um ein Treffen zu bitten, denn hier konnte ich nicht den Ton angeben und war der Mitschuldige. Trotzdem habe ich es getan, und ich vermute, dass die junge Dame neben mir mich dahin gebracht hat.«

»Aber«, sagte Mona, wusste dann aber nicht mehr weiter. Immerhin war Yanis nun nicht der Einzige am Tisch, dessen Wangen leuchteten. Die Reaktion der anderen bekam sie nicht mit, da es ihr ein wenig unangenehm war, so im Mittelpunkt zu stehen, also sah sie nur Louan an.

»Es ist noch gar nicht so lange her, dass sie pitschnass vor meiner Tür stand«, fuhr er fort, »und seitdem hat sich vieles geändert. Anfangs hat mich ihre durch und durch positive Lebenseinstellung genervt, aber irgendwann habe ich mich daran gewöhnt. Und dann«, Schulterzucken, »muss ich wohl gemerkt haben, dass es gar nicht so verkehrt ist, wenn man mit Leuten redet. Etwas, das Mona mir deutlich vor Augen geführt hat auf der Suche nach den Spuren ihrer Urgroßmutter. Also«, er sah wieder in die Runde. »Ihr alle habt es ihr zu verdanken, dass wir hier sitzen.«

»Und das lebendig und unverletzt«, fügte Belén an, sorgte für einen Lacher von Maurice und schaffte es, die Anspannung ein wenig zu mindern. Sie griff nach ihrem Weinglas und hob es in die Luft. »Auf Mona!«

Die anderen folgten ihrem Beispiel. Mona hob ihr Glas ebenfalls, aber ihre Gedanken waren noch immer bei Louans Worten. Er hätte ihr keine schönere und ehrlichere Liebeserklärung machen können, und in seinem Gesicht sah sie, dass es genauso gemeint war.

»Danke«, formte sie mit den Lippen, ehe sie ihr Glas gegen die anderen schlug. »Ich danke dir, Louan, und auch euch allen, dass wir hier sitzen und einen netten Abend verbringen werden. Viel mehr Alkohol sollte ich aber heute nicht trinken«, sagte sie hastig, um ihre Verlegenheit zu überbrücken.

»Na, auf jeden Fall solltest du mehr trinken«, warf Belén ein. »Dann wird es doch erst richtig spannend.« Sie stießen unter Gelächter erneut an, und dann nahte bereits die Rettung in Form des Kellners, der ihre Bestellungen aufnahm. Mona wählte ein Risotto mit Jakobsmuscheln und Garnelen und hoffte, die Aufmerksamkeit der anderen würde sich nach der Bestellung anderen Themen zuwenden. Sie könnte nach Vorschlägen für Besichtigungen in der nahen Umgebung fragen. Das lenkte ihre Gedanken zurück zu der Tatsache, dass sie den Rest ihres Urlaubes nun wohl in Plouescat verbringen würde – allein die Vorstellung, Armelle morgen wiederzusehen, ließ ihren Bauch vor lauter Vorfreude kribbeln. Aber früher oder später musste sie sich mit der Tatsache befassen, dass sie leider nicht ewig bleiben konnte.

Nachdem der Kellner gegangen war, nahm Maurice den Faden auf. »Sie sind auf der Suche nach Informationen aus dem Leben Ihrer Urgroßmutter, Mona? Das klingt spannend. Erzählen Sie mir davon?«

Mona sah in die Runde. »Ich möchte niemanden langweilen. Die anderen kennen die Geschichte schon.«

Beléns Hand schnitt durch die Luft. »Unsinn, erzähl. Vielleicht weiß ich ja auch noch nicht alles.«

Mona nickte, und dann berichtete sie. Von Helene, die ohne Kind in die Bretagne gegangen und mit ihrer Tochter zurückgekehrt war, aber nie über den Vater geredet hatte, von den Unterlagen auf dem Dachboden von Oma Fine, dem *Mariot* sowie Gaelle und Jacques Briant, von Celine, Helene und ihrem Tortenrezept und von der verborgenen Inschrift auf Celine Decroix' Grabstein. »Ihr seht«, schloss sie, »es gibt einige Puzzleteile. Aber sie ergeben einfach kein Bild, so sehr ich es auch versuche. Daher wird dieser Teil aus Helenes Leben wohl ein Geheimnis bleiben, so wie sie es immer gewollt hat. Aber so enttäuscht bin ich gar nicht mehr. Weil die Suche mein Leben trotzdem beeinflusst hat. Hätte ich die Unterlagen nicht gefunden, hätte ich euch alle nicht getroffen.« Sie hätte noch so viel mehr sagen können. Dass sie sich selbst besser kennengelernt hatte auf dieser Reise, durch die Begegnungen, durch Armelle und vor allem durch Louan und die Gefühle, die er in ihr geweckt hatte. Die so neu und anders waren als alles, was sie bisher für einen Mann empfunden hatte. Tiefer. Ehrlicher. Niemand zuvor hatte diese Gefühle wecken können, aber sie hatte sich ja auch stets Männer gesucht, die daran kein echtes Interesse gehabt hatten.

Allmählich ahnte sie, dass sie in der Vergangenheit auch in ihren Beziehungen die Kontrolle nicht hatte abgeben, dass sie ihr Leben in den gewohnten Bahnen hatte halten wollen. Denn ansonsten hätte sie all diese neuen Seiten an sich kennenlernen müssen. Sie hatte ebenfalls Geheimnisse gehabt, so wie Helene, und sich gescheut, sie aufzudecken. Diese Angst war nun verschwunden. Ja, es konnte wehtun, Facetten zu erkennen, die zuvor verborgen gewesen waren. Das, was sie für Louan fühlte, ließ sich nicht planen, und damit lieferte sie sich ihm zu einem Teil aus. Aber sie vertraute ihm. Und letzten Endes war es daher all das wert.

Sie nahm noch einen Schluck Wein. Diese Worte gehörten nicht an den Tisch. Noch waren es einzig und allein ihre. Sie würde sie teilen, nach und nach, mit Louan und vielleicht mit Armelle, aber nicht jetzt und nicht hier.

Louan berührte ihren Handrücken, als ahnte er, woran sie dachte. »Was ist mit dem alten François? Den du mit Armelle besucht hast? Gab es da nicht noch diese Ungereimtheit mit der schwangeren Bäckerin?«

»Eine Ungereimtheit mit einer Schwangeren?« Maurice wirkte interessiert. Da kam wohl der Arzt in ihm zum Vorschein.

Mona stellte ihr Glas ab. »Armelle und ich haben den Enkel der Briants besucht. Er wohnt in einem Seniorenheim, und sein Geist ist laut Armelle nicht immer stabil.

François lebt öfter in der Vergangenheit als in der Gegenwart, aber auch dort bringt er wohl manchmal Dinge durcheinander. Daher bin ich nicht sicher, was ich glauben soll.«

»Was hat er denn erzählt?« Belén beugte sich vor. »Vielleicht ist er ja doch nicht ganz so kirre da oben.« Sie tippte sich gegen die Schläfe.

Mona warf ihr einen leicht tadelnden Blick zu. »Er war als kleiner Junge im *Mariot* und hat sich in der Küche hin und wieder Gebäck zustecken lassen. Daher erinnert er sich wohl an Celine und sagte, dass sie erst dick war und dann auf einmal nicht mehr. Zumindest hat er sich so ausgedrückt, auch wenn es keinen Sinn ergibt.«

»Sie war eben schwanger«, sagte Belén. »Ganz klar.«

»Das ist es ja gerade. Laut Armelle kann das nicht sein, da Celine nur ein Kind bekommen hat, und sie wurde erst schwanger, nachdem sie Plédéliac verlassen hat und nach Paris gegangen ist. Vermutlich verwechselt François da etwas.«

Maurice nickte nachdenklich. »Die Erinnerung kann nach all den Jahren schon einmal etwas durcheinanderbringen, auch wenn sich viele Alte überraschend gut an ihre Kindheit erinnern. Aber habt ihr mal überlegt, ob es noch alte Unterlagen gibt, um da ganz sicherzugehen? Ärztliche, meine ich.«

Mona runzelte die Stirn. »Nein, daran habe ich wirklich noch nicht gedacht. Denken Sie, dass so etwas existiert? Also dass ein Arzt die Geburten von damals aufgezeichnet hat?«

»Warum nicht? Ärzte notieren durchaus die Geburt, und sollten solche Unterlagen existieren, wäre zumindest die Frage geklärt, ob die Großmutter dieser Armelle wirklich schwanger war, ehe sie nach Paris gegangen ist. Es könnte doch sein, dass dieses Indiz zu weiteren führt.«

»Aber Armelle weiß doch, wann ihre Mutter geboren wurde. Zumindest da gibt es Unterlagen.«

»Einen Versuch ist es wert.«

Mona schwieg, aber die altbekannte Aufregung pulsierte bereits durch ihre Adern. Sie hatte sich schon damit abgefunden, dass ihre Suche ergebnislos sein würde. Noch wusste sie nicht, ob dieser Ansatz der richtige war, aber das würde sie nur herausfinden, wenn sie nachforschte.

Aufgeregt sah sie Louan an. »Was denkst du?«

Er schwieg, dann beugte er sich vor aller Augen vor und küsste sie. »Ich denke«, sagte er und ignorierte Beléns Gekicher ebenso wie Yanis' leisen Applaus, »dass ich Théa fragen werde, ob ich für ein paar Tage mit dir zurück nach Plédéliac fahren kann.«

22

Meine liebste Oma! Falls du dich wunderst, wieder eine Karte aus Plédéliac zu bekommen: Ja, meine Reise hat eine Kurve geschlagen, und ich bin wieder zurück in dem kleinen Örtchen, in dem ich meine Suche begonnen habe. Wäre es nicht Wahnsinn, wenn sie hier auch endet?

Es sieht alles so aus wie bei meinem ersten Besuch, und trotzdem hat sich so viel verändert. Mein Leben ist ein anderes, und ich glaube, ich bin es auch. Du würdest jetzt sagen, dass jeder sich unzählige Male am Tag ändert, schon allein, wenn man das nächste graue Haar entdeckt, das zuvor noch nicht da war. Aber manchmal fühlen sich Änderungen anders an und machen einfach nur glücklich. Ich glaube, du weißt, was ich meine. Ich habe dich lieb. Kuss, deine Sonne

Mona legte den Kugelschreiber beiseite und steckte die Karte vorsichtig in ihre Handtasche. Später würde sie sie zu den anderen in der Holzkiste legen. So viele Botschaften, die sie Oma Fine bereits geschrieben hatte, und sie glaubte fest daran, dass sie alle angekommen waren.

Ein Blick auf die Uhr verriet, dass sich Louan verspätete,

aber das war nicht so schlimm, sie hatte ohnehin bereits mit dem Frühstück begonnen. Mit beiden Händen griff sie zu der Tasse mit Milchkaffee und genoss zunächst die Wärme, ehe sie einen Schluck trank.

»Ist alles in Ordnung, Mademoiselle?« Charles stand hinter der Theke, hielt ein kariertes Tuch in der Hand und betrachtete sie aufmerksam. Seit ihrem ersten Besuch im *Le Charlys* schien sein Schnurrbart noch imposanter geworden zu sein.

Mona hob die Tasse. »Alles ist wunderbar, vielen Dank.«

Er nickte, als hätte er nichts anderes erwartet, und verschwand in der Küche, wo sie ihn mit seiner Frau reden hörte. Wie damals, als sie mit Louan hier gefrühstückt hatte, kurz ehe Maurice auf der Bildfläche erschienen war. Der Cafébesitzer trug sogar dieselben Sachen wie damals und seine Frau – die kurz aus dem hinteren Bereich ins Café geblinzelt hatte, neugierig, wen es so früh hierher verschlug – dieselben grellbunten Ohrringe. Sie hatte nicht übertrieben bei der Karte an Oma Fine. Im Ort war, zumindest äußerlich, noch immer alles wie vorher. Es war ein beruhigender Gedanke, dass bei all den Veränderungen, die tagtäglich in den Menschen vor sich gingen, ihre Umgebung dieselbe blieb. Ein Heimathafen für Schiffe, die sämtliche Gewässer des Lebens befuhren und auch den einen oder anderen Sturm überstanden.

Flint neben ihr brummte, hob den Kopf und sprang dann mit einem Satz auf alle viere. Dabei wedelte er so stark mit dem Schwanz, dass sein Hinterteil immer wieder gegen Monas Unterschenkel schlug, und jaulte leise, als würde sein Herz nach und nach in winzige Splitter zerfallen. Mona hob den Kopf und sah drei Personen vor dem *Charlys* miteinander reden. Natürlich, dort stand auch Juliet, Flints große Liebe, seit sie ihn mit all der Wurst aus ihrem Kühlschrank versorgt hatte.

Als Mona und Louan ihr erzählt hatten, dass sie für Recherchen nach Plédéliac fahren würden, entschied sie, dass eine Auszeit Marcel guttun würde, und die zwei hatten sich ihnen spontan angeschlossen. Jetzt trugen sie Sportsachen und machten nicht den Anschein, als bestünde ihre Auszeit in Ausruhen und langem Schlafen. Marcel klopfte Louan auf die Schulter, dann joggten er und Juliet nebeneinander die Straße hinab.

Flint starb derweil neben Mona den kleinen Hundetod und jaulte so herzzerreißend, dass Charles den Kopf in den Raum steckte. »Ist alles in Ordnung?«

»Liebeskummer«, sagte Mona und zuckte die Schultern. »Er wird darüber hinwegkommen.«

»Soll ich ihm etwas holen? Ein Stück Wurst vielleicht?«

»Nein, danke, das ist sehr freundlich. Aber er ist mir schon untreu genug.«

Die Tür öffnete sich, und das Bimmeln des Glöckchens lenkte Charles' Aufmerksamkeit auf den Neuankömmling. Louan hob eine Hand und grollte etwas in diesem Dialekt, den Mona mittlerweile ziemlich sexy fand, trat zu ihr, küsste sie auf die Wange, seine Lippen sehr nah an ihren, und zögerte. Sein Atem strich über ihre Haut, schneller als gewöhnlich, und auch Mona merkte, wie sich ihr Puls beschleunigte. Louan war ihr so nah, und es brauchte nur einen flüchtigen Blick von ihm, um sie in diesen Rausch zu versetzen. Dann huschte sein Blick zur Theke, wo Charles vermutlich noch immer stand und sie beobachtete, und mit einem Laut des Bedauerns richtete er sich wieder auf und räusperte sich leise.

»Entschuldige, ich bin zu spät. Aber dafür habe ich Neuigkeiten, und du musst dich mit deinem Frühstück beeilen.« Er griff nach ihrem Kaffee, schnupperte daran und leerte die Tasse mit einem Schluck zur Hälfte. Mit der freien Hand tätschelte er Flint.

Mona deutete auf das Croissant. »Möchtest du etwas essen?« Ihre Stimme klang heiser.

»Später. Aber wir sind verabredet.«

»Was, jetzt?«

Er schnappte sich das Croissant, brach es in zwei Teile und aß die kleinere Hälfte. »Ja, etwas überraschend, ich weiß, aber Etienne Cabret hat leider nachher einen Termin, und ich wollte dich nicht so lange warten lassen.«

»Etienne wer?« Mona verstand gar nichts mehr, nahm aber ihr Stück Croissant und bestrich es schnell mit Erdbeermarmelade.

»Cabret. Maurice hat ihn ausfindig gemacht und sich wohl bereits gestern mit ihm unterhalten. Er hat mich vorhin angerufen.«

Mona verschluckte sich beinahe, da sie so heftig einatmete, dass sich einige der feinblättrigen Krümel in ihre Kehle verirrten. Sie hustete, und Louan schob ihr den Kaffee zu. »Er hat Informationen zu der Sache mit Celine?«, stieß sie hervor, nachdem sie einen großen Schluck getrunken hatte. »Oder wer auch immer die schwangere Angestellte damals war?« *Vielleicht Helene. Vielleicht irrt François sich wirklich.*

»So sieht es aus, ja.«

»Aber wie habt ihr diesen Etienne gefunden?« Sie dachte an ihren Streifzug durch den Ort, der bei Charles angefangen und auch wieder geendet hatte und bei dem sie die Alteingesessenen nach Hinweisen befragt hatte, ohne eine zufriedenstellende Antwort zu erhalten.

Louan war schon früh am Morgen losgezogen, um »Dinge zu erledigen«, wie er sich ausdrückte, und sie hatten sich hier zum Frühstück verabredet.

»Ich habe nichts damit zu tun«, sagte er. »Das hast du allein Maurice zu verdanken. Aber nun lass uns los.« Er hielt ihr eine Hand hin und strich sanft über ihre Haut, als sie ihre hineinlegte. Ein Versprechen, das Mona unendlich freute. Louan würde niemals jemand sein, der seine Gefühle in der Öffentlichkeit zeigte. Aber es waren winzige Gesten wie diese, die ihr verrieten, was er für sie empfand.

Mona stand auf, zahlte ihr Frühstück und dachte an die Worte auf der Postkarte an Oma Fine. Die Dinge änderten sich wirklich unzählige Male am Tag.

»Ich habe eigentlich nichts damit zu tun«, wiederholte Maurice fast wortgleich Louans Aussage von zuvor. »Das Ganze haben wir meinem Vater zu verdanken. Ich hoffe, Sie sind mir nicht böse, Mona, dass ich ihm von Ihrer Suche erzählt habe, aber er ist in unseren Kreisen viel vernetzter als ich. Er praktiziert schon Jahre nicht mehr, ist aber noch immer Gast auf vielen Fachvorträgen und Vorlesungen. Ich glaube, in seinem Freundeskreis gibt es niemanden, der kein Arzt ist.« Maurices Haare waren noch leicht feucht und lagen eng an seinem Kopf an.

Mona winkte ab. »Nein, ich bin ganz sicher nicht böse, im Gegenteil! Ich hoffe nur, dass ich Ihrem Vater nun keine Umstände gemacht habe mit dieser Geschichte.«

»Im Gegenteil«, lachte Maurice. »Er ist höchst interessiert und hat bereits gestern den gesamten Tag herumtelefoniert.

Manche Ärzte sind bevorzugt Spurensucher und Detektive, hat er immer gesagt, und er zählt sich definitiv dazu. Ihm waren immer die Fälle am liebsten, auf die er im ersten Moment keine Antwort hatte. Als ich klein war, hat er abends oft an seinem Schreibtisch gesessen, umgeben von einem Meer von Büchern, in denen er blätterte. Das kann er bis heute nicht lassen. Ich vermute stark, ich habe ihm mit der Anfrage eher eine Freude gemacht.«

»Dann ist es ja gut«, sagte Mona und warf einen Blick aus dem Fenster. Louan steuerte den Wagen durch die leicht verwilderte Landschaft, als würde er hier jeden Stein kennen. Sie hatten Maurice am *Manoir du Vaumadeuc* abgeholt, einem Hotel ein paar Kilometer nordöstlich von Plédéliac. Es handelte sich dabei um ein Landhaus im Renaissance-Stil, das sich in ein riesiges Areal mit Wald, Park und einem liebevoll gepflegten Garten schmiegte. Sie selbst, Louan sowie Yanis und Belén wohnten in einer winzigen Pension im Ort, wo die Zimmer so klein waren, dass bis auf die Betten lediglich Regale und winzige Kommoden hineinpassten. Aber es gefiel Mona und sorgte dafür, dass sie sich in der Nacht umso enger an Louan hatte kuscheln können. Der hatte sich geweigert, in Adelines Haus zu übernachten, für das er noch immer Miete zahlte, und war lediglich kurz hingefahren, um sich mit Alain abzustimmen. Der hatte gute Fortschritte gemacht, aber auch beteuert, dass Adeline mehr Geld in die Hand nehmen müsste, wenn man alles zu seiner Zufriedenheit renovieren wollte. Bis dahin würde er die letzten Feinarbeiten erledigen und ihr ein Angebot schreiben. Louan hoffte, dass sie es annehmen würde, sobald sie aus Spanien zurückkehrte.

Nun fuhren sie Richtung Osten, bis sie den kleinen Ort

Saint-Maudez erreichten. Kurz darauf bogen sie in einen schmalen Weg ein. Die Gegend erinnerte Mona an Madame Benoits Haus: Wald und Einsamkeit herrschten gemeinsam über diesen Teil der Bretagne. Sie hätte sich nicht gewundert, wenn die Straße nach der nächsten Biegung einfach verschwunden wäre, zugewachsen von Hecken und Unkraut, ein vergessener Posten der Zivilisation, der den Kampf gegen die Urtümlichkeit aufgegeben hatte.

Mit der Straße sollte sie fast recht behalten: Sie endete irgendwann wirklich, allerdings vor einem Haus, das zwar nur zwei Stockwerke besaß, aber mit seinen Erkern und dem adrett gestalteten Vorgarten äußerst imposant wirkte.

»Wow«, murmelte sie und ließ das Fenster herab, um besser sehen zu können – ihr Wagen hatte eine Wäsche allmählich dringend nötig. »Das sieht ja wie ein kleines Schloss aus.«

»Ärzte eben«, murmelte Louan und warf einen Blick über die Schulter zur Rückbank, die sich Maurice mit Flint teilte. »Nicht allgemein gemeint.«

»Natürlich nicht«, sagte Maurice liebenswürdig. »Sonst hätte mich ja auch mein Chauffeur zum Treffpunkt gefahren. Allerdings ist Etienne kein Arzt. Sein Vater war einer und sein Großvater auch, vielleicht auch sein Urgroßvater, wer weiß. Monsieur Cabret hat aber mit der Tradition gebrochen und ist Steuerberater geworden. Ein revolutionärer Geist also. Gefällt Ihnen das besser, Louan?«

Louan lachte trocken auf. »Sie fragen mich gerade ernsthaft, ob mir ein Steuerberater mehr zusagt als ein Arzt? Manchmal mag ich Ihren Humor.«

Zwischen ihm und Maurice hatte sich eine Art der Unterhaltung entwickelt, die mit kleinen Schlagabtauschen gespickt war. Anfangs hatte Mona das Sorgen bereitet, doch mittlerweile hatte sie festgestellt, dass die Worte keineswegs böse gemeint waren. Es erinnerte sie an die Suche nach der Katze, die zu einem persönlichen Witz zwischen ihr und Louan geworden war. Die Katze! Sie lehnte sich zurück und lächelte. An das Tier hatte sie lange nicht gedacht. Was wohl aus ihm geworden war?

Die Tür des Hauses öffnete sich, und ein Mann trat hinaus. Es sah ganz so aus, als hätte Etienne Cabret sie bereits erwartet. Seine Shorts enthüllte spindeldürre Beine, das Hawaiihemd wirkte fehl am Platz und hätte keinen größeren Kontrast zu dem altehrwürdigen Gebäude bilden können. »Wie hat Ihr Vater ihn ausfindig gemacht, Maurice?«, fragte sie, um sich von der Überraschung abzulenken.

»Mein alter Herr kennt seinen flüchtig von irgendeiner Tagung in Rennes, aber sie haben einen gemeinsamen guten Bekannten, der den Kontakt noch einmal vermittelt und bestärkt hat. Wenn mein Vater sich in eine Sache verbeißt, gehen solche Dinge meist sehr schnell.«

Louan parkte vor dem Haus. Mona entdeckte eine Einfahrt, in der es knallrot sowie schwarz blitzte. Gleich zwei Autos. Monsieur Cabret verdiente als Steuerberater offenbar nicht schlecht. Sie ließ ihr Fenster bis auf einen Spalt wieder hoch, stieg aus und bedeutete Flint, dass er auf der Rückbank bleiben sollte. Er fügte sich mit einem unwilligen Brummen, drehte sich mehrmals um die eigene Achse und ließ sich dann so fallen, dass er ihr den Rücken zuwandte. Damit hatte sie gerechnet, also tätschelte sie ihn nur kurz und trat dann zu Louan und Maurice.

Etienne Cabret kam die wenigen Stufen zu ihnen herunter. Er trug Lederslipper ohne Socken zu seinem Freizeitlook und hatte dunkel behaarte Beine. Trotz der kühlen Morgentemperaturen schien er nicht zu frieren. Jetzt, von Nahem, sah er älter aus als auf den ersten Blick. Mona schätzte ihn auf Mitte oder gar Ende fünfzig.

»Monsieur Signac?«, fragte er in die Runde, und Maurice trat vor.

»Das bin ich. Herzlichen Dank, dass Sie sich so spontan Zeit genommen haben.« Die beiden Männer schüttelten sich die Hand und wechselten noch einige Worte, die Mona nicht verstand, dann wandte sich Maurice um. »Darf ich vorstellen? Mademoiselle Martinssen ist extra aus Deutschland hergekommen, um mehr über die Geschichte ihrer Urgroßmutter herauszufinden.«

Etienne Cabret hob die Brauen und sah mit einem Mal nicht mehr höflich, sondern höchst interessiert aus. Er streckte Mona eine Hand entgegen. Ein Schwall Aftershave nahm ihr kurz den Atem. »Es freut mich, Sie kennenzulernen, Mademoiselle. Ich hoffe sehr, dass ich Ihnen helfen kann, und ich bin ziemlich sicher, in meinen Büchern etwas gefunden zu haben, das Ihnen die eine oder andere Antwort liefert.« Er sprach ein wenig steif und so, als hätte er seine Umgangsformen vor vielen Jahrzehnten gelernt, aber als er lächelte, sah er mit einem Mal gar nicht mehr so seltsam aus. Im Grunde wirkte er zwar ein wenig sonderlich, aber auf eine sympathische Weise.

»Vielen Dank«, sagte Mona. »Vor allem, dass Sie so spontan Zeit hatten. Dies ist Louan Robinet, er hat mir quasi von Anfang an bei meiner Suche geholfen.«

»Die in der Nähe begonnen hat, wie ich hörte.« Etienne schüttelte auch Louan die Hand und deutete auf die Treppen. »Willkommen, Monsieur. Aber kommen Sie, ich habe

Kaffee und Tee bereitet, da ich nicht wusste, was Sie bevorzugen. Und dann zeige ich Ihnen die Bücher.«

»Welche Bücher sind das genau?«, fragte Mona, nachdem Etienne ihr den Vortritt gelassen hatte.

»Alte Aufzeichnungen aus meiner Familie. Patientenblätter, Behördenkopien aus der Region, persönliche Notizen. Die Familien- und Ortsgeschichte ist mein Steckenpferd, müssen Sie wissen. Ich sehe es als Kontrast zu meinem Job, der mich doch sehr in der Realität hält. Und ich rede viel zu wenig darüber, daher war ich sehr interessiert, als mein Vater mich gestern Abend kontaktiert hat. Ich habe kaum geschlafen, da ich die halbe Nacht recherchiert habe.« Er räusperte sich und überholte Mona, um ihr die Tür zu öffnen. »Bitte, kommen Sie herein.«

Es war, als würden sie aus der Gegenwart in eine längst vergangene Epoche treten, die hier in Etiennes kleinem Reich aufrechterhalten wurde. Das Licht änderte sich, auch die Luft, selbst die Geräusche verwandelten sich in einen Nachhall von Geheimnis und Vergangenheit. Mona wartete, bis Louan zu ihr aufschloss, und berührte seine Hand. Sie wollte diese Reise zurück in die Zeit nicht ohne ihn antreten.

Er sah nicht im Mindesten beeindruckt aus, aber das mochte nichts heißen, und er strich ihr beruhigend über den Arm.

»Bitte, hier entlang!« Etiennes Stimme erzeugte ein Echo in der Eingangshalle, das zu einem doppelt so schweren Mann gepasst hätte. Staunend musterte Mona die hohe Decke mit den Stuckverzierungen, das Blattgold an Wänden und Bilderrahmen, den riesigen Lüster über ihnen, der größer war als sie alle zusammen, sowie die breite, geschwungene Treppe, die sie an Filme erinnerte, in denen die Kleider der Damen aus zehnmal so viel Stoff bestanden wie heutzutage.

»Wow«, sagte sie und zuckte zusammen, da auch ihre Stimme unnatürlich laut widerhallte. »Ganz schön beeindruckend.«

Etienne sah sich ebenfalls um, als wäre ihm das noch nie aufgefallen. »Meine Eltern haben lange hier gelebt, aber nun braucht mein Vater etwas mehr Pflege und ein Zuhause ohne Treppen. Daher bin ich vor einigen Jahren eingezogen. Anfangs war die Größe etwas ungewohnt, aber mittlerweile fühle ich mich ganz wohl.« Er deutete auf eine Tür mit goldgeschwungenem Griff. »Möchten Sie einen Kaffee? Einen Tee vielleicht?« Als Mona zögerte, schüttelte er den Kopf. »Ach, entschuldigen Sie, das war ziemlich dumm von mir. Sie sind sicher mehr interessiert an dem, was ich gefunden habe. Lassen Sie uns die Getränke auf später verschieben. Kommen Sie, bitte!« Er klatschte in die Hände, deutete zur Treppe und joggte bereits die Stufen hinauf, ehe die anderen reagieren konnten.

»Es scheint, als würden große Häuser ein wenig wunderlich machen«, flüsterte Louan Mona zu und strich ihr unbemerkt für die anderen über den Rücken. »Gut, dass ich aus meinem ausgezogen bin.«

Sie presste die Lippen aufeinander, um nicht zu lachen, und folgte Etienne in den ersten Stock. Die Treppenstufen waren von einem dicken Teppich in Bordeaux bedeckt, der ihre Schritte fast gänzlich verschluckte. Je höher sie stieg, desto düsterer wurde es. Ein seltsamer Effekt, der Mona frösteln ließ. Allein hätte sie sich hier so abgeschieden nicht wohlgefühlt, egal, wie gut das Haus gesichert war. Nach nur wenigen Minuten kam es ihr bereits vor, als wäre sie nicht mehr ein Teil der Welt, in der Sonne, Wind und das Lachen der Menschen vorherrschten, und sie sehnte sich zurück in die Helligkeit des Tages.

Oben angekommen, blickte sie in einen kerzengeraden Gang, der nur von einem Fenster am Ende erhellt wurde. Schwere Gemälde in düsteren Farben hingen zu beiden Seiten an den Wänden.

»Bitte, hier entlang, mein Arbeitszimmer ist ganz hinten links«, sagte Etienne und lief weiter, ohne sich noch einmal umzudrehen.

Der Raum roch abgestanden, nach Staub und Papier, was Mona an Oma Fines Dachboden erinnerte – nur hatte selbst der mit mehr Licht aufwarten können. Zwar besaß er ein großes Fenster, aber es war zur Hälfte von einem Vorhang verdeckt. Dennoch war es hell genug, um zwei Schreibtische zu erkennen, ein Sideboard sowie Unmengen von Regalen. Unzählige Unterlagen, Bücher und Ordner stapelten sich und reihten sich aneinander, doch kein einziges Blatt tanzte aus der Reihe. Dies war das Zimmer eines sehr ordentlichen Professors.

Etienne blieb vor dem linken Schreibtisch stehen, einem Ungetüm mit geschwungenen Beinen, die so dick wie Monas Taille waren, und griff nach einem Heft, das in einer Klarsichthülle steckte. Mona konnte kaum den Blick abwenden von dem dünnen Mann im Hawaiihemd, der so fehl am Platz wirkte. Als würde Etienne nur vorgeben, in diesem Haus zu wohnen. »Hier«, sagte er, nachdem er kurz geblättert hatte, »ich denke, das ist es, was Sie suchen.«

Mona atmete tief ein und wieder aus, ehe sie das Heft entgegennahm. Es handelte sich um einzelne Kopien, wie sie feststellte. Manche waren recht dunkel, auf anderen waren Vordrucke und Schrift besser zu erkennen.

»Das sind Patientenblätter aus der Zeit damals«, sagte Etienne und klang begeistert, als würde er sie auch zum ersten Mal sehen. Mona nickte und spürte die Aufregung aufwallen. Das Atmen fiel ihr auf einmal schwer, und obwohl sie vor Neugier beinahe platzte, wagte sie es nicht so recht zu lesen, was sie dort in den Händen hielt – aus Angst vor einer Enttäuschung. Sie starrte Louan an, der ihren Blick fest und ohne Zweifel erwiderte. Allmählich ahnte sie, warum er das Meer so liebte. Er war wie ein Fels, den das Wasser permanent umspülte, ohne ihm im Moment etwas anhaben zu können.

»Also gut«, murmelte sie, straffte die Schultern und las.

Bei der Kopie handelte es sich um einen Vordruck, bei dem Name, Geburtsdatum und ärztliche Daten wie Diagnose und Behandlungsmethode einzutragen waren. Es bereitete ihr einige Probleme, die Handschrift zu entziffern, aber dann war sie sicher, dass es sich um einen Eintrag vom vierzehnten März 1932 handelte. Und dort stand es: Der Name der Patientin war Celine Isabelle Decroix. Armelles Großmutter! Monas Finger fuhr die Zeilen entlang, und ihr wurde schwindelig. »Sie hat ein Baby bekommen, hier in Saint-Maudez«, flüsterte sie. »Im März 1932, noch ehe sie nach Paris gegangen ist. François hat sich nicht geirrt.« Sie las weiter, und die nächsten Wörter ließen sie erstarren. »Es war ein Mädchen.« Sie blickte Louan an. »Maelys.« Ihre Stimme kratzte.

»Wie der Name auf dem Grabstein und auf der Rückseite des Rezepts?«

»Ja.« Sie fuhr mit einem Finger über die Folie, als könnte so das Papier darunter zum Leben erweckt werden und ihr mehr verraten. »Armelle hat eine Tante, von der sie nichts weiß. Aber warum? Ist sie damals gestorben?«

Wer war Maelys gewesen? Sie musste wichtig gewesen sein, nicht nur für Celine, sondern auch für Helene, wenn sie den Namen notiert hatte. Es musste sich einfach um dasselbe Mädchen handeln. Denn wie groß konnte der Zufall sein, dass es noch eine zweite Maelys in dieser geheimnisvollen Geschichte gegeben hatte?

Etienne räusperte sich und griff nach einem weiteren Ordner, der am Rand des Schreibtischs gelegen hatte. Er schlug ihn an einer Stelle auf, die mit einem Post-it gekennzeichnet war, öffnete die Metallklammer und zog ein weiteres Blatt heraus. Noch eine Kopie. »Und das hier ist ein Teil eines Kassenbuches.«

»Ein ... Kassenbuch?« Mona war in Gedanken noch immer bei der Geburt von Maelys, der Tochter von Helenes Freundin. Was hatte denn nun ein Kassenbuch damit zu tun? Verwirrt starrte sie auf die schmalen Linien, zwischen die die gleichmäßigen Buchstaben gequetscht waren. In der letzten Spalte waren Einnahmen und Ausgaben verzeichnet. Sie betrachtete die Ziffern – viele Ausgaben, weniger Einnahmen –, bis Etienne sich vorbeugte und auf eine bestimmte Stelle deutete. »Hier.«

Die Schwünge der Wörter waren stärker ausgeprägt, als hätte der Verfasser mit mehr Emotionen geschrieben oder auch hastiger. »Geburtsurkunde.« Sie stockte und blickte in die Runde. Alle starrten sie an, lediglich Etienne forderte sie mit einem Nicken auf weiterzulesen. Er wirkte nicht ganz glücklich.

Monas Blick heftete sich wieder auf die Zeile, glitt Buchstabenschwünge entlang, setzte Wörter zusammen. »Oh«, sagte sie und blinzelte. Sie las die Wörter erneut und fragte sich, ob sie einfach sah, was sie zu sehen hoffte. Versuchsweise rieb sie sich über die Augen, aber das änderte nichts an den Buchstaben vor ihr.

»Mona?« Maurice sah besorgt aus. »Ist alles in Ordnung?«

»Ja«, stotterte sie. »Hier steht: Geburtsurkunde Josefine Riedmann.« Ihre Oma war ungefähr zur selben Zeit geboren wie die kleine Maelys. »Das ist meine Oma.« Da war sie endlich, die nächste Spur! »Die Urkunde? Haben Sie auch die Urkunde, Etienne?«

»Leider nicht. Ihre Urgroßmutter wird sie mit nach Deutschland genommen haben, denn ich glaube, dass sie kurz nach der Ausstellung des Dokuments die Gegend verlassen hat. Wie übrigens auch Celine Decroix, die wenige Wochen später nach Paris gegangen ist.«

»Wie kommen Sie darauf? Vielleicht sind ja beide noch eine Weile geblieben?«

»Sehen Sie auf das Datum.«

Monas Finger glitt zum Anfang der Zeile. »Der vierzehnte März 1932.« Etwas in ihrem Kopf begann zu hämmern, eine dumpfe Ahnung, die bereits Puzzleteile zusammensetzte, die sie selbst noch nicht greifen konnte. »Das ist auch der Geburtstag von Celines Baby.«

Etienne nickte. Dann drehte er sich um und nahm etwas von dem höchsten Stapel auf dem Schreibtisch, ein schmales Buch mit dunklem Einband. Auch dort hatte er bereits eine Stelle markiert, der weiße Zettel ragte heraus wie ein Fremdkörper. Er schlug es auf und reichte es Mona.

»Aus den privaten Unterlagen meines Großvaters. Er war damals sehr jung und hatte noch nicht allzu viele Erfahrungen als praktizierender Mediziner.« Es klang wie eine Entschuldigung.

Mona nahm das Buch entgegen und erkannte die Handschrift von Kassenbuch und Arztblatt wieder. Die Seite war spärlich gefüllt und die Sätze nicht ausgeschrieben, sondern wie eine Liste mit Sternchen an den Zeilenanfängen versehen.

Mona begann zu lesen, und mit jedem Wort zitterte ihre Hand mehr. Blind griff sie nach dem Stuhl neben sich. Etienne zog ihn für sie zurück, sodass sie sich darauf fallen lassen konnte. Gerade noch rechtzeitig, denn ihre Beine versagten ganz eindeutig den Dienst. Sie hatte die Wörter zunächst überflogen, gierig, wie um ja keines zu verpassen. Aber hatte sie es wirklich begriffen? Sie leckte sich über die Lippen, und dieses Mal las sie den Eintrag laut: »März 1932. Entscheidung zum Kindeswohl und zum Wohl der Mutter sowie auf Wunsch der Kindesgroßeltern. Maelys Decroix, geboren März 1932, übergeben in die Obhut von Helene Riedmann mit entsprechender Geburtsurkunde. Celine Decroix und Helene Riedmann verlassen Plédéliac, sobald das Kind reisefähig ist. Vergib der Herr mir diese Entscheidung.« Bei den letzten Worten versagte ihr die Stimme. Sie starrte weiterhin auf die Zeilen, doch die Buchstaben waren längst verschwommen zu Grau und Schwarz, das seine Bestimmung erfüllt und die Botschaft aus der Vergangenheit überbracht hatte. Nun lag es an ihr, sie zu akzeptieren.

Sie fasste sich an die Kehle und schluckte, einmal, zweimal. Louan erlöste sie aus ihrer Starre, indem er neben ihr in die Knie ging und das Buch an sich nahm. Mona beobachtete, wie er las und seine Brauen langsam in die Höhe wanderten, als er es begriff.

»Celine hat das Kind nicht behalten, und sie hat es hier

bekommen, nicht in Plédeliac«, sagte Louan nachdenklich. »Auf ihren Wunsch hin und den ihrer Eltern. Die Schwangerschaft sollte also vertuscht werden.«

Etienne presste die Lippen zusammen. »Dazu passt, dass nirgendwo der Vater aufgelistet ist. Das Kind war unehelich, Celine muss also entschieden haben, die Schwangerschaft in ihrem Heimatort geheim zu halten. Oder ihre Eltern haben darauf gepocht. Die Chance ist groß, dass sie in dieser Gegend und zu jener Zeit streng katholisch waren.«

»Das passt«, sagte Mona. »François hat erzählt, dass Celine Plédéliac für eine ganze Weile verlassen hat.«

Etwas raschelte, und Etienne zog ein weiteres Stück Papier aus dem schmalen Notizbuch seines Großvaters. Es war vergilbt, in der Mitte gefaltet und an einer Seite eingerissen. »Und das«, sagte er leise und beinahe entschuldigend, »ist das letzte Puzzlestück. Ich weiß nicht, warum es sich in den Unterlagen meines Großvaters befindet, und ich habe lange darüber nachgegrübelt. Die einzige Erklärung ist, dass er es nie weitergegeben hat, weil er es für das Beste hielt.«

Mona starrte ihn verwirrt an. »Das Beste?«

»Um kein zusätzliches Leid zu verursachen. Keine … Wunden aufzubrechen. Aber lesen Sie selbst.«

Das Papier zitterte in der Luft, und als Mona danach griff, bebten ihre Finger ebenfalls. Sie faltete es auseinander und blickte auf mit Tinte geschriebene, handschriftliche Zeilen. Ihr stockte der Atem. Diese Schrift kannte sie, diese seltsamen Ober- und Unterschlaufen, die Sütterlin-Buchstaben, über die sie noch immer stolperte – erst recht, da der Brief auf Französisch verfasst war. Sie brauchte eine Weile, um ihn zu entziffern, aber dann las sie ihn noch einmal laut, und ihr Herz donnerte hektisch in ihrer Brust.

Meine allerliebste Celine,
es schmerzt mich zu wissen, dass unser Kontakt abbrechen musste, nach allem, was geschehen ist und was wir gemeinsam in unseren Herzen halten. Aber ich verstehe, und ich erahne deine Schmerzen. Diese Zeilen sende ich daher an Doktor Cabret, den du sicher weiterhin aufsuchen wirst, in der Hoffnung, dass er den richtigen Moment findet, sie dir auszuhändigen. Ich wünsche mir so sehr, dass es deinen Schmerz lindert zu wissen, dass deine kleine Tochter ein liebendes Zuhause hat und immer haben wird. Ich will ehrlich sein, meine Eltern waren ungehalten ob der Schande, die ich mit mir heimbringe. Ein Kind, aber kein Mann an meiner Seite! Aber mich schert das Gerede nicht, und Mutter war schnell in die Kleine vernarrt. Sie betrauerte ja stets, dass sie keine weiteren Kinder bekommen konnte, und nun hüllt sie unsere wunderschöne Kleine in all ihre Liebe. So wie ich. Ich schwöre dir, dass ich alles für sie tun und gut auf sie achten werde. Und ich wünsche mir so sehr, von dir zu hören, wenn du bereit dazu bist. Josefine wird immer deine Maelys sein.
Deine treue Freundin Helene

Langsam ließ Mona den Brief sinken. »Maelys«, sagte sie mit brüchiger Stimme. »Maelys ist …«

»Deine Großmutter«, sagte Louan leise. »Josefine. Maelys ist das Kind, das Helene mit nach Deutschland gebracht hat.«

23

Das Ticken der Uhr auf dem Kaminsims erschien Mona schleppend, als wollte es den Fluss der Zeit verlangsamen. Wie spannend wäre es doch, könnte es die Zeit zurückdrehen, und sie alles, wonach sie so lange gesucht hatte, selbst erleben!

Sie saßen in Armelles Wohnzimmer. Armelle hielt Kopien der Kopien in den Händen, die Etienne ihnen angefertigt hatte, und las die wenigen Zeilen seit mindestens zehn Minuten. Als würden sich die Buchstaben verändern, wenn sie nur lange genug wartete, und mit ihnen die Vergangenheit.

Mona ahnte, wie sie sich fühlte. Es hatte sie keinen Tag länger in Plédéliac gehalten, auch wenn sie nun wusste, dass nicht nur Helene dort gelebt und gearbeitet hatte, sondern auch, dass ihre Oma dort geboren war. Nur war Helene nicht Fines Mutter gewesen. Sondern Celine.

Da sie nicht gewusst hatte, was sie tun und wie sie ihre Gedanken zu Papier bringen sollte, hatte Mona Postkarten gekauft, einen ganzen Stapel, und auf jeder eine Nachricht an Oma Fine begonnen, nur um sie nach wenigen Zeilen oder nur Wörtern durchzustreichen und einen neuen Versuch zu starten. Sie brachte keine Botschaft zu einem Ende und riss anschließend sämtliche Karten in winzige Fetzen.

Sie war gelaufen, bis sie die Häuser des Ortes hinter sich gelassen, die Hand ausgestreckt, die Schnipsel fliegen hatte lassen und zusah, wie der Wind sie davontrug. Und als auch das letzte Blitzen von Weiß zwischen den Häusern und Bäumen verschwunden war, merkte sie, dass sie weinte. Aus Trauer darum, dass Oma Fine ihre richtige Mutter niemals kennengelernt und nicht gewusst hatte, dass ihre Wurzeln hier oben in der Bretagne lagen. Sie weinte aus Wut darüber, dass Celines Eltern vor so vielen Jahren zu streng katholisch gewesen waren, um das uneheliche Kind der Tochter zu akzeptieren, und einem Arzt viel Geld überließen, damit der eine Geburtsurkunde fälschte. Zumindest ging ein Großteil davon aus den Unterlagen hervor, die Etienne in der Nacht zusammengestellt hatte. Den Rest, das Luftholen in dieser Geschichte, den Raum zwischen den Zeilen, hatten sie sich zusammenreimen können.

Wie schwer musste es Celine damals gefallen sein, ihre kleine Tochter, ihre Maelys, abzugeben, um ihrer Familie die Schande zu ersparen. Wie hatten ihre Eltern sie nur dazu zwingen und sich von ihrer kleinen Enkelin trennen können? Sie hatten sie in eine ungewisse Zukunft geschickt, in der sie selbst keine Rolle mehr spielten. Zum Glück hatte Helene den Mut besessen, das Kind an sich zu nehmen und als das ihre auszugeben, auch wenn sie ebenfalls keinen Mann an ihrer Seite aufzuweisen hatte. Und hier erklärte sich auch die Liste auf der Rückseite des Rezepts: Helene hatte einen neuen Namen für Maelys gesucht. Einen, der in Deutschland nicht hervorstach und der keine französischen Wurzeln vermuten ließ.

Bei dem Gedanken war Mona unglaublich stolz auf ihre Uroma. Ob Helene den Vater des Kindes gekannt hatte?

Das würden sie wohl nun niemals erfahren, aber immerhin hatten sie das Geheimnis um Fines Herkunft aufgedeckt. Anders als ihre Oma, die gestorben war, ohne mehr darüber zu wissen.

Bei den Gedanken waren die Tränen stärker geflossen, und die Landschaft war verschwunden wie die Postkartenschnipsel zuvor. Irgendwann war Louan bei ihr gewesen, hatte sie umarmt und gewartet, bis die Erinnerungen und der Schmerz sie nicht mehr durchschüttelten und ihr Schluchzen leiser geworden war. Erst dann hatte er sie zurück in den Ort geführt, zum Wagen, und auch nicht protestiert, als sie ihm sagte, dass sie wieder nach Plouescat wollte, um mit Armelle zu reden.

Yanis war in Plédéliac geblieben und kümmerte sich um das Haus, und auch Beléns lang vernachlässigte Pflichten riefen sie zurück. Maurice war weiterhin Gast von Etienne, da ihn die Unterlagen an sich interessierten und die zwei sich von Arztsohn zu Arzt unterhalten wollten. Sogar Juliet und Marcel zog es noch nicht zurück, aber das war Mona ganz recht. Ihr war nicht nach Gesprächen. Aber die brauchte sie auch bei Louan nicht. Seine flüchtigen Blicke und die kurzen Berührungen hatten ihr genügt, da sie ihr verrieten, dass er für sie da war.

Jetzt, in Armelles Haus, wünschte sie sich, er hätte sie begleitet. Weil sie sich so an den Halt gewöhnt hatte, den er ihr mit seiner bloßen Gegenwart gab.

Armelle holte zitternd Luft und hielt sie so lange an, dass Mona sich Sorgen machte. Endlich stieß sie den Schwall laut aus, legte die Papiere beiseite und fuhr sich mit beiden Händen über das Gesicht. »Ich glaube das einfach nicht«, murmelte sie. »Ich glaube das nicht. Ich glaube das nicht.«

Sie hielt inne, dann ließ sie die Hände auf ihren Schoß sinken und sah Mona an. »Himmel, Mona. Das bedeutet …«

»Du bist meine Tante«, beendete Mona den Satz. »Zweiten Grades, glaube ich.«

Armelle sah aus, als hätte jemand sie in Schockstarre versetzt. »Ja.« Sie angelte wieder nach den Papieren. »Ich verstehe das nicht. Warum hat Oma nie etwas davon gesagt, dass es ein weiteres Kind gibt? Dass meine Mutter eine Schwester hatte?« Ihre Augen glänzten verdächtig.

Mona zögerte. Aber dann stand sie auf, setzte sich neben sie und legte einen Arm um ihre Schultern. Armelle schluchzte auf, und nun rollten die Tränen über ihre Wangen. Sie wischte sie mit einer energischen Geste weg und sah Mona an. Ganz vorsichtig berührte sie ihre Wangen, ihr Kinn. »Ich habe nie eine Ähnlichkeit bemerkt.« Noch einmal wischte sie sich über die Wangen. »Ach, Kind.« Sie nahm Mona in den Arm und zog sie an sich. Und auf einmal wog die Vergangenheit nicht mehr ganz so schwer. Mona legte den Kopf an Armelles Schulter und schloss die Augen. Kurz darauf strichen sanfte Finger über ihr Haar. Sie dachte an Oma Fine, die ihre Nichte niemals kennengelernt hatte und daran, wie sehr sie selbst sich eine größere Familie gewünscht hatte.

Es war seltsam, auf welchem Weg sich manche Wünsche erfüllten.

Sie schmiegte sich an Armelle und in ihre Erinnerungen, und nach einer Weile wurde es in ihr ganz ruhig. Es gab noch viele Dinge, über die sie nachdenken und die sie klären musste. Ihrer Mutter wollte sie alles persönlich erzählen und sie dabei in den Arm nehmen, so wie Armelle es gerade bei ihr tat. Sie würde noch einmal Celines Grabstein besuchen, jetzt, da sie wusste, was die verborgene Inschrift bedeutete. Wer sie in Auftrag gegeben hatte, würde wohl für immer ein Geheimnis bleiben. Vielleicht hatte Etiennes Großvater Celines Leben im Auge behalten und mit dem Steinmetz gesprochen, um sein schlechtes Gewissen zu erleichtern.

Sie überlegte, ob sie diesem Mann böse sein konnte. Aber tief in ihrem Inneren war da … nichts. Keine Wut, keine Enttäuschung, sondern einfach nur Erstaunen und Erleichterung, dass sie Helenes Geheimnis aufgedeckt und Armelle gefunden hatte.

Irgendwann bewegte sich die Schulter unter ihrer Wange leicht. »Mein Arm schläft ein, Monachen.«

»Entschuldige.« Sie setzte sich wieder auf. Armelles Gesicht war gerötet, aber sie entdeckte in ihren Augen auch Anzeichen eines Leuchtens, das sich nach und nach seinen Weg durch den ersten Schock bahnte.

Armelle schüttelte den Kopf. »Da gibt's nichts zu entschuldigen. Wenn der olle Arm alles ist, was nicht stimmt, dann wär ich zufrieden.«

»Ist es denn so?«, fragte Mona vorsichtig. »Das alles? Es stimmt nicht?«

Armelle winkte ab. »So meine ich das nicht. Ich bin nur verwirrt. Da ist so vieles, über das ich nachdenken muss.«

Sie schwieg, und beide lauschten der Stille, die den Raum mühelos überrollte. Dann lächelte Mona. »Weißt du, was ich oft mache, wenn ich verwirrt bin?«

Es dauerte nicht lange, da breitete sich auch auf Armelles Gesicht ein Lächeln aus. »Na klar. Backen.« Sie setzte sich aufrecht, dann sprang sie auf die Füße und klatschte in die Hände. »Na, dann los. An die Arbeit.«

Der Duft der Zitronen hatte selbst das Kaffeearoma aus der Küche verdrängt. Mona legte das Messer beiseite, betrachtete zufrieden die fast gleich dicken Scheiben, die zum Kandieren auf dem Gitter bereitlagen, und drehte sich dann um. An dem Notizbrett hing das Rezept von Cehes Zitronentorte. Sie kannte es mittlerweile in- und auswendig, aber dennoch musste sie einfach immer wieder die Schrift mustern, die Zitronenranken, die alten Angaben. Gäbe es diese Torte nicht, hätte sie niemals herausgefunden, was 1932 in der Bretagne geschehen war und warum Helene nie über den Erzeuger ihrer Tochter geredet hatte. Vielleicht hatte sie ihn gekannt, vielleicht auch nicht. Helene und Celine mussten sich sehr nahegestanden haben, aber das bedeutete nicht zwingend, dass Celine ihrer Freundin alles erzählt hatte. Erst recht nicht, wenn sie ähnlich gläubig gewesen war wie ihre Eltern und sich für das schämte, was sie getan hatte: sich in einen Mann zu verlieben.

Mona wusch sich die Hände, trocknete sie an ihrer Schürze und warf einen Blick in den Ofen. Die Rosinenbrötchen waren gut aufgegangen und färbten sich bereits zartbeige, und allein bei dem Gedanken an die noch warme Köstlichkeit mit Butter und Honig lief ihr das Wasser im Mund zusammen. Sie würde ein paar davon bei Juliet und Marcel vorbeibringen, um der alten Zeiten willen – sie und Louan wohnten derzeit in Armelles Gästezimmer –, und dann zu der Ruine fahren, die mittlerweile die Bezeichnung Baustelle mehr als verdient hatte. Louan und Yanis hatten in den vergangenen Tagen bis spät in den Abend geschuftet und kleine Wunder vollbracht. Nicht mehr lange, und Théa würde das Gebäude vermieten können.

Die restlichen Brötchen würde sie mit zu Armelle nehmen, unterwegs eine Flasche Wein besorgen und am Abend Abschied feiern.

Vorerst.

Ihr Urlaub war vorbei, aber sie hatte nicht vor, Plouescat für lange Zeit fernzubleiben. Erst einmal musste sie jedoch zurück nach Detmold – länger konnte sie die Neuigkeiten wirklich nicht zurückhalten, und auf der Arbeit erwartete man sie. Nach ein paar Tagen würde sie mit ihrer Firma über Möglichkeiten reden. Vielleicht konnte sie ein Sabbatical machen, um noch ein wenig Zeit hier zu verbringen und Armelle näher kennenzulernen. Ganz sicher würde auch ihre Mutter herkommen wollen. Die Vorstellung machte Mona auf eine tiefe, stille Art glücklich.

Und dann war da noch Louan. Auch ihn wollte sie nicht für lange Zeit verlassen, aber etwas verriet ihr, dass er noch immer hier sein würde, wenn sie zurückkehrte.

Hinter ihr öffnete sich die Tür. Sie erkannte die Schritte und wandte sich mit einem Lächeln um. »Liest du etwa meine Gedanken?« Er hatte seine Haare zu einem winzigen Zopf im Nacken gebunden, trug Arbeitskleidung und sah für seine Verhältnisse nahezu aufgeregt aus. Ohne Umschweife trat er auf sie zu, zog sie in seine Arme und küsste sie. Wie immer reagierte ihr Herz als erstes und beschleunigte seinen Takt, ehe der Rest ihres Körpers schwach wurde. Mona ignorierte den Staub, der an Louans Shirt und seiner Jeans haftete, schmiegte sich an ihn und erwiderte den Kuss. In der Küche war es ohnehin warm, aber nun wurde ihr noch ein paar Grad wärmer, und sie wünschte sich, Louan nie wieder loslassen zu müssen. In Momenten wie diesem konnte sie sich nicht vorstellen, diese Küche jemals zu verlassen. Oder aber die Bretagne.

Irgendwann löste er seine Lippen von ihren, hielt sie aber weiterhin umarmt. »Ich habe Neuigkeiten«, sagte er so ruhig, als wäre nichts, aber auch gar nichts geschehen.

»Ich habe mir gleich gedacht, dass etwas ist.«

Feinstes Stirnrunzeln. »Warum das?«

Sie fuhr sanft mit dem Finger über den Hauch der Falte zwischen seinen Brauen, die sie so sehr liebte. »Du wirst niemals aufgeregt aussehen, Louan, aber mittlerweile erkenne ich die Anzeichen.«

Er nahm ihre Hände in seine und küsste ihre Fingerspitzen. »Mich hat selten jemand so schnell durchschaut wie du.«

»Vermutlich, weil du mir die Chance gibst, dich zu durchschauen. Aber nun rück schon mit der Sprache raus. Welche Neuigkeiten?«

Louan wäre nicht Louan, wenn er sich mit einer Einleitung aufgehalten hätte oder dem Versuch, Spannung zu erzeugen. »Théa will aus der Ruine ein Gästehaus machen. Und sie hat mich gefragt, ob ich die Verwaltungsarbeit übernehmen und mich um alles kümmern will. Dafür könnte ich in den Anbau ziehen.«

Es überraschte Mona nicht sehr. In den vergangenen Tagen hatte Théa mehr und mehr Planungsarbeiten mit Louan besprochen und ihn in ihre Entscheidungen mit einbezogen. »Wow, das ist großartig! Und warum auch nicht? Du hast dich damals auch in eurer Tauchschule um die gesamte Verwaltung gekümmert, oder?«

Er nickte und verengte die Augen. Offenbar war das nicht das, was er hatte hören wollen. Mona trat wieder näher an ihn heran, legte eine Hand an die weiche Stelle direkt unter seinem Haaransatz im Nacken und hauchte ihm einen zarten Kuss auf die Wange. »Glückwunsch«, flüsterte sie und spürte, wie sich unter ihren Fingern eine Gänsehaut bildete. Louans Atem streifte ihre Lippen. Sie ahnte, wie gern er sie erneut geküsst hätte, doch dann fasste er sie vorsichtig an den Schultern und sah sie an.

»Was?«

»Das bedeutet, ich bleibe hier. In Plouescat.« Es klang wie eine Frage. In seinen dunklen Augen blitzte es auf.

»Was, für immer?« Damit hatte sie nicht gerechnet. Sie hatte geglaubt, dies wäre für ihn nur eine Zwischenstation. Eine Etappe der Ruhe, bis er wieder zum Alltag zurückkehrte – allerdings hatte sie nicht bedacht, dass es Louans Alltag nicht mehr gab.

Er nickte kaum merklich. »Zumindest vorläufig. Mir gefällt es hier. Und dir doch auch.« Noch mehr Fragen, und sie alle schwebten zwischen den Worten.

Mona zögerte. Ihre Vernunft wollte aus Gewohnheit die logischste Antwort geben, wollte ihm sagen, dass sie ein Leben und einen Job in Deutschland hatte und nicht einfach alles aufgeben konnte. Aber dann war da dieses andere Stimmchen, das sich erst in den vergangenen Wochen bemerkbar gemacht und ihr zugeflüstert hatte, dass niemals alles nur Schwarz oder nur Weiß war. Helene hatte diese Region hier ihre Heimat genannt, zumindest für eine Weile. Wer also sagte ihr, dass sie das nicht auch tun konnte?

Allein die Vorstellung schickte so viel Adrenalin durch ihre Adern, dass sie glaubte, nicht mehr länger stillstehen zu können. »Aber was sollte ich denn hier tun?«, murmelte sie mehr zu sich selbst.

Er lachte leise. Sie liebte dieses Geräusch so sehr, dass sich eine Welle aus Wärme in ihrem Bauch ausbreitete.

»Das, was dich zum Strahlen bringt. Das, was du jeden Tag tun würdest, wenn man dich nur ließe. Théa schwebt vor, ihren Gästen in der Ruine Frühstück und am Nachmittag Kuchen zu bieten. Nicht als Konkurrenz zum *Mouette*, sondern in Kooperation mit ihm. Aber dafür bräuchte sie noch eine Mitarbeiterin.«

Die Wärme in Monas Bauch begann zu tanzen, zu vibrieren, und dann verwandelte sie sich in jene Aufregung, die sie bereits kannte und gespürt hatte, ehe sie für das Abenteuer Bretagne in ihr Auto gestiegen war, allein und nur mit einem Ziel, aber ohne einen genau ausgearbeiteten Plan. Aber hatte sie seitdem nicht gelernt, dass sie den nicht brauchte? Ein Ziel hatte sie bereits. Es stand vor ihr, ernst und erwartungsvoll und mit dem Funkeln von Bernstein in diesen geheimnisvollen Augen.

»Ich fahre morgen nach Deutschland zurück«, sagte sie langsam. Louan schwieg. Er kannte sie bereits gut genug, um zu erkennen, wie sehr es in ihrem Kopf arbeitete. »Aber vorher«, sagte sie nachdenklich und spürte, wie das Glück in ihr mit jeder Silbe weitere Wellen schlug, »muss ich mit Théa reden. Über ihre Pläne für die Ruine.« Wie leicht es war, diese Worte auszusprechen!

Sie fühlte sich plötzlich, als würde sie Funken sprühen. Weiche, glitzernde, sonnenwarme Funken, von denen einige auf Louan übersprangen. Er angelte nach einer ihrer Haarsträhnen, wickelte sie um seinen Finger, beugte sich vor und küsste zuerst ihre Oberlippe, anschließend ihren linken Mundwinkel. Danach zögerte er, ließ wenige Millimeter Platz zwischen ihnen, fragend, aufgeregt, erleichtert. Es war Mona, die diesen letzten Abstand schließlich überbrückte.

Sie verlor sich in Louans Kuss und einer Zukunft, die

vom Wind und Meeressalz zu ihr getragen wurde. Plötzlich hörte sie ein leises Geräusch an der Tür, die er einen Spalt hatte offen stehen lassen.

Mona wandte sich um und sah eine Katze. Weiß und mit einem hellen, grauen Fleck am Schwanz, den man erst auf den zweiten Blick bemerkte. Sie miaute, strich an einem der Schränke entlang, streckte den Schwanz und verschwand dann wieder in der Welt dort draußen, die so viele Überraschungen bereithielt.

Epilog

Der Wind zerrte so stark an ihren Haaren und Kleidern, dass Mona glaubte, er würde sie jeden Moment von den Klippen direkt ins Meer wehen. Sie lehnte sich an Louan und schmiegte den Kopf an seine Brust. Er schwankte kein Stück, hatte einen Arm um sie gelegt und starrte hinaus in die Schwärze, wo in der Ferne einzelne Lichter blitzten. Rund um sie herum war es dunkel, lediglich die Taschenlampe in Louans Hand malte eine surreale Linie auf das Wasser.

Sie waren nicht lange gefahren, um die Zivilisation hinter sich zu lassen. Diese Gegend, am Tag sicher ideal für Ausflüge und Wanderungen, verwandelte sich in der Nacht in etwas Unberechenbares, dem Mona nicht allein begegnen wollte.

Ihre Finger schlossen sich fester um das Holz, und sie atmete tief durch. Gar nicht so einfach bei dem Wind, der alle paar Sekunden seine Richtung zu wechseln schien und ihr den Atem nehmen wollte.

»Alles okay?« Louan brüllte nicht, und trotzdem klang seine Stimme deutlich an ihrem Ohr.

Sie begnügte sich mit einem Nicken, während ihr Blick zum Himmel wanderte. Ja, es war okay. Und es war das Richtige.

Behutsam klappte sie den Deckel auf und nahm den Brief sowie den Stapel Postkarten heraus. Sie erinnerte sich an jede einzelne und stellte sich die Motive vor. Dann hob sie die Hand, zählte innerlich bis drei und ließ die Karten und den einzelnen Bogen fliegen. Sie segelten davon, drehten sich in der Luft, badeten einen Atemzug lang im Licht der Taschenlampe und trudelten dann mit all ihren Wörtern, Wünschen und Geschichten in die Nacht, um mit ihr zu verschmelzen.

Die Botschaften an Oma Fine sollten sie hier erreichen, in der Bretagne, wo sie geboren war.

Mona klappte die Kiste wieder zu. Tränen liefen ihr über die Wangen, doch sie fühlten sich gut an. Dies war kein Abschied für immer. Vor ihr lag eine Zukunft, die sie noch vor ein paar Wochen niemals für möglich gehalten hätte. Sie blinzelte und hob ihr Gesicht Louan entgegen, dem Mann, den sie liebte. »Ich bin bereit.«

Danksagung

Reisen gehört für mich zu den schönsten Dingen der Welt. Am liebsten wäre ich viel öfter unterwegs. Umso schöner ist es, mit und durch Geschichten auch dann reisen zu können, wenn man auf dem Sofa, im Park oder in der Bahn sitzt.

Bei Monas Abenteuer in der Bretagne hatte ich einige »Reisepartner«, die meine Idee, deren Ausarbeitung oder zum Schluss das Buch in die passende Richtung geschubst haben:

Zum einen Josie, die mir überhaupt erst den Anstoß gegeben hat, ein Backen-und-Bretagne-Buch zu schreiben (und das, obwohl wir zu der Zeit quer durch Kanada gefahren sind). Astrid, die gemeinsam mit mir die Bretagne erkundete, und natürlich Jasminka, die extra für dieses Buch das Rezept für Cehes Zitronentorte erfunden und in mehreren Backversuchen vollendet hat (… und Kathrin, die mutig die ersten Ergebnisse mit Chili und Pfeffer probierte).

Weiterhin einen Riesendank …

… für Brainstormings, Gespräche und Diskussionen an Simone, Kirsten, Lukas, Dennis, Yvonne und Markus.

… für die großartige Betreuung an meine Agentinnen Gesa und Kristina.

… für ein stets waches Lektoratsauge an Janina Dyballa und Catherine Beck.

… an Toby Stephens, der in der Serie *Black Sails* den Captain Flint so überzeugend dargestellt hat, dass ich den Namen einfach verwenden musste.

… und an meine Oma Josefine, die eine der besten Bäckerinnen der Welt war.

Monas Lieblingsrezepte aus der Bretagne

Ceces Zitronentorte

Am Vortag

1 Zitrone
75 ml Wasser
50 g Zucker

Zitrone heiß waschen und in dünne Scheiben schneiden. Wasser und Zucker in einem Topf aufkochen. Zitronenscheiben darin bei mittlerer Hitze 5 bis 8 Minuten offen köcheln. Abkühlen lassen. Die Scheiben auf einem Rost verteilen und über Nacht trocknen lassen.

Am Backtag

Zutaten Boden (für zwei Rundformen à 20 cm)
3 Eier
150 g Zucker
1 Prise Salz
1 Vanilleschote
150 ml Buttermilch
150 ml Öl
200 g Mehl
1 TL Natron

6 EL Zitronensaft
100 g gemahlene Nüsse der Wahl

Eier, Zucker, Salz und Vanille ca. 5 Minuten zu einer cremigen Masse verrühren.
Buttermilch und Öl auf niedriger Stufe kurz einrühren, dann das Mehl mit dem Natron, den Nüssen und dem Zitronensaft darunterheben. Den Teig in die Formen füllen.
Im vorgeheizten Backofen bei 170 Grad Ober-/Unterhitze circa 30 bis 35 Minuten backen.

Zutaten Creme
50 g Zucker
300 ml Sahne
350 g Frischkäse
1 Handvoll frische Basilikumblätter
Zitronenabrieb von 1 Zitrone (je nach Geschmack mehr)

Die Sahne steif schlagen und währenddessen den Zucker einrieseln lassen. Die Sahne kurz kaltstellen, dann den Frischkäse unterrühren und die Portion teilen.
Basilikumblätter fein hacken und mit der Hälfte der Creme vermengen, bis es eine schöne, hellgrüne Farbe ergibt.
Die zweite Hälfte der Creme mit Zitronenabrieb vermischen. Cremes erneut kaltstellen.
Einen der Böden mit der Basilikumcreme bestreichen und circa 30 Minuten kalt stellen. Den zweiten Boden darauf schichten und mit der Zitronencreme bestreichen.
Mit kandierten Zitronen und Basilikumblättern garnieren.
Bis zum Servieren kühl lagern.
Bon appetit!

Kouign-amann (Bretonischer Butterkuchen)

Zutaten
250 g Mehl
200 g Butter
5 g Frischhefe
160 ml lauwarmes Wasser
½ TL Salz
200 g Zucker

Zubereitung
Mehl und Salz mischen. Lauwarmes Wasser und Hefe hinzufügen und zu einem geschmeidigen Teig verkneten. In einer Schüssel an einem warmen Ort circa eine Stunde gehen lassen.
Den Teig zu einem Rechteck ausrollen. Die harte Butter ebenfalls in eine rechteckige Form bringen (Tipp: zwischen Backpapier dünn ausrollen). Das Butterstück sollte groß genug sein, um den Teig von beiden Seiten darüberzuschlagen. Die Butter auf den Teig legen und diesen von beiden Seiten darüberfalten. Erneut rechteckig ausrollen und abermals falten (wie für einen Blätterteig). Das Ganze zwei weitere Male durchführen.
Abgedeckt eine Stunde in den Kühlschrank stellen.

Anschließend den gesamten Vorgang wiederholen, doch dieses Mal die Teigoberfläche bei jedem Durchgang mit Zucker bestreuen. Erneut 30 Minuten gekühlt ruhen lassen.

Die Teigecken zur Mitte hin umschlagen und in eine gebutterte und gezuckerte Form legen. An einem warmen Ort eine Stunde ruhen lassen.
Bei 180 Grad circa 30 Minuten auf mittlerer Schiene backen.

Far Breton (Bretonischer Backpflaumenkuchen)

Zutaten

500 ml Milch
4 Eier
180 g Mehl
50 g Butter
80 g Zucker
1 Prise Salz
1 Päckchen Vanillezucker
250 g Trockenpflaumen
250 ml schwarzer Tee

Zubereitung

Die Pflaumen mindestens zehn Minuten im Tee ziehen lassen.

Milch und Butter erwärmen, bis die Butter flüssig ist, anschließend den Zucker einrühren.

Die Pflaumen abseihen, trocken tupfen und in etwas Mehl wälzen. Das restliche Mehl mit Vanillezucker mischen und mit den Eiern zu einer glatten Masse vermengen. Das Gemisch nach und nach in die Milchmischung rühren.

Den Teig in eine Backform füllen und die Pflaumen darauf verteilen.

Den Teig 40 Minuten bei 200 Grad (Ober- und Unterhitze) backen.

Tipp

Für eine Version mit mehr Pfiff können die Pflaumen auch statt in Tee über Nacht in Rum eingelegt werden.

Kouign (kleine Fladen aus dem Pays Bigouden)

Zutaten (für etwa 20 Stück)
400 g Mehl
175 g Zucker
3 Eier
1 Würfel Frischhefe
500 ml Milch
½ Vanilleschote
Gesalzene Butter

Zubereitung
Milch leicht anwärmen und die Hefe darin auflösen.
Mehl, Zucker und den Inhalt der halben Vanilleschote vermengen, anschließend die Eier unterrühren.
Nach und nach die Hefe-Milchmischung hinzugießen und vermischen.
Den Teig abgedeckt mindestens 3 Stunden lang an einem warmen Ort gehen lassen.
Anschließend den Teig in einer Pfanne circa eine Minute pro Seite zu kleinen Fladen backen. Mit der Butter bestreichen und servieren.

Tipp

Die Teigfladen können zudem mit Zucker, Konfitüre, Zitronencreme, geschmolzener oder geriebener Schokolade oder geriebenen Äpfeln serviert werden.

Französische Obsttarte

Zutaten
200 g Mehl
100 g gemahlene Mandeln oder Nüsse
50 g Zucker
1 Päckchen Vanillezucker
1 Prise Salz
80 g Butter
100 ml Wasser
4 Äpfel oder Birnen
3 EL Pflaumenmus oder Marmelade nach Wahl
etwas Zimt
2–3 EL Ahornsirup

Zubereitung
Mehl, Nüsse oder Mandeln, Zucker, Vanillezucker und Salz vermengen. Die Butter schmelzen und unterrühren, anschließend das Wasser hinzufügen.
Alles zu einem geschmeidigen Teig verkneten und eine Stunde im Kühlschrank ruhen lassen.
Eine Tarteform fetten und mit dem Teig auskleiden. Pflaumenmus oder Marmelade darauf verstreichen.
Das Obst in Scheiben schneiden und die Tarte damit aus-

legen. Mit Ahornsirup beträufeln und den Zimt darüberstäuben.
Bei 200 Grad (Ober- und Unterhitze) circa 30 Minuten backen.

Tarte mit karamellisierten Birnen

Zutaten
200 g Mehl
120 g Butter
1 Prise Salz
1 Ei
3 EL Wasser
200 g Zucker
1 kg Birnen
etwas Zimt

Zubereitung
Das Mehl mit 50 g Zucker und dem Salz mischen. 100 g kalte Butter in kleinen Stücken, Wasser und das Ei unterrühren und alles zu einem Teig verkneten. Diesen in Folie gewickelt eine Stunde kühl stellen.
Die Birnen schälen und in Scheiben schneiden. Den restlichen Zucker in einer Pfanne erhitzen, bis er bräunlich karamellisiert. Die restliche Butter hinzugeben und kräftig durchrühren. Die Birnenscheiben unterrühren und alles circa drei Minuten dünsten.
Eine Tarteform fetten, die karamellisierten Birnen hineingeben und mit Zimt bestäuben. Den Teig so ausrollen,

dass er über die Form passt, und diese dann damit bedecken.
Die Tarte circa 45 Minuten bei 180 Grad backen, kurz abkühlen lassen und stürzen.

Crêpes mit gesalzenem Butterkaramell

Zutaten Teig (für 12 Stück)
250 g Mehl
3 Eier
500 ml Milch
50 g Butter
1 Prise Salz
2 TL Zucker
½ Vanilleschote

Zutaten Butterkaramellcreme
100 g Puderzucker
40 g gesalzene Butter (alternativ: ungesalzene Butter und etwas Fleur de Sel)
200 ml Sahne

Zubereitung
Mehl, Salz, Zucker und Vanille vermischen. Die Milch erwärmen, Butter darin schmelzen lassen und mitsamt den Eiern in das Mehlgemisch geben. Zu einem glatten Teig verrühren.
In einer Pfanne oder einer speziellen Crêpes-Pfanne dünn ausbacken.

Für die Butterkaramellcreme den Zucker in einer Pfanne schmelzen lassen, bis er hellbraun ist. Anschließend nach und nach die Butter sowie die Sahne hinzugeben und dabei stets gut durchrühren. Weitere fünf Minuten köcheln und dann abkühlen lassen.
Die Crêpes mit dem Butterkaramell übergießen. Dazu passt hervorragend Apfelkompott oder -mus.

Kiri Johansson

Islandsommer

Sommerwohnung gesucht – Liebe und ein neues Leben gefunden

Unterhaltsam, wamherzig, charmant – Kiri Johansson wird die Herzen erobern

Als die chaotische Lebenskünstlerin Merit verlassen wird, muss sie sich ein neues Zuhause suchen. Da kommt das Angebot, auf Island den Sommer über ein Haus samt Kater zu hüten, gerade recht. Von der Liebe will sie vorerst nichts mehr wissen. Kristián will das auch nicht. Doch nun wirbelt die neue eigenwillige Nachbarin das ruhige Leben des ordnungsliebenden Piloten ziemlich durcheinander ...

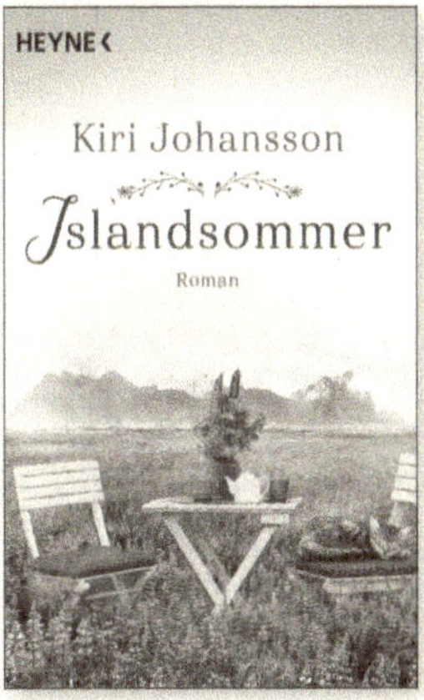

978-3-453-42350-3